Melissa Foster

Meine wahre Liebe

Die Autorin

Mit mehr als zehn Millionen verkauften Büchern ist Melissa Foster eine preisgekrönte *New-York-Times-*, *Wall-Street-Journal-* und *USA-Today*-Bestsellerautorin. Ihre Bücher werden vom *USA-Today-Bücherblog*, vom *Hagerstown Magazine*, von *The Patriot* und vielen anderen Printmedien empfohlen. Melissas Bücher sind als Taschenbuch, digital oder als Hörbuch bei den meisten Online-Buchhandlungen erhältlich.

Besuchen Sie Melissa auf ihrer Website oder chatten Sie mit ihr auf Social Media. Sie diskutiert gern mit Buchclubs und Lesegruppen über ihre Romane und freut sich über Einladungen. Melissas Bücher sind bei den meisten Online-Buchhändlern als Taschenbuch und E-Book erhältlich.

www.MelissaFoster.com

Melissa Foster

Meine wahre Liebe

Die Steeles auf Silver Island

LOVE IN BLOOM – HERZEN IM AUFBRUCH

Aus dem Amerikanischen von Janet König

Die Originalausgabe erschien erstmals 2021 unter dem Titel
»My True Love« bei World Literary Press, MD, USA.

Deutsche Erstveröffentlichung
2025 bei World Literary Press, MD, USA
© 2021 der Originalausgabe: Melissa Foster
© 2025 der deutschsprachigen Ausgabe: Melissa Foster
MELISSA FOSTER® ist eine eingetragene Marke.
Alle Rechte vorbehalten.
Lektorat: Judith Zimmer, Hamburg
Umschlaggestaltung: Elizabeth Mackey Designs
Cover-Foto: Regina Wamba

Vorwort

Schon als ich Grant Silver das erste Mal traf, war mir klar, dass er einer meiner Lieblingshelden werden würde. Er ist ein komplizierter, starker Mann, der mit viel mehr als dem Verlust seines Beines zu kämpfen hat, und ich wollte ihm unbedingt sein Happy End geben. Für mich stand zweifelsfrei fest, wer seine Heldin ist, denn Jules und Grant hatten sich bereits ein ganzes Jahr lang in meinem Kopf unterhalten. Einen Mann, der mit seinem Schicksal hadert, mit einer Frau zusammenzubringen, die für jede Kleinigkeit in ihrem Leben dankbar ist, versprach wunderbare Komplikationen, die zu schreiben mir unheimlich viel Freude bereitet hat. Ich habe gelacht, geweint, geschwärmt und gekreischt, und ich hoffe, dass Sie Grant und Jules ebenso lieben werden wie ich. Jedes Buch der »Love in Bloom – Herzen im Aufbruch«-Serien kann für sich oder als Teil der Reihe gelesen werden, also stürzen Sie sich einfach hinein in dieses unterhaltsame und leidenschaftliche Abenteuer.

Ein Familienstammbaum der Steeles und eine Karte von Silver Island ist der Geschichte vorangestellt.

Wer über Neuerscheinungen und exklusive Angebote auf dem Laufenden bleiben möchte, tritt am besten meinem Fanclub auf Facebook bei und abonniert meinen Newsletter:
www.MelissaFoster.com/Newsletter_German
www.Facebook.com/groups/MelissaFosterFans

Die Reihe »Love in Bloom – Herzen im Aufbruch«

Die Steeles sind nur eine der vielen Serien-Familien aus der weitverzweigten Sammlung von Liebesromanen »Love in Bloom – Herzen im Aufbruch«. Jedes Buch kann für sich oder als Teil der jeweiligen Serie gelesen werden. Sie werden allen Figuren in späteren Geschichten immer wieder begegnen, sodass Sie keine Verlobung, Hochzeit oder Geburt verpassen. Eine vollständige Liste aller Serientitel sowie eine Vorschau auf kommende Veröffentlichungen finden Sie am Ende dieses Buches und unter:
www.MelissaFoster.com/Herzen-im-Aufbruch

Besuchen Sie auch Melissas Seite mit »Reader Goodies«! Dort gibt es – zum Teil auf Deutsch, aber auch in englischer Sprache – Serienübersichten, Checklisten, Stammbäume und vieles mehr zum Download:
www.MelissaFoster.com/Checklisten_und_Stammbaume

Eins

»Los! Mach schon!«, flüsterte Bellamy drängend und schubste Jules in Richtung des Kessels mit den Süßigkeiten.

Jules Steele tauchte mit den Händen tief in die Süßigkeiten ein und suchte nach den Mini-Mandel-Schokoriegeln, während ihre Sandkastenfreundin und Komplizin Wache hielt.

»Meine Güte, Mädchen! Musst du dich hier vor allen so entblößen?« Bellamy zupfte an dem Rock von Jules' knallgrünem Feenkostüm, woraufhin die Flügel flatterten.

»Belly!« Jules schob Bellamys Hand weg und zog das glitzernde Kostüm und den bauschigen lilafarbenen Unterrock zurecht, wobei sie aufpasste, ihr Zombie-Make-up nicht zu verschmieren. »Lass meinen Hintern in Ruhe und halt nach meiner Mom Ausschau, bitte. Wenn die mich erwischt, bringt sie mich um.« Ihre Mutter hatte ebenso wie sie eine Schwäche für die Mandelriegel.

Bellamy drehte sich um und Jules versank bis zu den Ellbogen in den Süßigkeiten.

Die jährliche Halloween-Party namens »Feld der Schreie«, die die Familie Steele auf ihrem Weingut auf Silver Island vor der Küste von Cape Cod veranstaltete, war in vollem Gange. Schwarze und orangene Laternen flackerten auf dem Innenhof und leuchteten auch in den Bäumen, die mit gruseligen Spinnenattrappen und hauchzarten Spinnweben dekoriert waren. Hexen und Ghule hingen an der Hauswand, und aus den Gräbern des falschen Friedhofs zwischen dem Weinberg und der Kellerei krochen Zombies. Auf den Tischen türmten sich Kekse in Form von knotigen Fingern und andere gruselig-köstliche Halloween-Snacks. So ziemlich jeder Bewohner von Silver Island war kostümiert erschienen. Kinder, verkleidet als Hexen, Superhelden oder andere witzige Figuren, sammelten Süßigkeiten, spielten Apfeltauchen und sorgten für ein herrliches allgemeines Chaos, während die Erwachsenen sich unterhielten, tanzten und wie die Kleinen auf das große Ereignis warteten: den Spaziergang über den Gruselpfad durch die Weinberge, bei dem die Steeles sich in den Reben versteckten und alle erschreckten, die sich mutig der Dunkelheit stellten.

»Knutschen meine Eltern immer noch?«, rief Jules Bellamy zu.

»Nein«, antwortete ihre Freundin. »Jetzt begrapscht Gomez den Hintern von Morticia.«

Ihre Eltern küssten und berührten sich ständig. Viel zu oft hatte Jules sie beim Herummachen in der Küche überrascht. Sie waren so verliebt, dass man es am anderen Ende des Raumes förmlich spüren konnte. War es falsch, dass sie darauf neidisch war? Der einzige Mann, der zurzeit ein Kribbeln in ihrem Bauch auslöste – oder, wenn sie ehrlich war, der einzige Mann, der ihr je das Gefühl gab, eine eingesperrte Tigerin zu sein –, war der mürrischste Typ auf der Insel: Bellamys ältester Bruder Grant Silver. Er war auf der Party nicht einmal anwesend und trotzdem bekam sie diesen Typ von über eins neunzig mit seinen köstlich heißen Muskelpaketen nicht aus dem Kopf.

»Ich bin mir sicher, dass bei deinen Eltern mehr läuft als bei allen anderen auf der Insel«, meinte Bellamy lachend.

Jules schaute mit hochgezogenen Augenbrauen über die Schulter zu der zierlichen Brünetten mit den großen braunen Augen und engelhaften Wangen. An diesem Tag hatte sie sich gut fünfzehn Zentimeter von ihren Haaren abgeschnitten und der neue Jagged Bob passte perfekt zu ihrem Zwanzigerjahre-Minikleid mit den goldenen Fransen. Bellamy war eine aufstrebende Lifestyle-Influencerin und sie arbeitete auch in Jules' Geschenkeladen Happy End.

Bellamy kicherte. »Tut mir leid, aber ist doch wahr. Na ja, abgesehen vielleicht von Daphne und Jock. Die beiden haben sich schon den ganzen Abend immer wieder davongeschlichen.«

Jules' ältester Bruder Jock hatte sich vor Kurzem erst mit seinem Zwillingsbruder Archer versöhnt. Ihr Zerwürfnis hatte nach dem tragischen Unfalltod von Jocks schwangerer Freundin, die auch Archers beste Freundin gewesen war, begonnen und ein Jahrzehnt lang angedauert. Nun war Jock mit seiner Verlobten Daphne und ihrer dreijährigen Tochter Hadley wieder zurück auf die Insel gezogen. An Sylvester sollte ihre Hochzeit stattfinden und Jules freute sich über alle Maßen für die beiden. Sie stand all ihren fünf Geschwistern sehr nah, doch sie und Jock verband eine ganz besondere Beziehung. Im Alter von drei Jahren war bei ihr ein sogenannter Wilms-Tumor, eine seltene Form von Nierenkrebs, diagnostiziert worden und eine Niere hatte entfernt werden müssen. Tag und Nacht hatte Jock an ihrem Bett gesessen, bis sie sich wieder vollkommen erholt hatte.

»Schieb einfach weiter Wache.« Jules stopfte sich noch einen Schokoriegel in den BH und wühlte dann weiter in dem Kessel herum.

»Erwischt!« Tara Osten, noch eine gute Freundin, schoss ein

Foto von Jules, die mit beiden Armen tief in den Süßigkeiten steckte.

Jules schreckte auf, steckte aber den Riegel, den sie ergattert hatte, trotzdem schnell in ihren BH. »Du bist ja ein hinterhältiges kleines Wiesel!«

Tara, eine hübsche Blondine, war ein Jahr jünger als Jules und heute als sexy Maus verkleidet. Das passte gut, da ihr Spitzname dank ihrer älteren Schwester von Kindheit an Mouse war.

»Wenn schon, dann eine hinterhältige Maus. Und du klaust hier Süßigkeiten.« Tara beugte sich über Jules' Schulter und flüsterte: »Siehst du darin auch irgendwo Snickers?«

Jules griff nach zwei Riegeln und gab sie Tara. Dann fand sie noch einen ihrer Lieblingsriegel und zwei Butterfinger, die sie Bellamy zuwarf. »Davon gibt's noch jede Menge.«

Als sie alle gerade ihre Riegel aufrissen, kamen ihre Eltern Arm in Arm zu ihnen herüber. Ihre Freundinnen nannten ihren Vater Steve alle Silberfuchs, weil er eine athletische Figur hatte, kurze schwarz-graue Haare und einen adrett gestutzten Bart. Ihre Mutter Shelley war quirlig, wunderschön mit weiblichen Rundungen und trug die langen kastanienbraunen Haare in einer modischen Ponyfrisur. Bei ihnen stand die Familie an erster Stelle und sie waren noch immer wahnsinnig verliebt ineinander. Jules schätzte sich glücklich, die beiden als Eltern zu haben. Sie konnte sich nicht vorstellen, wie es gewesen wäre, mit Vater und Mutter in getrennten Häusern aufzuwachsen, wie Bellamy es erlebt hatte. Die Silvers führten gemeinsam mit einem ihrer Söhne das Silver House Resort und waren fast immer zusammen. Doch sie hatten sich getrennt, als Bellamy noch ein Kleinkind gewesen war, und obwohl sie beschlossen hatten, sich nicht scheiden zu lassen, und sich auch noch immer wie ein Ehepaar verhielten, lebten sie weiterhin in getrennten Häusern.

»Hallo, die Damen«, sagte Jules' Mutter. »Was ist hier denn los?«

»Nichts!« Jules stopfte sich rasch den ganzen Mandelriegel in den Mund und fing gleich darauf an zu würgen. Sie schnappte sich eine Serviette und spuckte den Riegel hinein. »Igitt!«

»Was ist denn, Schatz?«, fragte ihre Mutter.

»Das ist kein Mandelriegel, das ist ein Snickers! Jemand hat den falschen Riegel in die Verpackung getan. Wie kann denn so was passieren?«

Als Jules noch einen Mandelriegel aus ihrem BH zog und das Papier aufriss, fragte Tara: »Bist du sicher? Du hast eine Verpackung von dem Mandelriegel in der Hand.«

»Ich kann doch einen Mandelriegel von einem Snickers unterscheiden!« Jules steckte sich den Riegel in den Mund und biss auf Karamell. »Bäh! Eklig!« Sie spuckte ihn wieder in die Serviette.

Ihr Vater lachte und klatschte ihre Mutter ab. »Meine Arbeit hier ist getan, Liebling.«

»Dad! Was hast du gemacht? Etwa alle Mandelriegel gegen Snickers ausgetauscht und die Verpackungen wieder zugeklebt?« Ihr Vater und ihre Brüder liebten es ungemein, anderen Streiche zu spielen. »Das hier ist eine Veranstaltung für die ganze Insel. Was ist, wenn jemand allergisch auf Erdnüsse ist?«

»Ich wollte nur sichergehen, dass meine wunderschöne Frau heute Abend einen gerechten Anteil an ihrem Lieblingsriegel bekommt.« Er zwinkerte ihrer Mutter zu.

»Das bekomme ich doch immer«, sagte ihre Mutter und gab ihrem Vater einen Klaps auf den Hintern.

»Mom! Ich meine es ernst!«, beschwerte sich Jules und ihre

Eltern lachten.

»Keine Sorge, mein Käfer. Um unsere Gäste habe ich mich gekümmert.« Ihr Vater nannte sie *Käfer*, seit sie ein kleines Mädchen gewesen war, weil er immer behauptete, sie würde Licht in die abendliche Dunkelheit tragen wie ein Leuchtkäfer. Lässig schob er die Hand in seine Tasche und holte eine kleine Karte heraus, die er Jules gab.

Fassungslos starrte sie auf den Aufdruck. *Allergiewarnung! Wir legen Jules herein. Bitte bei Erdnussallergie nicht die Mandelriegel essen. Es sind in Wirklichkeit Snickers.*

»Viel Spaß wünschen wir euch noch«, sagte ihr Vater und schlenderte lachend mit seiner Frau davon.

»Dass du so etwas tun konntest! Du sollst mich beschützen, nicht hereinlegen!«, rief Jules ihnen hinterher, doch auch sie musste lachen.

»Ich will diese Snickers haben!« Tara stürzte sich auf die Süßigkeiten in Jules' Ausschnitt.

Jules gab ihr einen Klaps auf die Hand. »Weg da!«

»So viel Trubel hattest du in der Gegend das ganze Jahr noch nicht«, scherzte Bellamy und alle lachten lauthals los.

Prüde war Jules nicht, aber sie war Jungfrau. Sie hatte gelegentlich Kerle gedatet, auch herumgemacht und einiges ausprobiert, doch ihr war ziemlich bald klar geworden, dass die meisten Kerle einfach nicht der Rede – und sonstiges – wert waren. Sie hatte nie diese Art von explosiver Chemie und unaufhaltsamer Lust verspürt, von der ihre älteren Schwestern erzählten, und deshalb nie alles gewollt. Bis Grant auf die Insel zurückgekehrt war und dafür gesorgt hatte, dass ihre Hormone sich richtig ins Zeug legten. Niemand – auch Bellamy nicht – wusste, dass immer, wenn er sich in ihrer Nähe befand, die Funken sprühten und sie das unerbittliche Begehren verspürte, ihn zu berühren und von ihm berührt zu werden. Es spielte keine Rolle, dass der ehemalige Soldat und Spezialist für geheime Missionen acht Jahre älter und einer der besten Freunde ihrer Brüder war, dass er im vergangenen Jahr verwundet worden war und infolgedessen sein linkes Bein unterhalb des Knies hatte amputiert werden müssen, oder dass er nur widerwillig den Sommer über auf die Insel zurückgekehrt war. Sie kannte Grant schon ihr ganzes Leben lang, sie mochte ihn und vertraute ihm, und er war der einzige Mann, der ihren Körper je in Brand gesetzt und glühend heiße Träume verursacht hatte, die mittlerweile all ihre Nächte vereinnahmten.

Tatsächlich hatten die Funken zwischen ihnen schon gesprüht, als er vor seinem letzten Einsatz zu Hause gewesen war, und dieses Gefühl glühte seit fast zwei Jahren in Jules. Doch während sie die Anziehungskraft zwischen ihnen immer noch spürte, war er seit seiner Rückkehr meist mürrisch, distanziert und zurückgezogen. Nach allem, was er durchgemacht hatte, verstand sie das vollkommen. Aber es änderte nichts an der Tatsache, dass sie bei passender Gelegenheit nur allzu gern zu diesem gut aussehenden Kerl unter die Decke gekrochen wäre, ein ganzes Wochenende lang jeden Zentimeter seines beeindruckenden Körpers erforscht und ihn animiert hätte, all ihre schmutzigen Fantasien wahr werden zu lassen.

Doch sie behielt diese Gedanken für sich, denn sie hatte Wichtigeres zu tun und wollte keine unangenehme Atmosphäre zwischen sich und Bellamy schaffen.

Die ersten Takte von »Thriller« ertönten und die jungen Frauen kreischten begeistert auf. *30 über Nacht* war einer ihrer Lieblingsfilme. Sie hatten ihn Dutzende Male gesehen, als sie noch auf der Highschool gewesen waren, und den »Thriller«-Tanz wochenlang geübt, bis sie ihn auswendig konnten.

Tara legte ihre Kamera und die Schokoriegel, die sie von Jules erbeutet hatte, beiseite und stellte sich für den Tanz zu den anderen in die Reihe. Sie warfen die Arme in die Höhe, schwangen sie synchron mit ihren Hüften und tanzten über den Innenhof. Die Menge bildete einen Kreis um sie herum, während Familie und Freunde zum Tanz der jungen Frauen klatschten und sangen. Jules' Bruder Levi, Zwilling ihrer Schwester Leni, machte Fotos, und ihre Schwestern machten sich über sie lustig, weil sie den Text nicht konnte. Egal, wie sehr Jules sich auch anstrengte, nie sang sie den Text zu einem Lied richtig. Aber es war ihr egal. Sie liebte Musik, und sie liebte Momente wie diese, in denen ihre Familie zusammenkam und einfach nur glücklich war.

Als das Lied endete, applaudierte die Menge. Die Frauen verbeugten sich und umarmten sich kichernd, während alle anderen sich weiter ihrer Partystimmung hingaben.

»Wir waren richtig gut!«, rief Jules.

»Da hat sich wieder unser ganzes Talent aus der siebten Klasse gezeigt!«, stimmte Tara zu.

»Und Grant hat es verpasst, wieder mal.« Bellamy verdrehte die Augen.

Für Jules war es nur schwer zu ertragen, dass Grants Traurigkeit seine Familie ebenso zerriss, wie Jocks und Archers Zerwürfnis ihre Familie belastet hatte.

»Wisst ihr noch, wie er sich früher immer mitten unter uns gemischt hat, wenn wir getanzt haben?«, fragte Tara. »Er hat immer vollkommen falsche Bewegungen gemacht und die ganze Zeit nur gelacht.«

»Ich weiß, dass er viel durchgemacht hat, und ich sage es nur ungern, aber es kommt mir so vor, als hätte man ihm mit der Amputation des Beins auch die besten Seiten seiner

Persönlichkeit genommen«, sagte Bellamy traurig.

»Das stimmt so nicht, Belly!«, widersprach Jules eisern.

Sie wusste, dass Grant wahrscheinlich nie wieder ein Party-löwe werden würde. Niemand konnte durchmachen, was er erlebt hatte, und nicht als veränderter Mensch daraus hervorge-hen. Aber sie wusste auch, dass er nicht dazu bestimmt war, ein Außenseiter zu sein, und genau deshalb hatte sie auch immer wieder versucht, ihn aus dem Haus zu locken, damit er Zeit mit Freunden und der Familie verbrachte. Sie wusste, wie schnell einem das Leben genommen werden konnte, und sie würde nicht zulassen, dass ein Mann, der immer charmant gewesen und allem offen begegnet war, seine Zukunft wegwarf. Er musste einfach nur herausfinden, was ihn *jetzt* glücklich machte, und sie war der Mensch, der ihm am besten dazu verhelfen konnte.

»Alle dachten, dass Archer für immer der grimmige und wütende Kerl bleiben würde. Wisst ihr noch?«, sagte Jules. »Und seht euch an, wie fröhlich er jetzt ist.«

Sie schauten über den Hof zu Archer, der lachend bei seinen Freunden stand und Lenis Freundin Indi beäugte.

»Wenn Archer nach all den Jahren seine Wut hinter sich lassen konnte«, sagte Jules, »dann können wir auch Grant dabei helfen, seine Probleme zu überwinden.«

Tara und Bellamy sahen sich skeptisch an.

»Ich weiß, dass du es gut meinst, und du hast dich wirklich sehr angestrengt, um Grant zu helfen«, sagte Bellamy. »Aber du weißt doch, wie er ist, Jules. Er murrt mich in letzter Zeit mehr an, als dass er mit mir redet. Ich glaube nicht, dass er sich von irgendjemandem bei was auch immer helfen lässt.«

»Ich weiß genau, wie er ist, gerade weil er sich immer wie ein Einsiedler in dem alten Strandhaus der Remingtons einsperrt. Er schließt alle aus seinem Leben aus, als existierten wir gar nicht. Aber wisst ihr was? Ich werde es nicht mehr zulassen, dass er uns und sich selbst das antut. Er muss erkennen, dass er uns wichtig ist. Er wird wieder glücklich sein. Das ist ihm nur noch nicht bewusst.« Jules stemmte die Hände in die Hüften. »Wisst ihr was? Ich werde seinen missmutigen Hintern zu dieser Party schleifen und ihn an all die Dinge erinnern, die er an dieser Insel und den Menschen hier liebt. Aber zuerst brauche ich Indis Make-up-Koffer.« Sie machte sich auf den Weg zu Indi, einer professionellen Haar- und Make-up-Stylistin, die wie Jules' Schwestern Leni und Sutton in New York lebte und mit ihnen auf die Party gekommen war, um sich um das Make-up der Familie für die Party zu kümmern. Sie würden – ebenso wie Levi und seine Tochter Joey – am nächsten Morgen abreisen.

»Make-up?«, rief Bellamy ihr hinterher.

Jules drehte sich herum. »Das ist hier eine Halloween-Party, und du weißt ja, dass Grant mit Sicherheit kein Kostüm hat!«

»Aber bald gehen alle auf den Gruselpfad!«, erinnerte Bellamy sie noch.

Jules zeigte Bellamy den gehobenen Daumen und eilte zu Indi. Zehn Jahre hatte sie damit verbracht, ihre Familie zusammenzuhalten, während Jock und Archer sich aus dem Weg gegangen waren. Eine Herausforderung machte ihr keine Angst, und es war gut möglich, dass Grant Silver sich als ihre bisher größte Herausforderung erweisen würde. Sie war eine Frau mit einer Mission, und niemand würde sie aufhalten, bis dieser übellaunige Kerl sich wieder auf dem Pfad hin zum Glücklichsein befand – im besten Fall mit *ihr*.

Zwei

Jules bog auf die Schotterstraße zu dem Strandhaus ab, in dem Grant wohnte, wenn er zwischen seinen Einsätzen mal auf der Insel war. Sie parkte am Ende der überwucherten Auffahrt, und erinnerte sich daran, wie oft sie und Bellamy mit ihm auf den Dünen gesessen und fasziniert seinen Geschichten gelauscht hatten. Und wenn er fort gewesen war, waren sie zu der Düne gegangen, wo sie sich ihm am nächsten gefühlt hatten, um an ihn und seine Streiche zu denken. Erst vor Kurzem war ihr bewusst geworden, dass nicht nur seine Erzählkunst sie in den Bann gezogen hatte. Sondern Grant selbst. Er war der mutigste und zugleich schroffste Mann, den sie kannte, und sie liebte es, wie er immer über seine Kumpel und seine Einsätze geredet hatte. Seine Erzählungen waren ihr immer beängstigend vorgekommen, doch er schien darin aufzugehen. Er hatte dann immer dieses Strahlen in sich getragen, als hätte er das beste Leben überhaupt.

Sie vermisste es, dieses Strahlen in seinen Augen zu sehen.

Mit dem Make-up-Koffer in der Hand marschierte sie in ihren High Heels den Hügel hinauf, über Dünengras hinweg und um breite Büsche und Unkraut herum. Am Ende der Auffahrt erblickte sie Grants verbeulten Pick-up. Sie erinnerte

sich noch daran, wie er den alten Wagen in seiner Highschoolzeit gekauft hatte und sie und Bellamy immer hinten auf der
Ladefläche gespielt hatten, weil sie hofften, er hätte Lust auf
eine Spritztour.

*Wenn ich mich jetzt da verstecke, käme ich dann vielleicht in
den Genuss deiner Lust?*

Meine Güte! Sie spürte ihre glühenden Wangen. Vor Grant
hatte sie noch nie solche Gedanken in Bezug auf einen Mann
gehabt, doch so überraschend sie auch waren, sie waren doch
aufregend und verlockend.

Als sie das eingeschossige, verwitterte Strandhaus erblickte,
bemühte sie sich, diese Gedanken beiseitezuschieben. In den
letzten Monaten war sie oft hier gewesen und hatte versucht,
ihn herauszulocken, doch er hatte sie immer abgewiesen und sie
hatte sich nie hineingedrängt.

Sie stieg zur Veranda hoch. Die Fliegengitter hatten Löcher
und Risse, und die neuen Treppengeländer, die angebracht
worden waren, als Grant wieder zurück auf die Insel gezogen
war, wirkten an dem in die Jahre gekommenen Gebäude
deplatziert. An der rechten Seite der Veranda fehlte ein Stück
Geländer wie in einer Gebisslücke und die Zierleisten um die
Fenster herum und am Dach entlang waren an mehreren Stellen
gebrochen. Dorniges Gebüsch und dicke Rebstöcke ragten an
den Seiten und an der Rückseite des Strandhauses hinauf und
umklammerten das Dach wie Tentakeln unter den blattreichen
Ästen eines riesigen Baumes, sodass es wirkte, als würde ein
Seeungeheuer das Haus langsam verschlingen.

Jules hatte nie verstanden, warum Grant lieber in dem heruntergekommenen Strandhaus wohnte, wenn er zu Besuch
kam. Seine Familie war die reichste auf der Insel und er hätte in
einem ihrer wunderschönen Häuser oder auch in ihrem Resort

übernachten können. Bellamy hatte ihr schließlich erzählt, dass Grants Beziehung zu ihren Eltern schon immer sehr angespannt gewesen war. Das erklärte es, doch Jules hatte das Gefühl, dass er sich dieses Mal in jedem Fall für sein Versteck am Strand entschieden hätte, auch wenn sein Verhältnis zu seinen Eltern nicht so schwierig gewesen wäre.

So wie er sich hier versteckte, hätte er glatt als Hobbit durchgehen können.

Der Wind wehte über die Düne und rüttelte an den Mülltonnen neben der Veranda. Sie verschränkte die Arme vor der Brust und wünschte sich, sie hätte daran gedacht, eine Jacke mitzunehmen. Als sie dann die quietschende Fliegentür aufzog und auf die Veranda trat, hörte sie Musik. Im Haus brannte kein Licht, doch sie klopfte trotzdem. Als keine Antwort kam, lugte sie durchs Fenster. Es gab nur einen Wohnbereich, der mit einem Bücherregal, einem alten Sofa, einem Couchtisch und einem kleinen Steinkamin in der Ecke recht karg ausgestattet war. Die Küche bestand aus einer langen Arbeitsfläche mit fast leeren Regalen darüber und daneben einem großen Erkerfenster. Der Blick hinaus war jedoch von wuchernden Pflanzen versperrt, die sich hinten am Haus hinaufwanden. Auf dem Sofa lag eine zusammengeknüllte Decke, und sie fragte sich, ob er wohl dort geschlafen hatte. Der Gedanke, dass er so viel Zeit allein hier draußen in den Dünen verbrachte, gefiel ihr nicht.

Sie folgte dem Klang der Musik von der Veranda herunter und lugte durch ein anderes Fenster in Grants Schlafzimmer. Sein Bett nahm den Großteil des Raumes ein. Neben einem Holzstuhl und einer hohen Kommode beim Schrank lehnten Krücken an der Wand, doch von Grant war nichts zu sehen. Sie ging ums Haus herum zur Garage und schaute hinein. Grant lag auf einer Hantelbank – mit freiem Oberkörper und nur mit schwarzer Jogginghose und Sportschuhen bekleidet. Ihr Pulsschlag nahm an Fahrt auf, ihre Augen wurden von seinen Armen angezogen, die sich wölbten und anspannten, während er die schwer beladene Hantelstange immer wieder hochstieß und senkte. So sexy Bizepse hatte sie noch nie gesehen. Als ihr Blick an seinem Körper hinab zu der Ausbeulung in seiner Jogginghose wanderte, kribbelte ihre Haut. Sie versuchte, wegzuschauen, doch es gelang ihr nicht, zumal er jetzt die Hantelstange auf die Ablage legte und sich aufsetzte, wodurch seine breite Brust und die wohlgeformten Bauchmuskeln gut erkennbar waren. Wie gern hätte sie ihre Finger durch diese perfekten Brusthaare gleiten lassen und dann die Straße der Lust hinab …

Unvermittelt gingen ihr die aufregend sinnlichen Sachen, die die Paare in den Liebesromanen anstellten, durch den Kopf. Sie sehnte sich danach, sich so geborgen bei einem Mann zu fühlen, dass sie all das ausprobieren und dank seiner Berührung die Leidenschaft unter ihrer Haut pulsieren fühlen konnte – und in ihren Gedanken war Grant genau dieser Mann.

Er wischte sich mit dem Unterarm über die Stirn, und sie wich zurück, drückte sich mit dem Rücken an die Garagenwand und versuchte, ihr Herzrasen unter Kontrolle zu bringen. *Oh mein Gott!* Wie war sie nur auf den Gedanken gekommen, dass sie ihn dazu bewegen konnte, mit ihr zur Party zu kommen, wenn dieser zum Anbeißen sexy Kerl alles Mögliche und Verrückte mit ihrem Körper anstellte? Sie konnte kaum klar denken. Sie schloss die Augen.

Ich schaffe das. In der Highschool wurde ich zur besten Schauspielerin gekürt.

Aber das hier ist alles andere als ein Rollenspiel.

Meine Gefühle sind so real.

Und schmutzig …

Aah! Ich muss das hinkriegen. Für ihn. Für Bellamy.

Für mich.

Sie schob ihre sexbesessenen Gedanken beiseite und schaute noch einmal durchs Fenster. Ihr Herz blieb fast stehen. Der Raum war leer. *Was zum …?*

»Was machst du hier?«

Grants tiefe Stimme ließ sie aufschrecken, und als sie sich aufrichtete, stolperte sie nach hinten und prallte gegen eine Mauer aus Muskeln.

»Ich habe gefragt …«

»Das habe ich gehört!«, schnauzte sie ihn an und schnellte herum. »Du hast hoffentlich meine Flügel nicht kaputtgemacht!«

Mit ihren gerade mal eins fünfundfünfzig sah sie sich seinem Brustkorb gegenüber. Und einer Reihe von Narben darauf. Ein leiser Schmerz durchfuhr sie, doch ihr Herz raste zu schnell, als dass sie sich darauf hätte konzentrieren können. »Meine Güte, Grant! Hast du dich gerade da herausgebeamt oder was? Du bist ja wie ein Ninja.« Sie zwang sich, aufzuschauen, und erblickte seine wirren braunen Haare, den Dreitagebart und die Augen mit ihren dunklen Schatten und so viel Traurigkeit hinter einem Schleier aus Ernsthaftigkeit. Am liebsten hätte sie sie mit einer Umarmung aus ihm herausgepresst.

»Was willst du, Jules?«

»*Dich*, du Ochse.«

Ein Zucken umspielte seine Mundwinkel und in seinen Augen lag ein teuflisches Blitzen.

»Also nicht *dich* dich.« *Lügnerin.* »Sondern … Ach, Mann! Zieh dir ein T-Shirt über. Du kommst mit mir auf die Halloween-Party.«

Er verschränkte die Arme und sah sie durchdringend an. »Kannst du vergessen.«

»Jetzt hör mir mal gut zu, Grant Silver!« Sie stieß mit dem Finger gegen seine Brust und funkelte ihn wütend an. »Bellamy ist meine beste Freundin und sie vermisst dich. Ich werde nicht zulassen, dass das liebste Mädel auf der Insel noch eine einzige verdammte Minute lang traurig ist. Hast du mich verstanden?«

Er drehte sich um und ging zur Vorderseite des Hauses.

»Oh nein, das kommt nicht infrage!« Sie marschierte hinter ihm her und stieg dabei über dorniges Gebüsch hinweg. »Grant! Das kannst du ihr nicht antun. Du hast schon wieder verpasst, wie sie zu ›Thriller‹ singt und tanzt.«

Grant blieb stehen, und da Jules sich so darauf konzentrierte, wohin sie trat, rannte sie fast in ihn hinein. Sie atmete geräuschvoll aus und rauschte um ihn herum, damit sie sein Gesicht sehen konnte. Doch noch bevor sie etwas sagen konnte, sah sie, wie er ihren ganzen Körper musterte, der daraufhin sofort in Flammen stand, und ihre Gedanken zerstoben in alle Richtungen.

»Was hast du da überhaupt an?«

Sie stemmte eine Hand in die Hüfte. »Ich bin eine Zombie-Fee. Eine Pixie. Du weißt schon, wie Tinker Bell in *Peter Pan*?«

»Das erklärt einiges. Aber weißt du was, Pixie? Du wirst deinen Feenstaub nicht auf mich herabrieseln lassen.«

»Das werden wir ja sehen.« Sie packte ihn an seinen Brusthaaren und zog ihn zum Haus.

»Aua!« Er schob ihre Hand weg und rieb sich über die Brust. »Was soll das, Jules?«

»Leg dich nicht mit einer Steele an. Ich meine es ernst, Grant. Wie oft soll ich hier herauskommen und dich anbetteln, Zeit mit Bellamy zu verbringen? Es wird dich schon nicht umbringen, eine halbe Stunde auf einer Party mit deiner Familie und deinen Freunden, die dich alle liebhaben, zusammen zu sein.« Ihr Tonfall wurde sanfter. »Aber es könnte sie umbringen, wenn du nicht auftauchst.«

Er biss sichtbar die Zähne zusammen.

Sie verschränkte die Hände unter ihrem Kinn. »Bitte? Für Belly?«

»Verdammt, Jules.« Er wandte den Blick ab.

»Nur ein paar Minuten? Es würde ihr so viel bedeuten.«

»Okay«, blaffte er sie an.

»Yippie!« Sie fiel ihm um den Hals. »Danke! Sie wird sich so freuen!« Sie nahm ihn an der Hand und zog ihn zur Veranda. »Du brauchst ein schwarzes T-Shirt und ich kümmere mich um dein Make-up. Ich mache dich zu einem Zombie wie mich.«

»Den Teufel wirst du tun. Ich trage kein Make-up.«

»Doch.«

»Jules!«, stieß er in einem warnenden Tonfall aus.

»Es ist eine Halloween-Party und noch dazu Bellamys Lieblingsfeiertag. Und meiner auch. Na ja, abgesehen von Weihnachten natürlich. Wenn im Majestic Park die Beleuchtung am Weihnachtsbaum eingeschaltet wird, das ist so toll! Aber der gefüllte Truthahn zu Thanksgiving steht auch ganz oben auf meiner Liste. Ach ja, und der Valentinstag. Auch wenn ich nie einen richtigen Valentinsschatz hatte, liebe ich den Tag trotzdem. Und dann ist da ja auch noch …«

»Meine Güte, Jules. Du hast gewonnen. Du kannst mich schminken. Lass mich nur bitte nicht wie eine Tussi aussehen.«

Grant folgte Jules ins Haus und konnte den Blick gar nicht von ihr abwenden. Mit den High Heels und in dieser sexy Aufmachung mit den Flügeln war sie wie ein himmlisches Geschenk bei ihm aufgetaucht. Sie war schon immer hübsch gewesen, aber *verdammt …* die kleine Jules Steele war zu einer ziemlich überwältigenden Frau geworden. Er hatte sein Bestes gegeben, das in den letzten Jahren nicht zu bemerken, weil er eng mit ihren Brüdern befreundet war. Zusammen mit ihrem Kumpel Brant Remington waren sie in ihrer Kindheit und Jugend eine eingeschworene Truppe gewesen. Ihre Eltern waren beste Freunde und alle drei Familien hatten immer viel Zeit miteinander verbracht. Jules machte es ihm in letzter Zeit nicht leicht, sich zu beherrschen, wenn sie jede Woche ein Strahlen in sein Haus trug und versuchte, ihren verfluchten Glücksstaub wie Konfetti zu verteilen, indem sie ihn an eine Veranstaltung erinnerte und ihn zu Lagerfeuern und Treffen einlud, als wäre sie die Entertainment-Managerin der Insel.

Er sollte sie wirklich nicht so beäugen, aber wenn Jules in diesem Fantasien heraufbeschwörenden Outfit herumtänzelte, konnte er gar nicht anders. Genau so war es auch gewesen, bevor er zu seiner letzten Mission aufgebrochen war. Damals hatte er sich dabei erwischt, wie er mit ihr flirtete. Seine Amputation hatte dieser irren Anwandlung ein Ende bereitet, doch jetzt … *verdammt!*

»Gemütlich hast du es hier«, sagte sie freundlich, als er die Tür hinter ihnen schloss.

Das Haus war ein regelrechtes Loch, doch er fühlte sich hier wohl. Als er im Sommer auf die Insel zurückgekehrt war, hatte Brants Vater Roddy ihm den Schlüssel zu seinem Strandhaus gegeben – wie auch schon vor all den Jahren, als sich Grants Eltern getrennt hatten. Damals war Roddy ihm begegnet, als er früh am Morgen am Strand spazieren war, weil er zu sauer gewesen war, um es auch nur in der Nähe von seinem Zuhause aushalten zu können. Roddy hatte den Kühlschrank mit Lebensmitteln gefüllt, die Regale mit Büchern, und dann hatte er Grant kommen und gehen lassen, wie es ihm gefiel. Erst Jahre später hatte Grant herausgefunden, dass Roddy natürlich seinen Eltern gesteckt hatte, wo er sich jeden Tag stundenlang verkroch. Das war keine Überraschung gewesen. So funktionierte die Insel. *Es braucht ein Dorf…* und der ganze Kram.

Grant sah Jules skeptisch an.

»Was? Mir gefällt es.« Jules strahlte. »Ich würde wahrscheinlich Vorhänge anbringen, aber du hast hier draußen allein wahrscheinlich keine Angst.«

Für ihre Freundlichkeit war er ihr dankbar, auch wenn sie nicht nötig gewesen wäre. Doch so war Jules, sie sah in allem und jedem etwas Positives.

»Es ist eine Absteige, aber ich bin mir sowieso noch nicht sicher, ob ich bleibe. Ich hol mir ein T-Shirt.«

Er ging in sein Schlafzimmer und hörte das Klack-klack-klack ihrer Absätze auf dem Parkettboden. Crash, ein streunender Kater, der vor fast zwei Monaten spindeldürr und vollkommen verängstigt in seinem Garten aufgetaucht war, schlief auf seinem Kissen.

Grant kramte ein langärmeliges schwarzes Shirt aus seiner Kommode, bevor sein Blick auf die Krücken fiel. Die benutzte er, wenn er seine Prothese nicht trug. Dann schaute er zum Badezimmer und in ihm zog sich alles zusammen. Hoffentlich würde Jules nicht nach der Toilette fragen. Ein Duschhocker und Haltegriffe waren nicht gerade die Insignien eines Hardcore-Kämpfers. Als Grant sich bei Roddy erkundigt hatte, ob er das Haus für ein paar Monate mieten konnte, hatte er auch gefragt, ob es in Ordnung wäre, wenn er die Haltegriffe anbringen würde, doch als er ankam, war alles schon erledigt gewesen. Der gute alte Roddy. So notwendig diese Vorrichtungen auch waren, so erinnerten sie ihn doch permanent daran, wie sehr sein Leben sich verändert hatte – ebenso wie die mitleidigen Blicke der Inselbewohner, die ihn schon sein ganzes Leben lang kannten. Er hatte niemandem erzählt, dass er auf seinem letzten Einsatz nicht nur sein Bein verloren hatte. Auch das Hörvermögen auf seinem linken Ohr war ihm zum Großteil abhandengekommen. Er konnte sich vorstellen, wie die Leute glauben würden, sie müssten ihn anschreien, damit er sie hörte, und den Mist brauchte er beim besten Willen nicht.

Er zog sich das T-Shirt über und schloss die Schlafzimmertür hinter sich. Jules stand mit dem Rücken zu ihm im Wohnzimmer, summte vor sich hin und wackelte mit Kopf und Hüften, während sie die Decke zusammenlegte, die er letzte Nacht benutzt hatte, als er auf dem Sofa geschlafen hatte. In dem glitzernden Kleid, das kaum ihren Hintern bedeckte, und ihrer Springbrunnenfrisur, die die Hälfte ihrer goldbraunen Mähne oben auf dem Kopf zusammenhielt, während der Rest über die Schultern auf die extravaganten Flügel fiel, wirkte sie in dem heruntergekommenen alten Strandhaus so fehl am Platz, wie er sich auf der Insel fühlte – und viel zu sexy, als gut für sie gewesen wäre. Ein Zucken durchfuhr sein bestes Stück. Er schaute an sich herunter zu dem ungezogenen Körperteil, das weder in Aktion gewesen war, noch vor Interesse gezuckt hatte, seitdem er sein Bein verloren hatte.

Nach dieser ganzen Zeit suchst du dir ausgerechnet die kleine Schwester meines Kumpels aus? Das Mädchen, das für jeden Blumen gepflückt hat, der eine Grippe oder Erkältung hatte, und sie dann mit einer Schleife zusammengebunden auf die Türschwelle gelegt hat? Vergiss es.

Jules war viel zu süß für jemanden wie ihn, vor allem in seiner gegenwärtigen Verfassung. Außerdem hatte er es überhaupt nicht eilig damit, irgendeine Frau einen Blick auf seinen verstümmelten Körper werfen zu lassen.

Er räusperte sich, und sie drehte sich abrupt herum, um ihn mit ihrem umwerfenden Lächeln wie mit einem Sonnenstrahl zu treffen.

»Wow! Schwarz steht dir toll«, sagte sie munter. »Deine Schwestern meinten, du solltest dir mal die Haare schneiden lassen, aber mir gefällt es so. Es passt zu deinem neuen Ich.«

»Meinem neuen Ich? Du meinst das Arschloch?«

Sie schüttelte den Kopf, wobei ihr Lächeln keine Sekunde schwand. »Ich kenne dich, Grant Silver. Du bist kein Arschloch. Du bist ein Mann, dessen Leben sich auf drastische Weise geändert hat. Bist du bereit?«

»So bereit, wie es eben geht.« Ihn überkam ein schlechtes Gewissen, weil er sich so mies benahm. »Wo soll ich hin?«

Sie legte die Decke über die Lehne des Sofas und klopfte darauf. »Hier wäre gut.«

Die Vorstellung, wie Jules sich über das Sofa beugte, während er sie von hinten nahm, spukte ihm durch den Kopf, und er biss die Zähne zusammen. *Himmel noch mal!* Das hier war eine sehr schlechte Idee.

Er setzte sich aufs Sofa, und sie stellte den Koffer, den sie anscheinend mitgebracht hatte, auf den Couchtisch. Vor sich hin summend packte sie Unmengen von Schminke aus.

»Das ist ein Haufen Kram.«

»Keine Sorge. Ich hab zugeschaut, wie Indi das Make-up von den anderen gemacht hat. Du wirst der attraktivste Zombie auf der Party werden.«

Er hatte das Gefühl, bereits das attraktivste Zombie-Wesen auf der ganzen Insel vor sich zu haben.

Sie schob seine Knie auseinander und stellte sich dazwischen. *Fuck! Dein Ernst? Du, in diesen aufreizenden High Heels und diesem Nichts von Outfit, stellst dich zwischen meine Beine?* Wie zum Teufel sollte er das überstehen?

Sie zog die Augenbrauen zusammen. »Du guckst schon wieder so böse.« Sie seufzte, griff in das Oberteil ihres Kostüms und zog einen Mandelriegel heraus. »Iss das.«

Diese Worte aus ihrem sexy Mund …

Sein Blick verharrte auf ihrem Ausschnitt. »Was hast du da noch drin?«, fragte er, bevor er es verhindern konnte. Was tat er da, verdammt? Mit Jules konnte er doch nicht flirten.

»Leckerlis für böse Jungs.« Sie gab ihm den Schokoriegel, als hätte sie gar nicht mitbekommen, wie sich das gerade angehört hatte. »Nimm das Snickers. Dann geht es dir gleich besser.«

Verwundert betrachtete er die weiß-blaue Verpackung. »Du meinst den Mandelriegel.«

»Leider nicht. Mein Vater hat die ganzen Mandelriegel gegen Snickers ausgetauscht, weil …«

»… du eine Mandelriegeldiebin bist.« Ein Lachen brach sich Bahn. »Das hatte ich ganz vergessen. Dein Vater ist echt zum Schießen.«

Sie zog die Augenbrauen zusammen. »Hm, ich werde mir aber mit Sicherheit etwas überlegen, wie ich es ihm heimzahlen kann, denn ich habe den ganzen Abend noch keinen einzigen Mandelriegel bekommen.« Sie verzog die Lippen zu einem Schmollmund.

Ihn überkam das dringende Bedürfnis, diesen Schmollmund zu erkunden.

Mit seinem besten Stück.

Wenn sein verdammtes Hirn so weitermachte, wäre er demnächst steinhart.

»Iss schnell, du Höhlenmensch. Ich muss gleich auf den Gruselpfad, und ich kann dich nicht schminken, wenn du kaust.«

Er stopfte sich den Riegel in den Mund.

»Was treibst du eigentlich die ganze Zeit hier draußen?«, fragte sie, während er aß. »Irgendwas aus Holz zimmern? Malen?«

»Hab ich beides seit Langem nicht mehr gemacht.« In der neunten Klasse hatte Grant Werkunterricht gehabt und auf Anhieb Gefallen daran gefunden, etwas mit den Händen zu erschaffen und zu bauen.

Roddy Remington gehörte der Yachthafen, und als Teenager hatte Grant dort die Sommer verbracht und mit Brant zusammen Boote repariert und die Stege instandgehalten. Brant war jetzt ein angesehener Schiffsbauer und besaß eine Firma für Schiffsausrüstung. Grant hatte immer bei ihm ausgeholfen, wenn er mal nach Hause gekommen war, und nun arbeitete er in Vollzeit für Brant, während er überlegte, was er in Zukunft tun wollte. Aber die Arbeit mit Holz war nie etwas gewesen, wonach Grant sich gesehnt hatte – im Gegensatz zur Malerei. Als Kind hatte er von einem Freund der Familie das Malen gelernt, und als Teenager hatte er bereits so viele Gemälde verkauft, wie er zeitlich hatte malen können. Doch seit seinem Unfall machten ihn die meisten Dinge, die er früher immer gern getan hatte, einfach nur kribbelig. Allein der Gedanke, irgendetwas anderes zu tun, als sich auf einen Einsatz vorzubereiten, nervte ihn ungemein. Und das war nur einer der Gründe dafür, warum er von der Insel verschwinden musste, bevor er jemand anderen mit sich hinunterzog.

»Warum nicht? Du warst in beidem so gut.«

Was interessiert dich das? Er biss die Zähne zusammen. Diese Art von Bemerkung hatte sie nicht verdient. »Hatte im letzten Jahr einiges um die Ohren.«

»Ah ja, stimmt. Dein Bein. Tut mir leid.«

Alle anderen umschifften das Thema seines Beinverlusts immer, doch Jules hatte so eine Art an sich, die Verletzungen oder Schwächen anderer Menschen zu akzeptieren und nicht damit umzugehen, als wären sie Unterschiede oder Mängel, sondern ganz einfach nur Teil dessen, wer jemand war, wie eine Narbe.

»Aber jetzt hast du nicht viel um die Ohren. Leg deinen Kopf etwas zurück.« Sie machte sich daran, Make-up um seine Augen herum aufzutragen. »Ich weiß, dass du bei Brant im Yachthafen arbeitest, also im Grunde genommen arbeitest du mit Holz, aber was machst du sonst so?«

»Was wird das hier? Ein Verhör?«

»Nein. Ich finde einfach nur, dass du malen solltest. Du hast zu viel Talent, um es aufzugeben. Fehlt es dir nicht? Mir würde es fehlen. Mit meinen Kunden mache ich eine Menge DIY-Projekte, und es würde mir fehlen, wenn ich das nicht mehr hätte. Das gehört zu den Sachen, die mir an meiner Arbeit am meisten gefallen. Ich liebe alle möglichen handgefertigten Dinge.« Sie schminkte nun seine Wangen. »Demnächst machen wir Thanksgiving-Kränze und dann geht es auch schon mit der Weihnachtsdeko los. Ich kann es kaum abwarten. Das Strandhaus hier wäre total süß mit ein paar Gemälden an der Wand. Könntest du nicht eine Zeit lang jeden Tag ein bisschen malen?«

»Meine Güte, Jules! Jetzt nerv nicht. Können wir einfach dieses blöde Make-up zu Ende bringen, bevor ich es mir anders überlege?«

Sie presste die Lippen zu einer schmalen Linie zusammen und zog das Vorderteil ihres Kostüms von sich, um in ihren Ausschnitt zu schauen. Sie rümpfte die Nase und sah verdammt süß dabei aus. »Ich hatte gehofft, da wäre noch ein Schokoriegel drin, gegen deine miesepetrige Laune, aber ich hab anscheinend kein Glück. Dann musst du wohl nur mit mir vorliebnehmen.«

Sie fuhr mit den Fingern durch seine Haare, schob die Mähne so aus seinem Gesicht und berührte dann seine Wange. »Alle vermissen dieses Gesicht. *Ich* vermisse es. Es ist ein wirklich nettes Gesicht«, sagte sie, als hätten sie die Art von Beziehung, in der sie einander Komplimente machten. »Danke, dass du zugestimmt hast, heute Abend zu kommen. Ich weiß, dass Bellamy unglaublich glücklich sein wird, und mich freut es auch. Aber jetzt halte ich den Mund und mache einen furchterregenden Zombie aus dir.«

Zwanzig Minuten der absoluten Folter.

Genau das war es, Jules Steele zwischen seinen Beinen zu haben und ihre spitzen Brüste direkt vor seinem Gesicht zu wissen. Schlimmer wurde es nur noch, als sie es satthatte, sich vornüberzubeugen, und sich stattdessen auf sein rechtes Bein setzte, um ihn zu einem perfekten Zombie zu schminken. Als sie fertig war, stand sein bestes Stück auf Halbmast, jeder einzelne seiner Muskeln war angespannt, während sie rein gar nichts merkte, auf diesen High Heels herumhüpfte und unentwegt davon plapperte, wie viel Spaß er auf der Party haben würde.

Vor seiner Amputation hatte er, wenn er an Spaß gedacht hatte, weitaus weniger Kleidung vor Augen gehabt. Ihre Vorstellungen von Spaß waren absolut konträr.

Sie verstaute die Schminke in ihrem Koffer und zog die Augenbrauen zusammen. »Hast du das gehört?«

»Was?« *Meine schmutzigen Gedanken?*

»Eine Katze. Da, schon wieder. Ein Miauen.« Sie ging in Richtung seines Schlafzimmers.

Verdammt. Er eilte hinter ihr her und öffnete die Schlafzimmertür gerade so weit, dass der Kater herausflitzen konnte, der daraufhin mit voller Wucht gegen das Sofa rannte. Er prallte daran ab und raste dann auf die andere Seite des Raumes.

»Du hast eine Katze! Die Arme. Alles in Ordnung mit dir?« Sie hockte sich mit ausgestreckter Hand auf den Boden, während Grant die Schlafzimmertür schloss. »Komm her, meine Kleine. Wie heißt sie?«

»Ich nenne ihn Crash, aber er gehört mir nicht. Der lungert hier einfach herum und weigert sich zu gehen.« Der Kater lugte vorsichtig um das Sofa herum, und Jules fing an, ihn mit Kussgeräuschen und wackelnden Fingern zu locken. »Eines Tages ist er einfach draußen aufgetaucht. Er war nur noch Haut und Knochen, und immer, wenn ich versucht habe, ihn einzufangen, lief er weg, und jedes verdammte Mal ist er in irgendwas hineingerannt – in einen Verandapfosten, einen Baum, die Stufen.«

Jules robbte langsam vorwärts. »Oh. Ist er blind? Komm schon, mein Kleiner, komm her.«

»Nein. Ich hab ihn untersuchen lassen. Er ist nur ein dummer Kerl, der nicht guckt, wo er hinläuft. Der wird nicht zu dir kommen. Macht er nie. Ich musste drei Wochen lang draußen Futter hinstellen, damit er überhaupt auf die Veranda kommt, und danach ist er einfach eines Tages ins Haus gerannt, als ich hineingegangen bin. Und jetzt kann ich ihn nicht dazu bringen, wieder abzuhauen. Er rennt die ganze Zeit wie irre herum, als würde er nach etwas suchen, und wenn er dann mal schläft, macht er das auf meinem Kissen! Aber anfassen lässt er sich überhaupt nicht.« Während er sprach, kam der Kater zögerlich auf sie zu.

Jules setzte sich auf den Boden, und Crash berührte ihr Bein mit der Nase, sah sie an, roch noch einmal an ihr und kletterte dann auf ihren Schoß. *Jetzt machst du auch noch einen Lügner aus mir, du dummer Kerl.*

Jules zog Crash behutsam an sich und strich mit der Nase über seinen Kopf, während sie Grant anlächelte. »Das muss an meinem magischen Pixie-Zauber liegen.«

Grant erfuhr gerade am eigenen Leib, wie stark ihr Zauber war. »Du kannst ihn haben.«

»Ich werde deinen Kater nicht nehmen. Ihr beide braucht euch.«

»So wie ich einen Kropf brauche. Wir sollten gehen.«

Sie gab Crash einen Kuss auf den Kopf. »Tschüss, Kleiner. Du brauchst einen Helm, damit du nicht irgendwann einen Hirnschaden davonträgst.«

Crash leckte Jules über die Wange, und Grant hätte schwören können, dass der Kater grinste, als er gemächlich von ihrem Schoß kletterte und dann in das zweite Schlafzimmer flitzte.

Jules stand auf und nahm den Make-up-Koffer. Auf dem Weg hinaus schnappte er sich seine Lederjacke und legte sie ihr um die Schultern.

Besorgt schaute sie ihn an. »Meine Flügel.«

»Denen geht's gut.«

»Aber ...«

»Meine Güte, Pix.« Der Kosename kam ihm so leicht über die Lippen, dass es ihn kurz aus dem Konzept brachte, doch er hatte keine Zeit, darüber nachzudenken, weil Jules sonst erfrieren würde. »Da draußen ist es kalt und du läufst hier halbnackt durch die Gegend. In deinem Jeep kannst du die

Jacke ausziehen, aber ich werde nicht zulassen, dass du wegen mir krank wirst. Deine Brüder würden mir die Hölle heiß machen.« *Und noch viel Schlimmeres mit mir anstellen, wenn sie wüssten, was mir die ganze Zeit durch den Kopf gegangen ist.*

»Diese Gentleman-Tour steht dir gut.« Sie gestattete ihm, ihr die Jacke umzulegen.

Als sie die Auffahrt entlanggingen, hakte sie sich bei ihm unter, als wäre es das Natürlichste auf der Welt. Schließlich stieg er in seinen Pick-up und folgte ihrem knallgelben Jeep zum Weingut.

Gelb … So typisch für sie.

Es war schwer, nicht bessere Laune zu bekommen, wenn Jules in der Nähe war. Doch auf dem Weg zur Halloween-Party verschwand die gute Laune wieder beim Gedanken an die peinlich berührten Blicke, die sich auf ihn richten würden, und die Fragen danach, ob er endlich im Resort seiner Familie mitarbeiten würde.

Auch wegen dieser Art von Veranstaltungen war er von Silver Island verschwunden. Ein Silver zu sein war mit einer Menge Druck verbunden. Als junger Mensch war von ihm nicht nur erwartet worden, dass er ins Familienunternehmen einsteigen und mit seinen Eltern im Silver House arbeiten würde – was er zu ihrer großen Enttäuschung nie gewollt hatte. Zudem hatte es da für ihn als ältestes Kind in einer Familie, die den Anschein aufrechterhalten musste, dass alles in Ordnung war, den kaum auszuhaltenden Druck gegeben, seine Geschwister zusammenzuhalten und das Lächeln nicht zu vergessen, während ihre Familie im Privaten die Hölle durchmachte.

Grant war zehn Jahre alt gewesen, als sein Vater ausgezogen war, also alt genug, um die Veränderungen in jedem Bereich seines Lebens zu spüren und sich der Lächerlichkeit des

Versprechens seines Vaters bewusst zu sein. *Zwischen uns wird sich nichts ändern. Ich werde dir bei allem zur Seite stehen, so wie ich es immer getan habe.* Die zweite Hälfte seines Versprechens hatte sein Vater eingehalten, indem er zu allen Schul- und Sportveranstaltungen ebenso aufgetaucht war wie zu Familienessen in der Öffentlichkeit, doch *nichts* war je wieder so wie vorher gewesen. Sie hatten nie im Haus ihres Vaters übernachtet, und das war nun mal eine todsichere Methode dafür, dass ein Kind sich ungewollt fühlte. Seine Geschwister – Fitz, Wells, Keira und Bellamy – waren erst sieben, fünf, vier und zwei Jahre alt gewesen, und in den ersten paar Monaten war es für sie unglaublich schwierig gewesen, sich an die neue Situation zu gewöhnen. Doch anders als Fitz und er selbst hatten die anderen drei aufgrund ihres jungen Alters den Vorteil gehabt, sich nach diesen Monaten nicht mehr an irgendeine andere Form des Zusammenlebens zu erinnern.

Eines hatte Grant allerdings noch niemandem erzählt: So liebevoll und kommunikativ seine Eltern auch waren – er hatte ihre Trennung und die damit einhergehende Entscheidung, verheiratet zu bleiben, aber getrennt zu leben, und sich dabei dennoch wie zwei Frischvermählte zu verhalten, immer als egoistisch und verwirrend empfunden. Klar, seine Eltern hatten sich mehr gestritten, als sie unter einem Dach gewohnt hatten, aber zumindest waren sie beisammen gewesen. Wenn sie wieder zusammengezogen wären, hätte er nicht monatelang versuchen müssen, seinen Schwestern und Brüdern begreiflich zu machen, was da gerade passierte, oder beobachten müssen, wie seine Eltern trauriger denn je wirkten.

Die Beziehung zu seinem Vater war seitdem immer von Spannungen erfüllt gewesen, und genau da machte sich der Druck, ein Mitglied der Silver-Familie zu sein, bemerkbar. Er hatte es gehasst, den Schein einer glücklichen Familie aufrecht-erhalten zu müssen, noch dazu auf einer Insel, auf der alle die Wahrheit gekannt hatten. Die mitleidigen Blicke und gutge-meinten Fragen waren unerträglich gewesen. Dabei war es auch nicht hilfreich gewesen, dass sein Vater kein Verständnis für seinen Wunsch, für ihr Land zu kämpfen, aufgebracht und sogar versucht hatte, es ihm zu verbieten. Sogar jetzt versuchte er noch, Entscheidungen für Grant zu treffen.

Grant ärgerte es, dass ihn all das so sauer machte, denn seine Eltern waren gute Menschen, auch wenn ihre Familie nach der Trennung der Eltern eine Zeit lang quasi auf einer Lüge beruht hatte. Aber er konnte ebenso wenig seine Gefühle in Bezug auf die Situation damals kontrollieren oder auf das Bedürfnis seines Vaters, ihm Entscheidungen aufzuzwingen, wie er die Angst in den Griff bekam, die ihn innerlich zerfraß, seit er sein Bein verloren hatte – ganz zu schweigen von den Schuldgefühlen, die ihn erdrückten. Es bereitete ihm kein Vergnügen, sich vor allen zu verstecken, genauso wie es ihm damals nicht gefallen hatte, seine Familie zu enttäuschen, als er die Insel verlassen hatte. Aber bisher hatte er noch keine andere Möglichkeit gefunden, den Verstand nicht vollends zu verlieren.

Er stellte das Auto auf dem prall gefüllten Parkplatz ab, und als er ausstieg, ließ der herüberdringende Lärm der Party seine Haut kribbeln. Abgesehen davon, dass er all diese mitleidigen Blicke ertragen müsste, würde sein beeinträchtigtes Gehör jede Menge weitere Probleme verursachen. Es fiel ihm schwer, auszumachen, aus welcher Richtung Geräusche kamen, und das machte die Gesellschaft von vielen Leuten, in der er sich früher so wohl gefühlt hatte, überfordernd und frustrierend. Es war schlicht und einfach anstrengend, mitzukommen.

Jules eilte herbei und sah aus wie die Inkarnation Dutzender seiner Fantasien, verpackt in einer lächelnden, unerreichbaren, hinreißenden Frau, deren zierliche Gestalt in seiner riesigen Jacke steckte. Sie packte ihn am Arm. »Komm, lass uns Bellamy suchen.«

»Jules, ich glaube, das hier war ein Fehler.«

Eine Traurigkeit verdrängte ihr Lächeln und berührte etwas tief in ihm. Ihre Hand glitt an seinem Arm hinunter und sie verschränkte seine Hand mit ihrer. Ihre Finger waren so feingliedrig und das Stirnrunzeln wirkte auf ihrem schönen Gesicht so fehl am Platz. Warum, zum Henker, machte sie nicht auf dem Absatz kehrt oder ließ ihn in Ruhe wie alle anderen?

»Ich weiß, dass du Partys nicht mehr magst«, sagte sie leise. »Ich weiß vielleicht nicht genau, warum, aber ich respektiere, dass du keinen Spaß daran hast. Kein Wunder. Du hast ein viel größeres Leben gelebt, als unsere kleine Insel es dir bieten kann. Aber du warst im Krieg, Grant! Jeden Tag, den du fort warst, hat deine Familie sich Sorgen gemacht, dass es der letzte sein könnte, den du erlebst.« Sie drückte seine Hand. »Ich habe mir auch Sorgen gemacht.«

Ihre Blicke begegneten sich, die Funken sprühten, doch der Lärm war überwältigend, und sein Frust wuchs mit jeder Minute. Er wünschte sich so sehr, dass er das Leben so sehen konnte wie sie. Doch auf dieser Insel mit zu vielen Weltverbesserern hatte er das Gefühl, allein zu sein. Niemand verstand das volle Ausmaß dessen, was er verloren und womit er zu kämpfen hatte, und mit Sicherheit wollte niemand hören, wie verdammt verloren *er* sich fühlte.

»Und jetzt bist du zu Hause, wo dich jeder lieb hat. Ich kann nicht dabei zusehen, wie du dem allen den Rücken kehrst.« Eindringlich redete sie auf ihn ein. »Freunde und

Familienmitglieder sollten wertgeschätzt werden, egal wie nervig oder erdrückend sie sind. Vielleicht fühlt es sich im Moment nicht so an, aber was da drinnen auf dich wartet, ist etwas ganz Besonderes. Nicht jeder hat das Glück, Menschen zu haben, die ihn lieben und die bereit sind, für ihn zu kämpfen.«

Er ließ ihre Hand los und biss die Zähne zusammen, um gegen den brodelnden Frust und die unerwarteten Gefühle anzugehen, die ihre Worte auslösten. »Du hast ja keine Ahnung, wie es für mich ist, Jules.«

»Du hast recht. Ich habe keine Gliedmaße verloren. Ich kann mir nicht einmal annähernd vorstellen, wie schwer es für dich ist. Aber ich weiß, wie es für Bellamy ist. Du warst nicht all die Jahre hier, in denen Jock weg war und Archer auf alles und jeden wütend war, aber ich hatte das Gefühl, als würde man mir mein Herz jeden einzelnen Tag in Stücke reißen. Bellamy war für mich da. Sie hat mich im Arm gehalten, wenn ich geweint habe, hat meinen Kummer mit leckerem Eis ertränkt und draußen am Fortune's Landing bei mir gestanden, wenn ich mir die Seele aus dem Leib geschrien habe. Das Gleiche habe ich für sie getan, aber ich kann dir mit Sicherheit sagen, dass ich nur ein erbärmlicher Ersatz für dich bin, und keine Berge von Eiscreme oder Stunden des Schreiens können die Leere ausfüllen, die sie empfindet.«

Der Schmerz in seiner Brust wurde mit jedem ihrer Worte stärker, und bei der Traurigkeit in ihrem Blick zog sich sein Innerstes quälend zusammen. Dass Jules diesen Kummer durchgemacht hatte, war ein unerträglicher Gedanke, ebenso, dass er Bellamy den gleichen Schmerz zufügte. Aber er hatte keine Ahnung, wie er auch nur das Geringste daran ändern konnte, also ballte er die Fäuste und biss sich auf die Zunge, um diesen Frust nicht hervorbrechen zu lassen.

»Sie braucht dich jetzt, Grant«, sagte Jules wütend. »Selbst ein winzig kleiner Teil von dir würde schon viel ausrichten. Bellamy hat dich in all den Jahren, die du fort warst, so sehr vermisst, aber wann immer es dir möglich war, hast du per Videoanruf mit ihr gesprochen. Dann wurdest du verwundet und hast von einem Tag auf den anderen damit aufgehört. Hast du auch nur die geringste Ahnung, wie das für sie war?«, fauchte sie ihn an. »Es war die Hölle für sie. Sie und ich haben viel Zeit da draußen auf der Düne beim Strandhaus verbracht und versucht, uns an die Geschichten zu erinnern, die du uns im Laufe der Jahre erzählt hast. Und wir haben so sehr gebetet, dass du wieder gesund wirst. Jetzt bist du hier, und es ist so, als wärst du ein Geist.« Sie zeigte in Richtung Party. »Diese treuherzige, liebende Schwester ist der Grund dafür, dass du deine Wut beiseiteschieben und deinen Hintern auf diese Party bewegen solltest.«

»Du verstehst es einfach nicht! Du glaubst, dass jeder einfach so glücklich sein kann, als müsste man nur einen Schalter umlegen«, fuhr er sie an und war gleichzeitig wütend auf sich, weil er seinen vergifteten Frust Jules entgegenschleuderte, zornig auf sie, weil sie ihn drängte, und fuchsteufelswild auf diesen verdammten Sprengkörper, der ihm sein Bein zerfetzt und seine Zukunft vernichtet hatte. Er trat auf sie zu, hielt nur wenige Zentimeter vor ihr inne. »Aber stell dir vor, Jules, so funktioniert das Leben nun mal nicht.«

Sie sah aus, als würde sie gleich weinen, und eine Woge des schlechten Gewissens brach über ihm zusammen.

»Ich weiß, dass das Leben nicht so funktioniert! Aber irgendwo musst du anfangen, und dann – irgendwann – findest du vielleicht wieder zurück auf deinen Weg.« Sie trat näher an ihn heran, sodass sich ihre Körper berührten, und sah ihn flehend an. »Denn was bleibt dir sonst?«, fragte sie leise. »Was bleibt denn deiner Familie und deinen Freunden? Du bist nicht dazu bestimmt, dieser wütende, unglückliche Kerl zu sein, Grant. Du steckst einfach nur fest.«

»Und wie ich feststecke, verdammt! Eigentlich sollte ich bei einem Einsatz sein, mit einer Waffe in der Hand für mein Land kämpfen und Leben retten.« Der Zorn brach sich Bahn, bevor er ihn zügeln konnte. »Das ist das Leben und die Zukunft, die ich eigentlich hätte haben sollen. Aber ich stecke hier auf dieser verdammten Insel fest, unfähig zu kämpfen, in einem Körper, den ich hasse, und alle erzählen mir, was für ein scheiß Held ich bin. Aber weißt du was, Jules? Ich bin kein Held! Und kein Glücksstaub der Welt wird mich wieder auf die Reihe kriegen.«

»Ich versuche nicht, dich auf die Reihe zu kriegen! Ich versuche, dir dabei zu helfen, das zu sehen, was du verpasst!«

»Jules?«, rief ihre Schwester Leni vom Rand des Parkplatzes herüber. »Bist du das?«

»Ja«, gab sie mit brüchiger Stimme zurück.

»Beeil dich! Wir gehen in die Reben!«

»Komme!« Jules verschränkte die Arme und ließ sie dann wieder fallen, hielt Grants Blick jedoch stand. Ihre Brust hob sich mit jedem tiefen Atemzug, und er konnte sehen, wie die Wut sie aufs Neue erfasste. »Du findest mich lächerlich, das weiß ich, aber es ist mir egal. Ich habe meine Krebserkrankung aus einem bestimmten Grund überwunden, und vielleicht ist der Grund der, dass ich anderen Menschen dabei helfen soll, zu erkennen, was wichtig im Leben ist. Vielleicht ist es auch tatsächlich lächerlich, wenn ich möchte, dass alle so glücklich sind wie ich. Ich weiß nur, dass ich zwar die Jahre hinter mir habe, in denen das Risiko, eine weitere Art Krebs zu bekommen, besonders hoch ist, dass Krebs aber ein hinterhältiges

Monster ist, das sich morgen, nächstes Jahr oder in zehn Jahren wieder auf mich oder sonst jemanden stürzen könnte. Doch dann wüsste ich zumindest, dass ich jede einzelne Minute, die mir geschenkt wurde, genossen habe. Du hast verdammt viel verloren, Grant, und ich versuche nicht, das herunterzuspielen. Aber du bist noch *hier*, und ich werde nicht zulassen, dass du dich bei lebendigem Leib vergräbst.«

»Verschwende deine Energie nicht mit mir, Pix«, warnte er sie. »Ich werde dich nur ins Unglück stürzen.«

»Das werden wir ja sehen.«

Trotz seines abweisenden Verhaltens brachte sie ein so süßes Lächeln zustande, und das traf ihn tief in seinem Innersten.

»Ich weiß, dass du in dein Auto steigen und wieder wegfahren willst, aber ich hoffe, dass du es nicht machst.« Sie straffte die Schultern und hob das Kinn. »Ich werde mich jetzt auf der Party amüsieren. Hoffentlich sehe ich dich da.«

Er sah ihr hinterher, als sie in diesem Nichts von Kostüm und den High Heels davonstapfte. »Fuck!«

Und ob er in sein Auto steigen und wegfahren wollte, aber Jules hatte recht. Er war es Bellamy schuldig, auf der Party aufzutauchen. Er ging über den Rasen, in Richtung des Lärms, der aus allen Richtungen auf ihn eintrommelte, und seine Anspannung wuchs, als die Partygäste zu ihm herüberschauten.

»Grant!« Bellamy rannte in einem Minikleid mit goldenen Fransen und einer kurzen Kunstpelzstola um die Schultern auf ihn zu. Sie fiel ihm um den Hals. »Ich bin so froh, dass du gekommen bist!«

Sie strahlte ihn an, und dieses Lächeln machte das Unwohlsein, mit dem er zu kämpfen hatte, wett. Wahrscheinlich sollte er ihr zuliebe zumindest einen Versuch starten, etwas Spaß zu haben, auch wenn er sich mies fühlte, weil er Jules angeschrien hatte. »Hallo, kleiner Zwerg. Siehst süß aus mit deiner neuen Frisur.«

»Danke! Habe ich heute erst geschnitten. Dein Zombie-Make-up sieht auch toll aus.« Sie führte ihn zum Innenhof. »Jules ist die Beste, oder? Kaum zu glauben, dass sie dich dazu gebracht hat, zu kommen.«

Ihm fielen zehn verschiedene Möglichkeiten ein, wie er mit Jules' Hilfe gern kommen würde. Plötzlich schoss ihm durch den Kopf, dass Bellamy genauso alt war wie Jules. Die beiden waren fünfundzwanzig, während er dreiunddreißig Jahre alt war.

Er biss die Zähne zusammen. Diese verdammte Jules in diesem aufreizenden Outfit, die sich auf seinem Schoß breitmachte, als gehörte sie dahin, die ihn so unschuldig ansah und Gedanken und Gefühle in ihm auslöste, die er gar nicht haben sollte!

»Sie weiß immer, was zu tun ist«, sagte Bellamy aufgeregt. »Ich bin mir sicher, du hast ihren Abend gerettet. Sie war wild entschlossen, dich hierher zu schaffen.«

So, wie er sie behandelt hatte, bereute Jules ihren Einsatz wahrscheinlich schon.

Seine andere Schwester Keira kam in einem viel zu kurzen, lederähnlichen Minikleid, zu dem sie einen breiten Ledergürtel und Fellstiefel trug, herüber. Ihre hellbraunen Haare waren verstrubbelt, sie hatte dunkles Make-up um die Augen herum aufgetragen, unechtes Blut tropfte aus ihrem Mundwinkel und an ihrem Hals waren mehrere rote Schnittwunden zu sehen. »Schön, dass du uns mit deiner Anwesenheit beehrst.« Sie war streitsüchtig und legte sich immer gern mit ihm an.

»Ja ja. Was für ein Kostüm soll das sein und warum ist dein Rock so kurz?«

Keira deutete auf das Blut an ihrem Hals. »Ich bin eine Barbarin, die von Bärenklauen verwundet wurde. Wenn du mal aus deiner Dünenhütte herausgekommen wärst, wüsstest du, dass meine Freundinnen und ich uns als Barbarinnen verkleidet haben und einige von unseren Freunden als wilde Tiere kostümiert sind.«

Nachdem er jahrelang auf lebensgefährlichen Missionen unterwegs gewesen war, hatte Grant nur wenig Geduld für sinnfreie Gespräche, zu denen er bisher Unterhaltungen über Sport und Klatsch darüber, wer mit wem zusammen war, zählte. Jetzt fügte er dieser Liste Halloween-Kostüme hinzu.

Seine Schwestern schleppten ihn auf der Party mit sich herum und es kam ihm vor wie eine Wiedersehensfeier der gesamten Insel. Alle trugen Kostüme. Paare tanzten und kleine Kinder sausten durch die Gegend. Auf der Tanzfläche entdeckte er seine Eltern neben denen von Brant. Sein Vater nickte ihm zu, doch in der nächsten Sekunde zerrte Bellamy ihn schon wieder in eine andere Richtung. Er begrüßte Leute, die ihn fragten, wie es ihm ging, als ob sie Angst vor seiner Antwort hätten. Sie meinten es sicher gut, aber ihre vorsichtigen Fragen verstärkten das Gefühl des Andersseins nur, das ihn ohnehin schon auffraß. Es war unmöglich, die verstohlenen Blicke auf sein Bein nicht zu bemerken. Er hätte als Pirat mit Holzbein kommen und seine Prothese offen zeigen sollen. Er hatte es so verdammt satt, dieses Thema immer mühsam zu umgehen.

Brant, die vollen dunklen Haare streng nach hinten gegelt, kam als Dracula verkleidet aus der Menge heraus auf ihn zu. Wells, der Spaßvogel in Grants Familie, war direkt hinter ihm. Wie Grant so kam auch Wells mit seiner sportlichen Gestalt und den dunklen Haaren und Augen nach ihrem Vater – und er hatte eindeutig den Verstand verloren. Er trug Chaps über der

Jeans, eine Lederweste ohne Hemd darunter, ein rotes Tuch um den Hals und einen ledernen Cowboyhut.

Grant schüttelte den Kopf. »Du frierst dir doch bestimmt den Arsch ab.«

»Mir wird später noch heiß genug. Die Damen stehen darauf, und wie ich gehört habe, liegt in der Silver Harbor Marina eine ganze Yacht voll mit heißen Bräuten. Die muss ich vielleicht noch mal unter die Lupe nehmen.« Wells gab ihm ein Bier.

»Danke.« Grant nahm einen Schluck aus der Flasche.

»Also gut, Mädels, ihr hattet euren Spaß«, sagte Wells. »Grant will jetzt etwas Zeit unter Männern genießen.«

Grant will verdammt noch mal nach Hause.

»In Ordnung.« Bellamy umarmte Grant. »Danke, dass du gekommen bist. Ich weiß, dass die dich für den Rest des Abends ganz für sich behalten werden.«

»Glaubst du doch wohl selber nicht! Der wird die in zehn Minuten stehen lassen und nach Hause gehen.« Keira gab Grant einen Kuss auf die Wange. »Ich bin froh, dass du vorbeigekommen bist. Hab dich lieb, Arschgesicht.«

»Ich dich auch, Schwesterherz.« Die Frauen verschwanden in der Menge und Grant fragte: »Wo ist Fitz?«

»Da bin ich überfragt. Vielleicht wurde er von einem sexy Zombiemädel in die Reben gelockt.« Wells hob vielsagend die Augenbrauen.

Grants Gedanken waren sofort bei Jules, mit der er sehr gern allein in den Reben gewesen wäre. Er sah Wells finster an. »Hör mit diesem Getratsche auf.«

»Könnte doch sein. Die Steele-Mädels sind heiß und Fitz ist ständig spitz.« Wells lachte.

Fitz war der Goldjunge der Familie, der in die Fußstapfen

ihres Vaters getreten war und bei der Leitung des Silver House Resorts half. Aber Grant würde ihm trotzdem eine verpassen, wenn er sich an Jules heranmachte.

Brant legte eine Hand auf Grants Schulter. »Komm, wir gucken uns mal den Gruselpfad an. Meine Schwestern haben gesagt, dass er dieses Jahr viel schauriger ist.«

»Ich glaube, ich verzichte darauf.« Er musste nicht unbedingt Jules wieder über den Weg laufen und ihren Abend noch mehr ruinieren.

»Hat der starke, böse Soldat etwa Angst vor der Dunkelheit?«, stichelte Wells.

»Wohl kaum.« Grant trank sein Bier aus und stellte die Flasche auf einem Tisch ab. Darauf stand ein Kessel mit Süßigkeiten und wieder war er in Gedanken bei Jules. Ihn überkam der Drang, nach einem Mandelriegel zu suchen, was vollkommen daneben war.

»Mach nur, greif rein«, sagte Brant. »Hast du mitgekriegt, was Mr. Steele sich für einen Scherz erlaubt hat?«

»Ja, hab ich gehört.«

»Er ist echt der Hammer«, sagte Wells. »Mittlerweile haben sie aber schon alle falschen Mandelriegel aus den Kesseln genommen.«

»Und wo sind die echten?« Schon als er es aussprach, fragte er sich, woher das jetzt kam.

»Keine Ahnung«, sagte Wells. »Also, bist du bereit für den Gruselpfad, oder muss ich dich von jetzt an Angsthase nennen?«

Grant sah ihn finster an. »Wenn du das machst, kannst du nur noch hoffen, dass sich irgendwelche Häschen für einen zahnlosen Cowboy interessieren.«

Der Gruselpfad lag auf der anderen Seite des Weinbergs. Einige Reihen Rebstöcke waren stockdunkel, andere etwas beleuchtet und in ein paar wenigen blitzten immer wieder Stroboskoplichter auf. Schreie waren zu hören, sowohl echte als auch welche, die aus versteckten Lautsprechern mit gespenstischer Musik, Gejaule und bösem Gelächter drangen. Ein paar Mädchen kamen kichernd und aneinandergeklammert aus einer der Reihen gelaufen. Die Steeles wussten, wie man gute Unterhaltung bot. Seit Jahren organisierten sie diese Party nun schon. Grant, Jules' Brüder und gut die Hälfte aller Teenager im Ort waren früher zu Halloween immer abends in den Reben herumgerannt und hatten sich gegenseitig erschreckt. Anstatt die Kinder zu verscheuchen, hatten die Steeles daraus eine Veranstaltung gemacht, und so war das »Feld der Schreie« entstanden. Immer dachten sie zuerst an ihre Kinder. Grant wünschte sich, seine Familie hätte es ebenso gehandhabt.

Wells hielt am Ende einer Reihe an und Brant an der nächsten. Grant ging weiter zur allerletzten Reihe – in der Hoffnung, möglichst weit weg vom Lärm zu kommen.

Wells brüllte: »Wir sehen uns auf der anderen Seite.« Und schon rannten sie hinein.

Während Grant die Reihe entlangging und versuchte, in der Dunkelheit etwas zu sehen, drang von den anderen Reihen flackerndes Licht zu ihm hindurch. Fake-Dämonen und furchteinflößende Masken lugten zwischen den Reben hervor. Er lauschte den schrillen Schreien um ihn herum und erinnerte sich daran, wie viel Spaß er als Kind hier gehabt hatte. Noch vor wenigen Jahren hatte er tolle Momente erlebt, doch nach der Amputation hatte sich seine Perspektive schlagartig verschoben. Er hatte genug furchterregenden Mist im wahren Leben gesehen. Das hier war Kinderkram.

Er passierte den Bereich, in den noch pulsierende Lichtstrahlen drangen, und war dann von absoluter Dunkelheit umgeben. Aus der Ferne erklang noch Gekreische und Lachen, und er konzentrierte sich auf die stockdunkle Finsternis vor ihm. Dass die Reihen so verdammt lang waren, hatte er nicht mehr im Kopf gehabt. Er hörte ein Geräusch und schaute hinter sich, doch die Dunkelheit erstreckte sich so weit, dass er das Ende der Reihe nicht sehen konnte. Er wollte gerade weitergehen, als ein Schrei ertönte und jemand aus den Reben sprang. Sein Instinkt erwachte, und im Bruchteil einer Sekunde hatte er die Gestalt an seine Brust gezogen und ihr den Unterarm schraubstockartig um den Hals geschlungen.

»Grant!«, keuchte Jules.

»Jules?« *Mist!*

Sie drehte sich in seinen Armen um, klammerte sich an seinem T-Shirt fest und schaute mit diesen umwerfend funkelnden Augen zu ihm auf. Ihre weichen Kurven lagen an seinem Körper und ließen seine Körpertemperatur ansteigen – zeitgleich mit einem sehr lüsternen Körperteil, das überhaupt kein Recht hatte, sich in diesem Moment zu regen.

»Aber, aber, Mr. Silver!«, sagte sie aufreizend. »Wenn du mich in den Armen halten willst, musst du doch nur fragen.«

»Meine Güte, Jules! Ich hätte dir wehtun können.«

»Du würdest mir nie wehtun.« Sie legte die Hände flach auf seine Brust, und seine Haut brannte überall dort, wo ihre Körper sich berührten. »Dein Herz schlägt so schnell. Fühl mal meines.«

Sie nahm seine Hand und legte sie auf den Ansatz ihrer Brust, während ihre Augen fest auf seine gerichtet blieben. Ihr Herz hämmerte wild, und je länger sie seine Hand dort hielt, umso wilder hämmerte auch seins und umso mehr wollte er herausfinden, ob sie so süß und sündig schmeckte, wie sie sich benahm. Er wollte ihr sagen, wie leid es ihm tat, dass er vorhin so wütend gewesen war, und dass sie das nicht verdient hatte, doch er war zu sehr damit beschäftigt, die brodelnde Spannung zwischen ihnen in den Griff zu bekommen. Letztendlich brachte er nur ein warnendes »Jules!« hervor und nicht das, was er eigentlich hätte sagen müssen. *Geh weg, bevor ich dich küsse.*

Ein verführerisches Lächeln legte sich auf ihre verlockenden Lippen. »Siehst du, was du mit mir machst?«

Fühlte sie, was sie mit *ihm* machte?

»Grant? Wo bist du, Kumpel?« Brants Stimme und das Geräusch näher kommender Schritte rissen ihn aus seiner Trance, und als er einen Schritt zurückwich, verschwand Jules in den Reben.

Drei

»Meine Schwestern waren sauer, dass sie gestern Abend nicht mit dir abhängen konnten«, sagte Brant, als er ins Bootshaus kam, in dem Grant am Montagnachmittag arbeitete.

Grant nahm die Schleifmaschine vom Schiffsrumpf und zog die Maske hinunter, während er krampfhaft versuchte, die Gedanken an Jules beiseitezuschieben. Noch immer hatte er ihren verführerischen Blick vor Augen, mit dem sie ihn inmitten der Reben in ihren Bann gezogen hatte. Es war schon schlimm genug, dass er nicht aufhören konnte, an das zu denken, was sie gesagt hatte, wie sie sich in seinen Armen angefühlt hatte und was für unanständige Gedanken sie in ihm heraufbeschworen hatte. Aber um dem Ganzen noch die Krone aufzusetzen, hatte der dämliche Kater eine grüne Glitzerschleife gefunden, die sich gestern Abend von Jules' Kostüm gelöst haben musste. Das Viech hatte sie den ganzen Tag wie ein stolzer Pfau mit sich herumgeschleppt. Der Kater hatte mit dieser verdammten Schleife unter seiner Pfote geschlafen und sie heute Morgen mit in die Küche gebracht, als Grant ihm das Futter bereitgestellt hatte.

Verdammter Verräter.

Dann fiel ihm wieder ein, dass Brant auf eine Antwort wartete, und so zwang er sich, seine Gedanken auf seine Schwestern zu lenken – eine todsichere Methode, um die Hitze zu bekämpfen, die die Gedanken an Jules verursacht hatten. »Ich bin ziemlich gut darin, Schwestern zu verärgern. Gewöhn dich lieber mal daran.« Keira hatte ihm zugesetzt, als er auf dem Weg zur Arbeit bei ihrem Coffee Shop namens Sweet Barista angehalten hatte. Sie hatte versucht, ihn zu einem Abendessen mit ihr und ihren Freundinnen zu überreden. Er hatte seine Schwester wirklich lieb, aber Smalltalk mit einem Haufen Zwanzigjähriger, mit denen er rein gar nichts gemeinsam hatte, klang nicht nach Spaß. Er versprach ihr, ein anderes Mal mitzugehen, und als er seinen Kaffee entgegennahm, hatte Keira auf seinen Becher *Troll* anstatt seines Namens geschrieben, und schickte ihm auf dem Weg hinaus einen Luftkuss hinterher. Nervensäge.

»Warum bist du so früh gegangen?« Brant grinste ihn an und offenbarte die Grübchen, von denen Keira und ihre Freundinnen sprachen, als wären sie Gottes Geschenk an die Frauenwelt. »Wolltest du zu der Yacht mit den heißen Bräuten, von der Wells uns erzählt hat?«

Weil ich kurz davor war, Jules zu küssen, als du uns unterbrochen hast. Er hatte sich aus dem Staub machen müssen, bevor er sich in Schwierigkeiten gebracht hätte. »Nee, musste noch was erledigen.«

»Hast was verpasst. Wir sind nach der Party alle noch ins Rock Bottom gegangen.« Das Grillrestaurant mit Bar auf der anderen Seite der Marina gehörte Wells. »Aber ich kann's verstehen, und auch so haben sich alle einfach nur gefreut, dass du vorbeigekommen bist.« Brant strich über den Bootsrumpf. »Du kommst damit gut voran.«

»Ja, in ein oder zwei Tagen kann ich wohl streichen.«

»Super. Hör zu, Grant, ich weiß, dass du dich nur irgendwie beschäftigen willst, während du überlegst, was du beruflich machen willst, aber es ist schön, dich hier zu haben.«

»Danke, Kumpel, das weiß ich zu schätzen.« Grant brauchte keinen einzigen Tag im Leben mehr zu arbeiten. Er hatte einen Haufen Geld auf der Bank, selbst ohne seine Treuhandfonds oder die Rente anzurühren, die ihm aufgrund seiner Verletzung zustand. Während seiner Jahre bei den Special Forces hatte er fast jeden Cent gespart, den er verdient hatte, und das waren Almosen im Vergleich zu dem kleinen Vermögen, das Darkbird, eine private Firma, die im Auftrag des Militärs geheime Missionen durchführte, ihm für jeden Einsatz gezahlt hatte. Nach sechs Jahren bei Darkbird hatte er mehrere Millionen beiseitegelegt, aber er würde den Verstand verlieren, wenn er nicht arbeitete. Und die handwerkliche Arbeit hier war genau das, was er brauchte.

»Die Anmeldungen für die Bootsparade trudeln ein. Wenn du Zeit hast, können wir vielleicht ein paar Ideen für das Boot der Marina zusammentragen. Mit deiner Hilfe können wir die Konkurrenz mit Sicherheit wegpusten.« Brants Eltern betrieben den Yachthafen, und sie veranstalteten die »Island of Lights Holiday Flotilla«, eine vorweihnachtliche Bootsparade, die immer am Thanksgiving-Wochenende stattfand. Die Boote wurden aufwändig dekoriert, und bei einer Parade durch den Hafen wetteiferten alle um den Preis für die schönste Aufmachung, der von Bürgermeister Osten vergeben wurde. Am Ende des Abends wurden die Gewinner verkündet und mit einem großen Feuerwerk gefeiert.

»Bin noch nicht sicher, ob ich während der Feiertage hier bin, aber ich überleg mir gern etwas mit dir.«

»Was hast du vor?«

»Weiß ich noch nicht.« Genauere Pläne hatte Grant noch nicht, aber wenn die letzten Monate irgendeinen Hinweis darauf geben konnten, wie seine mentale Verfassung sich bis Weihnachten entwickeln würde, dann sah es nicht rosig aus. Jules' Stimme hallte flüsternd durch seinen Kopf. *Halloween ist Bellamys Lieblingsfeiertag. Und meiner auch. Na ja, abgesehen von Weihnachten natürlich.* Er musste aufhören, an sie zu denken. Sie war eine junge Frau von der Insel, der Typ für lange Spaziergänge am Strand und Kuscheleinheiten am Sonntagmorgen, trug ihr Herz auf der Zunge, während er ein kampferprobter Typ war, der im Morgengrauen aufstand, alles für sich behielt, von Einsatz zu Einsatz gehechelt war und keine verdammte Ahnung hatte, wie seine Zukunft aussehen sollte. Weder Jules noch seine Familie konnten es gebrauchen, dass er hier herumhing und ein weiteres Fest ruinierte.

Wells kam mit einem großspurigen Grinsen herein und deutete mit dem Daumen hinter sich. »Ich hab draußen ein Schild gesehen, auf dem verkündet wird, dass die Bee Gees in der Stadt sind.«

Jetzt ging das wieder los. Als Jugendliche hatten ihre Kumpels Brant und Grant immer die Bee Gees genannt.

»Wie wär's mit einem Tusch für den Lieferjungen?« Wells hielt eine Tüte von seinem Restaurant in die Höhe.

Grant nahm ihm die Tüte aus der Hand. »Hast du kein Personal, das das für dich erledigt?«

»Um dann dein fröhliches Lächeln zu verpassen?« Wells tätschelte Grant die Wange.

Grant schob seine Hand weg. »Arschloch«, murmelte er nur vor sich hin, und alle drei mussten schmunzeln.

Er und Wells ärgerten sich vielleicht oft, aber Grant war ebenso stolz auf Wells wie auf all seine Geschwister. Sie waren mit einem goldenen Löffel im Mund zur Welt gekommen und sie hätten alle das bequeme Leben alten Geldadels genießen können. Doch jeder einzelne von ihnen hatte sich abgerackert, um seine Leidenschaft leben zu können.

Grant griff in die Tüte und warf Brant einen Burger zu, bevor er sein Sandwich herausnahm und es hochhielt. »Willst du die Hälfte?«

Wells winkte ab.

Wenig später kam auch Roddy durch die geöffneten Tore herein. Sein volles grau-braunes Haar stieß auf den Kragen seines langärmeligen Hawaii-Hemdes, bei dem wie immer die obersten drei Knöpfe geöffnet waren und das jedem einen Blick auf seine ergrauende Brustbehaarung erlaubte. Er erinnerte Grant an den jungen Jeff Bridges.

»Hallo, Dad«, sagte Brant.

Wells hob die Hände. »Hier ist ja richtig was los! Wenn ich gewusst hätte, dass du hier bist, hätte ich dir auch etwas zu essen mitgebracht.«

»Ich hab schon mit meiner wunderschönen Frau gegessen, aber danke. Schön, drei meiner Jungs unter einem Dach zu sehen.« Roddy legte einen Arm um Grant, den anderen um Wells' Schulter. »Was heckt ihr jetzt schon wieder für einen Unsinn aus?«

»Ich bin nur vorbeigekommen, um den Zottelbären daran zu erinnern, dass das Geburtstagsessen unseres Vaters am Sonntagmittag bei unserer Mutter stattfindet, damit mein ach so beschäftigter Bruder es in seinen vollen Terminkalender eintragen kann.« Wells grinste.

Grant schüttelte den Kopf und biss von seinem Sandwich ab. Seine Mutter hatte bereits angerufen, um ihn daran zu erinnern. Ihm war absolut nicht nach Feiern zumute, aber er würde hingehen, auch wenn er sich nicht darauf freute. Der Druck, derjenige zu sein, der er früher war, war riesig, und dass seine Familie einen regelrechten Eiertanz aufführen würde, wenn es um sein Bein ging, würde für keinen von ihnen ein Vergnügen werden.

»Grant ist in der Tat vielbeschäftigt, Wells. Er muss herausfinden, was er mit seinem Leben anfangen will, und das ist keine leichte Aufgabe, wenn man glaubt, in eine Richtung zu gehen, und der Wind einen in die andere zieht.« Roddy ging zu einer Werkbank und wühlte in einer Schublade herum.

»Das ist wohl eher ein Scheißtaifun«, erwiderte Grant kaum hörbar.

»Versteh ich vollkommen, Junge.« Roddy nickte ihm auf diese väterliche Art zu, wie er es schon sein ganzes Leben getan hatte. Er schaute durch das Tor aus dem Bootshaus, als Archer gerade vorbeiging. »Hallo, Archer!«

Archer blieb stehen und sah mit ernstem Blick zu ihnen herüber. Er war der mürrischste der Steele-Geschwister, hatte ein soldatisches Aussehen mit seinen kurzen dunklen Haaren, dem gestutzten Bart, der breiten Brust und Oberarmmuskeln, die mit Grants mithalten konnten. Und so wie Fitz, so hatte auch Archer nie irgendwo anders arbeiten wollen als im Familienunternehmen.

»Wie geht's so?«, fragte Archer abwesend und schaute dabei kurz in Richtung seines Bootes, auf dem er lebte.

Roddy schlenderte zu ihm hinüber. »Falls du gerade für ein *nachmittägliches Vergnügen* nach Hause gehen wolltest, möchte ich dir nur sagen, dass ich eine hübsche Blondine gesehen habe, die dein Boot verlassen hat, kurz nachdem du heute Morgen zur Arbeit aufgebrochen bist. Sie hat die frühe Fähre zurück aufs Festland genommen.«

»Verdammt«, zischte Archer und alle lachten.

»Was war das denn für eine hübsche Blondine?«, fragte Brant.

»Das würdest du wohl gern wissen.« Archer betrat das Bootshaus und wandte den Blick keine Sekunde von Grant ab. »Hey, Silver, was war gestern zwischen dir und Jules? Leni hat gesagt, sie hat gesehen, wie ihr beide auf dem Parkplatz gestritten habt.«

Mist. »Du weißt doch, wie Jules ist. Sie ging mir mit ihrem Gute-Laune-Gehabe auf den Senkel und ich war nicht in der Stimmung dafür.«

»Ich weiß, dass sie manchmal nerven kann, aber sie meint es gut«, erwiderte Archer verärgert. »Wenn du das nächste Mal die Seifenblase von jemandem zerplatzen lassen willst, dann nimm meine. Verstanden?«

Grant gab nur ein Murren von sich. Als wenn er je auf den Gedanken kommen würde, ihr absichtlich die Stimmung zu vermiesen. Archer würde durchdrehen, wenn er von den schmutzigen Jules-Fantasien wüsste, die Grant gestern Abend durch den Kopf gegangen waren. »Reg dich ab, Archer. Deine Schwester könnte mich eher fertigmachen als du.«

Die anderen lachten.

Auch Archer grinste. »Da hast du wahrscheinlich recht, aber ich mag es nicht, wenn ihr etwas zu schaffen macht, also wenn dir das nächste Mal nach einem Streit ist, dann komm zu mir. Du weißt ja, dass die Garage meines Vaters immer offensteht.« Mr. Steele hatte seinen Söhnen Jock, Archer und Levi sowie all ihren Kumpels früher das Boxen beigebracht und der Boxring befand sich noch immer in der Garage.

Roddy legte eine Hand auf Grants Schulter. »Ihr erinnert mich an die Zeit, als ich und Grants Vater jünger waren. Man muss es ganz einfach lieben, dieses Inselleben, bei dem jeder dich und deine kleinen schmutzigen Geheimnisse kennt.« Er trat näher an Archer heran. »Nächstes Mal versuchst du mal, ihr ein Frühstück anzubieten, anstatt im Morgengrauen abzuhauen.«

Schmunzelnd verließ Roddy das Bootshaus.

Finster sah Archer ihm hinterher. »Ich sollte mal deinen Dad in den Boxring zerren«, sagte er dann zu Brant. »Kommt ihr drei Deppen nach der Arbeit auf ein Bier zu mir aufs Boot?«

»Klingt gut«, sagte Wells.

Brant nickte. »Unbedingt.«

»Tut mir leid, Kumpel. Hab noch einiges zu tun.« Grant aß sein Sandwich auf und ignorierte Archers skeptischen Blick.

»Schwachsinn, Silver«, sagte Archer ruhig. »Du kommst auf ein Bier vorbei, und danach kannst du tun, was du angeblich noch zu tun hast. Du bist mir was schuldig.«

»Du kannst mich mal am Arsch …«

»Wusste gar nicht, dass ihr beiden solche Vorlieben habt«, scherzte Wells.

Grant beugte den Arm, als würde er zu einem Schlag ausholen, und Wells wich lachend zurück.

»Verkauf mich nicht für blöd«, warnte Archer ihn. »Ich hab dich gedeckt, als wir sechzehn waren und du mit einem Mädchen, das für eine Woche mit ihrer Familie hier war, in die Höhle am Fortune's Landing verschwunden bist.«

»Mann, ey, das hatte ich schon ganz vergessen!« Grant grinste bei dem Gedanken an diesen heißen Nachmittag mit der achtzehnjährigen Blondine aus Maryland. »Das ist eindeutig ein Bier wert.«

»Wunderbar. Bring ein Six-Pack mit, wenn du kommst.« Archer schmunzelte und wollte gehen.

»Kann ich dir mit etwas Handcreme für dein nachmittägliches Vergnügen aushelfen?«, rief Brant ihm hinterher.

Wells stimmte ein: »Ist deine linke Hand blond oder brünett?«

Sie brachen in Gelächter aus und rissen einen Witz nach dem anderen, bis sie sich alle vor Lachen krümmten.

Brant sah Grant an. »Du kannst mir nicht erzählen, dass du das hier nicht vermisst hast, als du fort warst.«

»So wie ich Hämorrhoiden vermisst hab.«

Als Grant an diesem Abend nach Hause kam, war er froh, dass er zu Archer gegangen war und Zeit mit den Jungs verbracht hatte. Sie hatten Pizza bestellt, ein bisschen gepokert und gequatscht. Es erinnerte ihn daran, wie wohl er sich einst auf der Insel gefühlt hatte – ohne den Druck, immer auf der Hut zu sein. Niemand starrte ihn an, um herauszufinden, ob man ihm die Prothese anmerkte, oder benahm sich, als hätte er sich so dermaßen verändert. Selbst in der ersten Zeit, als er auf die Insel zurückgekehrt war, hatten ihn seine engsten Freunde nie gedrängt, Einzelheiten über seine Verletzung oder den letzten Einsatz zu erzählen. Sie hatten versichert, dass sie immer ein offenes Ohr für ihn hätten, aber nach elf Monaten Therapie hatte Grant schlichtweg nichts mehr zu sagen.

Er stieg aus seinem Wagen, ging in Richtung Haus und erinnerte sich daran, wie überrascht er gestern Abend gewesen war, als er erkannt hatte, dass die sündhaft sexy Frau vor seiner Garage Jules Steele war. Dass sie sich seinetwegen so aufgeregt hatte, war ihm zuwider. Das hatte sie nicht verdient. Aber vielleicht würde sie ihren Feenstaub jetzt über einem anderen Glückspilz verstreuen, einem, der nicht mühevoll herausfinden musste, wie man ein Leben lebte, das so nie geplant war.

Er zog die Fliegentür auf und entdeckte einen großen Karton vor der Haustür, ebenso wie mehrere weiße Leinwände, die an der Wand daneben lehnten.

Was soll das denn?

Er bückte sich, um in den Karton zu schauen, und dabei fielen ihm die Haare ins Gesicht. Eine gefühlte Ewigkeit hatte er die typische raspelkurze Militärfrisur getragen, doch er war nicht mehr derselbe Mensch, und er wollte nicht so tun, als wäre er es. Er strich sich die Haare aus dem Gesicht und sein Blick wanderte über Farben, Pinsel und anderes Zubehör. Ein rosa Umschlag mit seinem vollständigen Namen in geschwungenen goldenen Buchstaben lag auf zwei Farbpaletten. Er nahm einen Zettel heraus und las.

Vielleicht fühlt sich das hier in deiner Hand sogar besser an als eine Waffe. Daneben war ein Smiley gemalt. Grant merkte, dass er auch lächeln musste, und biss die Zähne zusammen.

Die Nachricht hatte keine Unterschrift, aber Jules brauchte auch keine. Die glitzernde Tinte, die tiefsinnige Aufmerksamkeit hinter dem Ganzen und der Smiley waren ebenso gut wie Fingerabdrücke.

Meine Güte, Pix, was machst du nur?

Er hatte noch nie jemanden wie sie kennengelernt, weder auf der Insel noch sonst irgendwo. Die meisten Menschen stumpften immer mehr ab, je älter sie wurden und je länger das Leben sie herumschubste. Er hatte keine Ahnung, wie Jules ihre süße Art und positive Einstellung hatte beibehalten können, insbesondere da sie eine Krebserkrankung überlebt hatte und mit dem ganzen Stress zurechtkommen musste, den die Steeles mit Jock und Archer durchgemacht hatten. Er war froh, dass sie an ihrer glitzernden Weltanschauung festhielt, denn den Mist, der in seinem Kopf vor sich ging, wünschte er niemandem.

Vor allem ihr nicht.

Jules stand hinten in ihrem Geschenkeladen Happy End auf einer Leiter und nahm die restliche Halloween-Deko herunter. Sie liebte alles an ihrem Geschäft – von ihrer Wohnung im Obergeschoss über die Panoramafenster mit den roten Rahmen bis hin zu den eisernen Giraffen vor dem Eingang. Sie hatte eine Fülle verschiedenster Artikel im Angebot, zum Beispiel Grußkarten, Becher, Schilder mit witzigen Sprüchen und Strandmotiven, Kissen mit Redewendungen über Sommer und Liebe, Stofftiere, schicke Schals und noch vieles mehr. Auch im Winter hatte sie noch relativ viel zu tun, auch wenn sie früher schloss als im Sommer. Der Tag war mit Dekorieren, dem Bedienen von Kunden und dem Wegräumen von Lieferungen wie im Flug vergangen, und sie hatte genug Ablenkung gehabt, um nicht ständig an ihren Beinahe-Kuss mit Grant am gestrigen Abend nachzudenken. Er hatte sich so sehr bemüht, sie mit seiner erhobenen Stimme und den heftigen Worten abzuweisen, doch sie war wild entschlossen gewesen, ihn zur Party zu schaffen. Und so hatte sie den Stachel, den er ihr tief im Inneren versetzt hatte, ebenso krampfhaft ignoriert wie die Anziehungskraft, die sie heiß erfasst hatte, als sie ihn mit freiem Oberkörper gesehen hatte. Diese Hitze war dann zu einem reinen Glühen geworden, als sie sein Zombie-Make-up aufgetragen hatte, nur um sie dann vollends in Flammen zu setzen, als sie inmitten der Reben in seinen starken Armen gelegen hatte. Weder die explosive Chemie zwischen ihnen noch ihr Beinahe-Kuss waren zu leugnen.

Himmel, wie sehr sie diesen Kuss gewollt hatte!

Den ganzen Tag über hatte sie versucht, diese Flammen zu löschen, doch es war unmöglich. Noch immer spürte sie die sexuelle Anspannung, die zwischen ihnen geflirrt hatte, und wie ihre Haut vor Sehnsucht nach seiner Berührung brannte. Allein bei dem Gedanken daran, dass er sie angesehen hatte, als würde er sie am liebsten an Ort und Stelle vernaschen, wurde sie vollkommen erregt. Es änderte etwas an der Art, wie sie ihn sah, wie sie ihn *hörte*. Wenn sie jetzt an seine heftigen Worte dachte, die er ihr entgegengeschleudert hatte, dann hörte sie nicht die Wut darin, sondern das Flehen eines Mannes nach einem Leuchtfeuer in seiner Dunkelheit.

Ach, wie gern wäre sie dieses Leuchtfeuer für ihn, würde ihn hin an einen besseren Ort führen, wieder Licht in seinen Augen sehen. Sie konnte – und würde – das für ihn tun, für seine Familie, für sie beide.

Hoffnungsvoll sang sie zur Melodie von »Hello Darkness, My Old Friend« ihren eigenen Text: *»Und tschüss, Dunkelheit, du bist kein Freund … Hallo, Grant, nimm meine Hand … Ich führ dich in mein gelobtes Land.«*

Sie spürte ihre Wangen glühen und schaute rasch zu Bellamy hinüber, die hinter der Kasse stand. Erleichtert stellte sie fest, dass Bellamy, die in ihren hellbraunen Leinenhosen und einer Bluse mit Blumenmuster wie immer perfekt gestylt war, mit ihrem Handy beschäftigt war und ihren Gesang nicht mitbekommen hatte. Jules hatte ein schlechtes Gewissen, weil sie ihr nicht erzählt hatte, was gestern Abend vorgefallen war, aber sie arbeitete gern mit ihrer besten Freundin zusammen und wollte nicht, dass ihre Freundschaft durch irgendetwas belastet wurde. Sie hatte weitere Mitarbeiterinnen, die ihr bei Bedarf aushalfen, und im Sommer stellte sie Schüler ein, mit denen sie die Hochsaison bestritt, aber sie und Bellamy waren ein großartiges Team, das den Laden den Winter über am Laufen hielt.

Sie verdrängte das schlechte Gewissen, ermahnte ihre erregte innere Stimme, den Mund zu halten, und schickte erneut – wie schon den ganzen Tag – die hoffnungsvolle Bitte ans Universum, dass Grant Trost in den Geschenken finden würde, die sie vor seiner Tür abgestellt hatte und die ihn vielleicht von all seiner Wut befreien würden.

Die Türglocke ertönte, als sie gerade einen der Haken an der Decke löste, an dem eine Hexenpuppe mit ihrem Besenstiel befestigt war, und als hätte sie ihn mit ihren Gedanken heraufbeschworen, betrat Grant das Geschäft. Der Blick seiner dunklen Augen huschte durch den Laden und traf sie mit der Wucht einer heißen Windböe. Das in ihr aufgestaute Begehren schien mit einem lauten Atemzug aus ihr hervorzubrechen und ihr gesamter Körper wurde von einem sinnlichen Schauer erfasst. Rasch umklammerte sie den Haken über ihrem Kopf und hoffte, dass ihre Beine nicht wegsackten. Männer, die ihr jemals eine Gänsehaut beschert hatten, konnte sie an einer Hand abzählen, und ihre Schwärmerei in der dritten Klasse für Carey Osten, einen von Taras älteren Brüdern, ebenso wie die in der achten Klasse für Justin Timberlake galten sicherlich nicht unbedingt.

Sie versuchte, Grants Gesichtsausdruck zu deuten, während er an der Kasse mit Bellamy sprach. Seine undurchdringliche, ernste Maske ließ jedoch keine Schlussfolgerung zu. Alle paar Sekunden schaute er zu Jules herüber, sodass sich ihr Magen immer weiter verkrampfte. Sie hoffte, dass er wegen der Malutensilien nicht sauer war. Bellamy schaute mit zusammengezogenen Augen zu ihr herüber.

Oh nein! Jules' Nerven standen in Flammen. Sie hatte ihn nicht verärgern wollen. Und wenn er nun glaubte, dass Bellamy von ihrer geheimen Lieferung wusste? *Bitte sei nicht sauer auf Bellamy!* Bellamy wusste nicht einmal, was sie getan hatte. Während Jules besorgt abwartete, überlegte sie sich schnell etwas, um ihnen beiden Ärger zu ersparen.

Grant kam in seiner ausgeblichenen Jeans und dem grauen Henleyshirt, das er unter einer Lederjacke trug, auf sie zu. Mit der Prothese war sein Gang leicht verändert, doch Jules akzeptierte das einfach als etwas, das zu dem Menschen gehörte, der er jetzt war – im Gegensatz zu der neuen und stets erkennbaren Anspannung seiner Kiefermuskeln und seinem unruhigen, düsteren Blick. Von beidem wollte sie ihn unbedingt befreien. Er hatte schon immer diesen Bad-Boy-Vibe gehabt, auch wenn er zu Scherzen aufgelegt gewesen war. Doch nun strahlte er etwas Kaltes, Provozierendes aus. Jules hatte sich nie zu kühleren oder provokanten Typen hingezogen gefühlt. Ihre älteren Schwestern schon eher. Sie jedoch hatte immer eher an Typen Gefallen gefunden, die Sicherheit und Positivität ausstrahlten, wie eben Carey und Justin. Aber der Art, wie sie sich zu Grant hingezogen fühlte, war sie ohnmächtig ausgeliefert, so als würde sie von einer unaufhaltsamen Kraft des Universums zu ihm gedrängt.

Grant blieb neben der Leiter stehen und schaute sie durchdringend aus seinen dunklen Augen an. »Geht's dir gut da oben?«

»Mhm, ja, super.« *Glücklich, einfach nur glücklich. Überhaupt nicht nervös.*

»Brauchst du Hilfe mit der Hexe?«

Sie hatte vergessen, dass sie die Puppe abhängen wollte. »Geht schon. Bist du auf der Suche nach einem Geschenk oder so?«

»Witzig, dass du das fragst. Jemand hat ein paar Sachen vor meine Tür gestellt. Weißt du etwas darüber?«

»Nee.« Okay. Lügen war nicht gerade der beste Plan, aber es war zumindest ein Plan, und an dem hielt sie jetzt fest. Zum Glück hatte sie vergessen, ihm bei der Gelegenheit auch die Jacke zurückzubringen, denn sonst hätte er mit Sicherheit gewusst, wer das gewesen war.

Er zog die Augenbrauen zusammen. »Du weißt nichts über den Karton mit den Malutensilien?«

»Rein gar nichts.« Ihr Herz klopfte bis zum Hals. Sie konnte es nicht ausstehen, zu lügen, und außerdem war sie richtig schlecht darin. Schnell konzentrierte sie sich auf die Hexe und machte sich daran, sie von den Haken zu lösen.

»Hm.« Er verschränkte die Arme und schaute zu Bellamy. »Dann muss das wohl eine Malfee gewesen sein. Eine Art Pixie, du weißt schon, wie in *Peter Pan*.«

Omeingott! Sie nahm die Hexe herunter und klemmte sie sich unter den Arm. »War wohl eher einer von deinen Freunden oder vielleicht deine Mom. Ja, wahrscheinlich deine Mom. Sie hat deine Bilder schon immer gemocht. Oder vielleicht hast du eine heimliche Verehrerin.« *Warum hab ich das denn jetzt gesagt?* »Aber es könnte jeder gewesen sein. Auf alle Fälle waren es weder Bellamy noch ich. Wir waren den ganzen Tag hier.«

Er nahm ihr die Hexe ab, als sie die Leiter herunterkletterte und versuchte, sich ihre Verunsicherung nicht anmerken zu lassen.

»Vielleicht solltest du wirklich versuchen, wieder zu malen, um all diese schlechten Gefühle aus deinem Kopf zu bekommen. Meine Freundin Page aus dem Buchclub hat eine Essstörung und sie hat eine Kunsttherapie gemacht.« Wenn sie nervös war, plapperte sie immer ohne Punkt und Komma. »Das hat bei ihr Wunder vollbracht. Dir könnte es auch helfen. Kann man nie wissen. Vielleicht sind diese Malutensilien ja ein Zeichen vom Universum.«

Er hob eine Augenbraue und trat einen Schritt auf sie zu, sodass ihr Herz nun raste. »Ein Zeichen vom Universum?«

»Keine Ahnung, könnte doch sein. Wer bin ich denn? Die Nachrichtenzentrale der Insel?« Sie schnaubte verächtlich, nahm ihm die Hexe wieder ab und ging zum Lagerraum.

Grant blieb ihr auf den Fersen. »Könnte zutreffen. Du warst hier schon immer die Unterhaltungsmanagerin.«

Sie verdrehte die Augen und streckte die Hand nach dem Türgriff aus, doch Grant beugte sich über sie und hielt die Tür mit der flachen Hand zu. Seine Brust drückte gegen ihren Rücken und brannte ein Flammenmeer durch ihre Kleidung. Ihr Herz schlug so schnell, dass er es mit Sicherheit spürte. Er roch nach würzigem, wildem Mann und nach verlockender, verbotener Lust. *Omeingottomeingott.* Wenn sie doch statt ihres üblichen Drauflosgeplappers nur besser flirten könnte, dann könnte sie vielleicht diese heimliche Verführerin wieder aus sich herauslocken, mit der sie sich gestern Abend in den Reben selbst so überrascht hatte. Dann könnte sie sich aus diesem Gespräch über die geheime Geschenkaktion heraus und in seine Arme flirten.

»Warum gibst du dir so viel Mühe mit mir, Jules?«

Seine tiefe Stimme ging ihr unter die Haut und weckte das Begehren an ihren intimsten Stellen. Sie drehte sich herum und stellte sich seinem durchdringenden Blick. Er hielt sie mit seinem beeindruckenden Körper an der Tür gefangen. All diese erregende Energie verstaute sie tief in sich, während sie gleichzeitig hoffte, dass ihr keine lange Nase wuchs: »Ich hab dir doch schon gesagt, dass ich keine Ahnung habe, wovon du redest, aber – Gott bewahre! – wäre das so ein Verbrechen, wenn sich jemand um dich scheren würde?«

Die Muskeln an seinem Kiefer zuckten, doch er sagte kein Wort. Er starrte sie einfach nur an, als versuchte er entweder, aus ihr schlau zu werden, ihr die Meinung zu sagen oder ihren ganzen Körper mit seinem verlockenden Mund zu erforschen. Sie war zu sehr von dem Gefühl seines muskulösen Körpers an ihren Brüsten abgelenkt, um sagen zu können, was es war, doch sie hätte gern Option drei, bitte.

Er senkte den Kopf und raunte ihr aus nächster Nähe zu: »Hör auf, deine Zeit mit mir zu verschwenden, *Pixie*.«

Er drehte sich um und marschierte Richtung Ausgang. Seine Anordnung hatte sie laut und deutlich vernommen, doch die unsichtbare Kraft in ihr ließ nicht zu, dass sie nachgab. Sie nahm all ihren Mut zusammen und rief ihm hinterher: »Das mache ich, sobald du aufhörst, die Zeit zu verschwenden, die dir geschenkt wurde!«

Er blieb abrupt stehen und sie hielt den Atem an. Doch er drehte sich nicht herum. Mit jedem seiner Atemzüge hoben sich seine Schultern. Sie hätte schwören können, dass die Welt stillstand, während nervenaufreibende Sekunden vergingen, von denen jede stressiger war als die davor. Sie spürte, dass Bellamy sie beide beobachtete, während Grant die Hände zu Fäusten ballte und die Schultern straffte. Gerade als Jules dachte, dass er sich umdrehen und ihr die Meinung geigen würde, riss er die Tür auf und ging hinaus.

Sie atmete laut aus.

Bellamy kam zu ihr geeilt. »Was war das denn? Du zitterst ja.«

»Mir geht es gut.« Jules atmete tief durch, schüttelte den Kopf und lehnte sich mit einem seltsamen Gefühl der Traurigkeit an die Tür.

»Hab ich irgendwas zwischen euch beiden verpasst?«

»Nein!«

»Was hast du denn zu ihm gesagt, dass er so wütend geworden ist?«

»Hat er es dir an der Kasse nicht erzählt?«

»Mir was erzählt? Er hat sich nur dafür entschuldigt, dass er gestern Abend so schnell gegangen ist.«

Es überraschte sie, dass er Bellamy nichts von den Malutensilien berichtet hat. »Sag's ihm nicht, obwohl er es wohl weiß, aber ich habe ihm heute Farbe und Leinwände vor die Tür gestellt. Ich dachte, es könnte ihm vielleicht dabei helfen, das zu verarbeiten, was ihn ständig so wütend macht.«

»Ach, Jules! Das ist meine Schuld, weil ich dir erzählt habe, wie sehr er mir gefehlt hat. Meine Eltern haben seinen ganzen alten Malkram. Sie haben versucht, ihm die Sachen zu geben, als er auf die Insel zurückgekehrt ist, aber er wollte nichts davon wissen. Er will gar nicht hier sein.« Traurig schaute sie zum Ausgang. »Du kennst doch den alten Spruch: *Wenn du etwas liebst, lass es los.* Vielleicht muss meine Familie ihn einfach loslassen.«

»Nein!«, entgegnete Jules heftig. »Das haben wir mit Jock gemacht und auf die Weise haben wir zehn Jahre mit ihm verloren. Ich werde nicht zulassen, dass deiner Familie das passiert. Ich gebe ihn nicht auf, Belly. Auf keinen Fall.«

Vier

Grant war nicht der Einzige mit Ninja-Talenten. Als die Sonne am Donnerstagmorgen gerade am Horizont auftauchte, stellte Jules ihr Auto am Ende seiner Auffahrt ab. Vollkommen in Schwarz gehüllt – von der Strickmütze, die sie tief in die Stirn gezogen hatte, bis hin zu ihren kniehohen Stiefeln – schnappte sie sich die Fußmatte, die sie für ihn besorgt hatte, und schlich sich zum Strandhaus.

Die Luft war stechend kalt, als sie oben auf der Auffahrt ankam und sich hinter einem Baum versteckte, um sich in Ruhe umzuschauen, für den Fall, dass der *andere* Ninja gespürt hatte, dass sie gekommen war. Die Luft war rein. Sie duckte sich und rannte zur Veranda. Eine der Mülltonnen lag umgestürzt auf dem Boden und der Inhalt war im Sand verteilt. *Blöde Waschbären.* Sie legte die Fußmatte ab und sammelte rasch den Müll ein. Als sie die Mülltonne wieder hinstellte, entdeckte sie darin zwei der Leinwände, die sie für ihn besorgt hatte. Traurigkeit überkam sie.

Ach, Grant, versuchst du es nicht einmal?

Sie nahm sie in die Hand. Die Traurigkeit wuchs noch, als sie darauf eine wütende Mischung aus grünen, blauen, schwarzen und blutroten Pinselstrichen entdeckte. Sie brauchte einen

Moment, um im Geiste das Bild zusammenzusetzen. Sie setzte sich auf die Verandatreppe und ließ den gequälten, zornigen Blick der Augen auf sich wirken, die unter diesen dunklen, trostlosen Farben hervorschauten. Nun bemerkte sie, dass sie einen schmutzigen Verband um eine Stirn darstellten. Ein Auge war in den Schattierungen kaum erkennbar, und das Weiß des anderen Auges, das die Welt argwöhnisch beobachtete, verlieh dem Bild ein schauriges Gefühl von Lebendigkeit. Neben den gruseligen Augen deuteten blutrote und schwarze verschmierte Striche Hautpartien an. Kantige Scherben, die nach Metall aussahen, bedeckten den Mund und die untere Hälfte des Gesichts, als wäre der gemalte Mensch wie eine Geisel zum Schweigen gebracht worden. Der Hals bestand ebenfalls aus Scherben in strukturierten Grün- und Schwarztönen, die in unterschiedlichen Winkeln herausragten und mit roter Farbe verschmiert waren. Wo die Schultern hätten sein müssen, vermischten sich blutrote und schwarze Schnitte und Tropfen mit Blau- und Grautönen und rannen wie zerfleischte Hautfetzen auf der Leinwand nach unten. Jules' Brust zog sich zusammen. Sie schloss die Augen und versuchte, die Ungeheuerlichkeit dessen zu begreifen, was sie sah – was Grant fühlen musste. Seine Bilder waren immer etwas abstrakt und sehr emotional gewesen, aber noch nie hatten sie ihrem Herzen einen so schmerzhaften Stich versetzt.

Sie öffnete die Augen, und obwohl sie ein wenig Angst vor dem hatte, was er sonst noch gemalt hatte, musste sie es doch sehen. Wenn sie versuchen wollte, zu ihm durchzudringen oder ihm zu helfen, dann musste sie wissen, was er empfand. Mit zittriger Hand hob sie die andere Leinwand hoch und entdeckte eine umwerfende Küstenlandschaft vor einem Abendhimmel mit Rosa, Orange und noch einigen anderen Farbtönen, die ineinander verschmolzen. Unterschiedliche Nuancen von Blau, Hellgrün und sanftem Gelb ergaben die hereinrollenden Wellen, die an Felsbrocken brachen und über das steinige Ufer flossen. Es erinnerte an Grants frühere Gemälde. Doch die detailgetreue Kette, mit der ein Mann auf der rechten Seite des Ufers gefesselt war, entsprach ganz und gar nicht den Bildern, die sie zuvor von ihm gesehen hatte. Vom Rand der Leinwand drängte sich eine schwere Kette herein und legte sich dem Mann um die Taille. Der Mann war sehr detailliert von hinten gemalt.

Er war barfuß, hatte ein Knie gebeugt, sein Oberkörper war nach vorne gelehnt, die muskulösen Arme und der Torso waren mitten in einer Bewegung und die Hände zu Fäusten geballt, als versuchte er, den Ketten zu entkommen und ins Meer zu rennen. Seine durchnässten Jeans klebten an kräftigen Oberschenkeln und einer dicken Wade. Wo die andere Wade hätte sein sollen, lag der nasse Stoff um eine dicke gerade Linie. *Deine Prothese.* Sie bemerkte, dass der linke Fuß überhaupt nicht lebensecht war. Er war steif und sah hölzern aus. Es tat ihr in der Seele weh. Sie betrachtete den Mann in dem Gemälde. Sein graues T-Shirt umspannte seinen muskulösen Körper, Schweißflecken hatten sich auf seinem Rücken und in den Achseln ausgebreitet. Die Haare waren so kurz, wie Grant sie früher getragen hatte. Die Halsmuskeln waren angespannt. Schweiß tropfte ihm an der Seite des Gesichts herunter, und das sah so echt aus, dass sie versucht war, ihn wegzuwischen. Vor ihm tobte das Meer. Mitten in der Mauer aus Wasser öffnete sich ein großes dunkles Loch, darin war ein Schlachtfeld zu sehen, so realistisch gemalt, dass Jules spürte, wie sie von der Energie gepackt wurde.

Oh, Grant! Was machst du nur durch? Wie hatte er seit Montag zwei Gemälde fertigstellen können? Schlief er überhaupt irgendwann? War das eine posttraumatische Belastungsstörung? Wut? Depression? Hing das nicht zusammen? Oder verstand sie das alles vollkommen falsch?

Sie wusste es nicht, aber eines wusste sie mit Sicherheit. Diese ganze Dunkelheit war ein Teil von ihm, und sie konnte nicht zulassen, dass er die Bilder wegwarf, denn auch wenn sie aufwühlten, so war es doch, als würde man Teile von ihm wegwerfen. Sie wollte all seine schmerzvollen, unglücklichen Teile aufsammeln, sie in den Armen halten und sich liebevoll um sie kümmern, bis sie eines nach dem anderen die Stärke fanden, wieder zu gesunden, bis Grant wieder glücklich und erfüllt war.

Die Welt um sie herum wurde heller und riss sie aus ihren Gedanken. Wie lang hatte sie da schon gesessen? Sie stand auf und stellte erleichtert fest, dass im Strandhaus noch kein Licht brannte, bevor sie die Bilder beiseitelegte und den restlichen Müll in die Tonne warf. Sie nahm die Fußmatte, öffnete die Fliegentür zur Veranda so vorsichtig und leise wie möglich und schlich auf Zehenspitzen über die Veranda, um die Matte vor die Tür zu legen. Rasch zog sie die vorbereitete Notiz aus der Tasche und legte sie dazu. Dann eilte sie die Stufen hinunter, hob die Gemälde auf, rannte hinunter zu ihrem Jeep und war nun entschlossener denn je, herauszufinden, wie sie Grant helfen konnte.

Wie hieß noch mal dieser Soldatenspruch? *Es wird keiner zurückgelassen? Keiner vergessen?*

Sie verstaute die Bilder im Wagen, und als sie davonfuhr, ersann sie ihren eigenen Spruch – *Es wird kein mürrischer Silver zurückgelassen* – und schwor sich, ihr Versprechen einzuhalten.

Nach einer weiteren unruhigen Nacht ging Grant seiner üblichen morgendlichen Routine nach und ärgerte sich wie immer darüber, dass sein Beinstumpf ihn derart ausbremste. In der Physiotherapie und der Reha hatte er sich abgerackert und war mittlerweile so schnell, wie man in seiner Situation eben sein konnte. Aber das war bei Weitem nicht so schnell wie zu Prä-Amputationszeiten, als er aus dem Bett gesprungen war und innerhalb von zehn Minuten geduscht, sich angezogen und das Haus verlassen hatte. Jetzt musste alles ganz genau im Vorfeld durchgeplant werden, sogar wie er die verdammte Jeans anzuziehen hatte.

Er schlüpfte in seine Jacke und warf einen Blick auf das Gemälde, das auf der Küchentheke trocknete, und das andere, das auf der Staffelei stand, die er spät am Montagabend noch gebaut hatte. *Verdammte Jules!* In den letzten Jahren hatte er keinerlei Gedanken darauf verwendet, einen Pinsel in die Hand zu nehmen, und dann rauschte sie herein, redete von Kunsttherapie und davon, den Mist aus seinem Kopf zu bekommen, und jetzt konnte er nicht mehr aufhören, daran zu denken. Und an sie.

Träge kam Crash aus dem Schlafzimmer getrottet – mit dieser verdammten Schleife im Maul – und streckte sich. Die ganze Nacht hatte er mit der Schleife unter seiner Pfote geschlafen, als wäre sie mit einer Schlaftinktur versehen.

Vielleicht sollte ich die in meinem Mund herumschleppen.

Seit er sein Bein verloren hatte, schlief Grant miserabel. Die Ärzte hatten versucht, ihm Schlaftabletten zu geben, doch so ein Gift wollte er nicht anrühren. Die Schmerztabletten hatte er nach der Operation so schnell wie möglich abgesetzt. Er hatte gern die Kontrolle über sein Leben, seine Gedanken und seine Gefühle. Der reinste Witz. Bisher hatte er nachts wach gelegen und überlegt, was er mit seinem Leben anstellen sollte. Aber diese penetrante Pixie hatte tatsächlich recht damit gehabt, dass er mit dem Malen die Wut aus dem Kopf bekommen würde. Stundenlang hatte er diese Woche gemalt und es hatte ihn eindeutig ruhiger gemacht. Es war ihm sogar gelungen, ein paar Stunden Schlaf zu bekommen, doch sexy Jules hatte jede Minute davon heimgesucht. Sie war der Star in all seinen Fantasien gewesen, in denen er sie auf jede nur erdenkliche Art und Weise genommen hatte, sodass er erregt, hart und mit dem Bedürfnis aufgewacht war, selbst Hand anzulegen, um den Druck abzulassen.

Wenn das kein Grund für Archer war, ihm die Hölle heiß zu machen …

Grant nahm seine Schlüssel und ging hinaus. Als er auf etwas Weiches trat, blieb er abrupt stehen und schaute nach unten. Unter seinem Fuß lag eine rostfarbene Fußmatte, auf der *Du wirst mir fehlen!* stand. Das war allerdings nur der halbe Aufdruck, auf der oberen Hälfte prangte kopfüber: *Yippie, da bist du ja!* Neben seinem Fuß entdeckte er einen mittlerweile vertrauten rosa Umschlag mit seinem Namen in geschwungenen und golden glitzernden Buchstaben.

Mit einem verhaltenen Lachen hob er den Umschlag auf. Die Nachricht darin lautete: *Du bist vielleicht gern allein, aber trotzdem solltest du das Gefühl haben, willkommen zu sein, wenn du nach Hause kommst, und vermisst zu werden, wenn du gehst.*

Wieder keine Unterschrift, sondern nur ein Smiley.

Er steckte den Zettel in die Tasche, und als er die Tür hinter sich schloss, merkte er, dass er lächelte.

Er fluchte leise.

Jules ging ihm unter die Haut, wie es noch nie jemand zuvor geschafft hatte. Aber so gut sich das auch anfühlen mochte, er wusste, dass er dieses Gefühl im Keim ersticken musste, bevor es außer Kontrolle geriet.

Fünf

Jules' Tag verging wie im Fluge, während sie den Laden herbstlich dekorierte, Inventur machte, Kunden bediente und immer wieder Adrenalinschübe bekam, wenn sie in Gedanken ihre Begegnung mit Grant am Montagnachmittag durchging. Mittlerweile war sie überzeugt davon, dass Grant tatsächlich über Option drei nachgedacht hatte, als er gesagt hatte, sie solle ihre Zeit nicht mehr mit ihm verschwenden, und sie war ein einziges Nervenwrack, weil er so widersprüchliche Botschaften aussandte. Er sorgte dafür, dass sie eine Art von Bedürfnis und Begehren verspürte, dass einer Frau, die noch nie auf so dunklen, unanständigen Pfaden gewandelt war, wie sie sie mit ihm erkunden wollte, angst und bange werden konnte. Doch sie hatte keine Angst. Sie kannte Grant. Er bedeutete ihr viel und sie vertraute ihm. Aber in ihrem Kopf herrschte ein solches Chaos, dass sie keinen klaren Gedanken mehr fassen konnte. Den ganzen Tag hatte sie auch über seine Bilder nachgedacht. So gern hätte sie über all das mit Bellamy gesprochen, vor allem über das Herzklopfen, das regelrechte Hitzeschübe auslöste und von dem sie bisher nur ihre Schwestern hatte reden hören. Das war surreal intensiv. Aber Jules war nicht besonders gut darin, Männer zu durchschauen, und bei ihrem Glück hatte sie seine

Verärgerung vollkommen falsch als Interesse gedeutet.

Derartige Peinlichkeiten musste sie niemandem anvertrauen, nicht einmal ihrer treuen besten Freundin.

Es war halb fünf, Bellamy stand an der Kasse und würde bis zum Ladenschluss arbeiten. Jules dagegen hätte vor einer halben Stunde schon gehen können, als sie in Trista's Café ein Stück die Straße hinunter Essen bestellt hatte. Doch sie hatte beschlossen, zuerst einen Platz für Grants Bilder zu finden, was ein weiterer Grund dafür war, dass ihre Nerven blank lagen.

Zuerst hatte sie sie sicher in einem Schrank in ihrer Wohnung verstaut, für den Fall, dass er es jemals bedauern sollte, sie weggeworfen zu haben. Doch das fühlte sich vollkommen falsch an, als würde sie Teile von ihm verstecken. Sie wollte sie sehen können. Eigentlich war es eher ein Bedürfnis, ein Gefühl, dem sie nicht entkommen konnte, als müsste sie die Bilder betrachten können. Als könnten sie ihr irgendwie dabei helfen, ihn besser zu verstehen.

Zwanzig Minuten hatte sie allein für die Entscheidung gebraucht, wohin sie sie hängen wollte. Da sie mehr Zeit in ihrem Geschäft als in ihrer Wohnung verbrachte, erschien es ihr sinnvoll, sie dort aufzubewahren. Sie hatte sie hinter ihrem Schreibtisch an die Wand gelehnt, doch es war ihr so vorgekommen, als würde sie verneinen, wie besonders sie waren, und das war auch wieder falsch. Schließlich hatte sie beschlossen, sie gegenüber von ihrem Schreibtisch aufzuhängen. Bellamy kam nie ins Büro, doch für alle Fälle hatte sie sich eine kleine Notlüge ausgedacht. Wenn Bellamy fragen sollte, würde Jules ihr erzählen, dass sie von einem neuen Künstler stammten, auf den sie im Internet gestoßen war, und dass sie überlegte, seine Arbeiten im Laden zu verkaufen. Das war nicht ganz gelogen. Falls Grant je beschließen sollte, seine Kunst wieder zu verkaufen, würde sie das gern machen.

Sie trat ein paar Schritte zurück, um die auf finstere Weise gefühlvollen Gemälde zu bewundern, die sie den ganzen Tag über verfolgt hatten. In ihrem hellen Büro mit dem weißen Schreibtisch, dem pinken Bürostuhl und den passenden rosafarbenen Accessoires hatte sie befürchtet, sie würden etwas fehl am Platz wirken. Doch vor dem Hintergrund der hellblauen Wände und umgeben von einem Mix aus Familienfotos, glitzernden goldenen Pfeilen und Schildern mit lauter positiven Sprüchen wie *Lache so viel, wie du atmest* und *Liebe so viel, wie du lebst* sahen sie gar nicht so düster aus. Sie waren sogar auf schmerzliche Art schön, und genau so würde sie auch den Mann beschreiben, der sie gemalt hatte. Sie konnte es nicht leiden, wenn er sich selbst als Mistkerl betitelte. Er war kein Mistkerl. Er war einfach nur frustriert, und mit ein wenig Glück könnte sie ihm dabei helfen, damit zurechtzukommen.

Nachdem sie endlich den richtigen Ort für die Bilder gefunden hatte, zog sie sich zufrieden ihre Jacke an, klopfte die Taschen ab, um sicher zu sein, dass sie ihre Schlüssel und ihr Portemonnaie hatte, und verließ ihr Büro, um Bellamy Bescheid zu sagen, dass sie ging. Bellamy hatte früher am Tag einen Sponsorenvertrag mit einem Modehersteller namens Swank abgeschlossen. Daraufhin hatte Jules eine Nachricht in die Chat-Gruppe von ihren Freundinnen und Schwestern geschickt, die Bellamy allesamt gratuliert hatten, und etwa zwei Stunden lang hatten sie wie verrückt lauter witzige Nachrichten ausgetauscht. Bellamy und Tara hatten dann den ganzen Nachmittag geschrieben, um Pläne für ein Probe-Shooting am nächsten Morgen zu schmieden, was wunderbar passte, da Bellamy morgen wieder die Spätschicht im Laden übernehmen würde.

»Gehst du jetzt endlich?« Bellamy stand noch hinter der Kasse und schaute von ihrem Handy auf.

»Ja. Bist du sicher, dass ich dir nichts vom Trista's bringen soll, bevor ich runter an den Strand gehe?« Die Winter auf Silver Island waren eisig kalt, aber sie erlebten gerade einen ungewöhnlich milden Herbst und Jules wollte jede Sekunde davon genießen.

»Nein danke. Ich gehe heute Abend zu Tara, um ein paar Ideen für das Shooting morgen auszubrüten. Willst du später noch dazukommen?«

»Ich glaub, ich mache früh Schluss heute.« Sie wollte Zeit für sich haben, um die Gemälde in Ruhe betrachten zu können.

»Alles klar. Wir schicken dir dann Fotos vom Shooting.«

»Freu mich schon darauf.« Jules ging zur Tür hinaus und wäre fast mit Grant zusammengestoßen. »Meine Güte! Wenn wir uns weiter so oft treffen, dann werden die Leute anfangen zu reden.«

Er zog die Augenbrauen zusammen. »Ich wollte mit dir reden.«

»Ah, gut. Dann kannst du mich begleiten.« Hoffnung erfasste sie wie ein Rausch, und so hakte sie sich bei ihm unter, während sie so tat, als würde sie nicht innerlich jubeln und gleichzeitig vor Nervosität beben. »Mmh, du bist kuschelig warm. Ich bin gerade auf dem Weg zum Trista's. Ich lad dich zum Essen ein.«

»Jules, du wirst mich nicht zum Essen einladen.«

»Und ob. Ich bin eine moderne Frau. Ich kann es mir leisten.«

»Auf keinen Fall.«

»Okay, dann teilen wir uns mein Essen. Ich wollte am Sunset Beach essen. Wie war's bei der Arbeit? Baut ihr gerade irgendwelche Boote, du und Brant?«

»Ob wir …?« Er zog die Augenbrauen zusammen, als versuchte er, zu verstehen, was sie gefragt hatte. »Nein, ich bin gerade mit dem Refit eines Bootes für einen Kunden beschäftigt.«

»Refit?«

»Eine komplette Überholung.« Ein Lächeln trat in sein Gesicht. »Ich versetze es also wieder in einen tadellosen Zustand.«

»Das klingt aufregend und schwierig. Davon würde ich gern Vorher- und Nachher-Bilder sehen.«

»Du würdest …?« Wieder sah er verwirrt aus. Er öffnete die Tür zum Café und sie stellten sich in die Schlange an der Abholtheke. »Hör zu, Jules, wegen der Fußmatte … Du musst aufhören, mir Sachen vor die Tür zu legen.«

»Was für eine Fußmatte?«, fragte sie so unschuldig wie nur möglich. Noch eine kleine Notlüge im Namen der Freundschaft – und hoffentlich mehr – war doch in Ordnung, oder?

Er sah sie ausdruckslos an. »Du weißt nichts von einer Fußmatte, die zusammen mit einer handgeschriebenen Nachricht auf meine Veranda gelegt wurde?«

»Tut mir leid, nein.«

»Himmel noch mal«, murmelte er, aber zumindest lächelte er. »Soll ich etwa glauben, dass es eine Fußmattenfee war?«

»Woher soll ich das wissen? Aber hat die Matte dir gefallen?«

»Sicher, die ist ganz schön, aber …«

»Dann ist es doch egal, wer sie da hingelegt hat.« Sie bewegten sich in der Schlange langsam vorwärts.

»Es ist überhaupt nicht egal.«

»Warum? Du hast gesagt, sie gefällt dir.«

Er beäugte Trista Barrington, die große Blondine, der das

Restaurant gehörte und die immer wieder zu ihnen hinüberschaute, während sie die Kunden vor ihnen bediente. Leise antwortete Grant: »Weil ich dir bereits gesagt hab, dass du deine Zeit nicht mit mir verschwenden sollst.«

Jules ergriff wieder seinen Arm, beugte sich zu ihm hinüber und antwortete ebenso leise: »Wäre es verschwendete Zeit, würde ich deinen Rat beherzigen.« *Aber du hast schon zwei Mal gelächelt, also habe ich meine Zeit nicht verschwendet.* »Doch da das nicht der Fall ist, erzähl mir mehr über dein Bootprojekt. Wie lang dauert so ein Re...?«

»Refit.«

»Ach ja. Ich hab es nicht so mit diesen Fachbegriffen aus dem Schiffsbau, aber das lerne ich schon noch.«

Die Frau vor ihnen hatte ihre Bestellung bekommen, und als sie an den Tresen traten, stemmte Trista eine Hand in die Hüfte und ließ den Blick zwischen ihnen hin- und herwandern. »Jetzt verstehe ich, warum du Keira und uns alle neulich Abend beim Essen versetzt hast.«

»Hatte zu tun«, sagte Grant.

»Das sehe ich.« Trista lächelte Jules freundlich an. Sie war eine enge Freundin von Sutton. Seit mehreren Generationen gab ihre Familie die Zeitung von Silver Island heraus. »Hallo, Jules. Ich würde dich ja fragen, wie es dir geht, aber ich sehe selbst, dass es ziemlich gut läuft.«

»So ist das nicht. Grant und ich sind nur Freunde.« Jules ließ seinen Arm los und sah ihn missbilligend an. »Du hast deine Schwester bei einem Abendessen versetzt?«

Er biss die Zähne zusammen und warf Trista einen finsteren Blick zu. »Danke.«

Trista zuckte mit den Schultern und holte Jules' Essen von der Arbeitsfläche hinter sich. »Ich wollte keinen Streit unter

Liebenden auslösen. Das macht dann achtzehn fünfzig.«

Leise fluchend holte er sein Portemonnaie heraus, warf einen Zwanziger auf den Tresen und schnappte sich die Tüte, noch bevor Jules ihr Geld herausholen konnte.

»Danke, Grant. Bis später, Trista. Tut mir leid, dass er euch versetzt hat, aber es war nicht meinetwegen.«

»Lass uns gehen, Pix.« Grant zog sie am Ärmel ihrer Jacke Richtung Ausgang. »Muss hier nicht jeder alles über mich erfahren.«

»Du hättest Jules neulich Abend einfach mitbringen können!«, rief Trista ihnen hinterher.

Bei Tristas Bemerkung musste Jules kichern, und dass Grant sie *Pix* genannt hatte, löste eine klitzekleine Euphorie aus. Es klang anders, wenn er nicht wütend auf sie war oder versuchte, sie davon zu überzeugen, sich von ihm fernzuhalten. Sie hakte sich wieder bei ihm unter, als sie die Main Street entlang zum Hafen gingen, und fragte sich, ob ihm überhaupt aufgefallen war, dass er sie wieder so genannt hatte. Hoffnung keimte in ihr auf, dass dies vielleicht, nur vielleicht, der Anfang von mehr war.

Während Jules davon schwärmte, wie sehr sie den Herbst liebte und wie hübsch die Bäume waren, versuchte Grant, herauszufinden, warum er mit ihr an den Strand ging, anstatt zu sagen, was er hatte sagen wollen, und sich dann vom Acker zu machen. Aber allein ihre Gegenwart machte ihn schon weniger wütend. Ihre positive Art war weniger ansteckend als anziehend. Sie redete nicht mit ihm, als wäre jeder Satz sorgfältig durchdacht, um ja nur nicht darauf zu sprechen zu kommen, was aus seinem Leben geworden war, so wie es die meisten Leute auf der Insel taten – mit Ausnahme seiner engsten Kumpels.

»Was ist deine Lieblingsjahreszeit?«, fragte sie.

Sie schaute mit diesen wunderschönen grünblauen Augen zu ihm auf, als wäre er der außergewöhnlichste Kerl auf Erden und nicht der gebrochene Mann, den alle anderen in ihm sahen. Noch dazu hielt sie weiter seinen Arm, als gehörte sie nirgendwo anders hin. Als gehörte sie zu ihm. Er wusste, dass er auf gefährlichen Pfaden wandelte. Er sollte nicht zulassen, dass sie sich zu wohl fühlte oder er ihr etwas vormachte, vor allem nicht nach den letzten beiden Begegnungen. In ihrem Laden war er verdammt kurz davor gewesen, sie zu küssen, vor den Augen von Bellamy. Sich brauchte er wirklich nichts mehr vorzumachen. Sie war so tief in der Tabu-Zone, so weit konnte er nicht einmal mehr schauen. Aber er war wirklich gern in ihrer Nähe, und zurzeit gab es nicht gerade viel, auf das er sich freute. Was konnte es da schaden, eine Stunde miteinander zu verbringen? Was immer das hier auch war, er konnte es noch im Keim ersticken, nachdem sie gegessen hatte.

»Herbst«, sagte er. Das Silver House an der Steilküste oberhalb des Hafens kam in Sicht. Das zu einem Resort umgewandelte Anwesen bot einen beeindruckenden Anblick mit seinen weitläufigen Terrassen und üppigen Gartenanlagen. Das Resort seiner Familie löste immer eine Woge von widersprüchlichen Gefühlen in ihm aus. Er war stolz darauf, ein Silver zu sein, und gleichzeitig war es ihm verhasst.

»Genau wie ich.« Sie umfasste seinen Arm noch ein wenig fester. »Warum ist es deine Lieblingsjahreszeit?«

»Ich mag es, wenn es kühler ist.« Er sagte ihr nicht, dass bei heißem Wetter sein Beinstumpf schwitzte und er seine Prothese abnehmen musste, um Luft daran zu lassen. Zum Glück kam das jetzt nicht mehr so oft vor, nachdem die Wunde verheilt war und sein Körper sich an die unzähligen Veränderungen gewöhnt hatte.

»Geht mir genauso. Sind die Farben im Herbst nicht einfach toll? Guck doch mal, wie schön das Silver House ist, so von Chrysanthemen und diesen knallorangenen und gelben Büschen umgeben. Und diese scharlachroten Bäume.« Sie zeigte auf die Gartenanlagen. »Das sind meine absoluten Lieblingsbäume.«

»Das sind Sauerbäume und es sind auch die Lieblingsbäume meiner Mom. Die orangenen und gelben Sträucher heißen Duftender Sumach.«

»Mr. Silver, bist du ein heimlicher Gärtner?«

»Nein, ich bin einfach nur ein Typ, dessen Mutter Pflanzen liebt. Siehst du die lila Blumen dort? Das sind Neuengland-Astern, und die rosafarbenen nennt man Schildblumen.«

»Beeindruckend. Ich liebe Pflanzen und Blumen, aber ich habe keinen grünen Daumen. Meine Pflanzen ertrinken immer. Ich kann den Gedanken nicht ertragen, dass sie Durst haben könnten.«

Wenn jemand anderes das gesagt hätte, wäre es vielleicht albern gewesen, aber es war so typisch Jules, dass sie ihm noch liebenswürdiger erschien.

»Ich bin ziemlich gut darin, Dinge am Leben zu erhalten.« *Auf dem Schlachtfeld und jenseits davon.* Die Sehnsucht nach dem, was er verloren hatte, war wie ein schmerzhafter Stich zu spüren, doch anstatt ihr die Möglichkeit zu geben, sich festzusetzen, sagte er das Erste, was ihm in den Sinn kam. »Als ich ein Kind war, hatte ich es immer eilig, und dabei bin ich manchmal durch die Beete gerannt und hab die Blumen zertrampelt. Meine Mutter ist dann mit mir dahin zurückgegangen und hat mir alles über die Pflanzen erzählt, wie stark sie sein mussten, um zu überleben und so weiter.« Seit Jahren hatte er nicht mehr daran gedacht. Bei der Erinnerung lächelte er, und ihm wurde bewusst, dass seine Mutter und Jules in der Art, wie sie sprachen, gar nicht so unterschiedlich waren.

»Hat sie dir Schuldgefühle gemacht?« Sie lachte leise.

»Ein wenig, aber ich glaube nicht, dass das ihre Absicht war. Ich habe immer gern gelernt, und sie hat jede Gelegenheit genutzt, um mir etwas beizubringen. Meine Mom erklärt die Dinge so, dass sie einem wichtig werden. Sie hat das gut gemacht, denn am Ende war ich derjenige, der meinen Brüdern und Schwestern hinterhergebrüllt hat, dass sie nicht durch die Beete rennen und die Blumen kaputtmachen sollen.«

»Weil du unter all diesen Muskeln ein Herz aus Gold hast. Können wir uns auf die Veranda vom Bistro setzen und da essen?«

Er hatte in letzter Zeit nicht das Gefühl, ein Herz aus Gold zu haben. Eigentlich hatte er an dieses Organ überhaupt nicht mehr gedacht, bis Jules angefangen hatte, ihm so einzuheizen. Wegen ihr *wollte* er ein Herz aus Gold haben.

»Klar. Ich bin seit Ewigkeiten nicht mehr dort gewesen.« Er hatte nicht einmal gemerkt, dass sie schon den ganzen Hügel hinuntergegangen waren.

Das Bistro lag am äußersten Rand von Sunset Beach. Es gehörte Ava de Messiéres, war aber von ihrem verstorbenen Mann Olivier eröffnet worden, der auch Grant das Malen gelehrt hatte. Das alte *Bistro*-Schild befand sich schon dort, seit Grant denken konnte. Es war an Stahlpfosten angebracht, die am zweigiebligen Dach des Restaurants befestigt waren. Das Gebäude, ein ehemaliges Bootshaus, das für den Winter mit Brettern vernagelt worden war, hatte jedoch schon bessere

Zeiten gesehen. An der verwitterten Holzfassade hing ein Schild – *Außerhalb der Saison geschlossen – Für Lieferungen im Winter bitte anrufen*. Hinter dem Restaurant lag der Parkplatz, die Vorderseite blickte aufs Wasser und ein niedriger Holzsteg führte an der Seite des Gebäudes entlang und hinaus bis zum Strand.

Auf dem Weg zur Veranda kamen in Grant Erinnerungen daran hoch, wie er hier gemalt hatte. Eine kalte Windböe wehte vom Strand herauf, und Jules drehte sich um, um ihr Gesicht schützend an Grants Brust zu verbergen. Er legte die Arme um sie und atmete ihren süßen Duft von Honig und Zitrone ein. Sie fühlte sich unglaublich an, zierlich und verlockend weiblich, wie schon in den Reben.

»Willst du zurück zum Parkplatz?«

»Nein!«, sagte sie schnell, und ihre Augen funkelten im Licht des frühen Abends. »Ich sitze gern hier auf der Veranda und beobachte, wie die Wellen ans Ufer schlagen. Ich gewöhne mich schon noch an die Temperatur, versprochen! Das war nur der erste Schreck der kühlen Brise.«

Sie war so verdammt niedlich, wie sie ihre Argumente vorbrachte, als würde er ihr den schönsten Moment ihres Tages ausreden wollen. Es überraschte ihn selbst, dass nichts in ihm danach drängte zu gehen. »Du musst mich nicht überzeugen, Pix.«

»Ist dir nicht kalt?«

»Mir wird mit jeder Sekunde heißer«, stieß er aus, denn er konnte die Wahrheit gar nicht für sich behalten. Jules hatte in letzter Zeit oft diese Wirkung auf ihn.

»Oh!«, sagte sie leise, während sie mit ihren langen Wimpern klimperte und ihre Wangen erröteten.

Ihre Augen verdunkelten sich und *niedlich* wurde zu einer

verführerischen Mischung aus Unschuld und Sinnlichkeit wie schon an dem Abend in den Reben. Ihn überkam der überwältigende Drang, seinen Mund auf ihren zu drücken und sich den Kuss zu nehmen, der schon die ganze Woche in seiner Fantasie herumspukte. Er konnte sich ausmalen, wie süß und heiß ihr Mund wohl war und wie ihre Zunge sich an seiner anfühlen musste. Dieser brodelnde Gedanke brannte nun in ihm, erweckte andere Körperteile, die sich auch am Jules-Steele-Fest beteiligen wollten. *Fuck!* Was passierte nur mit ihm?

Er räusperte sich und zwang sich, einen Schritt zurückzutreten. »Wir sollten uns setzen, damit du essen kannst.«

Sie gingen um das Gebäude, wo der Steg auf den Strand traf, und nahmen die Stufe hinunter zur überdeckten Veranda. Der Haupteingang des Restaurants war fest vernagelt und zusätzlich mit einem *Geschlossen*-Schild versehen. Der verwitterte graue Zaun, an dem einst bunte Windlichter gehangen hatten, verschwand nun fast gänzlich unter wilden Faulbaumsträuchern. Sie setzten sich an den Rand der Veranda mit den Schuhen im Sand und Grant gab Jules die Tüte vom Trista's.

Der sanfte Wind blies ihr die Haare über die Schulter, während sie mit einem unglaublich friedvollen Blick aufs Wasser hinausschaute und dann mit einem leichten Lächeln die Augen schloss. Wenige Sekunden später öffnete sie die Augen wieder und seufzte glücklich. »Danke noch mal, dass du mein Essen bezahlt hast. Beziehungsweise *unser* Essen.«

»Kein Problem.« Er war ein wenig neidisch auf ihre Fähigkeit, die Welt einfach so auszublenden, auch wenn es nur für ein paar Sekunden war.

Sie nahm ein riesiges Sub-Sandwich aus der Tüte, legte es auf ihren Schoß und breitete den Rest aus der Tüte zwischen ihnen aus: ein kleiner Salat, ein Pfirsich-Joghurt, eine Tüte

Chips, ein Cookie und eine Flasche Eistee. Sie stopfte ein paar Servietten unter ihr Bein und klemmte die Tüte unter ihr anderes Bein. »Ich hoffe, du magst Subs. Das Getränk müssen wir uns teilen.« Sie wickelte das Sandwich aus der Verpackung und gab ihm die Hälfte. »Ein Helden-Sandwich für unseren lokalen Kriegshelden.«

Bei dem Wort *Held* zog sich ihm der Magen zusammen.

Er legte seine Hand über ihre, als er ihr das halbe Sandwich abnahm, und sah ihr in die Augen. »Bitte nenne mich nicht so, Jules.«

»Oh, Mist, ich hab vergessen, dass du das nicht magst. Tut mir leid. Aber du bist ein Held. Dir wurde das Purple Heart, das Verwundetenabzeichen, verliehen.«

»In die Luft gesprengt zu werden, macht mich noch nicht zu einem Helden. Ich bin nicht anders als alle anderen Männer und Frauen, die vor oder nach mir gekämpft haben. Wenn ich ein Held bin, dann sind sie es auch, und wenn man wirklich mal darüber nachdenkt, dann sind es auch alle Partnerinnen und Partner und Kinder zu Hause, weil sie ohne sie weitermachen.« Er schaute auf das Sandwich hinunter, bis ihre Hand in sein Sichtfeld kam und seine Hand berührte. Als er zu ihr aufschaute, hauten ihn die Emotionen, die er in ihren Augen sah, fast um.

»Wenn wir dieser Logik folgen«, sagte sie sanft, »dann sind auch alle Eltern und Geschwister Helden, weil sie ihre Liebsten vermissen, für sie beten und hoffen, dass sie sie wiedersehen werden.«

Er spürte einen Kloß in der Kehle, als er daran dachte, wie seinen Eltern telefonisch mitgeteilt worden war, dass er verletzt war. Er trug einen Haufen Schuldgefühle deswegen mit sich herum und auch wegen seiner Reaktion auf seine Familie, die zu ihm geflogen war, um ihn nach der Operation im Krankenhaus zu besuchen. Damals hatte er gerade erfahren, dass Darkbird keine Missionen mit Amputierten durchführte, und aufgrund seines Gehörverlustes hatte er auch keinerlei Hoffnung, jemals wieder eingesetzt zu werden, auch nicht von einer anderen Firma. Er hatte die Wahrheit nicht wahrhaben wollen, war voller Tatendrang gewesen. Als er seinen Angehörigen gesagt hatte, dass er weiter auf Einsätze gehen wollte, hatten seine Mutter und seine Schwestern geheult, während sein Vater etwas von Todessehnsucht gefaselt hatte und davon, dass es an der Zeit war, nach Hause zu kommen. Er hatte sogar versucht, ihm zu verbieten, auch nur darüber nachzudenken, wieder zurückzugehen. Sie hatten sich einen heftigen Streit geliefert, was seine Wut nur noch angefacht hatte.

»Ich verstehe, was du meinst. Die Verletzung macht dich nicht zu einem Helden. Aber du warst für unser Land im Einsatz. *Das* macht dich zu einem Helden.« Jules lehnte sich zu ihm herüber. »Aber wenn du nicht so genannt werden willst, sage ich es nicht mehr. Ich bin einfach nur froh, dass du mit mir hier bist und wir gemeinsam am Meer etwas essen.«

Wieder spürte er dieses angenehme Ziehen in der Brust und er platzte unerwartet mit der Wahrheit heraus. »Ich auch.«

Ihre Blicke trafen sich, und so wie in dem Moment, in dem er ihr gesagt hatte, sie sollte ihre Zeit nicht mit ihm verschwenden, pulsierte die Luft zwischen ihnen auch jetzt heiß und voller Begehren. Noch nie hatte er etwas so Instinktives, so Unausweichliches verspürt. Fühlte sie es auch? Ihre Wangen erröteten, und sie wandte schnell den Blick ab, um an ihrem Sandwich herumzufummeln. Oh ja, verdammt, und ob sie es fühlte!

»Da ich jetzt die Regeln in Bezug auf das Wort *Held* kenne, können wir ja nun essen.« Sie biss in ihr Sandwich.

Sie war wirklich eine Nummer. Noch nie hatte er eine Frau kennengelernt, die ebenso sexy wie unschuldig war, und das führte dazu, dass er verrückte Dinge tat, wie zum Beispiel beim Sonnenuntergang neben ihr auf der Veranda des Bistros zu sitzen und ein Helden-Sandwich zu essen. Mit jeder Minute machte Jules ihn neugieriger. Er beäugte die Menge an Essen, die zwischen ihnen lag. »War das hier alles für dich oder hattest du ein Essen mit jemand anderem geplant?«

»Es war für mich. Jetzt ist es für uns.«

»Das kann nicht dein Ernst sein. So ein zierliches Etwas wie du kann nie und nimmer all das essen.«

»Stimmt schon, aber ich war mir nicht sicher, worauf ich Lust hatte. Manchmal bestelle ich ein Sandwich, und wenn ich mich dann zum Essen hinsetze, wünschte ich mir, ich hätte einen Salat oder einen Joghurt oder ein Dessert. Daher bestelle ich einfach alles, was ich vielleicht essen will, und bewahre den Rest für den nächsten Tag auf.« Sie kräuselte die Nase. »Das findest du sicher auch lächerlich.«

»Eigentlich halte ich es für ziemlich schlau.« *Und so typisch für dich.* »Und nur damit du es weißt: Ich habe nie gesagt, dass du lächerlich bist.«

»Ich weiß und dafür bin ich dir sehr dankbar. Aber ich weiß auch, dass sich alle über mich lustig machen, wenn ich so etwas mache oder wenn ich seltsame Dinge sage oder singe. Ich weiß, dass sie mich liebhaben und dass ich tatsächlich etwas anders bin. Ich sehe die Welt nun mal durch eine rosarote Brille, aber mir gefällt es so.«

Dass sie zu ihren Marotten stand, war ebenso einnehmend wie alles andere an ihr, und es löste in ihm das Bedürfnis aus, sie zu beschützen. Er erinnerte sich daran, was er zu Archer über Jules' *Gute-Laune-Gehabe* gesagt hatte, und machte sich insgeheim Vorwürfe. »Jeder, der dich für lächerlich hält, ist einfach nur neidisch, weil er nicht schlau genug ist, die Dinge so zu machen wie du.« *Mich eingeschlossen.* Das Leben wäre viel einfacher, wenn er manche Dinge einfach an sich abprallen lassen könnte, so wie es früher der Fall gewesen war. »Die einzig wichtige Meinung ist ohnehin die von der Person, die du im Spiegel siehst.«

»Dann hab ich ja richtiges Glück, denn sie findet mich toll. Geht dir das nicht genauso?«

Amüsiert hob er eine Augenbraue. »Ich finde, dass du eine überraschend coole Braut bist, wenn du das meinst.«

»Danke.« Sie stieß ihn über das Essen hinweg, das zwischen ihnen lag, mit der Schulter an. »Aber eigentlich wollte ich wissen, ob die Person, die du im Spiegel siehst, dich auch mag.«

»Kommt auf den Tag an.« Er nahm noch einen Bissen, war aufs Neue überrascht, dass er die Wahrheit gesagt hatte, wechselte dann aber das Thema. »Wie oft bist du hier draußen?«

»Oft, aber meistens, nachdem Ava die Saison beendet hat. Ich mag es, wenn es so ruhig ist wie jetzt. Es kommt mir so vor, als hätte ich den Sunset Beach ganz für mich allein. Bald ist es zu kalt, um hier zu sitzen, aber bis dahin verbringe ich hier fast all meine Pausen.«

Einige Minuten lang aßen sie in angenehmem Schweigen weiter, bis sie sagte: »Es ist schade, dass Ava das Bistro so vernachlässigt hat. Wenn man ein wenig Arbeit und Liebe hineinsteckt, könnte es richtig süß sein.«

Leider hatte Ava nach Oliviers Tod Trost in der Flasche gefunden. Sie war eine funktionierende Alkoholikerin, aber als Grant sie das letzte Mal gesehen hatte, vor etwa zwei Jahren, hatte sie nicht besonders gut ausgesehen. »Es hat sie sehr mitgenommen, als Olivier starb, und sie hat sich nie davon erholt.« Er sprach den Namen seines Mentors französisch aus, so wie der Franzose es ihm beigebracht hatte. »Ich weiß nicht, ob du dich an ihn erinnerst. Du warst noch ziemlich klein, als er starb. Ich war vierzehn, dann warst du …? Sechs?«

»Mhm. Ich hab nur hier und da kleine Erinnerungen an ihn, aber du weißt ja, wie eng befreundet meine Mom und Ava sind. Sie haben mir Geschichten über ihn erzählt mit seinem langen weißen Zopf und dem zotteligen Bart. Ich finde es witzig, dass meine Mom ihn *Avas französischen Hippie-Lover* nennt, obwohl sie verheiratet waren.«

»Er war ein echt toller Mensch und absolut ein Hippie. Er hatte so freundliche graublaue Augen, die immer fröhlich gestrahlt haben.« Er schaute Jules an, die beim Essen seinen Worten aufmerksam lauschte, und das erinnerte ihn an die Zeit, als sie jünger gewesen waren und er ihr immer Geschichten über das Militär oder Darkbird erzählt hatte, wobei er natürlich die Einzelheiten der Einsätze ausgelassen hatte. »So wie deine, Pix.«

Mann, welche Schleusentore hatte sie nur geöffnet? Als hätte sie eine angeborene Fähigkeit, die Stimmung zu verbessern und ihm seine Geheimnisse zu entlocken.

Verschämt senkte sie den Blick. »Danke. Erzähl mir mehr von ihm. Ich finde, man sollte sich immer an die Menschen erinnern, nachdem sie verstorben sind, und wenn du mir Dinge erzählst, die meine Mutter nicht erwähnt hat, kann ich sie anderen erzählen.«

Er sah sie lange an. Sie war wirklich bemerkenswert. Sie löste in ihm den Wunsch aus, ihr mehr von sich zu erzählen, und das war einfach verrückt. Er hatte keine Ahnung, was er mit seinem Leben anfangen oder wo er letztendlich landen würde. Doch er stellte wieder fest, dass er diesen Gedanken beiseiteschob und stattdessen mehr von dem hier mit ihr genießen wollte. »Wenn Olivier nicht gerade im Bistro kochte, unterhielt er sich mit seinen Gästen oder stand hier auf der Veranda und malte. Er ist derjenige, der mir das Malen beigebracht hat.«

»Das wusste ich nicht.«

»Nein? Das war ein paar Monate, nachdem mein Vater ausgezogen war. Aber wir sind zusammen hierher zum Essen gekommen. Meine Eltern haben uns immer alle mitgenommen, als wären wir die perfekte Familie, und ich hatte miese Laune.«

»Darf ich dich etwas fragen?«

Er hob eine Augenbraue und wusste genau, dass sie fragen würde, egal was er sagte.

»Wie war das für dich? Ich wäre verloren gewesen, wenn sich meine Eltern getrennt hätten, und auch wenn sie wieder zusammengekommen wären, aber in verschiedenen Häusern gelebt hätten. Ich habe Bellamy gefragt, wie es war, aber sie hat es nie anders gekannt. War es schwierig für dich?«

Nein lag ihm auf der Zunge, aber sie sah ihn mit diesem einfühlsamen Rehaugen-Blick an, und er konnte sie nicht anlügen. »Es war scheiße. Einen Tag waren wir eine Familie und den nächsten taten wir nur so. Ich bin froh, dass Bellamy sich nicht daran erinnert, wie es nach der Trennung war. Sie hat viel geweint und nach ihrem Vater gefragt. Wie zum Teufel soll man das einer Zweijährigen erklären? All meine Geschwister waren traurig und verwirrt.«

Sie legte wieder die Hand auf seine. »Und du?«

»Ich war sauer.« Er biss die Zähne zusammen, um die alte Wut nicht aufkommen zu lassen, und nahm dann noch einen Bissen vom Sandwich, um den Zorn ganz zu unterdrücken.

»Aber du warst doch sicher auch traurig. Es sind deine Eltern.«

In seiner Brust zog sich alles zusammen. »Wahrscheinlich. Aber ich war eher wütend als traurig. Ein paar Monate vergingen, dann fingen sie wieder an, einander zu *daten*, und dann schlief mein Vater wieder manchmal im Haus meiner Mutter, aber nicht immer. Wenn das nicht verwirrend ist … Wir wussten nie, ob wir einen oder zwei Elternteile am Frühstückstisch sehen würden.« Er hörte sich selbst herummeckern und Dinge sagen, die er noch nie jemandem erzählt hatte, und verkniff sich den Rest seiner Beichte, zum Beispiel dass er nie wusste, ob er auf ihre Beziehung vertrauen konnte oder ob er hoffen sollte, dass sie zusammenblieben, oder nicht. »Wenn ich je Kinder haben sollte, werde ich ihnen so einen Mist niemals zumuten.«

»Das klingt schrecklich. Tut mir leid, dass du das durchmachen musstest. Du hast gerade gesagt, wenn du je Kinder haben solltest … Willst du eine Familie gründen?«

Er zuckte mit den Schultern. »Früher wollte ich es, aber wie soll ich eine Familie haben wollen, wenn ich nicht mal weiß, wie meine eigene Zukunft aussieht?« Sein Magen zog sich zusammen und er trank einen Schluck. »Hast du da eine Art Wahrheitsserum oder so untergemischt?«

»Vielleicht«, sagte sie frech. »Ich merke, dass du nicht darüber reden willst, also erzähl mir lieber davon, wie ihr hier zum Essen wart und du schlechte Laune hattest.«

Und schon konnte er wieder leichter atmen. »Olivier malte genau hier auf der Veranda, und ich hab den ganzen Abend damit verbracht, ihm dabei zuzuschauen, wie er eine wunderschöne Landschaft mit Sonnenuntergang über den Dünen erschaffen hat. Wie er der Leinwand Leben eingehaucht hat, war das Coolste, was ich je gesehen hatte. Als wir aufbrachen, fing er ein Gespräch mit mir an und erzählte, dass er als Kind solche Abendessen auch nie gemocht hatte, weil es ihn von dem abhielt, was er eigentlich gern getan hätte, nämlich malen. In jenem Sommer hat er mich unter seine Fittiche genommen und mir alles beigebracht, was ich über das Malen aufsaugen konnte. Jahre später habe ich erfahren, dass er unfassbar gern in Gesellschaft aß und es nur gesagt hatte, um irgendwie eine Verbindung zu mir zu finden. Mit diesem Sommer verbinde ich einige meiner besten Kindheitserinnerungen. Olivier hat mir eine Tür geöffnet, ich bin hindurchgestürmt und hab all meine Wut und Enttäuschung weggemalt.« *Ganz genau so, wie du es gerade mit mir machst.* Kurz gerieten seine Gedanken ins Stolpern. »Wie ich vorhin gesagt hab, ich war vierzehn, als er starb, und ich war am Boden zerstört. Danach habe ich sogar noch mehr gemalt. Wahrscheinlich um die Erinnerung an ihn wachzuhalten.«

»Ich weiß noch, wie ich für Bianca gearbeitet habe, als ich auf der Highschool war, und sie alle Bilder verkauft hat, die du gemalt hast, wenn du in den Ferien nach Hause gekommen bist. Mir haben sie immer sehr gefallen.« Bianca Quintaros war die Eigentümerin des Geschenkeladens Browse gewesen, den Jules dann irgendwann übernommen und zu Happy End gemacht hatte. »Deine Bilder waren pur und wunderschön, lebendiger als alle anderen Gemälde, die ich je gesehen habe. Wenn ich mich recht erinnere, hast du mit diesen Verkäufen eine Menge Geld verdient.«

»Ja, stimmt. Meine Mutter hat auch ein paar meiner Bilder in einer Luxusgalerie in Boston untergebracht. Der Eigentümer hat ihr damals wahrscheinlich einen großen Gefallen getan, aber er hat tatsächlich einen Haufen meiner Sachen zu exorbitanten Preisen verkauft. Alles, was ich damit verdient habe, habe ich Ava gegeben. Du weißt ja, wie stolz sie ist. Sie wollte es nicht annehmen, aber sie hatte zu kämpfen, als sie Deirdra und Abby allein großziehen musste. Es fühlte sich einfach richtig an, und so hab ich ihr gesagt, dass Olivier mir Geld geliehen hätte und ich es zurückzahlen wollte.« Deirdra und Abby waren im Alter seiner Brüder, und er erinnerte sich noch daran, wie schwer sie es nach dem Tod ihres Vaters gehabt hatten. Deirdra war fortgezogen, sobald sie den Highschoolabschluss in der Tasche gehabt hatte, und er hatte gehört, dass Abby noch ein paar Jahre auf der Insel geblieben war, bevor sie letztendlich auch die Koffer gepackt und sich ihr eigenes Leben in New York aufgebaut hatte.

»Das hast du getan?«, fragte Jules voller Bewunderung.

Er nickte. »Das wurde uns allen doch hier so beigebracht, oder?«

Auf der Insel hielten die Menschen zusammen und die Kinder wurden nicht nur von ihren Eltern erzogen. So wie Olivier gesehen hatte, dass Grant eine schwere Zeit durchmachte, und ihm Hilfe angeboten hatte, und Roddy Remington dem wütenden und verwirrten Zehnjährigen Grant beigestanden hatte. Jules' Eltern waren in diesen aufreibenden Zeiten auch für Grant dagewesen, hatten ihn zum Essen und zu Ausflügen eingeladen, hatten Umarmungen angeboten ebenso wie Gespräche, wenn er sich etwas von der Seele hatte reden müssen. Nun wurde ihm bewusst, dass er vor Wut über den verlorenen Beruf und die geplatzten Zukunftspläne und auch angesichts der bitteren Erkenntnis, hier auf der Insel festzustecken, fast vergessen hatte, dass er einst Teil dieser fürsorglichen Gemeinschaft gewesen war.

»Stimmt«, sagte Jules und riss ihn aus seinen Gedanken. »Das ist eines der Dinge, die mir am Leben hier am meisten gefallen. Wir kümmern uns umeinander.«

So wie du versuchst, dich um mich zu kümmern. Grant biss die Zähne zusammen. Er war ein Mann, ein Kämpfer! Er wollte und brauchte es nicht, dass man sich um ihn kümmerte. Zumindest hatte er das immer geglaubt. Verstohlen schaute er zu Jules, die ihr Sandwich aß und aufs Wasser hinausschaute. Er konnte nicht leugnen, wie gut es sich anfühlte, Zeit mit ihr zu verbringen, und anscheinend wusste sie besser, was er brauchte, als er selbst.

»Ich wünschte, ich wüsste, wer diese Mal-Fee war«, sagte er wie beiläufig.

Jules grinste übers ganze Gesicht. »Bist du froh, dass sie dir die Malutensilien vorbeigebracht hat?«

Himmel, dein Lächeln …

Er hätte schwören können, dass es Licht in die Dunkelheit brachte, die er seit Monaten mit sich herumtrug.

»Jetzt schlag nicht gleich übermütig mit deinen Flügeln, aber es hilft tatsächlich dabei, all den Mist aus meinem Kopf herauszubekommen.«

»Yippie!« Sie wackelte mit den Schultern. »Ich freue mich ja so!« Schnell beherrschte sie sich wieder. »Tut mir leid, kein Flügelschlagen. Iss einfach weiter und ignorier mich.«

Als wäre es überhaupt möglich, sie zu ignorieren.

Nachdem sie ihr Sandwich aufgegessen hatten, zerbrach Jules den Cookie in zwei Hälften und öffnete den Joghurt. »Du findest wahrscheinlich, dass es sich ekelhaft anhört, aber wenn du den Cookie in den Joghurt tunkst, schmeckt das einfach köstlich.«

»Du hast recht, es hört sich ekelhaft an.«

»Probier's einfach mal.« Sie tunkte ihre Hälfte des Cookies ein und hielt sie ihm hin.

Grant ließ sich nicht gern füttern, aber das hoffnungsvolle

Glitzern in ihren Augen überzeugte ihn, und so nahm er ihr Angebot an und biss ab. Der cremige Joghurt vereinte sich köstlich mit dem knusprigen Keks. »Wow! Das ist unerwartet lecker.«

»Sag ich doch.« Sie wackelte wieder so entzückend mit den Schultern.

Sie aßen, während die Sonne über dem Meer unterging, und als er ihren Abfall und den Rest des Essens wieder in der Tüte verstaute, fragte Jules: »Kann ich etwas näher rutschen? Mir ist kalt.«

Er nickte, und als sie zu ihm rückte, legte er den Arm um sie. Sie kuschelte sich an ihn und lehnte den Kopf an seine Schulter. »Danke. Das ist viel besser.«

Mann, sie fühlte sich so gut an. Wirklich gut, und auf eine Art *richtig*, wie sich schon lange nichts mehr für ihn angefühlt hatte. Er ermahnte sich zur Vorsicht, aber es war so lange her, dass sich etwas gut und richtig angefühlt hatte, dass er es sich einfach erlaubte, es zu genießen. *Nur diesen einen Abend.*

»Willst du meine Jacke haben?«, bot er ihr an.

»Nein, mir gefällt es so«, sagte sie leise. »Ich beobachte gern den Sonnenuntergang. Auf deinen Einsätzen hast du sicher nicht oft einen gesehen.«

»Das war nicht unbedingt ein Job, bei dem man die Natur um sich herum genießen konnte.«

»Ich habe viel darüber nachgedacht, was du neulich Abend über die Zukunft gesagt hast, die du hättest haben sollen.«

»Jules, ich will nicht darüber streiten, was ich nicht bin oder was ich will.«

»Gut, ich nämlich auch nicht. Ich wollte nur sagen, wenn es das ist, was du willst, also für unser Land kämpfen, dann solltest du es tun.«

Ich sollte es tun. Na klar. Als könnte er einfach entscheiden, loszuziehen und an einer Mission teilzunehmen.

»Du solltest tun, was dich am glücklichsten macht, anstatt hier wütend und deprimiert herumzusitzen.«

»Ich bin nicht deprimiert, Jules. Ich habe Monate der Therapie hinter mir, und ja, ich habe in den ersten Monaten depressive Phasen durchgemacht, aber aus irgendeinem Grund blieb mir diese Hölle erspart.« Sie machte es schon wieder. Sie brachte ihn dazu, Dinge zu sagen, die er niemandem erzählt hatte, und er schien nicht aufhören zu können. »Manchmal habe ich Schuldgefühle deswegen, weil ich Jungs kenne, die seit Jahren unter Depressionen und PTBS leiden. Ich weiß, was für ein Glück ich habe. Ich bin einfach nur sauer. Ich bin immer jemand gewesen, der einen Plan gehabt hat, und du hast es neulich Abend genau erkannt, als du gesagt hast, ich *sitze fest*.«

»Weil du eine Waffe in der Hand halten willst.«

Das klang grauenhaft. »Weil ich keine Ahnung mehr habe, was ich mit meinem Leben anfangen soll. Ich war bereit, für mein Land zu sterben, oder als alter Mann, der sein Leben lang etwas Bedeutsames geleistet hat, in Rente zu gehen. Auf das hier war ich nicht vorbereitet. An einem Tag werde ich ausgewählt, um Teil einer Eliteeinheit zu sein, die Missionen durchführt, zu denen andere nicht in der Lage sind, und am nächsten habe ich eine Zukunft vor mir, die ich mir in meinen schlimmsten Träumen nie ausgemalt habe. Mein gesamtes Leben als Erwachsener habe ich in einem permanenten Zustand der Vorbereitung verbracht, mit kritischem Denken und dem Aushecken von Strategien, und immer und überall bin ich an vorderster Front gewesen. Wenn ich nicht im Einsatz war, dann habe ich mich auf einen vorbereitet, hab trainiert, meinen Körper in Form gebracht, um sicher zu sein, dass ich in bester

Verfassung war. Alle denken, dass ich wegen meines Beins sauer bin, aber zum Henker mit meinem Bein. Darum geht's gar nicht. So ein Mist passiert eben. Leute werden in die Luft gesprengt. Ich lebe noch, das verstehe ich, und ich bin jeden verdammten Tag dankbar dafür. Aber es fehlt mir, Teil eines Teams zu sein und etwas Bedeutungsvolles zu tun.«

»Was für eine Art von Einsätzen hast du für Darkbird durchgeführt?«

Nach seinem letzten Job hatte ihn schon so lange keiner mehr gefragt, dass es ihn nun überraschte. »Die Gruppe, mit der ich gearbeitet habe, unterlag höchster Geheimhaltung. Ich kann weder darüber reden, wo ich war, noch darüber, was ich im Einzelnen gemacht habe. Aber stell dir einfach vor, dass dir dein Leben, deine Freunde und deine *Familie* entrissen werden und du nie wieder in dieses Leben zurückkehren kannst. Dass du nie wieder die Dinge tun kannst, für die du jahrelang ausgebildet worden bist, und du auch nie wieder mit diesen Menschen zusammen sein kannst.«

»Das kann ich nicht. Es würde mich vollkommen fertigmachen«, sagte sie traurig. »Alles, was mir wichtig ist, und alle, die ich liebe, habe ich hier auf dieser Insel. Also abgesehen von Leni und Sutton, die in New York sind, und Levi und Joey in Harborside, und unsere anderen Verwandten, aber du weißt schon, was ich meine. Wenn ich meine Familie nie sehen könnte, oder Bellamy, Tara oder dich oder… Ich wäre verloren.«

»Genau. Genau das ist mir passiert, als ich mein Team verlassen habe.«

»Oh, Grant!«

Sie hob den Blick und legte die Hand auf seine Wange. Es war die sanfte Berührung eines Paares, und wieder tat sie, als wäre es das Natürlichste auf der Welt, ihn so zu berühren. Er wusste nicht, was er davon halten sollte, doch er fühlte sich noch mehr zu ihr hingezogen. Als sie die Hand sinken ließ, sehnte er sich nach dieser Verbindung. Was zum Teufel geschah hier? Er hatte sich bei einer Frau nie nach etwas gesehnt, abgesehen vielleicht von hartem Sex.

»Das habe ich vorher nicht ganz begriffen«, sagte sie leise. »Erzähl mir mehr. Hilf mir dabei, dich besser zu verstehen.«

Mit jedem weiteren sanften Wort haute sie ihn mehr um. Ihm war gar nicht klar gewesen, dass das überhaupt möglich war.

»Bitte!«, sagte sie leise.

»Ich habe nicht nur mein Bein verloren, Jules. Sechs Jahre lang habe ich mit denselben Jungs gearbeitet, und es war nicht so, als würde man in ein Büro gehen und gemeinsam an einem Projekt arbeiten. Du isst, schläfst, pinkelst und kotzt zusammen. Sie atmen, du atmest. Sie sterben, du könntest sterben. Es besteht ein heiliges Vertrauensverhältnis, das tief in uns verankert ist. Das sind wahre Kameraden, sie sind wie eine Familie. Wenn wir draußen im Einsatz waren, wusste ich, dass jeder von ihnen sein Leben für mich lassen würde, so wie ich für sie. Und wenn die Mission beendet war, haben wir einander beigestanden. Wir sind alle gemeinsam durch die Hölle gegangen. Ich konnte meinen Kumpels in die Augen sehen und wusste genau, dass auch sie daran dachten, wie nah wir dem Tod gewesen waren, oder wie grauenvoll es war, zusammen einen unserer verletzten Männer zehn Kilometer weit zu tragen und in Sicherheit zu bringen. Ich würde alles dafür geben, wieder dort rauszugehen und mit meinem Team zu kämpfen. Aber ich wäre jetzt ein schwaches Glied im System.«

»Du bist kein schwaches Glied!«

»Du hast keine Ahnung, was man braucht, um für eine Firma wie Darkbird zu arbeiten. Sie nehmen nur die Besten der Besten. Alles andere würde die Mission gefährden. Ein einziger Fehler könnte jeden Mann in deinem Team das Leben kosten und weiß Gott wie viele andere politische und militärische Aktionen zunichtemachen. Darkbird entsendet keine Amputierten und das aus gutem Grund.«

»Dann geh zurück zur Army oder arbeite für eine andere Firma. Es muss doch eine Möglichkeit für dich geben, das zu tun, was du willst. Ich weiß, dass du noch joggen kannst. Ich hab dich manchmal abends mit diesem abgefahrenen Bein mit dem gebogenen Ende laufen sehen und außerdem bist du stark wie ein Stier.«

»Das ist meine Laufprothese. Es besteht ein höllenweiter Unterschied zwischen einer Joggingrunde auf der Insel und einem Einsatz auf dem Schlachtfeld oder im Dschungel, wo man in schwierigstem Gelände unterwegs ist, stundenlang im Regen oder in Windstürmen herumkriecht und Kugeln ausweichen muss. Alle deine Sinne müssen vollkommen geschärft sein und du darfst dich nicht ablenken lassen. Vielleicht bin ich stark, aber das ist nichts im Vergleich zu dem hochausgebildeten Soldaten, der ich einst war.«

»Okay, das verstehe ich. Du bist außer Übung. Aber wenn du dein Training wieder aufnimmst, könntest du das Niveau nicht wieder erreichen?«

Er sollte ihr von seinem Hörverlust erzählen, doch er wollte nicht riskieren, dass seine Schwester und die ganze Insel so davon erfuhren. »Es würde ein Jahr dauern, um wieder eine solche Fitness zu erreichen, und selbst wenn es mir gelänge, hieße das noch lange nicht, dass ich wieder in der Verfassung wäre, zu kämpfen.«

»Wie willst du das wissen, wenn du es nicht versuchst? Und du brauchst dir auch keine Sorgen darum zu machen, ob du mit einer neuen Gruppe in einer neuen Firma wieder so ein Vertrauensverhältnis aufbauen könntest. Du hast eine großartige Persönlichkeit, du findest mit Sicherheit eine neue Art von Kameradschaft. Ich wette, dass es da draußen tolle Teams gibt, die keine Ahnung haben, was sie verpassen, bis du es ihnen zeigst.«

Ein Lachen entwich ihm – ungläubig und gleichzeitig erfreut. Ihr Vertrauen in ihn war unglaublich. »Meinst du, ich hätte mich nicht informiert? Das ist einfach keine Option, Jules. Außerdem wäre es ein Schritt zurück, wenn ich von Darkbird zu irgendeiner anderen Firma ginge.«

»Vielleicht, aber aus deiner gegenwärtigen Position erscheint es mir schon wie ein Schritt nach vorne.«

Damit hatte sie verdammt recht, aber warum drängte sie ihn in diese Richtung? Meinte sie es ernst? Oder erlaubte sie sich einen Scherz mit ihm? Ihm kam ein Gedanke, bei dem sich ihm der Magen zusammenzog. Niemand auf der Insel wollte, dass er zu einem Leben voller Missionen und Gefahren zurückkehrte, und Bellamy schon gar nicht. Er dachte, dass Jules da anders war, aber vielleicht versuchte sie es nur mit einer anderen Taktik als seine Familie.

»Spiel keine Spielchen mit mir, Jules. Ich weiß, dass du Bellamy zuliebe alles besser machen möchtest, aber dieser Mist mit der umgekehrten Psychologie führt zu nichts, außer dass ich wütend werde. Wir sollten los.«

Er nahm den Arm von ihrer Schulter und machte Anstalten aufzustehen.

»Nein!« Sie schlang die Arme um ihn, sodass er nicht wegkonnte. »Ich spiele keine Spielchen. Versprochen. Ich meine es ernst. Und ja, ich will, dass alles für dich und für deine Familie einfacher ist, und auch für alle anderen, denen du etwas bedeutest, mich eingeschlossen.« Sie ließ ihn los und der Frust hing spürbar zwischen ihnen. »Aber wenn du hier nicht glücklich sein kannst, dann solltest du dorthin gehen, wo du glücklich sein und das machen kannst, was du wirklich willst. Wenn es Kampfeinsätze und Missionen sind, dann ist es eben so. Das ist *deine* Entscheidung, Grant. Nicht die von Bellamy oder sonst jemandem.«

Die Vehemenz, mit der sie ihre Meinung kundtat, überraschte ihn.

»Und nur damit du es weißt: Bellamy hat es mir gegenüber neulich auch so gesagt.« Leiser sprach sie weiter. »Zu dem Zeitpunkt fand ich, sie hätte unrecht. Ich dachte, wenn du fortgingst, würde deine Familie ... wir alle würden dich verlieren, so wie wir Jock all die Jahre verloren hatten. Aber ich hatte auch Angst um dich, denn wegzurennen – zurück zu Darkbird oder sonst irgendwohin –, ohne zuerst all die Liebe zu tanken, die alle hier dir entgegenbringen, muss einfach seinen Tribut fordern. Du bist durch die Hölle gegangen! Du hast einen Teil deines Körpers verloren. Ich hab keine Ahnung von Amputationen, aber wenn mir das passiert wäre, würde ich diesen Verlust betrauern und Leute um mich haben wollen, die mich lieben, um ... keine Ahnung, um die Leere zu füllen, die zurückgeblieben ist.«

Schweigend und verdutzt saß er da. Endlich hatte er das Gefühl, gehört und zum ersten Mal verstanden zu werden, und das von der Person, bei der er es am wenigsten erwartet hätte. Das hier war kein Mädel mit einer rosaroten Brille. Es war eine intelligente, fürsorgliche Frau, die Geheimnisse hörte, die er noch nicht einmal sich selbst gegenüber eingestand, und die das große Ganze sah.

»Ich glaube, du hast recht«, sagte sie traurig. »Wir sollten gehen.« Sie erhob sich und wollte nach der Tüte greifen.

»Jules ...« Er fasste sie am Handgelenk und stand auf, um dann ihrem besorgten Blick zu begegnen und so viel mehr in ihr zu sehen als noch vor einer Stunde.

»Ich wollte dich nicht verärgern«, sagte sie leise.

»Das hast du nicht. Ich ... ich weiß nur nicht, was ich sagen soll.«

Dieses süße Lächeln trat wieder in ihr Gesicht. »Sag, dass du darüber nachdenkst.«

»Natürlich.« Wenn mit *darüber* sie gemeint war. Wie konnte er an irgendetwas anderes denken als an diese unglaubliche Frau, die ihn permanent überraschte? Er ließ ihr Handgelenk los, hob die Tüte auf und musste dann gegen den Impuls ankämpfen, den Arm wieder um sie zu legen. Um diesem überwältigenden Drang nicht nachzugeben, steckte er die Hand in die Tasche.

»Du hast gesagt, du willst etwas Bedeutungsvolles tun«, sagte sie, als sie denselben Weg wieder zurückgingen. »Hast du mal darüber nachgedacht, ob es eine Möglichkeit gibt, anderen Amputierten zu helfen?«

»Wie könnte ich denn anderen helfen, wenn ich selbst noch nicht einmal weiß, was ich morgen mache?«

»Keine Ahnung, aber deine Familie kennt unwahrscheinlich viele Leute und du bist ein schlauer Junge. Ich bin mir sicher, dir würde etwas einfallen, wie du diese Beziehungen nutzen könntest, um anderen zu helfen, während du gleichzeitig überlegst, wie es für dich weitergeht. Deine Mom arbeitet mit vielen Wohlfahrtsorganisationen zusammen. Vielleicht gibt es darunter eine für Amputierte und du könntest dich da engagieren. Ich weiß, dass du für unser Land kämpfen willst, aber vielleicht würde die Unterstützung von Veteranen, die in gewisser Weise ja zu deinen Kameraden gehören, dein Bedürfnis stillen, etwas Bedeutungsvolles zu tun.«

Und schon wieder erfasste sie genau das, was ihm am wichtigsten war.

Die Idee zeugte von ihrem unverbesserlichen Optimismus, aber so ganz aus der Luft gegriffen war sie nicht. »Anderen helfen, um mir zu helfen.«

»Ganz genau.«

Sie hakte sich bei ihm unter und schmiegte sich an seine Seite, während sie zurück zu ihrem Laden gingen. Ihm war überdeutlich bewusst, dass sich in seiner Gefühlswelt etwas verändert hatte. Nicht nur Jules gegenüber, sondern auch innerlich. Er hatte sich nie als jemanden gesehen, der Bestätigung von anderen brauchte, aber diese süße, sexy Pixie hatte gerade mit nur ein paar verständnisvollen und ermutigenden Sätzen eine tonnenschwere Last von seinen Schultern gepustet.

Auf dem restlichen Weg redeten sie nicht mehr viel, und in diesem Schweigen wuchs der Drang, sie in die Arme zu nehmen, noch mehr an. Grant ballte die Hand in seiner Tasche zur Faust und versuchte, nicht daran zu denken, wie schön es sich anfühlte, dass sie seinen Arm hielt und er sie an seiner Seite spürte. Doch es war, als wollte er die Sonne verscheuchen.

Als sie auf die Main Street kamen, stellte er überrascht fest, dass die Geschäfte alle schon geschlossen waren. Ihm war nicht klar gewesen, dass sie so lang am Wasser gesessen hatten. An ihrem Laden begleitete er Jules bis zum Seiteneingang, der zu ihrer Wohnung führte, und hielt die Tür für sie auf.

Gemeinsam stiegen sie die Treppe hinauf, und währenddessen überlegte er krampfhaft, wie er diese Situation im Keim ersticken sollte, obwohl er es doch gar nicht mehr wollte. Zeit mit ihr zu verbringen, gefiel ihm sehr, und er wollte sie besser kennenlernen, all die Feinheiten ihrer Persönlichkeit entdecken, die er früher übersehen hatte. Aber ohne jeglichen Kompass für sich selbst, ohne einen Plan für seine Zukunft wäre es Jules gegenüber nicht fair, auch wenn sie die erste Frau war, die ihn seit der Amputation überhaupt etwas fühlen ließ.

Vor ihrer Wohnungstür drehte sie sich zu ihm um. »Weißt du … Du bist nicht nur ein Soldat, der an eine Front gehört oder auf furchteinflößende Missionen. Du gehörst auch hierher. Mehr als die Hälfte deines Lebens hast du auf der Insel gelebt, und wir sind vielleicht keine Kameraden in dem Sinne, aber uns allen bedeutest du sehr viel. Vielleicht solltest du die Insel als eine andere Art von Herausforderung sehen. Es erscheint dir zunächst vielleicht schwierig oder beängstigend, dir hier oder auch sonst irgendwo ein anderes Leben vorzustellen, als du es geplant hattest. Aber wer weiß, was passieren kann, wenn du offen dafür bist? Außerdem bist du ein Kämpfer *und* ein Silver. Es gibt nichts, was du nicht schaffen kannst.«

Ihr Glaube an ihn war überwältigend und fachte seine Gefühle für sie weiter an.

»Morgen, gleiche Zeit?«, fragte sie hoffnungsvoll.

Unbedingt lag ihm auf der Zunge, doch er hielt sich zurück. »Vielleicht sollten wir lieber nicht, Jules.«

»Warum nicht?«

»Keine Ahnung.« Frustriert von seinen außer Kontrolle geratenen Emotionen fuhr er sich durch die Haare und überlegte, was er antworten sollte. »Weil du du bist, und ich ich. Wegen des Inseltratsches. Wegen Archer.« Er hatte keine Angst vor Archer, zum Henker noch mal. Er suchte nur nach Ausflüchten, die er eigentlich gar nicht machen wollte.

Sie stemmte eine Hand in die Hüfte. »Du triffst dich also

lieber mit Archer zum Abendessen als mit mir?« Ihre Worte trieften vor Sarkasmus.

»Nein! Natürlich nicht.«

»Dann weiß ich nicht, wo das Problem ist. Wir müssen beide essen und ich will mehr von deinen Geschichten hören. Wenn du dir Sorgen wegen des Geredes machst … Lass es! Das kann ich mit einer einzigen Nachricht im Gruppenchat unterbinden.« Jules war schon seit ihrer Kindheit die Königin der Gruppenchats. Sie legte die Hand auf seine Brust, während sie ihn herausfordernd und bittend zugleich ansah. »Komm schon, Grant. Einen Salat und Chips haben wir bereits.«

Ihr hoffnungsvoller Blick und ihre heiße kleine Hand, die sich verdammt noch mal zu gut anfühlte, ließen die Grenze zwischen dem, was er tun sollte, und dem, was er tun wollte, verschwimmen. »Okay, morgen, gleiche Zeit.«

»Yippie!«

Sie fiel ihm um den Hals und instinktiv umarmte er sie und hob sie hoch. Sie roch himmlisch und fühlte sich sogar noch besser an. Als sie wieder zu Boden rutschte, grinste sie, als hätte sie im Lotto gewonnen. Einen Moment lang konnte er nichts anderes tun, als gegen den Drang anzukämpfen, seine Lippen auf ihre zu senken und sich über ihren süßen, plappernden Mund herzumachen.

»Morgen gehen wir woandershin«, sagte sie, drehte sich um und schloss die Tür auf. »Wo isst du am liebsten?«

»Zu Hause«, sagte er mehr zu sich selbst als zu ihr.

»Großartig! Ich bring das Essen mit.«

»Nein, wir müssen nicht bei mir essen. Ich meinte nur …«

»Sei nicht albern. Du isst gern zu Hause, also einigen wir uns auf *Chez Grant*. Auf dem Weg hole ich noch etwas zu essen, was zu unserem Salat und den Chips passt.«

»Nein, Jules. Den Salat und die Chips isst du zu Mittag und

ich besorge das Abendessen. Was isst du gern?«

»Alles. Pizza, Salat, Burger, egal. Ich bin unkompliziert.« Sie machte die Tür auf und nahm ihm die Tüte ab. »Bevor ich es vergesse: Du solltest Belly anrufen und ihr gratulieren. Sie hat gerade einen großen Sponsorenvertrag an Land gezogen.« Mit einem entzückenden Schulterzucken und einem sexy Grinsen sagte sie: »Bis morgen!« Dann war sie auch schon in der Wohnung verschwunden und er blieb mit schwirrendem Kopf und vibrierendem Körper zurück.

Als er die Treppe hinunterging, fragte er sich, wie er es hatte zulassen können, sich von ihr in einen solchen Taumel hineinmanövrieren zu lassen. Doch er kannte die Antwort bereits. Jules war die süßeste und verführerischste Frau auf Erden und ihr Feenstaub war purer Zauber.

Unten angekommen, stieß er die Tür auf und trat in die kühle Abendluft hinaus. Er wusste, er hätte dem Abendessen morgen nicht zustimmen sollen, doch er fühlte sich so gut wie schon verdammt lange nicht mehr.

Auf dem Weg zu seinem Auto nahm er sein Handy heraus und rief seine Schwester an.

»Grant?«, meldete sich Bellamy vorsichtig. »Ist alles in Ordnung?«

Die Sorge in ihrer Stimme zu hören, machte ihn fertig, zumal sie früher seine Anrufe mit einer Fröhlichkeit angenommen hatte, die locker mit Jules' mithalten konnte. »Ja, Schwesterherz. Alles wunderbar. Ich hab gehört, du hast einen großen Deal abgeschlossen. Dabei musst du aber nicht in Unterwäsche herumhüpfen, oder?«

Bellamy lachte, und das war das schönste Geräusch auf Erden.

Das zweitschönste, gleich nach der Stimme einer gewissen gerissenen Pixie, die ihn so gekonnt einwickelte.

Sechs

Grant zog sich am Freitagabend nach der Dusche ein frisches Hemd an und wünschte sich, er hätte alles, nur nicht *zu Hause* gesagt, als Jules ihn nach seinem Lieblingsort zum Essen gefragt hatte. Jetzt stand er hier, putzte sich heraus, als wäre das hier ein Date, und fragte sich, wie er auf Abstand bleiben sollte, wenn doch alles, was sie tat und sagte, seinen Wunsch bestärkte, ihr näherzukommen.

Crash kam ins Schlafzimmer gerannt und hielt so abrupt an, dass er auf den Holzdielen ausrutschte. Mit Jules' Schleife im Maul drehte er sich herum und sah zu Grant auf.

»Was ist? Hör auf, dich so mit dieser verdammten Schleife zu brüsten.«

Crash strich um Grants Wade und schnurrte. Er wusste, dass der Kater Reißaus nehmen würde, sobald er versuchte, ihn hochzuheben, doch er tat es trotzdem. Er schob eine Hand unter Crashs Bauch und war überrascht, dass der Kater nicht wegrannte. Grant nahm ihn auf den Arm und blickte ihn finster an. »Ich weiß genau, was du vorhast. Du versuchst, dich bei mir einzuschleimen, weil Jules kommt.« Ein lächerlicher Anflug von Eifersucht überkam Grant. »Sie ist wirklich klasse, aber gewöhn dich nicht an sie.« *Leichter gesagt als getan. Ich weiß.*

Er kraulte den Kater am Kopf und trug ihn ins Wohnzimmer. Seine Malutensilien hatte er in das leere Gästezimmer geräumt, doch jetzt wirkte das Wohnzimmer noch trostloser. Er hatte nicht einmal einen Tisch, an dem sie essen konnten.

»Was zum Teufel mache ich überhaupt, Crash?« Der Kater schnurrte. »Ich hab gar nicht das Recht, Jules hierher einzuladen, und in meine Fantasien schon mal gar nicht.« *Na super. Jetzt rede ich schon mit einer Katze.* »Ich muss diese Sache mit Jules beenden, bevor es zu spät ist.«

Der Kater bohrte seine Klauen in Grants Arme, bevor er auf den Boden sprang und ins Schlafzimmer raste. Grant fluchte. Crash war ihr schon nach einer kurzen Streicheleinheit verfallen. Wie würde es ihm selbst wohl nach einem Kuss ergehen? Nach einem Schäferstündchen? Bei der Vorstellung pulsierte es in seinem Schritt.

Wenn das nicht das absolute Warnsignal war …

Er ermahnte sich, zu beenden, was immer das auch mit Jules war – *heute Abend!* –, und wiederholte den Gedanken innerlich wie ein Mantra, bis es an der Tür klopfte und er Jules' strahlendes Lächeln sah, das alles andere ausblendete, einschließlich seiner guten Vorsätze. Sie sah umwerfend aus, mit den Seitenpartien ihrer Haare auf dem Kopf zusammengebunden und dem restlichen Haar, das über die Schultern ihrer Wildlederjacke fiel, die sie über einem riesigen hellbeigen, weich und warm aussehenden Pullover trug. Ihr Outfit hatte überhaupt nichts Aufreizendes an sich und doch wirkte es an ihr irre anziehend. Es weckte in ihm den Wunsch, ein Kaminfeuer anzufachen und es sich davor mit ihr gemütlich zu machen.

Fuck! Was ist mit mir los?

Sein Blick glitt an ihren Kurven, die durch die Jeans betont wurden, hinab und schon fuhr eine Hitzewelle in seine Lenden.

Na also, das sieht mir schon ähnlicher.

»Hey, Pix. Du siehst toll aus. Komm doch …«

Sie schlang die Arme um ihn und drückte ihn ganz fest. »Danke, dass du Bellamy gestern Abend angerufen hast. Sie hat sich wahnsinnig darüber gefreut.«

»Ja, wir haben uns gut unterhalten.« Mann, er würde sie jeden Abend anrufen, wenn das hier seine Belohnung wäre.

Und genau das war's. Der Grund dafür, dass er einen klaren Kopf bekommen musste. In Gesellschaft von Jules wandelte er auf einem schmalen Grat – er fühlte sich besser denn je und gleichzeitig wollte er *sie fühlen.*

Sie marschierte an ihm vorbei und stellte die riesige Leinentasche, die sie mitgebracht hatte, auf das Sofa. »Ich hoffe, es macht dir nichts aus, aber ich hab dir ein paar nette Sachen mitgebracht.«

»Ich hab dir doch gesagt, dass ich das Essen besorge. Komm, ich nehme dir deine Jacke ab.« Er half ihr beim Ausziehen und hängte sie an einen Haken bei der Tür.

»Ich hab nichts Essbares mitgebracht. Nur ein paar witzige Geschenke, von denen ich dachte, sie könnten deine Wohnung etwas aufhellen.«

»Mit dir darin ist es hier schon viel heller.« Woher zum Teufel kam das denn jetzt?

Eine leichte Röte stieg ihr in die Wangen. »Danke. Mein Dad nennt mich seinen Leuchtkäfer, oder einfach nur Käfer, weil er findet, dass ich Licht in die Dunkelheit bringe.«

»Das ist ein süßer Spitzname.« *Mist. Dein Vater. Was würde er von dem hier halten?* Er setzte das auf die Liste der Gründe, warum er der Sache ein Ende bereiten musste.

»Ich liebe Spitznamen. Du hattest früher keinen, oder?«

»Du meinst, abgesehen davon, dass ich eine Hälfte der Bee

Gees war? Nee, nicht, dass ich wüsste. Aber die Jungs bei Darkbird haben mich Big Guns genannt oder auch Big G.«

»Oh, das gefällt mir! Darf ich dich Big G nennen?«

Himmel! Sie hatte keine Ahnung, wie das aus ihrem sexy Mund klang. Er wollte sagen, dass sie ihn so nennen konnte, wie sie wollte, doch er hatte das Gefühl, das würde ihn nur in Schwierigkeiten bringen.

»Tut mir leid, aber nein. Wenn du das sagst, klingt es einfach nur unanständig.«

»Oh, na dann vergiss es!« Sie stemmte die Hand in die Hüfte und musterte ihn aus ihren wunderschönen Augen. »Ich werde dir einen neuen Spitznamen geben.«

»Ich brauche keinen Spitznamen, Jules.«

»Jeder braucht einen Spitznamen.« Sie öffnete die Tasche. »Also, zuerst dachte ich, weil du keinen Tisch hast, könnten wir picknicken und auf dem Boden essen, aber dann ist mir eingefallen, dass das mit deiner Prothese schwierig sein könnte. Ist es schwer, auf dem Boden zu sitzen?«

Er war überrascht und seltsam erfreut, dass sie daran gedacht hatte. »Aufstehen und hinsetzen ist nicht gerade sehr angenehm. Aber ich krieg's hin, wenn du auf dem Boden sitzen willst.«

»Warum sollte ich wollen, dass es unbequem für dich ist? Wir können uns aufs Sofa setzen und am Couchtisch essen. Kannst du mir dabei helfen, den etwas heranzurücken?« Sie fasste an einer Seite des schweren Holztisches an, als würde sie helfen, ihn zu tragen.

Sie war so verdammt süß.

»Ich mach das schon.« Er zog den Tisch vor das Sofa.

Sie nahm eine cremefarbene Tischdecke mit buntem Herbstlaub darauf aus ihrer Tasche und breitete sie auf dem

Tisch aus. »So. Und jetzt noch ein paar Kleinigkeiten.« Sie brachte drei Dekokerzen zum Vorschein, die sie in die Mitte des Tisches stellte, und einen kleinen Kaktus in einem Leinenbeutel, auf dem *Schenke ein Lächeln, verbreite Liebe* stand. Sie stellte ihn auf die Fensterbank und verwandelte sein trostloses Wohnzimmer in einen gemütlichen Ort für ein Essen zu zweit.

Das schaffst nur du …

Auch wenn das hier kein richtiges Date war, hätte er die Wohnung etwas für sie herausputzen können. Mist! Dachte sie vielleicht, es wäre ein Date? »Das sieht großartig aus, Jules. Danke, dass du daran gedacht hast.«

»Gern, aber ich habe das Feuerzeug vergessen. Hast du eines?«

»Ja.« Er holte ein Feuerzeug aus einer Küchenschublade.

»Und ich habe Geschenke für Crash mitgebracht. Wo ist er denn? Crash!«, rief sie.

Der Kater kam aus dem Schlafzimmer gewetzt und rannte geradewegs gegen das Sofa.

»Oh nein!« Jules nahm ihn auf den Arm und streichelte ihn. »Warum machst du das denn? Und was ist das hier?« Sie berührte die Schleife, die aus Crashs Maul hing. »Ist die von meinem Kostüm? Die habe ich überall gesucht.«

»Ich glaube nicht, dass du die wieder für dein Kostüm verwenden willst. Er hat sie nicht mehr hergegeben, seit er sie gefunden hat. Wenn er schläft, hält er das Teil mit der Pfote fest, als wäre es eine Trophäe.«

Sie kicherte. »Er hat mich lieb.« Sie rieb ihre Nase an seinem Kopf. »Ich hab dich auch lieb, Crash, und ich habe dir etwas mitgebracht.« Sie ging zur Tasche und holte einen Stoffball mit Federn daran heraus. »Mal sehen, ob dir das gefällt.«

Sie setzte Crash auf den Boden und legte den Ball vor ihn

hin. Er schaute zu ihr auf. Sie stieß den Ball an und ließ ihn über den Boden rollen, doch Crash schaute einfach nur weiter mit der Schleife im Mund zu ihr auf.

»Nein? Vielleicht gefällt dir ein anderes besser.« Eine kleine Stoffmaus landete auf dem Boden, als Nächstes ein Plastikball mit einer Glocke darin, und schließlich zauberte sie noch ein dünnes Seil mit Federn an einem Ende hervor. »Das binden wir einfach mal an den Türgriff.« Sie knotete es an der Haustür fest und wedelte mit den Federn.

Crash schlug mit der Pfote danach, hüpfte zu dem Ball hinüber und schubste ihn auf dem Boden herum, sodass die Glocke bimmelte, und flitzte dann auch noch hinter der Maus her.

»Jules, du hättest ihm nicht so viel kaufen brauchen. Er bleibt ja nicht hier.«

»Tja, aber im Moment ist er hier«, sagte sie frech. »Und ich war mir nicht sicher, was ihm wohl gefallen würde.«

Unweigerlich musste er wieder lächeln. »Scheint, als hättest du das Richtige ausgesucht, Pix. Aber dieser nervige Ball wird vielleicht verschwinden müssen.«

Als er die Kerzen anzündete, entdeckte sie die Pizzaschachtel auf der Arbeitsfläche und nahm zwei Teller aus dem Regal darüber. »Du hast Pizza besorgt. Lecker!«

»Ich hab noch andere Sachen geholt, für den Fall, dass dir nicht nach Pizza ist«, sagte er, während er Besteck und Servietten auf den Tisch legte.

»Das ist nett von dir, aber ich wäre mit allem zufrieden gewesen.« Sie hielt die beiden verschiedenen Teller in die Höhe – der eine war gelb, der andere weiß mit blauen Blumen. »Die sind süß.« Sie stellte sie auf den Tisch.

»Tut mir leid, dass die nicht zusammenpassen. Sie gehören

Roddy, und da ich nicht weiß, ob ich bleibe, habe ich kein anderes Geschirr gekauft.«

»Mir gefallen sie.«

»Ich habe das Gefühl, du magst alles.«

»Fast alles, nur kein Sauerkraut.« Sie rümpfte die Nase.

Was ihr so alles in den Sinn kam … »Werde ich mir merken.« Er spürte, dass er schon wieder lächelte.

»Der Tisch ist zu klein für die Pizzaschachtel, aber wir können sie neben uns auf das Sofa stellen. Weißt du, was du brauchst? Eine kleine Mücheninsel und ein paar nette Barstühle.«

»Wie gesagt, ich bin nicht sicher, ob ich bleibe. Aber ich habe etwas, das wir benutzen können. Bin gleich zurück.« Er ging ins Schlafzimmer und kam mit dem Holzstuhl zurück, der sonst neben seinem Bett stand. »Hier können wir die Pizza drauflegen.« Er stellte den Stuhl neben den Tisch.

»Gute Idee. Warum hast du einen Holzstuhl in deinem Schlafzimmer? Ich könnte mir einen bequemen Lesesessel vorstellen, aber einen Holzstuhl?«

Er holte die anderen Tüten mit dem Essen von der Arbeitsplatte. »Sagst du immer, was dir im Kopf herumspukt?«

»Für gewöhnlich.«

»Und was ist, wenn meine Antwort pervers wäre? Zum Beispiel weil ich eine Schwäche für Fesselspiele habe?« *Woher kam das denn jetzt, verdammt noch mal?* Sie war die Letzte, mit der er Grenzen austesten sollte.

Sie riss die Augen auf und ihre Wangen glühten rot auf. »Und? Hast du?«

Diese unschuldige Frage fachte das Feuer nur noch mehr an, das seit Halloween in ihm loderte. Er hob eine Augenbraue und sie errötete noch mehr. Er lachte. »Keine Sorge, Pix. Ich hab es nicht so mit BDSM und ich habe auch noch nie eine Frau auf diesem Stuhl gefesselt.« Er konnte es sich nicht verkneifen, leise hinzuzufügen: »Aber eine Seidenkrawatte um die Handgelenke macht schon Spaß.«

Sie zwang sich, ihren erstaunt offenstehenden Mund zu schließen, und dann lachten beide.

»Um ehrlich zu sein, benutze ich den Stuhl, wenn ich die Prothese an- und ausziehe.« Er war überrascht, dass er ihr die Wahrheit erzählte, und noch überraschter, dass sie außer »Achso, na klar« keine weitere Reaktion zeigte, machte sich aber einfach daran, die Burger, den Obstsalat und die Brownies, die er noch besorgt hatte, auszubreiten.

Erfreut wackelte sie mit den Schultern. »Wenn du mich weiterhin kulinarisch so verwöhnst, wirst du mich vielleicht nie wieder los.«

Das klang in seinen Ohren viel zu gut. Der Gedanke beschäftigte ihn, während er zum Kühlschrank ging, um die Getränke zu holen. »Ich weiß noch, dass du als Kind immer gern die Erdbeerlimonade vom Sweet Spot am Strand getrunken hast. Keine Ahnung, ob das immer noch so ist, aber ich habe welche geholt.«

»Das ist mein absolutes Lieblingsgetränk! Ich fasse es nicht, dass du dich daran erinnerst.«

»Eigentlich wusste ich es gar nicht mehr, um ehrlich zu sein.« Er stellte die mitgebrachten Becher auf den Tisch. »Als ich die Burger holen wollte, bin ich am Sweet Spot vorbeigekommen, und da fiel es mir wieder ein.«

»Da warst du gerade noch rechtzeitig, denn sie schließen an diesem Wochenende über den Winter. Was für ein Getränk hast du dir mitgenommen?«

»Das gleiche.«

Sie strahlte ihn an. »Du magst es auch? Meine Brüder finden es zu süß.«

»Ich habe es noch nie probiert. Aber in letzter Zeit habe ich eine Schwäche für süße Dinge.« Ihre Blicke trafen mit einer gleißenden Hitze aufeinander. Warum konnte er es sich nicht verkneifen, in ihrer Gegenwart so einen Mist von sich zu geben? Er würde ihr wehtun, wenn er so weitermachte. Er zwang sich, den Blick abzuwenden und so die Verbindung zu durchtrennen. »Wir sollten essen, bevor es kalt wird.«

Sie saßen auf dem Sofa – so nah, dass ihre Beine sich beim Essen berührten – und sie erzählte ihm von ihrem prall gefüllten Tag. Ihr süßer Duft umgab ihn und machte es ihm unmöglich, an irgendetwas anderes als an sie zu denken. Er liebte den Singsang ihrer Stimme, wenn sie voller Freude erzählte, die entzückende Art, mit der sie die Salamistücke von ihrer Pizza pflückte und einzeln in den Mund steckte, bevor sie den Rest aß, und wie sie mit großen Augen einen Schluck von ihrer Erdbeerlimonade nahm. Selbst der Rhythmus ihres Lachens hatte sich verändert, war anziehender geworden.

Sie schaute zu ihm und ertappte ihn dabei, wie er sie anstarrte. »Warum siehst du mich so an?«

»Weil alles, was du tust, so einzigartig und typisch du ist.«

»Wie meinst du das?«

»Keine Ahnung … Wie du isst, was du sagst, die Art und Weise, wie du in allem und jedem das Gute siehst. Du bist einfach anders.«

»Mir gefällt es, dass ich anders bin. Stört es dich?«

»Nein, Pix, überhaupt nicht. Ich wünschte, ich wüsste, wie du es geschafft hast, das alles durchzustehen – deine Krebserkrankung und dass Jock und Archer jahrelang zerstritten waren –, ohne abgestumpft oder verbittert zu sein.«

»Ich glaube, gerade weil ich Krebs hatte, bin ich so.«

»Du warst noch so klein. Drei? Vier? Erinnerst du dich daran?«

Sie schüttelte den Kopf. »Nicht so richtig. Ich war drei, als der Tumor entdeckt und mir die Niere entfernt wurde. Ich habe keinerlei Erinnerungen an die schlimmen Sachen wie die OP oder die Chemo.«

»Eine Strahlentherapie hast du nicht gemacht, oder? Ich meine, mich daran zu erinnern, dass meine Mom das gesagt hat.«

»Nein, ich hatte Glück. Der Krebs wurde früh genug entdeckt. Er war im zweiten Stadium, und der histologische Befund war günstig, was im Grunde bedeutet, dass ich zwar veränderte Zellen hatte, es aber nicht so schlimm war, wie es hätte sein können. Bei der Operation konnte der Tumor vollständig entfernt werden, also brauchte ich keine Bestrahlung. Aber ich habe die Geschichten gehört, wie viel Angst alle hatten, und als ich älter wurde, fiel mir auf, dass meine Familie immer auf mich aufgepasst und mich anders als meine Geschwister behandelt hat. Aufgrund dessen habe ich viele Gefühle entwickelt.«

»Was für Gefühle?«

Sie legte ihr Pizzastück auf den Teller und zog die Augenbrauen zusammen.

»Es tut mir leid, wenn die Frage zu persönlich ist.«

»Nein, das ist sie nicht.« Sie erwiderte seinen Blick. »Ich will es dir erzählen, aber es hört sich vielleicht seltsam an.«

»Ich finde nicht, dass irgendetwas, das du sagst, seltsam ist, Jules. Manchmal überraschend, aber nicht seltsam.« Er wurde mit einem süßen Lächeln belohnt.

»Es ist komisch, es laut auszusprechen, aber als ich alt genug war, um zu verstehen, was ich durchgemacht habe und was meine Familie meinetwegen durchgemacht hat, fühlte ich mich irgendwie schuldig. Zum Teil weil ich in unserer Kindheit mehr – oder vielleicht eine andere – Aufmerksamkeit bekam als meine Geschwister. Ich wusste, dass meine Eltern ein besonderes Auge auf meine Gesundheit haben mussten, aber als Kind fühlte es sich trotzdem manchmal komisch an. Ich war neidisch auf meine Brüder und Schwestern, denn sie mussten sich keine Sorgen machen, weil sie nur eine Niere hatten oder weil der Krebs zurückkommen konnte.«

»Das muss schwierig für dich gewesen sein.«

»Irgendwie schon. Die andere Sache ist, dass ich als Heranwachsende nicht die Erinnerungen an das hatte, was ich durchgemacht habe, die aber du und alle anderen, die älter waren als ich, sehr wohl hatten. Denn die Leute vergessen nicht, dass du Krebs hattest, also ist es immer da. Nicht unbedingt in einem schlechten Sinne, aber manchmal spüre ich, dass die Leute bei meinem Anblick immer im Hinterkopf haben: *Jules, das Mädchen, das Krebs hatte.*«

Er wollte sie in den Arm nehmen, die Traurigkeit aus ihren Augen verschwinden lassen, doch er hielt sich zurück, um nicht vom schmalen Grat abzurutschen. »Ich denke das nicht, wenn ich dich sehe, aber ich kann verstehen, warum du dieses Gefühl hast. Wenn die Leute mich sehen, kommt ihnen sicher auch als Erstes in den Sinn, dass ich mein Bein verloren habe.«

Seufzend lehnte sie sich an seine Seite. »Mir nicht. Mein erster Gedanke ist für gewöhnlich, dass ich wünschte, ich könnte dir dabei helfen, glücklicher zu sein.«

Die Emotionen, die er zu ignorieren versucht hatte, brachen sich Bahn, und ohne weiter nachzudenken legte er den Arm um sie und zog sie näher an sich. Nur für den Moment, für Jules, wollte er sich von dem leiten lassen, was er fühlte, und so gab er ihr auch noch einen Kuss auf den Kopf. »Vielleicht hat es nicht den Anschein, aber ich bin dir dankbar für alles, was du getan hast.«

»Das weiß ich, auch wenn du es dir nicht anmerken lässt«, sagte sie unbeschwert. Dann wurde ihr Tonfall ernster. »Um ehrlich zu sein, hatte ich nicht nur ein schlechtes Gewissen wegen der Aufmerksamkeit, die mir zugekommen ist, als ich heranwuchs. Der Gedanke, dass meine Familie sich solche Sorgen um mich gemacht hat, war unerträglich. Meine Eltern haben mir erzählt, dass Jock mir nicht von der Seite gewichen ist, bis ich mich vollkommen erholt hatte. Er war erst elf, und wenn ich daran denke, wie sehr ihm meine Krankheit zu schaffen gemacht hat, bricht es mir das Herz.«

Ihr Kummer tat ihm in der Seele weh und so hielt er sie noch etwas fester. »Diese Gefühle kenne ich selbst sehr gut. Aber du kannst dir diese Last nicht aufbürden, Pix. Du warst nicht egoistisch. Du warst krank. Jock und die anderen in deiner Familie wussten das. Wir alle wussten das.«

»Dann darfst du dich auch nicht schuldig fühlen. Du konntest nichts für deine Verletzung.«

»Ich weiß, aber wir reden gerade nicht über mich.«

Sie schaute mit diesem vertrauensvollen Lächeln zu ihm auf, und der Drang, seine Lippen auf ihre zu senken, kehrte stärker als zuvor zurück. Es wäre so einfach, alles, was er fühlte, in einen mit Sicherheit absolut unglaublichen Kuss mit der süßesten Frau weit und breit zu legen. Aber sie war keine Frau, mit der er einfach zum Vergnügen eine kurze Affäre anfangen konnte, und das Verflixte an dem Ganzen war, dass er etwas viel Größeres empfand, als es bei einer Affäre sein durfte. Doch wie konnte er ihr das antun, wenn sein Leben so in der Luft hing?

Wenn sie *und* ihre Familie ihm vertrauten?

Krampfhaft bemühte er sich, sein Verlangen zu zügeln, indem er nach seinem Getränk griff und etwas Distanz zwischen sie brachte. »Du warst so klein, als du all das durchgemacht hast.« Erinnerungen daran, wie er sie das erste Mal nach der Operation gesehen hatte, brachten eine Woge neuer Emotionen mit sich und wandelten sein sexuelles Begehren in ein dringliches Bedürfnis, sie zu beschützen. Er hatte keine Ahnung, was er mit all diesen neuen Gefühlen anstellen sollte, die sich in ihm anhäuften, doch er gab sein Bestes, um ihnen durch Reden auszuweichen. »Sogar damals schon war deine Haltung bemerkenswert. Ich werde nie vergessen, wie ich dich besucht habe, nachdem du aus dem Krankenhaus entlassen worden warst. Du hattest ein offenes, hoffnungsvolles Lächeln im Gesicht, deine großen Augen strahlten glücklich, *immer glücklich*, und du hast ständig gefragt, ob du an den Strand dürftest.« Er machte ihre Kinderstimme nach: »Jetzt Strand, Mama?« Er lachte leise. »Ich weiß noch, dass ich dich unbedingt hinbringen wollte, also hab ich dir auf der Veranda vom Bistro ein Bild vom Ausblick am Sunset Beach gemalt. Ich bin mir sicher, dass das Bild schon lange verschollen ist, aber damals hab ich mir gedacht, dass du es dir an den Tagen, an denen du Behandlungen hattest und nicht an den Strand konntest, zumindest anschauen konntest.«

Jules wusste gar nicht, wohin mit ihren Gefühlen. Sie hatte sich Grant so nah gefühlt, als er sie auf den Kopf geküsst hatte, dass sie gedacht hatte, er würde sie auch auf die Lippen küssen, und jetzt konnte sie gar nicht glauben, was sie da gehört hatte.

»Du hast das gemalt? Es ist nicht weg, Grant. Es hängt in meinem Schlafzimmer und es ist mein absolutes Lieblingsbild. Es ist der Grund dafür, dass ich den Sunset Beach so liebe. Ich fasse es nicht, dass mir überhaupt nicht in den Sinn gekommen ist, dass du es gemalt haben könntest. Meine Eltern haben es mir sicher erzählt, als ich klein war, aber das hab ich wohl vergessen. Jetzt, da ich es weiß, habe ich sofort die Ähnlichkeiten vor Augen von diesem Bild und denen, die du gemalt hast, als ich ein Teenager war. Dieses Gemälde bedeutet mir so viel. Als ich in meine Wohnung über dem Laden gezogen bin, hat Levi mir geholfen, es aufzuhängen. Dabei hat er mir erzählt, dass ich, wenn ich nach meinen Chemotherapie-Terminen nach Hause gekommen bin, um mich auszuruhen, immer nur dagelegen und dieses Bild angestarrt habe. Jock war stets an meiner Seite, und Levi hat gesagt, er hat sich auch manchmal zu uns gelegt und die beiden haben Geschichten erfunden, sodass ich so tun konnte, als wären wir am Strand.«

»Das klingt ganz nach Jock und Levi, aber das Gemälde kann nicht besonders gut sein. Als ich das gemalt habe, war ich noch ein Kind.«

»Es ist wunderschön und ich liebe es.« Er sah ihr in die Augen und ließ die Schmetterlinge flattern, die sich in ihrem Bauch und ihrer Brust breitmachten, seit Grant gestern Abend den Arm um sie gelegt und sie den Kopf an seine Schulter gelehnt hatte. Sie hatte es sich zugestanden, einfach so zu tun, als wären sie mehr als nur Freunde, und das hatte sich richtig gut angefühlt. Fast so gut wie der Moment gestern Abend vor ihrer Wohnungstür. So gern hätte sie sich auf die Zehenspitzen gestellt und ihre Lippen auf seine gedrückt, dass sie es *fast* getan hätte. Stattdessen hatte sie nervös herumgeplappert und war hastig in die Wohnung gegangen. Nachdem die Tür ins Schloss gefallen war, hatte sie sich mit wackeligen Beinen anlehnen müssen. Eine halbe Stunde später hatte Bellamy angerufen und vollkommen außer sich vor Freude von ihrem Telefonat mit Grant erzählt. Jules hatte zugegeben, dass sie ihm nach der Arbeit zufällig begegnet war und mit ihm am Strand gegessen hatte, doch sie war darauf bedacht gewesen, dass es sich nicht nach mehr anhörte. Es war das erste Mal, dass Grant von sich aus Bellamy angerufen hatte, seit er wieder auf der Insel war, und Jules wertete das als weiteren Hinweis dafür, dass sie auf dem richtigen Weg war und Zeit mit ihm verbringen musste. Offensichtlich half es. Er selbst hatte bereits eingestanden, dass das Malen ihm half, und jetzt hatte sie unweigerlich das Gefühl, als wäre das Bild, das er für sie gemalt hatte, als sie ein kleines Kind gewesen war, ein gutes Omen.

»Ich bin froh, dass es dir gefällt«, sagte er.

»Ich *liebe* es«, korrigierte sie ihn. »Und nachdem ich jetzt weiß, dass du es gemalt hast, kommt es mir wie ein Zeichen dafür vor, dass wir dazu bestimmt sind, uns so gut zu verstehen.«

Sie hätte schwören können, einen Anflug von etwas wie Bedauern in seinem Gesicht zu erkennen, bevor er ernst wurde und nach einem weiteren Stück Pizza griff. Doch dieser Ausdruck verschwand so schnell, wie er gekommen war, und sie fragte sich, ob sie ihn sich vielleicht nur eingebildet hatte.

»Ich glaube nicht an solche Zeichen«, sagte er tonlos.

»Woran glaubst du?«

»An die Realität, nehme ich an. An Ursache und Wirkung.«

Sie füllte sich Obstsalat auf den Teller und fragte: »Denkst du nicht, dass in irgendwelchen Bereichen deines Lebens auch höhere Kräfte wirken?«

»Wenn, dann sind das Scheißkräfte, weil sie mir das halbe Bein weggepustet haben.«

»Das klingt jetzt ziemlich schräg, aber vielleicht hat es ja auch einen tieferen Sinn. Vielleicht sollst du mehr über dich und das, wozu du in der Lage bist, herausfinden.«

Er legte den Kopf zur Seite und sah sie fragend an. »Da kommst du schon wieder mit deiner typischen Jules-Sichtweise um die Ecke. Ich wünschte, ich könnte so denken, aber ich stehe fest auf dem Boden der Realität. Mein Bein wurde amputiert, weil unser Fahrzeug bei einer Befreiungsaktion über einen Sprengsatz gefahren ist.«

Ein schmerzhafter Stich fuhr durch ihr Herz und sie legte die Hand auf seine. »Das ist schrecklich. Du musst entsetzliche Angst gehabt haben.«

»Da war keine Zeit für Angst. Ich hab immer wieder das Bewusstsein verloren und war zu sehr darauf konzentriert, zu überleben, um mich vor irgendetwas zu fürchten. Vage kann ich mich noch daran erinnern, dass ich das Gefühl hatte, in Flammen zu stehen, dass ich versucht habe, durch den Qualm hindurch etwas zu erkennen, und dass es in meinem Kopf schrillte. Dann bin ich im Krankenhaus aufgewacht und mein Bein war weg.« Er schwieg kurz und wandte den Blick ab. Seine Muskeln zuckten und er knetete seine Finger. »Die Monate danach waren die Hölle. Wochenlang war mein Bein geschwollen. Das alles war ein Albtraum, die Genesung, die Physiotherapie, ich musste lernen, das Gleichgewicht zu halten, zu gehen und mit diesem Leben zurechtzukommen, das ich mir niemals vorgestellt hatte. Mein Physiotherapeut war gnadenlos, und das war auch gut so, denn ich hatte so viel Wut in mir, dass ein Sensibelchen nach zwei Tagen abgehauen wäre. Und meine Psychotherapeutin ...« Er schüttelte den Kopf, seine Kiefermuskeln zuckten. »Die Frau hätte einen Orden dafür verdient, dass sie sich mit meinem Zorn überhaupt abgegeben hat.«

Bei der Vorstellung, dass er all das allein hatte durchstehen müssen, stiegen ihr Tränen in die Augen, doch sie blinzelte dagegen an. »Warum bist du nicht nach Hause gekommen und hast dir helfen lassen?«

Er neigte den Kopf zur Seite und ein finsterer Ausdruck lag in seinen Augen. Seine Kiefermuskeln waren so angespannt, dass es wehtun musste. »Als meine Familie mich im Krankenhaus besucht hat, ist eine Menge Mist passiert. Ziemlich übler Mist, und diese Insel ist nicht mein Ein und Alles, wie sie es für dich ist, Jules. Ich habe schöne Erinnerungen, aber ich habe auch Erinnerungen im Zusammenhang mit meiner Familie, die alles überschatten. Ich wollte nicht zurückkommen, aber wohin hätte ich sonst gehen können? Ich hatte verdammt noch mal keine Ahnung, was ich mit meinem Leben anstellen sollte, und dieses Haus …« Er deutete um sich. »Hierhin bin ich als Kind gekommen, wenn es mir schlecht ging. Wenn ich im Krankenhaus die Augen geschlossen habe, dann habe ich dieses Strandhaus gesehen. Ich dachte, ich könnte herkommen und mir überlegen, was wird. Aber ich bin keinen Deut weiter damit als bei meiner Ankunft. Und die Blicke, das Unwohlsein, der Familienkram …« Er atmete hörbar aus. »Tut mir leid, Jules, aber ich möchte nicht darüber reden.«

»Mir tut es leid.« Sie umarmte ihn und blinzelte die Tränen fort. All seine Muskeln waren angespannt.

Einen Moment lang saß er steif da, bevor er mit der Hand über ihren Rücken strich. »Schon gut.«

Sie spürte sein Unbehagen, schob ihre Gefühle beiseite und setzte sich wieder auf. »Es ist nicht gut, dass du all das allein durchgestanden hast. Und es tut mir leid, aber eines muss ich noch sagen. So schrecklich es auch gewesen sein muss – du hättest sterben können, Grant, und du bist noch hier.«

»Jules …« Er schüttelte den Kopf.

»Ich weiß, dass du denkst, ich würde auf rosaroten Wolken schweben, wie alle es eben denken. Früher hat mich das gestört, aber heute nicht mehr. In Zeiten wie diesen ist es dort oben nämlich besser. Es ist leicht, all den negativen Mist in unserer verrückten, durcheinander geratenen Welt zu sehen und darin zu versinken. Ich verstehe auch, dass du wütend bist. Nach allem, was du durchgemacht hast, ist das absolut nachvollziehbar, auch dass du dich verloren fühlst. Aber wenn man daran glaubt, dass Dinge im Leben aus einem bestimmten Grund geschehen, dann fühlt sich alles viel besser und hoffnungsvoller an. Ich rede hier nicht von irgendwelchen religiösen Ideen und will dir auch nicht Gott aufdrängen. Ich will damit nur sagen, dass wenn du dich der Vorstellung öffnest, dass die grauenvollen Dinge, die du durchgemacht hast, vielleicht zu etwas noch Besserem führen als dem, was du hattest, dann könntest du eventuell sehen, dass es am Ende dieses wuterfüllten Tunnels ein Licht gibt und dass du nur den Weg dorthin finden musst.«

»Wenn es doch nur so einfach wäre«, sagte er bedächtig.

»Du solltest es versuchen, nur einen Tag lang, und herausfinden, wie du dich dabei fühlst.« Sie stieß ihn mit der Schulter an und steckte sich ein Stück Obst in den Mund. »Vielleicht kann ich dich anstecken.«

Ein aufrichtiges Lächeln trat in sein Gesicht. »Du meinst, du wirst noch mehr von deinem Feenstaub auf mich herabrieseln lassen.«

»So in etwa.«

Schweigend sah er sie an, sodass ihr Herz schneller schlug, bis er schließlich sagte: »Das muss schon etwas ganz Besonderes sein, in diesem wunderschönen Kopf zu leben.«

Das Kompliment nahm sie erfreut an und nahm sich vor, es in Ehren zu halten. »Mir gefällt es«, sagte sie und wurde mit dem Lachen belohnt, das sie so sehr vermisst hatte.

»Es ist wirklich schwer, in deiner Gegenwart wütend zu bleiben, so wie du dein Herz auf der Zunge trägst.« Er legte den Arm um sie, drückte sie kurz und nahm sich dann noch etwas zu essen.

Das restliche Abendessen verlief unbeschwerter, und beim Aufräumen erzählte Grant ihr von den Männern, mit denen er gearbeitet hatte. Manche Geschichten waren unglaublich amüsant, so wie die Streiche, die sie einander gespielt hatten, und andere waren erschütternd, wenn er zum Beispiel erzählte, wie sie einen ihrer Teamkollegen unter feindlichem Beschuss verloren hatten. Doch mit jeder Anekdote erfuhr sie mehr über die tiefe Beziehung zu den Männern, mit denen er gekämpft hatte. Kein Wunder, dass er zu ihnen zurückwollte.

»Und einmal fand mein Kumpel Critch heraus, dass seine Freundin einen Kalender aus all den Fotos zusammengestellt hatte, die er ihr geschickt hatte. Und den verkaufte sie übers Internet.«

»Nicht dein Ernst!« Jules lachte.

»Doch, das ist wahr. Wir hatten ihm seit Wochen gesagt, dass da irgendetwas faul war. Sie hat ihn ständig um ganz bestimmte Fotos gebeten. Dass er mit freiem Oberkörper mit seiner Waffe posiert. Oder in Boxershorts und Stiefeln. Lauter so seltsamer Mist.«

»Na ja, es wäre nicht seltsam, wenn die Fotos wirklich für sie wären. Aber sie zu verkaufen, das ist schon ziemlich seltsam.«

»Du findest es nicht komisch, einen Typen um ein Foto in Boxershorts und Stiefeln zu bitten?«

»Nicht, wenn sie richtig in ihn verliebt ist. Ich würde solche Fotos von meinem Freund nicht an den Wänden anderer Frauen wissen wollen, vor allem nicht in Boxershorts und Stiefeln. Aber wenn er monatelang fort ist, dann hätte ich sie gern an meiner Wand.« *Vor allem, wenn du dieser Mann wärst.* »Wahrscheinlich würde ich sie sogar auf Posterformat vergrößern lassen.«

Lachend schüttelte er den Kopf. »Was du so alles von dir gibst.«

»Was denn?«

»Nichts.« Er rieb sich übers Gesicht und sah sie ernster an. »Ich habe mich so sehr bemüht, nicht an das zu denken, was ich nicht haben kann, dass ich seit Ewigkeiten nicht mehr an die guten Zeiten gedacht habe. Danke dafür. Das fühlt sich gut an.«

»Redest du manchmal mit den Männern, mit denen du zusammengearbeitet hast?«

»Ja, gelegentlich. Mein ehemaliger Chef Titus ruft mich alle paar Wochen mal an, spricht Szenarien mit mir durch und fragt mich nach meiner Meinung. Das macht er mit Sicherheit, weil er weiß, wie schwer es mir gefallen ist, das alles hinter mir zu lassen, aber diese Anrufe motivieren mich trotzdem immer wieder.«

»Ich wette, du irrst dich. Wahrscheinlich ruft er an, weil du gut darin bist und er deinem Urteil vertraut.«

»Das tut er, dennoch bin ich mir ziemlich sicher, dass er nur nett sein will.«

»Kein Wunder, dass du deine ehemaligen Kollegen so sehr vermisst und wieder zurückwillst. Du redest über sie, als wären sie wie Familie für dich. Sie vermissen dich sicher auch. Hey, vielleicht solltest du dir Poster von ihnen machen lassen.«

Beide lachten.

»Aber mal im Ernst, *Big G*«, sagte sie und wurde mit einem sexy Grinsen von ihm belohnt. »Es klingt so, als hättest du ihnen ebenso nahegestanden, wie es hier mit Brant und deinen anderen Freunden der Fall ist.«

»Stimmt, aber mit meinen Kumpels von Darkbird verbindet mich eine andere Art von Freundschaft.«

»Eine bessere?«

Er zuckte mit den Schultern. »Keine Ahnung. Ich weiß nur, dass ich dort hineingepasst habe. Ich hatte das Gefühl, dazuzugehören, und ich hatte einen bedeutungsvollen Job, eine Aufgabe.« Er ging zurück zum Tisch. »Ein Mann ohne eine Aufgabe ist eigentlich gar kein Mann.«

»Ich weiß ja nicht, was du siehst, wenn du in den Spiegel schaust, aber glaub mir, du bist ganz und gar Mann.« *Du meine Güte!* Das hatte sich nicht so nach *Ich will dich von oben bis unten abschlecken* anhören sollen.

Sein dunkler Blick traf sie derart intensiv, dass ihr ganzer Körper reagierte. Die Luft knisterte vor sexueller Spannung, unterlegt mit Zurückhaltung, und für einen Moment vergaß sie das Atmen. Ihre Nerven spielten verrückt, während sie beobachtete, wie seine Kiefermuskeln zuckten und seine Arme sich anspannten. Warum hielt er sich zurück? Worüber redeten sie gerade? Ihr Hirn suchte krampfhaft nach dem, was er als Letztes gesagt hatte. *Eine Aufgabe*, richtig, das war es.

»Du gehörst auch hierhin und du bist kein Mann ohne Aufgabe. Du bist einfach nur in einer Übergangsphase und musst nach einem lebensverändernden Einsatz deine neue Aufgabe finden. Aber du solltest eindeutig überlegen, zu deinem alten Job zurückzukehren.«

Er zog die Augenbrauen zusammen. »Ich habe dir schon gesagt, dass das keine Option ist.«

»Vielleicht hast du nicht alle Möglichkeiten in Betracht gezogen.«

»Glaub mir, das habe ich.« Mit aufeinandergepressten Zähnen gab er ihr die Kerzen.

»Die Kerzen sind für dich. Jeder braucht Kerzen in seinem Haus.«

»Pix«, sagte er seufzend. »Du solltest sie mitnehmen.«

Sie nahm sie ihm ab und stellte sie auf die Arbeitsfläche. Sie würde ihr Geschenk nicht zurücknehmen. Warum verlangte er das von ihr? Versuchte er, sie loszuwerden? »Ich hab die ganzen Sachen für dich besorgt, um dein Haus etwas aufzuhellen.«

»So wie die Fußmatte?« Verschmitzt zog er eine Augenbraue hoch.

»Wer auch immer dir die besorgt hat, ist genial. Man kann gar nicht anders, als zu lächeln, wenn man sie sieht.«

Er lachte und sie atmete erleichtert auf. Offensichtlich hatte sie vorhin in eine Wunde gestochen, aber seine abweisende Haltung schwand nun wieder.

Sie faltete die Tischdecke zusammen und legte sie zu den Kerzen auf die Arbeitsfläche, während er den Tisch wieder an seinen Platz stellte. Als sie sich herumdrehte, lag wieder sein heißer, hungriger Blick auf ihr. Ihr Innerstes entflammte. Sie schnte sich danach, ihre Lippen auf seine zu drücken, zu spüren, wie er die Arme um sie legte und die Führung übernahm. Wenn doch nur wie gestern Abend beim Bistro eine kühle Brise wehen würde, damit sie eine Ausrede hätte, ihm näher zu sein. Doch von Kühle gab es keine Spur. Grant war eine einzige riesige Woge der Hitze, und er beobachtete sie noch immer, sodass ihr das Herz in der Brust hämmerte und ihr Körper nach einer Berührung von ihm flehte.

Sie fummelte am Bund ihres Ärmels herum. Warum tat er

denn nichts? Sollte er nicht die Distanz zwischen ihnen auslöschen? Versuchen, sie zu küssen? Dann ging ihr ein Licht der Erkenntnis auf, verbunden mit einem Gefühl der Enttäuschung. Vielleicht hatte er vor ein paar Minuten tatsächlich versucht, sie loszuwerden, und sie stand hier noch immer herum und schmachtete ihn förmlich an. Hatte sie sich wirklich so geirrt?

Warum hatte sie nicht mehr Erfahrung darin, Männer zu verstehen?

Nervöser als je zuvor und in der Hoffnung, dass sie sich irrte, sagte sie: »Okay, ja, dann sollte ich jetzt wohl lieber gehen und dich nicht länger nerven.« *Bitte, sag, dass ich bleiben soll!* Auf dem kurzen Weg zur Tür klopfte ihr Herz so schnell, dass ihr schwindelig wurde. Er folgte ihr und trotz allem hoffte sie auf einen Gutenachtkuss.

»Hast du nicht etwas vergessen?«

Seine leise, tiefe Stimme jagte ihr ein Kribbeln über den Rücken. »Ja«, hauchte sie und in Erwartung eines Kusses drehte sie sich um. Ihre Hoffnung wurde enttäuscht, als sie ihn mit ihrer Tasche in der Hand sah.

Er griff nach ihrer Jacke. »Ohne die wird dir sicher etwas kalt.«

Beschämt ließ sie sich in die Jacke helfen. »Ah, stimmt … äh, wo bin ich nur mit meinen Gedanken?« *Bei einem Kuss mit dir. Ich bin ja so blöd!*

»Danke, dass wir ein bisschen abhängen konnten, Pix. Ich bring dich noch zu deinem Auto.«

Abhängen. Natürlich. Er war einfach nur nett. »Das brauchst du nicht. Wir sind hier ja auf Silver Island, nicht in New York.«

Seine Kiefermuskeln zuckten wieder, dann machte er die Tür auf, legte eine Hand auf ihren Rücken und führte sie auf die Veranda. »Gehen wir.« Es war eine Anordnung, kein Vorschlag.

»Brauchst du denn keine Jacke?«, erkundigte sie sich schnippisch.

»Nein, zu heiß.«

»Das bist du wirklich.« Sie riss die Augen auf. Das hatte sie auf keinen Fall laut aussprechen wollen. »Ich meine … Ach, vergiss es! Ja, du bist heiß, okay? So, jetzt habe ich es gesagt. Mist, ich bin so schlecht darin.«

Er lachte. »Du bist in rein gar nichts schlecht, und du bist selbst auch ziemlich heiß, Pix.«

Ein nervöses Beben erfasste sie. War er einfach nur nett? Seine Hand ruhte weiter auf ihrem Rücken, während sie die Auffahrt hinuntergingen. Vielleicht hatte sie ihn doch nicht falsch verstanden?

Er öffnete die Autotür für sie. »Warum verschwendest du deine Zeit mit mir, Jules? Eine umwerfende Frau wie du kann doch wahrscheinlich mit unzähligen Männern zu Abend essen?«

»Mir gefällt deine Gesellschaft ziemlich gut, herzlichen Dank auch. Hat es dir denn heute Abend nicht gefallen?«

Sie warf ihre Tasche ins Auto und holte die Lederjacke heraus, die er ihr neulich Abend geliehen hatte.

Er nahm sie ihr ab und legte eine Hand auf die Tür, während er die andere am Autodach abstützte, sodass sie in dem Raum dazwischen stand. »Mir hat es verdammt gut gefallen. Genau das ist das Problem.«

Am liebsten hätte sie gejubelt, die Arme um ihn geschlungen und ihn geküsst. Also hatte sie doch nicht den Verstand verloren! Aber sie war zu nervös und aufgeregt, um irgendetwas davon in die Tat umzusetzen. Sie nahm all ihren Mut zusammen. »Nein, das ist es nicht. Das ist die Lösung. Zu tun, was einem gefällt. Nur das ist wichtig.«

Er neigte den Kopf und lehnte sich etwas vor. »Jules!«

Seine Warnung schwebte zwischen ihnen, doch sie war nichts gegen die explosive Spannung zwischen ihnen, die sich mit jeder Sekunde steigerte wie eine Zeitbombe, die immer lauter und heißer tickte. So leicht ließ sie sich nicht davonschicken. Er musste sich einfach nur überwinden und die Mauer durchbrechen, die er um sich errichtet hatte. »Komm mir nicht mit *Jules*. Wir sollten unser gemeinsames Essen unbedingt morgen Abend wiederholen und ich weiß auch schon den richtigen Ort.«

Er biss die Zähne zusammen.

Sie tätschelte seine angespannten Muskeln und schlug einen sanfteren Ton an. »Sag einfach Ja, bevor du dir noch einen Zahn ausbrichst.«

»Jules, ich will nicht, dass du deine Zeit mit mir verschwendest. Das habe ich dir bereits gesagt.«

»Ich bin ein großes Mädchen und kann meine Zeit verschwenden, mit wem ich will. Du bist einfach der glückliche Empfänger. Morgen habe ich um sechs Feierabend. Ich könnte am Yachthafen vorbeikommen und wir machen einen Spaziergang?«

»Meine Güte, du bist so dickköpfig.«

»Ach, und du nicht?«

Einen Moment lang starrte er sie an, Flammen loderten in seinen Augen und die Luft zwischen ihnen glühte. Langsam senkte er sein Gesicht, bis sein Mund nur noch ein Flüstern von ihrem entfernt war. *Ooh. Jetzt passiert es!* Der Kuss, von dem sie geträumt hatte. Sein warmer Atem strich über ihre Lippen. Sie sollte wohl die Augen schließen, doch sein Blick war so intensiv, so voller gleißendem Begehren, und ihr Herz schlug so heftig, dass sie gar nicht mehr tun konnte, als auf die warme Berührung seiner Lippen zu warten.

»Jules.« Seine Stimme war rau.

»Ja.« Ihr entwich ein langer, heißer Atemzug.

»Was machst du nur mit mir?«

Sie gab eine Reihe unverständlicher, lächerlich bedürftiger Laute von sich. Wieder sah sie seine Kiefermuskeln vor Spannung zucken, und sie war so kurz davor, alle Bedenken in den Wind zu schlagen und sich den Kuss zu nehmen.

Doch bevor sie noch den Gedanken zu Ende denken konnte, sagte er: »Du gehst jetzt besser, bevor ich meine Meinung ändere.«

Er richtete sich auf, doch sein durchdringender Blick lag weiter auf ihr und die Luft zwischen ihnen knisterte noch immer voller Spannung. Sie blinzelte kurz und versuchte, ihr Hirn in Gang zu bringen. »Stimmt ...«, sagte sie leise und zwang sich, sich ungezwungen zu geben und nicht wie eine vollkommen durcheinandergebrachte Frau mit wackeligen Knien. »Wir sehen uns morgen, Big Guy.« Der Spitzname klang leise und verführerisch, ohne dass sie es beabsichtigt hatte, woraufhin sie sich leicht zittrig hinters Steuer setzte.

»Fahr vorsichtig.« Er schloss die Tür.

Sie ließ den Motor an und spürte seinen Blick noch durch die Scheibe. Während sich der lustvolle Nebel klärte, überlegte sie, warum er sie fortschickte. In Liebesromanen änderte der Held niemals seine Meinung, wenn die Heldin zögerte, nachdem sie gesagt hatte, sie würde gehen. Normalerweise verliebte er sich Hals über Kopf in sie. Sie schaute zu Grant auf und er hob das Kinn, die Spannung war ihm förmlich anzusehen.

Wovor hast du Angst, Grant Silver? Dass du mir nicht wider-

stehen könntest, wenn ich länger bliebe?

Sie fuhr los und schaute noch in den Rückspiegel, als sie davonfuhr. Sie beobachtete ihn, wie er sie beobachtete, und ihr hoffnungsvolles Herz hielt an dem Gedanken fest. Das Lied »Tomorrow« aus dem Musical »Annie« kam ihr in den Sinn und sie sang zu der Melodie:

Die Wahrheit kommt raus, gleich morgen. Ich wette auf deinen süßen Hintern, dass es schon morgen Küsse gibt für dich und mich.

Sieben

Jules verbrachte den ganzen Samstag wie in einem Rausch, weil sie wusste, dass sie Grant heute Abend wiedersehen würde, und es war eine ungeheure Erleichterung, nicht mehr *alles* vor Bellamy zu verbergen. Jules erzählte ihr nicht, was sie wirklich für ihn empfand, aber zumindest wusste Bellamy nun, dass sie Zeit miteinander verbrachten.

Nachmittags saß sie an ihrem Schreibtisch und las einen der Artikel, die sie im Internet über Amputierte und Versetzungen gefunden hatte. Nachdem sie das wahre Ausmaß dessen verstanden hatte, was Grant zusätzlich zu seinem Bein verloren hatte – seine Kameraden, seinen Beruf, seine Aufgabe –, und wie notwendig das alles zu seinem Glück war, wollte sie ihm helfen, es wiederzufinden. Sie suchte auch nach wohltätigen Organisationen für amputierte Veteranen, denn sie war überzeugt davon, dass es Grants Sichtweise auf die Zukunft verändern würde, wenn er anderen half. Es gab so viel, das er in seiner neuen Situation akzeptieren musste, dass es kein Wunder war, wenn er von allem überwältigt war.

Seit dem Morgen hatte sie immer wieder recherchiert, Artikel ausgedruckt und Kontaktdaten und andere Informationen von Wohltätigkeitsorganisationen und verschiedenen zivilen

Firmen mit ähnlichem Tätigkeitsfeld wie Darkbird notiert. Auch auf den Seiten des Militärs hatte sie sich umgeschaut, falls er daran Interesse haben sollte, und überrascht und begeistert herausgefunden, dass eine Amputation kein Hinderungsgrund mehr für Soldaten war, die wieder verpflichtet werden wollten. Anscheinend wurden nicht viele von denen, die sich bewarben, angenommen und wieder eingesetzt, aber Grant war stark und entschlossen. Wenn jemand das Auswahltraining, das sich geradezu unmenschlich anhörte, und ein kompliziertes Bewerbungsverfahren durchstehen konnte, dann er. Die Vorstellung, dass Grant sich wieder in Gefahr begeben würde, machte ihr ein wenig Angst, und die Vorstellung, dass er fortging, wenn sie gerade dabei war, sich in ihn zu verlieben, war grauenvoll, aber sie konnte sich deshalb nicht davon abhalten lassen, ihm zu helfen.

Trotz ihrer Bedenken freute sie sich darauf, ihm heute Abend all die Informationen zu zeigen, die sie gefunden hatte.

Sie schickte den Artikel an den Drucker, lehnte sich zurück und dachte daran, wie sehr sie ihn gestern Abend hatte küssen wollen. Sie wusste, dass sie sich nicht so in eine Sache mit einem Mann hineinsteigern sollte, den es hier nicht hielt, doch gegen ihre Gefühle für ihn konnte sie nichts tun. Was war denn das Schlimmste, was passieren konnte? Er würde mehr lächeln, sie würde Herzrasen bekommen und – wenn sie Glück hatte – würden sie sich ein paar heiße Küsse gönnen?

Oder mehr …

Dieses *Mehr* wollte sie so sehr, dass sie es schmecken konnte.

Ihr Blick fiel auf das Gemälde, dass sie aus seinem Müll gefischt hatte, als sie ihm heute Morgen noch weitere Geschenke auf die Veranda gelegt hatte. Zum Glück hatte sie die Idee gehabt, in seine Mülltonne zu schauen, denn sonst wäre ihr ein außergewöhnliches Bild entgangen, das so anders war als die anderen. Es zeigte einen Soldaten in Kampfanzug, der einen anderen Soldaten geschultert hatte. Die Männer, der Boden und die Luft um sie herum waren in unterschiedlichen Schattierungen von gedeckten Grün- und Grautönen gemalt, begrenzt von dünnen schwarzen Strichen. Hinter ihnen loderte ein Feuer in grellen Orange-, Rot- und Gelbnuancen. Sie wusste nicht, ob Grant der noch aufrechte Soldat sein sollte oder der, der leblos über der Schulter hing.

Eingehend betrachtete sie das Bild und hoffte, dass er ihr eines Tages genug vertrauen würde, um mehr von der Explosion zu erzählen, die sein Leben verändert hatte. Als sie gestern Abend nach Hause gekommen war, hatte sie geweint beim Gedanken an ihn, wie er allein auf dem Schlachtfeld lag, entschlossen, lebend aus dieser Hölle herauszukommen, und gleichzeitig zu Tode verängstigt. Auch wenn er behauptete, keine Zeit für Angst gehabt zu haben, er musste sich gefürchtet haben. Allein diese Vorstellung machte sie schon wieder traurig. Sie schaute zu den goldenen Pfeilen an ihren Wänden, die in unterschiedliche Richtungen zeigten. Sie hatte sie als dezente Mahnung aufgehängt, um schlechte Gedanken zu vertreiben und in eine andere Richtung zu schauen.

Weit musste sie nicht schauen. Seine Stimme hallte in ihr wider. *Mir hat es verdammt gut gefallen. Genau das ist das Problem.* Am liebsten hätte sie ihm einen Meißel und einen Hammer gereicht, damit er sich daran machen konnte, schon mal winzige Löcher in die Mauer um sein Herz herum zu schlagen.

Als der Schmerz in ihrer Brust etwas schwand, sah sie wieder auf das Bild, und ihr wurde klar, dass es vielleicht nicht nur eine

Darstellung von Krieg war, sondern auch eine der Kamerad-schaft, die er zurückgelassen hatte. Auch dieser Gedanke stimmte sie traurig. Sie hätte ihn gern nach der Bedeutung dahinter gefragt, denn das Gemälde unterschied sich so sehr von den zwei anderen. Doch das ging natürlich nicht, denn er wusste ja nicht, dass sie sie an sich genommen hatte. Wäre er wütend? Hätte er ein Recht darauf, wütend zu sein, nachdem er sie weggeworfen hatte? Waren sie in dem Moment nicht Allgemeingut?

In ihrem Magen rumorte es unangenehm. Sie konnte Ge-heimnisse nicht ausstehen. Vielleicht würde sie es heute Abend ansprechen, um das aus der Welt zu schaffen.

Ein Klopfen an der Bürotür riss sie aus ihren Gedanken. Sie verkleinerte den Artikel auf ihrem Computer mit einem Klick, um Grant und seine Wünsche zu beschützen. Vorhin hatte sie mit sich gehadert, ob sie Bellamy von ihren Recherchen erzählen sollte, aber Grant hatte sich ihr anvertraut. Jules wollte ihm die Informationen geben, die sie zusammengetragen hatte, und er konnte dann entscheiden, wie er damit umging.

»Ja?«, fragte sie und ging Richtung Tür.

Bellamy öffnete sie einen Spalt und steckte die Hand hin-durch, um mit einem Taschenbuch herumzuwedeln und mit tiefer Stimme zu sagen: »Jules, du musst mich weiterlesen. Du hast mich auf der Türschwelle meiner Liebsten zurückgelassen und ich muss sie einfach haben! Mein in Flammen stehender Schwanz explodiert gleich.«

Jules lachte und nahm ihr das Buch ab. »Das habe ich schon überall gesucht. Ich lese es für meinen Buchclub.«

»Das lag neben einem Haufen von Sabbertüchern im Pau-senraum.«

»Kann gar nicht sein. Im Pausenraum hab ich heute Morgen gesucht.«

»Wusste ich es doch, du leugnest nicht einmal die Sabbertücher«, scherzte Bellamy. »Es lag vorne im Regal unter den Listen. Ich fasse es nicht, dass du immer noch Eselsohren in deine Bücher machst. Hat Jock dir denn gar nichts beigebracht, seit er zurück ist?« Jock war Horrorautor und hatte einen Bestseller geschrieben.

»Meine Angewohnheiten in Bezug auf Bücher sind der Fluch seines Lebens.«

»Ich verrate es ihm nicht.« Bellamy verschloss mit einer Geste ihre Lippen wie einen Reißverschluss. »Grant ist für dich in Leitung eins. Unternehmt ihr beiden heute Abend wieder etwas?«

»Mhm«, sagte Jules nervös und bemüht, ihre Aufregung zu verbergen. »Schmiede das Eisen, solange es heiß ist! Ihn in gute Laune zu versetzen und die beizubehalten, das ist mein Ziel. Ich bin dann weg, nachdem ich mit ihm telefoniert habe.«

Bellamy überkreuzte die Finger und ging zurück in den Laden.

Jules schloss die Tür und eilte zu ihrem Schreibtisch, um dann möglichst ruhig das Gespräch anzunehmen. »Hallo, hier ist Jules.«

»Hallo, Jules. Grant hier.«

Seine tiefe, erregende Stimme jagte ihr einen heißen Schauer durch den Körper. »Hallo, Big Guy.«

»Tut mir leid, dass ich dich auf der Arbeit anrufe, aber ich hab deine Handynummer nicht.«

»Schon gut. Schön, dass du angerufen hast. Heute Abend gebe ich dir meine Nummer. Es gibt so viel, was ich dir beim Essen erzä…«

»Moment, Jules. Es tut mir leid, aber ich muss absagen.«

»Oh, okay«, sagte sie enttäuscht. »Wie sieht's morgen aus?

Wir könnten uns zum Mittagessen treffen.«

»Nein, Jules«, entgegnete er mit fester Stimme. »Ich kann nicht.«

Bestürzt angesichts seiner Entschlossenheit ließ sie sich auf ihren Stuhl sinken. »Oh.«

»Ich halte es für keine gute Idee, dass wir weiter so Zeit miteinander verbringen.«

Seine Worte trafen sie hart und schmerzhaft. Sie versuchte, sich gegen die Traurigkeit zu wappnen, die sie erfasste, doch sie konnte ihre Enttäuschung nicht verbergen. »Das verstehe ich nicht. Ich dachte, wir würden uns wirklich gut verstehen.«

»Das ist auch so, aber … es ist einfach keine gute Idee. Ich habe keine Ahnung, in welche Richtung mein Leben gerade läuft, und ich will dir nicht wehtun.«

»Und das sagst du mir am Telefon?«, fuhr sie ihn an. Tränen brannten ihr in den Augen. »Tja, das ist dir dann wohl so richtig misslungen. Nur zu deiner Information: Es tut unfassbar mehr weh, das am Telefon gesagt zu bekommen.«

»Verdammt«, zischte er. »Es tut mir leid! Ich kann einfach keinen klaren Gedanken fassen, wenn wir zusammen sind. Gestern Abend habe ich versucht, es dir zu sagen, aber dann hast du mich angelächelt und auf deine besondere Art angesehen, und dann waren meine Gedanken nur noch ein einziges Chaos. Ich bin dir für alles dankbar, was du getan hast, Jules. Es liegt nicht an dir. Du bist ein wunderbarer Mensch. Du bist wunderschön, klug, witzig und so verdammt süß. Es liegt einzig und allein an mir. Ich bin nicht der Mann, den du gerade brauchst, und ich denke, es ist das Beste, wenn du aufhörst, Sachen auf meine Veranda zu legen, wenn du dich wieder um dein Leben kümmerst und mich in meines zurückkehren lässt.«

Sie versuchte, den Schmerz zu überwinden, doch es war wie

bei diesem Spiel, bei dem man einem Maulwurf auf den Kopf schlägt und das blöde Ding immer wieder auftaucht. Sie sammelte ihre Kräfte, straffte die Schultern und hob das Kinn, so wie Archer es ihr beigebracht hatte, um für sich selbst einzustehen, und brachte bemüht entschlossen hervor: »Okay, ich verstehe. Danke, dass du es mir gesagt hast. Tschüss, Grant.«

Sie legte auf und wurde von Wut und Schmerz gleichermaßen überrannt. Mit zittrigen Händen riss sie die Zettel aus dem Drucker, wobei die Hälfte sich auf dem Boden verteilte. »Du willst in Ruhe gelassen werden? Gut!« Sie zerknüllte die Zettel und warf sie in Richtung Mülleimer. »Du hattest recht. Ich hätte mich nicht mit dir abgeben sollen!« Sie kämpfte gegen die Tränen an, als sie die restlichen Zettel aufhob und zerknüllte. In ihr zog sich alles zusammen, als sie sie wegwarf und sie statt im Mülleimer wieder auf dem Boden landeten. Sie stürmte aus ihrem Büro und zur Hintertür hinaus, um der Traurigkeit zu entkommen, die sich wie ein Messer in sie bohrte.

Acht

Grant hatte Kampfeinsätze für aufreibend gehalten, aber abgesehen vom Offensichtlichen hatten sie ihm nie so zu schaffen gemacht wie der Schmerz, den er in Jules' Stimme gehört hatte. Der restliche Tag nach ihrem Telefonat war die Hölle gewesen. Er hatte sich anstrengen müssen, um die Beherrschung nicht zu verlieren, und als er nach Hause gekommen war und die neuerlichen Geschenke neben der Fußmatte gesehen hatte, war seine Selbstverachtung nur noch gewachsen. Sein Mistkerl-Quotient war um zweihundert Prozent gestiegen. Es ihr am Telefon zu sagen, war mies von ihm gewesen, aber nach gestern Abend wusste er, dass er nicht in der Lage gewesen wäre, das – was immer es auch zwischen ihnen war – zu beenden, wenn Jules ihn mit ihren wunderschönen funkelnden Augen ansah.

Es musste sein. Er musste sie beschützen.

Verdammt.

Wem wollte er etwas vormachen? Er musste sie beide von dem schmalen Grat fernhalten, auf den das Zusammensein mit Jules ihn unweigerlich führte.

Er hoffte, sich mit einer brutalen Trainingseinheit ablenken zu können, also zog er seine Jogginghose an und ging ins

Wohnzimmer. Jules hatte am vergangenen Sonntagabend nur etwa eine Stunde hier in diesem verdammten Pixie-Kostüm verbracht und dann gestern Abend noch ein paar Stunden, und doch sah er sie überall. Das zweite Gemälde, das er letzte Nacht angefangen hatte, stand noch auf der Staffelei am Fenster, nur wenige Zentimeter entfernt von dem Kaktus, den sie ihm geschenkt hatte. Sein Blick fiel auf den Aufdruck des Leinenbeutels.

Schenke ein Lächeln, verbreite Liebe.

Das war so typisch Jules.

Er wandte sich ab, sagte sich zum hundertsten Mal, dass er das Richtige getan hatte, doch dann sah er die Tischdecke und die Kerzen auf der Arbeitsfläche neben den anderen Dingen, die Jules irgendwann heute Morgen vorbeigebracht hatte, bevor er aufgewacht war: ein neuer Stapel jungfräulicher Leinwände, ein Vogelhaus aus Holz und eine große Laterne aus Metall. Die Farben und Pinsel, die sie ihm hingestellt hatte, lagen aufgereiht auf dem Boden. Wahrscheinlich hatte sie drei oder vier Mal die überwucherte Auffahrt herauflaufen müssen, um alles auf seine Veranda zu schaffen. Daran, wie viel Geld sie wohl in letzter Zeit für ihn ausgegeben hatte, wollte er lieber gar nicht denken. Und all das, ohne ein Dankeschön dafür hören zu wollen.

Es war leicht, sich in ihrer positiven Einstellung, ihrer Selbstlosigkeit und in der Mischung aus Unschuld und angeborener Sinnlichkeit zu verlieren, doch die Nachricht, die sie mit den Geschenken hinterlassen hatte, war ein Weckruf gewesen. Der Realitätscheck, den er gebraucht hatte, um dem Ganzen endlich ein Ende zu bereiten.

Du hast nur an der Oberfläche der großartigen Dinge gekratzt, zu denen du bestimmt bist.

Wie eine blinkende Neonlampe hatte dieser Satz ihn daran

erinnert, dass er ihr nichts zu bieten hatte – egal wie gut sich ihre Gesellschaft anfühlte. Sie sah Großes in ihm, und er starrte noch immer auf eine Wand aus Bäumen, unfähig, den Wald seiner Zukunft zu sehen. Selbst wenn er tatsächlich dazu bestimmt war, großartige Dinge zu tun, war er sich ziemlich sicher, dass die nicht hier auf ihrer geliebten Insel stattfinden würden. Jules glaubte an Zeichen, und wenn all das nicht ausgereicht hätte, damit er die Sache beendete, dann hatte Keiras Anruf ein paar Stunden später das Schicksal besiegelt. Sie hatte ihn gefragt, ob er etwas mit Jules hatte. Das Letzte, was er Jules wünschte, war, dass sie zur Zielscheibe des Inseltratsches wurde. Er hatte seine Schwester mundtot gemacht – *Wir sind nur Freunde. Fang nicht an, Mist über sie zu verbreiten* –, woraufhin Keira ihm unwissentlich einen Schlag in die Magengrube verpasst hatte, indem sie gesagt hatte, wie schade das sei, denn wenn er mit Jules zusammen gewesen wäre, hätte er eindeutig bessere Laune gehabt.

Konnte man wohl sagen. Jules konnte jeden in eine bessere Stimmung versetzen. Doch sie brachte ihn vor lauter Begehren um den Verstand und ließ ihn in einem Meer von Schuldgefühlen ertrinken.

War er der einzige Mensch, der vor Halloween nichts von den verborgenen Kräften von Jules Steele gewusst hatte?

Ein Klopfen an der Tür ließ ihn aufschrecken. Brant und ein paar der Jungs trafen sich heute Abend zum Billardspielen, aber er hatte ihnen gesagt, dass er trainieren müsste. Er hoffte inständig, dass sie nicht auf die Idee gekommen waren, die Party zu ihm zu verlegen.

Als er die Tür öffnete, stockte ihm der Atem. Jules. Die Haare fielen ihr offen über die Schultern ihrer gefütterten Jeansjacke. Mit dem pflaumenblauen Oberteil und der schwarzen Leggings sah sie absolut umwerfend aus, ihr aufgesetztes Lächeln bohrte sich jedoch wie ein Messer in ihn.

»Jules.«

Sie hielt ihm eine Handvoll zerknitterter Zettel entgegen und das aufgesetzte Lächeln schwand. »Ich weiß, dass du mich nicht sehen willst, aber ich habe das hier alles für dich herausgesucht.« Ihre Unterlippe zitterte und das Messer bohrte sich tiefer. »Mist! Ich dachte, ich könnte das. Hier, nimm.« Sie ließ die Zettel los und fing an, auf und ab zu marschieren, während er vergeblich versuchte, die Zettel aufzufangen. »Vielleicht hilft dir das dabei, einen Plan zu schmieden. Ich fasse es nicht, dass von all den Kerlen auf der Insel ausgerechnet du der Erste bist, der mir das Herz bricht. Ich wusste nicht mal, dass ich so viel für dich empfinde, bis du mich hast abblitzen lassen.« Sie redete furchtbar schnell, tigerte hin und her, fuchtelte mit den Händen herum. »Wie konnte das überhaupt so schnell passieren? In der einen Minute verbringe ich Zeit mit dir, um Bellamy zu helfen, und in der nächsten flehe ich schon innerlich: ›Küss mich‹.«

Er hörte nur *Küss mich*, und er wollte sie wirklich küssen, um den Schmerz auszulöschen, den er ihr zugefügt hatte.

»Wer verliebt sich denn in einen Typen, wenn der ihr sagt, sie solle ihre Zeit nicht mit ihm verschwenden? Mit mir muss doch irgendetwas nicht stimmen, denn mein Körper gerät niemals für irgendjemanden in Flammen, und dann kommst du daher mit deinem mürrischen Blick und den langen Haaren, und plötzlich kann ich nicht einmal mehr schlafen, ohne dein dämliches Gesicht zu sehen. Ich meine, was ist denn das? Ist es das, was ich all die Jahre verpasst habe, als ich jünger war? Schlaflose Nächte, in denen ich mich nach einem Kerl verzehre, den ich nicht haben kann? Ich hab immer gedacht, dass ich etwas verpasse, etwas Bedeutungsvolles und Aufregendes. Aber das hier ist Mist. Ich bin nicht so erfahren wie du. Ich hab keine Ahnung, wie ich das alles wegstecken soll, was ich fühle, wie ich es einfach abstellen soll. Ich weiß nicht einmal, was das alles für Gefühle sind.«

Sie lachte, doch es war so ein qualvolles Geräusch, dass sich sein Magen umdrehte. Er hielt es nicht aus. Er konnte sie nicht in dem Glauben lassen, dass er sie nicht wollte, wenn er sie doch verdammt noch mal viel zu sehr wollte.

»Jules.« Er hielt die Zettel in der einen Hand und streckte die andere nach ihr aus, doch sie tigerte noch immer auf und ab und marschierte geradewegs an ihm vorbei.

»Doch, eigentlich weiß ich, was das ist. Pure Dummheit.« Endlich blieb sie stehen, doch sie atmete heftig, die Arme hingen schlaff herunter, und ihre Augen waren so traurig, dass er den Blick nicht abwenden konnte. Und dann, als wäre sie eine Marionette und jemand würde an ihren Fäden ziehen, richtete sie sich auf, straffte die Schultern, hob das Kinn und sah ihm direkt in die Augen. »Ich bin *kein* dummes Mädchen …«

»Das habe ich nie behauptet. Ich finde, du bist verdammt klug.«

»Ich rede eigentlich nicht mit dir«, sagte sie ausdruckslos. »Das habe ich zu mir selbst gesagt.« Sie schluckte. »Tut mir leid, dass ich die Fassung verloren habe. Ich versuche nicht, dir wegen meiner dummen Schwärmerei Schuldgefühle einzureden. Aber ich werde mir nehmen, woran ich denke, seit du zurück auf der Insel bist, und dann werde ich gehen und wir werden wie früher …« Sie zog die Augenbrauen zusammen.

»Freunde sein?« Warum tat ihm dieses Wort so weh?

»Ja, aber wir standen uns früher nicht so nah, also wird es einfach so, wie es mal war.«

Sie trat auf ihn zu, ballte die Hände zu Fäusten, als würde

sie sich für etwas wappnen, aber er hatte keine Ahnung, wofür. Sie schloss die Augen, ging auf die Zehenspitzen, drückte ihre Lippen auf seine und schenkte ihm den süßesten Kuss, den er je erlebt hatte. Als sie sich wieder sinken ließ, öffnete sie zögerlich die Augen, während er mit den Gefühlen kämpfte, die in ihm aufblühten, als wären sie dort schon immer verwurzelt gewesen und hätten nur darauf gewartet, von diesem Kuss zum Leben erweckt zu werden.

»Leb wohl, Grant.«

Sie ging zur Fliegentür und mit einem Mal löste sich seine Erstarrung. Er ließ die Zettel fallen, packte sie am Handgelenk und zog sie in seine Arme. »Wenn das alles ist, was wir je bekommen werden, dann will ich auch den Kuss, an den *ich* immerzu gedacht habe.«

Er senkte seine Lippen auf ihre und verharrte im Raum zwischen Nehmen und Geben, um ihr die Möglichkeit zum Rückzug zu geben, sollte sie es wollen. Doch sie krallte sich mit beiden Händen in sein T-Shirt, ging auf die Zehenspitzen, um ihn fordernder zu küssen, und gab ihm so das grüne Licht, das er brauchte. Er presste sie an sich, tauchte mit der Zunge ein, forschte und glitt über ihre Zähne und ihren Gaumen. Er wollte jeden Millimeter von ihr kosten. Flammen loderten unter seiner Haut auf und breiteten sich tief in ihm aus. Er vergrub eine Hand in ihren Haaren, wie er es sich unzählige Male in seinen Fantasien ausgemalt hatte. Während er mit der anderen Hand an ihrem Rücken hinabstrich, drückte er sie noch fester an sich, rieb sich an ihr und wollte, dass sie wusste, was sie mit ihm anstellte. Ihre bedürftigen Laute weckten in ihm das Begehren, sie ganz zu besitzen, ihren Geschmack, ihren Duft, ihren Körper zu verinnerlichen. Sie fühlte sich einfach unglaublich an. Er küsste sie intensiver, spürte ihre weiche Gestalt, und sie tat es ihm gleich, stöhnte und wand sich an ihm. Ah, wie er das liebte. Er wollte sie hochheben und ins Haus tragen, wusste jedoch, dass das gar keine gute Idee war. Zögerlich löste er sich von ihr und sein Blick fiel auf ihre geröteten Wangen und feuchten Lippen.

Sie klammerte sich an ihn wie an einen Rettungsring, am ganzen Körper zitternd. Er schlang die Arme noch fester um sie, denn er wollte sie beschützen. Doch das Einzige, wovor er sie beschützen musste, war er selbst.

»Wow«, hauchte sie, als sie die Augen langsam öffnete. »Ich hau von hier ab, sobald meine Beine mich wieder tragen.«

Sie war atemlos und so verdammt ehrlich, dass auch er sprach, ohne nachzudenken. »Was mache ich hier bloß?«

»Keine Ahnung, aber kannst du es nur noch ein einziges Mal machen?«

»Meine Güte, Pix, du machst mich fertig.« Er würde wahrscheinlich geradewegs in der Hölle landen, aber er war ihr gegenüber machtlos. Sein Mund landete gierig auf ihrem. Ihre Hände tauchten in seine Haare ein, sie bog sich ihm entgegen und jagte Hitzepfeile direkt in seine Länge. Er vertiefte den Kuss, wurde fordernd und besitzergreifend. Jules zu küssen war so vollkommen anders als die Küsse, die er kannte. Es war pur und leidenschaftlich. Köstliche Perfektion.

Sie stöhnte und holte ihn in die Realität zurück.

Was, zum Teufel, dachte er sich nur? Jules und er hatten keine gemeinsame Zukunft. Ja, ihrer beider Gefühle waren so real, wie die Sonne heiß war. Er spürte, wie sich ihre Verbindung vertiefte, wie eine Brücke zwischen ihnen entstand – eine, über die er am liebsten zu ihr gerannt wäre und die er dann hinter sich in Brand gesetzt hätte, damit es kein Zurück mehr gab.

Aber das konnte und wollte er ihr nicht antun. Sie verdiente Versprechen für den nächsten Tag, die nächsten Monate und viele Jahre, und nichts davon konnte er ihr geben.

Er zwang sich, sich zurückzuziehen, bevor es zu spät war. Der Anblick ihrer von Lust erfüllten Augen und ihres süßen Gesichts ließ ihn noch einmal sanft mit den Lippen über ihre streichen. »Jules, ich kann dir das nicht antun«, flüsterte er. Er lehnte sich gerade so weit zurück, dass er nicht in Versuchung geriet, sie wieder zu küssen. »Du bist eine Frau, die ein Mann auf Händen tragen sollte. Die er seinen Eltern vorstellt und mit der er Pläne für die Zukunft schmiedet. Du solltest deinen Glücksstaub auf einem Mann verteilen, der dir etwas Richtiges bieten kann. Ich kann dir nicht einmal sagen, wo ich in einem Monat bin, Pix. Willst du das? Einen Typen, der versucht, seinen Weg im Leben zu finden, ohne zu wissen, wie lang das dauern wird oder wo er letztendlich landet?«

»Keine Ahnung«, sagte sie traurig. »Ich weiß nur, dass ich dich will.«

Verdammt. Angetrieben von etwas, das stärker war als er selbst, senkte er seine Lippen auf ihre und küsste sie langsam und sinnlich, wie er noch nie eine Frau geküsst hatte. Er vertiefte den Kuss, hielt sie noch zärtlicher und hoffte, ihr zeigen zu können, wie besonders sie war, wie sehr er wünschte, sie ins Haus tragen und sie lieben zu können. Und ja, das schockierte ihn selbst, denn es würde bedeuten, dass sie sein Bein sah. Doch seine Gefühle waren so real und gegenwärtig wie diese wundervolle Frau in seinen Armen.

Als sich ihre Lippen schließlich voneinander lösten, seufzte sie verträumt, und das machte das, was er nun sagen musste, nur noch qualvoller. Er schaute ihr in die Augen und verabscheute sich, als er sich zwang, es auszusprechen. »Ich will dich, Jules.

Ich möchte, dass du das weißt. Aber ich bin kein rücksichtsloser Typ, der sich nimmt, was er will, und dann abhaut und Zerstörung zurücklässt. Nicht mehr, und mit Sicherheit nicht mit dir.«

Verwirrung war in ihren wunderschönen Augen zu sehen.

»Es tut mir leid, Pix. Aber du solltest gehen, bevor wir etwas tun, was wir beide bereuen werden.«

Mit einem Nicken verließ sie wortlos die Veranda. Er folgte ihr die Auffahrt hinunter, sah ihr hinterher, als sie in die Nacht davonfuhr, und hatte das seltsame Gefühl, dass sie einen verdammt großen Teil von ihm mitgenommen hatte.

Er ging zurück zum Haus und die Stille rasselte wie Ketten in seinem Kopf. Während er die zerknüllten Zettel aufhob, konnte er nicht aufhören, an die Traurigkeit zu denken, die er in ihren Augen gesehen hatte, als sie sich zum Gehen umgedreht hatte. Im Wohnzimmer schaute er dann die Zettel an, und entdeckte voller Entsetzen, dass sie Informationen über militärische Einsatzmöglichkeiten für Amputierte enthielten, über das notwendige Prozedere bei der Army, außerdem über zivile Vertragspartner und Wohltätigkeitsorganisationen. An den Seitenrändern sah er überall geschwungene handgeschriebene Notizen.

Das Herz schlug ihm bis zum Hals, als er sich erfüllt von Traurigkeit aufs Sofa sinken ließ. Crash sprang auf das Kissen neben ihm und legte die feuchte, grün glitzernde Schleife auf seinen Oberschenkel. Er miaute und rieb seinen Kopf an Grants Arm.

Grant starrte die Zettel an und Jules' Stimme erklang in seinem Kopf. *Vielleicht helfen die dir dabei, einen Plan zu schmieden.*

Niemand auf der Insel wollte es hören, wenn er sagte, er

würde alles dafür geben, wieder dort rauszugehen und zu kämpfen. Jules hatte nicht nur zugehört, sondern seine Hoffnungen akzeptiert und ihm quasi einen Plan auf dem Silbertablett präsentiert, sodass er sich nur noch mehr dafür verabscheute, sie fortgeschickt zu haben.

Neun

Nach einer weiteren schlaflosen Nacht stellte Grant seinen Pick-up vor dem Haus seiner Kindheit ab, dem stattlichen, mit sieben Schlafzimmern ausgestatteten Kapitänshaus mit Ausblick auf Silver Harbor. Er ließ den Blick über den gepflegten Rasen wandern, den sein Vater in Schuss hielt, und über die tadellosen Beete, die seine Mutter hegte und pflegte. Seine Eltern hatten mehr Geld, als sie jemals ausgeben konnten, doch sie hatten sich immer selbst um ihr Grundstück und ihre private Anlegestelle gekümmert und keine fremde Hilfe in Anspruch genommen. Als Grant ausstieg, wurde er von den Erinnerungen an seine Jugend fast erschlagen.

Noch immer hatte er seine Mutter Margot vor Augen, mit ihren hellen Haaren, die ihr damals wie heute gerade bis zum Kinn reichten, wie sie in der Erde kniete und das Unkraut aus den Beeten zupfte, während Grant und seine Freunde um seine jüngeren Geschwister herum im Garten tobten. Sein Vater Alexander hatte dann vielleicht den Rasen gemäht oder die Büsche gestutzt. Mit seinen vollen dunklen Haaren, die nun an den Schläfen ergraut waren, seinen breiten Schultern und den markanten Gesichtszügen hatte sein Vater immer über eine autoritäre Präsenz und ein fast royales Auftreten verfügt, egal ob er gerade in teuren Shorts und Polohemd den Rasen mähte oder sich mit den Remingtons oder Steeles auf der Terrasse oder auf dem Boot einen Drink genehmigte, während die Kinder Chaos um sie herum verbreiteten. Er konnte die Baritonstimme seines Vaters hören, mit der er ihn und seine Freunde Jock, Archer und Brant bat, das Schnittgut wegzutragen, oder mit Lebensweisheiten aufwartete wie: *Seht ihr Jungs das Auto da auf der Straße kommen? Als die ältesten Kinder in euren Familien müsst ihr anhalten, euch umschauen, sehen, wo eure jüngeren Geschwister sind, und dafür sorgen, dass sie von der Straße wegbleiben.*

Grant würde nie den Tag vergessen, an dem sein Vater ausgezogen war. Er hatte Grant beiseite genommen und zu ihm gesagt, er und seine Mutter bräuchten etwas Abstand voneinander. Dass er ein paar seiner Probleme in den Griff bekommen müsste, dass Grant nun der Mann im Hause wäre und es als solcher seine Pflicht wäre, sich um die anderen zu kümmern. Dieses Gespräch hatte Grants Leben verändert. Von einem sorglosen Kind, das an die Stabilität der Ehe seiner Eltern nie auch nur einen Gedanken verschwendet hatte, war er nun zu dem geworden, der die Last des Mannes im Hause tragen musste, und er hatte alles gegeben, um seinen Vater stolz zu machen.

Als er den Weg hinaufging, hörte er zum tausendsten Mal Jules' Stimme in seinem Kopf. *Freunde und Familienmitglieder sollten wertgeschätzt werden, egal wie nervig oder erdrückend sie sind. Vielleicht fühlt es sich jetzt nicht so an, aber was da drinnen auf dich wartet, ist etwas ganz Besonderes. Nicht jeder hat das Glück, Menschen zu haben, die ihn lieben und die bereit sind, für ihn zu kämpfen.*

Ihre Worte warnten ihn, dass seine Familie nicht die Wucht seiner miserablen Laune abbekommen sollte, aber verdammt noch mal! Er hätte schwören können, dass sich Jules, als sie gestern Abend gegangen war, in die blöde Tinker Bell verwandelt hatte und nun auf seiner Schulter saß, um ihm seitdem ständig etwas ins Ohr zu flüstern.

Er vermisste sie so sehr, als hätten sie nicht gerade erst eine gewisse Anziehung zueinander entdeckt, sondern als wären sie schon seit Monaten zusammen. Die ganze Nacht war er wach gewesen, wäre am liebsten zu ihr gefahren und hätte alles zurückgenommen – nur diese atemberaubenden Küsse nicht. Bisher hatten ihn Küsse noch nie derart umgehauen, und er hatte keine Ahnung, wie diese süße kleine Frau so viel Leidenschaft in ihre Küsse packen konnte, doch er bereute sie kein bisschen. Allerdings bereute er, Jules wehgetan zu haben. Es tat ihm in der Seele weh, doch sie verdiente größere Versprechen, hier auf ihrer geliebten Insel und von einem Mann, der sein Leben im Griff hatte.

Er wusste, dass er das Richtige getan hatte, indem er es beendet hatte. Aber das Richtige hatte sich noch nie so falsch angefühlt. Seit er sie fortgeschickt hatte, schien er vollkommen aus dem Gleichgewicht geraten zu sein, als hätte ihre Verbindung zueinander – oder Jules selbst – ihn gefestigt, auch wenn sie nicht im Raum war.

Sorgen bereitete ihm auch, dass sie Bellamy erzählt haben könnte, was zwischen ihnen vorgefallen war, und so wappnete er sich für eine Standpauke.

»Hey, Arschgesicht, warte mal.«

Grant drehte sich um und sah Fitz den Gehweg heraufkommen – wie immer schick gekleidet in Khaki-Hosen und einem dunklen Pullover unter seinem teuren Mantel, womit er Grant in seinen Jeans, dem Henley-Shirt und der mitgenommenen Lederjacke locker in den Schatten stellte. Nicht, dass es

Grant irgendetwas ausmachte. Sein Bruder hatte das klassische aristokratische Aussehen, das gut zu diesen teuren Klamotten, den kurzen blonden Haaren, der vom Vater geerbten Adlernase und dem markanten Kinn passte. Grant hatte nie so den Hang zum Intellektuellen gehabt wie Fitz. Fitz alberte vielleicht viel herum, aber er war unfassbar intelligent und eindeutig der Richtige, um das Resort irgendwann zu übernehmen.

»Sorry, Goldjunge. Hab dich nicht kommen hören.«

Fitz grinste. »Du sahst so aus, als wärst du ganz woanders. Alles in Ordnung?«

Nein. Ich habe einer Person wehgetan, die mir viel bedeutet und die mir nur geholfen hat, und ich würde mir gern weiter deswegen Vorwürfe machen. »Ja, mir geht's gut. Und dir?«

»Kann mich nicht beschweren«, sagte er, als sie die Stufen zur Veranda hinaufgingen. »Hab gestern Abend beim Billard hundert Dollar gewonnen. Soll ich dir zwanzig für den Friseur leihen?«

Grant schmunzelte. »Mach nur weiter so, du Klugscheißer, dann brauchst du bald jeden Penny, um deine hübsche Visage wieder zu richten, wenn ich damit fertig bin.«

Als sie das Haus betraten, wurden sie vom Meeresduft begrüßt, der durch ein offenes Fenster hereinwehte. Ihre Mutter hatte eine Schwäche für frische Luft. Selbst mitten im Winter ließ sie immer gern ein Fenster offen, weil es *gut für den Körper* war.

»Hallo! Schön, dass ihr hier seid.« Bellamy kam aus der Küche zu ihnen – stilvoll wie immer in dunklen Jeans und einer gerafften weißen Bluse mit Ausschnitten an den Schultern. Wie Jules war sie zierlich und wirkte neben ihnen geradezu winzig, obwohl sie hochhackige Stiefel trug.

Grant sah ihre gute Laune als ein Zeichen dafür, dass Jules

nicht erzählt hatte, was zwischen ihnen vorgefallen war. So erleichternd er das auch fand, zerriss es ihn doch innerlich, weil er wusste, dass sie auch litt, und er nicht wollte, dass sie damit allein war.

Wieder erklang Jules' Stimme in seinem Kopf. *Woran glaubst du?* Sie hatte recht gehabt, was die Malerei anging, und die Dinge, die sie für das Strandhaus mitgebracht hatte, hatten ihn eindeutig aufgemuntert. Zumindest bis er Jules fortgeschickt hatte. Jetzt erinnerten sie ihn an das, was ihm fehlte. In ihm machte sich die Ahnung breit, dass er ihr die falsche Antwort gegeben hatte. Er hätte ihr sagen sollen, dass er an *sie* glaubte.

»Alle sind hier und noch streitet sich niemand«, sagte Bellamy, als er seine Jacke und Fitz seinen Mantel an die Garderobe hängten. »Das muss ein gutes Zeichen sein.«

»Es gibt noch Hoffnung«, sagte Fitz.

»Du siehst schick aus, kleiner Zwerg«, sagte Grant, als sie ihn umarmte.

»Danke«, sagte sie und begrüßte Fitz mit einem Faustcheck, so wie sie es schon immer getan hatten. »Die Bluse ist von dem Sponsor, von dem ich euch erzählt habe. Euer Timing ist perfekt. Wir haben gerade das Mittagessen vorbereitet.«

»Mit dir habe ich noch ein Hühnchen zu rupfen.« Keira marschierte über den Flur auf sie zu und zeigte mit dem Finger auf Grant. Ihre hellbraunen Haare wippten mit jedem entschlossenen Schritt. »Du hast mir gesagt, dass da mit Jules nichts läuft, aber Tessa hat gesehen, wie sie gestern Abend von deinem Haus weggefahren ist.« Tessa Remington war Privatpilotin und Brants jüngste Schwester.

Mist! »Was zum Teufel hat Tessa denn gestern Abend da draußen bei mir gemacht?«

Keira stemmte die Hand in die Hüfte und sah wieder aus wie die Zwölfjährige – vollkommen selbstbewusst und größenwahnsinnig –, die ihm *verboten* hatte, zum Militär zu gehen. *Ich kann und werde dir sagen, was du zu tun hast! Du darfst nicht in den Krieg ziehen. Du könntest getötet werden, und was dann? Erwartest du etwa, dass ich es in Ordnung finde, wenn ich dich nie wiedersehe?* Tränen und eine lange Nacht, in der er versucht hatte, seiner zwölfjährigen Schwester zu erklären, warum zum Teufel er die Insel verlassen musste, waren gefolgt.

»Woher soll ich das wissen?« Keira sah ihn forschend an. »Lenk nicht vom Thema ab.«

Fitz stieß ihn mit dem Ellbogen an. »Echt, Junge, du und Jules? Bist du deswegen gestern Abend nicht mit uns losgezogen?«

»Nein!« Grant sah Keira wütend an. »Hab ich dir nicht gesagt, dass du keine Gerüchte über Jules verbreiten sollst?«

»Mensch, Leute!«, ging Bellamy dazwischen. »Ihr wisst doch, wie Jules ist. Sie kann es nicht mitansehen, wenn jemand schwierige Zeiten durchmacht. Sie versucht einfach nur, etwas mehr Licht in Grants Tage zu bringen, mehr nicht.«

»Und in seine Nächte anscheinend auch.« Keira sah Grant weiter unverwandt an.

»Und warum sollte dir das etwas ausmachen, Keira?«, fragte Fitz provokativ, als Wells gerade von oben herunterkam und sie alle fragend ansah. »Er wird doch wohl sein eigenes Leben leben dürfen.«

»Es macht mir an sich nichts aus. Ich mag es nur einfach nicht, wenn man mich anlügt«, erklärte Keira.

Wells schaute zu Grant. »Was ist los? Wer hat Keira angelogen?«

»Keira dachte, dass Grant und Jules etwas miteinander haben«, erklärte Bellamy.

»Wow, echt?« Wells grinste. »So, wie Archer dich neulich wegen ihr angegangen hat, steht darauf wohl die Todesstrafe.«

Grants wütender Blick ging in die Runde. »Wir haben *nichts* miteinander, und wenn, dann ginge das niemanden etwas an. Auch Archer nicht.« Er ging über den Flur Richtung Küche.

»Außer mich.« Bellamy eilte ihm hinterher. »Jules ist meine beste Freundin. Ich würde es wahrscheinlich noch vor dir wissen, wenn da etwas zwischen euch wäre.«

Offensichtlich nicht. Zum Glück! Nie im Leben hätte er sich vorstellen können, den Wunsch zu verspüren, mit einer Freundin seiner jüngsten Schwester etwas anzufangen – und er wollte nichts mit Jules *anfangen*. Er wollte viel mehr. Wenn doch nur die Beziehung zu seinem Vater nicht so verkorkst wäre und die Leute auf der Insel ihn nicht so behandeln würden, als wäre er aus Glas. Wenn er doch nur wüsste, was zum Teufel er mit dem Rest seines Lebens anstellen sollte. Vielleicht, wenn sich all das klären würde, könnte er überlegen, auf der Insel zu bleiben, und hätte Jules etwas zu bieten. Aber er wusste genau, dass es keinen Sinn hatte, darauf zu warten.

Keira kam an seine andere Seite und flüsterte ihm zu: »Du brauchst keine Geheimnisse vor mir zu haben. Du kannst mir vertrauen. Schließlich habe ich dir als Teenager auch erzählt, dass ich in Jamison verknallt war.« Jamison war einer von Brants jüngeren Brüdern.

»Nein, das hast du nicht«, entgegnete Grant.

»Die beiden waren in der Highschool zusammen«, warf Fitz ein, als sie die Küche betraten.

»Keira war mit Jamison zusammen?«, fragte Bellamy mit großen Augen.

»Oh, ja, das war sie«, sagte ihre Mutter, die gerade eine

Schüssel Salat auf den Tisch stellte. Sie bewegte sich anmutig und sprach mit einer unbeschwerten Eleganz, die gut zu ihren perfekt gestylten kinnlangen blonden Haaren und dem tadellosen Make-up passte.

Grants Vater saß am Tisch, und ihre Blicke trafen nur den Bruchteil einer Sekunde lang aufeinander, doch es genügte schon, um die Spannung in der Luft ansteigen zu lassen. »Ich kann sie mir gar nicht zusammen vorstellen«, sagte Bellamy. »Jamison ist heißer als ein Lagerfeuer, aber er ist so *Big Bang Theory*, und Keira ist eher ...«

»*Veronica Mars*«, schlug Wells vor.

»Ja, genau!«, stimmte Bellamy zu. »Die ergeben zusammen überhaupt keinen Sinn.«

»Bellamy.« Ihre Mutter schüttelte den Kopf und sprach leiser weiter. »Lasst uns nicht über ihre Highschool-Liebe reden. Die hatte kein gutes Ende.«

»Haben Beziehungen nie«, sagte Keira. »Ich halte mich lieber an meine Cupcakes und meine fiktionalen Freunde.«

»Warum wusste ich nicht, dass Keira mit Jamison zusammen war?«, fragte Grant.

»Ach, Schatz, du warst da schon fünf oder sechs Jahre bei der Army«, sagte seine Mutter. Sie umarmte Grant, während Fitz ihrem Vater zum Geburtstag gratulierte und die anderen sich an den Tisch setzten, der vor Essen und Blumen quasi überquoll.

»Wie geht es dir, mein Schatz?«, fragte seine Mutter.

»Gut, Mom, und dir?«

»Wunderbar, nun, da ihr alle hier seid.« Sie strich ihm mit einem herzlichen Lächeln durch die Haare. »Ich weiß, dass unter all den Haaren und dem zotteligen Bart irgendwo mein gut aussehender Junge steckt. Wann werde ich ihn wohl mal wiedersehen?« Sie wartete keine Antwort ab, sondern hakte sich bei ihm unter, wie Jules neulich Abend, und ging mit ihm zu den anderen. »Ich glaube, ich habe genug Essen für die halbe Insel gemacht.«

»Das sieht alles großartig aus, Mom.« Seine Gedanken kehrten zu Jules zurück und zu ihrem Hang dazu, immer mehr zu kaufen, als sie essen konnte. Von der Fülle dessen, was seine Mutter aufgetischt hatte, wäre sie begeistert.

Bevor seine Eltern sich getrennt hatten, waren sie beinahe jeden Abend im Resort Essen gegangen. Doch nachdem sein Vater ausgezogen war, hatte ihre Mutter angefangen zu kochen und so hatten sie nur noch drei oder vier Mal in der Woche im Silver House gegessen. Allerdings war ihre Mutter keine besonders gute Köchin und sie liebte es nicht auf die Art, wie Jules' Mutter es tat. Shelley Steele kochte mit dem Herzen. Sie hatte bei jeder sich bietenden Gelegenheit die ganze Bande der Remington-, Steele- und Silver-Kinder bekocht, und man konnte sehen, welche Freude es ihr bereitete. Wenn Grants Mutter kochte, hatte es sich immer so angefühlt, als täte sie etwas, was man von ihr erwartete, als käme sie einer elterlichen Pflicht nach. Nicht, dass die Mahlzeiten nicht mit Liebe zubereitet worden wären. Ganz im Gegenteil, wie ihm bewusst wurde, als sein Blick über das Aufgebot an Essen wanderte, das sie gemacht hatte. Sie bemühte sich angestrengt, ihre gemeinsamen Essen zu etwas Besonderem zu machen, auch wenn ihr die Tätigkeit an sich keinen Spaß machte.

»Eure Mutter hat sich dieses Mal selbst übertroffen.« Sein Vater, in einer gebügelten dunklen Anzughose und einem gestärkten weißen Oberhemd, stand auf und blickte Grant mit einem unsicheren Gesichtsausdruck an.

Grant hatte miterlebt, wie sein Vater sich mit Charme aus

stressigen Situationen manövrierte und wie er milliardenschwere Geschäftsmänner mit wenigen gut gewählten Worten in die Schranken verwies. Er hatte mehr Selbstbewusstsein als jeder andere Mensch, den Grant kannte – außer wenn es um Grant ging. Sein Vater sah ihn an, als verstünde er nicht, wer er war, und das war ein beschissenes Gefühl. Aber ihre Probleme gingen weit über Grants Veränderung, nachdem er sein Bein verloren hatte, hinaus. Ihre Beziehung hatte sich in dem Moment verändert, in dem der Vater, der ihm beigebracht hatte, die Familie immer an erste Stelle zu stellen, sie an hinterste Stelle gestellt hatte. Ihr angespanntes Verhältnis hatte sich nach Grants Verwundung nur noch verschlimmert, als sein Vater versucht hatte, ihm zu diktieren, was er mit seinem Leben anstellen sollte. Grant fand die Situation zwischen ihnen unerträglich, doch er hatte keine Ahnung, wie er etwas so Verfahrenes wieder in angenehmere Bahnen lenken sollte.

»Herzlichen Glückwunsch, Dad.« Grant umarmte ihn.

Sein Vater hielt ihn etwas länger fest als üblich. »Danke, mein Junge. Ich bin froh, dass du hier bist. Du siehst müde aus. Schläfst du einigermaßen?«

»Ja, ganz gut.« Er hatte nach seiner Rückkehr auf die Insel versucht, ehrlich in Bezug auf das zu sein, was ihn nachts wachhielt, doch er hatte schnell gelernt, dass die Leute die Wahrheit eigentlich gar nicht hören wollten. Sie wollten, dass er darüber hinwegkam, dass er seine Probleme mit Mitteln in den Griff bekam, die sie verstanden, also mit Therapien und Schlaftabletten.

Außer Jules ...

Er versuchte, nicht weiter an sie zu denken, doch während sich alle Shrimps und Pasta, Salat und Sandwiches auffüllten, erzählte Bellamy ihnen von dem Sponsorenvertrag, von dem

Grant bereits an dem Abend, den er mit Jules verbracht hatte, gehört hatte, und schon war er in Gedanken wieder bei ihr.

»Das ist großartig, mein Schatz. Die Welt, in der ihr aufwachst, ist mir immer noch etwas fremd«, sagte ihre Mutter. »Ich kann mir nicht vorstellen, dafür bezahlt zu werden, bestimmte Kleidung zu tragen.«

»Du solltest mal sehen, wie viel Geld Leute damit verdienen, *keine* Kleidung zu tragen«, sagte Keira.

Grant blickte sie finster an. »Bring Bellamy nicht auf komische Ideen.«

»Als wenn sie nicht schon von solchen Plattformen wüsste«, entgegnete Keira. »Ich wollte Mom nur erzählen, dass manche Leute auch viel Geld damit verdienen, nackt zu sein.«

Ihre Mutter schaute sich am Tisch um. »Das ist mir nicht neu. Lenore hat mir und den Mädels letzten Monat von einer Website namens My Fans oder Our Fans oder so erzählt.« Lenore war Jules' Großmutter und *die Mädels* waren Shelley Steele und Gail Remington, die besten Freundinnen ihrer Mutter.

»Die Seite heißt OnlyFans, Mom. Lenore und die ganze BH-Brigade haben wahrscheinlich ein Abo«, erklärte Wells schmunzelnd.

Lenore hatte schon in ihrer Highschoolzeit mit ihren Freundinnen die BH-Brigade gegründet, eine Gruppe von Frauen, die einmal monatlich zusammenkamen, um sich im BH zu sonnen. Jetzt war die Hälfte der Frauen auf der Insel mit von der Partie, einschließlich Grants Mutter und ihre Freundinnen. Zum Glück gingen sie ihrem Vergnügen an abgelegenen Orten nach.

»Bellamy Jane, ich erwarte von dir, dass du klug genug bist, deine beruflichen Aktivitäten nicht auf einen solchen Bereich auszuweiten«, sagte ihr Vater streng.

Bellamy verdrehte die Augen. »Ich bin doch nicht blöd, Dad. Außerdem verdiene ich mit meinen Sponsorenverträgen bei Instagram ein Vermögen. Ich hab es nicht nötig, mich auszuziehen. Ich denke darüber nach, als Nächstes im Reality-TV Fuß zu fassen.«

»Was?«, empörte sich Grant.

Fitz schnaubte verächtlich. »Das kann doch nicht dein Ernst sein, Bell. Für so einen Mist bist du zu schlau. Du warst Jahrgangsbeste an der Highschool.«

»Warum willst du dich so herabwürdigen?«, fragte Keira.

»Ich glaube, das wäre witzig, nicht herabwürdigend.« Bellamy pikste mit der Gabel eine Garnele auf. »Ich denke dabei an den *Bachelor*.«

»Du machst *nicht* beim *Bachelor* mit«, sagte Grant in dem Moment, in dem Wells sagte: »Der *Bachelor*! Ich glaub, ich spinne.«

»Es reicht!« Ihr Vater sah Bellamy ernst an. »Wir beide werden später darüber reden.«

Bellamy schnaubte. »Ich bin kein Kind mehr, Dad. Ich treffe meine eigenen Entscheidungen.«

»Vielleicht, aber offensichtlich solltest du das nicht«, sagte Fitz.

Bellamy schaute ihn wütend an. »Ich will mehr Reichweite gewinnen, damit ich bessere Sponsorenverträge bekomme. Und das ist eine großartige Möglichkeit dafür.«

»Ich glaube, dein Vater hat recht, mein Schatz«, sagte ihre Mutter. »Wir können später im kleinen Kreis darüber sprechen.«

Während alle durcheinanderredeten, wurde Grant bewusst, dass er einen Fehler gemacht hatte. Er und seine Familie taten mit Bellamy genau das, was sie mit ihm getan hatten. Wer waren sie denn, dass sie ihr sagen konnten, was sie mit ihrem Leben anzustellen hatte?

»Ich sperre dich in den Keller, bevor ich dich zu dieser lächerlichen Sendung gehen lasse«, sagte Fitz.

Jules' Stimme flüsterte Grant wieder etwas zu. *Sie braucht dich jetzt. Auch nur ein ganz kleiner Teil von dir würde ihr wahnsinnig helfen.* »Bellamy hat recht«, sagte er laut und brachte damit alle zum Schweigen. »Sie ist erwachsen und es ist ihr Leben.«

»Bist du bekloppt?«, fragte Fitz wütend. »Willst du, dass deine kleine Schwester im Fernsehen mit irgendeinem Arschloch rummacht?«

»Natürlich nicht, aber ich will auch nicht das Arschloch von Bruder sein, das ihr sagt, was sie mit ihrem Leben anstellen soll.« Grant sah Bellamy an. »Die Vorstellung, dass du in so eine Art von Sendung gehst, gefällt mir vielleicht nicht, kleiner Zwerg, und wenn du dich dafür entscheidest, dann wirst du dir einige Lektionen darüber, wie du dich und dein Image schützt, von mir anhören müssen. Aber ich werde dich bei allem, was dich glücklich macht, unterstützen, abgesehen von Pornografie.«

»Danke, Grant.« Bellamy richtete sich auf und sah ihre Geschwister mit einem *Da-habt-ihr's*-Grinsen an.

»Aber bevor du diesen Schritt gehst, könntest du dich doch auch noch einmal mit Leni unterhalten, oder?«, schlug Grant vor. »Sie macht doch Marketing und PR. Vielleicht hat sie noch andere Ideen, wie du an Reichweite gewinnen kannst, die dir eventuell noch besser gefallen als so eine Show. Du weißt sicher, dass dir das leicht den Ruf ruinieren und dich die Sponsorendeals kosten könnte, die du schon hast.«

»In Ordnung. Das ergibt Sinn. Ich rede mal mit Leni und

schau, was sie denkt«, sagte Bellamy. »Danke, Grant.«

»Immer gern, kleiner Zwerg.«

»Das ist eine großartige Idee«, sagte Keira. »Dass ich nicht daran gedacht habe! Leni ist eine meiner besten Freundinnen.«

Grant grinste. »Wenn du dich vielleicht mehr mit echten Problemen anstatt mit Tratsch abgeben würdest, hättest du sicher daran gedacht.«

»Wo wäre da der Spaß?«, scherzte Keira.

»Nachdem wir das nun geklärt haben, erzähl mir doch mal, was in deinem Café so passiert«, sagte ihre Mutter zu Keira.

Sie unterhielten sich über die Änderungen, die Keira an ihrer Speisekarte vornahm, und im Laufe des Essens blieben die Gesprächsthemen unverfänglich. Grant und seine Geschwister machten Witze und ärgerten sich gegenseitig. Es fühlte sich gut an, wieder unbeschwerte Zeit mit seiner Familie zu verbringen und zu lachen. Sogar sein Vater lachte über seine Witze. Vielleicht konnten sie die Spannungen doch überwinden.

Nach dem Mittagessen sangen sie ihrem Vater noch ein Geburtstagslied und aßen die köstliche Haselnusstorte, die Keira gebacken hatte.

»Grant, wie läuft es unten im Yachthafen?«, fragte ihr Vater.

»Gut. Wir basteln an Ideen für die Weihnachtsparade.«

»Vielleicht kannst du uns dieses Jahr auch dabei helfen, unser Boot zu dekorieren«, schlug seine Mutter vor.

Grant nahm einen Schluck. »Vielleicht.«

»Gefällt dir die Arbeit da?«, wollte sein Vater wissen.

»Ja. Mit Brant lässt es sich wunderbar zusammenarbeiten und ich habe etwas zu tun.«

Ihr Vater aß seine Torte auf und lehnte sich dann zurück. »Ich weiß ja nicht, ob du noch einmal darüber nachgedacht hast, was du in Zukunft machen willst, aber es gibt immer einen

Platz für dich im Resort.«

»Danke, aber das ist Fitz' Ding, nicht meines.« Grant konnte sich nicht vorstellen, sich den ganzen Tag lang um die Probleme reicher Leute kümmern zu müssen.

»Und was *ist* dein Ding, Grant?«, fragte ihr Vater mit einem strengeren Tonfall.

Ah! Scheiße! Jetzt geht's wieder los. Seine Geschwister beobachteten sie und das Schweigen breitete sich aus wie ein weiteres Familienmitglied am Tisch. Grant nahm noch einen Schluck und hielt dem ernsten Blick seines Vaters stand. Er hatte die Artikel, die Jules ihm gegeben hatte, durchgesehen und nach einem Funken Hoffnung gesucht, dass er vielleicht doch wieder das tun konnte, was er am besten konnte, doch sein Hörverlust war ein unüberwindbares Hindernis. Das änderte allerdings nichts an seinem Wunsch, dieser Art von Arbeit nachzugehen.

»Du weißt, was mein Ding ist, Dad. Wenn es nach mir ginge, wäre ich wieder mit meinem Team im Einsatz.«

Seiner Mutter und seinen Schwestern stockte der Atem. Sein Vater richtete sich auf und sah ihn zornig an.

»Nein, Grant. Das kannst du nicht machen«, flehte seine Mutter.

»Mom, die nehmen mich nicht. Aber es ist das, was ich *will*, und es wäre wirklich großartig, eure Unterstützung zu haben.« Warum, zum Teufel, glaubte er, dass sie ihn verstehen würden?

»Meine Unterstützung? Du bist mein Sohn. Ich liebe dich und habe deine Entscheidungen immer akzeptiert. Aber du hast deine Pflicht schon erfüllt, mein Schatz.« Seine Mutter legte die Hand auf seine. »Hast du nicht schon genug verloren? Haben wir nicht alle schon genug verloren?«

Grant umklammerte unter dem Tisch seinen Oberschenkel

in dem Versuch, seinen Ärger und das Schuldgefühl, das in ihm brodelte, in den Griff zu bekommen.

»Du darfst auf keinen Fall zurückgehen.« Sein Vater schäumte vor Wut.

Sie hatten ihm nicht einmal zugehört. Grant stand auf und sah seinen Vater dabei weiter an. »Ich habe nicht einmal die Option, zurückzugehen«, wiederholte er. »Aber wenn ich sie hätte, bräuchte ich dafür nicht deine Erlaubnis, und du kannst deinen Arsch darauf verwetten, dass ich gehen würde.« Er trug seinen Teller zur Spüle und biss die Zähne zusammen, um nicht die Beherrschung zu verlieren.

Seine Brüder und sein Vater folgten ihm.

»Das kann doch nicht dein Ernst sein«, sagte Fitz wütend.

»Mein absoluter Ernst«, zischte Grant.

»Mann, wir haben dich gerade erst wieder«, sagte Wells.

»Grant …?« Keira versagte die Stimme.

Bellamy saß mit offenem Mund da und ihr Blick huschte von einem zum anderen.

»Verdammt! Was wollt ihr alle von mir?« Grant wurde lauter, Schuldgefühle und Wut wanden sich wie Schlangen in ihm und waren nicht mehr zu bändigen. »Ich werde nicht glücklich, wenn ich in einem Resort oder hinter einem Schreibtisch arbeite. Das bin ich nicht! Versteht ihr das nicht? Ich muss etwas Größeres tun, etwas Bedeutungsvolleres.«

Sein Vater stellte sich zwischen ihn und die anderen – der große, beschissene Beschützer. »Wir haben dich einmal fast verloren. Auch wenn du die Möglichkeit hättest, würdest du es nicht *wagen*, diese Familie all das noch einmal durchmachen zu lassen. So egoistisch bist du nicht.«

Jahre der unterdrückten Wut brachen hervor und befreiten den Elefanten im Raum aus seinem Käfig. »Für mein Land zu kämpfen, ist egoistisch? Das ist ganz schön anmaßend von jemandem, der das Egoistischste überhaupt getan und unsere Familie auseinandergerissen hat.« Er trat nah an ihn heran und zischte: »Was glaubst du denn, warum ich überhaupt erst gegangen bin?«

»Grant, bitte!«, flehte seine Mutter, deren zittrige Stimme das qualvolle Netz zerschnitt, in dem er gefangen war.

Grant erblickte ihr tränenverschmiertes Gesicht. Hinter ihr stand Keira, die den Arm um Bellamy gelegt hatte. Neue Schuldgefühle überkamen ihn, und er trat einen Schritt zurück, als er leiser hervorbrachte: »Das wollte ich so nicht sagen.«

»Doch«, sagte sein Vater tonlos, während Wut und Traurigkeit gleichermaßen in seinem Gesicht zu erkennen waren.

Fitz und Wells traten neben ihren Vater, und Fitz nickte kurz, so als würde er Grant unterstützen.

Oder vielleicht war Grants Verstand auch dermaßen außer Kraft gesetzt und er sah gar nicht, dass er ihren Vater unterstützte. Sicher war er sich nur darin, dass die sechs Menschen, die er auf der Welt am meisten liebte, ihn anstarrten, als würde er sich wie ihr Feind verhalten.

»Tut mir leid. Ich hätte nichts sagen sollen«, sagte Grant verbissen. »Ich wollte deinen Geburtstag nicht ruinieren.« Er wandte sich ab und ging hinaus, bevor er noch mehr Schaden anrichten konnte.

Zehn

»So, bitte schön.« Jules gab der Kundin ihre Tüte. »Trista's Café ist nur ein paar Häuser weiter. Halten Sie einfach nach der gestreiften Markise Ausschau.« Nachdem die Kundin gegangen war, ließ sich Jules auf den Hocker hinter der Kasse sinken und war froh, dass sie endlich allein war. Es war nachmittags und sie war schon den ganzen Tag von innerer Unruhe zerfressen. Sie hatte Bellamy angelogen und ihr nicht erzählt, warum sie gestern wirklich zur Hintertür herausgestürmt war. Sie hatte einen vergessenen Arzttermin vorgeschützt und dann den ganzen langen furchtbaren Abend damit verbracht, zwischen Traurigkeit und dem Gefühl, es wäre verrückt, traurig zu sein, zu schwanken. Denn nach ihren leidenschaftlichen Küssen war sie noch überzeugter denn je, dass sie und Grant zusammen sein sollten.

Im Grunde genommen war sie gerade dabei, den Verstand zu verlieren.

Immer hatte sie ihrer Intuition vertrauen können, doch zum ersten Mal in ihrem Leben wusste sie nicht, ob sie noch funktionierte oder ob sie, wie ihr Herz, gebrochen war. Doch auch das fühlte sich falsch an, denn wenn sie die Worte *gebrochenes Herz* dachte, korrigierte sie sich unmittelbar und sagte sich, dass es nicht gebrochen war. Es war nur *zerbeult*, weil Grant sie weggestoßen hatte. Viel Erfahrung mit Männern war nicht nötig, um zu wissen, dass die Art, wie er sie gehalten hatte, als würde er sie nie wieder loslassen wollen, wie er sie so intensiv und verzweifelt geküsst hatte, als hätte er ihr damit sein Herz, seinen Körper und seine Seele offenbart, nicht das Verhalten eines Mannes war, der glaubte, sie gehörten nicht zusammen. Es waren die Umarmung und die Küsse eines Mannes gewesen, der genauso sehr mit ihr zusammen sein wollte, wie er gesagt hatte, der sich aber nicht überwinden konnte, seinem Wunsch nachzugeben.

Wenn überhaupt, dann zerbrach ihr Herz eher an dem Wissen, dass er sie so sehr wollte und dass er gleichzeitig so sehr dagegen ankämpfte. Aber sie gab die Hoffnung nicht auf, denn so war sie nun einmal. Eine Frau, die auf rosa Wolken schwebte und mit allem, was sie hatte, hoffte, dass sich das Universum einmischen und ihm einen Weg zeigen würde.

Die Tür zum Laden wurde aufgestoßen und Bellamy stürmte herein. Sie schaute sich in dem leeren Laden um und warf ihre Tasche auf den Tresen. »Du weißt, dass ich meine Familie liebe, aber im Moment hasse ich sie.«

»Was ist passiert?« Jules kam um den Tresen herum zu ihr. »Ich dachte, du bist beim Geburtstagsessen von deinem Vater.«

»War ich auch, aber … Du weißt ja, dass das Verhältnis zwischen meinem Dad und Grant immer etwas angespannt war. Mein Vater hat ihn gefragt, was er beruflich tun will, und … mein Gott, Jules …« Tränen schossen ihr in die Augen. »Grant will immer noch zurück zu Darkbird. Hier fühlt er sich miserabel, aber wir können nicht einmal darüber reden. Meine Eltern haben auf ihm herumgehackt, nur weil er gesagt hat, dass er zurückgehen würde, wenn er könnte, und wir anderen waren nicht besser.« Tränen liefen ihr über die Wangen.

»Oh, nein, Belly! Das ist alles meine Schuld. Er hat mir erzählt, dass er wieder zurückwill, dass es aber nicht möglich sei, also hab ich recherchiert und herausgefunden, dass er sich irrt. Gestern Abend habe ich ihm die ganzen Informationen gegeben. Wahrscheinlich hat er sie gelesen und festgestellt, dass es doch Möglichkeiten gibt. Es tut mir so leid. Ich wollte nur, dass er glücklich ist. Ich wollte nicht, dass für euch alles schlimmer wird. Ich muss ihn finden und sicher sein, dass es ihm gut geht. Das Chaos, das ich da angerichtet habe, muss ich wieder beseitigen.«

»Das ist nicht deine Schuld, Jules. Ich weiß nicht, was für Informationen du gefunden hast, aber er meinte, sie würden ihn nicht mehr nehmen. Bei dem Streit ging es um mehr als nur um Grant, der wieder kämpfen will. Er hat Sachen zu meinem Vater gesagt, dass er unsere Familie zerstört hat und so. Sachen, die wir wohl alle irgendwie gefühlt haben, die sich aber nie jemand von uns trauen würde auszusprechen. Und dann ist er aus dem Haus gestürmt. Ich habe ihn schon dreimal angerufen, aber er geht nicht ran. Danke, dass du helfen willst, aber das kannst du nicht für mich in Ordnung bringen.«

»Ich mache es nicht nur für dich, Bells. Ich mache es für Grant.« Jules atmete tief durch und versuchte, den Schmerz, den sie empfand, für sich zu behalten. Aber Bellamy war in allererster Linie ihre beste Freundin, und sie konnte nicht verhindern, dass die Wahrheit aus ihr herausplatzte. »Und ich mache es auch für mich, denn ich bin verrückt nach ihm. Ich hätte es dir schon früher sagen sollen, aber ich wollte nicht alles noch komplizierter machen. Gestern, als ich so schnell aufgebrochen bin, war das nicht wegen eines Arzttermins, und es tut mir leid, dass ich dich angelogen habe. Es war, weil Grant gesagt hatte, dass wir keine Zeit mehr miteinander verbringen können, und ich war am Boden zerstört und wütend und einfach … so verletzt. Und dann kann ich dir auch gleich noch sagen, dass ich ihn geküsst habe.«

Bellamy riss die Augen auf. »Dass du ausgerechnet mich angelogen hast, können wir später besprechen – aber du hast Grant geküsst?«

»Ja! Ich hab ihn geküsst, Bell, und er hat mich geküsst, und ach … Niemals hätte ich gedacht, dass es sich so anfühlt! Es war so viel besser, als ich es mir je erträumt hätte, und glaub mir, ich hatte jede Menge Träume, in denen er die Hauptrolle gespielt hat. Monatelang. Seit er zurück ist, und nicht einfach nur *Hallo-schön-dich-zu-sehen*-Träume. Ich rede hier von schmutzigen, leidenschaftlichen Träumen. Träume, bei denen der Gedanke daran mich schon rot werden lässt.« Sie zeigte auf ihre glühenden Wangen. »Siehst du? Aber als er mich im wahren Leben geküsst hat, ist mein Herz fast explodiert und … echt! … meine Beine wurden zu Pudding. Noch nie habe ich so etwas empfunden wie in den Momenten, in denen ich an Grant *denke*, geschweige denn wenn ich in seiner Nähe bin. Ich weiß, es muss seltsam für dich sein, das zu hören, aber ich muss es dir sagen, weil ich es schon so lange für mich behalte, dass ich das Gefühl habe, zu explodieren.« Die Worte sprudelten aus ihr heraus wie Wassermassen durch einen gebrochenen Damm. »Und ich kann nicht erklären, warum, aber ich glaube, wir sind dazu bestimmt, zusammen zu sein, was blöd ist, weil er ja Schluss gemacht hat. Na ja, eigentlich nicht, weil wir ja kein Paar waren, aber er hat gesagt, dass er zwar mit mir zusammen sein *will*, es aber nicht *kann*, weil er nicht weiß, wie seine Zukunft aussieht. Doch da irrt er sich! Ich muss nicht wissen, wie seine Zukunft aussieht, um zu wissen, dass ich mit ihm zusammen sein will. Ich will ihn in meinem Leben haben, und er hat zumindest gesagt, dass er mich auch in seinem haben will, und ich glaube auch, dass er mich in seinem *braucht*. Ich weiß, das hört sich eingebildet an, aber …«

»Nichts aber, Jules!« Bellamys Blick war todernst.

Tränen schossen Jules in die Augen. »Es tut mir leid, Bellamy. Bitte, du darfst mich nicht hassen. Ich werde dich nie wieder anlügen. Versprochen! Aber ich kann nichts dafür, dass mein blödes Herz sich ausgerechnet ihn ausgesucht hat.«

»Vergiss das mit der Lüge. Ich verstehe, warum du deine Gefühle vor mir geheim gehalten hast, und ich könnte dich niemals hassen. Aber vor allem: Dein Herz ist nicht blöd. Grant ist ein wunderbarer Mensch, auch wenn er in letzter Zeit ziemlich mürrisch war, und du bist meine beste Freundin. Warum sollte ich nicht wollen, dass ihr beide zusammen seid?«

Erleichtert atmete Jules auf. Sie legte sich die Hand auf die Brust und versuchte, sich zu beruhigen. »Ich habe keine Ahnung, warum irgendjemand nicht wollen sollte, dass wir zusammen sind. Doch Grant hat beschlossen, nicht mit mir zusammen zu sein, also was weiß ich schon?«

»Ich glaube, du weißt eine Menge! Und ich denke, du könntest recht haben, was dich und ihn angeht. Was immer du auch mit ihm angestellt hast, hat etwas verändert. Ich habe dir ja erzählt, dass er mich neulich Abend angerufen hat, und heute hat er mir beim Mittagessen den Rücken gestärkt, als ich meiner Familie gesagt habe, dass ich es im Fernsehen versuchen will, was nicht gerade auf Begeisterung gestoßen ist, aber das ist ein ganz anderes Thema.« Traurigkeit machte sich in Bellamys Gesicht breit. »Du hättest ihn sehen sollen, als er zu unseren Eltern gesagt hat, er hätte gern ihre Unterstützung dabei, dass er zurückgehen will, auch wenn es gar keine Option ist. Zum ersten Mal, seit er nach Hause gekommen ist, habe ich in seinem Blick Hoffnung gesehen, Jules. Hoffnung! Und dann haben wir die zunichtegemacht, was schlicht und einfach bedeutet, dass wir als Familie die totalen Versager sind. Aber die Hoffnung war da, und jetzt weiß ich, dass sie deinetwegen da war. Ich hatte Angst, er würde nie wieder an diesen Punkt gelangen.«

»Es klingt so, als würden jetzt alle leiden«, sagte Jules niedergeschlagen. »Ich kann Grant nicht helfen, weil er mir gesagt hat, dass ich mich von ihm fernhalten soll, und ich weiß nicht, wie ich deiner Familie dabei helfen kann, zu erkennen, wie wichtig ihre Unterstützung für ihn ist und dass er etwas tun muss, das er als bedeutungsvoll und erfüllend empfindet, weil er sonst nie wieder glücklich wird.« Sie lehnte sich gegen den Tresen, rieb sich über die schmerzende Brust und spürte die Tränen in den Augen. »Und ich habe keine Ahnung, wie ich den einzigen Mann loslassen soll, dem ich jemals so nah sein wollte.«

»Oh nein!« Bellamy umarmte sie. »Wir stehen das durch, Jules. Das verspreche ich dir. Möchtest du noch weiter darüber reden?«

Jules schüttelte den Kopf. »Das kann ich nicht, sonst weine ich nur, und ich weiß, dass das blöd ist, weil wir ja kein Paar waren, aber …«

»Das ist gar nicht blöd. Was ist das nur für ein Elend! Wie wäre es, wenn ich kurz zu Scoops gehe und uns riesige Eisbecher hole, um unseren Kummer zu ertränken? Ich könnte wirklich einen gebrauchen.«

»Klingt gut. Dann können wir auch überlegen, wie wir deine Familie dazu bringen, auch dich in dem zu unterstützen, was du willst.«

»Ich komme schon zurecht. Grant findet, ich sollte mal mit Leni sprechen. Vielleicht fällt ihr noch mehr ein, was ich versuchen könnte, um mehr Reichweite zu gewinnen. Das ist eine gute Idee, oder?«

»Sie kommt zu Thanksgiving und bleibt übers Wochenende.« Leni, Sutton, Levi und Joey wollten alle das ganze Thanksgiving-Wochenende zu Hause verbringen, um die Bootsparade zu sehen. »Ich wollte nachher wegen Daphnes Brautparty eine Nachricht in die Gruppe schicken, um zu sehen, ob das Wochenende, an dem die Beleuchtung des Weihnachtsbaums eingeschaltet wird, für alle passt. Soll ich Leni schon mal darauf ansprechen?«

»Nein, ich schreibe ihr selbst«, sagte Bellamy. »Sonst geben alle ihren Senf dazu und das könnte hart werden. Aber wie wär's, wenn wir uns auf dich konzentrieren, wenn ich zurückkomme? Wir kennen uns schon unser ganzes Leben, und ich weiß, dass du dir einen Arm ausreißen würdest, um anderen zu helfen. Doch dein Herz hast du noch nie jemandem geschenkt. Es meinem Bruder zu schenken, der es nicht annimmt, muss entsetzlich sein. Wenn ich das gewusst hätte, wäre ich ihm heute aufs Dach gestiegen.«

Die Tränen, die Jules den ganzen Tag unterdrückt hatte, stiegen ihr in die Augen. Sie wedelte mit der Hand vor ihrem Gesicht herum. »Bring mich jetzt nicht zum Weinen. Ich muss arbeiten.«

»Du musst auch weinen.« Bellamy schloss die Ladentür ab und hängte das Schild *Bin bald wieder da* auf.

Sie breitete die Arme aus, und als Jules sich an sie lehnte, brachen alle Dämme und die Tränen liefen ihr über das Gesicht.

»Tut mir leid«, sagte Jules. »Es tut nur einfach so weh.«

»Ich weiß. Also, eigentlich weiß ich es nicht, aber ich kann es mir vorstellen.«

»Ich habe wirklich gedacht, dass wir auf etwas Besonderes zusteuern«, brachte Jules an Bellamys Schulter hervor.

»Und ich denke, du hast recht. Ihr beide scheint zwar sehr verschieden zu sein, aber ich glaube, das seid ihr im Grunde gar nicht. Solange Jock und Archer zerstritten waren, hast du deine Geschwister mit eurem Gruppenchat und mit Telefonaten zusammengehalten, und du hast Jock so oft besucht und ständig versucht, mit Archer zu reden. Heute hat mir Fitz erzählt, dass Grant derjenige war, der immer für uns da war, nachdem unsere Eltern sich getrennt hatten. Ich habe keine Erinnerungen mehr daran, aber Fitz hat gesagt, dass ich Wutanfälle hatte und nach meinem Dad gefragt habe. Und manchmal war meine Mom am Ende ihrer Kräfte, aber dann ist Grant immer bei mir geblieben und hat Wege gefunden, um mich zu beruhigen. Und bevor er verwundet wurde, hat er sich immer von unterwegs per Videochat gemeldet, um sicher zu sein, dass bei uns alles in Ordnung war, und um unsere Familie zusammenzuhalten. Zumindest bis es ihm nicht mehr gut genug ging, um das zu tun. Und jetzt sieh dir an, was wir mit ihm gemacht haben. Wir predigen ihm immer wieder das Gleiche, einfach schlimm. Ich glaube dir, dass ihr beide füreinander bestimmt seid, aber ich habe keine Ahnung, wie ich irgendetwas in Ordnung bringen kann.«

Jules wich zurück und wischte sich über die Augen. »Ich werde ihn nicht aufgeben, Belly.«

»Ich weiß.«

»Ach ja?« Ihre Stimme war brüchig.

»Du würdest nie jemanden aufgeben, der dir etwas bedeutet.«

Noch mehr Tränen liefen. »Und wenn es gar keine Rolle spielt, was ich tue oder wie sehr ich es versuche? Wie lebt man mit einem gebrochenen Herzen?«

»Weißt du noch, wie wir als Kinder im Garten deiner Eltern gezeltet und eine Sternschnuppe gesehen haben?«

Jules nickte und nahm sich ein Papiertuch aus der Box auf dem Tresen, um sich über die Augen zu wischen.

»Du hast geweint, weil du geglaubt hast, der Stern wäre gestorben«, erinnerte Bellamy sie. »Ich musste deine Mom holen, weil du so aufgewühlt warst.«

»Ja, ich erinnere mich. Sie meinte, alle Sterne wären wie Herzen.« Jules fühlte sich nun doch schon besser, weil sie sich den ganzen Schmerz von der Seele geredet hatte.

»Sie sagte, sie leuchten mal heller, mal dunkler, aber wenn sie ihren Seelenverwandten gefunden haben, tun sie alles, um mit ihm zusammen zu sein. Es hätte nur so ausgesehen, als wäre der Stern vom Himmel gefallen. Doch in Wirklichkeit ist er nur Teil von etwas Größerem geworden, das nur diese zwei Sterne sehen konnten.«

»Was willst du mir damit sagen? Dass es Hoffnung für mich und Grant gibt?«

»Die muss es einfach geben, denn Silver Island wüsste gar nicht, was es ohne unseren hellsten Stern, der auf uns herabscheint, tun sollte.«

»Aber wenn man der Logik meiner Mom folgt und ich ein Stern bin, der sich in Grant verliebt, dann wirst du keinen von uns beiden mehr sehen können.«

»Hast du vergessen, was Fitz uns am nächsten Tag erzählt hat? Die Sterne fallen nicht wirklich. Diese Lichtstreifen sind Staubpartikel und Steine, die in die Erdatmosphäre eindringen und verbrennen, weil die Sterne so gut zueinander passen, dass sie den ganzen Himmel erhitzt haben. Und von dem Moment an strahlen diese beiden Sterne heller denn je.«

»Ich erinnere mich nicht daran, dass er etwas von Sternen erzählt hat, die gut zueinander passen.«

»Weil er das nicht gesagt hat. Aber ich habe es gesagt und deshalb ist es die Wahrheit.«

Jules lachte leise und umarmte sie noch einmal. »Dank dir fühle ich mich schon besser. Ich hab dich lieb.«

»Wir fangen gerade erst an, also stell dich schon mal darauf ein, dass du mich noch viel lieber haben wirst. Als Nächstes ertränken wir unsere Sorgen in Eiscreme, und später, nach Ladenschluss, gehen wir am Strand spazieren und danach gucken wir *Mamma Mia.*«

»Mein absoluter Lieblingsfilm. Du bist wirklich die beste beste Freundin auf der Welt.« Sie nahm Bellamys Hand und drehte sich mit ihr im Kreis, während sie zur Melodie von Abbas ›Super Trouper‹ sang: »Super Trouper, ich bin ganz geblendet, doch ich sehe dich, immer seh ich dich, denn in der Menge da bist du!«

Bellamy konnte sich vor Lachen kaum halten. »Du bist echt hoffnungslos.« Sie nahm ihre Tasche und ging zur Tür.

»Und trotzdem hast du mich lieb«, rief Jules ihr hinterher.

»Und ob ich das hab«, sagte Bellamy noch.

Als sie allein im Laden war, summte Jules die Melodie von ›Mamma Mia‹ vor sich hin und räumte dabei die Regale ein wenig auf. Doch die Stille legte sich schwer auf sie und so ließ sie ihre Traurigkeit in das Lied fließen. »*Graaant, du hast mein Herz gebrochen. So traurig war ich noch nie. Warum willst du mich nicht bei dir haben? Grant Silver, sag es mir sofort.*«

Sie ließ sich auf den Hocker sinken, denn die Gefühle schnürten ihr die Kehle zu. Sie atmete tief durch und suchte nach etwas, auf das sie sich konzentrieren konnte, bis sie sich an die Nachricht erinnerte, die sie wegen Daphnes Brautparty in die Gruppe schicken wollte. Sie nahm ihr Handy heraus und tippte drauflos, aber eigentlich hätte sie am liebsten ihr Herz ausgeschüttet, damit ihre Schwestern von New York nach Hause eilten und ihre Freundinnen sie alle in den Arm nahmen, um ihr zu versichern, dass es möglich war, den Kummer zu überwinden. Denn in diesem Moment erstickte sie fast an dem Schmerz in ihrer Brust.

Doch sie schüttete ihr Herz nicht aus. Sie schickte die Nachricht zur Brautparty ab und wusste, dass alle auf der Insel noch so beruhigend auf sie einreden konnten, es würde doch niemals ausreichen, um sie davon zu überzeugen, dass sie jemals über Grant hinwegkommen konnte.

Elf

»Komm schon, Silver, verpass ihm eine!«, rief Jock in den Boxring. Es war Donnerstagabend und sie waren in der Garage der Steeles.

Fünf Tage war es her, dass Grant mit Jules gesprochen hatte, und vier Tage lag der Streit mit seinem Vater zurück. Seitdem brodelte er innerlich vor Wut. Als er am Sonntagnachmittag aus dem Haus seiner Mutter gestürmt war, wäre er am liebsten zu Jules gegangen, doch er konnte diesen Mist nicht bei ihr abladen. In ihm herrschte ein einziges Chaos. Er hatte die Anrufe seiner Familie nicht angenommen und konnte sich bei der Arbeit nicht konzentrieren. Es gelang ihm nicht einmal, seine schlechte Laune wegzumalen, und ein Workout war hervorragend, um seine Muskeln in die Erschöpfung zu treiben. Aber es half weder dabei, seine Sehnsucht nach Jules zu dämpfen, noch das unerträgliche Wissen auszulöschen, dass er ihr wehgetan hatte. Weil sie in all seinen Träumen herumschwirrte, schlief er nicht besonders viel, und jeden Morgen rannte er wie ein Kind nach draußen, das nach den Schlittenspuren vom Weihnachtsmann Ausschau hielt. Doch auf der Veranda lagen keine weiteren Pixie-Geschenke und auch keine süßen handgeschriebenen Nachrichten, und das war einzig und allein sein Fehler.

Was hatte er denn erwartet, nachdem er ihr gesagt hatte, sie sollte mit all dem aufhören?

Sie hatte Bellamy doch noch alles erzählt, und seine Schwester war bei ihm aufgeschlagen, um ihm gehörig die Leviten zu lesen. Allerdings war das nichts im Vergleich zu den Vorwürfen, die er sich selbst machte, und deshalb hatte er letztendlich Archer angerufen, um sein Angebot anzunehmen und sich mit ihm im Boxring zu treffen. Vielleicht konnte Archer das Bedürfnis, Jules zu sehen, aus ihm herausprügeln. Jock hatte sich dazugesellt und zuerst ein Sparring mit Grant gemacht. Doch durch den Schlafmangel und die Wut war Grant nicht zu stoppen und so hatte er Jock bereits vollkommen ermüdet.

Grants Bein hinderte ihn mehr, als er es sich vorgestellt hatte, aber das befeuerte seinen Zorn nur noch. Vierzig Minuten dauerte das Sparring mit Archer nun schon, und er war weit davon entfernt, erschöpft zu sein. Archer war ein Monster im Ring. Beide waren nass geschwitzt, der Schweiß lief Grant übers Gesicht und brannte ihm in den Augen, als er Archers Schlägen auswich und selbst zuschlug. Ein Haken landete auf Archers Kinn und ließ seinen Kopf nach hinten fliegen.

»So was will ich sehen!«, feuerte Jock sie an.

Archer holte nur einmal Luft, um es Grant mit bebenden Nasenflügeln doppelt so heftig heimzuzahlen, und feuerte einen Boxhieb nach dem anderen ab, schneller, als Grant sie abwehren konnte. Archer platzierte einen Schlag in seine Seite und einen auf seinem Kiefer und brachte Grant damit aus dem Gleichgewicht. Er landete in den Seilen.

Verdammtes Bein.

Die Wut explodierte in ihm – Wut auf sein Bein, auf seine

Eltern und auf sich selbst. Er preschte vor, boxte mit einer mörderischen Geschwindigkeit, landete einen Treffer auf Archers Kinn, einen in seinem Bauch, und als Archer sich vorbeugte, verpasste Grant ihm einen Aufwärtshaken, der ihn nach hinten stolpern ließ.

»Ach du Scheiße!« Jock rannte um den Boxring herum zu Archer, der in den Seilen hing. »Junge, alles in Ordnung?«

Archer stellte sich wieder hin, straffte die Schultern und blickte voller glühender Konzentration auf seinen Gegner. Mit dem Mundschutz konnte er nicht reden, aber er nickte und gab mit Handzeichen zu verstehen, dass es weitergehen konnte. Grant zögerte nicht. Er wusste, wie viel Archer einstecken konnte, und er wusste, dass er unbedingt seinen Zorn loswerden musste. Mit voller Wucht stürzte er sich auf Archer, Schweiß flog durch die Luft, und Fäuste trafen im Kampf um die Überlegenheit auf den gegnerischen Körper, bis beide ineinander verkeilt waren und sich in einem Wettkampf der Willensstärke gegenseitig in die Seiten boxten.

Plötzlich drückte Archer sich von ihm ab und hob die Hände.

Verdammt, das fühlte sich gut an.

Sie befreiten sich von ihrer Ausrüstung und Grant leerte eine Flasche Wasser. Wieder erfasste ihn ein Adrenalinschub und schoss so unnachgiebig durch seine Adern wie sein Begehren nach Jules. Er musste die Sehnsucht nach ihr loswerden, das wusste er, doch er wollte es nicht, verdammt, und er war es leid, es zu versuchen.

»Guter Kampf, Kumpel, aber dieses falsche Bein macht dich langsamer«, sagte Archer.

»Archer!«, warnte Jock ihn.

»Nein, er hat recht«, entgegnete Grant heftig. »Es macht

mich langsamer, wenn ich arbeite, Gewichte hebe oder laufen gehe, verdammt! Ich kann nachts nicht mal pinkeln gehen, ohne die dämlichen Krücken zu benutzen. Danke, dass du das respektvoll angehen willst, Jock, aber ich habe es so satt, dass die Leute wegen meines Beins ständig um den heißen Brei herumreden. Es wird nicht wieder nachwachsen. Da können wir genauso gut über das dämliche Ding reden.«

»Bist du deswegen so sauer? Oder steckt noch mehr dahinter?« Archer sah ihn argwöhnisch an. »Du warst im Ring bereit, mich umzubringen.«

Grants ganzer Körper spannte sich an. »Das willst du nicht wissen.«

Archer und Jock sahen sich besorgt an.

»Wir sind deine Freunde. Wir wollen es wissen«, sagte Jock.

»Spuck's aus, Silver«, forderte Archer ihn auf.

»Ich verbocke es gerade an allen Ecken und Enden, okay? Zuerst bei deiner Schwester, dann mit meinen Eltern, und ich kapier rein gar nichts mehr.« Er fuhr sich mit beiden Händen durch die Haare, warf den Kopf in den Nacken und zischte: »Fuck!«

Archer sah ihn finster an. »Welche Schwester? Und wie wär's, wenn du mal genauer sagst, inwiefern du etwas bei ihr *verbockst?*«

Grant presste die Zähne aufeinander und wusste, dass er kurz davor war, in ein Wespennest zu stechen, und dass das alles zwischen ihm und seinen Kumpels verändern könnte. Doch er musste mit der Wahrheit herauskommen, bevor er noch heftiger explodierte als gerade eben im Boxring. Er hielt Archers Blick stand. »Jules. Sie geht mir mit ihrem ganzen Glücklichsein unter die Haut, und eigentlich sollte mich das wahnsinnig nerven, aber es hat die gegenteilige Wirkung. Ich liebe es, verdammt, und ihr Lächeln haut mich um. Sie versteht mich und ich kann einfach nur noch an sie denken. Sie ist so lieb und gut und so verdammt klug. Sie sieht und hört Dinge, die niemandem sonst auffallen. Und jetzt schaust du mich an, als würdest du mich am liebsten umbringen, und das verstehe ich auch.«

»Und ob ich dich umbringen werde! Sie ist noch ein Kind!«, wütete Archer, der auf Grant zustürmte und mit der Brust gegen ihn stieß.

Grant wich keinen Zentimeter zurück. »Sie ist kein Kind mehr. Sie ist eine erwachsene Frau. Eine wunderschöne, kluge, sexy Frau, die über die Männer in ihrem Leben ihre eigenen Entscheidungen treffen kann.«

»Wenn du sie auch nur einmal anfasst …«

»Was dann? Gehst du auf mich los? Mach nur! Komm her, verdammt, denn für mich gibt es kein Zurück mehr, Archer, egal, was du machst.« Grant schäumte vor Wut und war von seinen eigenen Worten entsetzt. Aber er war Jules tatsächlich schon zu sehr verfallen, und er war es leid, dagegen anzukämpfen.

Archers Nasenflügel bebten, doch Jock stellte sich zwischen sie. »Krieg dich ein, Archer!«

»Er hat absolut nichts in der Nähe von Jules verloren«, knurrte Archer.

»Glaubst du, ich weiß nicht selbst, dass ich mich von ihr fernhalten sollte? Nicht wegen ihres Alters, sondern weil ich nicht weiß, wie meine Zukunft aussieht oder wo ich nächste Woche, geschweige denn nächsten Monat sein werde, und sie ist die Letzte, der ich wehtun will.«

Das Feuer in Archers Augen loderte. »Dann lass die Finger von ihr.«

»So funktioniert das nicht«, fauchte Grant. »Ich habe versucht, meine Gefühle zu bekämpfen, mit allem, was mir zur Verfügung steht. Aber sie sind stärker als ich. Zum Henker, Archer, ich bin heute auch hier, weil ich herausfinden wollte, ob du diesen Mist aus mir herausprügeln kannst.«

»Oh, das prügel ich nur zu gern aus dir heraus. Scheiß auf den Ring und die Handschuhe. Lass uns im Hinterhof weitermachen!«

»Das werdet ihr nicht!«, schnauzte Jock ihn an. »Archer, jetzt lass ihm mal etwas Raum.«

»*Etwas Raum*, so 'n Scheiß«, murmelte Archer, trat jedoch ein paar Schritte zurück.

»Grant, ich verstehe, was du sagst. Ich habe das mit Daphne erlebt, und ich habe verzweifelt gegen meine Gefühle für sie angekämpft, aber es war, als würde ich gegen die Strömung eines Tsunamis anschwimmen.«

»Genau so ist es! Ich bin so froh, dass du es verstehst, dann das Ganze macht mich wahnsinnig.«

»Und ob ich es verstehe, und du hast recht, was Jules angeht«, fuhr Jock fort. »Sie ist erwachsen, und sie entscheidet, mit wem sie zusammen sein will. Aber, Mann, du musst dir hundertprozentig sicher sein, dass du es ernst meinst, bevor du ihr zu nahekommst. Sie ist ein absoluter Gefühlsmensch, Grant.«

»Glaubst du, das weiß ich nicht? Ich meine es ernst, Jock. Mir war bis jetzt nicht bewusst, wie ernst es mir ist, aber es vor euch laut auszusprechen, ist eine verdammt große Erleichterung.«

Jock schlug ihm auf die Schulter. »Das Gefühl kenne ich.«

»Wollt ihr beide euch jetzt küssen oder was?«, blaffte Archer.

Jock sah ihn finster an. »Sei kein Arschloch.«

»Hör zu, Archer, ich respektiere deine Haltung, aber ich will nicht mehr gegen das ankämpfen, was ich für Jules empfinde, und mich auch nicht von der einen Person abwenden, die mir das Gefühl gibt, lebendig zu sein. Noch nie habe ich jemanden wie sie kennengelernt. Sie ist unfassbar bemerkenswert. Ich will Zeit mit ihr verbringen, sie als Erwachsene besser kennenlernen, nicht als eure kleine Schwester. Mir ist sehr wohl klar, dass sie trotzdem deine kleine Schwester ist, Archer, und ich weiß, dass es schwer ist, das zu hören. Wahrscheinlich würde ich das Gleiche denken, wenn du dich an Bellamy heranmachen würdest. Aber wenn du irgendjemandem vertrauen kannst, dass er für ihre Sicherheit sorgt und sie gut behandelt, dann mir. Ich habe es einmal verbockt, indem ich versucht habe, sie zu beschützen, uns beide zu beschützen, denn diese Verbindung zwischen uns ist so verdammt stark, dass es mich aus der Bahn geworfen hat. Ich habe zu ihr gesagt, dass sie aufhören soll, vorbeizukommen, und damit habe ich uns beiden wehgetan. Zu wissen, dass ich ihr wehgetan habe, hat mich fast umgebracht. Das werde ich nie wieder tun.«

»Sagt jedes Arschloch vor seinem Tod«, murrte Archer.

»Ich nicht. Ich weiß nicht mal, ob sie überhaupt noch mit mir zusammen sein will, aber ihr sollt wissen, dass ich *alles* tun werde, um ihr Vertrauen zurückzugewinnen.«

»Ich werde dir nicht im Weg stehen«, sagte Jock mit einem Nicken.

Archer sah Jock wütend an. »Er hat uns gerade erzählt, dass er keine Ahnung hat, wo er in einer Woche oder einem Monat sein wird. Er könnte die Insel verlassen! Willst du wirklich weggucken, während er sich mit unserer Schwester amüsiert und sie dann verlässt?«

»Verdammte Scheiße, Archer! Dein Ernst?«, fuhr Grant ihn

an. »Das will ich eben nicht. Du kennst mich gut genug.«

»Was willst du dann?«, wollte Archer wissen.

»Herausfinden, was das zwischen mir und Jules ist, ohne dass du den Aufpasser spielst.«

Archer verschränkte die Arme und sah Jock und Grant mit gequältem Gesichtsausdruck an. »Wir reden hier von Jules, Mann! Was soll ich denn sagen?«

»Dass du mir vertraust. Dass du ihr vertraust.«

»Ich vertraue euch beiden, aber wenn du die Insel verlässt, was dann? Meine Schwester, das süßeste und glücklichste Mädchen auf Erden, sitzt dann mit gebrochenem Herzen hier. Das kann ich nicht einfach so hinnehmen, und sie wird Silver Island niemals verlassen, mach dir also in der Hinsicht nichts vor. Ihre Wurzeln sind tiefer als jedes Meer.«

»Glaubst du, das weiß ich nicht?«, zischte Grant. »Ich habe nicht vor, ihr Leben auf den Kopf zu stellen. Vielleicht habe ich keine Ahnung, wie meine Zukunft aussieht, aber ich weiß, dass es sich mit Jules um ein Vielfaches besser anfühlt als ohne sie, und wenn aus ihr und mir irgendetwas wird, dann werden *sie und ich* Entscheidungen über meine Zukunft treffen, wenn es so weit ist.« Er straffte die Schultern. »Und weißt du was? Ich brauche deine Zustimmung nicht. Du tust, was du zu tun hast, und ich tue, was ich zu tun habe.«

Grant bog in die Straße zu seinem Haus ein und fühlte sich so gut wie seit Tagen nicht. Fitz' Auto stand unten auf seiner Auffahrt. Was hatte das zu bedeuten? Er fuhr zum Strandhaus hinauf und sah Fitz auf den Stufen zur Veranda sitzen. Sein

Bruder stand auf, als Grant aus seinem Pick-up ausstieg. Er hatte noch seinen Anzug an, musste also direkt von der Arbeit hergekommen sein. Fitz' Gesichtsausdruck war nicht zu deuten. Wenn er nicht gerade herumalberte, war er ruhig, cool und gefasst. Grant konnte an einer Hand abzählen, wie oft er gesehen hatte, dass Fitz jemanden anging oder laut wurde. Er hatte nur eine nervöse Angewohnheit, allerdings eine grauenhafte. Er ahmte dann eine Reihe der Eigenheiten seines Vaters nach. Das Witzige war, dass die meisten Leute die Eigenheiten ihrer Eltern vielleicht täglich nachmachten, Fitz es jedoch nur tat, wenn er sich unwohl fühlte.

»Hallo, tut mir leid, dass ich hier so unangemeldet auftauche«, sagte Fitz.

Grant presste die Zähne aufeinander. »Kein Problem. Was gibt's?«

»Du hast meine Nachrichten nicht beantwortet und auch die von den anderen nicht. Ich wollte nur sicherstellen, dass bei dir alles in Ordnung ist.«

»Mir geht's gut.«

»Ich dachte mir, dass du das sagen würdest. Das ist aber nur ein Grund für meinen Besuch.« Fitz' ernster Blick lag auf Grant, während er lässig die Hände in die Hosentaschen steckte – eine Eigenheit, die er von ihrem Vater hatte.

Grant war sich sicher, dass der Widerspruch zwischen dem ernsten Gesichtsausdruck und der lässigen Haltung Fitz und ihrem Vater eine gewisse Überlegenheit gegenüber manchen verschaffte, doch er gehörte nicht dazu. »Spuck's aus, Fitz.«

Fitz nahm die Hände aus den Taschen und ging auf und ab. »Ich wollte in den letzten Tagen schon mit dir darüber sprechen, was bei Mom neulich abging.« Er blieb stehen und sah Grant unverwandt an. »Es tut mir leid, wie ich mich dazu geäußert habe, dass du zurück zu Darkbird willst. Was ich gesagt habe, kam aus einer Art Reflex heraus. Ich wollte kein Arsch sein. Es muss sich mies anfühlen, dass du nicht zurückgehen kannst, und es tut mir leid.«

»Du warst kein Arsch. Du willst einfach nicht darüber nachdenken, dass ich wieder verwundet werden könnte. Das verstehe ich.«

»Ich habe keine Ahnung, wie ich bei der Arbeit so treffsicher sein kann und dann so versage, wenn es wirklich drauf ankommt. Mir ist klar, dass du dich wie ein Außenseiter gefühlt haben musst, als wir uns alle gleichzeitig auf dich gestürzt haben. Das tut mir echt leid. Du hast dich mir gegenüber nie so verhalten.«

»Mach dir deswegen keinen Kopf.« Grant nahm es so sehr mit, Jules wehgetan zu haben, dass ihm kaum bewusst geworden war, dass andere ihn verletzt hatten. »Alles cool zwischen uns.«

»Danke. Nur damit du es weißt … Was du zu Dad gesagt hast, sehen wahrscheinlich die meisten von uns so, aber es hatte noch keiner den Mumm, es auszusprechen.«

»Ich bezweifle, dass die anderen es ebenso empfinden.«

»Keira schon. Wir haben darüber geredet. Aber du solltest wissen, dass er eine Menge getan hat, um unsere Familie zusammenzuhalten. Das entschuldigt zwar seinen Auszug nicht, aber er tut einige Dinge für uns, über die er nicht redet.«

»Ich weiß, Fitz. Mein Problem mit Dad ist nicht, dass er ein miserabler Vater ist, denn das ist er nicht. Es geht darum, wie er mit bestimmten Situationen umgeht. Aber damit musst du dich nicht belasten. Mit dem Mist muss ich fertig werden.«

»Wir haben nie darüber geredet, warum Mom und Dad in unterschiedlichen Häusern leben, aber wenn du es versuchen willst, gehe ich gern mit. Ich bin da ganz auf deiner Seite. Ich weiß noch, wie schlimm es in den ersten Monaten nach Dads Auszug war. Ich habe mich so verdammt verloren gefühlt, dass ich nicht mal mehr wusste, wie ich mich benehmen sollte. Also habe ich mich nach dir gerichtet. Wann ich den Mund halten sollte, wann ich Mom helfen konnte und ich wie Wells und den Mädchen helfen konnte. Ich hab's versucht, aber auch jeden Tag dem Himmel dafür gedankt, dass du da warst. Du wusstest genau, was zu tun war, wenn Keira oder Bellamy in Tränen ausbrachen oder Wells einen Tobsuchtsanfall bekam. Ich war voller Bewunderung für dich, Junge.«

In Grants Brustkorb zog sich alles zusammen. Er hatte vergessen, wie sehr Fitz sich in diesen aufwühlenden Monaten verändert hatte. Er war ruhiger geworden, war zu einem Beobachter geworden, der alles und jeden um sich herum im Auge behielt, bevor er irgendwas tat. Genau das hatte ihn wahrscheinlich zu so einem guten Geschäftsmann gemacht.

»Bewunderung habe ich nie verdient«, sagte Grant ehrlich. »Aber danke, dass du das sagst. Und so sehr ich deine Unterstützung wertschätze – und glaub mir, sie ist verdammt kostbar für mich –, ich will dich nicht in das Ganze hineinziehen. Du musst dir dein gutes Verhältnis zu Dad bewahren.«

»Dabei fühle ich mich wie ein Waschlappen. Ich sollte mich nicht hinter dir verstecken.«

»Fitz, du hast dich seit unserer Kindheit nie hinter mir versteckt. Du bist tagein, tagaus an vorderster Front für unsere Familie da. Ich bin so verdammt stolz auf dich, das kannst du dir gar nicht vorstellen.«

Fitz winkte ab. »Was redest du da für einen Mist.«

»Nein, ich rede keinen Mist mehr. Von heute an gibt's bei mir nur noch Ehrlichkeit, und ich kann dir sagen, das fühlt sich unfassbar toll an. Was hast du noch vor? Ein Date?«

»Nee, ich wollte jetzt nur noch nach Hause.«

»Komm rein. Wir trinken ein Bier.«

Fitz zog die Augenbrauen hoch. »Echt jetzt? Du willst, dass ich da hineingehe? In deine abgeschiedene Höhle? Muss ich mich da nicht irgendeiner geheimdienstlichen Sicherheitsüberprüfung unterziehen oder so? Oder brauche ich eine Einladung von Gott persönlich?«

Grant lachte. »Du kannst auch draußen stehenbleiben und weiter das Arschloch spielen.«

Fitz folgte ihm auf die Veranda, und als er die Fußmatte sah, blickte er fragend zu Grant auf.

»Frag nicht.«

»Nach dem Motto *Frag nichts, sag nichts?*«, scherzte Fitz.

»Nach dem Motto *Das geht dich 'nen Dreck an.*«

Zwölf

Nach sechs der elendsten Tage und längsten Nächte in Jules' Leben – zumindest soweit sie sich erinnern konnte –, in denen sie vergeblich versucht hatte, sich davon zu überzeugen, dass sie Grant nicht leiden konnte, schreckte sie um fünf Uhr morgens auf und wusste genau, was sie zu tun hatte. Sie kletterte aus dem Bett, schrieb ihm einen Brief, duschte und stieg dann von Kopf bis Fuß in schwarze Klamotten, um ihm diesen Brief zu bringen.

Sie zog den Reißverschluss ihrer Jacke zu, setzte die schwarze Strickmütze auf und steckte den rosa Umschlag in ihre Jackentasche. Mit den Schlüsseln in der Hand öffnete sie die Tür und kreischte auf, als sie auf der im Dunkeln liegenden Treppe eine vornübergebeugte Gestalt sah. Reflexhaft trat sie zu, zog sich in ihre Wohnung zurück und knallte die Tür ins Schloss. »Ich habe eine Waffe!«, brüllte sie, schob gleichzeitig den Riegel vor und hakte die Kette ein. »Mein Freund ist Polizist! Er kommt jeden Moment zurück!« Ihr Herz hämmerte wie wild, als sie rückwärts stolpernd mit ihrem Handy herumhantierte.

»Jules! Ich bin's, Grant!«

Sie erstarrte, Erleichterung und Hoffnung kamen auf, doch

die Angst verwirrte sie noch immer. »Woher soll ich wissen, dass du es bist?«

»Du könntest durch den Spion schauen, Pix.«

Pix. Sie öffnete die Tür. »Entschuldige! Es war dunkel, und ich wusste nicht, dass du es bist. Hab ich dir wehgetan?«

»Mir geht's gut, aber das war ein ziemlich heftiger Tritt.«

»Sorry! Archer hat mir beigebracht, mich erst zu wehren und dann Fragen zu stellen. Augenblick mal!«, sagte sie entrüstet. »Du hast gesagt, dass du nicht mit mir zusammen sein willst. Du hast diesen Tritt verdient. Was machst du überhaupt hier?«

»Ich wollte dir das hier vor die Tür stellen.« Er griff hinter sich und hob die große Metalllaterne hoch, die sie auf seiner Veranda hinterlassen hatte, bevor er alles beendet hatte. »Ich weiß nicht, was deine Lieblingsfarben sind, aber ich dachte mir, dein Auto lässt wahrscheinlich ein paar Rückschlüsse zu. Daher hab ich mich bei den Metallteilen für Hellgelb entschieden, und … tja, schau es dir selbst an.«

Er gab ihr die Laterne und versetzte ihr Herz in eine andere Art von Aufregung. Sie betrachtete die filigranen Malereien darauf. Leuchtend grüne Reben rankten auf dem hellgelben Metall zwischen den Glasscheiben hinauf und krochen über die Kanten der dreieckigen Teile oben auf der Laterne. Bunte Blüten zierten die Reben wie kleine hoffnungsvolle Leuchtfeuer. Mitten auf einer pinken Blüte saß eine Pixie, deren winzige Zehen unter ihrem blau-goldenen Kleid hervorlugten. Sie hatte funkelnde, transparente Flügel und trug einen Blumenkranz im Haar. In ihren hohlen Händen hielt sie goldenen Staub, den sie pustend über alle Glasscheiben verteilte. Auf das Glas waren auch unzählige winzige Leuchtkäfer gemalt, deren Anblick Jules unfassbar rührte. *Daran hast du dich erinnert.* Auf einem der dreieckigen Metallteile kniete eine weitere Pixie. Ihr Hintern war nach oben ausgestreckt, die Unterarme lagen auf den Reben und dem Metallrand über der Glasscheibe. Die langen hellbraunen Haare fielen über den Rand auf die Scheibe, so als würde sie in die Laterne schauen. Sie hatte lilafarbene Feenflügel. Ihre Brust war von ihren Armen verdeckt, aber sie trug kein Oberteil, sondern nur einen glitzernden grünen Rock mit einem zerfransten Saum, der ihre Oberschenkel offenbarte. Sie hatte feine Gesichtszüge und leicht spitz zulaufende Ohren wie Jules.

Er hatte ihre Ohren bemerkt?

Sie drehte die Laterne herum und sah noch eine Fee, die einbeinig auf ihren Zehenspitzen stand und ihr anderes Bein angewinkelt hatte. In der Hand hielt sie eine Laterne, die Augen waren vor Überraschung weit aufgerissen und die andere Hand bedeckte ihren Mund. Sie hatte lange hellbraune Haare wie Jules und ihre türkisfarbenen Flügel passten zu ihrem kurzen Kleid. Beim Gedanken an den Brief, den sie ihm geschrieben hatte, sah sie darin ein weiteres Zeichen dafür, dass sie füreinander bestimmt waren. Aber was bedeutete das für ihn?

Sie drehte die Laterne weiter herum, und ihr stockte der Atem, als sie auf einer weiteren Glasscheibe Grant entdeckte, mit geschlossenen Augen, die Haare fielen in sein Gesicht und die muskulösen Schultern waren nach vorne gezogen. Jules lag auf seinem Rücken, die Arme über seine Schultern gelegt. Er hielt sie an einem Handgelenk fest und hatte die andere Hand mit ihrer verschränkt. Sie trug das Pixie-Outfit von Halloween, die hübschen Flügel sowie die Lagen von lilafarbenem Tüll unter dem grünen Kleid waren detailgetreu wiedergegeben. Ihre Haare waren zu einem Springbrunnen hochgebunden. Grants Gesichtsausdruck war ernst, doch Jules lächelte und hatte die Wange auf seinen Hinterkopf gelegt. Die Emotionen, mit denen sie seit Tagen gerungen hatte, drohten aus ihr hervorzubrechen. Noch nie hatte sie etwas so Schönes gesehen. Sie schaute auf und blickte direkt in seine Augen. Er sah aus, als wollte er um Entschuldigung bitten.

»Grant, das ist zauberhaft, aber ich dachte …«

»Ich weiß und es tut mir leid. Ich habe mich geirrt, Jules, in allem. Ich dachte, ich würde dich beschützen, indem ich versuche, mich von dir fernzuhalten, doch selbst das war falsch. Ich habe versucht, uns beide zu beschützen, weil ich noch nie so etwas empfunden habe, und das ist …« Er schüttelte den Kopf, als suchte er nach dem richtigen Wort.

»Beängstigend?«

»Ja! Ich bin es gewohnt, meine Gefühle unter Kontrolle zu haben, aber was ich in deiner Gegenwart empfinde, ist stärker als ich, und ich kann nicht aufhören, an dich zu denken. Durch dich fühle ich Dinge, von denen ich gar nicht wusste, dass ich sie fühlen kann, und ich will Dinge, die ich noch nie zuvor wollte. Ich weiß, dass ich Mist gebaut habe, Jules, und das hat mich fertiggemacht. Wenn ich alles zurücknehmen könnte, würde ich es tun. Ich wollte dich nicht fortschicken, und es war die reine Folter, auf Abstand zu dir zu bleiben. Du gehst mir unter die Haut und genau da möchte ich dich haben. Ich mag dich so, wie du bist, mit all deinem Glücksstaub, auf deinen rosa Wolken, ich mag den Menschen, der ich in deiner Gegenwart bin, und ich mag, was wir zusammen sind.«

Tränen stiegen ihr in die Augen. »Grant …«

Er trat näher, sein Bauch berührte die Laterne, die sie im Arm hielt. Hoffnung und etwas noch viel Intensiveres lag in seinen Augen. »Ich weiß, dass du vielleicht keine Zeit mehr mit mir verbringen willst, und das respektiere ich. Du kannst mich fortschicken, aber bitte lass mich eines vorher noch loswerden.

Ich habe alle Artikel gelesen, die du mir gegeben hast. Du kannst dir gar nicht vorstellen, wie viel es mir bedeutet, dass du dir zu Herzen genommen hast, was ich will, und dass du versucht hast, mir auf dem Weg dorthin zurück zu helfen. Niemand, nicht einmal meine Familie, hat das für mich getan.«

»Ich will nur, dass du glücklich bist«, sagte sie leise.

»Das weiß ich, Jules. Aber es gibt etwas, das ich niemandem erzählt habe, und ich möchte, dass du es weißt. Durch die Explosion habe ich mein Hörvermögen auf dem linken Ohr größtenteils verloren. Deshalb kann ich an keinen Missionen mehr teilnehmen.«

Sie dachte an die Art, wie er sie immer anschaute, wenn sie sprach, und an den Halloween-Abend in den Reben. »Deshalb hast du mich nicht gehört, als ich dir im Feld der Schreie gefolgt bin.«

»Ja. Manchmal ist es schwierig zu erfassen, aus welcher Richtung die Geräusche kommen, und es kann erdrückend und anstrengend sein, wenn um einen herum viel Lärm herrscht. Ich nehme an, das Gehirn hat einfach viel damit zu tun, diese Geräusche zu verarbeiten.«

»Oh, Grant.« Sie fühlte mit ihm mit und konnte sich vorstellen, wie schwer es gewesen war, dieses Geheimnis für sich zu behalten und jetzt so aufrichtig *und* verletzbar zu sein. Zumal er es gewohnt war, das Kommando zu haben. Seine Verletzlichkeit fand sie ebenso anziehend wie sein Selbstbewusstsein. »Es tut mir leid. Ich hätte dich nicht zwingen sollen, zu der Party zu gehen. Hältst du dich deswegen von Menschenansammmlungen fern?«

»Zum Teil. Es ist kompliziert. Aber ich muss noch mehr loswerden, Jules. Als ich dir gesagt habe, ich wäre das schwache Glied, meinte ich das im Hinblick auf das Team. Ich wollte damit nicht sagen, dass ich nicht stark wäre oder fähig. Ich bin ein *Tier*.« Ein aufreizendes Grinsen trat in sein Gesicht.

Himmel, sie liebte diese Großspurigkeit.

»Ich bin einfach nur nicht mehr der Mann, der ich mal war, der Einsätze leiten konnte und dachte, er wäre unbesiegbar. Du hast sicher gemerkt, dass es mir schwergefallen ist, meine körperlichen Einschränkungen zu akzeptieren. Aber ich will dich nicht verlieren. Ich bin bereit, zu versuchen, diesen Mist hinter mir zu lassen. Wegen dem, was mir genommen wurde, bin ich so wütend gewesen, dass ich nichts anderes mehr gesehen habe. Das war egoistisch, und du hast mich dazu gebracht, das zu erkennen, Pix. Es hat mir eine Heidenangst eingejagt, weil du das beste Leben auf Erden verdienst und ich keine Ahnung habe, wie meine Zukunft – oder mein Leben – aussehen wird. Für einen Typen, der sein ganzes Erwachsenenleben gekämpft hat, der alles möglich gemacht hat und immer einen Plan hatte, ist es nur schwer zu verkraften, wenn er plötzlich mit leeren Händen dasteht. Die letzten Tage ohne dich haben mir jedoch eines deutlich gemacht: Du verbringst dein Leben damit, alle anderen glücklich zu machen, und ich will der Mann sein, der dich glücklich macht. Ich will dich, Baby. Ich habe keine Ahnung, was es für uns langfristig bedeutet, dass ich keinen Plan habe, aber wenn wir so gut zusammenpassen, wie ich glaube, dann können wir alles andere im Laufe der Zeit herausfinden. Wenn du mir eine Chance gibst, wenn du *uns* eine Chance gibst, dann verspreche ich dir, dass ich verdammt noch mal alles versuchen werde, um dir nie wieder wehzutun, und alles in meiner Macht Stehende unternehmen werde, um der Mann zu sein, den du verdienst.«

Seine Kiefermuskeln zuckten, und er schwieg lang genug, um seine aufrichtigen Worte sacken zu lassen. Die dunklen

Schatten wichen von ihrem Herzen und die in ihr tobenden Emotionen raubten ihr fast den Atem.

Er senkte den Kopf und sprach leiser weiter: »Du bist am Zug, Pix. Wenn du möchtest, dass ich gehe und dich für immer in Ruhe lasse, bringt es mich vielleicht um, aber ich werde es für dich tun. Sag mir nur, was *du* willst.«

Sie berührte seine Brust und spürte, dass sein Herz so hektisch schlug wie ihres. »Ich wusste, dass du mich beschützen wolltest, aber es war grauenhaft für mich. Du warst bei mir, dann warst du weg, von einer Sekunde auf die andere, und auch wenn wir nur wenige Male Zeit miteinander verbracht haben, fühlte es sich nach mehr an.«

»Ich weiß, Baby. Es tut mir leid. Ich habe uns beiden wehgetan und werde es *nie* wieder machen.«

»Die Tage, in denen wir uns nicht gesehen haben, haben mir gezeigt, was ich wirklich will, und was ich will, hat sich nicht geändert.« Sie krallte die Finger fest in sein Hemd. »Ich will *dich*, Grant, mit oder ohne Plan.«

Sie zog ihn zu sich hinunter, ging gleichzeitig auf die Zehenspitzen und drückte ihre Lippen auf seine. Ungeduldig eroberte er ihren Mund mit einer Dringlichkeit, die ihrer entsprach, und Wogen der Hitze jagten durch ihren gesamten Körper. Seine Bartstoppeln kitzelten und kratzten sie, als sie ihn in ihre Wohnung zerrte. Er stieß die Tür mit dem Fuß zu, sie stellte die Laterne ab. Eine glühend heiße Sekunde lang trafen sich ihre Blicke, bevor ihre Münder aufeinanderprallten, hart und fordernd, und er zog sie so fest in seine Arme, dass sie seine Erregung verführerisch an ihrem Bauch spürte. Lust und Verlangen berauschten sie.

Sie zog ihm die Jacke von den Schultern, denn sie brauchte mehr. Seine Hände waren überall, in ihren Haaren, auf ihrem

Rücken, am Reißverschluss ihrer Jacke. Er riss sich von ihr los und ließ heftig atmend einen hungrigen Blick über ihren Körper gleiten, während er ihr die Jacke und die Mütze auszog, um sie auf den Tisch neben der Tür zu werfen und sich dann seiner eigenen Jacke zu entledigen.

»Wohin wolltest du in diesem Aufzug?«

Sie überlegte kurz und antwortete: »Laufen gehen.« Sie konnte es nicht ausstehen, ihn anzulügen, aber es war schön, dass er sie noch nicht auf ihre heimlichen Pixie-Aktionen angesprochen hatte.

Er warf seine Jacke auf ihre. »In diesen Stiefeln?«

Sie hatte nicht mehr an ihre kniehohen Lederstiefel gedacht. »Das ist ein gutes Training«, sagte sie atemlos.

Ein vielsagendes Grinsen trat in sein Gesicht. »Ich zeig dir, was ein gutes Training ist.«

Er hob sie hoch und sie legte ihre Beine um seine Taille, bevor ihre Münder noch gieriger zueinanderfanden. Dann trug er sie zum Sofa und setzte sich mit ihr, ohne ihren Kuss zu unterbrechen. Sie saß rittlings auf seinem Schoß und genoss, wie sie seine harte Länge durch ihre Leggings spürte. Als sie sich daran rieb, wurde sie mit einem tiefen, sexy Knurren belohnt, das Hitzeschauer unter ihrer Haut auslöste. Davon, mit ihm in dieser Position zu sein, hatte sie geträumt und erwartet, dass sie nervös sein würde. Doch inmitten all der Freude darüber, dass er zu ihr zurückgekehrt war, und dem heftigen Verlangen, das durch ihre Adern pulsierte, war gar kein Raum für Nervosität. Sie schob die Hände in seine Haare und vertiefte den Kuss. Sein Mund glich einer köstlichen Droge, die ihre Welt aus den Angeln hob. Noch nie hatte sie so geküsst, so rücksichtslos und hemmungslos. Ihr war nicht einmal bewusst gewesen, dass sie so verzweifelt begehren konnte. Sie hatte gleichzeitig das Gefühl, die Kontrolle zu haben und sie zu verlieren, und sie liebte es.

»Dein Bein?« Der Gedanke kam ihr zwischen den Küssen.

»Dem geht's gut.«

Er eroberte aufs Neue ihre Lippen. Seine Hände strichen über ihren Hintern, ihren Rücken hinauf und vergruben sich in ihren Haaren, während sie einander küssten. Er zog sachte an ihren Haaren, um ihren Kopf ein Stück nach hinten zu positionieren, während er sie aus pechschwarzen Augen ansah. »Du bist so verdammt süß«, knurrte er und machte sich über ihren Hals her.

Mit jedem Zungenschlag jagte er die Hitze wie Pfeile durch sie hindurch. Er saugte zunächst sanft, wurde dann langsam ungeduldiger und ließ das Begehren in ihr ansteigen wie eine Welle, die Richtung Ufer rollte, bis ihr vor Lust so schwindelig war, dass ihr gesamter Körper pulsierte und ein Strom von unverständlichen Lauten über ihre Lippen floss.

Grant war gefangen zwischen Himmel und Hölle. Sein aufgestautes Verlangen war kaum aufzuhalten. Er wollte Jules ausziehen und hinlegen, sie kosten und jeden Zentimeter von ihr berühren, sie so heftig kommen lassen, dass sie ihren eigenen Namen vergaß. Er wollte sich so tief in ihr versenken, dass sie in Leidenschaft aufschrie. Doch die praktische Ausführung auf einem Sofa wäre mit seiner Prothese nicht so einfach und er wollte es nicht vermasseln. Er schob die Hand unter ihren Pullover und berührte zum ersten Mal ihre heiße, seidene Haut. *So verdammt perfekt.* Seine Finger glitten über die leichte Erhebung ihrer langen Narbe, die von ihrer Nierenoperation stammte, und sein Herz zog sich zusammen. Er schob ihr T-Shirt gerade hoch genug, um eine Reihe von Küssen auf ihre Narbe zu verteilen.

Er zog sich zurück und ließ die Hand unter ihrem T-Shirt ruhen, als ihre Blicke sich trafen und etwas Tiefes, Besonderes zwischen ihnen noch stärker wurde. »Du bist perfekt, Baby.«

Sie gab einen wimmernden Laut von sich, umfasste seine Wangen und küsste ihn wild. Er übernahm die Kontrolle, küsste sie noch heftiger und strich mit den Fingern unter ihren Brüsten entlang. Er wollte ihr die Chance geben, ihn aufzuhalten, doch innerlich flehte er, dass sie es nicht tun würde.

Sie bog sich ihm entgegen und flüsterte »Berühr mich« an seinen Lippen.

Er umfasste ihre Brust und wurde mit weiteren dieser sündhaft sexy Laute belohnt. »Ich habe mich so sehr danach gesehnt, dich zu berühren«, knurrte er und zog ihren Mund wieder an seinen.

Er hantierte am Vorderverschluss ihres BHs herum, bis sie ihren Kuss unterbrach, ihm tief in die Augen schaute und dann den Verschluss löste, um ihm zu geben, wonach er sich sehnte. Ihre Wangen waren gerötet, ihre Lippen von ihren ungestümen Küssen geschwollen. In seinem ganzen Leben hatte er noch nie ein so wunderschönes Wesen gesehen. Sie nahm seine Hände und legte sie auf ihre nackten Brüste, und dieser Blick, das Vertrauen in ihren Augen, weckte ein neues, überwältigendes Gefühl, das er nicht einmal versuchte zu benennen, als sie ihre Lippen zu einem unerwartet süßen und gierigen Kuss auf seinen senkte. Ihr Mund war heiß und willig, ihr Körper war pure Perfektion, wie sie sich auf seinem Schoß wand und seine Härte nach ihr gierte. Mit ihrer Mischung aus Unschuld und Verführungskünsten hatte sie ihn vollkommen gefangen genommen. Er rieb ihren Nippel zwischen Zeigefinger und Daumen und sie wimmerte in ihren Kuss.

»Zu fest?«

Sie schüttelte den Kopf und in ihren Augen funkelte Feuer. »So etwas habe ich noch nie erlebt. Ich spüre es am ganzen Körper. Hör nicht auf.«

Wieder eroberte er ihren Mund, während er ihren Nippel reizte und mit lauter verführerisch sexy Lauten belohnt wurde. Doch es war nicht annähernd genug. Er senkte seinen Mund auf ihre Brust, glitt mit der Zunge über eine harte Spitze und reizte mit den Fingern die andere.

»Aah! Ja!« Sie packte ihn an den Schultern, drängte sich gegen seinen Mund und wand sich an seiner Härte.

Mit den Zähnen kratzte er über ihren Nippel und saugte dann so fest daran, dass sie keuchte und stöhnte. Ihre Laute steigerten sein Begehren, in ihr zu sein. Noch nie hatte er sich einer Frau so nah gefühlt, war von Verlangen so erfüllt gewesen. Das Gefühl kam aus der tiefsten Tiefe seines Selbst, und er wusste, dass es nicht nur an den zwei Jahren ohne Sex lag. Es lag an Jules, und es war in ihm gewachsen, seit sie am Strand zusammen gegessen hatten. Sie war ihm nicht einfach nur unter die Haut gegangen. Sie hatte sich so tief in ihm verwurzelt, dass sie ein Teil von ihm geworden war.

»Grant!«, keuchte sie. »Hör nicht auf! Oh Gott! Ich hab noch nie … Aah …«

Das Flehen in ihrer Stimme jagte durch ihn hindurch. Er musste ebenso sehr *spüren* wie sie, dass sie losließ. »Baby, lass mich mehr von dir berühren und komm für mich.«

»Genau das will ich«, drängte sie.

Er schenkte ihr einen langen sinnlichen Kuss und schob die Hand in ihre Leggings, um mit den Fingern über ihre feuchte

Mitte zu gleiten.

»Ja!«, hauchte sie an seinem Mund.

Sein Daumen fand den Punkt, an dem sie ihn am meisten brauchte, und seine Finger versanken in ihrer engen Hitze, sodass sie lang und lustvoll aufstöhnte. Sie war so eng, so feucht, dass ihm ein Stöhnen entwich. »Du fühlst dich so verdammt gut an, Baby.« Sie umklammerte seine Schultern, als er den Mund auf ihre Brust senkte, an einem Nippel leckte und saugte, während er den anderen drückte und zwischen den Fingern rollte. Mit heftigen, bedürftigen Atemzügen ritt sie auf seinen Fingern und – *fuck* – er fühlte sich wieder wie ein Teenager, nur viel selbstloser. Er wollte nur, dass *sie* sich gut fühlte.

Er liebkoste ihre Brüste mit dem Mund, deutete ihre sexy Laute und gab ihr mehr von allem, was sie wollte. Ihre Fingernägel gruben sich in seine Schultern, als sich ihre Muskeln anspannten und ihr Atem ganz flach wurde. Ihre Oberschenkel zitterten und er wurde schneller. »Grant!«, brachte sie hervor und ließ den Kopf in den Nacken fallen, als sie sich der Erlösung hingab. Ihr ganzer Körper zuckte und pulsierte fest und heiß um seine Finger. Er blieb bei ihr, liebkoste ihre Brüste, während sie stöhnte und wimmerte und sich lustvoll auf ihm bewegte.

Als sie von ihrem Höhepunkt herunterschwebte, küsste er sie innig und gab ihr einen Moment, damit sie zu Atem kommen konnte, bevor er seine Liebkosungen wieder verstärkte und sie aufforderte: »Komm noch einmal für mich, Baby.«

Er ließ ihre Zungen spielen, während er den Kuss vertiefte und die Finger immer wieder in ihre feuchte Hitze stieß. Er liebte es, sie zu küssen, sie zu berühren, die Spannung in ihrem Körper ansteigen zu spüren. Als sie in die Höhen katapultiert wurde, verschlang er ihre sexy Laute, liebte ihren Mund ebenso leidenschaftlich, wie er ihren Körper lieben wollte, während sie auf den Wogen der Lust ritt.

Schließlich lösten sich ihre Lippen voneinander, sie rang nach Luft und zitterte, und er sehnte sich nach mehr. Doch er schob dieses Verlangen weit von sich und hauchte eine Reihe zärtlicher Küsse auf ihre Lippen.

»Oh, Pix. Ich kann es nicht abwarten, dich mit meinem Mund zu erkunden.«

Ihre Wangen glühten.

Wie er ihre süße Art liebte! »Ich will dir einfach nur nah sein.« Noch einmal küsste er sie langsam und zärtlich. »Du hast mir gefehlt.«

»Du mir auch«, hauchte sie, und legte den Kopf auf seine Schulter, schmiegte sich an ihn, als würde sie nie wieder woanders hinwollen, und er wünschte sich genau das.

Ihr Körper ruhte sanft an seinem, und zum ersten Mal, seit er das Bein verloren hatte, fühlte er sich vollständig. Vor seiner Amputation hatte sein Sexleben aus irgendwelchen Affären zwischen den Einsätzen bestanden. Er war nie mit einer Frau zusammen gewesen, die ihn wirklich kannte und der er etwas bedeutete, und *so etwas* kannte er schon gar nicht. Das hier war intim, besonders. Er fuhr mit den Fingern durch ihre Haare und schloss die Augen, er genoss, wie nah sie einander waren, und er genoss … *Jules*.

Ein paar Minuten später, als sein Körper sich beruhigt hatte, öffnete er die Augen und registrierte die Umgebung. Sie saßen auf einem großen, bequemen cremefarbenen Sofa mit pfirsichfarbenen und hellgrünen Kissen. Ein weißer Couchtisch mit unzähligen Zeitschriften stand auf einem Teppich in Pfirsich und Weiß. Überall standen Blumentöpfe mit Pflanzen, die allerdings künstlich aussahen, denn jedes Blatt hatte die perfekte

Form und glänzte. Rechts vom Sofa war ein gelber Sessel mit einer hellblauen Lampe, die über die Rückenlehne ragte, und daneben befand sich noch ein kleiner türkisblauer Tisch mit einem Stapel Taschenbücher darauf. Zwei weitere Bücherstapel lagen auf dem Boden. Auf der anderen Seite des Raumes war über einem hübschen weißen Schrank mit einer türkisfarbenen Oberseite ein Fernseher installiert. Eingerahmte Fotos von Familienmitgliedern und Freunden zierten die Wand zu beiden Seiten des Bildschirms.

Grants Blick fiel auf ein Foto auf der linken Seite, das ihn im Tarnanzug zeigte, einen Arm um Bellamy gelegt, den anderen um Jules, und mit einem breiten Lächeln im Gesicht. Seine Haare waren kurz geschnitten, sein Gesicht rasiert und er sah unendlich glücklich aus. Der Anblick war wunderbar und schwierig zugleich, denn es schmerzte, eine so offensichtlich andere Version von sich selbst zu sehen. Er wusste noch, wann das Foto entstanden war: während seines letzten Jahres bei der Army vor über sieben Jahren. Da war er so alt gewesen wie Jules jetzt. Er war zu Weihnachten nach Hause gekommen und Jules und Bellamy hatten eine Willkommensparty organisiert. Wie konnte ihm nur entgangen sein, wie umwerfend Jules gewesen war mit ihren strahlenden Augen und den hinreißenden Kurven? Den ganzen Abend über war sie umhergeflitzt wie immer, hatte mit allen geredet und Lieder mit dem falschen Text gesungen, und er hatte sich vollkommen zum Idioten gemacht, indem er mit seinen zwei linken Füßen getanzt hatte. Er hatte mit den Jungs gelacht, mit seinen Schwestern und Jules gescherzt und trotz der Spannungen zwischen ihm und seinem Vater hatten sie bei einem Bier zusammengesessen.

Verdammt, das war ein wunderbarer Abend.

Er zählte die Jahre. Jules war neunzehn gewesen. Irgendwie

war ihm der Altersunterschied damals größer vorgekommen als heute.

Er strich über ihren Rücken und legte dann die Wange auf ihre Stirn, die noch immer an seiner Schulter ruhte. »Mir gefällt deine Wohnung, Pix.« Sein Blick wanderte zur Küche und der Essecke, in der sich ein wunderschönes Erkerfenster befand, jedoch keine Möbel. Auf einer riesigen Korktafel, die vom Boden bis zur Decke reichte, waren Dutzende Bilder befestigt, von denen die meisten aussahen, als wären sie aus Zeitschriften herausgerissen worden.

Jules hob das Gesicht und ihr süßes Lächeln wärmte ihn bis in sein tiefstes Innerstes. »Hallo«, flüsterte sie.

Er drückte seine Lippen auf ihre und wünschte, er könnte sie ins Schlafzimmer tragen und richtig lieben. Doch sein Bein machte einiges komplizierter, und sie hatten gerade erst zueinandergefunden, egal, wie tief ihre Verbindung sich anfühlte. »Hallo, meine Schöne. Komm, wir ziehen dich wieder an, bevor ich den Verstand verliere.«

Er griff unter ihr T-Shirt und schloss ihren BH wieder. Sie senkte den Blick und die Haare fielen ihr ins Gesicht, sodass sie ihre rosa Wangen und ihr Lächeln fast verbargen. Er hob ihr Kinn und küsste ihre geröteten Wangen. »Warum bist du so verlegen?«

Schüchtern zuckte sie mit den Schultern. »Ich war etwas wild.«

»Ich mag es, wenn du wild bist. Das bedeutet, dass du auf mich stehst und dass ich etwas richtig mache.«

»Du hast alles perfekt gemacht.« Ihre Wangen glühten.

Er lachte leise und küsste sie noch einmal. »Mach dir bitte niemals Sorgen darum, dich mit mir gehen zu lassen. Ich will dein wahres Ich sehen. Ich mag alles an dir, Jules.« Um ihr die

Verlegenheit zu nehmen, versuchte er, die Stimmung aufzuheitern. »Aber ich bin neugierig, was es mit dieser riesigen Korktafel voller Bilder auf sich hat.«

»Das ist meine Inspirationswand. Meine Wunschliste mit Dekorationsideen.«

»Warum kaufst du dir die Sachen nicht einfach und dekorierst damit?«

»Wo bleibt denn da der Spaß, wenn man vor einem Computer sitzt und alles im Internet kauft? Ich möchte, dass jedes einzelne Stück etwas Besonderes ist. Deshalb ist meine Essecke auch noch leer.« Er strich ihr eine Haarsträhne hinters Ohr, damit er ihr Gesicht sehen konnte, und ihre Blicke trafen sich. »Ich finde die richtigen Möbel, wenn die Zeit dafür richtig ist.«

Er strich sanft mit seinen Lippen über ihre. Sie lebte ihr Leben wirklich anders als alle, die er kannte. »Ich bin froh, dass du der Ansicht warst, dass die Zeit für uns richtig ist. Danke, dass du mir eine Chance gibst.«

»Das Gleiche könnte ich zu dir sagen. Danke, dass dir bewusst geworden ist, dass wir es wert sind, und dafür, dass du mir diese wunderschöne Laterne gemacht hast. Ich weiß, dass du eine Menge um die Ohren hast, dass du dir um deine Zukunft Sorgen machst und dich fragst, wo du wohl landen wirst. Aber ich nicht. Für niemanden gibt es eine Garantie für morgen, doch wir haben das Jetzt, und wenn wir Glück haben, gibt es auch ein Morgen für uns. Du glaubst vielleicht nicht ans Schicksal oder an Zeichen, aber ich glaube genug für uns beide daran. Ich weiß, dass wir dazu bestimmt sind, uns nah zu sein, so lange es eben dauert.«

»Du bist unglaublich.« Er küsste sie sanft. »Und wunderschön.« Er konnte gar nicht anders, als sie noch einmal zu küssen. »Sag mir, dass ich dich heute Abend sehen kann.«

»Um halb sieben etwa liefere ich Kränze aus, aber danach können wir uns treffen.«

»Du lieferst Kränze aus?«

»Mhm. Wir machen jedes Jahr im Laden Kränze und die verteile ich dann bei den Geschäften an der Main Street und in der Gegend. Das ist meine Art, der Gemeinschaft etwas zurückzugeben, die immer für mich dagewesen ist.«

»Du teilst dein Glück wirklich gern. Wir sind so verschieden, Pix. Versteh mich nicht falsch, aber warum magst du mich so sehr? Warum suchst du dir nicht irgendeinen sorglosen Glückskeks?«

»Ich habe wohl eine Schwäche für großherzige, mitunter griesgrämige Männer.«

»Wenn ich mit dir zusammen bin, ist es schwer, griesgrämig zu sein. Die anderen müssen da schon eher aufpassen. Wie wäre es, wenn ich dir dabei helfe, die Kränze auszuliefern? Immerhin haben wir nie den Spaziergang gemacht, den du neulich Abend machen wolltest.« So ungern er viele Leute um sich hatte, so sehr wollte er doch Zeit mit Jules verbringen, und außerdem war es ihr wichtig. Somit wurde es auch unmittelbar wichtig für ihn.

»Du erinnerst dich daran? Das würde ich gern, aber da ich weiß, was du von Inseltratsch hältst, müssen wir dabei auf Abstand bleiben, und ich werde auch kein Wort sagen, wenn deine Mom heute in meinem Laden ist.«

Er biss die Zähne zusammen. Dass Jules in seinen Mist mit seinen Eltern hineingezogen wurde, war ihm gar nicht recht. Doch er wollte auch nicht, dass sie das Gefühl hatte, ihre Beziehung verheimlichen zu müssen. »Warum kommt meine Mutter zu dir in den Laden?«

»Weil unsere Mütter, meine Großmutter und Mrs. Remington mir jedes Jahr dabei helfen, die Kränze zu machen.« Sie fuhr mit den Fingern über seine Brust und ein sorgenvoller Schatten legte sich über ihre Augen. »Bellamy hat mir erzählt, dass das Geburtstagsessen für deinen Vater am vergangenen Wochenende nicht besonders gut endete. Das tut mir leid. Ich fühle mich dafür verantwortlich, weil ich dir die ganzen Informationen gegeben habe. Habt ihr die Angelegenheit schon wieder bereinigt?«

»Noch nicht, aber der Streit war nicht deine Schuld. Du hast mich unterstützt, Baby, sie nicht. Und bei dem Streit ging es um mehr als nur um das, was ich mit meinem Leben anstellen will. Es ging um unsere Familie. Ich habe ein paar Dinge gesagt, die ich wahrscheinlich nicht hätte sagen dürfen. Ich werde mit meinen Eltern sprechen, sobald ich weiß, wie ich das angehen soll.«

»In Ordnung. Wenn du reden willst … Ich bin eine ziemlich gute Zuhörerin.«

»Du bist eine wundervolle Zuhörerin.« Er strich mit den Fingern über ihre Wange, und sie drehte den Kopf herum, um ihre Lippen auf seine Finger zu legen. Oh, wie er das liebte! »Auch wenn ich kein Tratschthema sein möchte, möchte ich dir nicht abverlangen, uns vor der Welt geheim zu halten, Pix. Ich habe nicht vor, meine Gefühle für dich zu verbergen, also musst du es auch nicht.«

Sie atmete hörbar auf. »Gut, denn ich bin eine miserable Lügnerin.« Sie sprach leiser weiter, und er bemerkte, dass sie sich zu seinem rechten Ohr lehnte. Sie war einfach unfassbar aufmerksam. »Und vielleicht habe ich Bellamy verraten, dass wir uns geküsst haben.«

»Ja, ich weiß. Sie hat mir die Hölle heiß gemacht, weil ich dir wehgetan habe.«

»Wirklich?«

»Ja, und ich hatte es auch verdient. Du solltest auch wissen, dass ich deinen Brüdern erzählt habe, wie verrückt ich nach dir bin, also sind wir quitt.«

»Hast du? Welchen Brüdern? Wann?«

»Archer und Jock, gestern Abend. Wir haben in der Garage deiner Familie geboxt und ich konnte es nicht für mich behalten.«

»Du konntest es nicht? Siehst du?« Sie strahlte. »Das ist auch ein Zeichen. Du magst mich so sehr wie ich dich.«

Himmel, diese Frau …

»Ich bin mir sicher, du siehst überall Zeichen.« Er gab ihr einen Klaps auf den Hintern. »Ich mach mich lieber mal auf den Weg zum Yachthafen. Wir arbeiten an den Plänen für die Bootsparade.«

»Oh, wie toll. Ich liebe die Parade! Kann ich euch helfen? Das ist einer meiner Lieblingsevents in der Weihnachtszeit, neben dem Entzünden des Weihnachtsbaums und dem Sternsingen natürlich.«

Er schmunzelte. »Ich frage Brant mal.«

»Yippie!«

Sie kletterte von seinem Schoß und hielt ihm die Hand hin, um ihm vom Sofa aufzuhelfen. Er nutzte die Gelegenheit, sie zu einem weiteren Kuss an sich zu ziehen, und wurde mit einem süßen Kichern belohnt.

»Ich glaube, davon wirst du noch viel mehr ertragen müssen, und es tut mir *nicht* leid.« Er küsste sie erneut. »Mein Mund ist schon jetzt süchtig nach deinem.«

»Mir gefällt diese klarere Art zu denken.« Sie küsste ihn, und als er aufstand, sagte sie: »Es tut mir wirklich leid, dass ich dich getreten habe, als du vor der Tür gestanden hast, und ich liebe die Laterne. Das ist das schönste Geschenk, das ich je bekommen habe, zusammen mit dem Gemälde vom Sunset Beach.«

Er erinnerte sich daran, dass das Bild in ihrem Schlafzimmer hing. »Vielleicht sehe ich das Bild eines Tages wieder, wenn wir weitaus weniger Klamotten anhaben.« Er schlang den Arm um ihre Taille und küsste sie auf dem Weg zur Tür. Als er nach seiner Jacke griff, warf er dabei ihre aus Versehen vom Tisch. Gerade noch konnte er sie auffangen, doch ein rosa Umschlag fiel aus der Tasche. Er hob ihn auf und wedelte vor Jules damit herum. »Ich dachte, du weißt nichts von diesen Umschlägen.«

»Ich habe keine Ahnung, wo der herkommt.« Sie sah aus wie die Katze, die den Kanarienvogel auf dem Gewissen hat, wie sie ihn so mit großen Augen und unverschämt süß ansah.

»Oh, ja, das glaube ich dir sofort.« Er stahl ihr noch einen Kuss, konnte gar nicht genug bekommen und ließ sein Herz sprechen: »Du bist das beste Geschenk, das ich je bekommen habe, Pix. Bis heute Abend.«

Dreizehn

Jules schwebte auf Wolke sieben. Wahrscheinlich hatte sie eine Stunde lang die Laterne angestarrt, während sie darauf gewartet hatte, dass ihr Körper vor lauter sexueller Energie nicht mehr vibrierte. Nie hatte sie sich vorstellen können, zu den Gefühlen fähig zu sein, die Grant in ihr auslöste. Sie hatte ihre Schwestern über Orgasmen reden hören, bis zum heutigen Tag jedoch nie selbst erlebt, was sie beschrieben hatten. Nicht, dass sie es nicht versucht hätte. Sie hatte sich sogar informiert, wie sie sich selbst berühren konnte, und hatte es oft versucht, doch mehr als ein Zucken hatte sie nie erreicht. Grant hatte ihr ein wahres Erdbeben beschert. Die erregenden Empfindungen hatten sie mitgerissen, bis sie vor Lust völlig benommen gewesen war. Wenn er das nur mit seinen Händen schaffte, was würde dann passieren, wenn sie sich richtig liebten?

Sie konnte gar nicht aufhören, daran zu denken.

Oder es zu *wollen*.

Ihre Gefühle für Grant hatten sich schon so lange in ihr zusammengebraut, dass sie sie nicht mehr überraschten. Sie lockten sie an. Jules hatte immer daran geglaubt, dass sie es wissen würde, wenn die Zeit reif war, um den nächsten Schritt mit jemandem zu gehen – und jetzt hegte sie keinen Zweifel daran, wer dieser Jemand sein sollte.

Sie war so aufgedreht, dass sie es jemandem erzählen musste. Normalerweise wäre das Bellamy gewesen. Wem sonst könnte sie etwas so Persönliches anvertrauen? Doch sie konnte Bellamy schlecht so etwas über ihren Bruder erzählen. Sie konnte ihr nur berichten, dass sie nun zusammen waren.

Ein Paar waren.

Ein freudiger Schauer durchfuhr sie. All diese Zeit, in der sie gewünscht, gehofft, fantasiert hatte … und jetzt gehörte er ihr. Sie konnte ihn küssen, seine Hand halten und all die unanständigen Dinge tun, von denen sie geträumt hatte. Vielleicht würde sie mit Daphne oder Tara über die schmutzigeren Sehnsüchte sprechen, doch je mehr sie darüber nachdachte, umso bewusster wurde ihr, dass sie es damit nicht allzu eilig hatte, auch wenn sie sich fühlte, als könnte sie platzen. Sie wollte es für sich behalten, es nur gemeinsam mit Grant genießen.

Allerdings wollte sie Bellamy möglichst schnell erzählen, dass sie und Grant zusammen waren. Bellamy arbeitete erst am Nachmittag, und es war noch zu früh, um sie anzurufen. Also machte Jules sich frisch und wartete mit dem Anruf, bis sie nach unten ging, um den Laden zu öffnen. Die Laterne nahm sie mit und stellte sie auf den Tresen neben die Kasse, wo sie sie bewundern konnte. Dann rief sie Bellamy an und verkündete die Neuigkeiten.

Bellamy kreischte begeistert auf. »Meine beste Freundin und mein Bruder! Das ist großartig! Aber erzähl mir keine schmutzigen Details, denn das wäre … schräg.«

»Abgemacht. Nur eins muss ich dir sagen, denn das kann ich nicht für mich behalten. Als wir uns dieses Mal geküsst haben, war es noch besser als zuvor, das schwöre ich! Er gibt mir das Gefühl, als würde ich auf einer Wolke schweben, und ich will überhaupt nie wieder herunterkommen. Das habe ich noch nie empfunden, wenn ich einen Mann geküsst habe.«

»Wow! Ich will auch, dass mich jemand so küsst«, staunte Bellamy. »Das sagt doch etwas darüber aus, wie sehr er dich mag, oder? Dass er bei allem, was er gerade durchmacht, doch so viele schöne Gefühle für dich aufbringt? Ich hab mir solche Sorgen um ihn gemacht und war so wütend auf ihn, weil er dir wehgetan hat. Jetzt freue ich mich für euch beide. Heißt das, er weiß, was er mit seinem Leben anstellen will? Bleibt er hier auf der Insel?«

»Nein, er weiß nicht, was die Zukunft bringt, aber es bedeutet, dass das zwischen uns so besonders ist, wie ich es mir dachte.«

Sie erzählte Bellamy, wie heftig sie Grant getreten hatte, und obwohl sie ein schlechtes Gewissen hatte, lachten sie herzlich darüber. Jules erzählte ihr gerade von den wundervollen Motiven, die er auf die Laterne gemalt hatte, als die Tür zum Geschäft aufging und ihre Großmutter lachend hereingerauscht kam. Ihr folgte Jules' Mutter, die ihre wunderschöne vollschlanke Gestalt mit Jeans und dunklem Pullover betonte und deren lange kastanienbraune Haare offen über die Schultern fielen. Sie hatte sich bei Margot Silver untergehakt, einer großen, eleganten Frau in einem dunklen Hosenanzug aus Wolle und einer schicken weißen Bluse, und bei Gail Remington, die einen langen blauen Rock aus Crinkle-Stoff und eine cremefarbene Bluse mit mehreren langen Perlenketten trug. Mrs. Remington war mit ihrer spitzen Nase und dem scharf geschnittenen Kinn Glenn Close sehr ähnlich, allerdings hatte sie volle, wellige braune Haare, die von silbernen Strähnen durchzogen waren und immer ein wenig aussahen, als wären sie vom Wind zerstrubbelt.

Jules winkte ihnen zu und wurde ein bisschen nervös. Sollte sie ihnen von Grant erzählen? »Belly, ich muss Schluss machen. Unser Team zum Kranz-Basteln ist hier. Wir sehen uns später.«

Als sie das Gespräch beendet hatte, eilte ihre Großmutter direkt auf sie zu. Die große, modisch gekleidete Frau hatte ein Gespür für Stil und trug zu ihrem blonden Pixie-Cut eine weitgeschnittene schwarze Hose und einen bunten Pullover unter einem langen Mantel, der ihr bis zu den Waden reichte. »Guten Morgen, Julesy.« Sie schlang die Arme um ihre Enkelin. »Du siehst heute besonders schön aus!«

»Ach ja? Danke, Gram.«

Auch ihre Mutter zog sie in eine Umarmung. »Wer nimmt denn in letzter Zeit deinen Morgen in Anspruch?«

Jules' Nerven waren angespannt. Sahen sie ihr an, dass Grant seine Hände heute Morgen überall gehabt hatte? Wirkte sie schuldbewusst? Hatte jemand gesehen, wie er ihre Wohnung verlassen hatte?

»Deine Mutter hat sich beschwert, dass du nicht zum Frühstück gekommen bist«, sagte Mrs. Remington.

Erleichterung überkam Jules. »Ich komme demnächst wieder. Versprochen, Mom. Hatte nur viel zu tun.« Sie versuchte, ein paar Mal im Monat bei ihren Eltern zu frühstücken, doch in letzter Zeit war sie wegen Grant zu abgelenkt gewesen, um irgendwo still herumzusitzen.

»Du solltest nie zu viel zu tun haben, um zu kommen«, meinte ihre Großmutter kichernd.

»Grandma!«, entrüstete sich Jules im selben Moment, in dem ihre Mutter sagte: »Mom!«

Mrs. Silver lächelte herzlich und schaute sich um. »Arbeitet Bellamy heute? Ich frage mich, ob sie etwas von Grant gehört hat. Ich konnte ihn in letzter Zeit nicht erreichen.«

»Sie kommt später, aber ich habe Grant heute Morgen gesehen und …« *Nein! Nein! Nein!* »Ich meinte neulich, da hab ich ihn am Yachthafen gesehen. Es ging ihm gut.« *Mist! Mist! Mist!* Sie wandte sich ab, doch ihre Mutter stand direkt neben ihr und grinste, als wüsste sie von Jules' Geheimnis.

»Ich glaube, die Katze ist aus dem Sack, Julesy«, sagte ihre Mutter mit einem Gesichtsausdruck, der verriet, dass sie *alles* wusste.

Aber woher?

»Es gibt da keine Katze! Und keinen Sack!«, beharrte Jules und wünschte, im Boden würde sich ein Loch auftun, durch das sie verschwinden könnte.

»Wenn du mit Grant zusammen wärst, meine Süße, dann wäre das wunderbar. Ihr beide würdet ein schönes Paar abgeben«, sagte Mrs. Remington. »Und er könnte mit Sicherheit jemanden wie dich in seinem Leben gebrauchen.«

»Das macht mich ja so glücklich«, sagte Mrs. Silver ganz aufgeregt. »Du bist gut für ihn, Jules. Vielleicht kannst du ihn ja davon überzeugen, dass er auf der Insel bleibt und sich diese dumme Idee aus dem Kopf schlägt, wieder zu Darkbird zu gehen.«

»Nein! Bitte, nicht!«, sagte Jules entschieden. »Ich werde nicht versuchen, ihn von etwas zu überzeugen, das er nicht will. Er will etwas Bedeutungsvolles mit seinem Leben anstellen und das sollte er auch. Ich unterstütze das, egal, wo er das machen will.«

»Warst du deswegen nicht beim Frühstück, mein Schatz?«, fragte ihre Mutter. »Du warst mit Grant zusammen? Oh, das sind ja wundervolle Neuigkeiten! Warte nur, bis deine Schwestern das hören!«

»Was? Nein!« Jules spürte ihre glühenden Wangen und schlug die Hände vors Gesicht. »Oh mein Gott! Bitte, seid still!«

Lenore legte den Arm um Jules. »Mein süßer kleiner Schatz, kommst du jetzt *endlich* mal in den Genuss von ein wenig Matratzensport?«

»Grandma!«

Wieder wurde die Tür aufgestoßen und Archers Stimme hallte durch den Raum. »Jules, wir müssen über Grant reden.«

Alle drehten sich herum. Archer stand mit geballten Fäusten im Laden. Mrs. Remington und Mrs. Silver traten neben Jules und hakten sich bei ihr unter, während ihre Großmutter und Mutter vor sie traten. Auf ihre Kavallerie konnte sie sich verlassen, wie immer.

Aber um sich gegen Archer zu behaupten, brauchte sie keine Unterstützung.

»Was zum Teufel soll das hier werden?« Archer zeigte auf Jules. »Du und ich, in deinem Büro.«

»Archer, mein Schatz, vielleicht solltest du dich etwas beruhigen, bevor du mit Jules sprichst«, schlug ihre Mutter vor.

»Wenn du mit ihr reden willst, wirst du mit uns allen reden müssen«, sagte ihre Großmutter.

»Also, jetzt mal ganz langsam.« Jules befreite sich aus dem Griff der Frauen und drängte sich mit einem verärgerten Seufzer zwischen ihre Mutter und Großmutter. »Ich bin euch für eure Unterstützung ja dankbar, aber ich kann allein mit Archer reden.«

»Davon würde ich abraten, wenn er so wütend aussieht«, gab Mrs. Remington in einem leisen, säuselnden Tonfall von sich.

Jules marschierte zu Archer, packte ihn am Arm und zog ihn mit sich. »Tut mir leid, ich hab keine Ahnung, was mit denen los ist. Aber ich weiß, dass Grant gestern mit dir und Jock geredet hat.«

»Ja, und?« In Archers Gesicht spiegelte sich die Sorge. »Bist du mit ihm zusammen?«

»Ja. Es ist alles noch neu, aber er war heute Morgen bei mir, und wir sind zusammen.«

Eine Sekunde lang schloss Archer die Augen, so wie er es immer tat, wenn er sich zur Ruhe ermahnte. Jules hielt den Atem an und war plötzlich unerträglich nervös. Als er die Augen öffnete, war sein Gesichtsausdruck und auch sein Tonfall sanfter. »Jules, weißt du, dass er unsicher ist, was seine Zukunft betrifft? Vielleicht bleibt er nicht auf der Insel.«

»Ich weiß, dass sein Leben in der Schwebe ist, und ich unterstütze ihn bei allem, was er will. Ich weiß auch, dass du dir um mich Sorgen machst, Archer, aber ich bin erwachsen. *Ich* entscheide, mit wem ich zusammen bin.«

»Das weiß ich. Ich will nur …« Er schüttelte den Kopf und biss die Zähne aufeinander.

»Du willst mich beschützen.« Das hatte er immer getan. Sie und Archer waren die Einzigen der Geschwister, die auf der Insel geblieben waren, und er war immer für sie da gewesen. Als er sein Boot gekauft hatte, um darauf zu wohnen, war er dreiundzwanzig und Jules fünfzehn Jahre alt gewesen. Er hatte ihr einen Schlüssel gegeben, damit sie immer einen sicheren Ort hatte, wenn sie mal allein sein musste. Archer hatte sie nach schlechten Dates an Bord angetroffen oder wenn ihre Sehnsucht nach Jock einfach zu groß gewesen war. Sie konnte sich immer darauf verlassen, dass er ihr Fels in der Brandung war, egal wie wütend er auf Jock oder sonst jemanden war. Ihr wurde klar, dass Grant ihr das gleiche Gefühl von Sicherheit vermittelte, obwohl er versucht hatte, sie fortzuschicken.

»Archer, du hast es mir immer gesagt, wenn du der Meinung warst, dass irgendwelche Touristen, die mich daten wollten, es nicht ehrlich meinten, und ich habe fast immer auf dich gehört. Aber du *kennst* Grant, und ich weiß, dass du ihm ebenso sehr vertraust wie ich. Dieses Mal höre ich auf mein Herz. Es hat mich noch nie in die Irre geführt, und wenn mir wehgetan wird, dann bin ich dafür verantwortlich, nicht du.«

Archer zog wütend die Augenbrauen zusammen. »Wenn du wegen ihm auch nur eine Träne vergießt, dann bringe ich ihn um.«

»Oh ja, das wird er«, sagte Lenore.

Sie und Archer drehten sich herum und sahen vier lauschende Damen, die kichernd und flüsternd mit einer Reihe von *Pssts* rasch auf Abstand gingen.

Jules hob ergeben die Hände. »Also gut, jetzt hört mir mal zu, Ladys. Ja, ich bin mit Grant zusammen! Ja, ich weiß, dass er nicht weiß, wie seine Zukunft aussieht, und dass er vielleicht sogar die Insel verlassen wird. Nein, ich werde nicht versuchen, ihn hier zu halten. Ich weiß, wie sehr Sie sich um ihn sorgen, Mrs. Silver. Niemand will, dass er wieder verwundet wird, aber hier zu bleiben, wenn er eigentlich woanders sein will, das würde ihn verwunden.« Sie wandte sich wieder Archer zu. »Ich hab dich unendlich lieb, und ich weiß, dass du der Ansicht bist, nur ein Ritter in einer glänzenden Rüstung wäre gut genug für mich. Keine Ahnung, ob Grant mein Ritter fürs Leben ist oder mein Ritter *für jetzt*, aber mein Herz gehört ihm seit Monaten, und noch nie wollte ich etwas so sehr, wie ich jetzt mit ihm zusammen sein möchte. Daher hoffe ich, dass du uns unterstützt, mir zuliebe.«

Archer zog sie in seine Arme und drückte sie einmal kurz und fest. »Ich hab dich lieb, Jules. Ich unterstütze dich, aber ich meine es ernst: Eine Träne und er ist Geschichte.«

Sie lächelte zu ihm auf. »Abgemacht. Es sei denn, es sind Freudentränen.« Sie atmete tief ein und dann hörbar und lang aus, bevor sie zu den flüsternden Damen hinüberging und übers ganze Gesicht strahlend rief: »Ich bin mit Grant zusammen und verdammt glücklich!«

Sie kreischten auf, umarmten sich alle gleichzeitig und redeten durcheinander.

»Das ist großartig!«, rief ihre Mutter.

»Wir freuen uns so für euch!«, stimmte Mrs. Remington zu.

Und Mrs. Silver sagte: »Vielleicht ändert sie ja noch ihre Meinung und überzeugt ihn, zu bleiben!«

»Margot!«, wurde sie von den drei Freundinnen ermahnt.

»Du hast einen guten Geschmack, Julesy. Der Mann könnte sich im Pythons eine goldene Nase verdienen«, sagte ihre Großmutter und brachte die anderen damit zum Lachen. Das Pythons war ein Lokal auf Cape Cod mit männlichen Strippern.

»Grandma, rede hier nicht über Pythons!«, schimpfte Jules. Zu spät, jetzt musste sie an seine beeindruckende Schlange denken, die sie am Morgen unter sich gespürt hatte.

»Ich mach mich vom Acker«, verkündete Archer und verließ den Laden.

Jules stöhnte auf. »Warum glaubt er, ich wäre noch ein kleines Mädchen?«

»Oh nein, mein Schatz, das glaubt er nicht.« Ihre Mutter legte einen Arm um sie. »Du weißt ja, dass Jock an deinem Bett Wache gesessen hat, als du die OP hattest und danach die Behandlungen über dich ergehen lassen musstest. Archer konnte das nicht. Er hatte zu große Angst und jetzt hat er wieder Angst.«

»Ich kann mir nicht vorstellen, dass Archer vor irgendetwas Angst hat.«

In den Augen ihrer Mutter erkannte sie Mitgefühl. »Weil er das nicht will. Damals konnte er es nicht ertragen, dich im Krankenhaus mit all diesen Schläuchen zu sehen, und während du dich zu Hause erholt hast, fiel es ihm ebenso schwer. Und als du von deinen Behandlungen total erschöpft warst, war es genauso. Archer ist ein Kämpfer, mein Schatz, der geborene Beschützer von frühester Kindheit an. Doch er konnte dich nicht vor dem Krebs beschützen. Er konnte es nicht für dich durchstehen, und das war so schlimm für ihn, dass es ihm unmöglich war, bei dir zu sein.«

Jules' Herz zog sich zusammen, als sie allmählich verstand. »Aber er kann mich vor den Männern beschützen.«

»Ganz genau«, sagte ihre Mutter.

»Armer Archer. Wie kann ich ihm klarmachen, dass er sich nicht für mich mit der ganzen Welt anlegen muss?«

»Leb einfach dein Leben, Kleines«, sagte ihre Mutter. »Wenn du und Grant füreinander bestimmt seid, dann wird Archer im Laufe der Zeit, in der eure Beziehung stärker wird, schon alles verstehen.«

»Sie hat recht, Julesy. Zieh du nur los und vergnüg dich mit deinem heißen Kerl.« Leiser sprach ihre Großmutter weiter: »Und jetzt zurück zu den Pythons. Ist er eher so der böse Junge oder ein lieber?«

»Grandma! Ich habe seine Schlange nicht gesehen und wir reden auch nicht darüber! Die Kränze müssen gemacht werden.« Jules marschierte ins Lager, um ihre roten Wangen zu verbergen, denn jetzt dachte sie nicht nur an Grants Schlange, sondern auch an all die unanständigen Dinge, die sie damit anstellen wollte.

»Wie wär's mit dem Motto *Jurassic Park*?«, schlug Brant am späten Freitagnachmittag vor.

»Vielleicht.« Den ganzen Tag über hatten sie mögliche Ideen für die Bootsparade besprochen, doch Grant fiel es schwer, an irgendetwas anderes zu denken als an seine süße, sinnliche Jules. Zum hundertsten Mal an diesem Tag dachte er daran, wie sehr sie sich an diesem Morgen auf ihn eingelassen und ihn um den Verstand gebracht hatte, als sie sich auf seinem Schoß gewunden und diese sexy Laute von sich gegeben hatte.

»Star Wars?«, fragte Brant und riss Grant aus seinen Gedanken.

»Hat nicht jemand vor ein paar Jahren den Yoda-Weihnachtsmann gemacht? Wie wär's mit Schnee-Pixies?«

Brant sah ihn an, als wäre er verrückt geworden. »Schnee-Pixies?«

»Ja, du weißt schon, diese Feen? So wie in Peter Pan und solchem Kram?« Er schaute auf die Uhr. »Es wird schon spät. Ich muss los. Hab noch etwas vor und muss vorher nach Hause, um zu duschen.«

Brant hob eine Augenbraue. »Du hast etwas vor? Welches Inselmädchen hat dich denn endlich rumgekriegt?«

Grant zog die Jacke an und konnte ein leichtes Lächeln nicht unterdrücken. »Jules.«

»Jules?« Brant nahm seine Basecap ab, fuhr sich durch die Haare und setzte die unvermeidliche Kappe wieder auf. »Das ist unerwartet.«

»Was du nicht sagst.«

»Wie lange geht das schon?«

Grant dachte eine Weile darüber nach, bevor er antwortete. »Ich denke, das gärt schon eine Zeit lang in mir, war mir nur nicht bewusst. Bevor ich zu meinem letzten Einsatz aufgebrochen bin, hab ich mich selbst dabei überrascht, wie ich mit ihr geflirtet habe. Aber du kannst es dir ja denken, ich hab sie in die Tabu-Schublade gesteckt und weiter mein Leben gelebt. Seit ich wieder auf der Insel bin, ist sie immer mal bei mir aufgetaucht, hat mich an Veranstaltungen und so etwas erinnert. Wenn ich an die Tür gekommen bin, hat sie mir irgendwas erzählt und ist wieder gegangen. Sie kam nie herein und ich hab mir ehrlich gesagt nie etwas dabei gedacht. Ich hatte Scheuklappen auf. Dann habe ich sie zu Halloween in diesem sexy Kostüm gesehen, und plötzlich konnte ich sie nur noch als Frau sehen, nicht mehr als die Freundin meiner kleinen Schwester. In ihrem kleinen schönen Kopf geht eine Menge ab und ...« Er zuckte mit den Schultern. »Jetzt kann ich nicht mehr aufhören, an sie zu denken.«

»Das ist großartig. Jules ist wahrscheinlich die wahrhaftigste Seele auf der ganzen Insel.«

»Wie meinst du das? Ich weiß, dass es so aussieht, als schwirrte sie manchmal auf irgendwelchen Wolken herum, aber sie ist unglaublich klug und wesentlich einfühlsamer als die meisten Menschen, die ich kenne.«

»So meine ich das nicht. Jules hat selten irgendwelche Dates. Ich habe nie ein einziges Gerücht über sie gehört.«

»Wahrscheinlich, weil Archer jedes Gerücht zerquetscht, bevor es in Umlauf kommt. Dafür sollte ich ihm dankbar sein.« Grant nahm sich vor, ein Auge darauf zu haben, dass Jules nicht seinetwegen zum Inseltratsch wurde.

»Kann sein.« Brant nickte.

»Die Leute hier müssen sich wirklich ein anderes Gesprächsthema suchen. Ach, übrigens, sie hat gefragt, ob sie beim Dekorieren für die Bootsparade helfen kann. Macht es dir was aus, wenn sie sich etwas einbringt?«

»Was für eine Frage! Je mehr, desto besser, finde ich. Normalerweise hilft sie ihren Eltern und Archer beim Boot ihrer Familie. Die fahren für das Weingut immer groß auf.«

»Cool, danke. Vielleicht will sie beides machen. Wir sehen uns.« Grant ging zu seinem Pick-up. Vor der Arbeit hatte er schon auf dem Parkplatz im Auto gesessen und den Brief von Jules so oft gelesen, dass er ihn fast auswendig kannte.

Er setzte sich hinters Steuer und holte den Umschlag hinter der Sonnenblende hervor, um ihn noch einmal zu lesen, bevor er nach Hause fuhr.

Manchmal, wenn wir wichtige Entscheidungen zu treffen haben, stoßen wir die Menschen von uns, die wir am meisten brauchen, weil wir glauben, dass die Antworten eindeutiger ausfallen, wenn wir nicht abgelenkt werden. Das gilt besonders für die vier Kardinalzeichen, von denen du, mein heißer Steinbock, eines bist. Steinböcke entziehen sich oft ihrer Familie und ihren Freunden, um Spuren in der Welt zu hinterlassen, und diese Spuren sind ihnen wichtiger als alles andere. Dein Bedürfnis, etwas Bedeutungsvolles für andere zu tun und zurück zu Darkbird zu gehen, stimmt vollkommen mit dem, wozu du bestimmt bist, überein.

Du glaubst vielleicht nicht an Zeichen, aber diese Pixie hier, ein Krebs (das Tierkreiszeichen, nicht die Krankheit), lebt nach ihnen. Also sei versichert, mein schroffer Freund, während du da draußen in der großen, weiten Welt unterwegs bist und deine Ziele verfolgst oder dich auf der Suche nach deinem nächsten bedeutungsvollen Unterfangen be-

findest, werde ich auf deiner entschlossenen Schulter sitzen, dich aus der Ferne anfeuern und in deinen dunkelsten Stunden eine Laterne in Händen halten.

Für dich bestimmt,
Pixie

Grant war in diesem Moment so von dem Brief überwältigt, wie er es beim ersten Lesen gewesen war, und die Tatsache, dass Jules ihn geschrieben hatte, bevor sie sich an jenem Morgen gesehen hatten, bevor er sich entschuldigt hatte, haute ihn um. Sie hatte die Laterne, die er für sie gemacht hatte, noch nicht gesehen, und sie hatte mit Sicherheit noch nicht das neueste Gemälde gesehen, das noch auf seiner Staffelei stand. Ein Bild von ihm, wie er allein auf der Insel stand und aufs Meer hinausblickte, während eine Pixie mit einer Laterne in der Hand auf seiner Schulter saß.

Er glaubte nicht an Zeichen, aber dieser Brief fühlte sich absolut wie eines an.

Der Brief verschwand wieder hinter der Sonnenblende, und Grant dachte daran, wie viel Jules von sich selbst in alles steckte, was sie tat. Sie war tatsächlich *echt*. Echt im Herzen und echt gefährlich für seines.

Ein Flirt mit der Gefahr hatte sich noch nie so gut angefühlt.

Vierzehn

»Super, jetzt haben alle den Termin für Daphnes Brautparty bestätigt. Ihre Bayside-Freunde, ihre Mutter und ihre Schwester kommen alle. Das wird so toll!« Jules steckte ihr Handy weg und half Bellamy weiter dabei, den großen roten Handwagen mit den schönen Herbstkränzen, die sie gemacht hatten, zu beladen.

»Ich hab im Chat gelesen, dass Keira und Trista fürs Mittagessen und den Nachtisch sorgen«, sagte Bellamy, als die Glocke über der Eingangstür ertönte.

Grant betrat den Laden und sah in der schokobraunen Jacke über dem grauen Pullover, den dunklen Jeans und den schwarzen Stiefeln verlockend männlich aus. Sein Blick traf Jules wie eine Windböe und ihr wurde gleich am ganzen Körper heiß.

»Hallo«, sagten sie und Bellamy gleichzeitig.

Er kam auf Jules zu und jeder Schritt ließ die Schmetterlinge tanzen. Sie fragte sich, wie er sich ihr gegenüber in Bellamys Gegenwart verhalten würde, und als er eine Hand auf ihre Hüfte legte und ihr einen Kuss auf die Wange gab, löste es einen freudigen Schwindel … und Lust auf mehr aus.

»Hallo, Pix.« Er schaute zu Bellamy, die die beiden anstrahlte. »Wie geht's, kleiner Zwerg?« Er stöhnte auf. »Mann, das ist schräg. Ich kann dich nicht mehr kleiner Zwerg nennen, Bell.«

Bellamy runzelte die Stirn. »Warum nicht? Du hast mich immer so genannt.«

»Weil ich nicht mit Jules zusammen sein und an dich als Kind denken kann. Das ist nicht richtig und du bist kein Kind mehr.«

Bellamy wirkte so enttäuscht, dass Jules sagte: »Ich will nicht, dass es zwischen euch wegen mir komisch ist.«

»Ist es nicht«, sagten Bellamy und Grant.

»So ungern ich es auch zugebe, aber er hat recht«, sagte Bellamy. »Kleiner Zwerg ist ein Spitzname für ein Kind.«

»Tut mir leid, Bell. Wahrscheinlich hätte ich schon vor langer Zeit darauf kommen sollen.« Grant nahm Jules' Hand und hielt dann ihre verschränkten Hände in die Höhe. »Ist es in Ordnung für dich, dass Jules und ich zusammen sind?«

»Ja! Ich freue mich so sehr für euch beide, aber wenn du ihr noch einmal wehtust, dann bekommst du es mit mir zu tun.«

»Ich glaube, darum kümmert sich Archer schon«, sagte Jules.

Grant sah sie ernst an. »Hat er etwas zu dir gesagt?«

»Nur dass er dich umbringt, sollte ich eine Träne vergießen.«

Er schmunzelte. »Na super.«

»Benimm dich einfach nicht mehr daneben und dann passt das schon«, sagte Bellamy streng.

»In Ordnung.« Grant schaute auf den Handwagen. »Das sind eine Menge Kränze. Habt ihr die wirklich alle gemacht? Die sind toll.«

»Ja, mit der Hilfe unserer Mütter und der anderen. Apropos … Ich habe uns quasi geoutet«, sagte Jules.

Grant zuckte mit den Schultern. »Na dann.«

»Ich erkenne dich gar nicht wieder«, scherzte Bellamy. »Wurde dein Körper vielleicht von einem Alien eingenommen?«

Er zog Jules in seine Arme. »So etwas in der Art.«

Jules wollte, dass Grant *ihren* Körper einnahm. Den ganzen Tag hatte sie beim Gedanken an ihn unter Strom gestanden. Dass es so süchtig machen konnte, mit jemandem herumzumachen, war ihr gar nicht klar gewesen. Sie musste ihn küssen, ihn richtig küssen, und zwar jetzt.

»Wir sollten lieber los. Es gibt viel auszuliefern.« Jules drückte Grants Hand und zog ihn Richtung Büro. »Ich muss nur noch meine Tasche holen. Wir sind gleich zurück, Belly.«

Sie eilte mit ihm in ihr Büro, schloss die Tür hinter sich und drückte ihre Lippen auf seine. Seine starken Arme legten sich um sie und zogen sie an sich, als er den Kuss vertiefte. In einem schwindelerregenden Rhythmus erforschte seine Zunge ihren Mund. Seine Hände glitten ebenso sehnsüchtig, wie sie es war, über ihren Körper. Das erregende Kratzen seiner Bartstoppeln verstärkte ihr Begehren. Mit einem Griff in ihre Haare löste er ein wunderbares Ziehen auf ihrer Kopfhaut aus und positionierte sie genauso, wie er sie haben wollte, um sie noch ungestümer zu küssen. Er gab einen hungrigen Laut von sich und ihre Gedanken hoben ab.

Er drängte sie nach hinten und hob sie auf den Schreibtisch, wo er sich zwischen ihre Beine stellte und ihren Mund noch fordernder eroberte. Hitze entflammte tief in ihr und breitete sich wie ein Lauffeuer in ihr aus, während sie sich aneinanderdrängten. Sie fühlte sich *wild*. Vor ihrem geistigen Auge sah sie sie beide, wie sie sich auszogen und sich hier auf dem Schreibtisch liebten. Sie war zu einer Art sexbesessener Irrer geworden. Sie hatte noch nicht einmal die Missionarsstellung erprobt, und jetzt wollte sie, dass er sie auf dem Schreibtisch nahm!

Oh ja! Sie wollte alles mit ihm.

Sie wusste nicht, wie viel Zeit vergangen war, aber als sich ihre Lippen schließlich voneinander lösten, fühlte sie sich trunken. Er knabberte an ihrer Unterlippe und auch das liebte sie. Doch als er leichte Küsse auf ihre Mundwinkel hauchte, schnellte ihre Erregung in die Höhe. Wie konnten solche sanften Küsse sie so anturnen? Wusste er, wie sehr er sie reizte?

Er strich mit dem Bart über ihre Wange und raunte ihr ins Ohr: »Du lockst mich mit deiner süßen Tarnung und dann zerstörst du mich mit deinen sündigen Küssen.«

»Ach ja?«, fragte sie atemlos.

»Oh ja!«

Er bewies es ihr mit einem weiteren berauschenden Kuss, der so lange andauerte, dass sie vor Begehren wahnsinnig wurde. Schließlich schloss er die Arme fest um sie und lehnte seine Stirn an ihre. »Verdammt, Pix, so etwas habe ich beim Küssen noch nie erlebt. Ich brauche eine Minute, bevor wir da rausgehen.«

Sie kicherte. »Ich auch. Es kommt mir so vor, als hätten sich meine Beine aufgelöst.«

Er lächelte und küsste sie noch einmal kurz und fest, sodass ein Stromschlag durch ihr Innerstes zu fahren schien. »Wir kommen nie aus diesem Büro heraus, wenn ich dich weiter küsse.« Er trat einen Schritt zurück, richtete seine Erektion, was sie schon wieder wahnsinnig erregend fand, und sagte: »Hier also vollbringst du deine Wunder.«

Sie schloss die Augen und atmete tief durch, um sich zu beruhigen. »Bis zu diesem Zeitpunkt sind hier niemals Wunder geschehen.«

»Was ist das?«

Sie riss die Augen auf, als sie seinen ernsten Tonfall vernahm. Er schaute auf seine Gemälde an der Wand. Mit angehaltenem Atem rutschte sie vom Schreibtisch. »Ich konnte nicht zulassen, dass du sie wegwirfst.«

Dunkle Schatten legten sich auf sein Gesicht. »Du hast die aus meinem Müll genommen?«

»Ja, aber ich hab zuerst gar nicht danach gesucht.« So sehr sie sich nicht als seine heimliche Pixie outen wollte, jetzt musste sie die Wahrheit sagen. »Als ich dir die Fußmatte gebracht habe, war deine Mülltonne umgekippt, und da hab ich die Bilder gesehen. Ich konnte den Gedanken nicht ertragen, dass du sie wegwirfst. Und später hab ich nach weiteren Gemälden gesucht, weil sie Teil von dir sind und ...«

»Und ich habe entschieden, sie wegzuwerfen«, unterbrach er sie verärgert. »Sie sind hässlich und düster und gerade du solltest sie nicht sehen.« Er streckte einen Arm aus, um eines herunterzunehmen.

»Nein!« Sie stellte sich mit hochgerissenen Armen zwischen ihn und die Bilder. »Sie sind gefühlvoll und schön! Sie sind ein Teil von dir. Und wenn sie jemand sehen sollte, dann ich, weil du mir etwas bedeutest. Und woher willst du wissen, dass du dir nicht nächste Woche oder nächstes Jahr wünschst, dass du sie behalten hättest?«

»Weil ich nicht daran denken will, wie ich mich gefühlt habe, als ich sie gemalt habe«, antwortete er.

»Aber du hast gesagt, dass es sich gut anfühlte, es loszuwerden.«

»Jules!«, sagte er mit einem warnenden Tonfall.

»Ich wollte sie nur für dich aufbewahren, falls du je wünschen würdest, du hättest sie nicht weggeworfen. Aber dann wollte ich sie ansehen und versuchen zu verstehen, was du fühlst. Ich weiß, dass du dich *nach* dem Malen besser fühlst, aber ich will nicht so tun, als würde es diese schlechten Gefühle nicht geben. Ich möchte dir dabei helfen, sie zu überwinden, und wie soll ich das tun, wenn ich nicht vollkommen verstehe, was du durchmachst?«

»Jules …« Er klang nun sanfter.

»Es tut mir leid, Grant. Ich wollte dich nicht hintergehen. Ich wollte nur helfen. Dank der Bilder wurde mir bewusst, was du durchmachst, und deshalb dachte ich, dass du mit deiner Malerei vielleicht anderen helfen kannst.«

Er seufzte und schüttelte den Kopf. »Wovon redest du?«

»Einer der Gründe dafür, dass du zu Darkbird zurückwolltest, ist der, dass es eine bedeutungsvolle und wichtige Arbeit ist. Vielleicht kannst du mit diesen Bildern etwas ebenso Bedeutungsvolles tun. Ich habe mich daran erinnert, wie du deine Gemälde verkauft hast und das Geld nach Oliviers Tod Ava gegeben hast. Jetzt wurde dir alles geraubt und du bist zu Recht wütend. Aber du hast auch gesagt, dass das Malen dir dabei hilft, die Wut rauszulassen, und mir ging durch den Kopf, wie viele andere Menschen im Kampf für unser Land auch Gliedmaße und ihren Beruf verloren haben. Viele von ihnen fühlen sich wahrscheinlich so wie du, aber vielleicht haben sie keine heimliche Fee, die ihnen dabei hilft, etwas zu finden, um mit diesen Gefühlen fertig zu werden. Wie wäre es, wenn du mit diesen Bildern etwas tust, das ihnen helfen könnte?«

»Ich verstehe immer noch nicht, was du meinst. Wie sollen meine Bilder anderen helfen?«

»Ganz habe ich das noch nicht durchdacht, aber ich habe ein paar Ideen. Du solltest sie in einer Galerie zeigen, mit einer Ausstellung eigens für versehrte Veteranen und ihre Familien. Möglicherweise helfen sie jemandem, zu verstehen, was der geliebte Mensch durchmacht, oder sie helfen einem Soldaten, zu erkennen, dass er mit seinen dunklen Gefühlen nicht allein ist. Oder du kannst sie verkaufen und das Geld für Familien von Amputierten spenden, oder du sponsorst damit ein Programm für Kunsttherapie für versehrte Veteranen, damit andere Menschen ihre Emotionen auf konstruktive Weise verarbeiten können. Eventuell kannst du das mit einer Stiftung machen, in der du behinderte Soldaten beschäftigst. Ich kann mir vorstellen, dass es nicht einfach ist, nach einem Leben im Militär eine Anstellung zu finden. Was für eine Ausbildung erhalten Soldaten denn abgesehen vom Kämpfen? Das sind nur ein paar Ideen und vielleicht sind sie auch unrealistisch. Aber ich finde, es muss doch einen Weg geben, um deine Kunst zu nutzen und anderen Menschen in ähnlichen Situationen helfen zu können. Ich weiß, dass es dich nicht dahin bringt, wo du eigentlich sein möchtest, aber du könntest einige Leben verändern.«

»Meine Güte, Pix«, sagte er kaum hörbar und rieb sich über das Gesicht. »Musst du immer allen helfen?« Er wandte sich ab und seine Schultern hoben sich mit einem tiefen Atemzug.

»Vielleicht«, sagte sie aufrichtig und Traurigkeit kam in ihr auf. »Es tut mir leid. Das war eindeutig übergriffig von mir. Ich nehme sie sofort herunter.« Schweren Herzens nahm sie ein Gemälde von der Wand.

Von hinten legte er die Arme um ihre Taille und seine Bartstoppeln strichen über ihre Wange. »Nimm sie nicht herunter.« Er befestigte das Bild wieder an dem Haken, drehte sie in seinen Armen herum und sah sie mit einem schmerzgeplagten Ausdruck an. »Es ist fast unerträglich für mich, dass du die Bilder gesehen hast.«

Sie senkte den Blick. »Es tut mir leid.«

»Sieh mich an, Pix.« Als sie wieder aufschaute, fuhr er fort:

»Ich wollte nicht, dass du sie siehst, weil ich nicht wollte, dass du all diese Hässlichkeit fühlst.«

»Ich halte sie nicht für hässlich. Sie sind echt und pur, und wie gesagt, sie sind ein Teil von dir, was sie auf eine schmerzvolle Weise schön macht.«

»Nur du kannst diese Bilder betrachten, etwas Schönes darin erkennen und sie als Möglichkeit sehen, anderen damit zu helfen.« Er seufzte. »Das macht dich so besonders.« Er küsste sie auf die Stirn und löste die Knoten, die sich in ihrer Brust zugezogen hatten.

»Du bist nicht sauer auf mich, weil ich sie behalten habe? Also, da du sie weggeworfen hast, waren sie ja theoretisch für jedermann zu haben, oder?«

Er lachte leise. »Ich könnte niemals sauer auf dich sein, Pix. Ich bin nicht begeistert davon, dass du es hinter meinem Rücken getan hast, aber du hast sie ja nicht zu deinem persönlichen Nutzen mitgenommen.«

»Ich habe sie zu meinem persönlichen Nutzen in meinem Büro aufgehängt.«

»Damit du mich besser verstehst. Also war es in Wirklichkeit zu meinem Nutzen, Baby, nicht für dich.«

»Es tut mir leid, dass ich sie genommen habe, ohne dir etwas zu sagen, und ich sollte dir wohl auch diese hier zeigen.« Sie führte ihn hinter ihren Schreibtisch zu den weiteren drei Bildern, die sie in den letzten Tagen mitgenommen hatte. »Ich hab dir keine Geschenke vor die Tür gelegt, weil du gesagt hast, dass ich das nicht mehr tun soll, aber ich konnte nicht zulassen, dass diese hier auf der Mülldeponie landen.«

»Hätte ich mir wohl denken können.« Ein leichtes Lächeln trat in sein Gesicht. »Deine Geschenke haben mir gefehlt.«

»Mir hat es gefehlt, dir welche zu bringen, und irgendwie

finde ich es blöd, dass du jetzt mit Sicherheit weißt, dass ich es war, die sie dir gebracht hat.«

Er umarmte sie und lachte wieder. »Ich habe immer gewusst, dass du es warst.« Er schaute ihr in die Augen. »Tut mir leid, dass ich wütend geworden bin. Ich werde über deine Ideen nachdenken.«

»Wirklich? Sag es nicht nur, um mich zu beruhigen. Ich bin ein großes Mädchen. Ich komme damit zurecht, wenn du die Bilder einfach nur irgendwo in einem Schrank verstauen willst.« *Auch wenn ich das schrecklich fände.*

Er zog die Augenbrauen skeptisch zusammen, als würde er ihr das nicht abnehmen.

»Stimmt, ich komme nicht damit zurecht. Sie sind zu gut, um sie vor allen anderen zu verstecken. Ich betrachte sie gern. Dann fühle ich mich dir näher. Aber ich verspreche, dass ich mich nicht mehr in deine Angelegenheiten einmische.«

»Wir wissen beide, dass das nicht wahr ist.«

»Ich kann es immerhin *versuchen*.«

»Etwa ein Dutzend Leinwände, Farben, ein Kaktus und diverse andere Dinge sprechen eine andere Sprache.«

Wenn jemand Grant vor einem Monat erzählt hätte, dass er einen Freitagabend damit verbringen würde, einen Handwagen voller Herbstkränze über die Main Street zu ziehen, hätte er ihn ausgelacht. Für ihn war es ebenso überraschend wie die Frau, die ihn veranlasste, innezuhalten und über mehr nachzudenken als darüber, wie er am schnellsten die Insel verlassen oder zu dem Job zurückkehren konnte, der ihm nicht mehr offenstand.

»Ich bin froh, dass du mich begleitest«, sagte Jules, als sie vor der Oceanside Boutique stehenblieben.

»Und ich erst! Ich hätte mir nie vorstellen können, so etwas mal zu tun, aber ich liebe es, dir zuzusehen, wenn du ganz in deinem Element bist.«

Vor den Eingängen der bunten Geschäfte in der Main Street wehten die *Geöffnet*-Fahnen. Blumenkästen voller Chrysanthemen und anderer Herbstblumen zierten die Schaufenster und auf den Gehwegen schlenderten einige Spaziergänger die Straße entlang. Jules und Grant hatten auf der gegenüberliegenden Seite angefangen, und alle Ladenbesitzer begrüßten Jules mit überschwänglichen Umarmungen, um dann ihre wunderschönen Kränze zu bewundern. Sie hatte die Kränze zu etwas ganz Besonderem gemacht, indem sie jedem einzelnen noch eine persönliche Note hinzugefügt hatte. So war an dem Kranz für die Frau, die den Schmuckladen führte, noch ein vierblättriges Kleeblatt angebracht, weil ihr Neffe auf die Antwort von der Universität wartete, bei der er sich beworben hatte, und der Kranz für die Besitzer des Antiquitätengeschäfts war mit einem Herz aus Blech versehen, weil sie in diesem Monat ihren zehnten Hochzeitstag feierten. Obwohl sie einen ganzen Karren voll mit Kränzen auszuliefern hatte, nahm Jules sich für jeden Zeit. Sie erkundigte sich in jedem Laden nach dem Ehepartner, den Haustieren, den Kindern oder nach einer Veranstaltung in den letzten Wochen oder Monaten. Grant erinnerte sich an Zeiten, in denen er selbst noch der freundliche Typ gewesen war, der das Gleiche getan hatte.

Und jetzt bin ich der Typ, der sich zu viele Gedanken um die Blicke und mitleidigen Gesichtsausdrücke macht, um richtig zuzuhören, was die Menschen zu sagen haben. Diese Erkenntnis schmeckte bitter. Er wollte nicht dieser Typ sein, vor allem nicht, wenn er mit Jules zusammen war.

Jules hielt einen Kranz in die Höhe, an dem pinke Baby-schuhe baumelten. »Bereit?«

»Ja! Wer hat denn ein Baby bekommen?« Er stellte den Handwagen ab und wappnete sich für eine weitere gesprächige Begegnung.

»Jay, der Sohn von Mrs. Smythe, und seine Frau Linda. Die kleine Missy kam im letzten Monat auf die Welt und sie ist einfach entzückend.«

Grant war mit Jay aufgewachsen. Er hatte gehört, dass Jay nach dem College geheiratet hatte, aber abgesehen von ein paar kurzen Unterhaltungen im Laufe der Jahre, wenn sie sich auf der Insel über den Weg gelaufen waren, hatten sie keinen Kontakt mehr.

Er folgte Jules in das Geschäft und wie in all den Läden zuvor nahm sie seine Hand. Das letzte Mal hatte er eine richtige Freundin gehabt, bevor er zur Army gegangen war, und als Jules heute Abend das erste Mal nach seiner Hand gegriffen hatte, hatte er sich unweigerlich umgeschaut, um zu sehen, wer sie beobachtete. Um zu sehen, ob andere ein Urteil über sie fällten. Was dachten sie wohl? *Was macht denn die süße, fröhliche Jules mit dem distanzierten und zornigen Grant?* Aber bereits im dritten Geschäft hatte ihn allein schon der Gedanke aufgeregt und so hatte er sich von dieser lächerlichen Unsicherheit verabschiedet.

Sollen die doch denken, was sie wollen.

Anstatt sich auf die Blicke zu konzentrieren, die seinem Bein galten, konzentrierte er sich nun auf Jules, denn er wollte, dass sie stolz darauf war, mit ihm zusammen zu sein. Er wusste, was für ein Mann er war, wenn er sich im Griff hatte, und wenn er erst einmal sein Leben auf die Reihe bekommen und herausgefunden hatte, wie seine Zukunft aussah, dann würden sie es auch wissen.

»Der Herbstkranz wird geliefert!«, rief Jules munter. »Fröhlichen November!« Sie gab Mrs. Smythe, einer kleinen korpulenten Frau mit braunen Haaren, den Kranz.

»Danke, meine Liebe.« Sie umarmte Jules. »Der ist wirklich wunderschön. Ich liebe die goldenen Tannenzapfen und die bunten Textilblätter.« Überrascht schlug sie die Hand vor den Mund. »Babyschuhe. Du bist ja die Allerliebste! Ich wünschte, du würdest mich dafür etwas bezahlen lassen.«

»Seien Sie nicht albern. Dank der Kränze habe ich einen Grund, den Tag mit meiner Mutter, Großmutter und ihren Freundinnen zu verbringen.«

»Und wir profitieren davon. Eure Großzügigkeit macht die Läden in der Main Street zu den schönsten auf der Insel.« Mrs. Smythe schaute mit ihren herzlichen warmen Augen zu ihm. »Grant Silver, mein Lieber. Wie geht es dir?«

»Gut, danke. Ich wollte gerade fragen, wie es Jay geht, aber wie ich höre, sind Glückwünsche angebracht. Bitte richten Sie ihm Grüße aus.«

»Das mache ich, danke. Die kleine Missy ist so entzückend. Aber wahrscheinlich bin ich etwas voreingenommen. Jay ist ein wunderbarer Vater. Er arbeitet zu viel und besucht mich nicht oft genug, doch ich weiß ja, dass das Leben mit einem Baby prall gefüllt ist.« Sie sah Grant nachdenklich an. »Auf der Halloween-Party habe ich mit deinen Eltern gesprochen. Sie sind so froh, dass du wieder zu Hause bist.«

Er war sich nicht so sicher, ob sie das nach ihrem Streit noch immer sagen würden.

»Ich wollte dir an dem Abend kurz Hallo sagen.« Mrs. Smythe legte den Kranz auf den Tresen. »Aber du schienst in

Gedanken versunken zu sein, da wollte ich nicht stören.«

Er war in Gedanken damit beschäftigt gewesen, möglichst schnell von dort wegzukommen, doch das behielt er für sich. »Sie hätten nicht gestört. Ich freue mich, Sie jetzt zu sehen.«

»Darf ich …?« Mrs. Smythe zog fragend die Augenbrauen hoch. »Darf ich dich kurz umarmen? Ich bin einfach so froh, dass es dir gut geht.«

Oh Mann. »Natürlich, danke.«

Sie umarmte ihn nicht ganz so kurz und trat dann mit einem dankbaren Funkeln in den Augen einen Schritt zurück. »Wir sind alle so stolz auf dich und jetzt schau dich an! Du kommst auf die Insel zurück und schnappst dir unser süßestes Mädchen.«

Jules grinste und Grant drückte ihre Hand. »Ich habe großes Glück.«

»Ja, das hast du, und vergiss das ja nicht.« Mrs. Smythe wedelte mit dem Zeigefinger vor ihm herum. »Was machst du sonst so im Moment?«

»Ich arbeite für Brant unten im Yachthafen und male ein bisschen.« Seine offene Antwort überraschte ihn selbst, doch das Malen war zu einer nächtlichen Gewohnheit geworden, auf die er sich freute. Er schaute zu Jules, die ihn bewundernd ansah. *Ich male dank dir, Baby. Ich bin hier und glücklicher dank dir.* Er freute sich auch darauf, dass sie beide zu einer nächtlichen Gewohnheit wurden.

»Ich erinnere mich noch an den Sommer, in dem du das Malen gelernt hast«, sagte Mrs. Smythe. »Du hast mehr Zeit beim Bistro mit Olivier verbracht als mit Jay und den anderen Jungs. Du hattest schon immer so ein großes Talent. Ich hoffe, wir sehen in den nächsten Monaten deine Gemälde wieder in den Geschäften.«

»Das ist wirklich sehr nett von Ihnen. Danke.«

Sie unterhielten sich noch ein paar Minuten, und als sie nach draußen gingen, zog er Jules unter der Markise in seine Arme. »Ich bin mit dem beliebtesten Mädchen der Insel zusammen. Jetzt weiß ich, wie die Frau vom Bürgermeister sich fühlt.«

Jules kicherte. »Danke, dass du die ganze Aufmerksamkeit erträgst. Ich weiß, das ist schwierig für dich, aber alle lieben dich und freuen sich, dass du wieder da bist.«

»Sie bemitleiden mich. Normalerweise sehe ich das in ihren Augen.«

»Findest du, dass *sie* dich mit Mitleid angesehen hat?«

»Nein, heute Abend habe ich das nicht bemerkt, aber sonst ist es da.«

»Ich glaube, du interpretierst fälschlicherweise Vorsicht als Mitleid. Alle wollen mit dir reden, aber sie sind sich nicht sicher, ob sie es sollten.«

»Was soll das heißen?«

»Du weißt schon … Manchmal hast du etwas Unnahbares an dir.«

Das konnte er nicht von sich weisen. Wenn er jedoch mit Jules zusammen sein wollte, musste er darauf achten, wie er auf andere wirkte. »Ich werde versuchen, daran zu arbeiten. Dich hat es nie davon abgehalten, dich mir zu nähern.«

»Weil ich keine Angst vor deiner mürrischen Art habe. Außerdem hätte ich alles getan, um dich Bellamy zuliebe glücklicher zu sehen.«

Er zuckte vielsagend mit den Augenbrauen. »Alles?«

Röte stieg ihr ins Gesicht. »Sei still. Du machst mich verlegen.«

Diese unschuldige Seite war so liebenswert, und er war noch

nicht bereit, sie loszulassen, sodass er die Lippen auf ihre senkte und sich den Kuss nahm, nach dem er sich gesehnt hatte, seit sie mit der Auslieferung der Kränze begonnen hatten. Als sie sich voneinander lösten, schaute sie sich nervös um.

»Gibt es irgendwelche Regeln, wenn ich mit dir zusammen bin, von denen ich wissen sollte, zum Beispiel dass ich den Liebling von Silver Island in der Öffentlichkeit nicht küssen darf? Denn damit hätte ich vielleicht ein Problem. In deiner Gegenwart gelingt es mir nicht so gut, meine Lippen unter Kontrolle zu halten.«

»Nein. Ich war nur noch nie in dieser Situation. Ich bin es nicht gewohnt, in der Öffentlichkeit zu küssen.«

»Okay.« Er ging etwas auf Abstand. »Das respektiere ich.«

»Nicht aufhören!«, sagte sie und zog ihn wieder näher.

»Du bist so süß, dass ich dich gleich wieder küssen will, und dann bekomme ich deswegen Schwierigkeiten.«

»Ich will dich auch küssen.«

»Oh, Jules, du bringst mich um den Verstand.« Noch einmal senkte er die Lippen auf ihre.

»Hey!«, rief sie nach dem Kuss plötzlich. »Mir ist gerade etwas bewusst geworden! Du hast Mrs. Smythe erzählt, dass du wieder malst.«

»Das ist dir bewusst geworden, als du mich geküsst hast? Dein Hirn funktioniert wirklich seltsam, Pix.«

»Ich dachte daran, wie es wohl wäre, wenn sie aus dem Laden käme und uns beim Küssen erwischen würde, und dann dachte ich an unser Gespräch. Es hat mich überrascht, dass du es ihr erzählt hast.« Sie riss die Augen auf. »Oh nein! Sind mir irgendwelche Gemälde entgangen? Hast du heute Morgen welche weggeworfen?«

»Was glaubst du denn? Ich konnte nicht schlafen und auch

nicht aufhören, an dich zu denken. Also ja, ich habe eins weggeworfen, aber meine Mülltonne wird erst in zwei Tagen geleert.« Er erzählte ihr nichts von dem Bild mit dem Soldaten, der eine Pixie auf seiner Schulter hatte, das er in seinem Schlafzimmer aufgehängt hatte, bevor er heute Abend zu ihr gekommen war.

»Zum Glück. Wir fahren zu dir, sobald wir mit der Auslieferung der Kränze fertig sind.« Sie stieß mit dem Finger gegen seine Brust. »Du kannst von Glück sagen, dass der Müll noch nicht abgeholt wurde, sonst hättest du mit mir auf der Deponie danach suchen müssen.«

Er lachte. »Ich kann wirklich von Glück sagen.« Er küsste sie noch einmal, viel intensiver nun. Sie klammerte sich an seine Jacke, ging auf die Zehenspitzen und erwiderte den Kuss mit Leidenschaft. Sein Körper entflammte, und er wünschte, sie wären an einem abgeschiedenen Ort. Er war hart, und sie fühlte sich so verdammt gut an, dass er sie am liebsten sofort ausgezogen und wilden Sex mit ihr gehabt hätte.

»Wenn du mich küsst, kribbelt es bei mir am ganzen Körper.«

Er konnte nicht widerstehen, sie noch einmal erröten zu lassen, und so legte er seine Wange an ihre und flüsterte ihr ins Ohr: »Warte, bis wir allein sind. Dann werde ich dich überall küssen und dieses Kribbeln in ein Feuerwerk verwandeln.«

»Grant! Wie soll ich den Leuten in die Augen schauen, wenn ich *daran* denke?«

»Keine Ahnung, aber ich sehe dich zu gern so durcheinander, daher …« Er wollte seine Lippen auf ihre senken, doch sie schob ihn lachend von sich.

»Oh nein, Big Guy, das machst du nicht. Wir haben noch einige Kränze auszuliefern, und meine Beine müssen funktionieren, sonst musst du mich nämlich in dem Karren ziehen.«

Sie nahm den Griff vom Handwagen, doch er nahm ihn ihr ab, und als sie den Gehweg entlanggingen, wurde er von der Realität wie von einer heftigen kalten Windböe erfasst. Durch sie war sein früheres Ich wieder so sehr in ihm erstarkt, dass er vollkommen vergessen hatte, dass sie sein Bein würde sehen müssen, wenn er ihr wirklich dieses Feuerwerk bescheren wollte.

»Warte.« Sie hielt vor dem nächsten Laden an, der leer war und in dem ein *Zu vermieten*-Schild im Fenster hing. Sie nahm einen Kranz aus dem Karren.

Als sie ihn an einem Haken über der Tür befestigte, fragte er. »Ist der Haken immer dort?«

»Nein, ich habe Charmaine, die Maklerin eine Straße weiter, gebeten, einen für mich anzubringen.«

Sie trat beiseite, und er sah einen Zettel vom Kranz baumeln, auf dem in ihrer schwungvollen Handschrift stand: *Bald öffnet hier ein ganz besonderes Geschäft!*

»Wer zieht hier ein?«

Sie zuckte mit den Schultern. »Keine Ahnung. Aber ich hoffe, ich kann Lenis Freundin Indi davon überzeugen, ihren eigenen Schönheitssalon zu eröffnen.«

»Klingt kostspielig. Will sie hierherziehen?«

»Vielleicht. Sie hat es satt, in New York zu arbeiten. Könnte sein, dass sie nicht auf Anhieb ihren eigenen Laden aufmachen kann, aber sie kann ja auch kleiner anfangen und sich dann hocharbeiten.«

»Jules Steele, du rettest eine verlorene oder einsame Seele nach der anderen.« Er legte den Arm um sie und gab ihr einen Kuss auf die Stirn.

Sie brachten einen Kranz beim Optiker vorbei, und als Jules dem Chef Grant vorstellte, erklärte der, dass er Grants Eltern kannte, und dankte ihm für seinen Einsatz für das Land. Grant war stolz auf seinen Militärdienst und seine Arbeit bei Darkbird, und es fühlte sich gut an, Anerkennung zu bekommen.

Auf dem Weg zum Trista's, wo sie ihren letzten Kranz abgeben wollten, sagte Jules: »Als wir Trista das letzte Mal gesehen haben, waren wir noch nicht zusammen. Sollten wir das aufklären, oder …?«

Bei ihrem hoffnungsvollen Blick wollte er der ganzen Welt erzählen, dass sie zusammen waren, nur um diese Freude zu sehen. Er wollte nicht, dass sie sich fragte, wie er sich fühlte oder ob er wollte, dass man sie zusammen sah. Sie sollte wissen, wie wichtig sie ihm war, und sie sollte ihre Beziehung als selbstverständlich ansehen, auch wenn sie noch ganz frisch war. Und er wusste genau, wie er ihr das zeigen konnte.

»Ich bin mir ziemlich sicher, dass sie es merken wird, da ich anscheinend meine Hände nicht von dir lassen kann.«

»Stimmt.« Sie nahm den Kranz. »Sollen wir hier etwas essen, wenn wir schon da sind?«

»Nein, ich möchte dich an einen schönen Ort entführen.«

»Es ist schön hier. Ich mag Tristas Essen.«

»Du bist jetzt mein Mädchen, Pix. Ich will dich gut behandeln. Ich habe seit Jahren keine Freundin gehabt, also bin ich etwas eingerostet. Aber das kriege ich schon hin.«

Sie strahlte ihn an.

»Was ist?«

»Es klingt komisch, wenn du sagst, dass ich deine Freundin bin.«

»Zu früh? Zu seltsam? Da wir uns heute Morgen so nah waren, dachte ich, wir sind da der gleichen Meinung. Ich werde dich nicht mit jemandem teilen.«

Sie lachte. »Wir sind der gleichen Meinung. Es gefällt mir,

wenn du das sagst. Nur dass ich seit der Highschool keinen Freund hatte und das hielt nicht sehr lang. Du hattest im Laufe der Jahre sicher viele Freundinnen, also wenn du glaubst, dass du etwas eingerostet bist, dann bin ich wahrscheinlich nigelnagelneu. Komm, gehen wir rein.«

Warum klangen gewisse Dinge aus ihrem Mund so unanständig? Jetzt schwirrte das Wort *nageln* in seinem Kopf herum, was absolut nicht beschrieb, wie er sie verwöhnen wollte.

Er legte den Arm um sie, als sie das Café betraten, und so gingen sie zum Tresen, hinter dem Trista grinsend an der Kasse stand.

»So ist das nicht, wie?« Trista zwinkerte Jules zu.

»War es auch nicht, aber jetzt schon«, sagte Grant energisch. »Mach kein großes Ding draus.«

»Ach, keine Sorge. Mach ich nicht.« Sie drückte auf eine Taste an ihrem Headset und dann ertönte ihre Stimme im ganzen Café. »Alle mal herhören! Ich möchte euch das neueste Pärchen von Silver Island vorstellen.«

Verschlagen grinsend deutete sie auf Jules und Grant. »Applaus für Grant Silver und Jules Steele.«

Jules lachte, Grant verzog finster das Gesicht und das prall gefüllte Café applaudierte.

Grant schüttelte den Kopf. »Was habe ich dir jemals angetan?«

Trista verschränkte die Arme und sah ihn ernst an. »Dann versuch mal, dich an die Weihnachtsparty im Silver House zu erinnern, als ich zwölf Jahre alt war. Da habe ich endlich den Mut aufgebracht, dich zum Tanzen aufzufordern, und du gibst mir vor allen Leuten einen Korb.«

»Das hast du gemacht, Grant?«, fragte Jules ungläubig.

»Meine Güte, wir waren Kinder! Wie alt war ich da? Fünfzehn? Ich hatte keine Ahnung, wie man tanzt.«

»Das hast du heute noch nicht«, merkte Trista an.

Er lachte. »Das stimmt. Es tut mir leid, wenn ich dich in Verlegenheit gebracht habe.«

»Das hast du in der Tat«, sagte Trista unbekümmert. »Aber jetzt geht es mir besser.«

»Nachtragend bist du ja wohl gar nicht«, scherzte er.

»Vielleicht kann der hier einiges wiedergutmachen.« Jules gab ihr den Kranz.

»Mehr als das! Danke. Du machst wirklich die schönsten Kränze, die ich je gesehen habe.«

Grant lehnte sich zu Jules hinüber. »Hey, Baby, während ihr euch unterhaltet, gehe ich kurz mal nach draußen und telefoniere. Bin gleich wieder da.« Er ging hinaus und rief Wells an.

»Was gibt's, Grant?«

»Du musst mir einen Gefallen tun.«

»Das ist ja mal ganz was Neues. Alles in Ordnung?«

»Ja, mir geht es gut. Aber ich hoffe, du kannst mir dabei helfen, den Abend noch besser zu machen.«

Fünfzehn

Nachdem sie den Handwagen zurück in ihren Laden gebracht hatten, ging Jules mit Grant hinauf in ihre Wohnung, damit sie sich frisch machen konnte. Sie hastete in ihrem Schlafzimmer umher, löste ihren Zopf und probierte verschiedene Outfits an, so schnell es eben ging – und das war nicht gerade schnell. Sie war nervös und freute sich auf ihr erstes richtiges Date mit Grant. Mit ihm durch den Ort zu gehen, war wunderschön gewesen. Er kam ihr entspannter vor, und sie fragte sich, ob es damit zu tun hatte, dass er nicht mehr gegen seine Gefühle für sie ankämpfte. Er hatte ihre Hand gehalten, als wollte er, dass jeder wusste, zu wem sie gehörte, und als wäre er stolz darauf, mit ihr zusammen zu sein. Ach, das war herrlich! Sie wollte das perfekte Outfit finden, um ihm zu zeigen, dass sie auch stolz darauf war, mit ihm zusammen zu sein.

Ihr Blick fiel auf die schwarzen schenkelhohen Wildlederstiefel, die sie für die Weihnachtsparty im letzten Jahr gekauft hatte. Perfekt! Sie zog sich für gewöhnlich bedacht an, eher Richtung süß als zu sexy. Doch heute Abend kleidete sie sich für Grant und sie wollte ihn rasend machen. Rasch machte sie sich im Badezimmer frisch, erneuerte ihr Make-up, und anstatt die Haare auf dem Kopf zusammenzubinden, stellte sie sich Grants

Hände darin vor und ließ ihre goldbraunen Locken offen über die Schultern fallen.

Sie schlüpfte in sexy Dessous, einen schmalgeschnittenen grauen Minirock und einen schwarzen Pullover, wobei sie mit jeder Sekunde nervöser wurde. Sie stieg in die Stiefel, spritzte sich ein wenig Parfum hinter die Ohren und auf die Handgelenke und betrachtete sich kurz im Spiegel. Sie fühlte sich hübsch, so wie Bellamy, wenn sie ein Fotoshooting hatte, oder wie Sutton, wenn sie aufgebrezelt in die Stadt loszog, um die Blicke der Männer auf sich zu ziehen.

Jules war nur auf die Aufmerksamkeit eines einzigen Mannes aus.

Los geht's!

Sie atmete tief durch und ging, nervös wie nie, ins Wohnzimmer. Grant stand vor ihrer Inspirationswand und tippte etwas in sein Handy. Er bemerkte sie nicht, also nahm sie sich einen Moment, um sich zu sammeln. Aber das war fast unmöglich, wenn der Mann, von dem sie so ziemlich jede Nacht träumte, der sie nicht für albern oder vollkommen abgedreht hielt, hier in ihrer Wohnung stand und sie zu ihrem ersten richtigen gemeinsamen Date ausführen wollte. Und wie gut er aussah! *Wie viele Sterne mussten richtig stehen, damit es dazu kommen konnte?*

Grant drehte sich um, und sein langsames Lächeln ließ Feuer in seinen Augen aufflackern, sodass ihr am ganzen Körper heiß wurde.

»Wow, Baby.« Er kam auf sie zu. Sein feuriger Blick ließ ihren Körper erbeben, bevor er sie in seine Arme zog. »Du siehst absolut umwerfend aus.«

»Danke. Das Gleiche dachte ich auch gerade über dich.«

Er lachte spöttisch auf.

»Das meine ich ernst. Noch nie hat irgendetwas in meiner Wohnung so gut ausgesehen.« Sie legte die Arme um seinen Hals und hielt die Wahrheit nicht zurück. »Ich liebe es, wie du aussiehst.«

Er strich sanft mit seinen Lippen über ihre. »Hast du eine Schwäche für gebrochene Höhlenmenschen?«

»Nur für einen sehr gut aussehenden Höhlenmenschen, und ich glaube nicht, dass er gebrochen ist.«

»Auf meinem linken Ohr höre ich nichts mehr und mir fehlt ein halbes Bein, Baby.«

»Aber du hast ein ganzes Herz und das ist das Wichtigste.« Sie ging auf die Zehenspitzen und drückte ihre Lippen auf seine.

Jules war schon oft im Rock Bottom Bar and Grill gewesen, doch es Hand in Hand mit Grant zu betreten, fühlte sich vollkommen anders an. Das Rock Bottom war eines der angesagtesten Lokale auf der Insel, und es überraschte sie, dass er an einem Freitagabend dorthin gehen wollte, wenn es dort mit Sicherheit sehr voll und laut sein würde. Im Eingang standen bereits sechs Paare Schlange. Wells stand neben der Empfangsdame, die kurzen dunklen Haare gut gestylt und frisch rasiert, wodurch er so ganz anders aussah als Grant mit seiner schroff wirkenden Erscheinung. Die Silver-Männer waren alle gut aussehend, doch keiner von seinen Brüdern konnte mit Grant mithalten.

Wells entdeckte sie und kam in seinem dunklen Anzughemd und der schicken Hose entspannt auf sie zu. Er nahm

Jules von Kopf bis Fuß unter die Lupe und pfiff anerkennend. »Verdammt, Mädchen, du siehst heiß aus.«

»Danke«, sagte Jules. Seine beiden Brüder flirteten immer zu gern.

Grant sah ihn finster an. »Wenn dir deine Augen lieb sind, dann solltest du aufhören, meine Freundin so anzuglotzen.«

»Tut mir leid, musste nur sichergehen, dass du kein Hochstapler bist, der sich in den Körper meines Bruders eingeschlichen hat. Du hast den Test bestanden.« Er räusperte sich. »Silver, zwei Gäste, bitte folgt mir.«

»Wir brauchen uns doch nicht vorzudrängeln.«

»Doch.« Grant gab ihr einen Kuss auf die Schläfe und legte einen Arm um sie.

Als sie Wells durch den vollen Raum folgten, schauten vertraute Gesichter verstohlen zu ihnen auf. Jules lächelte unweigerlich, und Grant nickte vielen von ihnen zum Gruß zu, was sie erfreute. Fast so sehr wie die Tatsache, dass er sie fester an sich zog, wenn Männer sie in Augenschein nahmen. Wells führte sie hinauf in die obere Etage, wo es abgeschiedene Speiseräume gab.

»Wohin gehen wir?«, fragte sie.

Wells schaute über die Schulter. »Zum schönsten Raum im Haus.« Er öffnete eine Tür, auf der *Privat* stand, und führte sie eine weitere Treppe hinauf.

Sie hatte nicht einmal gewusst, dass es einen zweiten Stock gab. »Hier oben ist noch ein Speisesaal?«

»Nur ein Séparée.« Oben öffnete Wells die Tür und trat zur Seite. »Nach Ihnen, meine Dame.«

Jules betrat den sanft beleuchteten Raum und war von der romantischen Atmosphäre überwältigt. Ein von Windlichtern gesäumter Weg führte zu einem großen runden Tisch, auf dem eine rote Tischdecke lag und der auf einer Seite elegant für zwei gedeckt war. Um ihn herum standen« weitere weiße Tische mit imposanten bunten Blumensträußen. Im ganzen Raum waren mit Sicherheit ein Dutzend oder mehr Vasen mit den hübschesten Blumen, die sie je gesehen hatte, verteilt. Die hintere Wand wurde fast ganz von einem Fenster eingenommen und bot einen herrlichen Blick auf den Hafen, während in der Ferne die Lichter der Insel vor dem grau-blauen Himmel funkelten.

»Grant!«, brachte sie nur hervor. Sie war von Ehrfurcht ergriffen.

Er trat neben sie und legte die Hand auf ihren unteren Rücken. »Das war das Beste, was ich in so kurzer Zeit organisieren konnte.«

»Machst du Witze?« Sie war unfassbar gerührt. »Ich wäre mit einem Essen bei Trista's glücklich gewesen, und du legst dich so ins Zeug, dass ich mich wie eine Prinzessin fühle.«

Er zog sie in seine Arme und sah sie an, als hätte sie ihm die Sterne vom Himmel geholt, wo sie doch rein gar nichts getan hatte. »Du zeigst mir und anderen unaufhörlich, wie besonders wir sind. Jetzt bist du einmal dran, Pix. Du verdienst es, wie eine Prinzessin behandelt zu werden. Aber das war ich nicht allein.« Er schaute zu Wells. »Ich hatte eine Menge Hilfe.«

»Lass dir von Grant nichts erzählen, Jules«, widersprach Wells. »Das hat alles er organisiert. Er wusste *genau*, was er wollte, wo die Tische stehen sollten, wie sie gedeckt sein sollten. Er hat Leute um Gefallen gebeten, um die Blumen und Windlichter herzuschaffen, und ich hab nur seine Anweisungen befolgt, um sie hier zu arrangieren.«

Sie schaute zu Grant auf und schmolz innerlich dahin. »Das alles hast du für mich getan? Danke!« Sie schlang die Arme um ihn und küsste ihn.

»Das sollten wir für die Ewigkeit festhalten«, sagte Wells und sie schauten zu ihm. Er hielt sein Handy in die Höhe. »Jetzt lasst uns mal ein Foto machen, auf dem wir eure Gesichter sehen können.«

Jules schmiegte sich an Grants Seite und grinste idiotisch.

Grant schüttelte den Kopf. »Muss das jetzt sein, Junge?«

»Glaub mir, an deinem Hochzeitstag freust du dich über diese Fotos. So, und jetzt ein Lächeln für dein Mädchen.«

»Oh Mann«, brummte Grant leise.

Wells machte das Foto und nahm dann ihre Jacken.

Jules schnupperte an den Blumen. »Ich fasse es nicht, dass ihr das alles hier so schnell auf die Beine gestellt habt. Vielen Dank.«

»Du hast noch nicht einmal die Hälfte gesehen«, sagte Wells. »Mein Bruder macht anscheinend keine halben Sachen. Was kann ich euch zu trinken bringen?«

»Ich nehme einen ungesüßten Eistee, bitte«, sagte Jules.

»Für mich auch«, sagte Grant.

»Wunderbar. Eure Getränke und das Essen kommen sofort.«

Nachdem Wells gegangen war, fragte Grant: »Hätte ich eine Flasche Champagner oder Wein bestellen sollen? Ich weiß, dass du nicht oft Alkohol trinkst, aber hättest du es gewollt?«

»Nein, das ist perfekt so. Aber wenn du etwas Alkoholisches trinken möchtest, stört es es mich nicht.«

»Ich trinke nicht mehr als ab und zu mal ein Bier mit den Jungs. Ich habe gern einen klaren Kopf.«

Sie fügte das der langen Liste hinzu, auf der all die Dinge standen, die sie an ihm mochte, während sie die wunderschönen Blumen und die Windlichter auf sich wirken ließ, den Blick auf die Insel und auch den rau wirkenden Mann, der eine Ewigkeit auf Schlachtfeldern und bei Einsätzen verbracht hatte und – ohne sich auch nur einmal zu beschweren – den halben Abend mit ihr Kränze ausgeliefert hatte.

Grant legte vor dem großen Fenster den Arm um sie und gemeinsam schauten sie auf die Lichter der Insel und den Mond, der sich im dunklen Wasser spiegelte, hinaus. Jules legte den Kopf an seine Schulter. »Ich komme gar nicht über diesen Ausblick hinweg.« Sie drehte sich um und schlang die Arme um ihn. »Ich habe das Gefühl, als hättest du mich tausende Meilen weit weggeflogen. Ich wusste nicht einmal, dass es diesen Raum gibt.«

»Wells vermietet ihn nur an wenige besondere Kunden.«

»Ich bin froh, dass er weiß, wie besonders du bist«, sagte sie und er winkte ab. »Niemand hat jemals etwas Romantisches für mich getan, und von der Laterne, die du für mich gemacht hast, bis zu all dem hier … Du hast mich wirklich umgehauen. Hast du deswegen so lange telefoniert, als wir im Trista's waren? Hast du da alles arrangiert?«

»Ja, tut mir leid. Wenn ich klarer im Kopf gewesen wäre, hätte ich das heute Morgen schon getan. Ich hab ja gesagt, dass ich etwas eingerostet bin.«

»Von Rost ist bei dir nichts zu spüren, Big G. Das läuft alles ziemlich rund.«

»Gelaufen ist bei mir schon lange nichts mehr, und selbst wenn, so etwas wie das hier habe ich noch nie versucht.« Er küsste sie sanft. »Bei dir möchte ich, dass einfach alles perfekt ist.«

»Perfektion brauche ich nicht. Wir müssen dir nur dabei helfen, deinen Weg zu deiner nächsten Aufgabe zu finden.«

»Du bist ziemlich unglaublich, Jules. Ich habe deinen Brief gelesen, und wie alles, was du tust, veranlasst es mich, alles langsamer anzugehen und die Welt mit anderen Augen zu sehen.«

»Ich hatte befürchtet, dass das, was ich geschrieben habe, dir zu seltsam vorkommen würde.«

»Was du geschrieben hast, war aufmerksam und aufschlussreich. Es war anders, aber nicht seltsam. Obwohl ich denke, dass dein Pixie-Staub mein Hirn außer Gefecht setzt.«

»Wenn so ein romantischer Abend das Ergebnis davon ist, dass ich dein Hirn außer Gefecht setze, dann sollte ich schnell mal meinen Beutel voller Staub holen.«

Er lachte. »Pix, du hast in deinem Brief beschrieben, wie du mit einer Laterne in der Hand auf meiner Schulter sitzt, bevor ich dir die Laterne gegeben habe.«

»Weil ich es mir so vorstelle, solltest du jemals wieder in der Lage sein, auf Einsätze zu gehen, und sollten wir dann noch zusammen sein.«

»Dazu wird es nicht kommen. Wegen meines Gehörverlusts kann ich das nicht mehr.«

»Ich weiß, aber ich möchte glauben, dass du etwas in der Art machen kannst, das dich glücklich macht. Und wenn du das tust und wir noch zusammen sind, dann werde ich dich von hier aus anfeuern, ich werde dafür beten, dass du in Sicherheit bist, und ich werde mich darauf freuen, dich wiederzusehen, wenn du zurückkommst.«

»Ich beneide dich um deine Fähigkeit, ohne Zögern das zu sagen und zu tun, wonach dir ist. Du setzt dich für einen Typen ein, der die Insel verlassen will, und du forderst absolut gar nichts von mir. Das verstehe ich nicht.«

»Da gibt es nichts zu verstehen. Du bist derjenige, der in mir Gefühle auslöst, die ich bisher nicht kannte«, sagte sie aufrichtig. »Ich will mit dir zusammen sein, ich will dich nicht besitzen.«

Er zog sie zu einem langen, sinnlichen Kuss an sich, ließ die Schmetterlinge in ihrem Bauch toben und hielt sie so nah bei sich, dass ihre Lippen nur Millimeter voneinander entfernt waren. »Wegen dir geht mir diese ganze Sache mit den Zeichen nicht mehr aus dem Kopf.«

Dann drückte er seine Lippen auf ihre, schob die Hand in ihren Nacken und hielt sie so besitzergreifend fest, dass sie sich irgendwie freier fühlte denn je. Er küsste sie fordernd und zärtlich zugleich, was sie nie für möglich gehalten hätte. Alles an ihm schien sich im Krieg gegen ihn selbst zu befinden. Und sie wusste, dass er diesen Krieg gewinnen würde. Ob er der Last seiner puren Kraft und der Wut, die sein fürsorgliches, romantisches Herz verbargen, überdrüssig werden würde, oder ob die Antworten, nach denen er suchte, alles aufklären würden, wusste sie nicht. Doch sie glaubte an ihn.

Grant Silver war niemand, der aufgab. Er war ein Macher.

Und wie sehr sie wollte, dass er es ihr machte!

Ein Räuspern ließ sie auseinanderfahren, und Wells betrat mit einem Kellner im Gefolge den Raum, beide mit großen Tabletts voller Essen. Jules spürte, wie ihr die Röte in die Wangen schoss, als Grant ihre Hand drückte und sie sich setzten.

»Tut mir leid, dass ich euch unterbreche. Ich hoffe, ihr habt auch Hunger auf das Essen.« Wells und der Kellner fingen an, kleine Schälchen mit Hühnchen-Satay, Garnelenbällchen, gegrilltem Gemüse, Bruschetta mit Tomaten und ein wenig Champignons und zahlreichen anderen, köstlich aussehenden Speisen auf den Tisch zu stellen.

Jules kam fast um vor Hunger, doch das, was sie wollte, sah sie an wie ein hungriger Wolf. Wie gern wäre sie sein Rotkäppchen gewesen.

Warum hast du so einen schönen Mund?
Damit ich dich besser fressen kann.
Jules, wirklich jetzt?

Grant sah sie an, als könnte er ihre Gedanken lesen, und so plapperte sie nervös drauflos. »Wow! Das ist ja ein richtiges Sammelsurium. So viele Sachen! Ich komme um vor Hunger. Hast du auch Hunger?«

Ein schiefes Grinsen erschien in Grants Gesicht, und es kam ihr vor, als teilten sie beide ein schmutziges kleines Geheimnis, das ihr einen Schauer über den Rücken laufen ließ.

»Grant hat uns mit einem Tapas-Restaurant verwechselt«, sagte Wells, als er das leere Tablett dem Kellner gab, der daraufhin den Raum verließ.

»Keine Sorge, Bruderherz. Du bekommst ein gutes Trinkgeld von mir.«

»Davon gehe ich aus.« Wells verschränkte die Arme und grinste.

»Was?«, fragte Grant leicht verärgert.

»Ich habe das Gefühl, ich sollte Tickets oder so verkaufen. Kommt ja nicht oft vor, dass mein Bruder darum bittet, meine Rooftop-Suite zu benutzen, um dann mit einer wunderschönen Frau an seiner Seite aufzutauchen.«

»Sieh zu, dass du verschwindest, Wells«, warnte er.

Ergeben hob Wells die Hände. »Ich gehe ja schon. Genießt euer Essen, und wenn ihr irgendetwas braucht, schickt mir eine Nachricht. Ansonsten komme ich in einer Weile wieder.«

War es falsch, dass sie am liebsten auf Grants Schoß geklettert wäre und herumgemacht hätte, anstatt zu essen? Meine Güte, in was für eine Nymphomanin verwandelte sie sich denn gerade? »Das sieht alles so lecker aus, ich weiß gar nicht, wo ich anfangen soll.«

»Ich schon.«

Grant nahm ihre Hand und zog sie wieder zu einem unfassbar erregenden Kuss an sich. Er schob die Finger in ihre Haare, küsste sie wilder. Ihr Körper stand in Flammen, sie rutschte näher und küsste ihn hemmungslos. Außer Atem und nun noch bedürftiger löste sie sich von ihm.

Seine Augen waren dunkel wie die Nacht, seine Zurückhaltung war an seinem angespannten Kiefer und seinem festen Griff in ihren Haaren abzulesen. »Jede Minute, die ich mit dir verbringe, macht es schwerer, meine Hände und meinen Mund bei mir zu behalten.«

»Dann möchte ich viel Zeit mit dir verbringen.«

»Du machst mich fertig«, stieß er aus und zog sie zu einem weiteren glühenden Kuss an sich.

Er strich über ihren Oberschenkel und hielt erst kurz vor ihrem Rock inne. Die Hitze, die von seiner Hand ausging, brannte sich in ihr Bein und löste ein erwartungsvolles Zucken ihrer inneren Muskeln aus.

»Mein Gott, Jules, du bringst mich immer so schnell auf gewisse Gedanken … Wir sollten uns benehmen. Wells könnte jederzeit hereinkommen.«

Sie war so in ihm versunken, dass sie an gar nichts hatte denken können, und schon gar nicht an Wells. Sie nickte. »Gute Idee. Wir sollten essen.« In Gedanken sah sie sich auf die Knie gehen, um *ihn* zu kosten. *Oh!* Mit Sicherheit lag irgendein Aphrodisiakum in der Luft. Sie war noch nie so gewesen. In ihrer Brust breitete sich Hitze aus und sie wandte sich von ihm ab, damit er nicht sah, dass sie rot wurde. Schnell füllte sie sich etwas von dem Essen auf ihren Teller.

Er legte seine Hand auf ihre und lenkte ihre Aufmerksamkeit auf sein wissendes Lächeln. »Ich möchte alles – bis ins kleinste Detail – wissen, was du gerade denkst.«

»Ich habe keine Ahnung, wovon du redest.« Sie steckte sich etwas zu essen in den Mund, und er lachte, woraufhin sie lachen musste. »Hör auf, mich anzusehen.«

»Jetzt will ich dich einfach nur noch mehr ansehen.«

Lachend lehnte sie sich zurück. »Wir sind hoffnungslos. So war ich noch nie. Ist es für dich immer so?«

Er zog die Augenbrauen zusammen. »Oh nein! Es ist nie so gewesen. Ich kann an nichts anderes denken als an dich, und selbst bevor ich dich geküsst habe, habe ich immer nur an dich gedacht. Du weißt ja, wie es normalerweise läuft. Man bändelt mit jemandem an, ist erregt und was weiß ich noch, und wenn es vorbei ist, gehen beide ihrer Wege und denken nie wieder an diese Person.«

»Das habe ich nie gemacht.« Sie fummelte am Saum ihres Rockes herum und nun waren ihre Nerven aus einem ganz anderen Grund angespannt.

»Was? Einen One-Night-Stand?«

Sie nickte. »Das ist nicht meins. Also, ich hab schon mit Männern rumgemacht, aber ich habe nie dieses *Einmal Sex haben und sich dann nicht wieder sehen* gehabt.«

»Das ist doch gut, Jules. Warum klingst du so besorgt?«

»Weil ich nicht die Erfahrung habe, die du hast.« Sie haderte mit sich, ob sie ihm sagen sollte, dass sie noch nie Sex gehabt hatte, aber sie wollte nicht, dass er verblüfft reagierte, was laut Leni passieren konnte. Damals war Jules neunzehn Jahre alt gewesen, und Leni hatte gesagt, die Männer würden sich zu viele Gedanken darum machen, was es bedeuten würde, Sex mit ihr zu haben, wenn sie noch viel länger eine Jungfrau bliebe. Sie hatte gemeint, sie könnten vielleicht Bammel haben, dass es eine zu große Verantwortung wäre, ihr Erster zu sein. Das war Jules logisch erschienen, hatte sie jedoch nicht davon abgebracht, warten zu wollen, bis die Chemie wirklich stimmte und sie auch den letzten Schritt gehen wollte. Tief in ihrem Herzen wusste sie, dass Grant der Richtige war, und sie wollte es nicht vermasseln, indem sie ihn während ihres romantischen Dates über ihren Status in Sachen Geschlechtsverkehr grübeln ließ. Sie würde es ihm erzählen, wenn der richtige Zeitpunkt kam, und sie war sich sicher, dass sie wissen würde, wann es so weit war.

»Erfahrung ist nicht alles«, sagte er, während sie aßen. »Ich bereue nichts, aber auch wenn One-Night-Stands sich vielleicht toll anfühlen, wenn sie gerade passieren, können sie dir im Nachhinein doch ein blödes Gefühl geben. Aber du weißt ja, wie mein Leben seit der Highschool ausgesehen hat. Ich war Monate am Stück fort und musste mich vollkommen auf die Arbeit konzentrieren. Ehrlich gesagt habe ich es nie verstanden, wenn meine Kumpel darüber geredet haben, wie sehr sie ihre Freundinnen oder Familien vermisst haben. Jetzt verstehe ich es, denn die wenigen Tage, in denen ich dich nicht gesehen habe, waren die Hölle.«

»Für mich auch.«

Er küsste sie zärtlich. »Das tut mir leid. Manchmal begreife ich Dinge wohl etwas langsam, ich werde es wiedergutmachen.«

»Ich denke, das hast du schon.«

»Deine Erwartungen sind zu niedrig, Jules.« Ein kokettes Lächeln trat in sein schönes Gesicht. »Und du kannst dir gar nicht vorstellen, wie glücklich ich darüber bin, dass du keine Frau für One-Night-Stands bist. Wäre unangenehm, wenn ich einen Haufen Kerle auf der Insel zusammenschlagen müsste.«

Sie lachte und steckte sich ein Stück Garnele in den Mund.

Sein Blick wurde ernst. »Darf ich dich etwas fragen, was mich beschäftigt hat?«

»Das ist sehr vage, aber klar, nur zu.« Nervosität erfasste sie wieder, doch im Bruchteil einer Sekunde beschloss sie, dass sie einfach ehrlich antworten würde, wenn er sie nach ihrer Erfahrung fragte.

»Warum bist du nicht aufs College gegangen? Du bist ganz offensichtlich schlau und eindeutig ein anderen gegenüber offener Mensch.«

Erleichtert sagte sie: »Warum sollte ich fortgehen, wenn ich hier mit meinen Freunden und der Familie glücklich bin?«

»Keine Ahnung. Um neue Leute kennenzulernen, den Horizont zu erweitern, um fern von der Sicherheit der Familie und der Freunde an Lebenserfahrung zu gewinnen. Warst du nie neugierig auf das, was es da draußen noch gibt?«

»Nee«, sagte sie zwischen zwei Happen von dem köstlichen Grillgemüse. »Orte zu erkunden, an denen ich niemals leben werde, klingt für ein paar Tage nach Spaß, aber nicht für vier Jahre. Meine Schwestern reisen für ihr Leben gern, aber ich liebe die Insel und das sichere Leben hier. Ich mag es, wenn ich die Leute kenne, egal wohin ich gehe, und auch hier gibt es jede Menge zu erkunden. Es ist zum Beispiel Ewigkeiten her, dass ich auf Bellamy Island war.« Bellamy war der Name der herzförmigen Insel, die man nur über einen Damm erreichte, der bei Hochwasser nicht passierbar war. »Oder dass ich Zeit in Seaport, Chaffee, am Fortune's Landing oder an den Brighton Bluffs verbracht habe.« Silver Island hatte mehrere Ortschaften – das noble Silver Haven, das Künstlerstädtchen Chaffee und die altehrwürdigen Neuengland-Fischerdörfer Rock Harbor und Seaport.

Sie gabelte ein Garnelenbällchen auf, das sie ihm anbot und das er mit einem amüsierten Lächeln annahm. »Außerdem wusste ich, was ich tun wollte, seit ich den ersten Tag für Bianca gearbeitet hatte. Ich habe es geliebt, mit Kunden zu tun zu haben, herauszufinden, was ihnen gefällt und besondere Artikel für sie zu finden. Und was könnte mehr Spaß machen, als die Insel Touristen nahezubringen, die all die tollen Orte und Unternehmungen nicht kennen, wie die spontanen Filmvorführungen der Remingtons in den Dünen, wenn sie durch die Straßen fahren und mit ihrem riesigen Megafon alle dazu einladen?«

»Roddy und Gail muss man einfach liebhaben. Das hat immer Spaß gemacht. Ich bin seit Jahren nicht mehr dabei gewesen.«

»Bis zum Frühling werden sie keinen Filmabend mehr veranstalten, aber falls du wieder so eine Aufgabe wie deine frühere annimmst, dann kannst du mich wissen lassen, wann du nach Hause kommst, und wir planen einen.«

»Die ewige Insel-Unterhaltungskoordinatorin. Wie kommt es nur, dass du noch Single bist?«

»Ich bin etwas für Kenner«, sagte sie frech.

»Eher etwas für Süchtige.« Er holte sich einen Kuss.

Ein wohliges Stöhnen entwich ihr und er lächelte an ihren Lippen. »Ich liebe es, wie sehr du *alles*, was du tust, genießt.«

Sie schob ihn im Spaß von sich. »Hör auf, bevor wir uns zu sehr genießen und Wells uns in einer heiklen Position erwischt.«

»Jetzt stelle ich mir dich in einer Reihe von heiklen Positionen vor.«

»Omeingott!«

Er beugte sich näher zu ihr. »Keine Sorge. Ich werde kein Wort über die Positionen verlieren, die ich im Sinn habe.«

»Grant!«, flüsterte sie und genoss trotz ihrer Verlegenheit seine Unverfrorenheit.

Er lachte. »Du bist so verdammt süß und sexy. Aber ich

habe nicht nur übers Küssen geredet. Ich meinte, dass du anscheinend wirklich alles im Leben genießt. Es ist großartig, dass du bei allen Problemen, die sich als Eigentümerin eines Geschäfts mit Sicherheit ergeben, die Freude daran nicht verlierst.«

»Eigentümerin zu sein, macht es nur noch besser. Ich kann alle Entscheidungen treffen und der Erfolg ist allein mir zuzuschreiben. Mir gefällt es, wenn ich sehe, wie gut wir jeden Monat dastehen, und zu wissen, dass ich dafür verantwortlich bin. Ohne Bellamy könnte ich das natürlich nicht schaffen, und auch nicht ohne Noelle, wenn sie aushilft, ebenso wie die Mädchen, die über den Sommer bei mir arbeiten. Aber ich kann mit meinen Freundinnen arbeiten, und ich liebe es, die Auslagen herzurichten und mir neue Möglichkeiten zu überlegen, wie ich die Produkte vermarkte. Nachdem ich nun seit ein paar Jahren im Geschäft bin, kenne ich die Touristen, die jedes Jahr kommen, und mit einigen von ihnen bleibe ich in Kontakt und kann besondere Artikel für sie besorgen, die sie bei ihrem nächsten Aufenthalt kaufen. Ich weiß, dass ich mit einem College-Studium vieles gelernt hätte, von dem ich wahrscheinlich gar nicht weiß, dass es mir fehlt, aber dank Bianca, die mir alle Einzelheiten des Geschäfts beigebracht hat, und meiner Eltern, die mir gezeigt haben, wie die Buchhaltung zu führen ist, wie ich mit Zulieferern umzugehen habe, Verhandlungen führe und Probleme löse, fühlte es sich gut für mich an.«

»Und du hast es alles mit purer Willenskraft erreicht.«

»Nicht ganz. Ohne die Unterstützung meiner Familie hätte ich es nicht geschafft.«

Er aß ein Stück Hühnchen. »Darf ich fragen, wie du es dir leisten konntest, dein eigenes Geschäft zu eröffnen?«

»Klar. Bianca hatte das Eckgebäude zu einem Schnäppchenpreis erworben, als sie auf die Insel gekommen ist, und hat immer über dem Laden gewohnt. Als sie die Entscheidung traf, in den Ruhestand und zurück nach Spanien zu gehen, hat sie mir den Laden und das Gebäude zu einem unglaublich niedrigen Preis angeboten. Ich weiß nicht, ob du dich noch daran erinnerst, aber sie stammte aus altem Geldadel, und als sie Anfang zwanzig war, ist sie mit einer ihrer Tanten über den Sommer hier gewesen. Als ihre Tante abreiste, ist Bianca wegen der Freundschaften, die sie geschlossen hatte, einfach hiergeblieben, und dann hat sie das Geschäft eher als Hobby gegründet.«

»Ich weiß noch, dass sie auch der BH-Brigade angehörte. Als Kind bin ich denen in einem Sommer mal aus Versehen begegnet und konnte danach einen Monat lang keiner von den Frauen in die Augen schauen.«

Jules lachte. »Ich glaube, das ist jedem Kind auf der Insel mindestens einmal passiert. Bianca war eine der engsten Freundinnen meiner Großmutter. Als ich sie auf den niedrigen Preis ansprach, den sie mir anbot, hat sie nur geantwortet, dass es Zeiten gäbe, in denen man ein großes Geschäft machen kann, und Zeiten, in denen man einfach das Richtige tun sollte, und nachdem ich fünf Jahre für sie gearbeitet hätte, würden alle Zeichen darauf hinweisen, dass sie es an mich verkaufen sollte.«

»Lass mich raten … Sie hatte es auch mit den Zeichen des Universums?«

»Bianca ist diejenige, die mich dazu gebracht hat. Sie hat immer darauf hingewiesen, wenn Zeichen im Spiel waren, und sie hat mir Bücher zu dem Thema gegeben. Von ihr habe ich viel darüber gelernt, wie man das Leben genießt und seinem Herzen folgt.«

»Du vermisst sie bestimmt sehr«, sagte er leise.

»Ja. Aber eines Tages werde ich all meinen Mut zusammennehmen, um sie in Spanien zu besuchen.«

»Hast du Angst davor?«

»Nicht so richtig Angst, aber ich bin zögerlich. Ich bin noch nie weit gereist. Ich war auf Cape Cod, um Jock zu besuchen, als er dort gewohnt hat, und um dort Waren für meinen Laden abzuholen, und ich war in New York zu Besuch bei Leni und auch nicht weit davon entfernt in Port Hudson bei Sutton, aber das war es dann auch schon. Es sei denn, man zählt Boston noch dazu, wo ich als Kind die Operation und die Behandlungen hatte. Aber wie gesagt, eines Tages reise ich nach Spanien. Aber ich komme vom Thema ab. Worüber haben wir gerade geredet? Ach ja, Biancas Angebot. Ich habe mich riesig gefreut. Ich hatte seit fünf Jahren Ideen für meinen eigenen Laden gesammelt.«

»Ich wette, du hattest eine gewaltige Inspirationswand.«

»Das stimmt.« Es war schön, dass er sie gut genug kannte, um auf diesen Gedanken zu kommen. »Ich hatte auch einiges an Geld angespart, weil ich noch bei meinen Eltern gelebt und meinen gesamten Lohn beiseitegelegt habe, seit ich angefangen hatte, bei ihr zu arbeiten. Und trotzdem hatte ich nicht annähernd genug, also habe ich meine Eltern gebeten, als Bürgen für ein Darlehen einzutreten. Wenige Tage später haben sie mir ein anderes Angebot gemacht. Sie meinten, da sie für das College von einigen meiner Geschwister bezahlt hatten, könnte ich das Geld, dass sie für meine Ausbildung zurückgelegt hatten, nutzen, um mein eigenes Geschäft aufzubauen. Ich habe das Angebot angenommen, und ich weiß, dass ich großes Glück habe, solch großzügige Eltern zu haben, aber es fühlte sich komisch an, so viel Geld anzunehmen, also haben wir eine Vereinbarung getroffen. Ich habe ein Drittel des Geldes als

Geschenk akzeptiert, und den Rest habe ich geliehen, um meinen Laden in Gang bringen zu können. Ich werde das Darlehen über die nächsten zehn Jahre abbezahlen, doch das ist es mir wert. Und mir gefällt der Gedanke, dass ich das geschenkte Geld dadurch abbezahle, indem ich sie stolz mache.«

Er war absolut beeindruckt. Sie war eine clevere Geschäftsfrau und hatte sich ebenso wie er schon in jungen Jahren vollkommen auf das konzentriert, was sie wollte. »Ich bin mir sicher, dass deine Eltern sehr stolz auf dich sind.«

»Ich glaube schon, so wie deine auf dich.«

Er nahm einen Happen Kartoffeln. »Meine Familie ist ziemlich toll, aber auch verkorkst.«

»Wieso sagst du das? Deine Eltern scheinen glücklich miteinander zu sein, auch wenn sie getrennt leben, und ihr Geschwister versteht euch alle gut miteinander. Sagst du das, weil sie sich aufgeregt haben, als du erwähnt hast, dass du zurück zu Darkbird willst?«

»Das ist nur ein Teil des Ganzen. Ich verstehe, warum sie nichts davon hören wollen. So wie sie es sehen, war es dieses Mal mein Bein, und wenn ich jemals die Chance auf ein nächstes Mal hätte, wäre ich vielleicht nicht so ein Glückspilz und würde nicht lebend zurückkehren. Es geht mehr darum, wie sie damit umgehen … wie mein Vater mit allem umgeht. Er trifft egoistische Entscheidungen und Aussagen und erwartet, dass alle damit konform gehen. Meine Geschwister sind immer damit konform gegangen. Ich habe damit meine Probleme.«

»Ist dein Verhältnis zu deinem Dad deshalb so angespannt?«

»Das geht schon seit Jahren so. Da ist schon viel Wasser den Bach heruntergeflossen.«

»Dann setzt alles unter Wasser. Bringt alles an die Oberfläche und setzt euch damit auseinander«, sagte sie, als wäre es das Einfachste auf der Welt.

»Wahrscheinlich ist es besser, es untergehen zu lassen.«

»Die schlimmen Dinge gehen nicht unter. Die treiben nur direkt unter der Oberfläche weiter und ziehen alles mit sich durch den Dreck. Guck dir an, was mit unserer Familie passiert ist, während Jock und Archer nicht miteinander auskamen. Das hat uns alle in Mitleidenschaft gezogen. Jock hat die Insel verlassen, damit sich niemand für eine Seite entscheiden musste, aber das hat es nur noch schlimmer gemacht. Die ganze Zeit haben wir uns um ihn Sorgen gemacht, und wenn er zu Besuch kam, haben wir uns gefragt, wie es wird, wenn die beiden im gleichen Raum sind, und wie wir Zeit mit jedem von ihnen verbringen können, ohne dass sich einer von beiden weniger unterstützt fühlte. Der Stress nahm kein Ende, und nachdem sie sich nun über alles ausgesprochen haben, ist das Leben für uns alle viel besser.«

»Ich bin mir nicht sicher, ob das mit meinem Vater funktionieren würde. Er ist ein arroganter, stolzer Mann.«

»So wie du«, sagte sie mit einem Lächeln. »Bellamy erzählt mir nicht alles über eure Familienprobleme, aber ich weiß genug, um zu merken, dass das zwischen deinem Vater und dir eure ganze Familie in Mitleidenschaft zieht. Sie sind genervt und wünschten sich, dass ihr beiden Dickköpfe zur Vernunft kommen und euch damit auseinandersetzen würdet.«

Er sah sie fragend an. »Hast du mich gerade Dickkopf genannt?«

»Und ob ich das habe!«

Er lachte. »Bin ich wohl auch. Dass die anderen mit drinstecken, ist wirklich schrecklich. Ich dachte, wenn ich zur Army gehe, würde es besser werden. Aber du hast recht. Es ist immer irgendwie da und kocht wie ein Kessel, der kurz vor der Explosion steht.«

Sie trank einen Schluck und hob eine Augenbraue. »Ich sag dir mal, was ich im Laufe der Jahre tausende Male zu Jock und Archer gesagt habe. Du hast es in der Hand, die Sache zum Besseren zu wenden. Du musst dich nur dazu entscheiden, dementsprechend zu handeln.«

»Und du hast es in der Hand, das Chaos verständlich zu machen und mich um den Verstand zu bringen, während du das tust.« Er schob die Hand in ihren Nacken und zog sie zu sich. »Dank dir möchte ich ein besserer Mensch werden, Pix.«

»Du bist der mutigste Mann, den ich kenne. Mir gefällt der Mensch, der du bist.«

Ihre Worte drangen tief in sein Innerstes. »Weil du eine wunderbare Frau bist, die mehr als meine Fehler sieht, und du hast einen Mann verdient, der dem entspricht, was du siehst. Ich werde versuchen, mit meinem Vater zu reden.« Er küsste ihre lächelnden Lippen und flüsterte: »Du bist ebenso klug wie schön. Wie wäre es, wenn wir unsere Familien mal vergessen und wieder zu dir und mir kommen?«

»Das würde mir gefallen.«

Er strich mit seinen Lippen über ihre, küsste sie aber nicht, und genoss es, wie sie langsam die Augen schloss und ihm entgegenkam. Er legte die Hand um ihren Hinterkopf und schenkte ihr einen quälend langsamen und unerträglich gründlichen Kuss. Sie gab einen bedürftigen Laut von sich und seine Länge hob sich voller Freude. Und so wie schon am Morgen übernahmen ihre Körper die Kontrolle. Der Kuss wurde ungestüm und tief. Sein Begehren war noch stärker als jeder Instinkt. Es brach aus seinem Innersten heraus, füllte jeden Spalt und jede Ritze seines Wesens.

Er wusste, er sollte sich zurückziehen, doch er konnte es nicht. Er brauchte mehr und schob beide Hände in ihre Haare. Sie nahm seinen Mund so begierig auf, wie er ihren verschlang, und wieder preschten seine Gedanken vor. Er wollte ihren Slip ausziehen, seine Jeans hinunterschieben und sie auf seinen Schoß ziehen, um ihre enge Hitze um seine Härte gleich hier zu spüren. Die Realität brach über ihn herein, das Restaurant tauchte wieder klar vor ihm auf, und er wusste, dass er aufhören musste, bevor es zu spät war. Er zwang sich, das Band zwischen ihnen zu durchtrennen, und so sahen sie sich atemlos an.

»Wir setzen hier noch alles in Brand«, sagte Jules und griff mit zittriger Hand nach ihrem Glas, während sie mit der anderen vor ihrem Gesicht herumwedelte.

Sie war so echt und unbedacht, dass sie ihn umhaute. Er war verrückt nach ihr. Er beugte sich vor und erfreute sich an ihren hektischen Atemzügen. »Ich hätte nichts dagegen, alles in Brand zu setzen.«

Sie errötete.

Er schmunzelte. »War ein Scherz, Baby. Komm, lass uns das Essen genießen.«

Er konnte sich nicht daran erinnern, wann er das letzte Mal ein richtiges Date gehabt hatte, und schon gar nicht daran, wann er so viel Spaß mit einer Frau gehabt hatte wie mit Jules. Sie lachten und redeten, teilten ihre Lieblingsspeisen und küssten sich immer wieder. Wann immer ihre Blicke sich trafen, schoss die Temperatur im Raum in die Höhe, und er fand, es gab nichts Schöneres als Jules mit ihren leicht geröteten Wangen. Als sie mit dem Essen fertig waren, stand er auf und nahm ihre Hand, um sie in seine Arme zu ziehen und ihr noch näher zu sein. Er küsste sie sanft, doch wie schon den ganzen Abend wurde *sanft* schnell zu *leidenschaftlich.*

»Ich bringe uns noch in Schwierigkeiten«, sagte er zwischen den Küssen.

»Zum ersten Mal in meinem Leben gefallen mir die Schwierigkeiten.« Sie kicherte, und das war der süßeste Laut, den er je gehört hatte.

»Du bist ein böses Mädchen.« Und wieder küssten sie sich.

»Bei dir kann ich nicht anders. Das gefällt mir«, sagte sie leise.

»Was genau gefällt dir?«, flüsterte er an ihrem Hals und küsste sie dort.

»Alles. Mit dir durch den Ort spazieren, dieses traumhafte Date. Einfach mit dir zusammen zu sein. Mein ganzes Leben lang habe ich davon geträumt, wie es wohl wäre, eines Tages so für jemanden zu empfinden. Und da bist du.«

Diese Worte hätten ihm Angst einjagen müssen, doch sie hatten die gegenteilige Wirkung. Er wollte mehr davon hören. Er hatte nie von so etwas geträumt, doch mit Jules zusammen zu sein, war das großartigste Gefühl auf Erden.

»Alle vollständig bekleidet da drinnen?«, rief Wells von der Tür herüber und hielt sich dabei die Augen zu.

»Ja«, antworteten sie lachend.

Mit einem Grinsen kam er zu ihnen und schaute Grant an, als freute er sich für ihn, und nicht so, als würde er Witze reißen wollen. Das war neu und fühlte sich auch großartig an.

»Wie war das Essen?«, fragte Wells.

»Unglaublich«, sagte Jules.

»Es war perfekt, Wells. Danke.«

»Lasst mich das kurz abräumen und dann bringe ich euch

das Dessert.«

Grant hatte Wells dazu genötigt, von seinem Koch eine Mandeltorte speziell für Jules backen zu lassen, doch sie war das einzige Dessert, das er wirklich wollte. Er flüsterte ihr ins Ohr: »Was hältst du davon, wenn wir den Nachtisch mitnehmen?«

»Ich hatte gehofft, dass du das sagen würdest.«

Das Dessert hatten sie vergessen, als sie fieberhaft ineinander gekrallt und leidenschaftlich küssend in ihre Wohnung stolperten. Schlüssel und Jacken landeten auf dem Boden und Grant eroberte erneut fordernd ihren Mund. Er war rasend vor Begehren und umklammerte ihren Hintern, um sie fest an sich zu drücken, was mit einem erregenden Stöhnen belohnt wurde, als sie ins Wohnzimmer kamen. Auf dem Weg zum Sofa küssten sie sich gierig, bevor er sich dort behutsam auf sie legte. Sie war so zierlich, so weich und zerbrechlich, dass er aufpasste, nicht mit vollem Gewicht auf ihr zu liegen, doch sie fühlte sich so gut an. Hemmungslos machten sie herum, ihr Körper wand sich in dem gleichen erotischen Rhythmus, in dem er seine Hüften bewegte und sich an ihrer Mitte rieb. Lust tobte in seinen Adern, und er verlor sich in ihrem köstlichen Mund und den sündigen Lauten, die sie von sich gab. Er küsste sich an ihrem Hals entlang, schob ihren Pullover hoch und rutschte an ihrem Körper hinunter, doch sein rechtes Bein lag an der Rückenlehne des Sofas, wodurch seine Prothese unkontrolliert herumschwang, als er versuchte, tiefer zu gleiten. Es gab keinen Platz zum Abstützen für sein linkes Knie, und ihm wurde bewusst, dass er es richtig vermasselt hatte. Warum zum Teufel hatte er das nicht vorher zu Ende gedacht?

Verärgert riss er sich von ihr los. »*Mist!*«

Sie öffnete die Augen. »Was ist los? Hab ich etwas falsch gemacht?«

»Nein, Jules, du könntest nicht perfekter sein. Es ist mein verdammtes Bein.« Er schaute in ihre vertrauensvollen Augen und war einfach nur sauer, dass er nicht die volle Beherrschung über seinen Körper hatte. »Das ist wirklich ein schlechter Witz. Ich war Teil eines Eliteteams und jetzt kann ich nicht mal auf dem Sofa mit meiner Freundin rummachen.«

»Ich finde, du machst das ziemlich gut.«

Er lachte und ließ den Kopf neben ihren sinken. Doch die Unbeschwertheit verließ ihn rasch wieder, denn er kannte die Wahrheit. Mit einem miesen Gefühl setzte er sich auf und sie tat es ihm gleich.

»Nein, mache ich nicht. Ich hab dich gern, und ich will dir zeigen, wie sehr.« Er sah sie an, und es widerstrebte ihm, es zuzugeben, doch er konnte es nicht mehr zurückhalten. »Aber ich bin lange vor meinem letzten Einsatz das letzte Mal mit einer Frau zusammen gewesen, und ich habe noch nicht herausgefunden, wie das rein technisch mit meiner Prothese funktionieren kann. Ich wollte es nicht einmal herausfinden – bis du kamst.«

Sie legte die Hand auf seine. »Dann finden wir es zusammen heraus.«

Und schon wieder verliebte er sich noch ein wenig mehr in sie.

»Mist, das ist so unangenehm«, gab er zu. »Ich würde dich mit deinem wunderschönen Hintern ins Schlafzimmer tragen, damit wir mehr Platz für uns haben, aber ich will nicht, dass du denkst, ich dränge dich zu etwas oder ich mache dir etwas vor, um Sex mit dir zu haben.«

Ein Leuchten trat in ihre Augen. »Mach das! Ich verspreche dir auch, dass ich nicht denke, du drängst mich zu etwas oder erwartest mehr.«

»Ja?«

Sie hob die Hand zum Schwur und nickte begeistert. Er lachte, als sie aufstanden, und dann nahm sie seine Hand.

»Oh, nein, meine Schöne. Ich muss dir zeigen, dass ich immer noch ein Mann bin.« Er hob sie hoch, legte ihre Beine um seine Taille und sah das Feuer in ihren Augen funkeln.

»Du hast gerade auf mir gelegen. Ich weiß sehr wohl, wie sehr du Mann bist.«

Ihre Münder fanden einander, als er sie über den Flur trug. In ihrem Schlafzimmer war es dunkel, bis auf einen Lichtstrahl des Mondes, der durch die geöffneten Vorhänge drang. Allein in ihrem Schlafzimmer zu sein, zu wissen, dass sie ihm so absolut vertraute, löste in ihm den Wunsch aus, sie mit allem, was ihm zur Verfügung stand, zu beschützen und sie so göttlich zu verwöhnen, dass sie ihre Entscheidung nie bereuen würde.

Er zog die Daunendecke ans Fußende des Bettes und ließ sich gemeinsam mit ihr auf die Matratze sinken, die ihm mehr Halt und Kontrolle über seine Bewegungen bot. Während er den Kuss vertiefte, glitt er mit den Händen über ihre weichen Kurven und wurde mit Wimmern und Stöhnen belohnt. »Ich liebe die Laute, die du von dir gibst«, sagte er an ihren Lippen.

Mit einem kurzen Jammern zog sie seinen Mund wieder an ihren. *So verdammt sexy.*

Beim nächsten Kuss verlor er sich so in ihr, dass alles verschwand – auch die Gedanken an sein Bein. Er hauchte Küsse auf ihren Hals, als er ihren Pullover anhob. »Ich verspreche, dass ich nicht zu weit gehe, aber ich muss dich sehen, meine Schöne. Der muss weg.«

Sie erhob sich von der Matratze, damit er ihn ausziehen konnte. »Deiner auch.«

Er liebte das, verdammt. Er zog sich das Hemd über den Kopf. Als Nächstes war ihr BH dran und mit einem weiteren Kuss brachte er sie beide wieder zurück auf die Matratze. Dieser erste Hautkontakt jagte Stromschläge durch sein Innerstes.

»Du fühlst dich so gut an, Pix.« Er verteilte Küsse auf ihren Kiefer, an ihrem Hals hinunter, über ihre Schulter, und knabberte dabei an ihrer zarten Haut. »So weich und so schön.« Er küsste sich an ihrem Schlüsselbein entlang und wurde wieder mit stockenden Atemzügen und sexy Stöhnen belohnt. Mit der Zunge glitt er über die kleine Vertiefung zwischen ihren Schlüsselbeinen, bis er links davon eine kleine Narbe entdeckte. »Was ist da passiert?«

»Da lag der Port für die Chemo.«

Das versetzte ihm einen schmerzhaften Stich, und so küsste er sie mehrmals auf und neben die Narbe, ließ ihr besonders viel Liebe zukommen, bevor er dann seine Erkundung hinab zu ihren Brüsten fortsetzte und dabei jeden Zentimeter ihrer seidenen Haut würdigte. Er ließ die Zunge um einen Nippel kreisen, umfasste ihre andere Brust und reizte sie mit den Fingern. Er saugte ihren Nippel an seinen Gaumen, sodass sie sich unter ihm wand und die Fingernägel in seinen Schultern vergrub.

»Fester!«, flehte sie.

Ihre Bedürftigkeit löste ein schmerzvolles Zucken hinter seinem Reißverschluss aus. Er saugte fester und rieb seine Härte an ihrem Bein. Eine Hand ließ er an ihrem Bauch hinuntergleiten, zog ihren Rock hoch und schaute ihr in die Augen, um ihre Zustimmung zu erhalten. Sie biss sich auf die Unterlippe und nickte. Er umfasste ihre Mitte, und als er ihren feuchten Slip an seiner Handfläche spürte, brach ein hungriges Stöhnen tief aus ihm hervor. Er saugte fester und reizte sie durch den dünnen Stoff, bis sie nach mehr flehte. Erst dann schob er die Hand in ihren Slip.

»Ja«, hauchte sie und drängte sich ihm entgegen, während er ihre Brust verwöhnte.

Sein Finger versank in ihrer engen Hitze und wieder stöhnte er unwillkürlich. Er saugte, drang mit seinen Fingern in sie ein und reizte ihre Perle mit dem Daumen, bis sie keuchte und stöhnte, ihm ihre Hüften entgegendrängte und ihn rasend machte.

»Komm für mich.« Er pustete auf ihren nassen Nippel, reizte ihn mit der Zunge und wurde mit unzähligen lustvollen Lauten belohnt. Als er mit den Zähnen ihre feste Brustwarze liebkoste, zuckten ihre Hüften ihm entgegen.

»Mach das noch mal«, bat sie.

Er gab ihr, was sie wollte, verstärkte das Tempo seiner Hand weiter unten und spürte ihre inneren Muskeln eng um seine Finger.

»Oh ja … Grant!«

Sie krallte die Hände in seine Haare, hob das Becken und schrie auf, als sie vom Orgasmus gepackt wurde. Ihre feuchte Hitze pulsierte um seine Finger. Jede seiner Berührungen entlockte ihr nun ein heftiges Keuchen oder ein sexy Stöhnen, bis sie außer Atem unter ihm auf die Matratze sank.

»*Omeingott!*« Sie rang nach Luft. »Himmel! Das war …«

»Nichts im Vergleich zu dem, was du gleich fühlen wirst.«

Sie riss die Augen auf.

»Ich will dich mit dem Mund nehmen, Baby.«

»Ja!« Sie packte seine Schultern und allein ihre Reaktion ließ seine Härte pulsieren.

Er hauchte Küsse auf ihren Bauch, streichelte ihre Taille und wollte jede Wölbung ihres wunderschönen Körpers verinnerlichen. Mit feuchten Küssen bedeckte er die Linie über dem Bund ihres Rocks und genoss, wie sie unter seinem Mund erschauderte. Schließlich griff er mit beiden Händen unter ihren Rock und schloss die Finger um den Saum ihres Slips. Ihre Blicke trafen sich, und er suchte nach Anzeichen eines Zögerns, doch die Flammen in ihren Augen und ihre angehobene Hüfte gaben ihm die Erlaubnis, die er suchte.

Als er ihren verführerischen schwarzen Slip hinunterzog, sagte sie: »Meine Stiefel.«

»Sind verdammt sexy. Wir lassen sie an.«

Ihre Augen weiteten sich, schauten ihn jedoch sinnlich und mit einem listigen Lächeln an. »Ich glaube, ich mag dich jetzt sogar noch mehr.«

Lächelnd warf er ihren Slip auf den Boden, bevor er seine Hände an ihren Oberschenkeln hinaufgleiten ließ, schob ihren Rock noch höher und atmete den berauschenden Duft ihrer Erregung ein. Seine Zunge strich über ihr Bein ganz hinauf bis zu der Falte neben ihrer Mitte, die er mit dem Mund bedeckte, um dann sanft zu saugen.

Ihre Hüfte hob sich und sie stieß einen erschreckten Laut aus, als sie sich unter ihm wand.

»Zu viel?«

»Nein! Das ist so gut!«

Er reizte die sensible Haut noch ein wenig und küsste schließlich ihre gepflegten Löckchen. Als er seine Zunge zum ersten Mal in sie eintauchen ließ, schossen heiße Stromschläge in seine Lenden. Ihr süßer Saft wurde Teil von ihm, und sie gab einen atemlosen, sinnlichen Laut von sich, von dem er nicht genug bekommen konnte. Er liebkoste und kostete, leckte und saugte, bis sie sich wand und die Finger in die Laken krallte. Mit dem Mund bedeckte er ihre Mitte, labte sich und liebte sie mit der Zunge, bevor er sich der aufreizenden Knospe widmete, die sie vor Lust aufschreien ließ. Sie packte seine Haare und vergrub ihre Absätze in der Matratze.

Er hob den Kopf, um sicherzugehen, dass es ihr gut ging, doch sie drückte ihn wieder hinunter. »Hör nicht auf!«

Er labte sich an ihrer Süße, saugte an ihrer Perle und schob die Finger in sie, um mit der Präzision eines Lasers über ihren magischen Punkt zu streichen. Sie streckte sich, atmete ganz flach, und kurz bevor sie kam, tauschte er die Finger gegen den Mund aus und gab ihr, was sie brauchte, um den Gipfel zu erreichen. Ihr Griff in seinen Haaren wurde beinahe schmerzhaft, als ihre Hüften in die Höhe schossen, doch er blieb bei ihr, während sie von ihrem Orgasmus mitgerissen wurde. Eine Woge von lustvollen Lauten erfasste ihn. Er aalte sich darin, während sie an seinem Mund explodierte. Noch nie hatte er etwas so Gewaltiges erlebt.

Jeden Schauer und jedes Beben durchlebte er mit ihr, saugte ihren himmlischen Geschmack und ihre lustvollen Laute in sich auf, bis sie gesättigt und schön unter ihm aufs Bett sank. Er küsste sich an ihrem Körper aufwärts, langsam und sinnlich, und flüsterte ihr dabei zwischen den Berührungen seiner Lippen liebevolle Worte zu. Er richtete ihren Rock, bedeckte sie und nahm sie in den Arm, sodass Brust an Brust, Haut an Haut lag.

Sie schmiegte sich an ihn. »Ich glaube, ich liebe deinen Mund.«

»Und mein Mund liebt deinen Körper mit Sicherheit.« Er schenkte ihr eine Reihe von tiefen, genussvollen Küssen.

»Ich wünschte, wir könnten die ganze Nacht so beieinanderbleiben.«

Noch nie hatte er die ganze Nacht bei einer Frau verbringen wollen. Doch jetzt wollte er es ebenso, sie einfach nur halten, wissen, dass sie sicher in seinen Armen lag. Allerdings war auch das, wie alles andere seit dem Verlust seines Beines, nicht so einfach. Er entschied sich für eine ungezwungene Bemerkung, um ein unangenehmes Gespräch zu vermeiden. »Ich bin mir ziemlich sicher, dass es in diesen Stiefeln ungemütlich werden könnte.«

Sie lächelte. »Ich meine es ernst. Ich möchte einfach nur in deinen Armen liegen. In deiner Gegenwart fühle ich mich gut.«

Seine spontane Reaktion wäre gewesen, das Thema zu wechseln, zu verbergen, wie seine neue Realität aussah. Doch als er ihr einen Kuss auf die Stirn gab, wollte er keinen Teil von sich vor Jules verbergen, die sich selbst so offenbarte. »Ich auch, aber das ist für mich nicht so einfach. Ich kann nicht mit meiner Prothese schlafen, und wenn ich nachts mal aufstehen muss, brauche ich die Krücken.« Es war schwer, das auszusprechen. Es gab ihm das Gefühl, weniger ein Mann zu sein, doch gleichzeitig war es erleichternd, ihr die Wahrheit zu sagen.

»Oh«, flüsterte sie. »Das wusste ich nicht.«

Sie äußerte das ganz unvoreingenommen und ohne ihn zu bemitleiden, als hätte er gesagt, er wäre allergisch auf Schokolade, und dafür war er ihr dankbar. »Konntest du auch nicht. Es ist kompliziert, Pix. Alles muss vorher durchdacht werden, wie du ja selbst bei dem Fiasko auf dem Sofa feststellen konntest.« Er schaute ihr in die Augen und wünschte sich, er könnte die Vergangenheit ändern. »Ich wünschte, du wärst vor meinem letzten Einsatz mit mir zusammen gewesen.«

»Warum?«

»Damit du wüsstest, wie ich war, bevor ich mein Bein verloren habe.«

»Ich weiß, wie du warst. Du hast mir ein Bild gemalt, als ich klein war, und du hast mich den ganzen Weg vom Park nach Hause huckepack getragen, als ich mir in der dritten Klasse das Fußgelenk verstaucht hatte. Als du auf Heimaturlaub warst, hast du mich in der Highschool-Aufführung von *Die Hexen von Oz* gesehen, und als mir der Weisheitszahn gezogen wurde, warst du auch da und hast mir Erdbeerlimonade gebracht. Du bist immer noch derselbe Mensch, der du immer gewesen bist. Und ... du bist immer noch derselbe Typ, der mit mir geflirtet hat, bevor du zu deinem letzten Einsatz aufgebrochen bist, als wir alle zusammen an deinem letzten Abend ausgegangen sind.«

»Ich habe versucht, nicht zu flirten, und zwar wegen dieser ganzen Kleine-Schwester-Sache. Aber du hast diese Art, mit der du mir einfach unter die Haut gehst.« Er drückte seine Lippen auf ihre. »Ich meinte das in sexueller Hinsicht, Pix, denn das hat sich verändert. Und wie gesagt, ich habe keine Ahnung, wie all das rein technisch mit meinem Bein funktioniert.«

Sie vergrub ihr Gesicht an seinem Hals. »Das Gute ist, dass ich es gar nicht merken würde, wenn du es vermasselst, weil ich es mit nichts vergleichen kann.«

Er lehnte sich zurück, um ihr Gesicht sehen zu können. »Wie meinst du das?«

»Heute Abend habe ich das, was wir gemacht haben, zum ersten Mal gemacht, und ich bin noch nie den letzten Schritt gegangen.«

Er brauchte einen Augenblick, um zu verarbeiten, was sie gerade gesagt hatte, und eine Welle von Ungläubigkeit, von überwältigender Dankbarkeit für das Vertrauen, das sie ihm schenkte, und etwas weitaus Tieferem rollte über ihn hinweg. »Baby, warum hast du nichts gesagt?«

»Ich wollte nicht, dass du durchdrehst.«

»Ich wäre nicht durchgedreht, aber ich wäre es anders angegangen. Ich hätte es zu etwas Besonderem gemacht, hätte deine Stiefel ausgezogen, deinen Rock … Meine Güte, Pix, ich hätte gewartet.«

»Ich habe Jahre auf ein Zeichen gewartet, auf sprühende Funken und ein Feuerwerk, und das war nie der Fall – bis du vor deinem letzten Einsatz nach Hause gekommen bist. Da hat sich alles verändert. Plötzlich sah ich in dir einen heißen, interessanten Mann, nicht nur Bellamys älteren Bruder, und all die Male, dich ich auf Partys oder am Strand von dir fasziniert gewesen bin, ergaben einen Sinn. Und dann hast du mit mir geflirtet, und mein ganzer Körper glich einem Feuerwerk am Nationalfeiertag. Ich wollte nicht warten. Ich wollte das hier, heute Abend, genau so wie es gekommen ist. Mein ganzes Leben lang habe ich darauf gewartet, das zu fühlen, was ich jetzt in deiner Gegenwart fühle. Ich wollte kein im Voraus geplantes Event. Ich wollte meinem Herzen folgen, und ich wollte, dass du deinem folgst.«

Er küsste sie sanft, bis ihm das Gemälde vom Sunset Beach an der Wand einfiel. War es ein Zeichen, dass er ihr das Gemälde geschenkt hatte und dass sie ihren ersten gemeinsamen Abend zu zweit auf der Veranda des Bistros an genau diesem Strand verbracht hatten? *Du bist mir nicht nur unter die Haut gegangen, sondern auch in meinen Kopf.*

Er schaute in ihre wunderschönen Augen. »Dank des Zaubers, mit dem du mich belegt hast, kann ich wohl nur noch meinem Herzen folgen.«

Sechzehn

Jules summte vor sich hin, als sie sich am Samstagmorgen für die Arbeit fertigmachte. Ihren Abend mit Grant war sie in Gedanken noch dutzende Male durchgegangen, hatte jedes innige Wort und auch jede sündige Berührung und die immer tiefer werdende Zuneigung zwischen ihnen noch einmal durchlebt. Nie zuvor hatte sie sich jemandem näher gefühlt. Sie hatten noch lange verschlungen beieinander gelegen, hatten Geheimnisse und Küsse ausgetauscht, und es hatte sie nicht einmal verlegen gemacht, dass sie halb nackt gewesen war. Irgendwann war ihnen wieder das Dessert eingefallen, das sie im Pick-up gelassen hatten, und schließlich hatten sie es sich damit auf dem Sofa gemütlich gemacht und dabei über alles und nichts gelacht.

Es war der schönste Abend ihres Lebens gewesen.

Die intimen Erinnerungen, die sie gemeinsam erschufen, wollte sie mit niemandem teilen, was sie als weiteres Zeichen dafür wertete, dass sie perfekt füreinander waren, denn ihr schroffer Kerl war ein sehr zurückhaltender Mensch.

Ihr Handy vibrierte mit einer Nachricht, als sie gerade Zahnpasta auf ihre Bürste gab, und ihr Herz setzte kurz aus, weil sie dachte, es wäre Grant. Sie hatten endlich ihre Nummern ausgetauscht und Pläne für ein Lagerfeuer bei ihm nach Feierabend geschmiedet. Sie konnte es gar nicht abwarten.

Doch es war nur eine Nachricht im Gruppenchat mit Leni, Sutton und einigen anderen. Enttäuscht legte sie das Handy beiseite, um sich die Zähne zu putzen. Wiederholt vibrierte ihr Telefon, also öffnete sie die Nachrichten und las sie, während sie sich die Zähne putzte.

Leni hatte die Unterhaltung gestartet: *Jules! Wie ich gehört habe, tobst du dich mit Grant aus!* Sutton hatte geantwortet: *Ich könnte behaupten, ich wäre überrascht, aber weißt du noch, wie er letzten Sommer mit dir geflirtet hat? Ich will alle Details hören!* Lenis nächste Nachricht lautete: *Hat er* – gefolgt von einem Auberginen-Emoji und einem Kirsch-Emoji.

Na super, der Code für Entjungferung. Ihre Schwestern amüsierten sich auf ihre und Grants Kosten.

Eine Nachricht von Archer poppte auf: *Ich bring ihn um!*

Jules spuckte die Zahnpasta über das ganze Waschbecken. Sie tippte auf die Informationen zu der Gruppe und verschluckte sich fast, als sie sah, dass ihre ganze Familie in der Gruppe war.

Noch eine Nachricht von Leni erschien: *Mist! Sorry, Jules! Zur Hölle mit dem Technikkram! Ich wollte das in die Mädelsgruppe schicken! Archer, tu so, als hättest du das nicht gesehen! Wenn du auch nur ein Wort zu Jules oder Grant sagst, bist du dran!*

Levi antwortete: *Das hast du ja super hingekriegt, Leni. Jules, Grant ist ein toller Typ. Ich freue mich für euch.*

Dann folgte Daphnes Antwort: *Jules, willst du dich bei uns verstecken?*

Jules lehnte sich gegen das Waschbecken und hatte das Gefühl, die Welt bräche um sie herum zusammen.

Ich kümmere mich um Archer, meldete Jock sich zu Wort.

Eine Nachricht von ihrem Vater poppte auf. *Ich hab Archer im Griff.* Ihr Magen zog sich zusammen, als noch folgte: *Leni, auf diese Informationen hätte ich gern verzichtet!* Er fügte ein wütendes Emoji hinzu.

»*Omeingott!*« Jules versuchte, mit zittrigen Händen ihre Nachricht einzugeben. *WIR HATTEN KEINEN SEX!* Als sie das abschickte, sah sie im Spiegel ihre roten Wangen und den roten Hals. Erneut vibrierte ihr Handy, nun mit einer Nachricht von ihrer Mutter: *Jules, ich bin auf dem Weg zu dir.*

»Nein!« Jules tippte und schickte ihre hemmungslose Lüge ab: *Mir geht es gut, Mom. Bin gleich unterwegs zur Arbeit.*

Sutton meldete sich: *Jules, wir rufen an.*

Eine Minute später nahm sie wütend und verlegen den Videoanruf ihrer Schwestern an. Leni sah zerknirscht aus und Suttons Gesicht war ernst.

»Tut mir leid, Jules!«, rief Leni, deren lange kastanienbraune Haare ihr porzellanartiges Gesicht umrahmten. »Ich dachte, ich würde in der Mädelsgruppe schreiben.«

»Du bist beruflich im Marketing tätig, Leni. Wie kannst du so einen Fehler machen?« Jules verließ das Bad, zu aufgewühlt, um in einem kleinen Raum eingesperrt zu sein, und tigerte im Wohnzimmer auf und ab. »Du hast es nicht mal in unsere Geschwistergruppe geschickt, sondern an die ganze Familie!«

»Ich hab gerade zehn Sachen auf einmal gemacht, als Keira schrieb, dass ihre Mutter ihr von dir und Grant erzählt hätte«, erklärte Leni, als würde das ihren Fehler entschuldigen. »Ich wollte dir gratulieren, bevor ich zu viel um die Ohren habe.«

»Tja, jetzt weiß wirklich jeder, dass ich Jungfrau bin!«, zischte Jules wütend.

»Ich weiß, dass es dir peinlich ist, aber es wussten doch

sowieso alle.« Suttons blonde Haare wippten über ihre Schultern. »Ist ja nicht so, als hättest du viele Dates oder längere Beziehungen gehabt. Und du zeigst dich ja jetzt nicht mit einem 08/15-Typen in der Öffentlichkeit. Du hast dir Silver-Island-Adel herausgepickt. Und Grant strotzt nur so vor Testosteron. Ich weiß, dass du noch nicht viel rumgekommen bist, Jules, aber Sex gehört zu einer Beziehung, und es wird Zeit, dass du in den Genuss kommst.«

Jules verdrehte die Augen.

»Mom und Dad ist es egal, ob du Sex hast«, sagte Leni. »Du weißt, dass ihnen Liebe und Erfahrungen immer wichtig sind.«

»Aber *mir* ist es nicht egal, was sie wissen.« Jules setzte sich auf das Sofa und dachte daran, wie verletzlich und offen Grant gestern Abend gewesen war. »Grant ist ein sehr zurückhaltender Mensch und jetzt muss er sich damit auseinandersetzen. Archer wird ihm das Leben zur Hölle machen.«

»Das werden Jock und Dad nicht zulassen. Er wird nichts sagen, und selbst wenn, dann kann Grant sich um sich selbst kümmern«, versicherte Sutton ihr.

»Es tut mir wirklich leid, Jules«, sagte Leni noch einmal. »Du bist immer die Erste, die uns im Gruppenchat zu irgendetwas gratuliert und die uns bei großen Ereignissen zujubelt. Ich wollte einfach nur das Gleiche für dich tun.«

»Dafür bin ich dir dankbar, aber können wir bitte keine Nachrichten mehr über mein Sexleben austauschen? Außerdem hatte ich noch gar keinen Sex.« An ihrer Tür klopfte es. »Wartet mal kurz, da kommt gerade jemand.«

»Wahrscheinlich Mom«, sagten Leni und Sutton gleichzeitig.

Jules öffnete die Tür und vor ihr standen der Kellner vom Abend zuvor und zwei weitere Männer, die sie nicht kannte. Sie hatten die Vasen mit den Blumen und die Windlichter auf dem Arm, mit denen Grant sie überrascht hatte. Ihr Herz tat einen Sprung. »Hallo.«

»Hallo, schön, Sie wiederzusehen«, sagte der Kellner. »Wir haben hier eine Lieferung für Sie.« Er gab ihr einen Umschlag, auf dem ihr Name stand.

Unbändige Glückseligkeit platzte aus ihr heraus. »Danke! Kommen Sie doch rein. Sie können alles auf den Tisch und die Arbeitsfläche stellen.«

Rasch öffnete sie den Umschlag, um die handgeschriebene Nachricht in Grants kantiger Schrift zu lesen. *Pix, keine Sorge, ich werde mich um sie kümmern, damit sie nicht so schnell verwelken. Kann es kaum erwarten, dich heute Abend zu sehen. Grant.*

»Jules!« Lenis Stimme erinnerte Jules daran, dass sie noch im Videoanruf war.

»Wir kommen gleich mit der nächsten Ladung«, sagte der Kellner.

Jules kreischte auf und hielt das Handy so, dass ihre Schwestern die Blumen und Windlichter sehen konnten. »Guckt mal! Wir haben gestern in einem Rooftop-Séparée im Rock Bottom gegessen und Grant hatte den ganzen Raum damit vollstellen lassen.«

»Wow! Die sind wunderschön«, sagte Leni.

»Er ist vielleicht mürrischer geworden, aber den Silver-Charme hat er nicht verloren«, meinte Sutton.

»Er ist mürrisch, charmant und romantisch!«, schwärmte Jules und erzählte ihnen von der Auslieferung der Kränze und ihrem unglaublichen Date.

Nachdem die Männer die restlichen Geschenke heraufgebracht hatten, bot Jules ihnen ein Trinkgeld an, aber sie lehnten ab, denn das hätte schon jemand übernommen. Als sie zur Tür hinausgingen, kam ihre Mutter herein und riss die Augen ungläubig auf. »Da weiß aber jemand, wie er meiner Kleinen den Hof macht.«

»Hallo, Mom«, sagten alle drei Frauen gleichzeitig, während ihre Mutter Jules umarmte.

»Hallo, meine Schätzchen«, sagte ihre Mutter. »Leni, dir ist es hiermit verboten, jemals wieder eine Unterhaltung in der Gruppe zu starten. Euer armer Vater ist tatsächlich rot geworden, als er die Nachrichten gelesen hat.«

Leni und Sutton lachten, doch Leni bekam sich schnell wieder unter Kontrolle. »Tut mir leid, Mom.«

»Er kommt drüber hinweg und Archer auch.« Ihre Mutter legte einen Arm um Jules. »Ich bin sicher, du würdest dich gerne eine Zeit lang vor deinem Vater und deinen Brüdern in einem Loch verstecken, aber ich möchte dir nahelegen, das nicht zu tun.«

»Ich wusste nicht, dass du eine Vorliebe für grausame und ungewöhnliche Strafen hast«, sagte Jules ausdruckslos.

»Habe ich nicht, mein Schatz, aber ich habe eine Vorliebe dafür, euch zu starken Frauen zu erziehen. Sieh dich um, Kleines. Deine Wohnung ist voller entzückender Blumen und Geschenke von einem Mann, der eindeutig entdeckt hat, was jeder in unserer Familie schon immer wusste: dass du es verdienst, auf Händen getragen zu werden, und – nach dem, was Jock mir gestern Abend erzählt hat – dass du es wert bist, dass man um dich kämpft. Anscheinend hat sich Grant schon mit Archer auseinandergesetzt und nicht klein beigegeben.«

»Die Geschichte will ich hören«, sagte Leni.

»Ich auch«, stimmte Sutton ein.

Ihre Mutter nahm das Handy, und während sie erzählte,

was Jock über den Abend berichtet hatte, an dem die Brüder und Grant geboxt hatten, betrachtete Jules die Geschenke, die er ihr geschickt hatte, und hörte seine Stimme in ihrem Kopf flüstern: *Dank des Zaubers, mit dem du mich belegt hast, kann ich wohl nur noch meinem Herzen folgen.*

Ihre Mutter und ihre Schwestern hatten recht. Sie war mit einem Mann zusammen, der ihr viel bedeutete, einem Mann, dem sie viel bedeutete und der all ihre Spleens mochte. Sie war mit einem Mann zusammen, mit dem sie Sex haben *wollte* und keine noch so große Verlegenheit konnte ihr das nehmen.

Am Samstagabend, als die Sonne langsam vom Himmel hinabstieg, warf Grant den Grill an. Er schaute aufs Meer hinaus und dachte an Jules. Sie gestern Abend zu verlassen, war die Hölle gewesen, und zu Hause hatte er in der Tür des Strandhauses gestanden und versucht, sich ihr Date dort vorzustellen. Zum ersten Mal fühlte sich der Ort, der in den letzten Jahren sein sicherer Hafen gewesen war, falsch an, und zwar genauso falsch wie sich seine eigene Haut angefühlt hatte, seit er sein Bein verloren und Darkbird verlassen hatte. Wenn er zwischen seinen Einsätzen zu Hause gewesen war, hatte er nie mehr als ein oder zwei Wochen dort verbracht, und er hatte nie wirklich die ästhetischen Seiten des Ortes beachtet, an dem er schlief. Doch mit Jules in seinem Leben änderte sich das. Plötzlich sah er das heruntergekommene Strandhaus als das Spiegelbild seiner selbst, und um ehrlich zu sein, war das ein ziemlich zutreffendes Bild gewesen. Doch die letzte Woche hatte ihn verändert.

Anstatt an der Staffelei zu stehen, hatte er vergangene Nacht angefangen, seine Wohnung aufzuräumen. Er hatte die Möbel im zweiten Schlafzimmer auseinandergebaut und sie in der Garage eingelagert, um den Raum in ein Atelier umzuwandeln. Doch schnell war ihm klar geworden, dass bloßes Putzen und Umräumen nicht ausreichte, und so hatte er sich für heute einen Plan gemacht.

Und zum ersten Mal, seit er sein Bein verloren hatte, war er voller Vorfreude auf den Tag aufgewacht, um diese Pläne in die Tat umzusetzen.

Sein Training hatte er schon früh absolviert, und Jules hatte kurz danach angerufen, um ihm für die Blumen und Windlichter zu danken. Sie hatten lange miteinander gesprochen, und als sie von Lenis Gruppenchat-Katastrophe berichtet hatte, wünschte er sich, er hätte bei ihr sein können, um sie vor der peinlichen Situation zu beschützen. Er hatte ihr versichert, dass er mit Archer schon zurechtkäme, obwohl er nichts mehr von ihm gehört hatte. Beide hatten von dem gestrigen Abend geschwärmt, und sie hatte ihn daran erinnert, das Gemälde aus dem Müll zu holen, doch das hatte er bereits erledigt. Seinetwegen hätte das Telefonat ewig dauern können, was sehr ungewöhnlich für ihn war. Allerdings waren eine Menge Veränderungen ungewohnt, die Jules in ihm auslöste, wie zum Beispiel die Nachrichten, die sie sich den ganzen Tag über schickten. Er war nie jemand gewesen, der viele Nachrichten am Handy schrieb, und als sie ihn um ein Selfie bat, kam er sich idiotisch dabei vor, ein Foto von sich zu machen. Doch er tat es für Jules und beim Gedanken daran hatte er sogar ein Lächeln zustande gebracht. Natürlich hatte er im Gegenzug auch um eines gebeten und Jules hatte ihm gleich drei geschickt. Eines mit einem Kussmund, ein anderes lächelnd und eines, auf dem sie eine alberne Grimasse zog und einen noch alberneren Hut trug.

Er musste sie sich schon zig Mal angeschaut haben.

Sein Tag war großartig gewesen. Er hatte Skizzen für den Bau einer Kücheninsel angefertigt und in verschiedenen Geschäften nach Material und Wohnaccessoires gestöbert. Die folgenden Stunden hatte er damit verbracht, die Kücheninsel zu bauen und das Strandhaus zu einem gemütlicheren Ort für sein Mädchen zu machen. Was als Projekt mit dem Ziel angefangen hatte, dass Jules sich wohler fühlte, hatte sich als genau das entpuppt, was er brauchte. Er hatte schon fast vergessen, wie gut es sich anfühlte, ein Vorhaben zu planen und durchzuführen, egal wie klein es erscheinen mochte.

Er machte sich daran, das Holz in der Feuerstelle aufzuschichten, und betrachtete die neue Loungeliege für zwei Personen, die er für ihr Date heute Abend gekauft hatte. Das Strandhaus befand sich in einiger Entfernung der Dünen inmitten von hohen Gräsern, stacheligem Wacholder und wilden Faulbaum- und Strandpflaumenbüschen, die sie vor stärkerem Wind schützten, der vom Meer herüberwehte. Trotzdem hatte er auch eine dicke Decke gekauft. Vor Jules hatte er sich über Decken, Loungeliegen und Wohnaccessoires nie Gedanken gemacht.

Das Geräusch eines Autos auf dem Kies riss ihn aus seinen Gedanken. Er ging zur Vorderseite des Hauses und entdeckte Jules' knallgelben Jeep unten am Hügel. Sein Herz klopfte stärker, als er zu ihr hinunterging, während er sich im Geiste eine Notiz machte, die zugewachsene Auffahrt freizumachen, damit sie beim nächsten Mal bis zum Haus fahren konnte.

Er öffnete die Autotür und sie sah ihn mit ihren umwerfenden grünblauen Augen an. »Hallo, meine Schöne.«

»Hallo.«

Er zog sie in seine Arme und küsste sie, was das Zeug hielt. Oh, er liebte ihre Küsse. Als sich ihre Lippen voneinander lösten, flüsterte sie: »Noch einmal!«

Ein knurrender Laut entwich ihm, als er ihren Mund wieder eroberte und sie dabei an den Wagen drückte. Sie krallte die Finger in seine Haare und löste damit einen stechenden Schmerz und eine Lust aus, die das Feuer bis in seine Länge jagte. Er ließ die Hände über ihre Hüften gleiten und packte ihren Hintern, um sie fester an sich zu drücken, was ihm ein laszives Stöhnen bescherte. Er hätte sie den ganzen Abend küssen können, doch dann wäre er nicht mehr aufzuhalten. Also bremste er sich, küsste sie sanfter und nahm ihre Unterlippe zwischen die Zähne, um behutsam daran zu ziehen. Sie atmete hörbar aus und brachte seinen Mund wieder an ihren, küsste ihn, als hätte sie sich den ganzen Tag danach verzehrt.

Er ermahnte sich, es langsam anzugehen, aber ihr sinnlicher Mund und ihre eifrige Zunge waren einfach zu viel. Er wollte sie überall spüren, und nachdem er sie nun gekostet hatte, wollte er mehr. In seiner Fantasie gab es Unmengen von Bildern dieses wunderbaren Wesens, das seine Welt auf den Kopf stellte und seinen Körper in ein einziges begehrendes, chaotisch-heißes Etwas verwandelte.

Atemlos ließ sie von ihm ab und er legte ebenso schwer atmend seine Stirn an ihre. »Meine Güte, Pix, jedes Mal, wenn ich in deiner Nähe bin, möchte ich am liebsten über dich herfallen.«

Sie lächelte ihn an. »Juhu!«

Er lachte. »Du bringst mich um.« Er gab ihr noch einen nicht ganz so kurzen Kuss und nahm dann ihre Hand, um mit ihr zum Strandhaus hinaufzugehen.

»Warte kurz. Ich habe ein paar Sachen mitgebracht.« Sie eilte auf die Beifahrerseite des Jeeps.

»Ich habe dir doch gesagt, dass ich mich um das Essen kümmere. Die Steaks können wir gleich auf den Grill legen.«

»Es ist auch nichts zu essen.« Sie nahm eine der Vasen, die er ihr geschickt hatte, und zwei der Windlichter aus dem Auto und gab sie ihm.

»Baby, die habe ich für dich besorgt.«

»Nein, die sind für *uns*«, erwiderte sie munter. »Du hast versprochen, dafür zu sorgen, dass meine Blumen immer Wasser haben, schon vergessen? Ich hätte noch mehr mitgebracht, aber ich konnte nicht alles tragen und war etwas spät dran.«

Uns. Das klang gut.

Sie nahm noch zwei Einkaufstüten von Happy End aus dem Wagen und warf die Tür zu.

»Pix, du musst mir gar nichts schenken.«

»Das ist auch nicht alles für dich«, sagte sie frech, als sie zum Strandhaus hinaufgingen.

In der Haustür blieb sie abrupt stehen. Mit großen Augen ließ sie den Blick über die Kücheninsel gleiten, die er mit einer verlängerten Arbeitsplatte versehen hatte, die man als Tisch nutzen konnte. Dazu hatte er noch zwei Schränke eingebaut, die von vorne und hinten zugänglich waren, ergänzt durch Regale auf beiden Seiten. Er hatte sie noch nicht angestrichen, weil er das mit ihr zusammen machen wollte. Aber er hatte zwei hohe meerblaue Hocker dazu gekauft und den Tisch mit neuen Platzsets, Gläsern und den Kerzen, die sie ihm geschenkt hatte, gedeckt.

»Wow, Grant! Woher hast du diese Kücheninsel? Und wo sind deine Malutensilien?« Sie entdeckte die neue Decke, die über den Sofarücken gelegt war und die weißen und meerblauen

Vorhänge an den Fenstern. »Du hast auch eine neue Decke und neue Vorhänge? Wow, du hast so viel gemacht! Es sieht aus wie eine ganz andere Wohnung.«

»Danke.« Er hatte auch neue Bettwäsche und Handtücher gekauft, doch die würde sie hoffentlich noch früh genug sehen. »Ich wollte, dass du dich wohlfühlst, also habe ich das zweite Schlafzimmer ausgeräumt und ein Atelier daraus gemacht, und die Kücheninsel habe ich gebaut, damit wir irgendwo essen können. Du hattest von Vorhängen gesprochen, also …«

Sie strahlte ihn an. »Du hast das alles für mich getan?«

»Tja, wie sich herausgestellt hat, konnte ich die Veränderung auch gut gebrauchen.«

»Ich fasse es nicht, wie anders es hier jetzt aussieht! Und die hast du selbst gebaut? Unglaublich!« Sie stellte die Tüten auf der Kücheninsel ab und bewunderte sein Werk. »Die ist umwerfend. Ich habe noch nie eine gesehen, bei der man von vorne und von hinten Zugriff auf die Schränke hat.«

»Sie ist nicht schlecht geworden, aber auch noch nicht fertig. Das ist nur ein Untergrundanstrich.« Er stellte die Blumen und die Windlichter auf die Arbeitsplatte. »Ich dachte, es würde vielleicht Spaß machen, sie zusammen fertig zu streichen. Mir ist an deiner Inspirationswand aufgefallen, dass dir Möbel gefallen, die auf alt gemacht sind. Ich kann dir zeigen, wie man es anstellt, dass es so aussieht.«

»Wirklich? Unser erstes gemeinsames Projekt! Das wäre toll.« Sie schlang die Arme um ihn und lächelte. »Du hättest das nicht alles machen müssen. Für mich war es in Ordnung, am Couchtisch und ohne Vorhänge zu essen.«

Ihre Begeisterung und ihre unbeschwerte Art brachten ihn dazu, alles in seiner Macht Stehende für sie tun zu wollen. Er gab ihr einen Kuss. »Ich weiß, aber du solltest es nicht tun müssen. Hast du morgen Zeit? Wir könnten die Kücheninsel anstreichen, und ich dachte, wir könnten im Anschluss vielleicht nach Seaport fahren.« Der Ort lag am nördlichen Ende der Insel.

»Ich habe morgen frei und das klingt großartig.« Sie tippte ihm auf die Brust. »Guck mal an, wer da Pläne schmiedet und etwas unternehmen will.«

»Anscheinend verfügt der Pixie-Staub über viele Kräfte.«

»Mhm, und du hast wirklich jedes Wort gehört, das ich gestern Abend gesagt habe, oder?«

»Natürlich, warum sollte ich auch nicht?« Er hatte alles hören wollen, was sie bereit war, über sich zu erzählen.

»Laut meinen Schwestern ist das männliche Geschlecht an sich sehr schlecht im Zuhören.« Sie ging auf die Zehenspitzen und küsste ihn. »Danke, dass du gut darin bist. Möchtest du mal sehen, was ich mitgebracht habe?«

Bevor er antworten konnte, kam Crash aus dem Schlafzimmer gerannt, und als er versuchte, vor ihnen anzuhalten, schlidderte er geradewegs in Jules' Stiefel. Sie hob ihn hoch und gab ihm einen Kuss auf den Kopf. »Ich hab dich irre vermisst.« Sie vergrub die Nase an seinem Kopf. »Wusstest du, dass dein Daddy so gut dekorieren kann und handwerklich so begabt ist?«

»Ich bin nicht sein Daddy«, widersprach Grant.

Jules verdrehte die Augen. »Solange er hier bei dir lebt, bist du es. Und ich habe ihm ein Geschenk mitgebracht.« Sie setzte Crash auf dem Sofa ab, holte die Tüten aus der Küche und nahm aus einer ein graues Katzenbett heraus, das sie auf den Boden legte. Crash sprang vom Sofa herunter und schnupperte daran. »Das ist dein neues Bett, mein Lieber.«

Crash schaute zu ihr auf und flitzte dann ins Schlafzimmer.

»Jules, er bleibt nicht hier.«

Crash kam mit der grünen Schleife zurück und legte sie in sein neues Bett.

»Ich glaube, er sieht das anders«, sagte sie kichernd und packte auch noch zwei blau-weiße Kissen aus. Das eine war quadratisch und trug die blaue Aufschrift *Wenn du das Glück hast, am Strand zu sein, dann hast du Glück* und das andere war länglich und hatte die pfirsichfarbene Aufschrift *Das Leben ist gut.* »Wie findest du die?« Sie legte sie auf das Sofa.

Es waren nur Kissen und wahrscheinlich hatte sie noch mehr davon in ihrem Laden, aber sie waren so typisch Jules, dass er die Kissen fast so toll fand, wie er Jules toll fand. Er zog sie in seine Arme und schaute in ihre wunderschönen Augen. »Ich liebe sie. Danke. Aber hör auf, Geld für mich auszugeben, Pix.«

»Ich konnte einfach nicht widerstehen. Und sie passen perfekt zu allem, was du gekauft hast. Das ist noch ein Zeichen dafür, dass wir füreinander bestimmt sind.«

»Ich brauche kein Zeichen, um zu wissen, dass ich gerade alles, was ich brauche, in den Armen halte.« Als er seine Lippen auf ihre senkte, wurde ihm mit Wucht klar, wie wahr seine Worte waren. Wie war es möglich, eine Frau, zu der er erst vor Kurzem diese Art von Verbindung aufgenommen hatte, mit der gleichen Heftigkeit zu wollen, mit der er zurück in das Leben wollte, das er hatte zurücklassen müssen?

Sie grillten die Steaks und das Gemüse und aßen an der neuen Kücheninsel. Es gab kein unangenehmes Schweigen oder angestrengte Unterhaltungen, sondern nur Lachen, Neckerei und viele Küsse. Nachdem sie alles weggeräumt hatten, zogen sie ihre Jacken an, Grant schnappte sich die dicke Decke und sie gingen hinaus zur Feuerstelle.

Grant wickelte Jules in die Decke ein und machte das Feuer

an, während sie hinaus aufs tiefschwarze Meer schaute, auf dem sich der Mondschein spiegelte. »Du hast so ein Glück. Du kannst diesen Ausblick jeden Tag genießen.«

Er stülpte den Metallkorb über das Lagerfeuer und stand auf, um statt des Ausblicks sie zu bewundern. Ihre langen Wimpern zitterten in der Brise, die ihr die Haare über die Schulter wehte. »Und was für ein Glück ich habe.« Er nahm ihre Hand und führte sie zu der Loungeliege, auf der sie sich gemeinsam unter die Decke kuschelten.

»Das Ding ist so groß«, sagte sie und schmiegte sich enger an ihn.

Verwegen sah er sie an, was mit einem verlegenen Kichern quittiert wurde, und küsste sie. »Und du bist so verdammt süß.«

Mit einem zufriedenen Seufzer lehnte sie den Kopf an seine Schulter, und eine Zeit lang lagen sie schweigend beieinander, nur das Rascheln des Grases und die knackenden Funken des Feuers füllten die Stille. Wie er mit Jules in den Armen da lag, dachte er, falls es überhaupt einen perfekten Moment gab, dann war es dieser. Die Tatsache, dass er meilenweit entfernt von jeglicher Definition von *perfekt* war, die er sich je hätte vorstellen können, spielte keine Rolle.

Er konnte sich nicht daran erinnern, wann er das letzte Mal entspannt genug gewesen war, um einen Moment einfach zu genießen oder die Geräusche um ihn herum wahrzunehmen – Geräusche, die nicht mit einer Gefahr verbunden waren.

»Ich könnte ewig hier so bleiben und wäre vollkommen glücklich.« Jules drehte sich auf die Seite, legte den Arm über seinen Bauch und die Wange auf seine Brust.

Er gab ihr einen Kuss auf den Kopf. Gegen seine Gefühle für sie anzukämpfen, war idiotisch von ihm gewesen. Wenn er so viel lockerer und glücklicher war, weil er Jules in sein Leben gelassen hatte, was erwartete ihn dann sonst noch alles? Er dachte an die Kissen, die sie mitgebracht hatte. Die Sprüche darauf waren so simpel, doch wie alles, was sie tat und sagte, beinhalteten sie eine Fülle von absolut notwendigen Erkenntnissen. Er hatte in der Tat Glück, am Leben zu sein, noch dazu auf dieser herrlichen Insel und umgeben von Menschen, die wollten, dass er Teil ihres Lebens war. Das Leben war wirklich gut und das hatte er viel zu lange ignoriert.

Doch das Leben zu genießen, bedeutete auch, das Verhältnis zu seinem Vater zu klären. Er hatte die aufgestaute Wut und die Enttäuschung in ihrer Beziehung immer dazu genutzt, um seine Aggressivität in den Einsätzen anzufeuern. Ohne dieses Ventil hatten sie sich mit dem Zorn über den Verlust seines Berufes verwoben und für diese Art von Finsternis gab es jenseits des Schlachtfeldes keinen Raum. Er wusste nicht, wie er das angespannte Verhältnis zwischen ihnen in Ordnung bringen sollte, aber er hatte auch nicht gewusst, wie er das mit Jules auf die Reihe kriegen konnte. Er hatte es mit Aufrichtigkeit versucht, als er vor ihrer Wohnung aufgetaucht war, um sich zu entschuldigen, und damit hatte er es weit gebracht.

Vielleicht hatte sie recht. Es war an der Zeit, diese familiären Ufer unter Wasser zu setzen und sich den Folgen zu stellen.

Jules schaute mit ihrem wunderschönen Gesicht zu ihm auf. Gegen das Ziehen, das sie in seiner Brust auslöste, war er machtlos. Wen kümmerte das Schlachtfeld? In einem Leben, in dem solche Schönheit existierte, war kein Raum für Finsternis.

Er schob sie auf den Rücken und küsste sie. »Ich bin froh, dass ich dich nicht verschreckt habe.«

»Du bist nicht annähernd so erschreckend, wie ich es in den Reben war. Da hab ich dich schön erwischt«, scherzte sie.

»Das kann man so oder so sehen. Ich finde es immer noch

unglaublich, dass dir noch kein Mann einen Ring verpasst hat. Heiraten Mädchen wie du nicht normalerweise ihre Highschool-Liebe?«

»Dazu hätte es eine Highschool-Liebe geben müssen, und außerdem müssten die Mädchen jemanden an sich ranlassen, damit es dazu kommen kann.«

Er lachte. »Du und dein kluger Verstand. Du hast die Jungs auf der Highschool bestimmt in den Wahnsinn getrieben.«

Sie zog die Augenbrauen zusammen. »Eigentlich nicht so. Ich war ein Spätzünder. Bis zur zehnten Klasse hatte ich nicht mal richtige Brüste und ich war immer anders. Immer etwas zu fröhlich, nicht besonders gut im Flirten und ein bisschen naiv. Es stimmte schon, als ich gesagt habe, dass ich nur etwas für Kenner bin, und um ehrlich zu sein, brauchte ich lange, um mich in meiner Haut wohlzufühlen. Ich habe mich immer etwas unbeholfen gefühlt, aber ich konnte nichts daran ändern, wer ich bin.«

»Ich habe dich nie als unbeholfen wahrgenommen.« Er küsste ihre Schulter. »Spleenig vielleicht, auf eine reizende Weise, aber nicht unbeholfen.«

»Weil ich eine großartige Schauspielerin war, falls du dich erinnerst.«

»Wie könnte ich das vergessen? Jock und ich dachten, du würdest vielleicht in Hollywood enden, und Archer hat immer gesagt, dass das nur über seine Leiche passieren würde.«

»Klingt ganz nach Archer. Manchmal war es leichter, jemand anderes zu sein als mein unbeholfenes Selbst.«

»Ich finde es schlimm, dass du dich so gefühlt hast. Haben sich die Kinder über dich lustig gemacht? Denn in dem Fall mache ich sie ausfindig und dann bekommen sie es mit mir zu tun.«

Sie lachte. »Nein. Manche haben vielleicht so etwas gesagt wie: *Ach, so ist Jules einfach.* Das tat weh, als ich jünger war, aber ich wusste, dass sie nicht gemein sein wollten. Sie haben nur versucht, herauszufinden, wer ich war und wie sie sich in Gegenwart dieses glücklichen Mädchens verhalten sollten, das in allem und jedem das Gute sah. Und genauso habe ich versucht, herauszufinden, wer sie waren. Ich konnte mit dem ganzen Gegrübel und Schmollen nichts anfangen. Und dann eines Tages, während meines letzten Jahres an der Highschool, wurde mir klar – genau so wie du es gesagt hast –, dass *ich* dieses Mädchen im Spiegel mag, also habe ich sie angenommen.«

Sie fuhr mit den Fingern durch seine Haare und ihr Blick wurde nachdenklich. »Als du gesagt hast, dass du alles an mir magst, hat es mir mehr bedeutet, als du dir vorstellen kannst.«

»Ich habe jedes Wort, das ich – seit ich zur Besinnung gekommen bin – über dich und uns gesagt habe, absolut ernst gemeint. Ich habe nie gewusst, wie großartig eine Beziehung sein kann.« Er küsste sie noch einmal und sie schlang die Arme um ihn. »Bis du dich mit deiner süßen Art in mein Leben gequatscht hast.« Er strich mit seinen Bartstoppeln über ihre Wange und knabberte an ihrem Ohrläppchen, was sie mit einem zischenden Einatmen quittierte. »Und mich zum Innehalten gezwungen hast, damit ich meine Irrtümer erkenne.«

Begehren flammte in ihren grünblauen Augen auf. »Mach das noch einmal.«

Verdammt, er liebte es, wenn sie um mehr flehte! Er knabberte wieder an ihrem Ohrläppchen und glitt mit der Zunge um ihre Ohrmuschel. Sie hatte unfassbar zierliche Ohren, und überrascht spürte er, dass sie leicht spitz zuliefen, wie bei den Pixies, die er gemalt hatte. In seinem Kopf hörte er sie flüstern: *Noch ein Zeichen.*

Sie zog seinen unteren Rücken fest an sich.

»Ah, meinem sexy Mädchen gefällt das«, flüsterte er und saugte ihr Ohrläppchen in seinen Mund.

Sie wölbte sich ihm entgegen, atmete lang und sinnlich aus und Hitze erfasste ihn von Kopf bis Fuß. Er nahm ihre Hand in seine, verschränkte ihre Finger miteinander und hielt sie neben ihrem Kopf fest.

»Ich habe die ganze Nacht an dich gedacht.« Er strich mit seinen Lippen über ihre. »Wie du dich angefühlt hast.« Er küsste sie sanft. »Wie du geschmeckt hast.« Er knabberte an ihrem Kiefer. »An diese sexy Laute, die du von dir gibst.«

Er nahm sich einen langen, leidenschaftlichen Kuss, der rasch intensiver und fordernder wurde, und ihre Körper übernahmen die Kontrolle. Ihre Zungen schlangen sich umeinander, ihre Hüften rieben sich aneinander. Sein Blut rauschte Richtung Süden und pulsierte so heiß wie Lava. Er küsste sich an ihrem Hals abwärts und schob ihre Jacke auf.

»Warte«, keuchte sie.

Er erstarrte. *Von wegen langsam, du Arsch.*

Ihre Blicke trafen sich. »Ich bin dran«, sagte sie mit rauer Stimme und rutschte unter ihm hervor. Sie drückte ihn auf die Liege und setzte sich rittlings auf ihn. Sie öffnete seine Jacke, die er daraufhin rasch auszog. Sie biss sich auf die Unterlippe, um sich ein Grinsen zu verkneifen, und glitt mit den Händen über seine Brust. Das Lagerfeuer spiegelte sich in ihren glimmenden Augen, was sie noch verführerischer aussehen ließ. »Ich konnte es nicht abwarten, dich zu berühren.«

Fuck, ja! »Baby, du kannst berühren, kosten und dir nehmen, was du willst.«

Ungeachtet der Kälte zog er sein T-Shirt aus und ihr Blick wurde noch dunkler. »Es macht dir doch nichts aus, wenn ich etwas … erkunde?«

Oh Mann! »Lass die *Operation Entdecke mich* beginnen.«

Sie warf ihre Jacke zu Boden und zog die Decke über sie beide. Mit einem tiefen Kuss eroberte er ihren Mund. Sie rieb sich an seiner Länge. Er wollte sie unter sich rollen und hunderte unanständige Dinge mit ihr treiben, doch das würde warten müssen. Sie riss sich von ihm los, ihre Lippen glänzten rosa. So verdammt einladend! Hungrig sah sie ihn an, die Luft zwischen ihnen knisterte und sie strich mit einem Finger über seine Unterlippe. Er leckte an ihrer Fingerspitze, und als sie ihre Zunge folgen ließ, fühlte er es am ganzen Körper. Er packte ihren Hintern, denn er musste einfach mehr von ihr berühren.

»Ich liebe deine Lippen«, sagte sie leise. »Und ich liebe es, wenn du mich so packst.«

Sie hatte keine Ahnung, wie sehr es ihn anturnte, so etwas aus ihrem verführerischen kleinen Mund zu hören.

Mit den Fingern glitt sie über seine Wange, um ihn dann auch dort zu küssen, bevor sie weiter nach unten rutschte. Sie strich über seine Brustmuskeln und fuhr seine Narben entlang. »Woher stammen die?«

»Granatsplitter von der Explosion, bei der ich mein Bein verloren hab.«

»Ich wünschte, ich hätte da sein können, um dir bei der Genesung zu helfen.«

Sein Herz zog sich zusammen. »Ich bin froh, dass du es nicht warst. Ich war von Wut zerfressen.«

»Das hat Bellamy erzählt.« Sie küsste sein Brustbein. »Deshalb wünschte ich, ich wäre dort gewesen. Ich hätte es ein wenig leichter für dich machen können.«

Von ihrer Berührung wurde er hart und von ihren Worten wurde sein Innerstes zu flüssiger Glut. »Damals habe ich nicht daran geglaubt, dass es durch irgendetwas leichter werden könnte, aber ich denke, dir wäre es gelungen.«

Er strich ihr über die Haare, während sie seine vielen Narben mit den Fingern nachzeichnete und jede einzelne küsste. Ihm war nie bewusst gewesen, dass Zuwendung eine so tiefe, andauernde Wirkung auf ihn ausüben konnte, doch mit jeder ihrer Berührungen und zärtlichen Küsse wuchsen seine Emotionen ins Unermessliche. Als sie die Zunge über seine Nippel gleiten ließ, zuckte seine Härte hinter dem Reißverschluss und fügte den zärtlichen Gefühlen dunklere hinzu. Sie musste es gespürt haben, denn sie drängte sich fester an seine Erektion und setzte ihre liebevolle Erkundung seines geschundenen Körpers fort. Ihre zarten Hände glitten über seine Haut, während sie hier einen Kuss hinterließ, dort eine Berührung, und immer wieder etwas flüsterte, auch wenn er nicht hören konnte, was sie sagte. Sie strich über seine Flanken, und als sie eine Narbe spürte, beugte sie sich über ihn hinweg und küsste auch diese Stelle. Noch nie hatte er sich so *offenbart* gefühlt.

Nachdem sie alle liebkost hatte, sagte sie: »Fünfundzwanzig. So wie mein Alter. Noch ein Zeichen.« Sie küsste seinen Bauch.

»Himmel, Pix«, sagte er zu dem Engel, der ihn ansah. »Du siehst in allem eine gute Seite.«

All die Emotionen, die er in sich trug, bahnten sich einen Weg, als er sie an sich zog und seinen Mund auf ihren presste. Das Begehren packte ihn und er ließ alle Gefühle aus sich heraus und in ihre Verbindung fließen. Sie drehten sich auf die Seite, verschlangen sich, packten sich und rieben sich aneinander, während sie beide ungehemmt lustvolle Laute von sich gaben. Sein Verstand hing an einem seidenen Faden, doch noch stärker als Lust und Begehren war der Wunsch, sie zu beschützen, und so zwang er sich, auf die Bremse zu treten und zögerlich zurückzuweichen. »Ich werde wahnsinnig, wenn wir zusammen sind«, sagte er fast wütend.

Doch wie ein Süchtiger brachte er es nicht fertig, auf Abstand zu bleiben, und so holte er sich mehr. Sie erwiderte sein Bestreben mit absoluter Hingabe, presste sich an ihn und stöhnte so lüstern. Er wollte sie nackt sehen, doch auf keinen Fall wollte er, dass sie ihr erstes Mal draußen in der Kälte in einem Rausch gieriger Leidenschaft erlebte.

Er riss sich von ihr los und zischte: »Mist! Tut mir leid.« Er ließ sich auf den Rücken zurücksinken und legte den Unterarm über die Augen in dem Versuch, die Flammen in sich zu löschen. »Wenn wir nicht aufhören, werde ich dir unweigerlich die Klamotten vom Leib reißen und dich gleich hier draußen nehmen. *Fuck!* Es tut mir leid, Baby. Bei dir bin ich wie ein freigelassenes Tier und du bist so unfassbar süß.«

»Aber ich kann auch unanständig sein.« Sie bewegte sich an seinem Körper abwärts und küsste einen direkten Pfad hinunter zum Knopf an seiner Jeans, um dann kurz mit einem verruchten Lächeln zu ihm aufzuschauen.

Ihm stockte der Atem.

Gestern Abend hatte Grant Jules praktisch auf links gedreht, und nachdem sie nun genau wusste, wie viel Lust ein Mund bereiten konnte, wollte sie ihn ebenso gründlich verwöhnen, wie er sie verwöhnt hatte.

»Jules, du musst nicht …«

»Ich will.« Sie leckte sich über die Lippen und warf ihm einen Luftkuss zu, was er mit einem dieser kehligen Laute quittierte, die Hitzeschauer durch ihren ganzen Körper jagten. Nachdem sie die letzten drei Monate in ihren Fantasien mit Grant beschäftigt gewesen war und an den beiden vergangenen Abenden jeden harten Zentimeter von ihm an sich gespürt hatte, ließ sie sich nun nicht mehr beirren. Wie ein Profi öffnete sie seine Jeans, obwohl sie so etwas noch nie getan hatte. Jules war eine großartige Schauspielerin. Natürlich konnte sie das hier improvisieren. Sie hatte sogar Blowjob-Techniken gegoogelt und heute beim Mittagessen mit einer Banane geübt. Das musste doch hinzukriegen sein.

Dennoch prickelten ihre Nerven, als sie seine Jeans nach unten zog. Er spannte sich an und griff nach dem Bund seiner Jeans, damit sie sie nicht weiter als bis zu seinen Oberschenkeln hinunterzog. Ihre Blicke trafen sich, und ihr wurde klar, dass er ihr nicht sein künstliches Bein zeigen wollte. Es versetzte ihr einen schmerzhaften Stich, und sie war entschlossen, ihm zu zeigen, dass sein Bein nichts daran änderte, was sie für ihn empfand. Aber ihr wurde auch bewusst, dass er alles tat, um ihr ein gutes und sicheres Gefühl zu geben, wenn sie zusammen waren, und sie wollte das Gleiche für ihn tun.

Sie hauchte Küsse auf seine Hand, die er fest um den Bund seiner Jeans gekrallt hatte. »Ich werde sie nicht weiter hinunterziehen.«

Sie nahm seine Hand weg und wandte ihre Aufmerksamkeit der Spitze seiner dicken Erektion zu, die unter seinen schwarzen Boxershorts hervorlugte. Sie musste schwer schlucken, als sie seine Boxershorts herunterzog und seine Länge befreite, die hart wie ein Baseballschläger aufsprang, um sie zu begrüßen. Sie nahm sie in die Hand und spürte, dass sie doppelt so dick war wie eine Banane. Wie zum Teufel sollte sie das ganze Ding in ihren Mund kriegen? Sie schaute verstohlen zu Grant auf. Er hatte die Zähne aufeinandergepresst und den Blick auf sie gerichtet, was ihre Nervosität und zugleich ihre Erregung verstärkte. Ihr Kopf schwirrte und die Techniken, über die sie etwas gelesen hatte, tobten wie Fliegen, die sie nicht fangen konnte, in ihrem Hirn umher.

Bitte, bitte, bitte, lass mich gut darin sein!

Sie schloss die Augen und ließ die Zunge langsam um seine breite Spitze kreisen. Grant stöhnte auf, seine Oberschenkel waren angespannt und seine Härte zuckte in ihrer Hand. Sie tat es noch einmal, und wieder, und wurde jedes Mal mit einem sexy Laut belohnt. Seine Reaktion bestärkte sie, und als sie den Spalt reizte, hob er ruckartig die Hüften an. Sie leckte und reizte weiter, und jeder Laut, jede Anspannung seiner Muskeln und jedes Zucken seiner Länge linderte ihre Nervosität, bis nichts davon übrigblieb. Sie leckte ihn vom Ansatz bis zur Spitze, bis sein Schaft feucht genug war, um ihn mit der Hand zu verwöhnen. Sie streichelte und leckte und brachte endlich den Mut auf, ihren Mund auf seine harte Länge zu senken, was mit einem solch verzweifelten, männlichen Laut quittiert wurde, dass sie spürte, wie sie selbst feucht wurde. Sie verwöhnte ihn langsam, fand ihren Rhythmus, wobei sie sich von seinen Lauten und Bewegungen leiten ließ. Er schob die Hände in ihre Haare, doch er ließ sie das Tempo vorgeben, und sie genoss es, wie er sie packte.

»Himmel, Jules! Du fühlst dich so verdammt gut an«, stieß er aus.

Sie wollte jubeln, in die Welt hinausschreien: *Seht, was ich kann!* Doch da das nicht im Geringsten angemessen wäre, konzentrierte sie sich darauf, Grant Lust zu bereiten. Sie nahm ihn bis zur Kehle in sich auf, und doch war es nicht genug, um ihn ganz aufzunehmen. Sie wurde schneller, verstärkte ihren

Griff und folgte jeder Handbewegung mit dem Mund, bis er fest die Zähne zusammenbiss und mit den Hüften immer wieder nach oben ruckte. Sein Atem brach in heftigen Stößen aus ihm heraus, den Blick hatte er nur auf sie gerichtet, so dass sie sich sexy und *echt* fühlte. Sie ließ sich völlig darauf ein, gab ihm alles, leckte die Spitze und sah ihm gleichzeitig tief in die Augen, glitt mit der Zunge über seine Länge und stöhnte vor Lust.

»Oh, Baby, das fühlt sich so gut an! Du bist so verdammt heiß.«

Mit jedem seiner Worte wurde sie verwegener. Sie nahm ihn wieder in den Mund, strich härter, saugte stärker. Als er sie noch fester an den Haaren packte und seine Kiefermuskeln heftiger zuckten, genoss sie es. Das hier machte sie stärker. Kein Wunder, dass Frauen so gern Sex hatten. Sie kam sich vor wie seine Königin und das war ein herrliches Gefühl!

»Jules!«, warnte er sie und die Anspannung war ihm anzuhören.

Ein Nervenkitzel erfasste sie. Sie machte ihn rasend und sie genoss es! Sie setzte das hemmungslose Streben nach seiner Lust fort. Auf keinen Fall würde sie aufhören, bevor er so heftig kam, wie sie gestern Abend gekommen war, und sie ihn so kosten konnte, wie er sie gekostet hatte.

»Baby!«, warnte er sie nun noch eindringlicher.

Sie nickte, während sie saugte und streichelte, um ihm das grüne Licht zu geben, das er brauchte. Mit dem nächsten Stoß kniff er die Augen zu und ein Fluch brach aus ihm heraus, als ein heißer, salziger Strahl auf ihre Kehle traf. Sie schluckte, rieb ihn weiter und genoss das Hochgefühl. Doch die Aufregung lenkte sie so sehr ab, dass sie vergaß zu schlucken. Es war zu viel in ihrem Mund und er stieß seine Hüften noch immer nach oben. Sie musste würgen, und er riss die Augen auf, während sein Saft aus ihrem Mund heraus auf seine Härte tropfte.

»Mist, Baby! Es tut mir leid!« Er zog an ihren Haaren, um ihren Kopf anzuheben, und seine Länge fiel auf seinen Bauch, wo sie sich weiter ergoss. Doch das schien ihn nicht zu kümmern, als er sie in seine Arme zog und ihren Mund abwischte. »Es tut mir leid, Jules! Mist! Es tut mir so leid.«

Ihre Wangen waren hochrot. »Ich brauche wohl etwas mehr Übung.«

»Übung? Oh Mann, Baby, war das dein erstes Mal?«

Sie nickte. »Mhm.«

»Warum hast du mir das nicht gesagt?« Er küsste sie und hielt sie so fest, dass sie sein Herz an ihrer Brust schlagen hörte.

»Ich wollte nicht, dass du dir zu viele Gedanken machst.«

Er legte die Hände um ihr Gesicht und schaute ihr tief in die Augen. »Ich kann mich nicht um dich kümmern, wenn ich nicht weiß, was los ist. Bei dir *muss* ich mir Gedanken um deine ersten Male machen. Ich verspreche auch, dass ich nicht zu viel darüber nachdenke, aber ich hätte mich zurückziehen können, Jules.«

»Das wollte ich nicht. Ich wollte dich kosten.«

Seufzend legte er die Stirn an ihre. »Du bist unglaublich.« Er küsste sie erneut. »Du bist so verdammt wunderbar, aber du hättest mich kosten können, ohne dich zu verschlucken. Ich hätte es wissen müssen, aber so wie du dich verhalten hast, dachte ich, du hättest es schon einmal getan, und als du mich mit deinem Mund genommen hast … Meine Güte, Jules! Du hast mich weggeblasen – im wahrsten Sinne des Wortes. Ich hätte nach drei Sekunden schon kommen können.«

»Das ist gut, oder?«

Beide lachten und dann küssten sie sich und lachten noch mehr.

»Versprich mir, dass es keine ersten Male mehr ohne Vorwarnung gibt«, sagte er, als er seine Jeans hochzog und sie wieder eng an sich drückte.

»Versprochen.«

Er küsste ihre lächelnden Lippen. »Dein Mund ist tödlich.«

»Stell dir nur mal vor, wie gut der mit ein wenig Übung wird.«

Siebzehn

Nach einer unglaublichen Nacht mit Grant träumte Jules in allen unzweideutigen und erotischen Einzelheiten davon, gänzlich nackt mit ihm zusammen zu sein. Sie wusste, dass er versucht hatte, es richtig zu machen, als er ihr einen Gutenachtkuss gegeben und gesagt hatte: *Ich würde dich ja bitten zu bleiben, aber dann könnte ich die Finger nicht von dir lassen.* Sie war kurz davor gewesen zu sagen, dass sie genau das wollte. Aber sie hatte sich auch gefragt, ob er es wegen seines Beins langsam angehen wollte, und sie wollte ihn ebenso wenig bedrängen wie er sie. Sie wünschte sich, er könnte ihre Träume sehen, damit er verstand, dass sie von ihm genau so träumte, wie er war, samt amputiertem Bein, Narben und allem. Vielleicht sollte sie ihm erzählen, wie sehr diese Träume sie erregten. Sie hatte versucht, sich selbst Erleichterung zu verschaffen, doch das vergleichsweise leise Zucken, das sie ausgelöst hatte, ließ ihr Begehren nach ihrem Erdbeben verursachenden Freund nur noch größer werden. Die kalte Dusche, die sie sich verordnet hatte, hatte auch nichts gegen die sexuelle Spannung ausrichten können, die wie ein Schwarm Bienen in ihr surrte. Es war, als würden alle sexy Dinge, die sie und Grant anstellten, ein weiteres Tor zu ihren Lüsten aufstoßen und sie noch mehr begehren lassen.

Wovon würde sie dann erst träumen, wenn sie sich geliebt hatten?

Sie verstaute Wechselklamotten in ihrer Tasche und ging bekleidet mit einem alten Sweatshirt und Jeans, die zum Streichen noch gut genug waren, zur Tür hinaus – und stolperte fast über eine Tüte Mandelriegel, die auf dem Treppenabsatz lag. Ihr Herz raste, noch bevor sie überhaupt die Nachricht gelesen hatte, die daran befestigt war. *Mein Mädchen sollte nie auf seine Lieblingssachen verzichten müssen. Ich hoffe, ich schaffe es auch auf diese Liste. Kann es nicht abwarten, dich zu sehen. Grant.*

Wusste er denn nicht, dass er es längst auf die Liste geschafft hatte? Monatelang hatte sie sich aus der Ferne immer mehr in ihn verliebt. Was sie füreinander empfanden, gründete nicht nur auf ihrer körperlichen Verbindung. Sie hatte gedacht, sie hätte dieses unaufhaltsame Begehren erleben wollen, von dem ihre Schwestern sprachen, doch ihr war nicht bewusst gewesen, dass es von dem unerbittlichen Wunsch herrührte, Teil des Lebens eines besonderen Menschen zu sein, ihn glücklich zu sehen, mit ihm, für ihn und wegen ihm zu wachsen. Es war dieses gewisse Etwas, von dem ihre Eltern immer geredet hatten. Sie musste nicht versuchen, dem einen Namen zu geben. Es war genug, es zu fühlen.

Sie hielt am Sweet Barista an, um sich etwas von Keiras berühmten Leckereien zu gönnen. Wenn sie ihren Magen füllte, würde sich vielleicht auch ihr übriger Körper endlich mal abregen.

Keira platzierte gerade Croissants in der Auslage, als Jules an den Tresen trat. »Hallo, Jules. Bin gleich bei dir. Heute sind wir etwas unterbesetzt.« Sie beendete, was sie gerade tat, und sagte dann: »Also, das ist eindeutig nicht das Outfit von gestern Abend.«

»Keira!« Jules musste lachen.

»Was? Ich hab den Männern vielleicht entsagt, aber ich bin froh, dass du es nicht hast.«

Sie entspannte sich. »Wirklich?«

»Ja, natürlich. Grant geht so hart mit sich selbst ins Gericht. Er braucht jemanden wie dich, der ihn mal aus seinem eigenen Kopf herausholt.«

»Was meinst du mit jemanden wie mich?«

Keira lehnte sich über den Tresen und bedeutete Jules, näher zu kommen, bevor sie leiser fortfuhr: »Zu viele Frauen sehen meine Brüder als *Silvers, die noch zu haben sind,* wenn du weißt, was ich meine. Wells und Fitz lassen sich das nur zu gerne gefallen, aber Grant kann es nicht ausstehen. Bei dir weiß ich, dass *er* dir wichtig ist und nicht sein Geld. Und nach allem, was Wells mir erzählt hat, fährt Grant alles auf, um dir zu zeigen, wie sehr er dich mag.«

Die Eifersucht packte sie. »Sind viele Frauen hinter ihm her?«

»Du bist ja so süß. Es hat immer Frauen gegeben, die hinter ihm her waren. Ach was, die meisten meiner Freundinnen schwärmen insgeheim für einen meiner Brüder. Aber ihr beide seid das Stadtgespräch, seit ihr Freitagabend im Rock Bottom wart, also hat es sich mit Sicherheit herumgesprochen, dass er vom Markt ist. Auch wenn er nie wirklich auf dem Markt war, jedenfalls von seiner Warte aus. Er hat seit der Highschool kein Interesse an den Frauen hier in der Gegend gezeigt, und selbst damals interessierte er sich mehr für die Malerei und dafür, von der Insel wegzukommen, als für alles andere.«

»Ich verspüre eine gewisse Genugtuung«, sagte Jules grinsend.

»Oh, ja, Schätzchen, das steht dir zu. Grant ist es definitiv wert, Genugtuung zu empfinden, auch wenn er mir in letzter Zeit auf die Nerven geht.«

»Ich bin gerade auf dem Weg zu ihm. Wir wollen die Kücheninsel anstreichen, die er gebaut hat.«

»Er hat etwas gebaut?«

»Ja, und sie ist umwerfend geworden. Er hat so viel Talent. Was isst er am liebsten zum Frühstück?«

»Alles mit Kirsche, besonders wenn es warm ist. Ich würde mich für Plunderteilchen entscheiden.«

Jules' Wangen glühten bei dem Gedanken an Lenis Nachricht mit dem Kirsch-Emoji und gleich darauf hatte sie Grants Gesicht zwischen ihren Beinen vor Augen. Sie tat so, als suchte sie etwas in ihrer Handtasche, um zu verbergen, wie rot sie geworden war, und sagte: »Klingt gut, ich nehme vier davon.«

»Heiß gemacht?«

Wie ein verdammtes Flammenmeer. »Nein danke. Ich wärme sie dort auf.«

Als Jules bei Grant ankam, hatte sie nicht nur an Kirschen, sondern auch an die XL-Banane von gestern Abend gedacht, und jetzt hatte sie nichts anderes mehr im Kopf, als dass sie den gesamten Grant-Silver-Obstkorb genießen wollte. Sie versuchte, diese Gelüste zu zügeln, als sie die Veranda betrat.

Als er die Tür öffnete, sah er in dem schwarzen T-Shirt und den Jeans viel zu köstlich aus. Er musterte sie aus seinen dunklen Augen und heizte ihr damit gleich wieder ein.

»Hallo«, hauchte sie quasi und hielt die Tüte vom Sweet Barista in die Höhe. »Hier ist dein Lieblingskirschfrühstück.«

»Oh ja.« Sein Tonfall war voller unzweideutiger Absichten, als er sie in seine Arme zog und seinen herrlichen Mund auf ihren legte.

Er küsste sie ebenso ungeduldig, wie sie sich fühlte, und

versetzte ihren ganzen Körper in Euphorie. Sie ließ die Tüte fallen, damit sie sich an ihn klammern konnte, als er sie gegen die Tür drückte. »Ich hätte dich gestern Abend bitten sollen zu bleiben«, sagte er zwischen drängenden Küssen. »Ich will es dir zuliebe langsam angehen.« *Kuss und noch ein Kuss.* »Aber ich wollte dich in meinen Armen halten.«

»Ich will es auch, aber ich weiß, dass du dir darüber Sorgen machst, dass ich dein Bein sehe.« Als sein Gesichtsausdruck ernst wurde, fiel es ihr überhaupt nicht schwer, ihm auch den Rest zu sagen, denn die Wahrheit kam ihr immer leicht über die Lippen. »Ich verstehe das, aber du bist der Mann, den ich sehe, wenn ich die Augen schließe, Grant, und ich sehe dich ganz genau so, wie du bist, mit deiner Amputation. Wie es sich für dich anfühlt, wenn ich dich endlich nackt sehe, kann ich mir nicht vorstellen, aber für mich wird dann ein Traum wahr.«

Warme, wunderbare Emotionen strahlten aus ihm heraus. »Ich bin verrückt nach dir, aber du bist so perfekt, und ich habe keine Ahnung, was ich getan habe, um dich zu verdienen.«

»Genau so sehe ich dich auch, als perfekt für mich, und ich frage mich, was ich getan habe, um dich zu verdienen.«

»Oh, Pix!« Er umarmte sie und küsste sie auf die Stirn. »Es gibt so viele Dinge beim Sex, bei denen ich noch nicht herausgefunden habe, wie das wohl wird. Es wird komisch für mich sein, wenn du mich so siehst, aber das ist nur ein Teil des Problems. Möglicherweise bin ich wegen des Beins unbeholfen oder verliere vielleicht zum falschen Zeitpunkt das Gleichgewicht oder … Keine Ahnung, was passieren könnte, und ich möchte wirklich, dass dein erstes Mal besonders und nicht unangenehm wird.«

»Es wird etwas Besonderes, weil es mit dir sein wird. Das allein zählt. Und nach gestern Abend wird es für mich eine

Erleichterung sein, wenn bei dir etwas schiefläuft, anstatt bei mir. Dann bin ich zumindest nicht allein auf dem Kongress für unbeholfene Sexmomente.«

Er lachte und küsste sie. »Du bist so süß.«

»Süß und unbeholfen, der Traum eines jeden Mannes.«

»Der Traum *dieses* Mannes.« Er gab ihr einen Klaps auf den Hintern und hob die Tüte auf, die sie fallengelassen hatte, um hineinzuschauen. »Du hast tatsächlich Frühstück mitgebracht. Und ich dachte, du hast es auf mich abgesehen.«

»Träum weiter«, entgegnete sie frech und schlenderte kichernd davon. Er kam hinter ihr her, zog sie in seine Arme und kitzelte sie an den Seiten. Hysterisch lachend flehte sie ihn an aufzuhören.

Er knabberte an ihrem Hals und zeigte sein verwegenes Grinsen. »Gefällt es dir, mich zu reizen?«

»Mehr, als du dir vorstellen kannst.«

Während sie frühstückten, bedankte Jules sich für die Süßigkeiten, die er ihr vor die Tür gelegt hatte, und versicherte ihm, dass er bereits ganz oben auf ihrer Liste stand. Das Lächeln, mit dem sie belohnt wurde, war fast so gut wie der Kuss, der darauf folgte. Crash kam gähnend aus dem Schlafzimmer, und Grant berichtete, dass der Kater noch immer mit der durchgeweichten grünen Schleife auf seinem Kissen schlief.

Nach dem Frühstück breitete Grant Abdeckplanen um die Kücheninsel herum aus und legte die Malerutensilien zurecht, während Jules eine Playlist auf ihrem Handy aussuchte. »Ich kann es kaum erwarten loszulegen. Womit fangen wir an?«

Er hielt zwei neue Kerzen in die Höhe. »Wir geben Wachs auf die Kanten, Ecken und wo immer die weiße Farbe durchkommen soll. Guck mal.« Er nahm sein Handy und zeigte ihr ein Foto von einem Vintage-Schrank. »Siehst du, wie die braune

Grundierung an den Fugen und Türen unter der blauen Farbe zu sehen ist? Wir nehmen Weiß statt Braun. Da die Wohnung hier so klein ist, dachte ich, das würde es etwas aufhellen.«

»Und wir wollen das so fleckig haben, stimmt's?« Sie zeigte auf zwei braune Stellen auf dem Foto, die durch die blaue Farbe durchschimmerten.

»Genau. Mach es einfach so, wie du glaubst, dass es gut aussehen wird. Und anschließend streichen wir es.«

»Und danach?«

Er gab ihr einen Kuss. »Das siehst du dann schon, wenn wir so weit sind. Leg los, Heimwerkerin.«

Sie war begeistert davon, dass sie ihr erstes gemeinsames Projekt in Angriff nahmen, und ging um die Kücheninsel herum. »Spielt es eine Rolle, wo ich anfange?«

»Nein, such dir einfach eine Stelle aus.«

»Okay, dann fange ich mit den Kanten an.« Sie glitt mit der Kerze über eine Kante. »Ist es egal, wie stark ich drücke oder ob ich lang oder kurz streiche?«

Verwegen grinste er sie an.

»Grant!«

Er lachte und zwinkerte ihr zu. »Drück einfach so fest, dass du das Holz mit Wachs bedeckst. Vertrau deiner Intuition, Pix. Du bist sehr geschickt mit deinen Händen. In Nullkommanichts bist du eine Fachfrau.«

»Übung macht den Meister«, sagte sie unbeschwert, was er wieder mit einem zweideutigen Blick quittierte, woraufhin sie wiederum lachen musste.

Gemeinsam brachten sie das Wachs auf, und Grant gab ihr das Gefühl, es schon wie ein Profi zu beherrschen, indem er ihr versicherte, wie gut sie es machte und dass sie die richtigen Stellen für das Wachs aussuchte. Als sie fertig waren, sagte er:

»Und jetzt streichen wir alles.«

»Auch über das Wachs?«

»Ja, wir streichen den gesamten Unterbau. Da, wo das Wachs ist, haftet die Farbe nicht. Nach dem Trocknen entfernen wir es mit Stahlwolle und Sandpapier, damit die Untergrundfarbe sichtbar wird. Anschließend rauen wir dann noch die Stellen auf, an denen wir mehr von dem Vintage-Look haben wollen.«

»Okay, so schwer ist das alles ja gar nicht. Ich bin froh, dass du mich gebeten hast, es mit dir zusammen zu machen.«

»Du hast drei Monate lang daran gearbeitet, das Wachs an mir abzukratzen. Es wird Zeit, dass ich etwas für dich tue.« Er lehnte sich zu einem Kuss herüber und gab ihr einen Pinsel.

Sie beobachtete, wie er die Rückseite des Schranks strich, mit konzentriert zusammengezogenen Augenbrauen und sorgfältig ausgeführten Pinselstrichen, und sie fragte sich, ob ihm bewusst war, wie viel seine Anerkennung ihr bedeutete. Alle hatten sie gewarnt, dass sie ihre Zeit vergeudete, wenn sie ständig bei ihm auftauchte und ihn zu überreden versuchte, an ihren geselligen Unternehmungen teilzunehmen. Doch wieder einmal hatte diese kleine Stimme in ihrem Kopf recht behalten. Sie genoss das Glücksgefühl in ihrem Innersten und fing ebenfalls an zu streichen.

»Sieht toll aus«, sagte er, als sie ihr Werk begutachteten. »Lass mich nur schnell die Pinsel auswaschen, danach fangen wir mit unserem nächsten Projekt an, während die Farbe trocknet.«

»Unser nächstes Projekt?« Freude stieg in ihr auf. Sie setzte sich neben die Spüle auf die Arbeitsfläche, als er sich daran machte, die Pinsel auszuwaschen.

»Es sei denn, du musst irgendwohin oder du hast keine Lust

mehr zu arbeiten.«

»Machst du Witze? An solchen Projekten könnte ich den ganzen Tag lang arbeiten. Was schwebt dir vor?«

»So etwas Kleines hier.« Er legte die Pinsel auf ein Tuch, trocknete sich die Hände ab und holte sein Handy hervor. Nachdem er kurz darauf herumgetippt hatte, gab er es ihr.

Ihr Herzschlag setzte kurz aus. Er hatte ein Foto von der Fenstersitzbank gemacht, die ihr so gut gefallen hatte, dass sie das Bild aus einer Zeitschrift ausgeschnitten und an ihre Inspirationswand geheftet hatte. Unter dem Sitz befand sich ein Bücherregal mit fünf Fächern, und an einer Seite war eine Rückwand befestigt, damit man sich anlehnen konnte. Neben der Fenstersitzbank hatte sie ein Foto mit einer Becherhalterung aus Holz an die Wand gepinnt. »Grant …?«

Er stellte sich zwischen ihre Beine und legte die Arme um sie. »Du hattest so viele Bilder an der Korktafel, dass ich nicht zu hundert Prozent sicher war, dass dies wirklich das Möbelstück ist, was du gern machen möchtest. Aber ich bin davon ausgegangen, dass all diese golden glitzernden Sterne, die du darum gemalt hast, bedeuten, dass es besonders für dich ist.«

»Es ist das Besonderste überhaupt! Es ist der Grund dafür, dass mein Esszimmer leer ist. Ich wollte die richtige Fenstersitzbank finden, bevor ich irgendetwas anderes aussuche. Ich fasse es nicht, dass du deine Zeit damit verbringen willst, das mit mir zu bauen.«

»Du hast gesagt, dass du jedes Stück finden würdest, wenn die Zeit dafür richtig wäre. Manchmal muss man eben für den richtigen Zeitpunkt sorgen.«

»Nein, Mr. Silver, da irrst du dich.« Sie legte die Arme um ihn. »Manchmal muss man auf den richtigen Menschen warten, und dann ist jeder Moment der richtige Zeitpunkt für irgendetwas.«

Die nächsten Stunden verbrachten sie mit dem Bau der Fenstersitzbank. Zum Mittagessen machten sie sich Sandwiches und dann arbeiteten sie durch, bis die Bank fertig war, komplett mit Becherhalter und einer schrägen Lehne, von der Jules begeistert war, um anschließend die Kücheninsel fertigzustellen. Grant hatte gedacht, dass er die schwierigeren Arbeiten übernehmen würde, doch Jules war hinunter zu ihrem Jeep geflitzt und nicht nur mit einem Outfit für Seaport zurückgekehrt, sondern auch einem schicken Lederwerkzeuggürtel und einer lilafarbenen Werkzeugkiste voller Werkzeugen mit lila Griffen. Anscheinend war seine sexy Pixie immer bestens vorbereitet und eine unfassbar gute Handwerkerin. Jules half bei jedem einzelnen Schritt, vom Ausmessen übers Sägen und Ausrichten bis hin zur Verwendung des Zapfenbohrers und Schmirgeln der Zapfen.

Er warf einen Blick hinüber zu ihr, während er die restlichen Werkzeuge aufräumte. Sie kniete in dem ausgeblichenen Happy-End-Sweatshirt, das nun mit Farbklecksen übersät war, neben der Kücheninsel. Ihre Schultern bewegten sich zur Melodie von »17«, während sie eine Stelle abschliff und ihrem gemeinsamen Werk den letzten Touch gab. »Mm-mmm«, summte sie. »Komm zu mir, ich küss dich jetzt. Mm-mmm. Hab von uns geträumt. Mm-mm-mm.«

Er hatte sie unzählige Male singen hören, doch heute lauschte er den Worten, die sie sich ausdachte. Es waren nicht irgendwelche. Meistens sang sie über die Liebe, doch ihm war noch etwas aufgefallen. Aus traurigen Texten machte sie fröhliche, und schwermütige Verse wurden zu hoffnungsvollen, während sie in jeden einzelnen Vers etwas von sich hineinlegte.

»Voilà.« Sie stand auf und stemmte die Hände in die Hüften. Der Hammer mit dem lila Griff hing an ihrem Werkzeuggürtel. Ihr Blick huschte zu der Sitzbank, die sie bereits weiß gestrichen hatten, und zurück zur Kücheninsel. Sie strahlte ihn an. »Sieh dir an, was wir geschafft haben. Wir geben ein richtig gutes Team ab.«

Er schmunzelte, zog sie in seine Arme und küsste sie. »Und ob!« Auf dem Weg nach Seaport würden sie noch Farbe in einem Pfirsichton kaufen, um der Fenstersitzbank auch einen Vintage-Look zu verpassen.

»Ich glaube, ich werde drei Fächer unter der Sitzbank für Bücher benutzen und in die beiden anderen Körbe aus meinem Laden stellen. Würdest du für mich etwas auf die Körbe malen?«

»Klar. An was denkst du da?«

Sie zuckte mit den Schultern. »Da überlegen wir uns noch was. Etwas Strandartiges.«

»Klingt gut. Ich hatte vergessen, dir zu erzählen, dass Brant es toll finden würde, wenn du bei der Deko für die Bootsparade mithilfst, und nachdem ich nun weiß, dass du eine richtig gute Handwerkerin bist, werden wir dich ordentlich arbeiten lassen.«

»Ich kann es kaum erwarten.« Sie gab ihm einen kurzen Kuss und holte ihre Tasche. »Ich muss mich noch umziehen, bevor wir nach Seaport fahren. Kann ich dein Bad benutzen?«

Mist. Er hatte den ganzen Tag gehabt, um sich darauf vorzubereiten, dass sie sein Bad sah, und doch ließ ihre Frage alles in ihm erstarren. »Ja, aber es gibt da etwas, das du wissen solltest.«

»Ich habe Brüder. Ist mir egal, wenn du den Deckel oben lässt.«

Er lehnte sich gegen das Sofa und verschränkte die Arme. »Wenn es doch nur so einfach wäre. Weißt du noch, dass ich gesagt habe, ich müsste nachts die Krücken benutzen?«

»Ja.«

»Das ist mir etwas peinlich, aber das sind nicht die einzigen Hilfsmittel, die ich habe. Ich kann nicht mit meiner Prothese duschen, du wirst also Griffe und einen Stuhl in der Dusche sehen.«

»Aha. Das ist nicht peinlich.«

»Doch, ist es. Ich weiß, dass es notwendig ist, aber glaub mir, meiner Freundin zu erzählen, dass ich einen Duschstuhl brauche, verletzt mein Ego aufs Übelste.«

»Dass du es so empfindest, kann ich verstehen. Du bist ein großer, starker Mann, der einen gewissen Lebensstil gewöhnt ist. Aber es ist alles eine Sache der Perspektive.« Sie ging zu ihm, ließ die Finger über die Rückenlehne des Sofas gleiten, und blieb erst stehen, als ihre Gesichter nur Zentimeter voneinander entfernt waren. »Ich hab keine Erfahrung in Duschangelegenheiten, aber ich würde denken, dass ein Stuhl irgendwann in der Zukunft hilfreich sein könnte, falls wir uns in der Dusche amüsieren wollten.«

Ein schmerzhaftes Verlangen danach, wieder vollständig zu sein, überkam ihn, sie in nackter Vollkommenheit zu halten und sie zu lieben, wann und wo sie es wollten. Kein Wünschen auf der Welt würde ihn wieder vollkommen machen, doch diese außergewöhnliche Frau in seinen Armen schenkte ihm das Gefühl, es zu sein.

Er zog sie noch fester an sich und seine Verlegenheit war wie ausgelöscht. »Bist du sicher, dass du noch nie Sex hattest?«

»Ja, aber ich bin seit Kurzem Mitglied in Daphnes Buchclub, in dem wir über erotische Liebesromane sprechen, und das hat meine Fantasie *sehr* angeregt.«

»Du hast diesen Stuhl gerade zu einem Ziel werden lassen.«

Nach einem zärtlichen Kuss zog sie sich um, während er weiter aufräumte und sich dabei leichter fühlte als in der gesamten Zeit, seit er das Bein verloren hatte. Anscheinend gab es nichts, was er und Jules nicht gemeinsam bewältigen konnten.

Wenn er sich nur Klarheit über seine Zukunft verschaffen könnte.

Ihm wurde bewusst, dass sie schon lange im anderen Zimmer war, und so entschied er, nach ihr zu sehen. »Jules, alles in Ordnung?«, fragte er vor der halb offenen Schlafzimmertür stehend.

»Ja, du kannst hereinkommen.« Sie drehte sich um, als er das Zimmer betrat, und ihre warmen grünblauen Augen waren voller widersprüchlicher Emotionen. Sie stand vor dem Gemälde, das ihn zeigte, wie er allein am Strand stand und aufs Meer hinausschaute, während eine Pixie mit einer Laterne in der Hand auf seiner Schulter saß. »Das ist wunderschön und herzzerbrechend zugleich. Wann hast du das gemalt?«

»Neulich Abend.«

»Bevor oder nachdem du meinen Brief gelesen hast?«

»Ein paar Tage zuvor.« Er legte den Arm um sie. »Danach ist es irgendwie schwer zu behaupten, dass ich nicht an Zeichen glaube.«

»Ja«, sagte sie leise, als ihr Blick wieder zu dem Bild wanderte. »Es macht mich traurig.«

»Warum?«

»Weil es so aussieht, als wärst du einsam auf einer Insel, auf der so viele Menschen dich lieben.«

»Ich werde nicht lügen und sagen, dass ich mich nicht so

gefühlt habe. Aber mir wird allmählich bewusst, dass es an mir selbst lag. Es war leichter, sich hinter diesem Zorn zu verstecken, als daraus hervorzutreten und zu versuchen, mir eine Zukunft auszumalen, die ich nicht haben wollte. Ich verstehe Zorn, aber dieses leere Blatt Papier namens Leben, das vor mir liegt, das verstehe ich nicht. Aber ich arbeite daran und ich bin nicht mehr einsam. Ich muss nur herausfinden, wie ich die Gräben überwinde, die ich geschaffen habe. Und das verdanke ich dir, Pix. Doch als ich das Bild gemalt habe, hatte ich dich verletzt und nicht mehr gesehen, seit ich dich fortgeschickt hatte. Da fühlte es sich anders an.«

Sie schwieg einen Moment lang. »Ich bin froh, dass du nicht mehr so einsam bist, aber was hast du gefühlt, als du das gemalt hast? Du schaust aufs Meer hinaus. Was hast du gedacht?«

Ein Kloß in seiner Kehle machte ihm zu schaffen. Er könnte irgendetwas sagen, und sie würde niemals erfahren, ob es der Wahrheit entsprach. Doch er wollte, dass sie die Wahrheit kannte. »Dass das Leben, das ich kannte, und der Mann, der ich gewesen bin, Welten entfernt waren. Dass ich der Frau wehgetan hatte, die mir so viel bedeutet wie noch nie eine zuvor, und aus irgendeinem Grund hatte ich immer noch das Gefühl, dass du dort bei mir warst. Ich dachte, dass du einen Mann verdient hast, der aus dem Bett springen und dich vor allem beschützen kann, und nicht einen Typen, der nach Krücken oder einem falschen Bein suchen muss. Und dass ich nie wieder dieser Mann sein würde. Aber ich wusste auch, dass ich mein Leben geben würde, um deines zu retten. Ich dachte daran, dass ich voller Vorfreude auf den Tag aufgewacht bin, als wir Zeit miteinander verbracht haben – bis ich es vermasselt habe. Und daran, dass ich nicht die kleinen Dinge über dich wusste, die mir bei allen anderen immer egal gewesen sind, zum

Beispiel was dich am meisten ärgert, was du am liebsten unternimmst, deine Geheimnisse, und aus irgendeinem Grund wollte ich all das unbedingt wissen. Auch andere Dinge … Wie du dich nachts in meinen Armen anfühlst, nackt unter mir. Und ich habe mich gefragt, ob du wohl mit diesem süßen Lächeln aufwachst oder ob es dich Mühe kostet.«

»Grant?« Ihre Stimme riss ihn aus seinen Gedanken.

Irgendwann im Laufe seines Geständnisses war er abgedriftet und die Worte waren direkt seinem Herzen entsprungen. »Daher wusste ich, dass ich versuchen musste, meinen Fehler wieder in Ordnung zu bringen, denn diese Sache zwischen uns ist das Erste und Einzige, was stärker ist als dieser Teil von mir, mit dem ich mich auseinandersetzen und den ich hinter mir lassen muss.«

Wortlos küsste sie ihn, schlang die Arme um ihn und hielt ihn so fest, dass es mehr sagte, als jedes Wort es vermochte. Es schnürte ihm die Kehle zu, und so gab er ihr einen Klaps auf den Hintern, bevor er ganz die Fassung verlor.

»Möchtest du das andere Bild sehen, das ich vor der Mülldeponie bewahrt habe?«

Sie nickte überschwänglich, und er merkte, dass sie ebenso bewegt war wie er.

Er gab ihr einen Kuss auf den Handrücken. »Du siehst übrigens hinreißend aus.« Sie hatte sich Skinny Jeans angezogen, ein eng anliegendes weißes T-Shirt mit rundem Halsausschnitt, einen langen olivgrünen Cardigan und kniehohe braune Schnürstiefel. »Die Strickjacke betont deine Augen.«

Er führte sie in das andere Zimmer und fragte sich, seit wann er solche Dinge wahrnahm, doch als sie sein Atelier betraten, wurden diese Gedanken von dem Wunsch verdrängt, nach einem Pinsel zu greifen, und ein Gefühl der Sinnhaftigkeit machte sich breit. Die letzten Male, wenn er an der Staffelei gestanden hatte, war es ihm ebenso ergangen. Es war das gleiche Gefühl, das ihn überkommen hatte, als er heute Morgen aufgewacht war und seine Pläne sofort umsetzen wollte. Es war großartig, wieder zu *wollen* – etwas zu wollen, auf das er sich freute, anstatt sich hinter seinen Verlusten zu verstecken, Zeit mit Jules verbringen und mit seiner Familie alles in Ordnung bringen zu wollen, und endlich die düsteren Gedanken aus seinem Kopf bekommen und wieder leben zu wollen.

»Wow! Das ist ein tolles Atelier«, rief Jules aus.

Das große Panoramafenster war von den wuchernden Pflanzen hinter dem Haus zugewachsen. Seine Staffelei mit einem halbfertigen Bild stand davor. Farben und andere Materialien lagen sorgfältig sortiert auf einem langen Tisch auf der gegenüberliegenden Seite des Zimmers. Das Vogelhaus, das Jules ihm gebracht hatte, stand auf einem kleineren Tisch, und das Gemälde, das er aus dem Müll geholt hatte, lehnte zusammen mit einigen weißen Leinwänden an der Wand daneben.

Jules hockte sich vor das Gemälde, um es zu betrachten. Sie zog die Augenbrauen zusammen, als sie die Darstellung seiner selbst auf sich wirken ließ. Das Selbstporträt links zeigte seine langen Haare, das unrasierte Gesicht und das T-Shirt, das sich eng um seine Muskeln spannte, während er die gespreizten Hände gegen einen Spiegel stemmte. Er hatte sich in gedämpften Gelb-, düsteren Grün- und Grautönen gemalt, abgeschottet von der Welt durch zackige Linien eines Drahtzauns. Hinter ihm lag die lebendige Insel mit ihren Hügeln und Tälern voller bunter Häuser, der Spitze des Monuments in der Mitte der Insel und der Fahne des Weinguts der Steeles in der Ferne vor einem blauen Himmel. Sein Spiegelbild war eine wütende Mischung aus Rot-, Schwarz, Orange- und Goldtönen, die wie ein Waldbrand aussahen, und die Umrisse seiner raspelkurzen Haare ergaben einen krassen Gegensatz zu dem Mann, der er geworden war.

Jules legte die Hand auf ihr Herz. »Du bist eingezäunt. Geben wir dir das Gefühl? Ich und alle anderen hier auf der Insel?«

»Nein. Das habe ich an dem Abend gemalt, an dem ich dich gebeten hatte, zu gehen, und da war mir noch nicht bewusst, dass ich innerhalb meiner selbst auferlegten Hölle lebte. Aber in der Zeit, in der wir getrennt waren, wurde meine Wut darüber, dass ich meinen Beruf verloren hatte, von den Selbstvorwürfen überschattet, weil ich dir wehgetan hatte. Zum ersten Mal seit ich mein Bein verloren hatte, konnte ich nicht diesem verdammten Sprengkörper die Schuld für meine Gefühle geben. *Ich* war derjenige, der dir wehgetan hatte. Ich hatte uns beiden wehgetan. Durch das Malen bekomme ich die Finsternis aus meinem Kopf heraus, und gleichzeitig zwingt es mich, darüber nachzudenken, was das alles bedeutet. Ich habe diesen Zaun um mich herum aufrechterhalten, um die Menschen von mir fernzuhalten, aber auch um zu verhindern, dass sie den Kerl sahen, den ich im Spiegel sah. Den noch wütenderen Mann, der sich geweigert hat, beiseitezutreten.«

Sie ging zu ihm und berührte seine Hand. »Wo ist dieser Kerl jetzt?«

»Ich wünschte, ich könnte sagen, dass ich ihn in die Wüste geschickt habe, aber er wird immer ein Teil von mir bleiben. Als ich das gemalt habe, wurde mir bewusst, dass ich mich selbst in diesen wütenden Gemütszustand gebracht habe, in dieses Nichtwahrhabenwollen oder wie immer man es auch nennen möchte, und ich bin der Einzige, der mich auch wieder aus diesem Zustand herausmanövrieren kann. Aber damit ich das erkenne, war es notwendig, dass ich mich um *dich* sorge. Ich kenne dich schon mein ganzes Leben lang, Jules, und ich wollte dich immer so beschützen, wie ich all unsere Freunde beschützen will. Aber das hat sich vertieft und ausgeweitet. Keine Ahnung, ob diese Veränderung neu ist, oder ob es schon vor meinem letzten Einsatz begann, als ich versucht habe, nicht die unglaubliche Frau zu sehen, die du geworden warst, sondern weiterhin Bellamys Freundin. Aber irgendwann im Laufe der Zeit fing es an, dass ich dich vor allem Bösen auf der Welt beschützen wollte, so wie ein Mann eine Frau beschützt, und nicht wie jemand, mit dem man befreundet ist. Das konnte ich nicht, als ich so in der Wut feststeckte. Es heißt, man muss erst den absoluten Tiefpunkt erreichen, bevor man überwinden kann, was einen zurückhält. Ich dachte, ich hätte vor Monaten meinen Tiefpunkt erreicht, als meine Familie mich im Krankenhaus besucht hat und dieser Besuch in einer Katastrophe endete. Aber als ich dir wehgetan habe? Das war mein Tiefpunkt, mein Weckruf. Ich habe das Bild, das im Schlafzimmer hängt, gemalt, nachdem ich mir ein paar Tage in den Hintern getreten habe, damit ich durch den Rauch und die Spiegel sehen konnte, die ich für alle anderen aufgestellt hatte.« Er legte die Arme um sie. »Bist du jetzt kurz davor, die Beine in die Hand zu nehmen?«

»Und mir den guten Teil entgehen zu lassen, nachdem du nun all das durchschaut hast? Auf keinen Fall, Big Guy.«

Erleichterung überkam ihn, während ihr Blick über seine Schulter hinweg wanderte. »Sind das die Männer, mit denen du bei Darkbird gearbeitet hast?«

Er drehte sich um und zeigte ihr das Foto von ihm und seinen Kumpels, das er neben die Tür an die Wand gepinnt hatte. Sie waren gerade in die Staaten zurückgekehrt – nach einer grauenvollen Mission in Nigeria, wo sie zwei Manager einer Ölfirma gerettet hatten, die von einer paramilitärischen Einheit entführt worden waren. Grant und ein paar der Männer aus seinem Team saßen um einen Tisch herum und tranken ein Bier.

»Ja, das sind sie.«

»Du mit diesen kurzen Haaren und dem breiten Grinsen … Bei Weitem der attraktivste Typ auf dem Foto.«

Sie lehnte sich an ihn und ein Schuldgefühl durchfuhr ihn. Er wünschte, er wäre noch immer der breit grinsende Typ für sie. Er legte den Arm um sie und küsste sie auf die Schläfe.

»Wer ist wer?«

»Der schmächtige Typ links ist Rat. Er konnte alles und jeden erschnüffeln. Der Langhaarige mit dem Bart ist Wolf, aus naheliegenden Gründen, und der große Kerl neben ihm ist Gray. Den Namen haben wir ihm verpasst, nachdem Fifty Shades herausgekommen ist, weil er eine Vorliebe für BDSM hat. Der dunkelhaarige Typ, der wie ein Filmstar aussieht, ist Cruise.«

»So wie Tom Cruise?«

»Ganz genau. Wir haben ihm damit so zugesetzt. Der bärtige, ältere Mann rechts von mir ist Titus, unser Vorgesetzter, und der Typ zu meiner Linken ist Critch, das Unterhosenmodel.«

»Kein Wunder, dass sie diese Fotos von ihm haben wollte.«

Er sah sie ausdruckslos an und sie kicherte.

»Hast du noch mehr Fotos von ihnen?«

»Es gibt noch ein paar«, sagte er.

»Dann sollten wir heute Rahmen kaufen und sie aufhängen. Warum hast du keine Bilder von deiner Familie aufgehängt?«

»Ich habe eines in meinem Portemonnaie.« Tara hatte das

Bild von ihm und seiner Familie auf der Abschiedsparty gemacht, die seine Eltern für ihn gegeben hatten, bevor er seinen Dienst bei der Army angetreten hatte. Als er fort gewesen war, hatte er oft an das Foto gedacht, auch wenn er es selten angeschaut hatte, da es Erinnerungen weckte, die er lieber vergessen wollte.

»Eins?« Sie zog die Augenbrauen zusammen.

»Ein paar habe ich auf meinem Handy. Ich konnte sie ja nirgends ausdrucken.«

»Was redest du denn da? Du kannst sie in jeder Drogerie ausdrucken. Da gibt es Geräte, mit denen das direkt von deinem Handy aus geht. Für wie lange hast du das Strandhaus hier gemietet?«

Er zuckte mit den Schultern. »So lange wie ich will. Ich habe Roddy gesagt, dass ich es für ein paar Monate brauche.«

»Dann müssen wir dir noch ein paar Fotos besorgen. Ich habe Tausende von deiner Familie. Davon suchen wir uns ein paar aus. Willst du das Gemälde aufhängen?« Sie deutete auf das Bild, das an der Wand lehnte.

»Nein.«

»Kann ich es haben?« Sie wippte auf und ab. »Ich habe deine Bilder so gern in meinem Büro.«

»Jules!«

Sie machte einen Schmollmund. »Sie sind einfach zu gut, um sie wegzustellen.«

»In Ordnung«, gab er nach.

Sie kreischte fröhlich auf und schlang die Arme um ihn. »Was ist mit dem, das auf der Staffelei steht? Was wird das für eines?«

»Das wirst du dann schon noch sehen.«

»Kann ich das auch haben?«, fragte sie erwartungsvoll.

»Hab ich eine Wahl?« Er gab ihr einen kurzen Kuss. »Ich ziehe mich um, damit wir hier wegkommen, bevor du dir zu viele von meinen Sachen aneignest.« Es war nur ein Scherz. Sie hatte sich schon den wichtigsten Teil von ihm angeeignet, und sie konnte alles haben, was sie wollte.

Achtzehn

Jules liebte die Schlichtheit und den altmodischen New-England-Charme von Seaport. Der kleine Fischerort hatte nichts Schickes an sich. Er hatte kein historisches Monument und keine riesigen Häuser wie Silver Haven und auch keinen kunstvoll gestalteten Marktplatz oder Kopfsteinpflasterstraßen wie Chaffee. Doch er war bekannt für seine enge Dorfgemeinschaft und die monatlichen Dinnerabende bei der achtzigjährigen Goldie Gallow, zu denen jeder etwas mitbrachte. Sie fanden im Bed and Breakfast von Goldies Familie am Gallow Pointe neben dem Leuchtturm statt. Jules liebte auch die urigen kleinen Häuser im Zentrum des Ortes, in denen einst die Fischer gewohnt hatten und die nun Läden und Restaurants beherbergten. Weitere hübsche Häuser säumten die schmalen Straßen, die vom Einkaufsviertel bis ganz hinunter zum Hafen und zur Anlegestelle Fisherman's Wharf führten.

Sie und Grant verbrachten einen entspannten Nachmittag, spazierten Hand in Hand durch den Ort, schauten sich in Läden um, beobachteten Leute und küssten sich. Immerzu. Die Luft war kühl, die Verkäufer freundlich und hilfsbereit, und sie und Grant waren sich so nah, wie sie nur konnten. Es war ein perfekter Tag, von dem Moment an, an dem sie morgens die

Mandelriegel vor ihrer Wohnungstür gefunden hatte, über ihre gemeinsame Arbeit an ihren Projekten bis zu diesem Moment, in dem sie sich in einem Buchladen über mehrere Gänge hinweg Blicke zuwarfen. Grant trug sein Herz vielleicht nicht auf der Zunge, aber seine Gefühle waren in jedem Blick erkennbar, in jedem kurzen Kuss und auch darin, wie aufmerksam er sich verhielt.

Er war heute anders als noch vor wenigen Tagen, als sie die Kränze ausgeliefert hatten. Er schaute nicht argwöhnisch zu den Ladeninhabern oder Passanten. Stattdessen war er guter Laune und entspannt. Nachdem sie das letzte Geschäft verlassen hatten, hatte er sie in eine Gasse zwischen zwei Läden geführt, und als sie ihn gefragt hatte, was sie dort taten, hatte er sie um den Verstand geküsst. Sie fragte sich, ob das seine neue Art war oder ob es nur daran lag, dass sie weit genug von zu Hause entfernt waren und nicht jeder von seinem Bein wusste, sodass er etwas mehr Raum zum Atmen hatte. Doch der Grund war egal. Er entspannte sich und sie waren zusammen, womit es die Shoppingrunde mit Grant ganz oben auf ihre Liste mit Lieblingsbeschäftigungen schaffte.

»Ich wusste nicht, dass du Krimis magst«, sagte Jules, als sie den Buchladen verließen, in dem sie einen Liebesroman und Grant den neuen Thriller von Brants Cousin Kurt Remington mitgenommen hatte.

Grant zog sie eng an seine Seite und gab ihr einen Kuss, als sie über den Gehweg hin zum nächsten Geschäft gingen. »Kurts Bücher sind großartig, und ich fand auch Jocks Erstling toll, obwohl das ein Horrorroman war.« Jocks erstes Buch, *Dunkle Lügen*, hatte es auf den ersten Platz der *New-York-Times-*Bestsellerliste geschafft und sich sechzehn Wochen auf der Liste gehalten.

»Ich habe ihn nicht gelesen, weil ich Angst hatte, davon Albträume zu bekommen. Aber ich freue mich darauf, seinen neuen Roman zu lesen, weil es ein romantischer Thriller ist.«

»Ich hab ihm schon gesagt, dass ich den auslassen werde«, sagte er, als er die Tür zu einem Laden öffnete, der den Namen *Alles unter der Sonne* trug. »Romantik ist nicht so mein Ding.«

»Da irrst du dich aber gewaltig, Mr. Silver.« Sie tippte ihm auf den Bauch, als sie den Laden betraten. »Romantik ist dein zweiter Vorname.«

Sie ignorierte sein Kopfschütteln und ließ die Fülle an Artikeln auf sich wirken. Antike Kommoden und Tische standen neben neuen knallbunten Stühlen mit aufwändigen Schnitzereien. Von der Decke hingen irre Lampen und bunte Windlichter und eine Vielfalt von interessanten Auslagen mit einer Mischung aus neuen und alten Sachen von Schmuck bis hin zu Sonnenbrillen führten durch den Laden wie durch ein Labyrinth.

»Guten Tag.« Ein älterer Herr saß hinter einem Tresen neben der Kasse. Er hatte eine Lesebrille auf seiner dünnen Nase und ein Buch in der Hand.

»Hallo«, grüßte Jules ihn munter.

Grant nickte ihm zu. »Guten Tag. Ich hoffe, es ist einer?«

»In meinem Alter ist jeder Tag ein guter Tag. Lassen Sie es mich wissen, wenn ich Ihnen behilflich sein kann.«

»Danke.« Jules senkte die Stimme. »Ich liebe diesen Laden. Ich wette, hier gibt es jede Menge verborgene Schätze.«

Grant sah sich skeptisch um. »Du kennst ja das Sprichwort. Was für den einen Müll ist ...«

»Sei nicht so zynisch. Das Ganze ist ein Abenteuer. Denk nur daran, was ich in deinem Müll gefunden habe.«

»Alles mit dir ist ein Abenteuer, Pix.« Er holte sich noch einen Kuss.

Während sie durch den prall gefüllten Laden schlenderten, fanden sie einen Rahmen für das Foto mit seinen Freunden, und Jules bestand darauf, dass er noch einige mehr für Familienfotos kaufte. Sie probierten witzige Sonnenbrillen auf, schauten eine Kiste mit alten Schallplatten durch, und es überraschte Jules nicht, dass Grant zwei Spielzeuge für seinen *Mitbewohner* Crash mitnahm. Sie fanden einen Korb voller Möbelgriffe in unterschiedlichsten Größen, Formen und Farben, und Grant schlug vor, dass sie welche für die Schränke der Kücheninsel aussuchten.

»Ein paar davon sind echt cool«, sagte Grant und hielt einen antiken Türknauf aus bunt gefärbtem Glas hoch. »Siehst du welche, die dir gefallen?«

Sie griff nach einem gelben Metallknauf mit einer orangenen und schwarzen Blume in der Mitte. »Der hier ist hübsch, aber ich bin mir sicher, du willst keine Blumen.«

Er nahm ihr den Knauf ab. »Ich mag alles, was du magst.«

»Ich mag Küssen«, sagte sie leise.

Er sah sie mit diesem durchdringenden dunklen Blick an und löste tief in ihr einen Hitzeschlag aus, bevor er die Rahmen und die Katzenspielzeuge auf einen Tisch legte und sie in seine Arme zog. Seine großen Hände packten ihren Hintern, als er ihr einen wilden, viel zu kurzen Kuss schenkte, nur um sie sanft von sich zu drücken.

»Lass uns ein paar Griffe aussuchen und von hier verschwinden«, sagte er mit rauer Stimme, während sein hungriger Blick sie noch immer gefangen hielt. »Ich brauche mehr von dir.« Er zog sie noch einmal an sich und flüsterte ihr ins Ohr: »Ich will *dich* heute Abend mit dem Mund erkunden.«

Wie sollte sie sich danach auf irgendetwas anderes konzentrieren können?

Er stellte sich hinter sie, rieb sich an ihrem Hintern und küsste ihren Hals, während sie versuchte, sich auf die Griffe zu konzentrieren statt auf die Vorstellung von seinem köstlichen Mund. Rasch suchte sie drei weitere Möbelgriffe aus und drehte sich dann in seinen Armen um.

»Bin so weit«, hauchte sie.

»Ich auch. Bereit, dich auf diesen Tisch zu legen und unzählige unanständige Dinge mit dir zu treiben.« Seine Augen waren dunkel und verführerisch, seine Stimme schroff und fordernd.

Seine Worte jagten Hitzepfeile durch sie hindurch und beraubten sie jeder Möglichkeit, vernünftig zu antworten. Das unverschämte Grinsen, das sich auf seinem schönen Gesicht ausbreitete, verriet ihr, dass das genau die Reaktion war, die sich der Mistkerl erhofft hatte.

Dieser Mistkerl mit der wilden Fantasie und der so begabten Zunge.

Oh, wie verrückt sie nach ihm war!

Er blieb nah bei ihr, während sie in Richtung Kasse gingen, und flüsterte ihr verführerisch ins Ohr, was für unanständige Dinge er mit ihr anstellen wollte.

Ja! Bitte!

Trotz der aufregenden Spannung, die solche unangebrachten Äußerungen in der Öffentlichkeit mit sich brachte, warf sie ihm einen warnenden Blick zu, als sie an die Kasse kamen, und sein Grinsen wurde geradezu sündhaft. Sie legten die Rahmen, Katzenspielzeuge und Möbelgriffe auf den Tresen, und Jules versuchte so zu tun, als würde es in ihr nicht gerade wie in einem Vulkan kurz vor dem Ausbruch brodeln.

»Alles gefunden?« Der ältere Herr legte sein Buch weg, stand auf und humpelte zu ihnen herüber. »Sie beide erinnern mich an meine Liebste und mich, als wir in Ihrem Alter waren. Wir konnten die Hände nicht voneinander lassen.«

War es so offensichtlich? Sie schaute zu Grant und – *Himmel!* – die Glut in seinen Augen war wahrscheinlich meilenweit zu sehen.

Während der Mann ihre Einkäufe in die Kasse eingab, sagte er: »Wir sind seit achtundfünfzig Jahren verheiratet.« Er schaute zu ihnen auf und betrachtete Grant eingehend.

»Glückwunsch«, sagte Grant und nahm sein Portemonnaie heraus. »Das ist sehr lang.«

»Das ist es«, sagte er. »Viele gute Jahre, einige schwierige, aber das waren sie wert.«

»Was ist Ihr Geheimnis?«, fragte Jules, als er die Rahmen und Griffe in eine Tüte steckte.

»Wir haben drei einfache Regeln. Wir geben einander genügend Raum zum Denken oder Grübeln oder, wie meine Nina sagt, um einfach *zu sein*. Wir sehen in allem etwas Gutes, selbst in den schlimmsten Zeiten, und wir unterstützen uns immer.«

»Das sind gute Ratschläge. Danke«, sagte Jules, dankbar auch dafür, dass ihr Körper sich etwas beruhigte.

»Sehr gern, junge Dame.« Er schaute zu Grant und sagte: »Das macht dann zweiundsechzig fünfundsiebzig.«

Grant nahm sein Portemonnaie heraus und schaute auf den Tresen, offenkundig auf der Suche nach einem Kreditkartengerät. »Nehmen Sie auch Kreditkarten?«

»Sicher. Wir haben ein altes System, aber es funktioniert noch.« Er nahm Grants Karte entgegen und betrachtete sie. »Ach, Sie sind also tatsächlich der Silver-Junge. Dachte ich mir doch, dass ich Sie erkannt habe. Die ganzen Haare haben mich verwirrt. Sie haben es auf unsere Wand mit den lokalen Persönlichkeiten geschafft.« Er deutete nach rechts, wo Ausschnitte aus der Zeitung an der Wand hingen und ziemlich weit oben hing der Artikel über Grant, den Lokalhelden.

Grant nickte und seine Kiefermuskeln zuckten. »Ja, Sir, das bin ich.«

Der Mann schob Grants Karte durch einen Schlitz. »Ich habe Ihre Eltern vor ein paar Wochen im Goldie's beim Frühstückstreffen gesehen. Sie sind wirklich stolz auf Sie.«

»Ich wusste gar nicht, dass sie noch immer zu diesem Frühstück gehen.« Grant nahm die Karte wieder entgegen und unterschrieb den Beleg.

»Ihre Familie hat Gemeinschaftsaktionen immer unterstützt. Grant Silver, es ist sicher lange her, dass sich unsere Wege gekreuzt haben. Da erinnern Sie sich sicher nicht mehr an mich. Ich bin Saul Barker, aber ich wette, Sie erinnern sich an meine Frau Nina, auch bekannt als Cookie Lady.«

Ein herzliches Lächeln trat in Grants Gesicht. »Oh, wirklich? Die Cookie Lady ist Ihre Frau?« Er wandte sich Jules zu. »Bei diesem Frühstück sind wir immer als Allererstes zur Cookie Lady gerannt. Sie hat jedem von uns zwei Kekse gegeben und hat uns gesagt, dass wir sie schnell aufessen sollten, bevor unsere Eltern es herausfinden.«

Saul schmunzelte. »Und keins von den Kindern wusste, dass sie sie aus frischen Karotten, Äpfeln und Haferflocken gemacht hat.«

»Sehr raffiniert«, sagte Jules. »Ich mag sie jetzt schon.«

»Ich erinnere mich noch daran, als Ihr junger Mann hier noch ein kleiner Racker war«, sagte Saul. »Seine Eltern haben ihn verlässlich wie ein Uhrwerk jeden Monat mitgebracht.« Er sah Grant an. »Im Laufe der Jahre wuchs Ihre Familie und Sie und Ihre Geschwister sind dann auf dem Gelände des Leuchtturms herumgerannt und haben viel Spaß gehabt. Wir alle haben für Sie gebetet, als Sie zur Army gegangen sind, und als bekannt wurde, dass Sie verwundet wurden … Tja, ich glaube, das war das erste und einzige Mal, dass Ihre Eltern ein Frühstück verpasst haben.«

»Vielen Dank, dass Sie an mich gedacht haben«, sagte Grant mit einer gewissen Niedergeschlagenheit in der Stimme.

»Wir beide haben etwas gemeinsam.« Der Mann kam humpelnd um den Tresen herum und hob das Hosenbein an, unter dem die Metallstange einer Beinprothese zum Vorschein kam.

»Das tut mir leid«, sagte Grant ernst. »Darf ich fragen, wie Sie Ihr Bein verloren haben?«

»Nicht auf so heroische Weise wie Sie. Ich war zwanzig Jahre lang Feuerwehrmann, und ich und meine Kumpels sind eines Abends zum Angeln hinausgefahren, wie wir es ab und zu eben machten. Ein Sturm kam auf, und wir sind in das schlimmste Unwetter geraten, das ich je erlebt habe. Sintflutartiger Regen, fiese Wellen, Blitze, Donner, das ganze Paket. Das Boot kippte zur Seite, mein Kumpel wurde umgerissen und fiel in mich hinein. Ich ging über Bord und meine Wade geriet in den Propeller.«

Jules und Grant zuckten zusammen.

»Sie Armer!« Jules legte die Hand auf die Brust, die sich schmerzhaft zusammenzog.

»In meinen Augen hatte ich Glück, weil ich nur mein Bein verloren habe«, sagte Saul. »Das war das Ende meiner beruflichen Karriere bei der Feuerwehr, aber zumindest war ich am Leben – dank der schnellen Reaktion meiner Kollegen. Lange Zeit war ich am Boden zerstört, bin in eine Depression verfallen. Ich hatte keine Ahnung, wie Nina und ich über die Runden kommen sollten. Etwas anderes als die Feuerwehr kannte ich nicht.«

»Das kann ich gut nachempfinden«, sagte Grant ernst und

die Muskeln an seinem Kiefer zuckten weiter.

Jules legte den Arm um ihn, drückte ihn fest und spürte wieder seinen Schmerz.

»Das glaube ich Ihnen, mein Junge«, sagte Saul. »Ich hatte das Glück, dass meine Frau so einfallsreich war. Eines Tages sah sie mich an und meinte, es wäre ihr egal, was ich tue oder ob wir in einer Bruchbude leben. ›Wenn's nach mir ginge, könnten wir auch ein Geschäft aufmachen‹, sagte sie. Ich dachte, sie hätte den Verstand verloren. Was wussten wir denn davon, wie man einen Laden führt? Ich tat es mit einem Lachen ab und fragte sie, was wir denn verkaufen sollten. Sie hob die Hände in die Luft und sagte: ›Alles unter der Sonne‹, und hier stehen wir, fast dreißig Jahre später, und tun genau das.«

»Ich liebe die Geschichte. Ihre Frau scheint ein wunderbarer Mensch zu sein.« Jules lächelte ihn an.

»Sie müssen sie mal kennenlernen«, sagte Saul. »Vielleicht schaffen Sie beide es ja mal zu unserem Frühstückstreffen.«

»Ganz bestimmt«, sagte Grant zu Jules' Überraschung. »Es tut mir leid, dass Sie all das durchmachen mussten. Mir ist aufgefallen, dass Sie humpeln. Haben Sie sich auch an der Hüfte verletzt?«

»Zum Glück nicht. Wenn man älter wird, verändert sich der Körper, und das bedeutet, es ist an der Zeit für ein neues Bein. Aber Sie wissen ja, wie teuer die sind, und mit der Versicherung kommt man da ja nicht weit. Seit Monaten stopfe ich den Schaft mit Socken aus. Aber zu den Feiertagen kommen mehr Touristen und hoffentlich kann ich mir dann im Februar eine neue Prothese leisten.«

Grants Gesichtsausdruck wurde noch ernster. »Es ist gefährlich, eine schlecht sitzende Prothese zu tragen. Das kann jede Menge anderer Probleme nach sich ziehen.«

»Ja, mit einigen davon habe ich schon Bekanntschaft gemacht.«

»Haben Sie sich mal bei einer der wohltätigen Organisationen erkundigt, ob sie bei der Anschaffung von künstlichen Gliedmaßen unterstützen können?«, fragte Grant.

»Ich verdiene zu viel, um Anspruch zu haben. Das berühmte zweischneidige Schwert. Wir kommen mühsam über die Runden, zahlen aber in anderer Hinsicht dafür. So, jetzt habe ich genug von Ihrer Zeit in Anspruch genommen.« Er ging zurück hinter den Tresen und gab ihnen die Tüte. »Genießen Sie beide den restlichen Tag, und Grant, bitte grüßen Sie Ihre Familie von mir.«

»Das mache ich. Danke, Saul«, sagte Grant angespannt.

Sie verließen das Geschäft, doch Grant blieb auf dem Gehweg stehen, während die Muskeln in seinem Kiefer noch immer heftig zuckten. »Kannst du das kurz halten und hier warten?« Er gab ihr die Tüte. »Ich möchte mit ihm unter vier Augen reden.«

Er eilte zurück ins Geschäft und Jules schaute durch die Tür ins Ladeninnere. Sie sah, wie er mit Saul redete. Der alte Mann schüttelte den Kopf und winkte energisch ab. Grant verschränkte die Arme, während er sprach, dann breitete er die Hände aus, als würde er ihn anflehen. Er ging kurz auf und ab, bevor er etwas aufschrieb, und Saul tat es ihm gleich. Sie tauschten ihre Zettel aus, und Jules tat schnell einen Schritt von der Tür weg, als Grant wieder herauskam.

»Worum ging es da gerade?«, fragte sie, als er ihr die Tüte abnahm.

»Ich ertrage den Gedanken nicht, dass er eine schlecht sitzende Prothese trägt. Ich habe ihm angeboten, das zu zahlen, was seine Versicherung nicht übernimmt, aber er ist zu stolz, um das anzunehmen. Ich muss etwas tun. Er hat mit Sicherheit

Schmerzen, deshalb humpelt er auch. Dieser schiefe Gang wird sich auf seine Wirbelsäule auswirken, wenn das nicht schon der Fall ist. Diese verdammte Versicherung.«

Das war der mitfühlende Grant, den alle kannten und liebten. »Was können wir tun?«

»Er hat mir die Nummer seines Arztes gegeben. Den rufe ich mal an und finde heraus, ob ich einen Rabatt für ihn herausholen kann.«

»Geht das?«, fragte sie, während sie die Straße weiter entlanggingen.

Er presste die Zähne aufeinander und antwortete nicht. »Ich hätte nicht übel Lust, alles in seinem Laden zu kaufen, damit er sich morgen eine neue leisten kann.«

»Das kannst du nicht machen.«

Sein Blick sagte so viel wie: *Wetten, dass?*

»Grant, das wird er nicht zulassen. Aber wie wäre es, wenn wir alle, die wir kennen, bitten, etwas in seinem Laden zu kaufen, und ihm nichts davon verraten? Wir können die Situation erklären und dafür sorgen, dass alle es geheim halten. Das wäre wie ein heimliches Weihnachtsgeschenk für ihn.«

»Das wäre ein Anfang.«

»Das ist genau die Art von Aktion, für die die Gemeinschaft hier immer zu haben ist, und du weißt, dass er keine Kunden zurückweisen wird.«

»Die Idee gefällt mir.«

»Wir geben ein ziemlich gutes raffiniertes Paar ab, oder?«

»Ja«, sagte er abwesend.

»Was ist los?«

Er blieb stehen, und ein sorgenvoller Schatten lag auf seinen Augen, während er sich den Nacken rieb. »Bei dem Gedanken, dass es solche Menschen wie Saul gibt, die so leiden, wird mir ganz übel.«

»Wie wäre es, wenn du dich bei einer der Wohltätigkeitsorganisationen einbringst, die ich im Internet gefunden habe?«

»Du hast ja gehört, was er gesagt hat. Wie kann es sein, dass er durch die Arbeit in so einem Laden zu viel verdient, um Anspruch darauf zu haben? Wie viele andere Leute sind wohl in der gleichen Lage? Ich habe die Möglichkeiten, viel mehr zu tun, als nur Geld an Wohltätigkeitsorganisationen zu spenden. Vor allem, wenn Leute wie Saul keinen Anspruch auf Unterstützung haben. Ich muss nur herausfinden, was dieses Mehr ist.«

»Willst du wissen, was ich denke?«

»Immer.«

»Ich glaube, du hast gerade deine nächste bedeutungsvolle Mission gefunden.« Sie hakte sich mit dem Finger in den Bund seiner Jeans und drückte ihren Körper an ihn. »Die dich vielleicht zu der Antwort auf die Frage führt, wie deine Zukunft aussehen könnte.«

»Du könntest recht haben.« Er strich mit seinen Lippen über ihre. »Die Puzzleteile scheinen sich ineinander zu fügen. Ich muss nur herausfinden, was es alles bedeutet und wie ich ein Ganzes daraus machen kann.«

»Siehst du, was passiert, wenn du mal aus deinem Strandhaus herauskommst?«

»Du meinst, wenn ich einer herumflatternden, Glücksstaub verteilenden Pixie folge?« Er legte die Arme um sie und seine Augen wurden wieder ganz dunkel. »Wie wäre es, wenn wir uns auf das Hier« – er packte eine ihrer Pobacken – »und das Jetzt konzentrieren?« Seine andere Hand landete auf der anderen Pobacke. »Und herausfinden, was wir beide dazu beitragen können, dass wir zusammen *kommen*.«

Sie vergrub ihr Gesicht an seiner Brust und schaute dann mit hochroten Wangen zu ihm auf. »Wie kannst du so schnell von ernst zu versaut übergehen?«

»Eine umwerfende Frau versucht, mir jeden Tag beizubringen, wie man den Augenblick nutzt.« Er beugte sich hinunter und raunte ihr ins Ohr. »Ich lerne sehr schnell.«

Auf dem Weg zur Fisherman's Wharf, wo sie etwas essen wollten, fanden sie hübsche pastellfarbene Polster für Jules' Fenstersitzbank. Sie freute sich und erklärte, dass sie in ihrem Laden perfekte Kissen hätte, die dazu passen würden. An der Anlegestelle aßen sie zu Abend, und sie tuschelten und küssten sich so viel, dass die Kellnerin fragte, ob sie frisch verheiratet wären. Grant war überrascht, wie schnell die Veränderungen in seinem Leben stattfanden. Jules brachte einen anderen Mann in ihm zum Vorschein – einen Mann, den es sicher nicht gegeben hatte, bevor sie zusammengekommen waren. Er war motiviert und fokussiert wie in seiner Zeit bei Darkbird, doch seine Konzentration hatte sich von der eines eisernen Kämpfers in die eines Mannes verwandelt, der seine Gefühle annahm. Er wollte sich der Rüstung, die er sein Leben lang getragen hatte, entledigen, um Jules näher zu sein, und herausfinden, wie seine nächsten Schritte mir ihr an seiner Seite aussahen. Es ging schnell, aber es fühlte sich verdammt gut an.

Auf dem Weg zurück zum Pick-up erzählte Jules ihm, worüber sie sich am meisten ärgerte – über gemeine und voreingenommene Menschen und über Leute, die sie korrigieren wollten, wenn sie sang. »Also, echt jetzt! Sollen die mich doch machen lassen.«

Er lachte. »Da stimme ich dir vollkommen zu. Und was magst du am liebsten?«

»Freunde, Familie, dich küssen und das hier. Den Tag heute.«

»Was genau daran?«

»Alles«, sagte sie, als er ihr die Wagentür öffnete und beim Einsteigen behilflich war. »Dass wir gemeinsam gewerkelt haben, dass ich etwas Neues gelernt habe, und dass du mir erzählt hast, wie du dich gefühlt hast, als du diese Bilder gemalt hast. Ich mag alles daran, hier in Seaport zu sein, besonders dass du Saul helfen willst. Ich liebe es einfach, mit dir zusammen zu sein, Grant, egal, was wir tun.«

Er beugte sich in den Wagen und küsste sie. »Ich liebe es auch, mit dir zusammen zu sein.«

Sie fuhren an den Strand, um den Sonnenuntergang zu beobachten, doch ein Blick reichte aus, schon übernahmen ihre Gefühle die Kontrolle und sie machten letztendlich wie Teenager herum, bis die Fensterscheiben beschlugen und sie beide atemlos nur noch mehr wollten.

»Jules!«, sagte er an ihren Lippen und in ihrem Namen lag ein so großes Begehren. »Meine Gefühle für dich werden immer stärker und ich will nicht aufhören. Bleib heute Nacht bei mir.«

Warm und voller Verlangen sah sie ihn an. »In Ordnung.«

Er war so verdammt froh, dass sie einverstanden war. Sie fuhren direkt nach Hause, und ihre hitzigen Blicke steigerten nur noch sein Bedürfnis, ihr endlich näher zu sein, sie nackt in den Armen zu halten und sie zu lieben, wie sie noch nie zuvor geliebt worden war. Er hatte geglaubt, dass er wegen seines Beins nervös sein würde, doch seine Gefühle für Jules und der Wunsch, diese Nacht zu etwas Besonderem für sie zu machen, waren stärker als seine Ängste.

Er parkte, und als er die Beifahrertür öffnete, drehte sie sich auf dem Sitz um und eine beklommene Unruhe lag in ihren Augen. Er nahm ihr wunderschönes Gesicht in die Hände. »Baby, wir müssen heute Abend gar nichts tun. Ich will dich nur in den Armen halten. Wir gehen es so langsam an und warten so lange, wie du willst.«

»Ich weiß, dass du warten würdest«, sagte sie leise. »Aber das will ich nicht.«

Himmel! Er war dieser verführerischen, vertrauensvollen Frau vollkommen ausgeliefert.

Er senkte seine Lippen auf ihre und zog sie fest an sich, als er den Kuss vertiefte, der – wie anscheinend immer – sofort wieder gierig wurde. Ohne von ihr zu lassen, hob er sie hoch und trug sie zur Veranda. Kurz überlegte er, wie er diese verdammten Stufen mit Jules auf dem Arm bewältigen sollte, doch er war entschlossen, egal wie schwierig es werden würde. Mit einer Hand hielt er sich am Geländer fest, während er die Treppe hinaufstieg und Jules sich an ihn klammerte. Die Tür mit ihr auf dem Arm zu öffnen, war nicht schwierig, doch sie mussten beide lachen, als er versuchte, das Schlüsselloch zu finden, ohne den Kuss zu unterbrechen.

Kaum drinnen schlich Crash um seine Beine und brachte ihn beinahe zum Stolpern. Er fluchte und fuhr ihn an: »Troll dich, Mitbewohner!« Jules kicherte und er trug sie ins Schlafzimmer. Als er sie dort absetzte, sah sie mit ihren großen, vertrauensvollen Augen zu ihm auf, sodass sein Herz zu platzen drohte.

Er legte die Arme um sie. »Geht es dir gut, Baby?«

Sie nickte und lächelte nervös.

»Das hier ist für uns beide neu.« Er küsste sanft ihre Lippen.

»Wir machen das gemeinsam. Wir können es langsam angehen und jederzeit aufhören, in Ordnung?«

Sie nickte, ging auf die Zehenspitzen und gab sich einem langsamen sinnlichen Kuss hin. Sein Körper vibrierte vor Begehren, als er ihr den Pullover auszog und ihn auf den Boden fallen ließ, um dann seinen eigenen Pullover auszuziehen, ohne den Blick von ihr abzuwenden. Er hob den Saum ihres T-Shirts an, ganz langsam, für den Fall, dass sie es sich anders überlegte, und küsste sie sanft, bevor er es ihr über den Kopf zog. Während er ihren BH öffnete und ihn zu Boden fallen ließ, hauchte er Küsse auf ihre Schulter. Ihre Blicke blieben ineinander versunken, während er auch sein T-Shirt dem Haufen hinzufügte, und dann standen sie von der Taille aufwärts nackt beieinander. Lust und eine Vielzahl anderer Emotionen loderten zwischen ihnen. Er senkte seine Lippen auf ihre, küsste sie innig, bevor er sich an ihrer Brust hinabbewegte, mit der Zunge über ihren harten Nippel glitt und fest daran saugte. Ihr stockte der Atem und sie packte ihn keuchend an den Schultern, während er ihre andere Brust liebkoste. Zärtlich küsste er einen Pfad über ihren Bauch und kniete sich vor ihr hin, um ihr die Stiefel und die Socken auszuziehen. Sie hielt ihn an der Schulter fest, als er seine eigenen Schuhe und Socken auszog, und ihr Blick fiel auf seinen Prothesenfuß.

Er stand auf, suchte in ihrem Gesicht verkrampft nach einem Anzeichen von Schreck – oder schlimmer noch, von Abscheu –, doch als diese hübschen, leidenschaftlichen Augen in seine blickten, gab es keinen Raum für Zweifel. Er küsste sie, während er ihre Jeans aufknöpfte, sie hinunterschob und nur ihren Spitzenslip unangetastet ließ.

»Mein Gott, Baby, du bist wunderschön.«

Sie griff nach dem Knopf seiner Jeans, doch er legte die

Hand auf ihre und trat näher ans Bett heran. In seiner Brust zog sich alles zusammen. Unzählige Male hatte er sich diese Szene in den letzten Tagen ausgemalt, und er war zu dem Schluss gekommen, dass es keine sexy Art und Weise gab, zu tun, was getan werden musste. Also schob er seine Jeans über die Oberschenkel nach unten, setzte sich aufs Bett und zog sich die Hose aus, zunächst über sein künstliches Bein und anschließend über sein gesundes Bein. Ihr Blick wanderte an seinem Körper hinab, über die Narben auf dem linken Oberschenkel und der gesamten Länge des rechten.

Er biss die Zähne zusammen und nahm ihre Hand. »Das ist ziemlich heftig, besonders wenn du es zum ersten Mal siehst.«

»Du bist sehr … beeindruckend«, sagte sie leise und ihr Blick fiel auf seine ausgebeulten Boxershorts. »Auch beim hundertsten Mal wird es noch sehr beeindruckend sein.«

Er konnte es nicht fassen, dass sie sich darauf konzentrierte. Ob sie es ihm leichter machen wollte oder ob sie wirklich nur über diesen einen Körperteil nachdachte, wusste er nicht, doch er musste lachen, und zog sie auf sein gesundes Bein hinunter. »Du bist einfach wunderbar«, sagte er und fragte wieder ernster: »Mein Bein macht dir keine Angst?«

»Kein bisschen.«

»Ich muss es abnehmen, Jules.« Die Operation war gut verlaufen und sein Stumpf sah nicht schlimm aus. Dennoch konnte es verstörend sein, ihn tatsächlich ohne seinen Unterschenkel zu sehen.

»Ich weiß. Wir machen das hier gemeinsam, du erinnerst dich?« Sie setzte sich neben ihn aufs Bett und berührte sacht seinen linken Oberschenkel.

In diesem Moment verliebte er sich noch mehr in sie. Diese unglaubliche Frau brachte ihn ganz und gar um den Verstand.

Sie ließ ihre Hand auf seinem Oberschenkel, während er seine Prothese abnahm, den Liner, der den Stumpf bedeckte, aber noch anließ. Ihre Blicke trafen sich, als er sich daran machte, ihn auszuziehen, doch sie bremste ihn und glitt vom Bett hinunter, um sich dann vor ihm hinzuknien. Ihre Augen ließen seine nicht los, während sie seine Hand wegschob und anfing, den Liner auszuziehen. Der liebevolle Blick und ihre sanfte Berührung brachten sein Herz so zum Rasen, dass er glaubte, es würde aus seiner Brust springen. Nur mit allergrößter Mühe schaffte er es, sitzen zu bleiben, und krallte die Finger um die Kante der Matratze.

Schließlich senkte sie den Blick und ließ beide Hände an seinem Oberschenkel hinabgleiten, über sein Knie bis hin zum nun nackten Ende seines Stumpfes. Sie machte ihn komplett wehrlos. Nur eine Sekunde lang sah sie zu ihm auf, bevor sie dem Weg ihrer Hände mit den Lippen folgte und ihn so, Kuss für Kuss, wieder stark machte. Jede Berührung ihrer Lippen pulsierte voller Liebe durch ihn hindurch, breitete sich in seiner Brust aus, bis sie so angefüllt war, dass er kaum noch Luft bekam. Unfähig, seine Emotionen noch länger für sich zu behalten, griff er mit beiden Händen nach ihr, hob sie hoch und warf sie rücklings aufs Bett. Sie kicherte vor Überraschung, und er kam über sie, um mit einem leidenschaftlichen Kuss Besitz von ihr zu ergreifen. Sofort wandelten sich die überraschten Laute in bedürftiges Stöhnen. Ihre weichen Kurven unter seiner muskulösen Gestalt zu fühlen, war paradiesisch. Er nahm alles sehr deutlich wahr, wie zierlich sie sich unter ihm anfühlte, den weiblichen Duft ihrer Haut, die süßen Laute, die sie von sich gab, und ihrer beider Atem, der zu einem wurde.

Mit den Knien hielt er sein Gleichgewicht, und auch wenn ihm die fehlende Gliedmaße bewusst war, so doch nur in der

Hinsicht, dass sich ein Bein leichter anfühlte als das andere. Die Erleichterung setzte eine Lust frei, die immer weiter vorpreschte. Er hob den Kopf, weil er sie sehen musste, und sie lächelte zu ihm auf. »Ich habe so viel Finsternis gesehen, und nun dich anzuschauen ist so, als würde ich den hellsten, schönsten Stern am Himmel sehen. Ich bin verrückt nach dir, Baby, verrückt nach uns.«

»Zeig es mir«, sagte sie leise.

Er liebkoste ihren Körper, sodass sie sich ihm entgegendrängte und keuchte, während er ihre Brüste reizte, so wie sie es begehrte. Sie wand sich unter ihm, krallte sich an seinem Rücken fest, und bei ihren leidenschaftlichen Lauten sehnte er sich schmerzhaft danach, in ihr zu sein. Doch er würde keinerlei Eile walten lassen. Er zwang sich zur Langsamkeit und küsste sich an ihr hinab. Er leckte sie durch ihren feuchten Slip, wurde mit noch mehr sündigen Lauten belohnt, als er die Innenseiten ihrer Oberschenkel küsste, und zog ihr den Slip schließlich aus. Angezogen vom Duft ihrer Erregung glitt er mit der Zunge über ihre feuchte Mitte.

»Oh … ja …«

Er senkte den Mund auf die geschwollene Lustperle, denn er wusste, dass es sie in den Wahnsinn treiben würde, und sie atmete hörbar ein, bohrte die Fingernägel in seine Schultern. Er ließ seine Zunge spielen und reizte ihre Pforte mit den Fingern. Sie kam ihm entgegen, als er mit zwei Fingern in ihre feuchte Hitze eindrang, und ein langer, hingebungsvoller Seufzer erfüllte den Raum. Er konnte es nicht erwarten, seine Härte tief in ihr zu versenken und ihre Enge fest um sich zu spüren. Er saugte an ihrer Perle und krümmte die Finger, um über diesen ganz besonderen Punkt zu streichen, der dafür sorgte, dass sich ihr gesamter Körper anspannte.

»Oh, ja! Hör nicht auf!«

Das bedürftige Flehen entlockte ihm ein Stöhnen. Sie krallte die Finger in seine Haare und zog so fest, dass es schmerzte. Er leckte und saugte weiter, liebkoste sie mit den Fingern, bis sie seinen Namen rief, drängend und verzweifelt, und sich ihre Muskeln um seine Finger zusammenzogen.

»Oh ja, oh ja, oh ja!«

Sie bewegte sich auf seinen Fingern, wild und schnell, so wie er sie auf seiner Länge fühlen wollte. Als sie sich schließlich zurück auf die Matratze sinken ließ, fuhr er mit der Zunge über ihre Mitte, um sie noch einmal zu kosten.

»Grant!«, keuchte sie. »Ich brauche *dich*!«

Er zog seine Boxershorts aus und liebkoste ihren Körper bis hinauf zu ihrem Gesicht, wo er sie mit einem weiteren berauschend leidenschaftlichen Kuss eroberte. Er spürte ihre feuchte Mitte an seinen Hoden und schmiegte seine Hüften an sie, sodass der Schaft seiner Länge mit ihrem Saft bedeckte wurde.

»Mmh, Baby …«, sagte er zwischen ihren heißen Küssen. »Lass mich kurz ein Kondom holen.«

»Ich nehme die Pille«, sagte sie rasch. Sie musste ihm die Überraschung angesehen haben, denn sie fügte hinzu: »Ich habe damit angefangen, nachdem du vor deinem letzten Einsatz mit mir geflirtet hast. Eine Frau muss vorbereitet sein.«

Sein Herzschlag setzte kurz aus, seine Länge zuckte in freudiger Erwartung. Er küsste sie sanft und lächelte. »Du hättest mir eine Fahrt zur Drogerie ersparen können.«

»Oh nein! War Sally an der Kasse? Sie ist die größte Tratschtante in der Stadt.«

»Keine Sorge, ich habe ihr einen Zwanziger zugesteckt, damit sie die Klappe hält.«

Sie kicherte. »Hast du nicht.«

»Nein, aber ich habe sie höflich darum gebeten, es für sich zu behalten. Sie meinte, wenn es zwischen uns nichts werden sollte, dürfte ich sie anrufen.«

Jules sah ihn entsetzt an. »Sally Ward bekommt meinen Kerl auf keinen Fall!«

Er lachte und strich mit seinen Lippen über ihre. »Ich gehöre dir, Pix, nur dir.«

Er senkte seine Lippen auf ihre, schmiegte seinen Körper an ihren. Die Spitze seiner Härte lag an ihrer Pforte und schon diese leichte Berührung jagte ein Feuer in seine Lenden. Beschützend hielt er sie unter sich in den Armen und schaute ihr in die großen, begehrenden Augen. »Ich hätte nie gegen meine Gefühle für dich ankämpfen sollen. Du bist alles, was ich will, und du bist zu allem geworden, was ich sehe.«

»Liebe mich, Grant«, sagte sie leise, und ihre Stimme war von ebenso vielen Emotionen erfüllt, wie er sie in sich spürte.

Ihre Worte hallten in seinem Kopf wider, als er ihr in die Augen schaute, und sein Herz trommelte in seiner Brust, als er langsam in sie eindrang. Sie war so eng, so heiß und feucht, dass es eine Qual war, mit nur der Spitze in ihr innezuhalten, doch er musste ihrem Körper Zeit geben, um sich zu gewöhnen und zu dehnen, damit sie ihn aufnehmen konnte. Ein Universum an Gefühlen wogte zwischen ihnen, als sie gegen seinen unteren Rücken drückte und er tiefer in sie eindrang. Es war nicht so leicht, wie er erwartet hatte, und sie atmete zischend ein, während sie gleichzeitig die Augenbrauen zusammenzog.

Er verharrte. »Habe ich dir wehgetan? Wir können aufhören.«

»Nein, es ist nur ein Druck, kein Schmerz.« Sie lächelte zu ihm auf. »Ich will es. Ich will dich. Mach einfach langsam weiter.«

Sein Herz quoll über, als er seine Lippen auf ihre senkte und sie zärtlich küsste, während er Zentimeter für Zentimeter weiter in sie eindrang. Kleine Geräusche entwichen ihr, die ihn innehalten und sie prüfend anschauen ließen, doch sie beruhigte ihn jedes Mal. Er drang vorsichtig weiter vor, zog sich ein wenig zurück, bevor er ein wenig tiefer in sie eindrang, bis er schließlich ganz in ihr versunken war. *Wow.* Wie ein Schraubstock lag sie um seine Härte, sodass er es bis in sein Herz spürte. Er war angefüllt mit Emotionen, die er nie für möglich gehalten hätte.

Ihre Lippen lösten sich voneinander, beide keuchten auf und ihre Blicke trafen sich.

»Himmel, Baby! Spürst du das?«

Mit Tränen in den Augen sah sie zu ihm auf und nickte.

»Tue ich dir weh?« Er fing an, sich zurückzuziehen.

»Nein!«, flüsterte sie energisch und drückte seinen unteren Rücken hinunter, bis er wieder tief in ihr war. »Beweg dich nicht. Ich will dich einfach nur spüren.«

»Uns spüren, Baby.« Er ließ den Kopf neben ihren sinken und genoss ihre Nähe, wobei er sich gegen diesen köstlichen Druck und das Bedürfnis, sich in ihr zu bewegen, wappnete. Dies war nicht die Art von Sex, wie er ihn kannte. Dies waren zwei Herzen, die auf die kraftvollste, intimste Art zueinanderfanden, und er fragte sich, wie er dreiunddreißig Jahre ohne das hatte überleben können.

Jules wollte sich nicht bewegen. Grants Atem strömte warm über ihren Hals und die Schulter und sein Gewicht auf ihr war mehr als perfekt, als wäre er für sie gemacht. Der Druck war intensiv, aber nicht schmerzhaft. Es fühlte sich gut, richtig und wundervoll an, während sie Empfindungen überkamen, die stärker als Begehren und tiefer als Lust waren.

»Meine Süße, du bist so eng«, sagte er zwischen zärtlichen Küssen. »Geht es dir gut?«

Sie zwang ihre Stimme, etwas hervorzubringen. »Mehr als gut. Küss mich!«

Sanft senkte sich sein Mund auf ihren, und er fing an, sich langsam, vorsichtig und so liebevoll zu bewegen. Ihre Hüften kamen ihm entgegen, während er immer wieder in sie versank, und schon bald löste sich die herrlich quälende Enge ein wenig, oder vielleicht gewöhnte sie sich auch nur daran. Es war ihr egal, und es dauerte nicht lang, da schwanden ihre Gedanken über diesen Druck und sie gab sich ihrer köstlichen Vereinigung vollkommen hin.

Mit jedem Stoß strich er über den Punkt in ihr, der Blitze durch ihr Innerstes jagte. Sie klammerte sich an ihn und spürte, wie sich mit jeder Bewegung seiner Hüften seine Muskeln spannten. Ihre Zungen spielten, ihre Körper bewegten sich in perfektem Einklang. Ein einziges Surren erfasste sie, und ihr Orgasmus war unerträglich nah, während seine Stöße sie immer näher an den Gipfel brachten, bis ihr Verstand nur noch an einem hauchdünnen Faden hing. Das war das Warten wert gewesen. Er war das Warten wert gewesen. Sie fühlte sich sicher, wertgeschätzt und so *gewollt*. Sie versuchte nicht einmal, für sich zu behalten, was sie brauchte.

»Schneller und etwas härter«, sagte sie bedürftig.

Das Feuer loderte in seinen Augen, und er eroberte aufs Neue ihren Mund, als er die Hände unter ihren Hintern schob, ihre Hüfte leicht anhob und noch tiefer und schneller in sie eindrang. Wogen der Lust rissen sie mit. Sie krallte die Finger in seinen Rücken, rang nach Luft, als ihre Welt umhergewirbelt wurde und ihr Körper unkontrolliert zuckte und pulsierte. Sie trieb orientierungslos in einem Meer der Lust, wurde nach oben gespült, schwamm und ertrank in ihm. Als sie endlich aus der schwindelerregenden Höhe herabschwebte, stieß er ihren Namen aus. Ihr wurde bewusst, dass er das meiste Gewicht auf seine rechte Seite verlagerte, und da fiel ihr sein Bein ein. Sie war so von der Lust mitgerissen worden, dass sie vergessen hatte, dass es auch für ihn neu war.

»Grant, alles in Ordnung? Dein Bein?«

Er zog die Augenbrauen zusammen. »Mein …? Nein, Baby! Ich bin so in dir verloren, dass ich es ganz vergessen habe. Du fühlst dich einfach so gut an, dass ich versuche, nicht zu schnell zu kommen.«

»Ah, okay. Dann mach weiter«, sagte sie scherzhaft.

Er lachte, und als sein Mund den ihren wieder fand, übernahmen ihre Körper die Kontrolle. Er stieß fester zu, drang tiefer in sie ein und führte sie gleich wieder an den Rand der Ekstase. Er biss in ihre Schulter und katapultierte sie in die höchsten Sphären. Lichter explodierten hinter ihren geschlossenen Lidern, und er vergrub sein Gesicht an ihrem Hals, um sich seiner eigenen gewaltigen Erlösung hinzugeben. »Fuck … Baby … so gut!« Sein heißer Atem strömte über ihre Haut, seine Muskeln spannten sich an und seine Länge pulsierte heiß und beharrlich in ihr. Sie konnte nichts sehen, nichts denken, sie konnte nur fühlen, während sie sich an ihn klammerte wie an eine Boje im Sturm und sie beide auf den wilden Wogen ihrer Leidenschaft dahintrieben.

Mit seinen starken Armen hielt er sie weiter umschlungen, als sie matt in die Matratze zurücksank, nachdem ein Nachbeben sie Dinge hatte fühlen lassen, die sie niemals für möglich gehalten hätte. Zitternd lag sie da, erfüllt von einer herrlichen Wärme, geborgen in seinen Armen und seine Hüften zwischen ihren Beinen, ihre Herzen im gleichen irren Rhythmus hämmernd.

»Himmel, Baby«, sagte er an ihrem Hals, und an seiner Stimme hörte sie, dass er genauso in ihnen beiden verloren war wie sie. Er übersäte sie mit Küssen, als er sie beide auf die Seite drehte. »Du zitterst ja.«

»Das ist ein gutes Zittern«, sagte sie schwach.

»Ich habe dir doch nicht wehgetan, oder?«

Sie schüttelte den Kopf und versuchte, wieder zu Atem zu kommen. »Ganz im Gegenteil. Ich habe mich noch nie so gut gefühlt. Ist dein Bein in Ordnung?«

»Welches Bein?« Er lächelte, als seine Lippen ihre mit einem himmlisch süßen Kuss bedeckten.

»Das werden wir sehr oft tun«, sagte sie munter. »Du kannst deinen Freunden ruhig schon mal sagen, dass deine Nächte in absehbarer Zukunft ausgebucht sind.«

Er lachte. »Das kriege ich wohl hin.«

Sie atmete tief und voller Euphorie durch. »Ich kann es ja mit nichts vergleichen, aber wenn du mit einem Bein so gut bist, dann hätte ich es mit zweien vielleicht nicht überlebt.«

Sie lachten und küssten sich, lagen ineinander verschlungen da, bis sich ihr Atem langsam beruhigt hatte. Irgendwann stand sie kurz auf, um ins Bad zu gehen, und als sie zurückkam, machte ihr Herz beim Anblick von Grant einen Satz. Gegen das Kopfteil gelehnt saß er nackt und wunderschön da. Das Laken war am Fußende zusammengeknäult. Sie war so froh, dass er sein Bein nicht versteckte. Die Emotionen ballten sich in ihr, gleich neben dem aufkeimenden Begehren, das zwischen ihren Beinen pulsierte. Wie konnte sie ihn so schnell schon wieder wollen? Wie viel Zeit brauchten Männer, um sich zu erholen, bis sie wieder konnten? Sie hätte das googeln sollen. Sie biss sich auf die Unterlippe, um den Drang zu unterdrücken, doch es half nicht.

»Alles in Ordnung, meine Schöne?«

Crash sprang auf das Bett und rollte sich neben Grant ein.

»Besser als in Ordnung.« Sie zog ihren Slip an und hob seine Boxershorts auf, um sie dann an einem Finger baumeln zu lassen. »Willst du die haben?«

Er zuckte mit den Schultern.

»Na dann …« Sie warf sie über die Schulter, kletterte ins Bett und streichelte Crash, der laut schnurrte.

»Zeit für ihn, zu gehen.« Grant hob den Kater hoch, setzte ihn auf dem Boden ab und mit einer geschickten Bewegung zog er Jules unter sich und rieb sich an ihrem Slip.

»Oh, Mr. Silver, Sie sind aber übermütig heute Abend!«

Er strich über ihren Oberschenkel. »Bist du zu wund, um gleich wieder loszulegen?«

Ihr Herz tat einen freudigen Sprung. »Nein. Ich habe mich gerade gefragt, wie lange du brauchst, um weiterzumachen.«

»Bei dir anscheinend nur wenige Minuten, Baby.« Er küsste ihren Mundwinkel. »Du hast keine Ahnung, was für ein Biest du freigesetzt hast.«

Als er den Mund auf ihren senken wollte, sagte sie: »Ich kann es gar nicht abwarten, es herauszufinden.«

Zwanzig

Als Grant aufwachte, spürte er Jules' weichen Körper an seine Seite geschmiegt und ihren warmen Atem, der über seine Haut glitt. Er wollte sich nicht bewegen. Noch nie hatte er so etwas gefühlt wie das, was sie in den Armen des anderen gefunden hatten. Zu wissen, dass er Jules ohne größere Probleme oder Pannen lieben konnte, hatte sein Selbstvertrauen gestärkt und eine unerwartete Flut von Emotionen freigesetzt. Ihm war nicht bewusst gewesen, wie viel er zurückgehalten hatte, bis er tief in ihr vergraben gewesen und sein Herz fast explodiert war. Die Intimität, die sie miteinander teilten, hatte alles weggespült, was davor gewesen war. Er war *verändert*. Er wartete auf die Anspannung, die seinen Körper normalerweise morgens packte, und die unterschwellige Wut, an die er sich so gewöhnt hatte und die am Morgen immer ihre hässliche Fratze gezeigt hatte. Doch keins von beiden kam. Stattdessen war er von der absoluten Entschlossenheit erfüllt, sein Leben in Ordnung zu bringen.

Durch das Fenster sah er, wie die Sonne sich gerade daran machte, den dämmerigen Tagesanbruch zu verdrängen. Seine Gedanken wanderten zu den Dingen, die er tun wollte. Als Allererstes wollte er *es* mit seinem wunderschönen Mädchen tun, anschließend war ein Besuch bei seinen Eltern angesagt, um die Probleme zwischen ihnen aus der Welt zu schaffen, und später war noch ein Anruf beim Arzt von Saul geplant, damit der alte Mann eine neue Prothese und die medizinische Versorgung bekam, die er brauchte.

Jules seufzte verschlafen und er küsste ihre warme Haut. Endlich verstand er, wie die Gefühle für die richtige Frau das Leben eines Mannes verändern konnten. Wie zum Teufel hatten sich seine Kumpels auf die Einsätze konzentrieren können, während ihre geliebten Menschen zu Hause auf sie warteten? Der seltsamste Gedanke ging ihm durch den Kopf. Wenn er sein Bein nicht verloren hätte, hätte er sich dann je der Anziehungskraft hingegeben, die er schon vor seinem letzten Einsatz für Jules empfunden hatte? Oder wäre sie weiterhin tabu für ihn gewesen, hätte er sie auf Abstand gehalten, um sich nicht in eine Beziehung hineinziehen zu lassen? Zumal er auch gewusst hatte, dass sie niemals ein One-Night-Stand für ihn hätte sein können.

War dies das Größere, Bessere, von dem Jules geredet hatte? Das Schicksal? Der Silberstreifen am Horizont in einer schweren Situation? Oder war er einfach der größte Glückspilz auf Erden, weil er irgendwie die Aufmerksamkeit der liebevollsten Frau der Welt auf sich gezogen hatte?

Sie schaute zu ihm auf und ihre schläfrigen Augen und das süße Lächeln brachten sein Herz auf Touren.

»Guten Morgen, meine Schöne.« Er zog sie zu einem Kuss an sich und fühlte sich bereit, die ganze Welt für sie zu erobern. Crash sprang vom Fußende des Bettes herunter. Dieser hinterlistige Kater. Grant hatte nicht einmal bemerkt, dass er dort gelegen hatte.

»Hast du geschlafen?«, fragte sie leise.

»Und wie«, sagte er überrascht. »Sogar die ganze Nacht durch. Kaum zu glauben. Ich schlafe sonst nie.«

»Weil du mich normalerweise nicht in deinem Bett hast.«

»Es wird Zeit, das zu ändern.« Grant strich über ihren Rücken und ihren Hintern. »Von jetzt an schlafe ich immer dort, wo du schläfst, denn ich habe geschlafen wie ein Stein.«

»Steinhart trifft es wohl eher.« Sie blickte erfreut auf das ausgebeulte Laken und errötete. »Wachst du immer so auf?«

»Erst seit du in diesem Halloween-Kostüm herumgerannt bist.«

»Mhm.« Ihr Oberschenkel glitt über sein Bein. »Vielleicht sollte ich das öfter tragen.«

»Mir gefällt es, was du jetzt anhast.« Er drehte sie auf den Rücken und kam über sie. »Bist du wund?«

»Etwas.«

»Dann verschone ich dich vor meiner unersättlichen Lust, dich zu lieben, und werde diese wunden Stellen einfach nur küssen.« Er strich mit den Lippen über ihre. »Ich verspreche, einfühlsam zu sein.«

Er fing an, sich an ihrem Körper abwärtszubewegen, doch sie packte ihn an den Armen und zog ihn zu sich hoch. »Ich bin ein Geist, der endlich aus der Flasche gelassen wurde, und ich bin bereit, alles zu genießen, was ich verpasst habe. Ich brauche keine Pause, denn ich möchte diesen Duschhocker ausprobieren.«

»Vorsichtig, Pix. Wenn du so weitermachst, lasse ich dich vielleicht nie wieder gehen.«

Zwei Orgasmen und eine sehr leidenschaftliche Duschaktion später saß Grant neben Jules auf dem Bett, während sie ihre Stiefel anzog und er Brant eine Nachricht schickte, um ihm mitzuteilen, dass er später zur Arbeit käme. Sie hatte seine Zahnbürste benutzt und die nassen Haare umrahmten ihr Gesicht. Er steckte sein Handy weg, machte sich im Geiste eine Notiz, dass er noch eine Zahnbürste und einen Föhn für sie besorgen musste. Er stand auf und zog sie in seine Arme.

»Ich bin noch nicht bereit, unseren gemeinsamen Morgen zu beenden. Hast du Zeit für ein Frühstück? Ich mache klasse Omeletts.«

»Klar, ein bisschen Zeit habe ich noch, aber ich muss mich vor der Arbeit noch umziehen und die Haare föhnen.«

»In Ordnung.« Er küsste sie und Crash rieb sich mit einem Miauen an seinem Bein.

»Da ist aber jemand eifersüchtig.« Sie hob den Kater hoch und rieb die Nase an seiner. »Keine Sorge, Crash. Ich nehme dir deinen Daddy nicht weg.«

Grant schüttelte den Kopf. »Ich bin nicht sein Daddy!«

»Mhm.« Schmusend flüsterte sie Crash zu: »Wir kennen die Wahrheit, stimmt's, Crash?«

Grant ging in die Küche, und Jules lief hinaus zum Pick-up, um ihre Handtasche und die Tüten von gestern zu holen. Als sie wiederkam, reichte sie ihm die Katzengeschenke und sagte: »Du solltest sie ihm geben.«

Er verdrehte die Augen und sah Crash an, der um Jules' Bein schlich und zu Grant hochschaute, als gehörte er ihrem Geheimbund nicht an. »Hier, bitte schön, Kumpel.« Er warf die Spielzeugmaus mit Katzenminze und einen Ball auf den Boden und Crash rannte hinterher.

Während er das Frühstück zubereitete, packte sie die Bilderrahmen und die Griffe für die Kücheninsel aus, den mit der gelben Blume, den goldenen Knauf mit dem bunten Glas, der ihm so gut gefallen hatte, und zwei der hässlichsten, billigsten Plastikgriffe, die er je gesehen hatte. Einer in Blau, einer in Weiß.

Er hob eine Augenbraue und beide lachten.

»Wie sollte ich denn einen klaren Gedanken fassen können, wenn du an mir rumfummelst und mir unanständige Dinge ins Ohr flüsterst? Ich tausche die um.« Sie nahm die Griffe wieder an sich.

Er zog sie in seine Arme und küsste sie. »Wir behalten die Griffe. Sie werden mich immer an unseren wunderbaren Tag in Seaport und die denkwürdige Nacht, die darauf folgte, erinnern.« Er drehte die Omeletts um und fing an, die Griffe an die Schranktüren der Kücheninsel zu montieren. »Ich war vorher schon so lange nicht mehr dort und hatte die Frühstückstreffen total vergessen. Das waren schöne Zeiten. Nachdem sich meine Eltern getrennt hatten, war die ganze Situation so unangenehm, aber diese Treffen brachten eine kleine Dosis von Normalität mit sich, auf die ich mich verlassen konnte. Das war in meiner Welt, die auf den Kopf gestellt worden war, etwas, das sich nicht verändert hatte.«

Nachdem er den letzten Griff angeschraubt hatte, schlang sie die Arme um ihn. »Es macht mich traurig, dass du das alles durchgemacht hast.«

»Mir geht es gut.« Er lehnte sich gegen die Finsternis auf, die die Vergangenheit heraufbeschwor, gab die Omeletts auf die Teller und stellte auch eine kleine Schale mit etwas Ei für Crash auf den Boden.

»Du musst nicht immer stark sein. Es ist in Ordnung, wenn du traurig darüber bist, einen Teil deiner Kindheit verloren zu haben, oder auch über etwas anderes.«

Die Sorge und Verärgerung in ihrer Stimme waren niederschmetternd. Er fühlte sich miserabel und nahm sie in den Arm. »Tut mir leid, ich wollte dich nicht so abbügeln.«

»Schon gut.«

»Nein, das ist es nicht. Ich werde in Zukunft darauf achten.«

»Danke. Du weißt hoffentlich, dass du mit mir reden kannst. Ich werde dich nicht für deine Gefühle kritisieren. Ich will alles mit dir teilen, das Gute und das Schlechte. Ich möchte, dass wir ein Paar sind, das über alles reden kann und das sich, wie Saul gesagt hat, gegenseitig unterstützt.«

»Das möchte ich auch. Ich bin es bloß nicht gewohnt, mich zu öffnen. Dir habe ich schon mehr erzählt als jedem anderen. Jemals. Meine spontane Reaktion sieht normalerweise so aus, dass ich diese Gefühle verdränge und so tue, als gäbe es sie nicht.«

»Und weil du alles für dich behältst, wirst du so wütend.«

»Jules, du brauchst meinen Mist nicht, der zieht dich nur runter.«

»Aber genau das ist doch der Punkt. Es ist gar nicht nötig, dass du es aussprichst, ich fühle es auch so. Vielleicht bin ich anders als andere, aber wenn ich weiß, dass dir etwas wehtut, tut es mir auch weh.«

Und da war es – genau das, was er versprochen hatte, ihr nie anzutun. Die Tatsache, dass sie anders war als alle anderen und dass sie so sehr mitfühlte, war ein Grund dafür, dass er sich überhaupt zu ihr hingezogen gefühlt hatte. »Dann werde ich mich bemühen, nichts für mich zu behalten.«

»Danke. Vor allem diese Küsse. Die solltest du niemals für dich behalten.«

»Versprochen.« Er senkte die Lippen auf ihre, und nach einer Reihe von heißen Küssen frühstückten sie und machten sich fertig, um aufzubrechen.

Auf dem Weg hinunter zu ihrem Jeep versprach Grant, sich um den Transport der Fenstersitzbank in ihre Wohnung zu kümmern, und sie verabredeten sich für den Abend.

»Soll ich einen Pyjama mitbringen?«, fragte sie schüchtern, was entzückend war, wenn man bedachte, wie explizit sie in der vergangenen Nacht ihre Wünsche geäußert hatte.

»Es sei denn, du möchtest, dass wir bei dir übernachten? Ich kann meine Krücken mitnehmen.«

Ihre Augen funkelten verschmitzt und der schüchterne Ausdruck von gerade eben war verschwunden. »Aber ich habe keinen Duschstuhl und nach heute Morgen gefällt der mir wirklich sehr.«

Sein gesamter Körper wurde heiß, als Bilder von dem Morgen vor seinem geistigen Auge auftauchten, wie sie unter der Dusche rittlings auf ihm gesessen und sie beide um den Verstand gebracht hatte.

»Dann treffen wir uns bei mir.«

Nachdem Jules gefahren war, stieg Grant in seinen Pick-up und rief Sauls Arzt an. Er hinterließ eine Nachricht, in der er die Situation erklärte, und bat um einen Rückruf. Dann wählte er die Nummer seines Vaters.

»Guten Morgen, Grant«, sagte sein Vater ruhig.

Grants Magen zog sich zusammen. Warum reagierte er nach all diesen Jahren noch immer so auf seinen Vater? »Hallo. Ich hab mich gefragt, ob ich wohl heute Morgen vor der Arbeit kurz vorbeikommen kann, damit wir reden können.«

»Natürlich, mein Junge. Geht es dir gut?«

Nein. Ich möchte am liebsten kotzen oder auf irgendetwas einprügeln, aber wenn ich mir eine Hoffnung darauf bewahren will, auf der Insel zu bleiben, muss ich unter dieser verdammten schwarzen Wolke, die über unserem Verhältnis liegt, hervorkriechen. »Ja, mir geht's gut.«

»Freut mich, das zu hören. Ich bin bei deiner Mutter. Wir würden dich gern sehen.«

Die Aufrichtigkeit in der Stimme seines Vaters machte ihm ein schlechtes Gewissen. Wie konnte sein Vater nach ihrem Streit und dem, was Grant gesagt hatte, so empfinden?

»Gut. Ich bin in ein paar Minuten da.« Er klappte die Sonnenblende herunter und ein rosa Umschlag mit seinem Namen in golden glitzernden Buchstaben fiel ihm in den Schoß. Dies war ein neuer Umschlag, den anderen hatte er in seine Kommode gelegt. Jules musste ihn hier versteckt haben, als sie ihre Handtasche und die Einkäufe aus Seaport geholt hatte. Ein Lächeln umspielte seinen Mund.

Guten Morgen! Sie hatte einen Smiley dahinter gemalt. *Ich habe eine neue Lieblingsbeschäftigung entdeckt.*

In deinen Armen aufzuwachen.

Na ja, es gibt noch eine, aber die ist zu intim, um sie aufzuschreiben. Ein zwinkernder Smiley folgte.

Sein Herz zog sich zusammen. *Verrückt nach ihr* beschrieb nicht einmal annähernd, was er fühlte. Er steckte die Nachricht ein, denn er wollte Jules an diesem schwierigen Morgen bei sich tragen. Unterwegs zum Haus seiner Mutter überlegte er, was er sagen wollte. Jules' Ratschlag, das Ufer ganz unter Wasser zu setzen, fiel ihm wieder ein. Als er ankam, lagen seine Nerven blank.

Er stand auf der Veranda, dehnte die Hände und versuchte, sich zu beruhigen, damit er nichts sagte, was er bereuen würde, doch es war so, als würde er einen außer Kontrolle geratenen Zug aufhalten wollen. An der Tür seiner Mutter hatte er noch nie geklopft, und als er hineinging, wurde ihm bewusst, dass er am Haus seines Vaters immer geklopft hatte. Wenn das nicht alles über ihr Verhältnis aussagte, wusste er es auch nicht mehr.

»Hallo, mein Schatz.« Seine Mutter kam mit offenen Armen auf ihn zu, gefolgt von seinem Vater. In einem schwarzen Rock und mit der hellblauen Bluse sah sie hübsch und professionell aus, sein Vater war in einem dunklen Nadelstreifenanzug, einem weißen Hemd und mit der Krawatte ebenso schick gekleidet.

»Hallo, Mom.« Er umarmte seine Mutter und ihre Wärme beruhigte seine Nerven ein wenig.

»Guten Morgen, mein Junge«, sagte sein Vater mit diesem unsicheren Gesichtsausdruck, der das Messer in Grants Magengrube herumdrehte.

»Hallo, Dad. Danke, dass ich vorbeikommen durfte.«

Die Kiefermuskeln seines Vaters spannten sich an. »Du brauchst keine Erlaubnis, um deine Eltern zu besuchen.«

Mom vielleicht nicht, aber …

Eine Erkenntnis traf Grant wie ein Schlag ins Gesicht. Auch wenn sein Vater sich immer bemüht hatte, für ihn und seine Geschwister da zu sein, hatte sich doch so viel geändert, als sein Vater das Elternhaus verlassen hatte. Ihm war nie bewusst geworden, dass das Band der offenen Tür, welches Kinder und Eltern normalerweise zusammenhält, durchtrennt worden war. Die Tatsache, dass er immer das Bedürfnis gehabt hatte, an der Tür seines Vaters zu klopfen, hätte ihm wahrscheinlich schon vor Jahren einiges deutlich machen sollen.

»Zieh doch deine Jacke aus. Hast du Hunger? Ich kann dir

Frühstück machen«, bot seine Mom an.

»Nein danke, Mom. Ich habe schon gegessen.« Grant zog die Jacke aus, behielt sie aber in der Hand. Er musste sich an irgendetwas festhalten.

Sie nahm seinen Arm und führte ihn ins Wohnzimmer. »Setzen wir uns doch. Wie ich höre, seid du und Jules ein Paar.«

»Ja«, bestätigte er kurz angebunden. Aus dem Bedürfnis heraus, Jules vor dem Hässlichen zu beschützen, was nun folgte, biss er die Zähne zusammen.

»Sie ist eine starke junge Frau. Nach dem, was ich so höre, auch sehr geschäftstüchtig«, sagte sein Vater.

»Und unglaublich süß«, fügte seine Mutter hinzu, als sie das große, elegante Wohnzimmer betraten, das mit Möbeln im viktorianischen Stil, teuren Teppichen auf dem Marmorboden und Gemälden, die Grant immer bewundert hatte, eingerichtet war.

»Das ist sie«, sagte Grant. Sein Vater setzte sich in den Sessel, seine Mutter auf das Sofa, doch Grant war zu unruhig, um sich hinsetzen zu können. »Aber ich bin nicht gekommen, um über Jules zu reden. Ich bin hier, um mich dafür zu entschuldigen, wie ich mich bei Dads Geburtstagsessen benommen habe, und für das, was ich gesagt habe. Es tut mir leid, dass ich den Tag ruiniert habe und dass es so lange gedauert hat, bis ich meine Scheiße – entschuldige, Mom – mein Leben so weit in den Griff bekomme habe, um mit euch reden zu können.«

Der liebevolle Gesichtsausdruck seiner Mutter veränderte sich nicht, aber der seines Vaters wandelte sich von unsicher zu etwas strenger, als er sagte: »Ich denke, wir haben uns an dem Nachmittag alle nicht ganz richtig verhalten.«

Grant überlegte, ob er es dabei belassen sollte, doch diese Pixie auf seiner Schulter flüsterte ihm zu: *Die schlimmen Dinge gehen nicht unter. Die treiben nur direkt unter der Oberfläche weiter und ziehen alles mit sich durch den Dreck.*

Er war der lebende Beweis dafür, dass sie recht hatte. Trotz der kühlen Luft, die durch das offene Fenster über dem kleineren der beiden Sofas hereindrang, hatte er das Gefühl, zu ersticken. Wenn er diesen Mist jetzt nicht zur Sprache brachte, würde er den Rest seines Lebens in Gegenwart seines Vaters immer weiter versuchen, alles zu überspielen. Was für ein Leben wäre das für ihn und seine Familie? Für Jules? Selbst nach so kurzer Zeit war er sich sicher, dass er eine Zukunft mit ihr wollte, und er konnte sich vorstellen, was sie alles anstellen würde, um diese chaotische Beziehung in Ordnung zu bringen.

Er würde nicht zulassen, dass dieser Mist sie – oder sonst jemanden – belastete. Nicht, nachdem er endlich aus der selbst auferlegten Hölle, in der er gelebt hatte, ausgebrochen war.

Er hielt dem steten Blick seines Vaters stand und versuchte, den Druck, der sich in seiner Brust aufbaute, zu ignorieren. »Wir haben uns seit Jahren nicht richtig verhalten, Dad. Ich habe dich lieb, aber wir können nicht einmal im selben Raum sein, ohne dass die Spannung uns erstickt.«

»Du hast recht, und ich entschuldige mich für den Anteil, den ich daran habe«, sagte sein Vater.

»Und welcher Anteil ist das? Der Teil, in dem du Entscheidungen triffst und erwartest, dass wir uns alle danach richten, ohne dich darum zu kümmern, welche Auswirkungen das auf uns hat? Oder der Teil, in dem du uns verlassen und danach von uns verlangt hast, dass wir uns wie eine glückliche Familie benehmen, obwohl wir doch genau das Gegenteil waren, nur um den Namen Silver in Ehren zu halten?«

Sein Vater stand auf, den ernsten Blick noch immer auf Grant gerichtet, und steckte eine Hand viel zu lässig in seine

Hosentasche. »Das ist lange her, mein Sohn.«

»Und? Ist es deshalb etwa egal? Sollten wir es vergessen und begraben?« Er kämpfte gegen den Drang an, lauter zu werden. »Aber stell dir vor, Dad, der Mist lässt sich nicht begraben. Ich bin über dreißig, und du versuchst immer noch, mir zu sagen, was ich zu tun habe.«

»Wovon redest du?« Sein Vater sah ihn finster an. »Du warst weg, seit du achtzehn geworden bist. Wie zum Teufel sollte ich dir sagen, was du zu tun hast?«

»Du konntest es nicht. Aber das hat dich nicht davon abgehalten, es zu versuchen. Du hast versucht, mir zu verbieten, zur Army zu gehen, und mir sogar zu *wünschen*, wieder zurück zu Darkbird zu können. Weißt du eigentlich, warum ich die Insel überhaupt erst verlassen habe?«, zischte Grant, nun unfähig, seine Wut länger zurückzuhalten. »Weil es mir nicht das Gleiche bedeutet wie dir, ein Silver zu sein. Ich wollte etwas tun, bei dem ich das Gefühl hatte, dass es bedeutungsvoll ist, und das konnte ich hier nicht. Ich musste deiner Fuchtel entkommen, um die Kontrolle über mein eigenes Leben zu erlangen.«

»Ich habe keine Ahnung, wovon du redest«, sagte sein Vater.

»Das verstehst du natürlich nicht.«

»Die Vergangenheit kann ich nicht ändern«, beharrte sein Vater.

»Nein, das kannst du nicht. Aber ich bin auch kein verwöhntes Kind, das herumjammert, weil Mommy und Daddy meine Kindheit in Ordnung bringen sollen. Die Vergangenheit ist vergangen. Aber *du* hast mir beigebracht, Verantwortung für mein Handeln zu übernehmen, und ich übernehme die volle Verantwortung dafür, dass ich mich im Krankenhaus wie ein wütendes Arschloch benommen habe und dass ich mich zurückgezogen habe und nur frustriert war, seit ich nach Hause gekommen bin.« Er ging auf und ab und die Worte prasselten nur so aus ihm heraus. »Ich will nicht mehr wütend und verbittert sein, aber ich kann nicht in die Zukunft schauen, solange diese Spannung zwischen uns nicht behoben ist, und die können wir nur beheben, wenn wir uns mit der Vergangenheit auseinandersetzen. Erst dann können wir versuchen, die Gegenwart in Angriff zu nehmen. Ich muss verstehen, warum mein Vater – nein, ihr beide –, die ihr uns beigebracht habt, dass die Familie an erster Stelle steht und dass wir zuerst an unsere Geschwister und dann an uns denken sollen, uns durch die Hölle habt gehen lassen und so getan habt, als wäre nichts dabei.« Jahre des unterdrückten Zorns brachen aus Grant hervor. »Und warum ihr – nachdem ich monatelang meine weinenden Schwestern getröstet habe, versucht habe, für uns alles zusammenzuhalten und herauszufinden, warum mein eigener Vater uns nicht in seinem Haus haben wollte, und wir irgendwann endlich in dieser neuen Normalität, die ihr beide für uns geschaffen hattet, Fuß gefasst hatten – euch wie alberne Teenager aufgeführt und euch gedatet habt. Ich bin froh, dass ihr beide einen Weg für euch gefunden habt, aber habt ihr jemals darüber nachgedacht, welche Auswirkungen es auf uns hatte, weiterhin in zwei getrennten Haushalten zu leben? Als Kind habe ich nie gewusst, ob ich eurer Beziehung vertrauen kann. In der einen Minute hatte ich Hoffnung, dass ihr zusammenbleibt, und in der nächsten musste ich damit rechnen, dass wieder irgendeine Katastrophe über uns hereinbricht. Und wie hätte das dann ausgesehen, verdammt? Ihr habt ja schon getrennt voneinander gelebt. Hätte einer von euch die Insel verlassen? Wie hätte ich Vertrauen in etwas stecken sollen, das nicht einmal ihr beide für stark genug gehalten habt, um unter einem Dach zu leben?«

»Ich verstehe das nicht«, sagte seine Mutter beklommen. »So wütend warst du nicht mehr seit der Zeit vor der Army. Warum kommt das alles jetzt hoch, nach all der Zeit?«

Grant schluckte. »Wenn ich auf Heimaturlaub hier war, war es immer nur für ein paar Tage, eine Woche oder zwei, und wenn ich eines in dieser Familie gelernt habe, dann wie man der Öffentlichkeit den berühmten Silver-Charme vorspielt. Aber ich bin nicht auf einen kurzen Besuch hier, und ich bin ein anderer Mann als vorher. Ich will nichts mehr vorspielen. Ist euch bewusst, dass ich seit Monaten hier bin, und kein einziges Mal hat mich einer von euch gefragt, wie es ist, mit einem falschen Bein zu leben oder damit, dass einem die Zukunft geraubt wurde? Anstatt mit mir darüber zu reden, wie sich mein Leben verändert hat und warum ich mir wünschte, ich könnte zu Darkbird zurückgehen, erwartet ihr von mir, dass ich den ganzen Mist für mich behalte und mich so nahtlos einfüge, wie ihr es für richtig haltet. Dass ich ein Silver bin und im Resort arbeite, als wenn das alles wäre, was ich will.« Eine schmerzhafte Erkenntnis traf ihn. »Vielleicht ist doch ein Teil von mir in diesem wütenden Kind gefangen, denn ich will tatsächlich von euch unterstützt und als der akzeptiert werden, der ich bin. Ich werde niemals jemand sein, der sich einfach so einfügt, was sicher seltsam ist, denn beim Militär macht man in neunzig Prozent der Fälle das, was einem gesagt wird. Aber das war *meine* Entscheidung. Ich wollte etwas Bedeutungsvolles tun und das will ich immer noch. Endlich sehe ich eine Zukunft für mich hier auf der Insel, aber die wird von all diesem ungelösten Mist in den Dreck gezogen.«

»Ach, Grant.« Seine Mutter stand auf. »Das ist alles meine Schuld.«

»Margot!« Die vehemente Warnung seines Vaters wurde etwas abgemildert, da er den Arm um sie legte. Sein Gesicht war ein einziges Bedauern. »Grant, willst du dich nicht setzen?«

»Ich bin zu angespannt, um zu sitzen.« Grant verschränkte die Arme, während sein Vater seine Mutter zum Sitzen bringen wollte, doch sie weigerte sich. »Hört zu, Paare trennen sich nun mal. Darum geht es nicht. Es geht darum, wie damit umgegangen wurde, und zwar so, dass es im Grunde unter den Teppich gekehrt wurde.«

»Das war nicht unsere Absicht«, sagte sein Vater, der den Arm noch immer fest und beschützend um seine Frau gelegt hatte. »Ehen sind nicht immer einfach, Grant. Paare machen schwere Zeiten durch …«

Seine Mutter befreite sich aus der Umarmung seines Vaters und unterbrach ihn. »Alex, du brauchst mich nicht mehr zu beschützen.«

»Es gibt dann kein Zurück mehr, Margot«, sagte sein Vater warnend, und Grant hätte schwören können, dass sein Vater in den folgenden wortlosen Sekunden um Jahre alterte.

»Ich muss das tun. Ich kann auch nichts mehr vorspielen.« Seine Mutter atmete tief ein und sah Grant mit traurigen Augen an. »Schatz, das alles lässt sich nur erklären, wenn ich ganz am Anfang anfange. Ich habe deinen Vater geliebt, seit wir uns in unserem ersten Jahr am College das erste Mal begegnet sind. In vielerlei Hinsicht war er dir sehr ähnlich und entschlossen, der Welt seinen Stempel aufzudrücken. Dein Vater konnte es nicht abwarten, seinen Abschluss zu machen und nach Paris zu gehen, um sich als der hervorragende Maler, der er war, einen Namen zu machen.«

Grant sah seinen Vater an. »Du *malst?*«

»Seit dem College habe ich keinen Pinsel mehr in die Hand genommen.«

Seine Mutter deutete auf die Gemälde an der Wand. »Aber wie du an diesen Bildern siehst, ist er ein begabter Künstler.«

»Die sind von Dad? Warum habt ihr mir das nie gesagt?«

»Als du in dem Alter warst, wo es dich hätte interessieren können, kamen wir nicht gerade gut miteinander aus«, sagte sein Vater bedauernd.

Mist. Kannte er seinen Vater überhaupt?

»Jetzt weißt du, woher du deine kreative Ader hast«, sagte seine Mutter. »Aber dein Vater war damals so von sich eingenommen, dass wir ziemlich oft aneinandergeraten sind, und so hatten wir in den vier Jahren eher so eine On-Off-Beziehung. Kurz vor unserem Abschluss fanden wir heraus, dass ich schwanger war, und obwohl dein Vater viel geerbt hatte, stand ihm das Erbe erst mit dreißig zu.«

»Von dem Geld habe ich noch immer keinen Cent angerührt«, sagte sein Vater.

Seine Mutter lächelte. »Siehst du, wie ähnlich ihr beide euch seid? Jedenfalls hatten wir davon geredet, nach Paris zu gehen und herauszufinden, was wir mit unserem Leben anstellen wollten, wie Paare es eben so tun, aber das wäre mit einem Baby unverantwortlich gewesen. Wir wollten, dass du in einem stabilen Umfeld zur Welt kommst, also sind wir auf die Insel gezogen und haben geheiratet. Wir hatten vor, nach Paris zu gehen, sobald wir genug Geld angespart hatten, um uns eine Wohnung leisten und uns gut um dich kümmern zu können. Und dann hielt das Leben Einzug. Roddy heiratete Gail, Steve zog auf die Insel und heiratete Shelley, und wir haben uns hier mit unseren Freunden ein Leben aufgebaut. Du hast dich prächtig entwickelt, bist mit den Jungs von unseren Freunden herumgetappst, und im Laufe der Jahre wurde unsere Familie größer und unsere Träume von Paris wurden von den Träumen für die Zukunft unserer Kinder abgelöst.«

»Was hat das alles mit unseren Problemen zu tun?«, fragte Grant.

»Dazu komme ich gleich. Du sollst nur verstehen, wie wir dahin gekommen sind, wo wir jetzt sind.« Der Gesichtsausdruck seiner Mutter war nun so voller Bedauern wie der seines Vaters. »Während unser Leben nach außen perfekt schien, trug ich ein schmerzhaftes Geheimnis mit mir herum. Du kamst zwei Wochen vor dem errechneten Geburtstermin auf die Welt, warst aber vollkommen ausgereift. Als ich die erste Zeit des Mutterdaseins in dem vom Schlafentzug verursachten Nebel hinter mich gebracht hatte, habe ich zurückgerechnet, und mir wurde klar, dass ich in einer der kurzen Unterbrechungen in unserer Beziehung schwanger geworden war. Dein Vater und ich waren in dieser zweiwöchigen Phase zwei Mal zusammen gewesen, aber ich war jung und verletzt, wegen irgendetwas, weswegen wir uns gestritten hatten, und ich war in der Zeit auch ein einziges Mal mit einem Mann zusammen, den ich auf einer Party kennengelernt und danach nie wieder gesehen habe.«

Grant hatte das Gefühl, einen Schlag in die Magengrube bekommen zu haben. Er versuchte, tief einzuatmen. »Ich bin nicht Dads Sohn?«

»Du bist und wirst immer mein Sohn bleiben«, widersprach sein Vater vehement. »Sag das nie wieder!«

»Woher willst du das wissen? Habt ihr einen Vaterschaftstest gemacht?«, fragte Grant.

Sein Vater hielt seinem Blick stand und stieß durch die zusammengepressten Zähne aus: »Ich brauchte keinen verdammten Test, der mir sagte, dass der Sohn, den ich zehn Jahre lang aufgezogen hatte, mein Sohn ist.«

Grant konnte die beiden nur anstarren, während die Gedanken in seinem Kopf wie wild kreisten.

»Ich weiß, dass das jetzt viel für dich ist, aber bitte hör mir weiter zu, Grant«, sagte seine Mutter. »Danach beantworten wir all deine Fragen. Auch wenn dein Vater und ich gerade nicht zusammen waren, als das passierte, wusste ich, dass die Wahrheit ihn verletzen würde, und das konnte ich nicht ertragen. Also habe ich mein Geheimnis für mich behalten.« Tränen standen ihr in den Augen. »Jahrelang bin ich immer mal wieder mit dem Entschluss aufgewacht, deinem Vater die Wahrheit zu sagen, doch ich habe stets einen Rückzieher gemacht. Die Schuldgefühle waren erdrückend. Plötzlich war ich eine junge Mutter mit fünf Kindern zu Hause, meilenweit entfernt von meiner eigenen Familie, in Teilzeit im Resort tätig und immer bemüht, den Schein zu wahren – denn es gibt tatsächlich Erwartungen, wenn man zu den Silvers auf Silver Island gehört. Da gibt es kein Entkommen. Wir sind die Silvers, und dein Vater und seine Familie haben hart dafür gearbeitet, dieses Leben, von dem wir alle profitieren, aufzubauen. Dein Vater und ich haben uns in dem Jahr vor unserer Trennung viel gestritten, aber das war nicht seine Schuld. Ich war überfordert, und er war immer da, um zu helfen, aber ich war dünnhäutig und vom schlechten Gewissen zerfressen. Es war schlimm.«

»Du hättest nicht im Resort arbeiten müssen. Dad hat genug verdient«, sagte Grant wütend und verbiss sich die Bemerkung *Du hättest das Geheimnis nicht für dich behalten müssen*. Er konnte seiner Mutter nicht vorwerfen, in jener Zeit mit irgendeinem Kerl geschlafen zu haben, aber jetzt hatte er Mitleid mit seinem Vater, und *nichts* von all dem entschuldigte, wie sie mit der Angelegenheit umgegangen waren.

»Stimmt, aber ich hatte jeglichen Sinn für mich selbst verloren. Ich war so jung, als wir geheiratet und Kinder bekommen haben. Ich brauchte diese Arbeit einfach für meine mentale Gesundheit. Doch das Schuldgefühl, dieses Geheimnis mit mir herumzutragen, ließ mich nicht zur Ruhe kommen, und eines Tages ging es einfach nicht mehr. Ich bin zusammengebrochen und habe deinem Vater die Wahrheit gesagt. Es hat ihn und mich zerstört. Die Lüge war zu viel. Wir haben uns noch mehr gestritten, aber nicht, weil wir uns nicht geliebt haben. Wir haben gestritten, gerade weil wir uns geliebt haben. Einige Monate später haben wir uns getrennt, und, Schatz, ich war diejenige, die mehr Raum brauchte und die Trennung wollte, nicht dein Vater«, sagte seine Mutter. »Er wollte niemals ausziehen. Aber ich brauchte Zeit, um mit einem Therapeuten alles aufzuarbeiten und gesund zu werden. Ich hatte das Geheimnis so lange für mich behalten, dass ich deinen Vater nicht ansehen konnte, ohne mich selbst zu hassen. Euer Vater litt unter jeder Sekunde, die er nicht bei euch sein konnte, und als wir endlich alles hinter uns gelassen hatten, wollte er wieder einziehen. Er hat mich angefleht, ihn wieder einziehen zu lassen, doch endlich war wieder alles gut und ich wollte das nicht gefährden. Ich hatte Angst, erneut Unruhe in euer Leben zu bringen. Und wie du selbst gesagt hast … Was wäre gewesen, wenn wieder alles den Bach runtergegangen wäre? Ich glaubte, das Richtige zu tun. Und habe nicht geahnt, wie unglücklich es dich gemacht hat.«

Grant schluckte, um gegen den Kloß in seiner Kehle anzukämpfen, und wandte sich seinem Vater zu. »Du hast die ganze Schuld auf dich genommen.«

»Ich liebe deine Mutter und werde sie bis zu meinem Tod beschützen. Ich habe sie ein Mal im Stich gelassen, weil ich nicht gemerkt habe, dass sie so unglücklich war, und als Vater habe ich eindeutig auch versagt, zumindest was dich betrifft.«

»Wenn du so unglücklich ohne uns warst, warum wolltest du dann nie, dass wir bei dir übernachten?«, fragte Grant. »Brauchtest du deine Nächte für dich oder für sonst jemanden?«

»Grant!«, ermahnte seine Mutter ihn.

»Was? Ihr habt mich mein ganzes Leben lang angelogen. Was für Leichen liegen sonst noch in eurem Keller?«

»Keine.« Sein Vater hob das Kinn und sah Grant ernst an. »Dir die Wahrheit vorzuenthalten, war *mein* Wunsch. Ich wollte nicht, dass ich dich wegen eines verdammten Tests noch einmal verliere. Wir wollten es dir mit achtzehn sagen, aber du warst so wütend und wolltest einfach nur noch von der Insel abhauen.« Sein Blick wurde sanfter. »Ich hatte Angst, dich nie wiederzusehen, wenn wir es dir erzählen. Wenn du einen Vaterschaftstest willst, dann machen wir einen. Aber egal, wie das Ergebnis aussieht, du wirst immer mein Sohn bleiben.«

Verdammt. Wie waren sie an diesen Punkt gekommen?

»Und du wirst gefälligst nie wieder andeuten, dass ich deiner Mutter oder unserer Familie untreu geworden bin! Seit ich deine Mutter das erste Mal gesehen habe, gab es für mich nie eine andere Frau, und ich hätte euch Kinder gern jeden Tag bei mir gehabt, aber ich hielt es für besser, euer Leben so wenig wie möglich zu stören. Ihr solltet nicht solche Kinder sein, die immer von einem Haus zum anderen pendeln.« Die Stimme seines Vaters wurde lauter. »Ich habe dich nie gebeten, irgendjemandem irgendetwas vorzuspielen. Der Grund dafür, dass wir weiter als Familie angesehen wurden, lag nicht darin, dass wir eine Show für andere Leute hinlegen wollten.« Er ballte die Fäuste. »Meine Familie hing an einem seidenen Faden. Wir haben immer ein paar Mal in der Woche im Resort zusammen gegessen. Das war normal für uns, und ich habe mich wahnsinnig gefreut, diese Zeit mit meinen Kindern und meiner Frau verbringen zu können, die ich in jeder Minute, die wir getrennt waren, vermisst habe. Aber ich habe es zu jedem Sportevent, jeder Schulveranstaltung geschafft. Es gab nie einen Zeitpunkt, zu dem ich mir nicht mehr von euch in meinem Leben gewünscht hätte.« Seine Augen wurden feucht. »Was glaubst du denn, wer Roddy hinunter an den Strand geschickt hat, um sich um dich zu kümmern, als du mit zehn davongelaufen bist? Was glaubst du, wer die Regale im Strandhaus mit deinen Lieblingsbüchern und den Kühlschrank mit deinen Lieblingssachen gefüllt hat?« Er schlug sich mit der Faust an die Brust. »Das war ich! Ich bin dein Vater! Ich liebe dich! Aber ich konnte nicht hinter dir herlaufen, weil du vor mir weggelaufen bist, als ich dich am Morgen zum Frühstück abholen wollte. Aber zweifele nie daran, dass ich für dich da war. Ich habe dich nie aufgegeben. Zum Henker noch mal, Grant! Was glaubst du denn, wer die Haltegriffe in deinem Bad angebracht hat?«

Der Kloß in Grants Hals wurde so groß, dass er kein Wort herausbrachte, während er all das verarbeitete, was sein Vater gerade gesagt hatte.

»Und du hast recht, mein Sohn. Ich habe versucht, dir zu sagen, was du tun sollst. Ich habe versucht, dir zu verbieten, zur Army zu gehen, weil ich dich auf emotionaler Ebene bereits verloren hatte, und ich konnte nur noch daran denken, dass ich dich vielleicht ganz verlieren könnte. Und als wir dann den Anruf bekamen, dass du von einem Sprengkörper verwundet worden warst ...« Er biss die Zähne aufeinander und blinzelte gegen die Tränen an. »Du kannst mich egoistisch nennen, und du kannst mich einen lausigen Vater nennen, aber als wir in dieses Krankenhauszimmer kamen und ich den Jungen sah, den ich mein Leben lang zu beschützen versucht habe und der da nun mit einem halben Bein dalag und wütender war, als jeder Mensch, dem ich je begegnet bin … Da war ich mit Sicherheit nicht bereit, dich darin zu unterstützen, wieder zu einer Arbeit zurückzukehren, die dich fast umgebracht hätte. Und ja, ich wollte, dass du dem Familienunternehmen beitrittst, weil du mein Sohn bist, und ob es dir gefällt oder nicht, ich wollte dich immer in meiner Nähe haben.«

Wütend wischte er sich über die Augen, während Grant gegen die eigenen Tränen ankämpfte und seine Mutter hemmungslos weinte.

»Aber jetzt sehe ich, was ich vorher – blind vor Liebe und Kummer – nicht gesehen habe«, sagte sein Vater. »Du hast uns im Krankenhaus klipp und klar zu verstehen gegeben, dass du nicht über den Verlust deines Beins reden wolltest. Und als du ein Jahr lang fortgeblieben bist und verlangt hast, die Reha allein durchzustehen, hat es uns fast umgebracht. Ich musste eine ehrenamtliche Pflegerin bezahlen, um wöchentliche Updates darüber zu erhalten, wie es dir ging. Mir war es unverständlich, warum du das allein durchstehen wolltest, aber jetzt kapiere ich es. Denn jetzt sehe ich einen Sohn, der mit der Überzeugung aufgewachsen ist, dass ich ihn von mir gestoßen habe, und das ist ganz allein meine Schuld. Ich sehe einen erwachsenen Mann, der darum kämpft, dass seine Eltern seine Träume unterstützen, obwohl das etwas ist, worum niemand kämpfen sollte. Die Tatsache, dass ich dich in diese Lage gebracht habe, macht mich krank.« Sein Vater straffte die Schultern und trat einen Schritt näher. »Die Vergangenheit kann ich nicht ändern, aber wenn du mir vergeben kannst, verspreche ich, dass ich alles in meiner Macht Stehende tun werde, um dir ein besserer Vater zu sein. Ich werde die heiklen Fragen stellen und versuchen, ein besserer Zuhörer zu werden, denn ich *will* wissen, was du durchmachst. Und auch wenn es mir eine Heidenangst einjagt, werde ich dich dabei unterstützen, zu erreichen, was du willst. Denn ich bin verdammt stolz auf dich, Grant. Bei all der miserablen Kommunikation zwischen uns ist es ein Wunder, was du für ein unglaublicher Mann geworden bist.«

Grant öffnete den Mund, um etwas zu sagen, doch er war zu überwältigt. Er verbarg sein Gesicht hinter beiden Händen und stöhnte auf. »Verdammt!« Grant ließ die Arme sinken und spürte förmlich die kreisenden Gedanken. »Ich fasse es nicht, wie falsch ich bei eurer Trennung und allem anderen gelegen habe.«

»Du hast nicht falsch gelegen«, sagte er. »Wir haben das, was vor sich ging, nicht gut kommuniziert.«

»Du hättest nichts davon ahnen können«, sagte seine Mutter. »Wir dachten, je weniger wir über die Trennung reden und je normaler wir versuchen, uns zu benehmen, desto besser wäre es für euch Kinder.«

»Wir waren alles andere als normal, Mom«, sagte Grant traurig.

»Was willst du jetzt tun, Grant?«, fragte sein Vater.

»Ehrlich gesagt … keine Ahnung.« Grant schüttelte den Kopf. »Noch mal von vorne anfangen? Nach draußen gehen, wieder hereinkommen und hoffen, dass du mir nicht erzählst, dass du vielleicht nicht mein Vater bist?« Der kurze Moment der Unbeschwertheit verpuffte. »Weiß sonst noch jemand, warum ihr euch getrennt habt?«

»Nein«, sagte sein Vater. »Und ich würde es auch gern dabei belassen, es sei denn, du meinst, dass jemand es wissen sollte. Aber ich werde mit deinen Geschwistern über unsere Wohnsituation und Ähnliches sprechen, damit sie die Gründe dahinter verstehen.«

»Aber wenn ihr beiden euch so sehr liebt, warum lebt ihr denn jetzt nicht zusammen? Es sind keine Kinder mehr im Haus. Jules und ich sind gerade erst zusammengekommen und ich möchte sie jede Sekunde bei mir haben.«

Seine Eltern sahen sich mit einem heimlichtuerischen Lächeln an und sein Vater fragte: »Sollen wir es ihm sagen?«

»Ich glaube, das müssen wir«, antwortete seine Mutter.

»Wir wohnen sehr wohl zusammen. Wir verbringen jede Nacht miteinander, aber es gefällt uns, zwei Häuser zu haben. So haben wir doppelt so viele Räume für alles zur Verfügung.« Sein Vater zwinkerte ihm zu.

»Um Himmels willen, hör auf, bitte!« Grant winkte ab und musste trotz seiner Gefühlslage lächeln. »Tut mir leid, dass ich gefragt habe.«

»Was machen wir jetzt, mein Sohn?«, wollte sein Vater wissen.

»Ich weiß es nicht. Du hast so viel aufgeklärt, sodass ich mich in Bezug auf eine Reihe von Dingen besser fühle, aber jetzt habe ich keine Ahnung mehr, wer ich überhaupt bin.«

»Du bist derselbe Mann, der du immer gewesen bist«, sagte sein Vater fest.

»Ich bin nicht derselbe Mann, der ich vor zwei Jahren war, und schon gar nicht der, der ich war, bevor ich heute dieses Haus betreten habe.« Grant ging auf und ab. »Ich bin es leid, frustriert und wütend zu sein. Ich möchte alles verzeihen und neu anfangen, aber ich bin vollkommen durcheinander und brauche Zeit, um nachzudenken.«

»Das verstehen wir«, sagte sein Vater.

Er sah die bekümmerten Gesichtsausdrücke seiner Eltern und sein Herz zog sich zusammen. »Ich bin in der ganzen Sache nicht unschuldig. Ich habe euch auch angelogen. Eigentlich alle, außer Jules. Die Explosion, die mich das Bein gekostet hat, hat auch dazu geführt, dass ich auf meinem linken Ohr fast taub bin. Deshalb kann ich nicht mehr für so eine Firma wie Darkbird arbeiten. Die Hälfte der Zeit verstehe ich dich nicht, wenn du mich umarmst, Mom.«

Die Farbe wich seinem Vater aus dem Gesicht.

»Mein armer Junge«, sagte seine Mutter und berührte seine Wange. Sie glitt mit der Hand bis zu seinem Ohr, während ihr die Tränen in den Augen standen. »Warum hast du uns das nicht erzählt?«

»Ihr hattet genug, mit dem ihr fertig werden musstet, und ich wollte nicht, dass mich plötzlich alle anschreien, anstatt mit mir zu reden.«

»Was können wir tun?«, fragte sein Vater. »Warst du bei einem Spezialisten?«

Grant nickte. »Man kann nichts daran ändern, aber mir geht es gut. Ich wollte euch nur nicht mehr anlügen.«

»Das wissen wir wirklich zu schätzen«, sagte sein Vater. »Wir haben dir gerade etwas aufgebürdet, das du nicht verdient hast, und du hast jedes Recht, wütend auf uns zu sein. Aber ich möchte nicht, dass die Kluft zwischen uns noch größer wird. Du musst jetzt sicher zur Arbeit, aber wenn du mal Zeit hast und wenn du mir genügend vertrauen kannst, dann würde ich mich gern einmal mit dir zusammensetzen und bei einem Kaffee hören, wie dein Leben aussieht und wie es sich verändert hat.«

»Ja«, stimmte seine Mutter zu. »Grant, wenn du auf jemanden sauer bist, dann sollte ich es sein. Ich bin diejenige, die das Geheimnis für sich behalten und unsere Familie auf den Kopf gestellt hat.«

»Ich will auf niemanden sauer sein, Mom. Ich habe es satt.

Ich muss nur darüber nachdenken, was ich mache.« Er wandte sich ab, um zu gehen, doch Jules' Stimme erklang in seinem Kopf. *Irgendwo musst du anfangen, und dann – irgendwann – findest du vielleicht wieder zurück auf deinen Weg.* Er drehte sich wieder zu seinen Eltern um. »Ein paar Minuten habe ich noch, bevor ich gehen muss.«

Grant blieb nicht lang, doch er erzählte ihnen alles, was er durchgemacht hatte, und gerade genug über seine Beziehung zu Jules, um sie wissen zu lassen, wie ernst es ihm mit ihr war. Als seine Eltern ihn zur Tür begleiteten, war die Spannung, die ihr Verhältnis belastet hatte, nicht mehr ganz so erdrückend.

»Wir würden uns freuen, wenn du nächste Woche mit Jules zu Thanksgiving zu uns kommen würdest. Aber wenn es dir nicht recht ist, haben wir Verständnis dafür.«

»Keine Ahnung, Mom. Ich sage dir Bescheid.«

Zum ersten Mal seit Grant ein Kind gewesen war, zog sein Vater ihn ohne Zögern in die Arme. »Es tut mir leid, Grant, alles.« Es war nicht diese gewohnte unangenehme Umarmung eines Vaters, der seinen Sohn nicht verstand, und eines wütenden Sohnes, der sich fragte, ob er jemals gewollt gewesen war. Es war die hoffnungsvolle Umarmung eines Vaters, der nicht noch mehr von seinem Sohn verlieren wollte als ohnehin schon, und die ungelenke Umarmung eines verwirrten Mannes, der erst verarbeiten musste, was er gerade erfahren hatte.

Als er im Auto saß, fühlte er sich besser, was die Missverständnisse anging, die das Verhältnis zu seinem Vater verursacht hatten – und am Boden zerstört bei der Aussicht, vielleicht nicht sein Sohn zu sein.

Er verspürte das unbändige Bedürfnis, Jules zu sehen und sie in den Armen zu halten. Gerade als er den Motor anließ, ging eine Nachricht von seinem früheren Chef Titus ein. *Ruf mich an, wenn es passt. Ich brauche deinen Input zu dem Rettungseinsatz, den wir vor ein paar Jahren in Somalia durchgeführt haben.* Darüber konnte Grant im Moment nicht einmal ansatzweise nachdenken.

Alles, was er für die Wahrheit gehalten hatte, traf nicht zu. Er konnte an nichts anderes denken, als daran, zu Jules zu kommen und diese wunderschöne Frau zu sehen, deren Gefühle so echt waren wie der Pick-up, in dem er saß. Er ließ das Haus seiner Mutter hinter sich und versuchte, seinen Frust und seine Verwirrung in sich zu vergraben, damit Jules nicht in diesen Albtraum hineingezogen wurde.

Als er bei ihrem Laden eintraf, hatte er das Gefühl, wieder etwas Kontrolle über sich erlangt zu haben. Die Glocken über der Tür kündigten ihn an.

»Hallo! Willkommen im …« Jules schaute von der Auslage der Kissen auf, die sie gerade neu arrangierte. Ein strahlendes Lächeln ließ ihre Augen leuchten, als sie ihn entdeckte. »Grant! Was machst du denn hier?«

Er zog sie in seine Arme, küsste sie fordernd und etwas in ihm brach zusammen. Er versteckte den Kopf an ihrem Hals und hielt sie ganz fest, ganz lange.

»Was ist los?«, fragte sie leise.

Heute Morgen hatte er ihr wehgetan, indem er sie ausgeschlossen hatte, und so gern er auch *Nichts* gesagt hätte, er würde ihr das nicht noch einmal antun. »Ich war bei meinen Eltern.«

Einundzwanzig

Jules wachte von Crashs Miauen auf. Der Kater saß auf Grants Kissen und schaute sie im Dunkeln an. Grant war nicht da. Sie setzte sich auf und wollte Crash streicheln, doch er sprang vom Bett hinunter und rannte aus dem Zimmer. Jules schaute zum Nachttisch auf die Uhr – 03:30 Uhr – und dann zum Badezimmer. Das Licht war aus und die Tür stand offen. Ein kummervoller Schmerz fuhr durch sie hindurch. Grant hatte sich bemüht, den starken Mann zu mimen, als er ihr erzählt hatte, was mit seinen Eltern passiert war, doch den gequälten Tonfall seiner Stimme und die neuen Schatten in seinen Augen konnte er nicht verbergen. Den ganzen Abend war er unruhig gewesen. Er hatte versucht, zu malen, sie waren spazieren gegangen, und er hatte so intensiv trainiert, dass er schweißgebadet wieder ins Haus gekommen war, doch nichts hatte geholfen. Bis er aus der Dusche gekommen war, sie lesend auf der Fenstersitzbank vorgefunden hatte und sie dann ins Schlafzimmer getragen hatte, um sie zu lieben. Erst dann war er in der Lage gewesen, diese bösen Geister zu vertreiben.

»Grant?«, flüsterte sie in der Dunkelheit.

Stille war die Antwort, also stand sie auf und zog Grants langärmeliges T-Shirt an, das er am Abend zuvor auf den Stuhl gelegt hatte. Sie ging ins Wohnzimmer, doch auch dort war er nicht. Crash kratzte an der Tür zum Atelier. Sie nahm ihn auf den Arm und klopfte. Keine Antwort. Langsam öffnete sie die Tür und erblickte Grant, der auf dem Hocker vor seiner Staffelei saß, lediglich mit Boxershorts bekleidet, während sein Pinsel nur so über die Leinwand flog. Er trug seine Prothese. Sie musste fest geschlafen haben, als er aufgestanden war, denn sie hatte ihn weder gehört noch die Bewegung des Bettes gespürt, als er sie angezogen hatte.

Sie konnte nicht sehen, was er malte, doch er schien sie nicht zu bemerken. Sie setzte Crash ab und machte ein paar Schritte ins Zimmer hinein. Ihr wurde schwer ums Herz, als sie das Bild sah, an dem er arbeitete. Es zeigte eine junge Familie, die am Ufer spielte, und einen kleinen Jungen, der sie aus einer gewissen Entfernung beobachtete.

»Hallo«, sagte sie leise, und er drehte sich ruckartig mit verstörtem Blick und angespannten Kiefermuskeln um. »Entschuldige, ich wollte dich nicht erschrecken.«

Er zog die Augenbrauen zusammen, so als versuchte er, sich auf sie zu konzentrieren. »Hallo, Baby. Ich habe dich hoffentlich nicht geweckt.«

»Nein, aber du hast mir gefehlt, als ich allein aufgewacht bin. Geht es dir gut?«

»Ja«, sagte er kurz angebunden und wandte sich wieder der Leinwand zu.

Seine Anspannung war im ganzen Raum zu spüren. Wahrscheinlich sollte sie ihn seiner Malerei überlassen, aber der Gedanke, dass Grant allein litt, brach ihr das Herz. Sie trat an ihn heran und gab ihm einen Kuss auf die Schulter. »Willst du reden?«

»Nicht unbedingt.« Er malte weiter.

Mit den Fingern strich sie sanft über seinen Arm, und es tat ihr in der Seele weh, wie starr er war. »Ist das deine Familie?«

Er zuckte nur mit den Schultern und biss die Zähne zusammen.

Sie hauchte Küsse auf seinen Kopf. »Weißt du … Selbst wenn er nicht dein biologischer Vater ist, bleibt er doch der Mann, der dich aufgezogen hat und der dich liebt.« Grant hielt inne, und sie schlang die Arme um seine Schultern, um ihm dann einen Kuss auf die Wange zu geben. »Ich weiß, dass du wahrscheinlich im Moment das Gefühl hast, nicht zu wissen, was echt ist, aber meine Gefühle für dich sind echt, und ich möchte dir dabei helfen, alles zu verarbeiten.«

Er legte seinen Kopf an ihre Brust und seufzte. »Ich bin vielleicht nicht der echte Bruder meiner Geschwister.«

»Ihr seid immer noch echte Geschwister, auch wenn ihr nicht denselben biologischen Vater habt. Ein Halbbruder zu sein, macht dich nicht zu einem schlechteren Bruder. Die Beziehung zu deinen Brüdern und Schwestern ist nicht von der Blutgruppe abhängig. Von dem Moment an, als sie nach ihrer Geburt nach Hause gekommen sind, warst du bei ihnen. Euer Verhältnis wurde durch die Liebe, die ihr füreinander habt, genährt.«

Er warf den Pinsel auf die Palette und stand auf, um dann hin- und herzutigern. »Es ist so frustrierend. Einerseits habe ich das Gefühl, dass ich gerade meinen Vater zurückgewonnen habe, und dann wurde ich in dieses schwarze Loch der Ungewissheit geworfen. Ich habe keine Ahnung, was ich aus all dem machen soll. Was ist, wenn ich nicht sein biologischer Sohn bin?«

»Dann hast du das Glück, von einem Mann großgezogen worden zu sein, der dich so liebt, wie du bist.«

»Ich weiß noch nicht einmal, wer der andere Typ ist.«

»Dann frag deine Mutter.«

»Ich will es nicht wissen!«, brauste er auf. »Das war irgend-ein Typ, den sie auf einer Party kennengelernt und nie wiedergesehen hat. Er hat ihr nichts bedeutet.«

»Das ist mit Sicherheit frustrierend und es tut mir leid. Aber das einzig Wichtige in der Sache ist, dass du und dein Vater ihr alles bedeutet. Du bedeutest ihr so viel, dass sie versucht hat, dich all die Jahre davor zu bewahren, etwas herauszufinden, was dein Verhältnis zu ihm trüben könnte.«

»Oder sich selbst davor zu beschützen, dass alle von ihrer Lüge erfahren«, ergänzte er wütend.

»Vielleicht. Aber sie hat ihrem Mann bereits die Wahrheit erzählt, und es hat nichts daran geändert, was er für sie empfand. Ich habe keine Kinder, aber ich verstehe, warum deine Mutter es für sich behalten hat. Als ihr bewusst wurde, was *vielleicht* passiert war, hat Alexander bereits deine Windeln gewechselt und sich um dich gekümmert. Er hat dich geliebt. Der andere Mann war nichts weiter als eine kurze Ablenkung von ihrem Stress.«

Er ballte die Hände zu Fäusten, während er weiter auf und ab ging.

»Grant, deine Mutter scheint mir keine Frau zu sein, die sich über ihre Kinder stellt, und du hast erzählt, dass dein Vater seinen Traum, zum Malen nach Paris zu gehen, aufgegeben hat, damit du in einem stabilen Umfeld aufwachsen kannst. Das verrät viel über ihn und darüber, was deine Eltern sich überlegt haben, bevor du geboren wurdest.«

Er blieb stehen. »Ich weiß. Das ist so eine beschissene Situa-tion. Nächste Woche ist Thanksgiving. Soll ich hingehen und so tun, als wäre alles in Ordnung?«

»Mach dir wegen Thanksgiving keinen Stress. Lass uns diese Woche hinter uns bringen, und dann sehen wir, was nächste Woche ist.«

»Ich wünschte nur, sie hätten mir diesen Mist schon vor Jahren erzählt.«

»Ich weiß, dass es schwer ist und dass es wehtut. Das will ich überhaupt nicht kleinreden, aber ich frage mich trotzdem, ob es etwas geändert hätte, wenn sie es dir mit achtzehn erzählt hätten, wie sie es anscheinend ja wollten. Was glaubst du, wie du reagiert hättest? Wäre es anders gewesen?«

»Keine Ahnung. Damals war ich so wütend, dass ich vielleicht abgehauen und nie wiedergekommen wäre.«

Sie trat zu ihm, schlang die Arme um ihn und küsste ihn auf die Brust. »So unangenehm es auch sein mag, das zu hören, aber ich werde egoistisch sein und es aussprechen: Ich bin froh, dass sie es dir nicht erzählt haben, denn sonst hätte ich mich nicht in den ehrlichsten, fürsorglichsten und unglaublichsten Mann, dem ich je begegnet bin, verlieben können. Und meine beste Freundin wäre den Rest ihres Lebens traurig gewesen und hätte sich gefragt, was sie getan hat, um ihren geliebten Bruder zu verlieren.« Sie gab ihm noch einen Kuss auf die Brust. »Und nicht nur das. Denk mal daran, was du heute für Saul getan hast. Du hast ihm einen Rabatt für seine Prothese verschafft. Wenn du mit achtzehn verschwunden wärst, hättest du ihm nicht helfen können, ebenso wenig wie all den anderen Menschen, die du unterstützen willst.«

Grant umarmte sie und legte seine Stirn an ihre. »Meine Güte, Pix. Wie machst du das nur?«

»Wie mache ich was?« Sie glitt mit den Händen über seinen Rücken und packte seinen Hintern, was er mit einem sexy Grinsen quittierte.

»Wie machst du es, dass du immer weißt, was du sagen musst, damit ich das Licht in der Finsternis sehe?«

»Ich sage nur, was ich fühle.« Sie griff hinter sich und schob seine Hände von ihrem Rücken hinab auf ihren bloßen Hintern.

Flammen flackerten in seinen Augen auf, als er mit seinen starken, rauen Händen zupackte. »Pix«, knurrte er.

»Psst.« Sie fuhr mit der Zunge über seinen Nippel und spürte, wie er an ihr hart wurde. »Ich möchte dir schöne Gefühle schenken und ich brauche die Übung.«

Sie küsste sich an seinem Körper hinab, zog seine Boxershorts hinunter und legte die Hand um seine Länge. Sie leckte über die Spitze, und er gab einen zischenden Laut von sich, während sich sein Körper noch mehr anspannte. Sie nahm ihn in den Mund, saugte und liebkoste ihn.

»Fuck, Baby! Ich brauche *dich*!« Er hob sie hoch, und ihre Beine legten sich um seine Taille, als er sie langsam auf seine Härte sinken ließ.

Sie seufzte, als sie fühlte, wie jeder Zentimeter von ihm in sie eindrang. »So tief!«, keuchte sie.

»Zu tief?«

»Nein, es ist wunderbar.« Sie schlang die Arme um ihn und nutzte seine Schultern, um das Gleichgewicht zu halten, während er ihren Hintern umklammerte und sie langsam auf und ab gleiten ließ. Die Hitze jagte in ihr Innerstes und breitete sich wie ein Lauffeuer aus. »Schneller!«

Sie legte den Mund auf seinen und er stieß schneller zu. Dann merkte sie, dass sie sich bewegten, bis ihr Rücken hart gegen die Wand prallte. Sein Blick suchte ihren, doch sie küsste ihn noch wilder und ließ ihn so wissen, dass alles in Ordnung war. Immer härter und tiefer drang er in sie ein. Kurz riss er sich von ihr los. »Ich liebe es, in dir zu sein.«

Mit einer Hand griff er in ihre Haare und zog ihren Kopf etwas zur Seite, um ihren Hals zu liebkosen, während ihre Körper fest aneinandergepresst waren. Sie krallte sich an seinem Rücken fest und genoss es, wie seine kräftige Länge sie köstlich ausfüllte und er sie mit Zähnen und Zunge um den Verstand brachte. Doch sie wollte mehr. Sie hatte keine Ahnung, was das *Mehr* war, doch sie brauchte es.

»Halt mich noch fester«, flehte sie.

Er packte ihren Hintern so kraftvoll, dass sie mit Sicherheit blaue Flecken bekommen würde, doch die himmlische Lust, die durch sie hindurchschoss, war es wert. »Ja! Hör nicht auf … Oh Gott! … Grant!«

Er zog ihren Mund auf seinen und stieß in frenetischem Rhythmus immer wieder in sie. Funken sprühten prickelnd in ihrem ganzen Körper. Ihr Blick ging ins Leere, und sie versuchte, ihn weiter zu küssen, doch sie konnte ihren offenstehenden Mund nicht mehr kontrollieren, denn jede einzelne ihrer Zellen prickelte und spürte die nahe Erlösung. Seine Zunge lag noch an ihrer, als er ihre Haare losließ und ihren Hintern wieder mit beiden Händen festhielt. *Oh ja!*

Grant schwebte in paradiesischen Wonnen. Seine Finger glitten zwischen ihre Beine, getränkt vom Saft ihrer Erregung, während er immer wieder in ihre enge Hitze eindrang. Mit jedem Stoß trieb er sie höher. Sie keuchte, stöhnte, bettelte. »Schneller! So gut …! Schön … so tief.« Sie war eine Göttin. *Seine* Göttin und sein unersättlicher, sinnlicher freigelassener Flaschengeist.

»Dein Mund, Baby, ich brauche ihn.«

Jules presste ihren Mund auf seinen und ein Stromschlag schoss durch seinen Körper. Sie packte ihn an den Schultern, bewegte sich rasant auf seiner Härte und küsste ihn, als würde sie nie genug von ihm bekommen – und er wusste, dass es nie genug für ihn sein würde. Er hämmerte in sie. Ihre Beine legten sich fester um seine Taille und jagten die Hitze über seinen Rücken. Seine Hoden wurden fest. Sie legte den Kopf in den Nacken und schrie auf. So fest zog sich ihr Körper um ihn zusammen, dass sie den Saft aus ihm herauspresste. Ihre Körper pulsierten und stießen weiter, als sie ihren Gipfel erreichten und eine Flut von erotischen Lauten das Atelier füllte. Mit einer Reihe von wilden, zuckenden Nachbeben segelten sie hinab, bis sie schlapp in seinen Armen lag. Sie verharrten an der Wand, mit hämmernden Herzen und schweißnassen Körpern.

Sie keuchte. »Ich liebe diese Stellung.«

Er lachte an ihrer Schulter und küsste ihren Hals. »Mit dir liebe ich jede Stellung.«

»Ich möchte alles mit dir ausprobieren.«

Zu viele Emotionen erfassten ihn, als dass er etwas hätte erwidern können.

Sie lehnte den Kopf an die Wand, während sich ihre Brust noch immer heftig hob und senkte und ein sorgenvoller Blick in ihre Augen trat. »Oh nein! Ich habe etwas Falsches gesagt, oder? Ist das abturnend?«

Ihre unfassbar süße Art haute ihn um.

»Nein, meine Schöne. Du hast etwas so verdammt Richtiges gesagt, dass du mich sprachlos gemacht hast.«

Zweiundzwanzig

Jules stellte am Sonntagmorgen den Föhn aus und hörte, wie Grant im anderen Zimmer telefonierte. Er klang glücklich und ihr wurde ganz warm ums Herz. Er hatte eine harte Woche hinter sich. Ein hartes Jahr! Sie hatte sich Sorgen gemacht, dass die Nachricht über seinen Vater ihn herunterziehen könnte, aber von außen betrachtet schien er die ganze Wut und Verwirrung, die er in sich getragen hatte, in eine Entschlossenheit auf vielen Gebieten umgewandelt zu haben. So war er mit ihr zusammengekommen, er malte wieder, und er überlegte sich, wie er anderen Amputierten helfen konnte. Doch trotzdem sorgte sie sich um ihn, denn er redete nicht viel über seine Eltern oder über die Vaterschaftsproblematik, und sie befürchtete, dass er das Thema eher mied, als dass er sich damit beschäftigte. Er hatte noch nicht einmal beschlossen, wie er sich zu Thanksgiving verhalten wollte, und sie wollte ihn weder in die eine noch in die andere Richtung drängen.

In den drei Wochen seit Halloween hatte er sich sehr verändert, er war viel glücklicher. Ohne diese Wut und mit den neuen Themen, auf die er sich konzentrierte, war er wesentlich nahbarer, und sie liebte es, wie sexuell fordernd er geworden war. Er war nicht dominant, und nie drängte er sie zu etwas, das sie nicht wollte, aber er wollte sie *ständig*, was ihr sehr recht war, denn ihr Verlangen war ebenso unersättlich. Er hatte eine Art sexuelles Energiebündel in ihr geweckt, und sie wusste, dass dieser Teil von ihr immer nur auf ihn gewartet hatte.

Sie verstaute den Föhn unter dem Waschbecken, putzte sich die Zähne und steckte ihre Zahnbürste in ihren eigenen Halter. Als sie vergangenen Montagabend zu ihm gekommen war, hatte er diese Dinge bereits für sie gekauft, damit alles Nötige im Strandhaus für sie bereitlag. Er war gern bei ihr in der Wohnung, doch ihr gefiel es besser bei ihm, wo er alle Hilfsmittel hatte, die er brauchte. Außerdem liebte sie es, in der Umgebung zu sein, wo sie das erste Mal zueinandergefunden hatten. Sie liebte es, ihm beim Malen in seinem Atelier zuzuschauen und Crash zu streicheln. Sie hatte alle Blumen, die er ihr geschickt hatte, in den Laden gebracht, damit sie sie genießen konnte, bevor sie verwelkten, und Grant hatte Wort gehalten und ihnen stets frisches Wasser gegeben. Jeden Tag kam er entweder mit Mittagessen oder auch nur auf einen Kuss vorbei und füllte die Vasen mit neuem Wasser – und sie mit neuem Wohlgefühl.

Auf ihrem Handy ging eine Nachricht ein. Sie hatte schon den ganzen Morgen mit Tara, Bellamy und Daphne geschrieben. An diesem Wochenende hatten überall die Arbeiten für die Bootsparade begonnen. Viele der Geschäfte, darunter das Happy End, waren heute geschlossen, und an allen Häfen der Insel würden sich die Familien tummeln, die ihre Boote schmückten. Sie und Grant wollten bald aufbrechen, um Brant bei den Arbeiten an seinem Boot in der Rock Harbor Marina zu unterstützen, während ihre Familie ihr Boot ebenfalls dekorierte. Sie öffnete die Nachricht und ein Selfie von Bellamy erschien. Sie grinste von einem Ohr zum anderen und stand in Silver Harbor vor der Yacht des Silver House, während dahinter ihre Familie auf dem Boot gerade Spielzeugsoldaten für ihr Nussknacker-Motto aufstellte. Dann poppte eine weitere Nachricht von Bellamy auf. *Dieses Jahr zeigen wir's euch!*

Tara schickte daraufhin ein Foto, das den Blick über die Anlegestelle zeigte, an der gerade Dutzende Boote dekoriert wurden. Darunter hatte sie geschrieben: *Harte Konkurrenz!* Auf dem Weg ins Wohnzimmer gab Jules eine Antwort ein: *Die Zauberhafte Pixie-Weihnacht wird gewinnen!* Sie konnte es immer noch nicht glauben, dass es Grant irgendwie gelungen war, Brant von einem Pixie-Motto zu überzeugen, aber es freute sie ungemein!

Grant ging beim Telefonieren auf und ab. Sein Laptop war geöffnet, und der Drucker surrte auf dem Schreibtisch, den sie im Laufe der Woche gekauft und am Vorderfenster aufgestellt hatten. Er hatte sich kopfüber in die Aufgabe gestürzt, Möglichkeiten zu finden, wie er Amputierten helfen konnte, und sie bekam einen guten Eindruck davon, wie Grant war, wenn er eine Mission hatte. Er glich nicht einem Hund mit einem Knochen. Er war wie eine ganze Hundemeute, die Dinosaurierknochen ausbuddelte und sie höher als den Mount Everest aufstapelte.

Er drehte sich um, und das herzliche, sexy Lächeln, das sie so liebte, trat in sein Gesicht. Er hielt einen Finger in die Höhe und gab lautlos *Eine Minute* von sich. Gestern Abend hatte er einen Anruf von seinem ehemaligen Chef Titus bekommen. Eine Stunde lang hatte er hinter verschlossenen Türen etwas streng Geheimes mit ihm besprochen. Danach war Grant vollkommen aufgekratzt aus seinem Atelier herausgekommen, und auch wenn er die geheimen Einzelheiten nicht preisgeben konnte, so hatte er ihr doch genug erzählt, dass klar wurde, wie sehr Titus auf Grants Meinung vertraute. Die beiden hatten sich in den folgenden Stunden noch mehrere Male geschrieben. Zwischen Grants Erzählungen davon, wie sehr er es liebte, sich mit Titus auszutauschen, und dem direkten Miterleben lagen Welten. Ihr bescheidener Grant hatte es ebenso sehr heruntergespielt, wie er fast alles herunterspielte, was er tat.

Sie setzte sich auf die Fenstersitzbank, die sie nun doch erst einmal dort am Erkerfenster stehenlassen wollten, da sie hier ihre Abende verbrachten. Crash schlief tief und fest auf dem Kissen mit seiner Spielzeugmaus neben seinem Kopf. Er hatte aufgehört, die ausgefranste grüne Schleife herumzutragen. Die lag nun in seinem Katzenbett im Schlafzimmer, wo Crash jede Nacht verbrachte – zumindest bis sie und Grant eingeschlafen waren, denn er lag immer auf ihrem Bett, wenn sie aufwachten.

Im Strandhaus wurde es mit jedem Tag gemütlicher. Sie hatten ein paar Bilder von Grants Familie aus Jules' Fotosammlung ausgesucht und sie neben das Erkerfenster gehängt. Dank ihrer Überredungskünste hingen auch zwei der Gemälde an den Wänden, die er nach dem Gespräch mit seinen Eltern gemalt hatte. Eines der Bilder zeigte einen kleinen Jungen, der auf den Verandastufen des Strandhauses saß, die Arme auf den Knien verschränkt und die Stirn daraufgelegt. Vor ihm war die durchsichtige Silhouette eines Mannes zu sehen, dessen Arme den Jungen umgaben, ohne ihn zu berühren. Auf dem zweiten Gemälde war das Innere einer Steinhöhle abgebildet. Sonnenlicht drang durch eine kleine Öffnung von oben herein, fiel auf zerklüftete Felsen und beleuchtete die Jungpflanze eines Baumes, dessen dünne Äste sich nach diesem Licht reckten. Grant teilte seine Überlegungen oft mit ihr, doch sie wusste, dass es nur kleine Einblicke in sein Inneres waren. Er bemühte sich sehr, sie vor seiner qualvollen Gedankenwelt zu beschützen. Sie klammerte sich an die Hoffnung, die in diesen Gemälden erkennbar war. Das Bild von sich, auf dem er im Spiegel den vom Feuer durchdrungenen Soldaten sah, hatte er nicht aufgehängt, und auch nicht das vom vergangenen Montag mit der Familie am Strand. Die beiden Gemälde lehnten im Atelier an der Wand und sie rührte nicht daran. Ihr war klar, dass er damit zu kämpfen hatte, was sie darstellten, und sie hoffte, dass er eines Tages Klarheit darüber gewinnen würde.

Grant hatte ein paar witzige Fotos von sich und seinen Geschwistern und von sich mit Jules' Brüdern und Brant aufgehängt. Überrascht hatte sie am Donnerstagmorgen in seinem Atelier weitere Fotos an der Wand entdeckt: die drei Selfies, die sie ihm am letzten Wochenende geschickt hatte.

»Super, Sage, ich bin dir wirklich dankbar«, sagte Grant am Handy. »Ich sag's ihm.« Er beendete das Gespräch und steckte das Telefon weg. »Hallo, Baby. Das war Brants Cousin Sage. Er leitet Hydration for Creation, eine Firma, die Kunstwerke versteigert und von dem Erlös Brunnen in Schwellenländern bauen lässt. Er hat mir ein paar sehr nützliche Informationen gegeben und auch den Namen des Anwalts, der ihn beim Aufbau seiner Firma unterstützt hat.«

»Das ist großartig. Ich kenne Sage«, sagte sie kokett. »Gut eins neunzig, tätowierte Arme, stahlblaue Augen.« Sie hatte Sage mehrere Male getroffen, zuletzt hatte er Brants Familie im Frühjahr gemeinsam mit seiner Frau und seiner Tochter besucht. Doch das behielt sie für sich. Noch nie war ein Mann wegen ihr eifersüchtig gewesen, und auch wenn sie es wahrscheinlich viel zu sehr genoss, so konnte sie es sich doch nicht verkneifen, Grant ein kleines bisschen zu ärgern.

Grant biss die Zähne zusammen. »Ja, das ist er.«

»So einer bleibt einem fest im Gedächtnis.« Sie schlenderte zu ihm hinüber und fuhr mit dem Finger an seiner Brust hinab.

»Fast so fest wie mein Kerl.«

Grant zog sie an sich und schaute sie so eindringlich an, dass sie kichern musste. »Genießt du es, mich verrückt zu machen?«

»Mehr, als du dir vorstellen kannst. Aber du bist der einzige Mann, den ich will.« Sie küsste ihn. »Außerdem ist Sage zu alt für mich.«

Er knurrte und sie küsste ihn gleich noch einmal. In voller Grant-Manier vertiefte er den Kuss so köstlich, dass ihr ganzer Körper vor Verlangen nach mehr prickelte und brannte. Doch sie hatten keine Zeit, um herumzumachen, daher drückte sie sich von ihm ab, bevor sie sich noch zu mehr hinreißen ließen. »Ich freue mich, dass Sage dir helfen konnte. Aber wir müssen los. Das Boot muss geschmückt werden!«

Im Yachthafen von Rock Harbor herrschte reges Treiben. Den ganzen Tag waren Leute gekommen und gegangen, hatten Kisten mit Material umhergetragen und sich von einem zum anderen Boot rufend ausgetauscht. Lenore und die anderen Mitglieder der BH-Brigade hielten auf langen Tischen, die an den Anlegern aufgestellt worden waren, Leckereien zur Stärkung bereit. Dort trafen sich Freunde, um sich zu unterhalten und sich gegenseitig damit aufzuziehen, wer wohl dieses Jahr den Wettbewerb gewinnen würde. Jules arbeitete auf Brants Boot, auf dem Anlegeplatz direkt daneben lag das Boot ihrer Familie.

Gestern hatten Grant, Brant und Roddy die Holz- und Metallgerüste für ihr Motto *Zauberhafte Pixie-Weihnacht* gebaut, und die letzten Stunden hatten sie damit verbracht, diese aufzustellen und auf dem Boot zu befestigen, während

Jules sie dekoriert hatte. Auf dem Dach des Bootes hatten sie einen Weihnachtsbaum aus Draht mit blauen und weißen Lichtern installiert. Daneben stand eine Schaufensterpuppe aus Jules' Laden, bekleidet mit ihrem Halloweenkostüm, dekoriert mit grünen und roten Lichtern und so positioniert, dass es aussah, als würde sie Staub aus ihrer Handfläche pusten. Grant hatte einen Drahtrahmen angefertigt und ihn um das Handgelenk der Puppe gelegt. Der Rahmen hatte fingerähnliche Verlängerungen, die parallel zur Handfläche verliefen und von denen Lichter in Eiszapfenform baumelten. Wenn das Boot in Bewegung war, würden diese Lichter im Wind so aussehen, als würde die Puppe Pixie-Staub verteilen. Sie hatten außerdem mehrere große Kisten so verpackt, dass sie wie Geschenke aussahen, und sie auf dem hinteren Deck aufgestapelt. Eine andere Puppe, ebenfalls wie eine Pixie angezogen und mit Lichtern versehen, saß mit übereinander geschlagenen Beinen auf den Geschenken. Sie trug eine rot-weiße Weihnachtsmütze und lehnte sich vor, um mit dem Zeigefinger die große rote Nase eines Rentiers zu berühren, der mit weißen Lichtern beleuchtet wurde.

Brant und Roddy waren damit beschäftigt, Lichterketten an der Reling des Bootes zu befestigen, während Jules und Grant den Bug schmückten. Am anderen Ende des Yachthafens herrschte ein gewisser Tumult, und Jules schaute von den Lichtern, die sie gerade anbrachte, auf und beschirmte die Augen vor der Nachmittagssonne mit ihrer Hand, um zu sehen, was dort vor sich ging. Bürgermeister Osten war eingetroffen, und die Leute verließen ihre Boote, um ihn zu begrüßen, während er seine übliche Runde vor der Parade drehte. Tara folgte ihrem Vater und machte wie auch in den vergangenen Jahren Fotos für die Zeitung.

Zum zigsten Mal ertönte das Kinderlied »Baby Hai« aus dem Lautsprecher, den Archer auf dem Boot ihrer Eltern installierte. Archer, Jock, Levi – der mit Joey nach Hause gekommen war, um beim Dekorieren zu helfen – und ihr Vater brachten über die gesamte Länge des Bootes eine komplizierte Drahtkonstruktion an. Oben befand sich eine riesige Flosse und ein Baby-Hai aus Draht war an der Seite befestigt. Ihre Mutter und Daphne montierten Lichter an einem riesigen Maul, das die Brüder gebaut hatten. Unterdessen rannte Hadley mit ihrer Schwimmweste ausgestattet umher und spielte mit Joey.

»Jock!«, brüllte Archer. »Stell diesen Sch…« Er schaute kurz zu Hadley und Joey. Er versuchte immer noch zu lernen, nicht in Gegenwart der Kinder zu fluchen. »… Mist ab!«

Jock lachte herzlich und stellte die Musik ab.

»Baby Hai!«, rief Hadley. »Onkel Atcha, ich will das hören!«

Archer warf Jock über das Boot hinweg einen finsteren Blick zu.

»Du kannst gerne Nein zu ihr sagen«, schlug Jock grinsend vor.

»Ich wette um zehn Dollar, dass er es nicht kann«, sagte Levi, sodass Archer nun ihn finster ansah.

Archer sah aus, als würde er gleich explodieren. »Stell das Sch… blöde Lied wieder an. Aber Rache ist verd… sehr süß.«

Jock stellte das Lied wieder an, Hadley tanzte das »Baby Hai«-Lied und bettelte Onkel Atcha an, dass er es mit ihr tanzte. Alle brachen in Gelächter aus, als er anfing, mit den Händen ein Hai-Maul nachzumachen. Hadley hatte sie alle um den Finger gewickelt.

Jules wackelte im Rhythmus mit dem Kopf. »Kleiner Hai, dü, dü, dü, dü, dü, dü. Nervt Onkel Atcha, dü, dü, dü, dü, dü, dü …«

Grant lachte und warf ihr einen Luftkuss zu.

Er montierte Lichter an einem roten Metallschlitten, der von einer männlichen Schaufensterpuppe in Weihnachtsmannmontur gefahren wurde, und Jules befestigte die letzten Lichter an einer anderen Puppe, die in einem Weihnachtsfee-Outfit vor dem Schlitten stand. Die Fee war leicht nach vorne gebeugt, hielt sich eine Hand suchend über die Augen und trug in der anderen Hand eine Laterne.

Nachdem die letzte Lichterkette angebracht war, richtete Jules sich auf, stemmte die Hände in die Hüften und bewunderte ihr Werk. »Wie findest du das?«

Grant richtete die Hand der Weihnachtsmann-Puppe so aus, dass sie nach dem Hintern der Fee griff, und dann zog er Jules in seine Arme und küsste sie, wie er es schon den ganzen Tag getan hatte.

»Du bist ein versauter Junge, Mr. Silver.«

»Nur bei dir, Baby. Ich glaube, wir brauchen ein Feen-Kostüm, das du heute Abend tragen kannst.«

Sie kicherte. »Nur wenn ich dich auch verkleiden darf.«

»Als …?«

Sie schlang die Arme um seinen Hals. »Tarzan, der nur einen Lendenschurz trägt.«

»Für dich könnte ich das einrichten.« Seine Hand glitt hinunter zu ihrem Hintern, um sie dann fest an sich zu drücken, als er seine Lippen auf ihre senkte.

»Hey! Nimm die Finger vom Hintern meiner Schwester!«, brüllte Archer herüber.

Grant bewegte seine Hand keinen Deut, als er zurückrief: »Warum guckst du auf den Hintern deiner Schwester?«

Archer behielt seinen finsteren Blick bei, während alle anderen lachten.

Archer hatte Jules und Grant den ganzen Tag mit Adleraugen beobachtet und *überwiegend* scherzhafte Bemerkungen in Richtung Grant gemacht. Der hatte es ihm auch nicht leicht gemacht. Jules wusste, dass es nicht einfach für Archer war, sie beide in der Öffentlichkeit herumturteln zu sehen. Aber er konnte sich ebenso gut gleich daran gewöhnen, denn sie hatten nicht vor, ihre Zuneigung für sich zu behalten. Gestern Morgen war es ziemlich witzig gewesen, als sie zum Frühstück zu ihren Eltern gegangen waren und Grant und Archer in einer Art männlichem Ritual der Annäherung Oberkörper an Oberkörper gestoßen hatten. Jules, ihre Mutter und Daphne hatten sich köstlich darüber amüsiert und wie immer hatten die Männer am Ende auch gelacht. Es war ein wunderbarer Morgen gewesen, und Jules war dahingeschmolzen, als Grant – entschlossen, Hadley ein Lächeln abzuringen – die für gewöhnlich böse dreinschauende Kleine hochgehoben und über seinen Kopf gehalten hatte, um sie dann in der Küche herumzuwirbeln, als würde sie fliegen. Er war nicht nur mit einem Lächeln belohnt worden, sondern sogar mit einem seltenen Kichern.

Grant kniff ihr in den Hintern und brachte sie so in die Gegenwart zurück. »Ich liebe es, das hier mit dir zu machen.«

»Mich zu küssen und zu befummeln?«

»Das, und das Boot für die Parade zu schmücken. Ich hatte vergessen, wie viel Spaß es macht, mit allen hier draußen zu sein.«

»Freut mich, das zu hören, denn alles macht mehr Spaß, wenn wir es zusammen machen.«

»Wir haben Donuts!«, rief Lenore, als sie am Boot vorbeilief.

»Und Donut-Bällchen!«, verkündete Gail Remington, die Lenore folgte.

»Donuts!«, rief Joey. »Dad, ich hole mir einen Donut!«

Jules und Grant sahen zu, wie Hadley hinter Joey herlief und auch »Ich will Donut!« schrie. Daphne eilte hinter ihr her.

»Was ist mit dir, Big Guy?«, fragte Jules und zog Grants Aufmerksamkeit wieder auf sich. »Hättest du gern einen Donut oder ein Donut-Bällchen? Ich werde mal schauen, ob sie mit Creme gefüllte Donuts haben. Was magst du am liebsten?«

In seinen Augen brodelte ein Vulkan. »Dich! Ich würde gern deinen Donut mit meinem Mund beglücken und dich mit etwas Cremigem füllen.«

Ihr ganzer Körper wurde heiß, als sich sein gieriger Mund auf ihren senkte. Sie wusste mittlerweile – und liebte es –, dass Grant die Kunst der Verbalerotik ebenso beherrschte wie den Sex. Er war in der Lage, sie mit nichts weiter als seiner rauen Stimme und wenigen verführerischen unanständigen Versprechungen an den Rand des Wahnsinns zu treiben.

»Jules! Hör mit dem Rummachen auf und komm zum Tisch mit den Snacks!«, brüllte Tara.

Jules löste sich von Grant. Tara senkte die Kamera mit einem triumphalen Grinsen, weil sie sie beim Küssen fotografiert hatte, und winkte. Sie bedeutete Jules, dass sie sich beeilen sollte.

»Du solltest gehen, Baby, bevor ich deinen hübschen kleinen Hintern ins Bootshaus zerre und mich mit dir vergnüge.«

Ihre Wangen wurden hochrot. »Hm … das klingt in meinen Ohren noch besser als Donuts.«

Er lachte und gab ihr einen Klaps auf den Hintern. »Verschwinde, bevor ich Probleme mit deinen Freundinnen bekomme. Das Letzte, was ich jetzt noch gebrauchen kann, ist ein Haufen Mädels, die mir zusetzen, weil ich dich für mich allein haben will.«

»Du bist ja so aufmerksam.« Sie ging auf die Zehenspitzen,

um sich noch einen Kuss zu gönnen, und machte sich dann auf den Weg.

Ihre Mutter und Großmutter unterhielten sich mit Mrs. Remington, und sie schauten alle nach oben, als Tessa Remingtons Flugzeug mit einem Banner, auf dem das Datum und die Uhrzeit der Bootsparade verkündet wurde, über sie hinwegflog. Joey und Hadley stopften sich mit Donut-Bällchen voll, während Daphne vergeblich versuchte, Hadley davon abzuhalten, auch die restlichen Donuts anzufassen, und Tara Fotos von ihnen machte.

»Hadley! Erst ein Donut-Bällchen aufessen, mein Schatz.« Daphne sah in den Jeans und dem dicken Marinepullover richtig süß aus. Sie pflückte die Hand ihrer Tochter von dem Tablett mit den Leckereien und Hadley sah sie finster an.

Jules hätte schwören können, dass Hadley öfter finster dreinschaute als Archer. Wieder zog Daphne Hadleys Hand weg und sah Jules erschöpft an.

»Tante Jules! Du musst die Donut-Bällchen mal probieren.« Joey kam in ihren blauen Leggings und dem dicken gelben Pullover zu ihr gerannt, wobei die langen zimtbraunen Haare um ihr Gesicht mit den entzückenden Sommersprossen wehten. Sie sah ihrer Mutter, Taras älterer Schwester Amelia, sehr ähnlich. Amelia hatte keine Mutter sein wollen und deshalb zog Levi sie allein groß.

»Gerne!« Jules nahm ihr das Gebäck ab und steckte es in den Mund. »Mmh, köstlich! Aber ich hatte gehofft, dass es auch …«

»Die hier gibt?« Tara hielt ihr einen mit Creme gefüllten Donut hin.

»Ja! Danke!« Jules wollte den Donut nehmen, doch Tara hob die Hand mit einem verschlagenen Lächeln über den Kopf, während Daphne sich zwischen Hadley und die restlichen gefüllten Donuts stellte.

»Ich hole mir noch einen Kürbis-Donut!« Joey rannte davon.

Mit gesenkter Stimme sagte Tara: »Da Bellamy gerade nicht hier ist, wollen wir alle schmutzigen Details hören.«

Jules schaute zu ihrer Großmutter, Mutter und Mrs. Remington, die wenige Meter entfernt plapperten, winkte dann Tara und Daphne näher heran und flüsterte: »Ich glaube, ich bin jetzt sexbesessen. Ich bin süchtig danach. Nach allem! Die erotischen Anzüglichkeiten, die Berührungen und Küsse, die zum *Akt* führen, und dann – *Omeingott* – der Akt selbst?« Ihr schauderte allein bei dem Gedanken an Grants Berührungen. »Ich will ihn ständig.«

Die jungen Frauen kicherten.

Jules schaute zwischen ihnen hin und her. »Warum habt ihr mir nicht erzählt, wie süchtig das macht?«

Tara sah sie ausdruckslos an. »Das einzige Mal, das ich Sex hatte, habe ich mir einen spacigen Achterbahnritt erhofft und bin stattdessen in der Kindergeisterbahn gelandet.«

»Oh, stimmt, das hatte ich vergessen. Tut mir leid, Tara.« Sie sah Daphne an.

»Guck mich nicht so an«, entrüstete sich Daphne. »Du hast zu mir gesagt, dass du keine schmutzigen Details hören willst, weil Jock dein Bruder ist.«

»Aah!« Jules verdrehte die Augen. »Du hast recht, entschuldige. Ich will eindeutig nichts dergleichen über ihn hören.«

Tara stieß Daphne an. »Außerdem wissen sowieso alle, dass dein Sexleben außerirdisch ist, so wie ihr euch anseht.«

Daphne errötete. »Sei bloß still!«

»Du meine Güte, Leute, guckt mal.« Jules zeigte auf Grant

und Brant, die sich mit riesigen Wasserpistolen hinter der Dekoration auf Brants Boot versteckten und Jock und Archer bespritzen, sobald die ihnen den Rücken zuwendeten.

Archer fasste sich an den Hinterkopf und schaute gen Himmel. »Fängt es an zu regnen?«

Jock schaute auf. »Ich glaube nicht …« Grant spritzte Jock auf den Rücken und Jock drehte sich mit wütend funkelnden Augen um. »Ihr seid fällig!«

Grant und Brant johlten, während sie die beiden mit den Wasserpistolen beschossen.

»Ihr seid tot, ihr Ar… Idioten!«, brüllte Archer, als er mit Jock vom Boot rannte.

Grant und Brant rannten auf den Steg und jagten die beiden auf den Rasen. Levi stürzte hinterher und ein Wasserpistolenkrieg begleitet von Lachen und Geschrei folgte. Tara schnappte sich ihren Fotoapparat, hielt alles fest und alle anderen schauten amüsiert zu. Archer rammte Brant um, Jock riss Grant zu Boden, und Jules hielt in Sorge um sein Bein den Atem an, doch Grant reagierte blitzschnell. Er rollte sich auf die Seite und wehrte sie mit den Armen ab. Levi sprang oben auf den Haufen und die fünf rangen miteinander wie in ihrer Jugend. Jules musste lächeln. Es gab nichts Schöneres, als zu sehen, wie der Mann, der vor drei Wochen noch zurückgezogen und wütend gewesen war, nun den Spaß und die Gesellschaft der chaotischen Freunde genoss, die immer eine Familie für ihn geblieben waren.

»Zeig's ihnen, Grant!«, feuerte Jules ihn an.

»Hey!« Daphne sah Jules böse an und rief dann: »Mach sie fertig, Jock!«

»Träumt weiter! Levi steckt sie alle in die Tasche«, sagte Tara und schoss ein Foto nach dem anderen.

»Mein Daddy Dock!«, rief Hadley und rannte über den Rasen zu Jock.

Daphne eilte hinter ihr her, nahm sie auf den Arm und mühte sich mit der strampelnden Hadley ab.

»Glaubst du, dass die je erwachsen werden?«, fragte Tara.

»Ich hoffe nicht«, sagte Jules.

Grant rollte sich unter dem Rudel weg, lachte herzlich, und ihre Blicke trafen sich. Ihr stockte der Atem, als sie all die Emotionen in seinen Augen sah. Ihr Plan war es gewesen, ihm dabei zu helfen, sich in die Insel und die Menschen dort zu verlieben, doch als sie ihn nun auf dem Rücken liegend neben seinen Kumpels sah, mit einem Lächeln von einem Ohr zum anderen, da wusste sie, dass sie sich auch in ihn verliebt hatte.

Grant war voller Gras und es war ihm egal. Es war Jahre her, dass er diese Art von Ausgelassenheit erlebt hatte, und – *Mann!* – wie gut sich das anfühlte. Er stand auf, wischte sich das Gras von der Jeans, und sein Blick fand wieder zu Jules, die mit den Mädels kichernd zu ihm herübersah.

Archer schlug ihm auf den Rücken. »Hör auf, meine Schwester so anzuglotzen.«

»Ich bin verrückt nach ihr, Archer. Und wenn es nach mir geht, glotze ich sie noch viele, viele Jahre lang an.«

»Ja, dachte ich mir schon. Immerhin hast du Brant überredet, ein Pixie-Boot in die Parade zu schicken. Mann, Junge, die hat dich ganz schön im Griff.«

Grant lächelte. »Und ich liebe jeden Moment.« Er schaute zum Boot der Steeles und grinste. »Du weißt ja, was man über

Glashäuser sagt, Mr. Baby-Hai. Wenn du es als Winzer nicht mehr bringst, kannst du es ja mal als Ernie oder Bert versuchen.«

Er wollte weggehen, doch Archer jagte hinter ihm her und riss ihn zu Boden.

»Mein Bein!«, brüllte Grant.

Schneller als der Blitz ließ Archer von ihm ab. »Oh, Mann, tut mir leid! Alles in Ordnung?«

Doch da landete Grant schon auf ihm und drückte ihn zu Boden. »Mir geht's gut, wollte nur die Oberhand kriegen.«

Alle brachen in Gelächter aus, als Archer versuchte, sich zu befreien und »Arschloch« zischte.

»Hörst du jetzt auf, mich wegen deiner Schwester zu nerven?«, fragte Grant.

»Im Leben nicht.«

»Seid ihr zwei jetzt ein Paar, oder was?«, fragte Roddy, der gerade mit Steve Steele vorbeischlenderte.

»Süß sind sie ja zusammen«, sagte Steve.

Grant und Archer sahen sich an. Grant schaute über die Schulter zu Jock, Brant und Levi und deutete dann auf Roddy und Steve. »Bereit, denen mal zu zeigen, wer hier der Chef ist?«

»Und ob!«, sagten Levi und Brant, als Archer und Grant aufstanden.

»Denen zeigen wir's!«, brüllte Jock und die drei rannten hinter Roddy und Steve her.

Jock und Levi packten ihren Vater und Brant schnappte sich Roddy, während Archer und Grant lachend davongingen.

»Hey!«, rief Jock.

»Mehr Donuts für uns«, sagte Grant und schlug Archer ab. Doch die Donuts waren ihm vollkommen egal. Er ging geradewegs auf Jules zu, die auf ihr Handy sah. »Hallo, meine Schöne, was siehst du dir da an?«

»Ich habe zugeschaut, wie mein attraktiver Kerl ausgeteilt hat, doch dann hat mir seine Schwester geschrieben.« Sie zeigte ihm ein Video auf ihrem Handy, das Bellamy von Wells, Fitz und Keira gemacht hatte, die auf ihrem Boot herumalberten und lachten. Am Ende des Videos sah Bellamy in die Kamera und sagte: »Ich hoffe, ihr habt auch Spaß!«

Grant verspürte das ungewohnte Verlangen, bei ihnen zu sein. So etwas hatte er so lange schon nicht mehr gefühlt, dass er es einen Moment lang nur genoss. Das Thema Vaterschaft hatte wie eine dunkle Wolke über ihm gehangen. Er war noch nicht bereit, sich damit zu beschäftigen, aber er hatte so viele Jahre damit verbracht, die Probleme mit seinen Eltern zu ignorieren und sich von ihnen innerlich zerfressen zu lassen. Dadurch hatten sie sich immer weiter voneinander entfernt, sodass er die Fortschritte, die sie am Montag gemacht hatten, nicht aufs Spiel setzen wollte. Dank Jules erkannte er nun die Vorteile von offener Kommunikation, und er wollte auch nicht, dass sie sich in Gegenwart seiner Familie unwohl fühlte, weder jetzt noch in Zukunft. Irgendwo musste er anfangen, und vielleicht fand er einen Weg, etwas gegen diese dunkle Wolke zu unternehmen, bevor sie sich zu einem gewaltigen Sturm entwickelte.

»Alles in Ordnung?«, fragte Jules. »Hast du dir wehgetan, als ihr herumgerangelt habt?«

Er gab ihr einen Kuss auf die Schläfe. »Nein, mir geht es gut. Aber was hältst du davon, wenn wir losziehen und meiner Familie ein bisschen helfen?«

»Ich finde, das ist die beste Idee, die ich heute gehört habe.«

»Lass mich den Jungs nur kurz Bescheid sagen.« Grant ging zu Roddy und Brant, die sich auf dem Rasen neben der Eiche unterhielten. Seit er bei seinen Eltern gewesen war, hatte er noch nicht die Gelegenheit gehabt, unter vier Augen mit Roddy zu reden, und dieser Moment war so gut wie jeder andere.

»Hey, Roddy, kann ich dich kurz sprechen?«

»Klar, mein Junge.« Roddy sagte etwas zu Brant und kam herüber zu Grant. »Alles in Ordnung?«

»Ja. Ich hatte am Montag ein langes Gespräch mit meinem Vater und hab dabei ein paar interessante Dinge erfahren.«

»Davon habe ich gehört. Ich bin froh, dass ihr alle daran arbeitet, die Situation zu verbessern.«

»Dann weißt du auch, dass mein Vater mir erzählt hat, dass er derjenige war, der vor all den Jahren dafür gesorgt hat, dass du nach mir schaust, und dass er die Griffe im Strandhaus angebracht hat.«

»Und den Kühlschrank gefüllt hat, die Regale bestückt hat und noch ein paar andere Sachen«, sagte Roddy. »Er wollte auch das Grundstück in Ordnung bringen und den Garten machen, aber ich habe ihm gesagt, dass du niemals glauben würdest, dass ich das alles bewerkstelligt hätte. Ich hoffe, du bist nicht sauer auf mich, weil ich sein Geheimnis bewahrt habe.«

»Nein, ganz im Gegenteil«, sagte Grant. »Er hat recht. Wenn ich all das gewusst hätte, wäre ich wahrscheinlich sauer gewesen.«

»Dein Vater ist ein kluger Mann.«

»Ja, ich verstehe gerade erst, wie klug. Danke, dass du ihn – und damit auch mich – unterstützt hast.«

»Immer und jederzeit gern, mein Junge.« Er nickte in Jules' Richtung. »Ist das was Ernstes zwischen euch beiden?«

»Ja, absolut.«

Roddy hob eine Augenbraue. »Heißt das, du bleibst auf der Insel?«

»Wenn ich die Entscheidung treffe, wirst du einer der Ersten sein, die es erfahren.« Grant entfernte sich mit einem etwas beschwingteren Gang.

Dreiundzwanzig

Silver Harbor war nobler als Rock Harbor und im Hafen lagen überwiegend Luxusyachten wie die von Grants Eltern.

Jules lehnte sich zu ihm und fragte: »Bist du nervös?«

»Nein, warum?« Ihm war aufgefallen, dass sie immer darauf achtete, dass sie seine rechte Hand hielt und rechts von ihm saß, seit er ihr von seinem Hörverlust erzählt hatte. Und sie schlief auch auf seiner rechten Seite – zumindest anfangs. Normalerweise breitete sie sich im Laufe der Nacht eher auf ihm aus, was er wesentlich mehr genoss, als er jemals gedacht hatte, da er ja sein ganzes Leben lang allein geschlafen hatte.

»Weil du meine Hand richtig fest hältst.«

»Mist. Tut mir leid, Baby.« Er ließ ihre Hand los, legte den Arm um sie und zog sie zu einem Kuss an sich, als sie den Anleger betraten. »Wahrscheinlich bin ich wohl doch etwas nervös. Das vergeht schon noch.«

»Ich würde dir ja anbieten, mit dir im Bootshaus zu verschwinden, um die Spannung etwas abzubauen, aber deine Familie hat uns gerade gesehen.«

Grant folgte ihrem Blick zu seiner Familie, die inmitten der Nussknacker-Dekoration am Bug der Yacht stand und winkte. Angespannt, aber auf das Beste hoffend, winkte er zurück.

»Du packst das«, sagte Jules leise und winkte ebenfalls.

»Seid ihr hier, um die Konkurrenz auszuspionieren?«, rief Keira zu ihnen hinunter.

»Eigentlich …« Grant wich dem fragenden Blick seines Vaters nicht aus. »… sind wir gekommen, um euch zu helfen.« Seine Eltern sahen sich gerührt an und Grant spürte den Kloß im Hals noch mehr. Er deutete auf seine Brüder. »Ich dachte mir, dass ihr mit diesen Versagern im Team alle Hilfe gebrauchen könntet.«

Alle lachten und er und Jules gingen die Gangway hinauf. Der Blick seines Vaters ließ ihn keine Sekunde lang los, und als sie an Deck ankamen, sagte er: »Ich bin froh, dass du hier bist, mein Sohn«, und umarmte ihn fest.

Es war nicht unangenehm, aber auch nicht unbelastet, denn er wusste, dass sein Vater sein Unbehagen überwand, um Grant zu zeigen, wie viel es ihm bedeutete, dass er gekommen war.

»Ich auch«, sagte Grant, während seine Mutter Jules umarmte.

Sein Vater lächelte Jules an. »Ich bin froh, dass ihr beide hier seid. Schön, dich zu sehen, Jules.«

»Danke! Mich freut es auch.«

Bellamy kam dazu und umarmte sie. »Und mich erst! Wir werden so viel Spaß haben!«

»Ihr kommt gerade rechtzeitig«, sagte seine Mutter und umarmte ihn, wobei sie darauf achtete, dass ihr Gesicht rechts von seinem war, damit er sie hörte. »Wir haben gerade über Thanksgiving geredet. Habt ihr beiden schon irgendetwas wegen des Feiertags entschieden?«

»Jules?« Er nahm ihre Hand. Da er wusste, wie wichtig ihr die Familie war, wurde ihm seine Familie noch wichtiger.

»Ich möchte einfach nur bei dir sein.« Sie lehnte sich zu ihm herüber und flüsterte: »Wir könnten eine Familie zum Hauptgang besuchen und die andere zum Nachtisch.«

Sie wusste immer, was das Richtige war. Er sah seine Eltern an. »Wir essen gern mit euch den Hauptgang, aber zum Nachtisch gehen wir zu den Steeles, wenn das für euch in Ordnung ist.«

»Yippie!« Bellamy umarmte ihn.

»Der hat's doch immer auf die Schenkel abgesehen«, scherzte Wells.

Keira verschränkte die Arme und grinste. »Ist aber auch immer auf die Füllung aus.«

Fitz hustete, um seine Worte zu verschleiern. »Zumindest ist das Pflaumendessert vor ihm sicher.«

»Kinder!«, schimpfte ihre Mutter. Sie lehnte sich an ihren Mann und beobachtete, wie sie sich scherzhaft aufs Korn nahmen. »Manche Dinge ändern sich doch nie.«

Grant zog Jules in seine Arme und merkte, dass sein Vater ihn anerkennend ansah, als er sagte: »Manche Dinge zum Glück aber doch.«

Sie verbrachten einen wirklich schönen Nachmittag miteinander, arbeiteten an der Dekoration und scherzten herum. Grant beschloss, dass es an der Zeit war, auch seinen Geschwistern über seinen Hörverlust reinen Wein einzuschenken. Bellamy machte es traurig, doch Keira war erleichtert, weil es anscheinend einige Male vorgekommen war, dass er auf etwas, das sie gesagt hatte, nicht reagiert hatte. Das veranlasste Grant, sich zu fragen, wie oft es so eine Situation wohl mit anderen Leuten gegeben hatte. Fitz und Wells waren angemessen betrübt, doch Wells ergriff jede Gelegenheit, einen Witz darüber zu machen, indem er zum Beispiel den Mund bewegte, ohne einen Laut von sich zu geben, sodass Grant dachte, er hörte etwas nicht, oder er schlich sich von hinten an seine linke Seite heran und erschreckte ihn. Grant lachte mit den anderen darüber und war froh, dass niemand einen Eiertanz aufführte. Aber er merkte auch, wie er unbewusst nach Anzeichen dafür suchte, dass er so aussah und sich so verhielt wie seine Geschwister und sein Vater. Schnell wurde ihm klar, dass er ebenso Ähnlichkeiten wie Unterschiede entdeckte, und nichts davon gab ihm die Antworten und den inneren Frieden, die er suchte.

Abends aßen sie mit seiner Familie im Resort, wo sie von Al Berns bedient wurden, einem älteren Kellner, der dort schon seit ihrer Kindheit arbeitete. Nachdem er ihre Bestellungen aufgenommen hatte, sagte Al: »Es fühlt sich an wie in den guten alten Zeiten.«

Vielleicht fühlte es sich für Al so an, aber mit Sicherheit nicht für Grant. Der Tag heute hatte sich besser angefühlt als die alten Zeiten, an die er sich erinnerte, und er hatte ihm Hoffnung gegeben. Er schaute sich am Tisch um und sehnte sich danach, dass seine Familie wieder Teil seines Lebens wurde und dass Jules an seiner Seite blieb. Und gleichzeitig frustrierte ihn sein Bedürfnis nach Antworten. Jahrelang war er darauf konzentriert gewesen, zu überleben, jedes Detail und alle möglichen Ergebnisse hatte er durchdacht, Strategien entwickelt und nach Fehlern gesucht, bevor er überhaupt in einen Einsatz hineingegangen war. Vielleicht war sein jetziges Leben doch gar nicht so anders als diese Missionen. Er hatte sich darauf vorbereitet, die Dämonen der Vergangenheit mit seinen Eltern zu besiegen, und das, was sie ihm erzählt hatten, hätte er niemals vorhersehen können. Doch nun, nachdem die Bombe explodiert war, konnten sie die Folgen nicht mehr ignorieren, denn dann würden sie ausbluten.

Jules drückte seine Hand. Sie war ein Teil von ihm geworden, floss wie Blut durch seine Adern. Er hatte sie vor Augen, wenn er malte, dachte während des Tages immerzu an sie. Wenn der Abend kam und er sie liebte, war er unersättlich. Er wollte sein Versprechen halten und ein besserer Mensch werden, und das bedeutete, dass er sich mit der dunklen Wolke befassen musste, die über ihm und seinem Vater hing. Heute konnte er das nicht tun, aber dies hier war ein Anfang. Er und sein Vater bemühten sich und das fühlte sich gut an. Er wusste, dass sie noch eine stürmische See zu überstehen hatten, aber zumindest saßen sie nun im selben Boot und ruderten in dieselbe Richtung. Solange das anhielt, konnten sie vielleicht jedes Unwetter überstehen.

Als Al sich entfernte, brachen seine Geschwister in Gelächter aus und lenkten seine Aufmerksamkeit damit wieder auf ihre Unterhaltung, als Keira gerade sagte: »Die alten Zeiten? Ich kann mich nicht daran erinnern, wann wir das letzte Mal alle hier zusammen gegessen haben.«

»Ich schon«, sagte Grant. »Das war eine Woche, bevor ich zum Militär gegangen bin, und ich kann euch versichern, das war absolut nicht so wie heute.«

Sein Vater hob das Glas, und alle taten es ihm gleich, als er sagte: »Auf einen Neuanfang.«

»Wie wäre es, wenn wir daraus einen Plural machen?« Grant zwinkerte Jules zu.

»Auf die Neuanfänge.«

Nach dem Essen verabschiedeten sie sich von seiner Familie und fuhren zum Strandhaus. Ein kalter Wind wehte über die

Dünen, als sie die Stufen zur Veranda hinaufgingen.

»Das war so ein schöner Tag, aber jetzt bin ich bis auf die Knochen durchgefroren.« Jules drehte sich in seinen Armen herum und kuschelte sich an ihn, während er die Tür aufschloss.

»Klingt, als müsste ich mit dir unter eine warme Dusche steigen und dich dort bis auf die Knochen lieben.« Er küsste ihre Lippen, ihr Kinn und zog dann den Kragen ihres Pullovers hinunter, um sie auf das Grübchen in der Mitte ihres Schlüsselbeins zu küssen.

»Ja, bitte«, sagte sie leise.

Zehn Minuten später saß er auf seinem Duschstuhl, Jules stand zwischen seinen Beinen und hielt das Gesicht in den warmen Strahl, während er ihren Rücken wusch. Ihr Körper war ein Kunstwerk mit all den geschmeidigen Linien und weichen, weiblichen Kurven. Sie war sogar noch vertrauensvoller und offener geworden, war begierig, alles auszuprobieren und ihm ihre schmutzigsten Gedanken und Wünsche mitzuteilen. Sie brachte das wilde Tier in ihm zum Vorschein – wilder als er sich je hätte vorstellen können. Nichts war für sie beide tabu.

Er fuhr mit den Händen über ihre Taille, ihre Hüften, bis hin zu den weichen Rundungen ihres Hinterns. Sie seufzte voller Verlangen und er küsste die Grübchen an ihrem unteren Rücken. Sie streckte den Rücken durch, hob ihren Hintern an. Mit der Hand glitt er zwischen die beiden Hälften, reizte unerforschtes Gebiet und wurde mit einem tiefen Stöhnen belohnt. Seine Härte pulsierte. Er hatte nie viel für Hintern übriggehabt, aber mit Jules wollte er alle Grenzen überschreiten, jeden Zentimeter von ihr erobern. Mit einem weiteren lockenden Stöhnen stieß sie ihre Hüften zurück, und er spielte mit ihrer verletzlichsten Stelle, während seine andere Hand ihr an ihrer vorderen Seite die Aufmerksamkeit schenkte, die sie auch dort verdiente.

»Ah, ich kann nicht mehr«, keuchte sie.

Er senkte seinen Mund auf ihre Haut, liebkoste sie mit den Fingern und küsste sie auf den Rücken, als er mit der Fingerspitze sachte in ihren Hintern eindrang. Ihr stockte der Atem, doch sie ließ sich auf seinen Finger sinken, um ihn tiefer in sich aufzunehmen. »Genau, Baby! Stell dir vor, das ist mein Schwanz in deinem umwerfenden Hintern.«

»Ja!«, stieß sie mit einem langen Atemzug aus, als sein Finger immer wieder in dieses enge Loch stieß.

Er drang mit zwei Fingern seiner anderen Hand in ihre feuchte Mitte ein und bearbeitete ihre Perle mit dem Daumen. »Ich wünschte, ich hätte auch deinen Mund. Ich will alles von dir auf einmal.«

Auf seine Worte folgte ein bedürftiges Wimmern, während sie wilder und schneller auf seinen Fingern in ihrem Hintern und ihrer Mitte ritt.

»Wenn ich zwei Beine hätte, würde ich dich jetzt an die Wand drücken, meinen Schwanz tief in deinem Hintern vergraben und dich mit meinen Fingern vögeln, um gleichzeitig deinen Mund mit meinem zu erobern.«

»Oh, Grant!«

Fuck …

Ein Tropfen glitzerte auf der Spitze seiner Länge, während er sie in einen Rausch trieb, sie sich wand und keuchte und rau und drängend seinen Namen ausstieß. Ihr Hintern und ihre Mitte zogen sich gierig um seine kräftigen Finger zusammen. Jeder Stoß wurde mit einem engen Pulsieren beantwortet und verlängerte ihren Höhepunkt, bis sie kaum noch atmete. Er drückte sie an seine Brust und küsste sie auf den Rücken.

»Du bist so verdammt schön, Baby. Ich muss dich sehen.«

Sie drehte sich mit halb geschlossenen Augen zu ihm um. Ihr Körper war heiß, ihre Nippel dunkel und hart, als er einen davon mit der Zunge umkreiste und in den Mund saugte. Seine Hand glitt von ihrem Rücken wieder hinunter zwischen ihre Beine, um diesen nun nicht mehr verbotenen Punkt zu reizen. Sie umfasste seine Härte und strich perfekt darüber.

»Ich will dich überall in mir haben«, sagte sie mit belegter Stimme und setzte sich rittlings auf ihn.

Sie sank auf seine Härte hinab. Ihre Mitte war so eng und berauschend, als er einen Finger in ihren Hintern schob.

»Das fühlt sich so gut an«, sagte sie bedürftig.

»Irgendwann ist das mein Schwanz.«

»Ja!« Sie schloss die Augen, legte den Kopf in den Nacken und bewegte sich hemmungslos auf ihm.

Er zog ihren Mund auf seinen und schob noch einen Finger in ihren Hintern, was mit einem langen, lusterfüllten Laut belohnt wurde. Warmes Wasser regnete auf sie hinab, während sie einander verschlangen. Ihr gedämpftes Stöhnen und das Geräusch ihrer nassen Haut hallte von den Wänden wider. Er wurde schneller, liebte sie überall. Hitzepfeile jagten über seinen Rücken, und er versuchte, die nahende Explosion aufzuschieben, doch es war, als wollte er einen Tsunami aufhalten. Er stieß mit den Hüften vor, sie bog den Rücken durch und riss ihren Mund los, als sie sich dem ekstatischen Beben hingaben. Sie schrie auf, und er stöhnte an ihrer nassen Haut, bis sie nichts mehr zu geben hatten. Er spülte seine Finger unter dem warmen Duschregen ab und hielt sie fest, während sie sich an ihn klammerte und ihre Körper in den Nachbeben zuckten.

»Geht es dir gut, Baby?« Er küsste sie auf die Wange, als sie leise an seinen Hals stöhnte.

Er genoss diese Momente nach ihrem Liebesspiel, in denen sie beide ganz ungeschützt waren und sich ihre Emotionen zu einem dicken, unverwüstlichen Band verwoben. In diesen intimen Augenblicken gab es nichts anderes, und eine Zukunft, die er sich nie für sich selbst ausgemalt hatte – eine Zukunft, die er nun unbedingt wollte –, bekam mit jedem ihrer Herzschläge klarere Umrisse.

Vierundzwanzig

»Tara und ich machen heute Abend ein Fotoshooting für Swank an den Uferklippen«, sagte Bellamy am Mittwochabend im Happy End. Es war fast sieben Uhr und sie räumten nach ihrem Kurs, in dem sie herbstliche Tischdekorationen hergestellt hatten, auf, um dann Feierabend zu machen. »Mit dem langen roten Kleid, das gestern gekommen ist.«

»Du siehst sicher fantastisch darin aus.« Jules warf eine Handvoll künstlicher Blätter in eine Plastikkiste.

»Absolut! Ich fühle mich richtig glamourös darin. Beim Shooting werde ich mir den Arsch abfrieren, aber das lohnt sich. Tara meinte, wir können mit dem Mondschein bestimmt tolle Fotos machen.«

»Freue mich schon jetzt darauf, die zu sehen. Wenn jetzt noch die Firma dazukommt, mit der Leni dich zusammengebracht hat, bist du bald reicher als deine Eltern.« Leni hatte Bellamy den Kontakt zu einem Fitnessunternehmen verschafft, das ihr fast tausend Dollar für einen Post zahlte, in dem sie deren Kleidung auf Social Media präsentierte. »Deine Familie wird begeistert sein, dass damit das Thema Reality-TV abgehakt ist.«

»Das ist es noch nicht. Man soll den Tag nicht vor dem

Abend loben, stimmt's?«

»Wahrscheinlich, aber es sieht doch schon so aus, als würdest du viel erreichen. Lass dich nur nicht von hier weglocken. Es würde mich wirklich todunglücklich machen, wenn du wegziehst.«

»Ich habe nicht die geringste Absicht, wegzuziehen.« Bellamy warf die Klebepistole in eine Schachtel. »Reisen vielleicht, aber nicht wegziehen.«

»Gut.« Jules verstaute das restliche Material in einer Kiste. »Ich hoffe, deinen Eltern gefällt das Tischgesteck, das ich für sie gemacht habe.« Sie hatte Geschenke für Grant, die Silvers und ihre Eltern gemacht. Für die Silvers hatte sie die breiten Kerben in zwei wunderschönen Stücken Treibholz mit orangenen, goldenen und kastanienbraunen Glasperlen gefüllt, ein paar hübsche Muscheln hinzugefügt, Kerzen darauf befestigt und etwas goldenes Glitzerspray auf dem Holz verteilt, in dem sich die Flammen der Kerzen spiegeln würden. Die Tischdeko hatte einen strandmäßigen Touch und war elegant.

»Es wird ihnen sehr gefallen, und Grant wird das Geschenk, das du für ihn gemacht hast, auch mögen.«

»Das hoffe ich!« Sie schaute zu der Glaskugel, die sie mit Sand gefüllt und mit den Muscheln ergänzt hatte, die sie und Grant gestern Nachmittag am Strand gesammelt hatten, als sie sich nach dem Mittagessen auf der Veranda des Bistros dick eingepackt hatten und spazieren gegangen waren. Die Kälte und der Wind waren beiden egal gewesen. Sie hatten sich aneinander gekuschelt und sich Namen für die Stiftung überlegt, die Grant gründen wollte. Den perfekten Namen hatten sie noch nicht gefunden, aber Jules war sich sicher, dass ihnen noch einer einfallen würde. Grant hatte einen herzförmigen Stein gefunden und ihr geschenkt. *Das ist ein Zeichen, Pix. Das Universum weiß, dass mein Herz dir gehört.* Trotz des kalten Wetters war sie innerlich geschmolzen, und als sie zurück zur Arbeit gekommen war, hatte Bellamy gesagt, sie sähe nahezu ekstatisch aus und sie wollte *nicht* wissen, warum. Doch Jules hatte ihrer besten Freundin trotzdem von diesem intimen Moment erzählt und auch noch ein wenig weitergeschwärmt.

Sie hatte den herzförmigen Stein in das Glas zu den Muscheln gelegt und in die Mitte eine Kerze in herbstlichen Farben gestellt, zusammen mit einer winzigen Plastikfee, die im Sand auf dem Bauch lag, den Kopf in die Hand gestützt und den Blick auf einen Maler gerichtet, der vor einer winzigen Plastikstaffelei stand. Sie hatte mit Steinen und Muscheln *Ich liebe dich* in den Sand schreiben wollen, aber sie wollte es nicht als Erste sagen. Sie befürchtete, dass es zu viel und zu früh für Grant sein konnte, auch wenn sie seine Liebe zu ihr in allem, was er für sie tat, spürte. In ein paar Minuten würde sie ihn treffen. Er wollte seine Krücken mitbringen und sie würden heute Abend bei ihr bleiben, doch sie überlegte bereits, ob diese Entscheidung richtig war. Ihr gefiel die Vorstellung nicht, Crash die Nacht über allein zu lassen.

»Erde an Jules.« Bellamy winkte vor ihr herum und brachte Jules' Aufmerksamkeit wieder zurück zu ihr.

»Tut mir leid.«

»Träumst du wieder von meinem Bruder?«

»Erwischt.« Sie war so stolz auf Grant, weil er so viel bewältigte und sich auch gegenüber seiner Familie mehr öffnete. Er hatte seit Sonntag hoffnungsvoller und nicht mehr so wütend wegen der Situation gewirkt. Bezüglich des Vaterschaftstests hatte er noch keine Entscheidung getroffen, doch sie konnte die Veränderung in ihm spüren.

Bellamy seufzte. »Ich kann es kaum erwarten, so etwas für

jemanden zu empfinden.« Sie griff sich die Kiste mit den Bastelutensilien und Jules folgte ihr mit der anderen Kiste ins Lager. »Mein Bruder ist ein ganz anderer Mensch, seit ihr zwei zusammen seid. Sonntagabend, nachdem ihr beiden gegangen seid, konnte meine Familie über nichts anderes als euch reden. Keira hat zu mir gesagt, dass sie sich keine bessere Frau als dich für Grant vorstellen könnte, und du weißt ja, wie beschützend sie sich ihm gegenüber verhält.«

»Beschützend? Grant hat gesagt, dass sie ihm immer ziemlich zusetzt.«

»Ja, aber das ist ihre Art, ihm zu zeigen, wie viel er ihr bedeutet.«

Sie räumten ihr Bastelzubehör weg, und als Jules das Licht im Lagerraum ausschaltete, ertönten die Glocken über der Eingangstür. Grant kam herein, sein feuriger Blick landete direkt auf ihr und löste ein freudig aufgeregtes Chaos in ihrem Herzen aus. Er hatte eine Tüte von Trista's Café dabei und trug einen Rucksack.

»Hallo, meine Schöne. Hallo, Bells.«

»Und ich dachte, ich wäre die Schöne«, scherzte Bellamy. »Ich bin dann mal weg. Wir sehen uns morgen zum Thanksgiving-Dinner.«

»Warte mal kurz, Bell.« Grant zog die Augenbrauen zusammen. »Fitz hat erzählt, dass du heute Abend mit Tara an den Uferklippen Fotos machst. Er kommt auch dorthin.«

»Warum?«, fragte Bellamy verärgert.

»Weil wir nicht wollen, dass du aus Versehen über die Klippe stürzt, wenn du versuchst, das perfekte Foto zu bekommen. Liest du denn keine Nachrichten? Influencer kommen ständig ums Leben, weil sie für Fotos unnötige Risiken eingehen.«

Bellamy verdrehte die Augen und nahm ihren Mantel vom

Tresen. »Ich bin doch nicht blöd, Grant, und Tara auch nicht. Wir würden nie etwas Gefährliches tun.«

»Gut, aber Fitz kommt trotzdem.«

Bellamy schloss den Reißverschluss ihres Mantels und sah ihn finster an. »Woher weiß er überhaupt, dass wir zu den Klippen gehen?«

»Es ist eine kleine Insel. Viel Spaß und passt gut auf euch auf«, sagte Grant.

»Ja, ich, Tara und Fitz. Damit ist meine erotische Aura für die Fotos wohl dahin. Wir sehen uns morgen. Vergesst nicht, etwas früher zu Mom zu kommen, damit wir den Weihnachtsbaum noch dekorieren können.«

»Machen wir!«, rief Jules ihr hinterher.

Als Bellamy hinausging, beugte Grant sich zu einem Kuss zu ihr herüber. »Wie geht's meinem Mädchen? Wie war euer Kurs?«

»Großartig. Komm, ich zeig dir mal, was ich für unsere Eltern gemacht habe.« Sie führte ihn zu den Tischdekorationen.

»Die sind wunderschön, Pix. Sie werden ihnen gefallen.«

»Das hoffe ich.« Sie nahm das Geschenk in die Hand, das sie für ihn gemacht hatte. »Und dieses hier ist für dich. Ich dachte mir, es sieht vielleicht nett in deinem Atelier aus oder auf der Kücheninsel. Dann müssten wir es natürlich beiseiteräumen, wenn wir essen. Du könntest es auch auf die Arbeitsfläche in der Küche stellen oder auf deinen Couchtisch. Wohin du willst, eigentlich.«

Er schmunzelte und bewunderte das Geschenk. Sein Gesichtsausdruck wurde nachdenklich. »Baby, du hast unseren Herzstein benutzt.«

»Ich gebe ihn dir nicht zurück«, erklärte sie. »Ich beanspruche dein Herz immer noch für mich.«

Er lachte und zog sie zu einem Kuss an sich. »Danke, es ist wunderschön.«

»Das freut mich.« Sie schaute auf die Tüte, die er noch immer in der Hand hielt. »Hast du uns Abendessen vom Trista's mitgebracht?«

»Ich habe vielleicht sieben oder acht verschiedene Sachen mitgebracht, du weißt schon, für den Fall, dass wir keine Lust auf das eine oder andere haben.«

»Habe ich dir in letzter Zeit eigentlich mal gesagt, wie wunderbar du bist?«, fragte sie und küsste ihn.

»Mir wäre es lieber, wenn du es mir zeigen würdest.«

Sie hatten sich gerade erst am Morgen geliebt, doch ihr Körper sehnte sich schon jetzt nach mehr. »Das werde ich vielleicht auch, aber zuerst musst du etwas anderes sehen. Komm mit in mein Büro.«

»Das klingt vielversprechend«, sagte er leise. »Sollten wir nicht lieber die Ladentür abschließen?«

»Nein, weil wir es *nicht* auf meinem Schreibtisch treiben werden.« Bei diesen Worten durchfuhr sie ein Schauer. Wann immer er sie zum Mittag- oder Abendessen abholte, landeten sie knutschend in ihrem Büro, und jedes Mal sagte er Dinge wie: *Eines Tages weihen wir diesen Schreibtisch ein.* Doch normalerweise war Bellamy auch im Laden, und das Risiko, dass sie sie überraschte, wollte sie nicht eingehen. *Peinlich* wäre dann wohl untertrieben.

»Verdammt, Schätzchen, du bist ja 'ne Spaßbremse.«

Sie kicherte, als sie das Büro betraten. »Sind deine Krücken im Auto?«

»Ich habe ein zweites Paar gekauft, das ich in deiner Wohnung lassen kann, und ja, sie sind im Auto.«

»Ich liebe deinen Einfallsreichtum.« *Ich liebe dich!* »Zwei

Sachen.« Sie öffnete die Schreibtischschublade und nahm die Ohrstöpsel heraus, die sie in der Apotheke gekauft hatte. »Da es bei der Bootsparade überall voll und laut sein wird, habe ich ein bisschen zu einseitigem Hörverlust recherchiert und herausgefunden, wie man das dadurch verursachte Unbehagen verringern kann. Viele empfehlen, einen Ohrstöpsel im gesunden Ohr zu tragen, um alles etwas zu dämpfen. Also habe ich mit dem Apotheker geredet. Er hat die hier empfohlen.«

Mit einem unfassbar zärtlichen Blick nahm er die Ohrstöpsel entgegen. »Himmel, Baby, immer denkst du an mich. Danke.« Er zog sie in seine Arme und küsste sie.

»Du bist doch mein Kerl und ich kümmere mich gern um dich. In den Foren wurde gesagt, dass es vielleicht etwas dauert, bis man sich daran gewöhnt hat, aber ich dachte, du könntest es mal versuchen. Vielleicht machen sie die Veranstaltungen, die hier so stattfinden, erträglicher.«

»Das schaffst du ganz allein schon, aber es ist eine tolle Idee. Ich werde sie ausprobieren.«

»Super. Und das hier muss ich dir auch noch zeigen.« Sie gab ihm einen der Flyer, die sie erstellt und ausgedruckt hatte, um sie während der Bootsparade zu verteilen. Darauf wurde das geheime Weihnachtsgeschenk für Saul beschrieben. Die Überschrift lautete *Streng geheime Weihnachtsaktion*, und darunter stand in einem kurzen Absatz, was sie sich für Saul überlegt hatten. Ein altes Foto von ihm in seiner Feuerwehruniform und ein aktuelles Foto, auf dem er vor seinem Geschäft stand, hatte sie zusätzlich eingefügt. »Wie findest du das? Ich habe Mr. Barrington von der Zeitung angerufen und er hat die Fotos aus alten Artikeln für mich herausgezogen. Saul sah in seiner Feuerwehruniform ziemlich gut aus, oder?«

»Jules«, sagte er mit offenkundigem Unbehagen. »Du bist

unglaublich, und die Flyer sind toll, aber ich muss dir etwas sagen.« Er legte den Zettel auf ihren Schreibtisch. »Ich habe Saul erzählt, dass ich ihm einen Rabatt verschafft habe, aber in Wirklichkeit habe ich eine Abmachung mit seinem Arzt getroffen, dass ich den Betrag zahle, den seine Versicherung nicht übernimmt, und der Arzt hat versprochen, das vertraulich zu behandeln. Ich habe auch gesagt, dass ich die noch anstehenden Untersuchungen bezahlen werde, die nötig sein werden, um die Probleme zu beheben, die beim Gehen mit der schlechtsitzenden Prothese entstanden sind. Saul war vergangene Woche bei ihm und hat eine neue Prothese anpassen lassen.«

Ihr Herz quoll über vor Liebe zu ihm. »Das alles hast du für ihn getan?«

Er nickte. »Aber das heißt, dass wir die Flyer, in die du so viel Arbeit gesteckt hast, nicht brauchen. Es tut mir leid. Ich hätte es dir sagen sollen, doch ich wollte keine große Sache daraus machen.«

»Das ist schon in Ordnung. Ich bin mir sicher, wir finden andere gute Zwecke, die die Gemeinschaft unterstützen kann.« Mit leiserer Stimme sprach sie weiter, als sie ihn zurück an den Schreibtisch drängte. »Ich verspreche dir, ich werde keine große Sache daraus machen. Aber dein großes Herz macht mich wirklich an, und ich bin der Überzeugung, dass du für deine Taten großzügig belohnt werden solltest.« Sie zog den Reißverschluss seiner Jacke auf und rieb ihre Hüften an seinen. »Vielleicht sollten wir die Ladentür doch abschließen.«

Er umfasste ihre Hüften. »Ich werde noch viel großzügiger sein müssen.«

Als er seine Lippen auf ihre senkte, war plötzlich ein lautes »Miau« zu hören, und Jules schreckte zurück.

»Hast du das gehört?« Sie schaute sich im Büro um und

hörte es wieder.

Grant fluchte verhalten und nahm den Rucksack von der Schulter, was weiteres hektisches Miauen zur Folge hatte. Als er den Reißverschluss öffnete, steckte Crash seinen kleinen Kopf heraus.

Jules stockte der Atem. »Du hast mein Baby mitgebracht! Komm mal her, mein kleiner Dicker.« Sie hob den maunzenden Crash aus dem Rucksack und drückte ihn an sich.

»Ich wusste, dass du ihn nicht allein lassen wolltest. Ich habe ein Katzenklo und Futter im Auto, damit er in deiner Wohnung alles Nötige hat.«

»Oh, Grant! Ich liebe dich!« Sie schlang einen Arm um ihn und küsste ihn. Sie war sich sicher, dass er ihre Worte als bloßen Ausdruck der Freude wahrgenommen hatte, aber das war ihr egal. Es fühlte sich einfach gut an, es auszusprechen.

»Die Einweihung des Schreibtischs fällt damit wohl ins Wasser.« Finster sah er den Kater an und grummelte: »Da wird mir die Tour von einem Kater vermasselt. Na super.«

Sie vergrub die Nase in Crashs Fell. »Das meint er nicht so, Crash. Du bist super.« Sie schaute über den Kopf des Katers hinweg zu Grant. »Keine Sorge, Big Guy. Ich werde dich dreifach entlohnen, wenn wir erst einmal oben in der Wohnung sind.«

Noch nie hatte sie Grant so schnell laufen sehen wie jetzt, als er sich den Rucksack schnappte und aus dem Büro eilte. »Ich mache die Ladentür zu. Geh du schon mal hoch und zieh dich aus.«

Einige Zeit später lagen sie in Jules' hellem Schlafzimmer und erholten sich von ihrer leidenschaftlichen Balgerei. Jules lag warm und sicher in Grants Armen, und Crash schlief zufrieden auf einer Decke, die vom Bett gefallen war. Alles, was Grant brauchte, war hier in diesem Raum. Sein Körper war vielleicht geschunden, aber sein Herz war von Jules erfüllt.

Sein Blick fiel auf das Gemälde von Sunset Beach, und er fragte sich, ob sie es in seinem Strandhaus aufhängen sollten, da sie bisher nicht viel Zeit in ihrer Wohnung verbracht hatten. Sie sagte, sie wäre lieber bei ihm, wo sie das erste Mal zueinandergefunden hatten und er alles hatte, was er für sein Wohlbefinden brauchte. Wusste sie nicht, dass er sich überall wohlfühlte, solange er mit ihr zusammen war und die grundlegenden Hilfsmittel für sein Bein hatte? Doch so war Jules. Sie stellte ihn an erste Stelle. Sie wusste, dass das Strandhaus ein besonderer Ort für ihn war. Mit dem Haus verband ihn eine lange Geschichte, und diese Vergangenheit war durch sie noch bedeutungsvoller geworden – und weil er nun wusste, dass er die Entdeckung dieses Verstecks seinem Vater zu verdanken hatte. Während er so dalag und über Jules und sein Leben nachdachte, wusste er mit einem Mal, was er wollte. Er wollte ihr *alles* geben, all die besonderen Möbel an ihrer Inspirationswand mit ihr bauen und ihr gemeinsames Leben so einladend gestalten, dass sie sich nicht vorstellen konnte, mit jemand anderem zu leben.

Er küsste ihre Stirn. »Hallo, Pix.«

»Ja, du Sexmaschine?«

Er lachte und drehte sich auf die Seite, um sie anzuschauen. Ihre zerzausten Haare umrahmten ihr Gesicht, ihre Augen waren so voller Liebe und sie hatte nie schöner ausgesehen. »Ich werde heute Abend Roddy anrufen und ihm sagen, dass ich das

Strandhaus renovieren und den Garten herrichten werde, die Auffahrt in Stand setze und vielleicht ein paar Malerarbeiten mache.«

»Wirklich?«, fragte sie erfreut und mit weit aufgerissenen Augen. »Heißt das, dass du deine Zukunft hier auf der Insel siehst?«

»Baby, *du* bist hier. Was glaubst du denn?«

Sie hob eine Schulter. »Das bedeutet nicht, dass du hierbleiben musst.«

Er küsste sie zärtlich. »Und was ist mit der Tatsache, dass ich mich immer mehr in dich verliebe? Bedeutet das, dass ich bleiben sollte?«

»Grant …?«, fragte sie mit angehaltenem Atem und einem ungläubigen Lächeln auf den Lippen.

»Ja, Pix. Im Grunde bin ich mir ziemlich sicher, dass ich schon an dem Punkt angelangt bin. Ich denke Tag und Nacht an dich, und selbst wenn wir zusammen sind, möchte ich dir einfach noch näher sein. Wenn ich an die Zukunft denke, dann sehe ich dich, Baby. Alles andere ist auch da, unsere Familien, die Insel, die Stiftung … Doch das ist alles im Hintergrund. Du stehst an meiner Seite und ohne dich hätte ich den Rest vielleicht nie gesehen.«

»Oh, Grant! Ich liebe dich so sehr!« Sie schlang die Arme um seinen Hals und zog sich hoch, um ihn zu küssen. »Ich meinte es tatsächlich so, als ich vorhin unten gesagt habe, dass ich dich liebe. Ich weiß, ich habe es scherzhaft gesagt, aber das war nur, weil ich es nicht als Erste sagen wollte.«

Er schloss sie in die Arme und küsste sie noch intensiver. Zu hören, wie sie sagte, dass sie ihn liebte, hatte noch einmal eine ganz andere Wirkung auf ihn, als es in ihren Augen zu sehen oder in ihrer Berührung zu spüren. Er hatte gedacht, dass *sie* ihm das Gefühl gegeben hatte, erfüllt und vollständig zu sein, doch er irrte sich. Sie *beide* waren es, ihre Liebe zueinander, die ihm dieses Gefühl verliehen.

»Halte nie etwas zurück, Jules. Ich möchte immer wissen, was du empfindest. Es ist mir egal, ob du die Erste oder Zweite bist, solange du bei mir bist.«

Ihr Magen knurrte und beide lachten. Sie verbarg ihr Gesicht an seiner Brust und er gab ihr einen Klaps auf den Hintern.

»Komm, meine hungrige Liebste.« Er küsste sie auf die Stirn. »Wir machen uns frisch und essen etwas.«

Sie sprang aus dem Bett und wirbelte herrlich nackt umher, wobei sie auf dem Weg ins Bad vor sich hin trällerte. »Du liebst mich wie verrückt, genau! Verrückt, oh ja …«

Er lachte, und als sie hinter der Tür verschwand, ließ er sich zurück aufs Kissen sinken und reckte beide Fäuste zur Decke. *Sie liebt mich!*

Menschenleben zu retten, hatte er als die ultimative Erfüllung gesehen, doch nichts war mit dem Gefühl zu vergleichen, von Jules Steele geliebt zu werden.

Sie kam aus dem Badezimmer und sang noch immer, als sie ihre Unterwäsche und sein T-Shirt anzog. Sie war so verdammt süß. Er setzte sich auf und griff nach seiner Prothese. »Meine Krücken sind noch im Wagen. Gib mir einen Augenblick, damit ich das Teil anlegen und mich frisch machen kann.«

Ein verschlagenes Grinsen trat in ihr Gesicht, als sie ihm die Prothese aus der Hand nahm und sie an ihre Brust drückte. »Ich halte dich gern als Gefangenen in meinem Bett fest.«

»Jules!«, sagte er mit einem warnenden Unterton, doch die Vorstellung jagte einen heißen Pfeil durch ihn hindurch.

»Du bist mir ausgeliefert.« Ihr Blick wurde dunkler.

Er packte sie an den Hüften, zog sie an sich heran und sie kicherte. »Pass auf, sonst leg ich dich übers Knie.«

Sie hob vielsagend die Augenbrauen. »Mmh, das klingt gut.«

Fünfundzwanzig

Mit Thanksgiving hielten ein kalter, winterlicher Wind und ein klarer blauer Himmel Einzug, doch als Grant im Wohnzimmer seiner Mutter stand und mit Jules und seiner Familie den Weihnachtsbaum schmückte, konnte nicht einmal die kalte Luft, die durch das offene Fenster hereinwehte, der Wärme, mit der sie ihn erfüllten, etwas anhaben. Eine gewisse Unsicherheit lag noch in der Luft, und Grant wusste, dass sich daran nichts ändern würde, bis er einen Entschluss bezüglich dieses verdammten Vaterschaftstests fasste. Doch zumindest war es nicht mehr die steinige Kluft, gegen die sie so viele Jahre angekämpft hatten. Er wusste nicht, ob die Tatsache, dass er Jules seine Liebe gestanden hatte, ein Tor in ihm zu der Liebe für seine Familie geöffnet hatte, die er unterdrückt hatte, oder ob sein Gespräch mit seinen Eltern eine Tür geöffnet und dafür gesorgt hatte, dass seine Liebe zu Jules noch stärker geleuchtet hatte. Aber das spielte wahrscheinlich keine Rolle. Er war dankbar, ihnen allen so viele gute Gefühle entgegenbringen zu können.

»Hast du vor, dieses Teil in den Baum zu hängen oder willst du es weiter streicheln wie …«

»Wells!« Keira stieß ihn an.

Wells lachte. »Du hast eine schmutzige Fantasie, Keira. Ich

wollte ›streicheln wie eine Wunderlampe‹ sagen.«

»Wunderlampe, von wegen.« Keira warf sich die Haare über die Schulter und ging auf die Zehenspitzen, um eine Kugel in den Baum zu hängen.

Während seine Geschwister herumalberten, betrachtete Grant den Weihnachtsschmuck in seiner Hand. Er hatte den kleinen Tonsoldaten mit der amerikanischen Flagge in der Hand und der Plakette um den Hals, auf die das Datum seines Eintritts ins Militär eingraviert war, viele Male gesehen. Darüber nachgedacht hatte er jedoch nie. Er schaute zu seinem Vater, der Jules Geschichten über den Weihnachtsschmuck erzählte, den sie als Kinder gebastelt hatten, und plötzlich nahm dieser Tonsoldat in Grants Hand eine ganz andere Bedeutung an. Er war immer der Meinung gewesen, dass es egoistisch von seinem Vater gewesen war, zu versuchen, ihn von dem Beruf, den er sich ausgesucht hatte, abzubringen. Doch als er der Liebe lauschte, die aus der Stimme seines Vaters herauszuhören war, als er über seine Kinder sprach, fragte sich Grant, ob er je in der Lage sein würde, seinem eigenen Kind seinen Segen zu geben, wenn es in seine Fußstapfen treten wollte.

Jules hängte etwas in den Baum, und sein Vater nahm etwas aus der Kiste mit Weihnachtsschmuck, um dann etwas in die Höhe zu halten, das Grant beim Weihnachtsfrühstück in Seaport gebastelt hatte, als er sechs Jahre alt gewesen war. Die kleine ausgestopfte Elfe, die auf einer Zuckerstange ritt, sah eher aus wie ein Kobold, der seine Morgenlatte zu bändigen versuchte.

»Und das hier war Grants schönstes Werk«, sagte sein Vater grinsend.

»Du meine Güte!« Jules lachte. »Grant! Du warst ja ein versauter kleiner Bengel!«

»War?«, feixte Keira.

»Dieses unanständige Ding hänge ich immer ganz hinten in den Baum«, scherzte Bellamy.

»Ihr habt alle eine schmutzige Fantasie«, sagte Grant streng. »Das ist eine Elfe, die auf einem Stock reitet.«

»Zumindest ist es das, wovon du alle versucht hast zu überzeugen, als du bei dem Frühstück auf einen Stuhl geklettert bist und es allen gezeigt hast«, sagte sein Vater.

Alle lachten.

»Jules, meine Liebe, möchtest du es für euren Baum mit nach Hause nehmen?«, fragte seine Mutter.

»Ich kann euch doch nicht die Erinnerungsstücke wegnehmen«, entgegnete Jules.

»Es ist ja nicht so, als würdest du damit wegrennen und wir würden dich nie wiedersehen. Du bist immerhin mit Grant zusammen, unserem stets vorbereiteten, zielstrebigen Jungen. Grant hat sich nie auf den Weg gemacht, bevor er nicht vorher die gesamte Landkarte in Augenschein nehmen konnte und absolut sicher war, dass er es bis ins Ziel schafft. Ich habe das Gefühl, dass du auf lange Sicht bei uns bist.«

Jules schaute Grant an, und er brachte kaum mehr zustande, als eine Augenbraue zu heben. Seine Mutter hatte recht.

»Aber wir sind in einem Moment zusammengekommen, als Grants Zukunft unsicher war«, sagte Jules. »Also vielleicht hat er sich geändert.«

Wells winkte ab. »Grant hat sich nicht geändert, nur sein Äußeres. Du bist seine Landkarte, Jules«, sagte Wells. »Nimm das verdammte Morgenlatten-Teil.«

Jules nahm den gebastelten Weihnachtsschmuck von seinem Vater entgegen und versuchte, keine Miene zu verziehen, als sie es in die Höhe hielt. »Danke. Grant und ich bekommen unseren Baum nächstes Wochenende. Ich sehe ihn bereits vor mir. Motto: ›Unanständiger Kobold‹.«

»Das ist mein Mädchen.« Grant gab ihr einen Kuss.

»Ihr bekommt also einen gemeinsamen Weihnachtsbaum?«, scherzte Fitz. »Heißt das, dass du doch über die Feiertage hierbleibst, Grant?«

»Es sei denn, ich habe von euch allen die Schnauze voll.« Grant hängte den Tonsoldaten in den Baum. »Allerdings habe ich gerade mit Roddy darüber gesprochen, dass ich das Strandhaus etwas herrichten möchte. Ich dachte mir, wenn ich es eine Zeit lang miete, kann ich es auch hübscher machen.«

»Wirklich?«, fragte Keira überrascht.

»Ja«, sagte Grant. »Ich fange an diesem Wochenende damit an, das Gestrüpp zurückzuschneiden und die Auffahrt freizuräumen.«

»Ach, Schatz, das sind wunderbare Nachrichten«, sagte seine Mutter.

Fitz schlug ihm auf die Schulter. »Das klingt ganz danach, als würdest du Wurzeln schlagen.«

»Psst! Verschreck ihn nicht«, schimpfte Bellamy und flüsterte dann: »Kleine Schritte.«

Grant lachte.

»Ich habe am Samstag ein paar Stunden Zeit, bevor es mit der Bootsparade losgeht, da kann ich dir beim Zurückschneiden der Büsche helfen, wenn du magst«, sagte sein Vater.

Er erwiderte den Blick seines Vaters und nahm das Friedensangebot an. »Das wäre nett. Bis drei oder vier Uhr muss ich ohnehin fertig sein. Ich habe Brant versprochen, dass ich dann für die Vorbereitungen am Hafen bin.«

»Ich helfe euch beiden«, sagte Fitz.

»Schleimer.« Wells schmunzelte. »Ich bin auch dabei.«

»Ich muss arbeiten«, sagte Keira.

»Und ich habe ein Treffen in Chaffee«, sagte seine Mutter.

»Mist«, sagte Bellamy. »Jules und ich müssen arbeiten.«

»Am Thanksgiving-Wochenende ist immer viel los und wir schließen früher wegen der Bootsparade«, erklärte Jules.

»Kein Problem, das ist sowieso Männerarbeit«, sagte Wells überheblich.

Grant schüttelte den Kopf. Oh, wie gut er sich gerade fühlte. Er wollte, dass es anhielt. »Ich habe noch mehr Neuigkeiten, die ich euch mitteilen wollte.«

»Tja, Jules trägt keinen Ring, also reden wir hier wohl nicht über eine Winterhochzeit«, sagte Keira.

Bellamy eilte zu Jules und fragte leise: »Du bist doch nicht etwa schwanger, oder?«

Jules errötete. »Natürlich nicht.«

»Funktioniert Grants *Zuckerstange* noch?«, feixte Wells.

Grant sah ihn finster an. »Besser als deine jemals funktioniert hat.«

»Was gibt es, mein Junge?«, fragte sein Vater.

»Ich habe mit einem Anwalt über die Gründung einer Stiftung für Amputierte gesprochen, die zum Beispiel Kosten für Ärzte und Therapeuten übernehmen kann oder Umbauten finanziert, damit sie mit der neuen Situation besser zurechtkommen, und solche Sachen.«

Die Überraschung war seinem Vater ins Gesicht geschrieben. »Das ist eine fantastische Idee.«

Grant schaute zu Jules. »Eigentlich war es Jules, die vor ein paar Wochen die Idee hatte, und als wir Saul in Seaport getroffen haben, wurde mir klar, was für ein Glück ich habe. Ich kann mir Zeit nehmen und überlegen, was ich als Nächstes mache, ohne Druck zu haben und mich fragen zu müssen, woher mein nächster Dollar kommt und wofür ich ihn ausgeben sollte. Ich kann meine Versehrtenrente an die Menschen weiterleiten, die es wirklich brauchen, und so etwas bewirken.«

»Ach, Schatz«, sagte seine Mutter. »Das ist eine wunderbare Idee. Das ist wie ein Silberstreif am Horizont nach allem, was du durchgemacht hast.«

»Silver Lining!«, rief Jules aus. »Das ist es, Grant! So nennt man doch den Silberstreif am Horizont und genau das sollte der Name deines Unternehmens sein. Alle sagen doch immer, man soll den Silberstreif finden. Deine Stiftung könnte dieses Silver Lining sein.«

»Das gefällt mir«, sagte seine Mutter.

»Ich weiß nicht, Jules. Fühlt sich irgendwie komisch an, meinen Namen zu nutzen«, sagte Grant vorsichtig.

»Mein Junge, ich weiß, dass du Probleme damit hast, was es bedeutet, ein Silver zu sein, aber unser Name ist sehr gewichtig und das schon seit Generationen«, sagte sein Vater ohne jeden aggressiven oder vorwurfsvollen Unterton.

»Mein Gefühl im Hinblick auf den Namen Silver ändert sich gerade.« Grant war nicht bewusst gewesen, wie wahr das war, bis er die Worte ausgesprochen hatte. »Aber der Grund dafür, dass ich ihn nicht benutzen will, ist nicht mein Verhältnis zu unserem Namen. Ich brauche nur einfach keine Anerkennung für das, was ich tue.«

»Das verstehe ich. Du bist immer bescheiden gewesen. In diesem Fall könnte der Name Silver jedoch einiges in Bezug auf Spenden für die gute Sache ausrichten«, erklärte sein Vater. »Und es gibt noch etwas anderes zu bedenken. Indem du deinen Namen benutzt, ermöglichst du es den anderen, den Mann hinter der Organisation zu sehen. Das könnte dazu führen, dass du Menschen, die die Mittel haben, um anderen zu helfen, inspirierst, über den Tellerrand zu schauen und zu überlegen, ob es Wege für sie gibt, Ähnliches zu tun. Du solltest zu diesem Privileg stehen, mein Junge. Die Welt braucht mehr gute Menschen, zu denen sie aufschauen kann.«

»Denk einfach darüber nach, mein Schatz«, sagte seine Mutter.

So hatte Grant das noch nicht gesehen. Ihm gefiel die Vorstellung, ein Vorbild zu sein. Er schaute zu Jules, und ihm wurde klar, dass sie in vielerlei Hinsicht ein Vorbild für ihn war. Und sein Vater? War der trotz des ganzen Mists zwischen ihnen – nachdem Grant nun die ganze Geschichte kannte – nicht auch ein Vorbild geworden? Hatte Grant nicht den Großteil der letzten zwei Wochen alles, was er missverstanden hatte, neu durchdacht und war zu der Erkenntnis gelangt, dass die Liebe seines Vaters so tief und echt war, wie Liebe nur sein konnte?

»Ich brauche nicht darüber nachzudenken, Mom. Ich finde Silver Lining Foundation klingt ziemlich gut.«

»Glückwunsch! Du hast einen Namen!« Jules umarmte ihn. »Ich finde ihn toll!«

»Ich auch!« Bellamy umarmte ihn ebenfalls und alle sprachen zustimmend durcheinander.

»Das ist ja so aufregend«, sagte seine Mutter. »Dein Vater und ich sind im Vorstand von mehreren gemeinnützigen Organisationen. Wir können dir anfangs unter die Arme greifen. Wir können sogar im Resort eine Benefizveranstaltung organisieren.«

»Das nehme ich gern an. Aber ich habe noch eine größere Bitte an Dad.« Er sah seinen erwartungsvoll schauenden Vater an. »Ich habe mit Sage Remington über sein Unternehmen gesprochen. Ich glaube nicht, dass meine Stiftung nur mit den Erlösen von Kunstauktionen wirkungsvoll arbeiten kann, aber ich dachte mir, dass wir doch einmal im Jahr eine veranstalten könnten, und ich fände es sehr schön, wenn du mit mir daran teilnehmen könntest. Als Künstler.«

»Dad als Künstler?« Bellamy zog verwirrt die Augenbrauen zusammen und den übrigen Geschwistern erging es nicht anders.

»Dad ist ein großartiger Maler«, sagte Grant und hielt dem fassungslosen Blick seines Vaters stand. »Schaut euch um. All diese Gemälde stammen von ihm.«

Alle außer Grant und sein Vater bewunderten die Gemälde und die Lautstärke durch die Gespräche um sie herum stieg.

»Ich kann dir nicht garantieren, dass ich noch irgendetwas halbwegs Gutes zustande bringe, mein Junge«, sagte sein Vater. »Ich habe seit dem College keinen Pinsel mehr in der Hand gehabt.«

»Ich habe so das Gefühl, wenn du erst einmal wieder einen Pinsel in der Hand spürst, kommt alles zurück. Immerhin habe ich mein künstlerisches Talent von dir geerbt.«

»Das wissen wir nicht wirklich, oder?«, sagte sein Vater behutsam.

Die Worte seines Vaters trafen ihn hart. Grant sah zu seinen Geschwistern. Fitz schaute gerade zu ihnen und deutete mit einem lautlosen *Wow* auf die Gemälde. Keira zeigte auf sich selbst, nickte und gab *Das könnte ich auch* zu verstehen. Wells legte einen Arm um Jules und sagte etwas, das sie die Augen verdrehen ließ, und Bellamy und seine Mutter schauten immer wieder hoffnungsvoll zu Grant und seinem Vater. Grant wollte das hier. Das alles – eine Zukunft mit Jules, ein besseres Verhältnis zu seiner Familie, eine neue Aufgabe mit der

Stiftung, und vielleicht konnte er sich weiterhin mit Titus austauschen und die Verbindung zu dem aufrechterhalten, was einst sein Leben gewesen war.

Grant trat näher an den Vater heran, der ihn aufgezogen und nie verlassen hatte, selbst als Grant sich von seiner schlechtesten Seite gezeigt hatte. Er tat es in dem Wissen, dass er vielleicht nicht sein biologischer Sohn war. Er sah dem Mann in die Augen, der all die Jahre, in denen er das Gegenteil geglaubt hatte, hinter ihm gestanden hatte, und er wusste, dass er die richtige Entscheidung traf.

»Doch, das wissen wir, Dad. Ich brauche keinen verdammten Test, um zu wissen, wer mein Vater ist.«

Nach einem köstlichen Dinner bei den Silvers, bei dem sie zu viel gegessen und noch mehr gelacht hatten, machten Grant und Jules sich auf den Weg zum Haus ihrer Eltern, um dort das Dessert mit ihnen zu genießen. Sie schwebte im siebten Himmel, weil sie miterleben durfte, wie die Silver-Familie wieder zueinanderfand. Das hatte sie sich seit so langer Zeit erhofft und jetzt bekam sie so viel mehr als das. Als Grant ihr aus dem Pick-up half, konnte sie die Veränderung in ihm – die Freude über ein neues Leben – förmlich spüren.

»Lass mich nur gerade noch die Tischdeko holen.« Sie beugte sich in den Wagen, und Grant nutzte die Gelegenheit, sich an ihrem Hintern zu reiben, schamlos aus. Anstatt sich umzudrehen, richtete sie sich bloß auf und gönnte sich einen Augenblick, um die Küsse zu genießen, die Grant auf ihrem Hals verteilte.

Er schob ihre Haare über eine Schulter und küsste sie auf die Wange nahe dem Ohr. »Bisher war es ein wundervolles Thanksgiving-Fest.«

Sie drehte sich zu ihm und er strich mit den Lippen über ihre. »Danke, dass du meine Familie ertragen hast.«

»Ich liebe deine Familie, und ich fand es wundervoll, mit dir dort zu sein.«

Er schloss die Wagentür und legte die Hand auf ihren Rücken, als sie die Auffahrt hinaufgingen. »Was hat mein Vater zu dir gesagt, bevor wir gegangen sind?«

»Er meinte, ich hätte eure Familie wohl mit einer Art Zauber belegt, und dafür hat er sich bedankt. Aber ich habe ihm erklärt, dass es einfach nur die Liebe ist, die schon immer da war und nur darauf gewartet hat, wieder an die Oberfläche zu gelangen. Heute schien es alles noch viel besser zu laufen. Habt ihr beiden euch ausgesprochen?«

»Ja, ich habe endlich gemerkt, was wirklich wichtig ist. Du kennst doch den alten Spruch: *Blut ist dicker als Wasser.* In meinem Fall ist Liebe dicker als Blut. Ich weiß nicht, ob mein Vater und ich die gleiche DNA haben, aber ich weiß, dass wir die gleiche Liebe in uns tragen.«

»Oh, Grant, das ist wunderbar! Kein Wunder, dass ihr beide viel glücklicher gewirkt habt.« Mit der Tischdeko in der Hand umarmte sie ihn.

»Fühlt sich gut an, das alles ad acta zu legen.« Auf einmal verdunkelten sich seine Augen und fachten sofort wieder das Feuer in ihr an. »Apropos legen …« Er zog sie näher an sich. »Nicht, dass ich den Rest von Thanksgiving schnell hinter mich bringen möchte, aber ich kann es nicht abwarten, dich flachzulegen.«

Hungrig senkte sich sein Mund auf ihren, gerade als Levi

um die Ecke des Hauses gerannt kam und fast mit ihnen zusammenstieß. Archer war ihm knapp auf den Fersen. »Schaff deinen Arsch wieder hierher!«

Joey, dick eingepackt in einen rosafarbenen Anorak und eine passende Strickmütze, flitzte ebenfalls an ihnen vorbei.

»Was ist denn hier los?«, rief Jules.

Joey blieb stehen und brüllte: »Dad hat Onkel Archer das Handy weggenommen, weil er nicht aufhören wollte, irgendeiner Frau zu schreiben!«

»Gib mir das Handy, sonst … Ich schwör, ich brech dir den Arm«, drohte Archer, während er und Levi um einen großen Baum herumtänzelten, die Arme weit ausgestreckt, die Knie gebeugt, als würden sie jeden Moment durch den Baum hindurchspringen.

»Versuch's doch … Schaffst du aber nicht!« Levi sprintete in Richtung Garten davon.

»Los, Daddy!«, feuerte Joey ihn an. Bevor sie hinterherlief, rief sie Jules und Grant noch zu: »Die anderen sind alle hinten! Ciao!«

»Willkommen im Tollhaus«, sagte Jules und freute sich über den Schalk, der in Grants Augen funkelte. Sie wusste, dass er nur zu gern bei dem chaotischen Treiben mitmischen würde. »Du kannst ruhig zu den Jungs gehen, wenn du willst. Ich schau mal, ob ich meine Schwestern drinnen finde.«

»Danke, Baby. Bis gleich.« Grant holte sich noch einen Kuss und begrapschte ihren Hintern. »Liebe dich.«

»Und ich dich auch, Big Guy!« Sie sah ihm hinterher, freute sich für seine Familie und machte sich auf den Weg ins Haus. Der Duft von Liebe hing praktisch in den Wänden ihres Elternhauses und heute kam noch das süße Aroma von Freude und die Geräusche der in der Küche quasselnden Frauen hinzu.

»Julesy? Bist du das?«, rief ihre Großmutter.

»Ja!« Sie hängte ihre Jacke auf und ging in die große Küche zu den anderen. Sutton und Daphne füllten gerade Reste in Plastikdosen. Leni pflückte Überbleibsel vom Truthahngerippe, während ihre Mutter und Großmutter Kuchen aus dem Ofen nahmen und neben einem Tablett mit Keksen in Truthahnform abstellten, die unordentlich aufgereiht waren, was wahrscheinlich auf Joeys und Hadleys Kreativität beruhte. »Fröhliches Thanksgiving! Wo ist denn Hadley?«

»Sie ist bei Jock und den Jungs«, sagte Daphne.

Leni, deren Haare offen über die Schultern ihres schwarzen Pullovers fielen, begutachtete Jules anerkennend. »Schaut mal, wie hübsch sie sich für Thanksgiving gemacht hat.« Ihre Familie war an diesem Feiertag immer leger gekleidet, daher trugen ihre Schwestern, Daphne und ihre Mutter alle Jeans und Pullover.

»Das ist mein erstes Thanksgiving mit Grant und ich wollte einen guten Eindruck machen.« Jules sah an ihrer weiten schwarzen Hose und dem weißen Pullover mit V-Ausschnitt und den goldenen eingewobenen Fäden hinunter. Sie hatte darüber nachgedacht, ihre Haare anders zu frisieren, doch sie war etwas nervös gewesen und hatte sich schließlich für den gewohnten Springbrunnenzopf entschieden, um durch das Vertraute Sicherheit zu gewinnen.

»Du siehst wunderschön aus, meine Kleine.« Ihre Mutter zog die Ofenhandschuhe aus und umarmte Jules innig. »Aber du weißt, dass es Margot und Alexander egal ist, was du trägst.«

»Stimmt, mein Schatz«, pflichtete ihre Großmutter bei. Sie war die Einzige außer Jules, die eine schicke Hose trug, und sie sah mit der königsblauen Bluse, den vielen Halsketten und mehreren Armreifen sehr flott aus. »Margot hat dir früher die Windeln gewechselt. Alles sieht besser aus als diese Kackexplosionen.«

»Grandma!« Jules musste lachen.

Daphne kicherte. »Ich muss zugeben, dass es schön ist, von jemand anderem als mir mal Kacka-Witze zu hören.«

Sutton stellte einen Behälter in den Kühlschrank und kam zu Jules herüber. Sie war groß, schlank und modisch mit einem beigefarbenen Wickelpullover und Skinny Jeans bekleidet. Die blonden Haare trug sie mit einem Seitenscheitel, und sie fielen ihr ins Gesicht, während sie Jules langsam von oben bis unten in Augenschein nahm. »Mhm … Oh ja, Leni, stimmt, sie hat ihn.«

»Ich weiß. Das sehe ich von hier«, sagte Leni, die sich die Hände in der Spüle wusch.

»Wovon redet ihr?« Jules sah an sich herab. »Was habe ich?«

Sutton grinste. »Diesen frisch gef…«

»Geliebten Look«, unterbrach Leni und sah Sutton finster an.

»Oh nee, nicht euer Ernst, oder?« Jules verdrehte die Augen und alle lachten.

Ihre Großmutter stieß sie mit dem Ellbogen an. »Ich hoffe, dass du diesen Look nie verlierst. Dein Großvater und ich haben den Sex genossen bis …«

»Grandma!«, gingen Jules und ihre Schwestern dazwischen.

»Mom! Bändige deine Mutter«, flehte Leni.

»Mich braucht ihr nicht anzuschauen.« Ihre Mutter straffte die Schultern und strich mit den Händen über ihre breiten Hüften. »Es überrascht mich, dass ihr noch nichts zu meiner frisch geliebten Aura gesagt habt.«

»Mom!«, beschwerten sich die Schwestern.

»Mir ist aufgefallen, dass du heute sogar noch munterer bist als sonst, Shelley«, sagte Daphne.

»Und du ebenfalls«, erwiderte ihre Mutter, was Daphne

heftig erröten ließ.

»Können wir bitte mit dem Gerede über Sex aufhören?« Jules nahm sich einen Keks von dem Tablett. »Ich will kurz das Neueste von Sutton und Leni hören, bevor die Jungs reinkommen. Sutton, wie war deine Geschäftsreise?«

Sutton verdrehte die Augen und lehnte sich gegen die Arbeitsfläche. »Wir waren in Minnesota und haben eine Story über die Niagarahöhle gemacht. Es war saukalt. Da fahre ich nie wieder hin.« Sutton war früher Moderedakteurin beim Multimediaunternehmen *Ladies Who Write Enterprises* gewesen, hatte aber nun den Aufstieg zu ihrem Traumjob als Reporterin für die Fernsehsendung *Discovery Hour* geschafft. Das Problem war, dass sie vorher noch nie als Reporterin gearbeitet hatte und nichts über die Themen wusste, über die sie berichten musste. Doch Sutton war klug und lernte schnell, und dass sie bisher nicht gefeuert worden war, nahm Jules als gutes Zeichen.

»Du hättest dich an deinen heißen Boss kuscheln können«, schlug Leni vor. »Mmh … Eine Nacht mit Flynn Braden und allein die Erinnerung daran würde dich sicher für Wochen wärmen.«

»Der ist ein echter Hingucker«, stimmte ihre Mutter zu.

»Flynn?« Bei Sutton klang der Name wie etwas Abscheuliches. »Der Typ, der seit meinem ersten Tag versucht, mich feuern zu lassen?«

»Ach, mein Schatz, ich bin mir sicher, dass das nicht stimmt«, sagte ihre Mutter.

»Die Waffen einer Frau können sehr hilfreich sein«, warf ihre Großmutter ein. »Vielleicht muss er nur ein wenig mit dir warm werden. Wenn du weißt, was ich meine …«

»Bäh! Danke, Grandma, aber nein.« Sutton biss von einem Keks ab. »Kannst du Leni wegen ihres fehlenden Sexlebens nerven und mich verschonen, bitte?«

»Ich habe keine Zeit für Dates.« Leni schaute aus dem Fenster. »Außerdem … Wollt ihr wirklich, dass ich zu dem Haufen von Idioten da draußen auch noch etwas beitrage?«

»Hey, nenn meinen Kerl nicht Idiot!«, sagte Jules, als sie sich alle ans Fenster stellten.

Jock, Archer und ihr Vater warfen sich einen Football zu und rannten sich gegenseitig um. Direkt hinter ihnen hielt Grant Joey an den Füßen und Levi hatte ihre Handgelenke gepackt, um sie dann in einen Laubhaufen zu werfen. Hadley rannte mit hochgestreckten Armen auf Grant zu, und er hob sie über seinen Kopf, was mit dem breitesten Lächeln belohnt wurde, das Jules bei dem sonst stets stoisch dreinblickenden kleinen Mädchen je gesehen hatte. Als Grant sie wieder herunterließ, schlang Hadley ihre Ärmchen um seinen Hals. Jules schmolz dahin.

»Grant sieht schon toll aus mit so einem kleinen Mädchen auf dem Arm«, sagte Sutton.

Jules seufzte verträumt. »Oh ja, das stimmt.« Sie stellte ihn sich in der Zukunft mit ihren Kleinen vor. Sie wusste, dass sie in Gedanken viel zu weit vorpreschte, doch sie konnte nichts gegen das tun, was ihr Herz sah.

»Hadley liebt mürrische Jungs«, sagte Leni. »Pass lieber gut auf, Daph.«

Daphne nahm sich einen Keks. »Ich weiß. Jock lässt schon einen Keuschheitsgürtel anfertigen.«

Alle lachten und sahen zu, wie Grant und Levi nun Hadley in den Laubhaufen warfen. Grant schubste Levi und der fiel neben ihr ins Laub. Daraufhin sprang Joey auf Grants Rücken, und er zog sie über seine Schulter, um sie auch hineinzuwerfen. Lachend drehte er sich um und rief den anderen etwas zu.

Archer warf Grant den Football zu, doch Levi fing ihn ab und wurde augenblicklich von Jock umgerannt. Joey sprang auf sie drauf und Hadley bewarf sie alle mit Laub.

Jules hatte sich so viele Jahre nach dieser Art von Wiedervereinigung gesehnt. Sie lehnte sich an ihre Mutter und sagte: »Ich liebe diese Idioten so sehr.«

»Ich auch, meine Kleine.«

Sie machten sich wieder daran, den Nachtisch vorzubereiten, und Jules erzählte ihnen von Grants Plänen für die Silver Lining Foundation. Unzählige Fragen wurden gestellt und Leni bot ihre Hilfe an. Jules berichtete gerade von seinem Vorhaben, das Strandhaus in Ordnung zu bringen, als die Jungs mit Joey und Hadley lachend zur Tür hereinstürmten.

Grant zog Jules in seine Arme und sie sagte: »Ich habe gerade allen von der Stiftung erzählt und dass du vorhast, das Strandhaus in Ordnung zu bringen.«

»Das habe ich den Jungs auch erzählt. Sie kommen am Samstag zum Helfen vorbei.«

»Wirklich? Das ist ja großartig.«

»Wir freuen uns darauf. Du hast dir einen tollen Kerl ausgesucht, mein Käfer.« Ihr Vater gab ihr einen Kuss auf die Wange und ging dann hinüber zu ihrer Mutter.

Jules wurde ganz warm ums Herz, als sie die Zustimmung ihres Vaters spürte, und als sie sich umschaute, nahm sie voller Freude das ganze Chaos um sie herum in sich auf. Jock nahm Hadley auf den Arm und half Daphne dabei, ihrer kleinen Tochter die Jacke auszuziehen. Joey und Archer stibitzten sich Kekse und Leni gab ihnen einen Klaps auf die Hand. Ihr Vater umarmte ihre Mutter, sie unterhielten sich leise und küssten sich immer wieder. Sutton gab Levi eine Gabel, um sich dann verstohlen mit ihm über einen Schokokuchen auf der Arbeitsfläche herzumachen. Das taten sie bei jedem Thanksgiving-Fest, weshalb ihre Mutter immer einen zusätzlichen Schokokuchen machte, und Jules fand es immer wieder witzig.

Ihr Herz drohte zu zerplatzen, als Grant sie an sich zog und küsste. Trotz des Tumultes um sie herum war es ein genüsslicher Kuss, süßer als je zuvor. Es war der Kuss eines Mannes, der seinen Ort des Glücks gefunden hatte.

Mission abgeschlossen.

Sechsundzwanzig

»Ich denke, wir sollten mit dem Monster hinter dem Haus anfangen«, sagte Grants Vater am Samstagmorgen. Er war vor zehn Minuten mit Fitz und Wells und einem ganzen Kofferraum voller Werkzeug angekommen.

»Gefällt es dir nicht, wie der Oktopusbaum das Haus verschlingt?«, fragte Fitz mit ironischem Unterton.

Grant schmunzelte. »Da könnte man wohl gut anfangen.« Er hoffte, dass er auch die Auffahrt freilegen konnte, doch nachdem er sich das Grundstück etwas genauer angesehen hatte, ahnte er, dass er den Aufwand unterschätzt hatte.

Jules klopfte von innen ans Fenster. Sie hatte Crash auf dem Arm und winkte ihm mit seiner Pfote zu. Grant hob das Kinn und warf ihr eine Kusshand zu. Sie machte sich gerade fertig für die Arbeit.

»Du hast eine Katze?«, fragte Wells.

»In gewisser Weise. Das ist Crash, ein streunender Kater. Ich habe vergessen, dass ihr noch nicht im Haus wart, seit ich zurückgekommen bin. Ein paar Sachen habe ich verändert. Kommt rein und schaut euch mal um. Wir holen bei der Gelegenheit ein paar Flaschen Wasser.«

Als sie hineingingen, entdeckte sein Vater die Fußmatte und

hob eine Augenbraue. »Jules?«

»Wer sonst?« Grant öffnete die Tür.

Jules kam mit einer großen Tasche über der Schulter aus dem Schlafzimmer. »Hallo, Jungs. Tut mir leid, dass ich heute nicht helfen kann, aber keine Sorge, den Kühlschrank haben wir aufgefüllt. Wir haben Wasser, Limonade, Bier, jede Menge Snacks und Sandwiches.« Sie deutete auf die Chips- und Brezeltüten, die auf der Arbeitsfläche lagen. »Eis, Kekse und Obst sind auch da.«

»Danke, Jules. Du hättest dir nicht so viel Mühe machen müssen«, sagte sein Vater.

Jules zuckte mit den Schultern. »Man weiß nie, auf was man Hunger haben könnte.« Sie umarmte seinen Vater und seine Brüder. »Viel Spaß euch allen!«

Grant öffnete ihr die Tür und zeigte auf den Ohrstöpsel in seinem rechten Ohr. »Ich dachte mir, ich probiere das mal aus.«

»Ich hoffe, es hilft.«

»Ich auch.« Er küsste sie. »Ich lass dich wissen, wie es läuft. Liebe dich.« Auf dem Weg hinaus bekam sie noch einen Klaps auf den Hintern.

Sein Vater ging direkt zu den Bildern, die neben dem Erkerfenster hingen, und Grants Magen zog sich zusammen. Er hatte sich schon daran gewöhnt, die Familienfotos und die Gemälde zu sehen, sodass er nicht an sie gedacht hatte, als er seine Familie hineingebeten hatte. Die Fotos waren Schnappschüsse, die auf Veranstaltungen aufgenommen worden waren, und eines davon zeigte ihn und seine ganze Familie an dem Tag, an dem er abgereist war, um seinen Dienst beim Militär anzutreten. Bellamy und Keira standen jeweils auf einer Seite von ihm und klammerten sich an ihn. Ein anderes Foto seiner Familie war auf einer der Geburtstagsfeiern von Jules' Großmutter aufgenommen worden. Das dritte Foto war am Strand gemacht worden. Er hatte keine Erinnerung daran, von wann es stammte, aber an die Liegestühle waren Luftballons gebunden, und der vielleicht elf oder zwölf Jahre alte Grant, Wells und ihre Schwestern saßen auf den Knien um Fitz herum, der bis zum Hals im Sand steckte. Sie alle grinsten albern.

»Bruderherz, du hast ja Vorhänge.« Wells klopfte auf die Kücheninsel. »Und woher hast du die?«

»Die habe ich gebaut«, sagte Grant.

»Die Bank ist ein bisschen mädchenhaft«, scherzte Fitz und nahm ein Buch aus dem Fach darunter heraus. »Ich wusste nicht, dass du eine Schwäche für Liebesromane hast.«

Grant funkelte ihn an und nahm ihm das Buch aus der Hand, um es wieder wegzustellen.

Wells betrachtete lachend den Kaktus. »Guckt euch das mal an. Der Typ steht eindeutig unter dem Pantoffel der Lady.«

»Stell das wieder hin!«, fuhr Grant ihn an.

»Sind wir etwas empfindlich?« Wells stellte den Kaktus wieder zurück. »Warum kaufst du das Haus hier nicht einfach?«

»Weil ich gerade erst damit anfange, die Stiftung auf die Beine zu stellen«, sagte Grant schmallippig. »Eine so weitreichende Entscheidung sollte im Moment doch wohl reichen.«

Wells winkte ab. »Das ist doch wohl keine so weitreichende Entscheidung. Du könntest das Haus in bar bezahlen und es würde auf deinem Bankkonto kaum auffallen. Ich werde nie verstehen, warum du über alles so lange nachdenken musst. Hast du Angst, dich zu binden?«

Grants Geduld ging langsam dem Ende zu. »Kann ja nicht jeder so wie du sein und erst handeln, um dann über die Folgen nachzudenken.«

»Grant war fünfzehn Jahre lang mit seinem Beruf verheiratet, Wells. Gib ihm etwas Zeit, um rauszufinden, was er will«, sagte Fitz.

»Meinte ja nur, dass das hier eine begehrte Immobilie ist. Wäre also keine schlechte Entscheidung«, sagte Wells.

Grant ignorierte das Bedürfnis seiner Brüder, seine Entscheidungen zu erörtern, und trat stattdessen neben seinen Vater. »Jules hatte die Familienfotos.«

Sein Vater zeigte auf das Bild am Strand. »Das war am Wochenende von Bellamys viertem Geburtstag. Ihr einziger Wunsch war ein pinkes Rad für große Mädchen mit Stützrädern, doch die Firma hatte ein rotes geliefert. Du bist früh am Morgen hinausgegangen und hast es pink angestrichen, ohne dass irgendjemand von uns davon wusste. Du hast versucht, uns weiszumachen, dass du es nicht warst, aber die Farbe an deinen Schuhen hat dich verraten.«

»Ich wusste nicht mehr, von wann das Foto stammte. Jetzt erinnere ich mich wieder. Wir sind an dem Tag mit den Fahrrädern zum Strand gefahren.«

»Ganz genau und es hat deine kleine Schwester sehr glücklich gemacht.« Sein Vater wandte seine Aufmerksamkeit den Gemälden zu und deutete auf das Bild mit dem kleinen Jungen, der auf den Stufen sitzt und von einer transparenten Gestalt umarmt wird. »Die sind unglaublich, mein Junge.«

»Ich bin nicht annähernd so talentiert wie du.«

»Da irrst du dich gewaltig. Du hast mehr Talent, als ich es je hatte. Du hast genau das festgehalten, was ich damals gefühlt habe. Ich wollte dich vor der Welt beschützen, aber ...« Der Gesichtsausdruck seines Vaters war nun voller Bedauern. »Na ja, du weißt schon.«

Grant legte ihm eine Hand auf die Schulter. »Du hast mich beschützt, Dad, sogar als ich ein Arsch war.«

»War?«, scherzte Wells, als er und Fitz sich zu ihnen stellten. »Nur Spaß, Grant. Die Bilder sind unglaublich. Hast du die gemalt?«

»Mhm.«

»Ziemlich ausdrucksstark«, sagte Wells.

Fitz nickte zustimmend. »Du hast echt Talent, Grant.«

Grant sah seinem Vater in die Augen. »Das habe ich von ihm.«

Er zeigte ihnen das Atelier, sie bewunderten noch weitere Gemälde, rissen Witze über das Foto von ihm und Jules und betrachteten betrübt die Bilder von Grant und seinen Darkbird-Kumpels.

»Hast du noch Kontakt zu ihnen?«, fragte sein Vater. »Du warst irgendwie beratend tätig, oder?«

»Ja, Titus ruft gelegentlich an.«

»Das ist gut. Ich bin froh, dass du diese Verbindung noch hast.« Die Aufrichtigkeit in der Stimme seines Vaters war greifbar.

Der Lärm von zugeschlagenen Autotüren und rufenden Männern weckte ihre Aufmerksamkeit. »Das müssen Jock und die Jungs sein«, sagte Grant.

Als sie vor die Tür traten, wurde Grant vom Anblick mehrerer Pick-ups überrascht, die unten auf der Auffahrt standen. Einer hatte einen Minibagger auf dem Anhänger. Roddy und seine Söhne Rowan, Brant und Jamison waren gekommen. Mr. Steele, Jock, Archer und Levi waren direkt hinter ihnen, gefolgt von Taras Brüdern Robert und Carey Osten.

»Hey, Kumpel!« Rowan, ein großer Hippie mit zotteligen Haaren winkte ihm zu, als sie Werkzeuge von der Ladefläche des Pick-ups abluden. »Fröhliches Thanksgiving.«

»Dir auch, Rowan!« Grant hatte Rowan, Jamison und Carey

seit ein paar Jahren nicht mehr gesehen. Keiner von ihnen lebte auf der Insel. Er sah seinen Vater an. »Was machen die alle hier?«

Sein Vater zuckte mit den Schultern. »Ich habe Roddy gegenüber erwähnt, dass wir dir helfen, hier ein bisschen Ordnung zu schaffen. Da dachte er sich wohl, dass sie auch ein bisschen mit anpacken, da ja alle für die Feiertage zu Hause sind.«

Levi rief zu ihm herüber: »Tara hat ihren Brüdern erzählt, was wir vorhaben. Da dachte ich mir, wir können alle Hände gebrauchen, oder?«

»Das ist großartig!«, sagte Grant ungläubig und Jules' Stimme flüsterte in seinem Kopf: *Mehr als die Hälfte deines Lebens hast du auf der Insel gelebt, und wir sind vielleicht keine Kameraden in dem Sinne, aber uns allen bedeutest du sehr viel.*

Während die Männer Bretter, Material und Werkzeug den Hügel herauftrugen, miteinander redeten und lachten, seine Brüder mit Faustchecks begrüßten und ihm auf den Rücken schlugen, wurde Grant klar, dass er seine Kameraden von Darkbird nicht zurückgelassen hatte. Sie würden immer bei ihm bleiben, ebenso wie er diese Freunde nie zurückgelassen hatte. Diese Männer, mit denen er aufgewachsen war, mit denen er Unsinn angestellt und sich gegenseitig aufgezogen hatte, ebenso wie ihre Väter – sie alle waren seine ursprünglichen Kameraden.

Und jetzt waren sie alle hier und stellten unter Beweis, dass ihre Freundschaft alles überstehen konnte.

Sie arbeiteten bis in den Nachmittag hinein, unterhielten sich, scherzten und legten nur eine kurze Mittagspause ein. Sie vertilgten den Großteil von dem, was Jules besorgt hatte. Die Jungs machten sich über Grant und Jock lustig, die als einzige ihrer Gruppe das Single-Dasein aufgegeben hatten, doch die beiden erzählten ihnen, was sie verpassten. Wenn es um sein

Bein ging, gab es keine mitleidigen Blicke oder unangenehmen Eiertänze. Es war einfach eine Gruppe von Freunden, die sich austauschten, nachdem sie sich eine Zeitlang nicht gesehen hatten. Er erzählte von seinen Plänen für die Stiftung, und als Rowan nach Grants letztem Einsatz fragte, konnte Grant darüber berichten, ohne etwas zurückzuhalten oder von Verbitterung übermannt zu werden. Er erzählte von der Trauer und den Ängsten, die er ausgestanden hatte, von den emotionalen und körperlichen Veränderungen, die er durchgemacht hatte, und wie Jules ihm geholfen hatte, einen Weg zu finden, die Vergangenheit akzeptieren und in die Zukunft schauen zu können.

Es war wie in alten Zeiten – nur besser. Er und seine Freunde waren jetzt Männer mit richtigen Problemen, die zu bewältigen waren, und mit Erfolgen, auf die sie stolz sein konnten.

Als die anderen davonfuhren, stand Grant oben auf der Auffahrt, die nun dank der Kontakte seines Vaters zum örtlichen Steinbruch mit Kies ausgelegt war, winkte und freute sich darauf, sie alle in wenigen Stunden bei der Bootsparade wiederzusehen. Er drehte sich um und begutachtete das Strandhaus, das aussah wie neu. Sie hatten nicht nur das Gestrüpp beseitigt und die riesigen Pflanzen zurückgeschnitten, die die Hinterseite des Hauses vollkommen überwuchert hatten, sondern auch die Veranda, die Zierleisten und die Verkleidung ausgebessert und die Fliegengitter ausgetauscht.

Grant drehte sich um, als er ein Auto hörte, und sah Jules, die mit weit aufgerissenen Augen die Auffahrt hinauffuhr. Sie stellte den Wagen ab, stürmte aus dem Jeep und direkt in seine Arme.

»Wow! Bin ich hier richtig? Das sieht alles aus wie neu!«

Es sah neu aus, doch genauso wie er derselbe Typ war, der er immer gewesen war, auch wenn die Menschen ihn aufgrund der verwitterten und mitgenommenen Schichten, die er in letzter Zeit abgeworfen hatte, nun anders sahen, so war dies auch dasselbe Strandhaus wie vorher, nur besser.

Grant legte ihr einen Arm um die Schulter. »Silver-Island-Solidarität vom Feinsten.«

»Wie war es mit dem Ohrstöpsel?«

»Etwas schwierig, sich daran zu gewöhnen, aber er hat geholfen. Heute Abend werde ich ihn mit Sicherheit benutzen.« Er ging mit ihr ums Haus herum. »Rate mal, was wir da hinten gefunden haben.«

»Noch mehr Katzen?«

»Du meine Güte, nein!« Er lachte. »Einen kleinen Sauerbaum.«

Sie schaute mit ihrem wunderschönen Gesicht zu ihm auf und in ihren Augen funkelte das Staunen. »Aber woher kommt der denn?«

Er küsste ihre süßen Lippen und führte sie hinters Haus. »Keine Ahnung, Pix. Manche Leute würden sagen, das Universum hat uns ein Zeichen geschickt.«

Praktisch die ganze Insel war auf den Beinen, um zuzusehen, wie die Lichter der Bootsparade den nächtlichen Himmel erleuchteten. Auf den Hafenanlagen, den Gehwegen und den Rasenflächen in der Nähe der Rock Harbor Marina, die mit weißen Lichtern geschmückt war, standen Leute. Bürgermeister Osten winkte von einem Podest auf dem Anleger aus den

Menschen auf den Booten zu. Über ihm wehte ein Banner im Wind, das die *Festliche Bootsparade der Insel der Lichter* verkündete, und die Häuser, Geschäfte und Restaurants an der Küste leuchteten bunt in der Dunkelheit.

Jules liebte diese Zeit im Jahr, wenn Familie und Freunde zusammenkamen, um die Inseltraditionen zu feiern, und sie hätte sich keinen perfekteren Abend wünschen können. Die freudige Stimmung hing in der kühlen Winterluft, vermischte sich mit dem wohligen Lärm der Menschen, die ihre Oohs und Aahs von sich gaben, während die geschmückten Boote durch den Hafen fuhren und weihnachtliche Musik aus den Lautsprechern tönte. Sie waren bereits vor Einbruch der Dunkelheit angekommen, gemeinsam mit ihren Geschwistern und Freunden, außer Fitz und Archer, die mit ihren jeweiligen Eltern auf den Booten waren.

Jules stand auf einem Hügel mit Grants Schwestern und Leni, Jock, Daphne und Hadley, um die vorbeifahrenden Boote zu bewundern. Grant war mit Wells und Levi vor etwa einer halben Stunde hinunter zu den Anlegern gegangen. Jules schaute in die Richtung, doch die Menge war zu dichtgedrängt, als dass sie ihn hätte ausmachen können. In einiger Entfernung entdeckte sie allerdings Sutton, die mit verkniffenem Gesichtsausdruck mit ihrem Chef telefonierte.

»Schulter, Daddy Dock!« Hadley streckte die Arme in die Höhe. Mit ihrer neuen Mütze mit dem Hai-Aufdruck und den passenden Handschuhen, die *Onkel Atcha* ihr geschenkt hatte, und dazu noch mit ihrer geliebten Plüscheule im Arm, sah sie einfach entzückend aus.

»Hoch mit dir, Prinzessin.« Jock hob sie hoch, gab ihr einen Kuss auf die Wange und setzte sie auf seine Schultern.

Daphne schaute ihn verträumt an. »Ich kann es kaum glauben, dass ich diesen Mann schon bald heiraten darf. Manchmal wache ich auf und muss mich kneifen, um sicher zu sein, dass das alles wahr ist.«

Jules entdeckte Grant, der sich mit Wells und Levi durch die Menge kämpfte, und ihr Herz schlug gleich schneller. »Das Gefühl kenne ich.« Ihre Blicke trafen sich und die vertrauten sprühenden Funken brannten einen Pfad von ihm zu ihr. Mit den Haaren, die er aus dem Gesicht nach hinten geschoben hatte, sah er verwegen und attraktiv aus, und sein kräftiger Körper wirkte in seiner dicken braunen Jacke noch breiter.

»Ich will dieses Gefühl auch mal kennenlernen«, sagte Bellamy entnervt. »Trägt euer Vater beim Einschalten der Beleuchtung des Weihnachtsbaums wieder das Weihnachtsmannkostüm?«

»Ja«, antwortete Jules und behielt weiter die Männer im Auge, die näher kamen. Levi schaute sich immer wieder nach Tara um, die mit Joey hinter ihm lief und Fotos von der Veranstaltung machte. Joey klebte förmlich an ihr. Tara hatte ihr einen Plastikausweis mit dem Aufdruck *Presse* gemacht, den die Achtjährige voller Stolz trug.

Bellamy wackelte mit den Schultern. »Gut! Denn ich weiß, worum ich ihn bitten werde. *Einen heißen, klugen, männlichen Single, bitte.*«

»Ach«, sagte Keira. »Die meisten Männer nerven sowieso nur.«

»Meiner nicht«, sagte Jules, als Grant sie erreichte und in den Arm nahm.

»Hallo, Baby. Ich habe gerade eine Nachricht von Fitz erhalten. Sie fahren jeden Moment vorbei.« Er küsste sie. »Ich hoffe, wir haben an dem Tag, an dem der Weihnachtsbaum beleuchtet wird, noch nichts vor.«

»Ich muss bis vier arbeiten. Warum?«, fragte Jules.

»Weil ich mich gemeldet habe, um beim Aufbau zu helfen«, sagte Grant. »Sieht so aus, als wäre ich den ganzen Tag dort beschäftigt.«

»Klingt so, als hätte sich da jemand von dem Typen, der partout nicht aus seiner Höhle in den Dünen herauskommen wollte, verabschiedet«, witzelte Keira.

»Der Ohrstöpsel hilft ihm, die Menschenmenge zu ertragen«, erklärte Jules.

»Vielleicht, aber ich glaube, es hat mehr mit dir zu tun«, sagte Keira.

»Absolut!«, sagte Grant.

Bellamy hakte sich bei Jules ein. »Danke, dass du deinen Zauber versprüht hast. Du bist die beste Freundin, die sich eine Frau je wünschen könnte.«

Jules legte den Kopf an Bellamys Schulter. »Ich würde alles für dich tun, Belly, aber letztendlich habe ich es auch für mich getan.«

»Wer hätte gedacht, dass unsere kleine Schwester so ein zauberhaftes Händchen für Männer hat?«, witzelte Leni.

»Nur für einen Mann«, korrigierte Jules sie.

Wells legte den Arm um Leni. »Ich zeig dir mal, was zauberhafte Händchen noch so anstellen können.«

Leni schüttelte ihn ab und verdrehte die Augen.

»Alle mal lächeln!«, rief Tara und schoss ein Foto.

»Machst du eines von mir und meinem Dad?« Joey rannte zu Levi und er hob sie hoch. Sie trugen Lederjacken im Partnerlook und sahen toll damit aus. Auf Levis waren Aufnäher des Dark Knights Motorrad Clubs angebracht und auf Joeys Rücken prangte der Aufnäher *Dark Knights Tochter*. Levi nannte das seine Hände-Weg-Warnung. »Weißt du was, Dad? Wenn ich groß bin, werde ich Bikerin und Fotografin!«

»Fotografin? Ok, dahinter stelle ich mich gern«, sagte Levi.

»Das kann ich mir vorstellen«, gab Leni kaum hörbar von sich.

Sutton kam zu den Frauen herübermarschiert und stöhnte. »Ich hasse meinen Chef.«

»Schlaf mit ihm. Das löst alle Probleme«, sagte Leni.

»Den Gefallen tue ich ihm nicht.« Sutton schaute zu Tara, Levi und Joey und flüsterte: »Glaubt ihr, Mouse hat einen geheimen Schrein für Levi? Sie hat bestimmt schon tausende Bilder von ihm.«

»Sutton!«, ermahnte Jules sie.

»Was? Guckt euch die beiden doch mal an«, beharrte Sutton. Levi hatte eine Hand auf Taras Rücken und Joey hatte den Arm um Levis Taille gelegt. »Die sind doch eine perfekte kleine Familie.«

»Sie ist Joeys Tante. Jetzt mach da keine komische Situation draus«, sagte Jules.

Das »Baby Hai«-Lied tönte vom Hafen herüber und lenkte ihre Aufmerksamkeit auf das Boot von Jules' Eltern. Hadley rief: »Baby Hai! Runter!«

Alle jubelten und johlten, als das Boot der Steeles vorbeifuhr.

Jock setzte Hadley ab und fing an, den Baby-Hai-Tanz zu tanzen. Daphne, Jules, Bellamy, Tara und Joey machten mit, während Leni und Sutton ein paar Schritte zurücktraten.

Wells schubste sie vor und sagte: »Wenn ihr nicht mittanzt, könnt ihr mitkommen und mit meinem Riesenhai spielen.«

»Wohl eher mit deiner Kaulquappe.« Leni prustete los.

»Kommt schon, Leute! Macht es für Hadley!«, trieb Jules sie an, und nach kurzem Augenverdrehen und Grummeln machten sie mit. Jules dachte sich ihren eigenen Text aus und Grant machte alle Handbewegungen falsch. Aber sie lachten und küssten sich, sie tanzten alle gemeinsam, und das machte es zu dem perfekten Tanz.

Nachdem das Boot ihrer Eltern seine Runde gedreht und schließlich den Hafen verlassen hatte, standen sie auf dem Hügel und schauten zu, wie weitere unfassbar schön dekorierte Boote vorbeifuhren. Grant nahm Jules in die Arme, wiegte sich mit ihr zu ihrem eigenen persönlichen Rhythmus hin und her und flüsterte ihr zwischen den Küssen *Ich liebe dich* zu. Wenn sie sich so nah waren, hörte alles andere auf zu existieren, und das trommelnde Begehren zwischen ihnen wurde mit jeder Sekunde stärker und heißer. Rufe ertönten, und sie legte die Hand auf sein rechtes Ohr, doch er nahm sie in seine Hand und führte sie an seine Lippen, um die Innenfläche zu küssen.

Er schmiegte sein Gesicht an ihres und gab ihr einen Kuss auf die Wange. »Spürst du das, Baby? Unsere magnetische Anziehungskraft? Oder geht das nur mir so?«

»Ich spüre es. Das sind *wir*.«

Er schaute ihr tief in die Augen. »Endlich verstehe ich, wie sich mein Vater vor all den Jahren gefühlt hat, warum ihm jede Minute, die er mit uns verbringen konnte, so wichtig war, und warum er meine Mutter nicht loslassen konnte. Ich habe keine Ahnung, wie er es überlebt hat, in einem anderen Haus zu wohnen, abends von ihr getrennt zu sein und nicht gemeinsam aufzuwachen. Als sie sich trennten, hatten sie ein Jahrzehnt hinter sich und fünf gemeinsame Kinder. Wir sind erst ein paar Wochen zusammen und ich kann mir schon jetzt keinen Tag mehr ohne dich vorstellen. Du hast meine Welt verändert, Pix.« Er drückte seine Lippen auf ihre Wange und flüsterte: »Ich könnte dich nicht mehr lieben als in diesem Moment.« Er küsste ihre Lippen. »Stimmt nicht. Schon jetzt liebe ich dich mehr.«

»Grant!« Sie krallte ihre Finger auf seinem Rücken in die Jacke.

Alle anderen jubelten den Booten der Silvers und Remingtons zu, doch Jules war so von Grant in den Bann gezogen, dass sie den Blick von ihm nicht abwenden konnte.

»Du verpasst deine *Zauberhafte Pixie-Weihnacht*, Baby.«

Jules liebte ihre Familie und ihre Freunde, doch das Bedürfnis, ihm nah zu sein, sich in seiner Liebe zu sonnen, war zu stark, um es zu leugnen. »Denk nicht, dass ich dir für all deine harte Arbeit nicht dankbar bin, aber das Einzige, was ich jetzt sehen will, bist du, wie du über mir liegst und mich so anschaust wie in diesem Moment.«

Fünfzehn Minuten später stolperten sie ins Strandhaus und machten sich nicht einmal die Mühe, das Licht einzuschalten, während sie sich auf dem Weg ins Schlafzimmer die Kleider vom Leib rissen. Crash sprang vom Bett und flitzte aus dem Raum, während Jules sich zwischen drängenden Küssen ganz auszog. Grant setzte sich, um sich der Prothese und der Boxershorts zu entledigen, und sie kniete sich hinter ihn, um ihm über die Brust zu streichen und seine Schultern zu küssen. Als er fertig war, drehte er sich um und sie ließ sich auf den Rücken sinken. Seine Finger glitten zwischen ihren Brüsten hinunter bis zu ihrer Mitte und seine dunklen Augen folgten lustvoll diesem Pfad. Die Art, mit der er sie *jedes Mal* anschaute, als wäre sie alles, was er sah und jemals wollte, ließ sie innerlich schmelzen.

»Du bist so verdammt schön, Jules. Dein Gesicht, dein Körper, alles an dir.«

Er kam über sie, schenkte ihr einen langen, leidenschaftlichen Kuss und die Spitze seiner Härte drückte an ihre Mitte. Mit beiden Händen umfasste er ihre Taille, hielt sie, während er sich an ihrem Mund labte, und jagte erwartungsvolle Funken durch ihren ganzen Körper. Sie versuchte, die Hüften anzuheben, doch er hielt sie fest, reizte ihre feuchte Mitte, bis sie so von Verlangen erfüllt war, dass sie kaum noch atmete.

»Fühlt sich das gut an, Baby?«

Sie konnte nicht antworten, konnte nur keuchen, während er mit seiner Härte über ihre Mitte strich und ihr vor Begehren ganz schwindelig wurde. Sein Schaft rieb über ihre Perle und jagte lustvolle Stromschläge, Verheißungen der ersehnten Vereinigung, durch sie hindurch. Er wusste genau, wie er sie in den Wahnsinn trieb. Sie drückte die Fersen in die Matratze, während er ihren Mund liebte und sie sich vor erwartungsvoller Verzweiflung wand. Die Sehnsucht war quälend und köstlich zugleich. Er glitt mit den rauen Händen über die Außenseiten ihrer Schenkel und hob ihre Knie an, um sie weiter für ihn zu öffnen.

»Jaa!«

Sie spreizte die Beine weit auseinander, drückte sie in die Matratze. Er umfasste ihren Kopf mit beiden Händen, hielt ihren Mund unter seinen. Dann drang er mit einem harten Stoß in sie ein und sie schrie vor Lust auf. Die Welt wirbelte um sie herum. Ihre Münder trafen sich zu drängenden, ungehemmten Küssen, ihre Körper stießen und rieben sich aneinander. Ihrer beider Hände waren überall zugleich, verzweifelt auf der Suche nach mehr.

»Tiefer!«, rief sie.

Er ging auf die Knie, drückte sie mit jedem kraftvollen Stoß in die Matratze und seine wunderschönen Muskeln wölbten und spannten sich mit jeder seiner Bewegungen.

»Fuck, Baby! Ich will immer in dir sein!«

»Oh … ja!« Sie zog seinen Mund an ihren, spürte die gleiche unbändige Liebe, wie eine Droge, die sie zum Überleben brauchte. Selbst als sie versuchten, langsamer zu werden, waren sie wie Süchtige. Sie brauchten dieses erste impulsive Aufeinandertreffen, um ihrem Verlangen die Spitze zu nehmen. Erst dann konnten sie zu einem ruhigeren Rhythmus finden.

»Baby …«, sagte er mit rauer Stimme an ihrem Hals.

Die Emotionen in seiner Stimme versetzten ihr Herz in einen Rauschzustand. Nie hätte sie geahnt, dass sie so sehr lieben konnte. Sie schlang die Beine um seine Taille und wollte ihm so nah sein, wie es zwei Menschen nur möglich war. »Ich spüre dich ganz. Es ist herrlich …«

Er hielt sie beschützend unter sich, während ihre Körper sich in perfektem Einklang bewegten, und trieb sie immer höher. Er wurde schneller, sie vergrub die Finger in seinem Rücken und kämpfte darum, die Beherrschung nicht zu verlieren, während die Lust in ihren Gliedmaßen prickelte und ihre Oberschenkel sich versteiften.

»Oh Gott … Grant …«

»Ich bin bei dir, Baby. Lass los«, stieß er aus, fordernd und liebevoll zugleich.

Sie klammerte sich an ihn und kniff die Augen zu, als der Rausch unzähliger Empfindungen in ihr explodierte. Ihre Hüften schossen in die Höhe. »Grant!«, schrie sie in dem gleichen Moment, als »Jules … Baby!« aus ihm herausbrach. Seine Hüften stießen schnell und kräftig immer wieder vor, während sie auf der über sie hereinbrechenden Welle der Ekstase ritten und schließlich selig und erfüllt auf die Matratze sanken.

Er hielt sie fest umschlungen und drehte sich mit ihr auf die Seite, ohne sich aus ihr zurückzuziehen. Oft blieb er so in ihr und genoss ihre Verbindung so sehr wie sie. Dies gehörte auch zu ihren Lieblingsmomenten, wenn sie einander alles gegeben hatten, ihre Körper sich wie einer anfühlten und keiner wollte, dass es endete. Wenn all der Stress der Arbeit und des Lebens meilenweit weg zu sein schien und es nur noch ihre Liebe gab.

»Ich liebe dich so sehr, Baby«, flüsterte er an ihren Lippen. Er drückte eine Hand an ihren unteren Rücken, blieb an sie geschmiegt und strich ihr mit der anderen über die Wange.

»Ich liebe dich auch.« Ein Hauch von Schweiß bedeckte ihre Körper und ihre Herzen pochten hektisch, doch noch nie in ihrem ganzen Leben hatte sie solch einen inneren Frieden verspürt.

Die endlosen Gefühle, die sie empfand, spiegelten sich in seinen Augen, als er sagte: »Du hast meine Welt nicht nur verändert, Pix.« Er berührte ihre Lippen mit seinen. »Du bist zu meiner Welt geworden.«

Siebenundzwanzig

Mit dem Dezember legte sich eine Schneedecke auf Silver Island. Doch die helle Sonne, die sich in Jules' Fensterschmuck spiegelte, verriet Grant, dass die Wettervorhersage ausnahmsweise einmal korrekt war und sie am Abend, wenn die Beleuchtung des Weihnachtsbaums eingeschaltet werden sollte, einen klaren Himmel haben würden. In den zwei Wochen seit der Bootsparade hatten er und Jules ihre Freunde getroffen, ein Doppeldate mit Jock und Daphne gehabt, mit seinen Eltern zu Abend gegessen und sie waren zum Frühstück bei Jules' Familie gewesen. Das Leben war schön, und Grant freute sich darauf, heute den Majestic Park auf eine Reihe von Aktivitäten vorzubereiten – zusammen mit der Gemeinschaft, die er wieder wertschätzen konnte. Er hatte sogar einige seiner Kumpels dazu animiert, ebenfalls zu helfen.

Als er Wasser und Futter in Crashs weihnachtliche Schalen gab – seine wunderschöne Fee hatte eine rote und eine grüne besorgt – entdeckte er den Kater tief und fest schlafend unter dem Tannenbaum neben der Fenstersitzbank. Dort hatte er sich um einen von den frechen Weihnachtselfen eingerollt, die Jules von einer Frau aus ihrem Buchclub gekauft hatte, die einen Weihnachtsladen hatte. Wie sich herausstellte, war Weihnachten wirklich Jules' Lieblingsfest. Sie hatte die Fußmatte gegen ein Modell mit weihnachtlichem Motiv ausgetauscht, einen schönen Kranz für die Haustür gebastelt und drei Weihnachtssocken an Elfenhaken am Kamin befestigt – eine davon natürlich für Crash. Alle paar Tage kam sie mit neuen Deko-Artikeln nach Hause, wie zum Beispiel mit dem kleinen Weihnachtself, den er heute Morgen auf der Kaffeemaschine gefunden hatte, und dem künstlichen Mini-Weihnachtsbaum, den sie auf die Kommode im Schlafzimmer gestellt und mit Bildern von ihnen beiden und Crash geschmückt hatte. Sie machte das Strandhaus zu einem Zuhause und sie wurden eine Familie. Er stellte sich Neujahrskränze und Osterschmuck vor, und er hatte das Gefühl, dass er und Jules wirklich wie Saul und seine Frau, die Cookie-Lady, sein würden und selbst nach Jahrzehnten nicht die Hände voneinander lassen konnten.

Grant hatte Jules mit einem Ausflug nach New York überrascht, um den berühmten Weihnachtsbaum am Rockefeller Center zu sehen. Sie hatten die Fähre genommen und den ganzen Tag die weihnachtlich geschmückte Stadt bewundert. Am Times Square waren sie auf Shoppingtour gegangen, hatten einen unglaublich süßen Baby-Hai für Hadley gefunden, einen Fotoapparat für Joey und Geschenke für die meisten ihrer Familienmitglieder. Nach einer Kutschfahrt durch den Central Park hatten sie mit Sutton, die aus Port Hudson in die City gekommen war, Leni und Indi zu Abend gegessen, und zum Abschluss war er mit Jules in eine Aufführung des Balletts *Nussknacker* gegangen. Keiner von beiden hatte das Stück je live gesehen, und Jules hatte die Aufführung fasziniert verfolgt, doch Grant war hauptsächlich von ihr in den Bann gezogen worden. Es war der erste gemeinsame Ausflug von hoffentlich vielen gewesen.

Er nahm seinen Kaffeebecher, trank einen Schluck und ging zu seiner Staffelei ins Atelier. Letzte Woche hatten sie einen Sessel gekauft und ihn in die Ecke des Ateliers gestellt, damit Jules dort lesen konnte, wenn er malte. Als er den Becher auf einen Tisch stellte, bemerkte er weiteren Weihnachtsschmuck, der neben dem Bild von Paris, das er seinem Vater zu Weihnachten schenken wollte, an der Staffelei baumelte.

Seine Pixie war wieder am Werk gewesen.

Als er Jules erzählt hatte, dass er seinen Eltern zusammen mit dem Gemälde Flugtickets nach Paris schenken wollte, hatte sie vorgeschlagen, dass sie das Bild einpackten und als Überraschung in einem Karton auf die Veranda seiner Mutter stellten, da seine Eltern beide den Weihnachtsmorgen dort verbringen würden. Dazu wollte sie Malutensilien legen, die Tickets und die Nachricht: *Es ist nie zu spät, seine Träume zu leben.* Er konnte sich keine bessere Art vorstellen, ihnen die Geschenke zu geben.

Er hörte, wie die Badezimmertür aufging, als er gerade nach der neuesten weihnachtlichen Figur griff – einem nackten Maler auf einem Hocker vor einer Staffelei mit einem winzigen Pinsel in der Hand. Die Liebe in seinem Herzen quoll fast über. Der Maler hatte eine Beinprothese und war *sehr* gut bestückt.

»Lachend in unserm Bett, küssend immerzu, oh wie schön ist doch das Spiel mit Granty jeden Tag«, sang Jules zu der Melodie von »Jingle Bells«, als sie nur mit einem Handtuch bekleidet ins Atelier kam.

Er zog sie in seine Arme und küsste sie. »Der neue Weihnachtsschmuck gefällt mir sehr. Wo hast du einen Elf mit einer Beinprothese gefunden?«

»Ich habe ihn eigens von Holly Hawthorne anfertigen lassen, der Frau, die auch die anderen Weihnachtselfen gemacht hat. Das Bein war nicht die einzige Sonderanfertigung an der Figur. Ich habe sie auch noch ein anderes Teil aufpimpen lassen, damit es naturgetreu ist.« Sie rieb sich an seiner Länge.

Sein Körper loderte auf. Ihr Sexleben war jenseits von Gut und Böse. Vor zwei Nächten hatten sie sich gleichzeitig mit dem Mund geliebt, und er war so heftig gekommen, dass er Sterne gesehen hatte. Doch es war ihre seelentiefe Verbindung, die Nähe, mit der sie sich in jeder Hinsicht kannten und akzeptierten, die sie miteinander verband.

»Hast du überhaupt eine Ahnung, wie sehr ich dich vergöttere?«

»Ich glaube, ich habe eine recht gute Ahnung, aber vielleicht kannst du es mir noch einmal zeigen.« Sie ließ ihr Handtuch fallen, stand nackt vor ihm, strich mit den Händen über seine nackte Brust und sah ihm in die Augen, während sie seinen Nippel leckte und seine Jeans aufknöpfte. Sein Handy klingelte, als sie den Reißverschluss aufzog, und er fluchte.

Sie schob die Hand in seine Boxershorts, streichelte ihn und biss in seinen Nippel. Zischend sog er die Luft ein. Sein Telefon klingelte erneut und sie schaute zu ihm auf. »Willst du rangehen?«

»Nein, verdammt! Ich will deinen Mund auf mir.«

Hart presste er seinen Mund auf ihren und schob die Jeans hinunter. Sie drückte ihn auf den Sessel, kniete sich vor ihn und nahm ihn tief in den Mund. Sie saugte und rieb, wurde langsamer, um die breite Spitze seiner Härte zu reizen. Fuck! Allein ihr Anblick, nackt und auf den Knien, wie sie ihn leidenschaftlich liebte, ließ ihn fast kommen. Er biss die Zähne zusammen, krallte die Finger in ihre Haare, bat sie wortlos, schneller zu werden. Sie schaute kurz auf, mit einem dunklen und erwartungsvollen Blick. Sie drückte ihn fester, saugte stärker. Sie war eine Göttin, verdammt, mit einem Mund und Körper wie für ihn geschaffen.

Er dirigierte sie so, dass ihr Mund über seine ganze Härte glitt, hielt ihren Mund auf der Spitze, die sie mit der Zunge reizte. Ihr lodernder Blick lag auf ihm, als sie sagte: »Ich will dich reiten.«

»Komm hoch«, knurrte er und umfasste ihre Hüften. Er senkte sie auf seine Härte und die Hitze explodierte in seiner Brust. »Fuck, Baby!«

Ein zufriedenes Lächeln trat auf ihre Lippen, auf die er nun seinen Mund presste, während er ihre Hüften immer wieder anhob. Mit einer Hand packte er ihre Haare, zog ihren Kopf zurück und küsste ihren Hals.

»Mmh, jaa …«

»Streichel dich«, sagte er fordernd und sie strich mit den Fingern über ihre Perle. »Du bist so verdammt heiß, Baby.«

Sie legte die andere Hand auf seine Schulter, um sich festzuhalten, als er ihren Nippel in den Mund nahm.

»Saug fester«, bettelte sie.

Er saugte fest, stieß mit den Hüften immer wieder hoch und leckte sich die Finger, bevor er seine Hand über ihren Hintern zu dem verlockenden Punkt gleiten ließ, der sie in andere Sphären katapultieren würde. Er reizte diesen engen Muskelring und wurde mit lustvollem Stöhnen belohnt. Sie vergrub ihn tief in sich und bewegte sich weiter auf seiner Härte. Als er einen Finger in ihren Hintern schob, saugte er noch fester. Sie gab wimmernde Laute von sich und er ließ von ihrem Nippel ab.

»Zu heftig?«

Sie schüttelte den Kopf, strich weiter über ihre Perle und keuchte: »Perfekt! Hör nicht auf!«

»Ich werde nie aufhören, Baby.«

Wieder senkte er seinen Mund auf ihren Nippel, saugte ebenso fest, wie er überall in sie eindrang, bis er sie beide in einen keuchenden, seufzenden Rausch trieb. Ein Hitzestrahl brannte sich glühend seinen Rücken hinunter, sammelte sich zwischen seinen Beinen, und er biss die Zähne aufeinander. »Fuck! Baby! Komm jetzt, bevor ich platze.«

Sie streichelte sich härter, ritt ihn schneller, bis sie den Kopf in den Nacken fallen ließ und laut und hemmungslos aufschrie. Ihre Fingernägel gruben sich in seine Schulter und rissen ihn mit in absolute Höhen. Wogen der Lust brachen über ihn herein, seine Härte zuckte, ihre Muskeln zogen sich zusammen und eine Flut von Flüchen entwich ihm durch seine aufeinandergepressten Zähne.

Beide zitterten, als sie an ihn sank und den Kopf auf seine Schulter legte. Er hob ihre glänzenden Finger an seine Lippen und leckte sie, denn ihre Erregung war so süß wie die Frau in seinen Armen.

»Das ist so heiß«, sagte sie.

Er versiegelte ihren Mund mit seinem, tauchte seine Zunge ganz tief ein. Sie war seine Luft zum Atmen, die Liebe, nach der er sich immer gesehnt hatte, ohne es zu ahnen. Seine Härte zuckte in ihr, wartete ungeduldig auf mehr. »Ich werde nie genug von dir bekommen.«

Sie setzte sich auf und leckte sich über die Unterlippe. »Das will ich doch hoffen.«

Wieder klingelte sein Handy und sie küsste ihn sanft. »Da möchte jemand deine Aufmerksamkeit haben.«

Er gab ihr einen Klaps auf den Hintern. »Sehen wir uns gleich unter der Dusche?« Vor ein paar Wochen hatte er sich eine Prothese bestellt, die er unter der Dusche tragen konnte. Vergangene Woche war sie geliefert worden, und sie ermöglichte es ihm nun, Jules unter der Dusche im Stehen zu lieben. Er hatte sie von hinten genommen und den Neandertaler in sich geweckt, während sie neue Lüste für sich entdeckt hatte.

»Auch das hatte ich gehofft.« Sie stieg von ihm herunter, hob ihr Handtuch auf und verließ das Zimmer, indem sie verführerisch mit ihrem Hintern wackelte.

Grant zog seine Hose hoch, griff nach seinem Handy und entdeckte Titus' Namen auf dem Bildschirm. »Hey, Titus. Was gibt's?«

»Tut mir leid, dass ich ständig anrufe, aber ich fliege demnächst zu einem Einsatz und wollte dich vorher noch erwischen.«

»Kein Problem. Was kann ich für dich tun?«

»Mir sagen, dass du bereit bist, wieder Vollzeit einzusteigen.«

Grant lachte kurz auf. »Was redest du da? Du weißt, dass ich nicht wieder raus auf einen Einsatz kann.«

»Aber du kannst die Einsätze planen und vom Befehlsstand aus die Operationen und die Kommunikation leiten. Wir wollen dich wieder hier haben, Grant, als Stratege. Du würdest auf die Einsätze mitkommen, aber im Hauptquartier der Mission, in die wir entsendet werden, arbeiten ...«

Grants Gedanken wirbelten umher, während er zuhörte, wie Titus ihm das Angebot seines Lebens machte, die Möglichkeit, wieder ein vollwertiger Bestandteil des Teams zu sein. Himmel, wie er das vermisst hatte! In einer Art Schockzustand ließ er sich auf den Hocker sinken.

»Frohe Weihnachten im Voraus, Junge. Was hältst du davon?«, fragte Titus.

»Ich bin ...«

»Sprachlos.« Titus lachte.

»Ich dachte, meine Karriere ist zu Ende. So etwas hätte ich niemals erwartet.«

»Du weißt, dass wir dich nie abschreiben würden«, sagte Titus. »Die Jungs sind ganz aus dem Häuschen. Tut mir leid, dass wir so lange gebraucht haben, die Genehmigung zu bekommen und das alles auszuarbeiten. Aber die schönsten Dinge im Leben kommen immer unerwartet, oder?«

»Grant, kommst du?«, rief Jules von der Dusche herüber.

Oh, verdammt! Jules …

Achtundzwanzig

Jules hörte Grant ins Badezimmer kommen, als sie sich gerade die Seife vom Körper spülte. »Beeil dich lieber, wenn du möchtest, dass ich dir den Rücken einseife, Big Guy. Ich muss mich für die Arbeit fertig machen, sonst komme ich zu spät.« Sie öffnete die Duschtür und der Anblick seines gequälten Gesichtsausdrucks war wie ein Schlag in die Magengrube. »Was ist los? Was ist passiert?«

Sie trat aus der Dusche, schnappte sich ein Handtuch und wischte sich übers Gesicht.

»Das war Titus.«

Sie musste schlucken und befürchtete das Schlimmste. »Ist einer von deinen Freunden getötet worden?«

»Nein, das ist es nicht. Sie wollen mich wieder dabeihaben, Jules. Sie haben mir einen Job angeboten, bei dem ich mit meinem Team arbeiten und Strategien für die Einsätze entwickeln kann.«

»Das verstehe ich nicht. Ich dachte, du könntest wegen deines Hörverlusts nicht zurück.«

»Ich kann nicht an die Front, aber es werden immer Hauptquartiere an den Orten, an die ein Team entsendet wird, eingerichtet, wie eine Basis für jede Mission. Sie wollen, dass ich mit dem Team reise und die Operationen vom Hauptquartier aus leite. Wir können mit dem Team kommunizieren, kurzfristige Änderungen organisieren, ein Auge auf die Umgebung haben. Das ist eine große Sache.«

Der Knoten in ihrem Magen zog sich immer mehr zu. »Ist das gefährlich? Wie oft wärst du fort?«

»Es ist relativ sicher, aber es besteht immer die Gefahr, dass die Operation entdeckt und das Hauptquartier angegriffen wird. Bei solchen Einsätzen gibt es keinen festgelegten Zeitplan. Ich könnte mehrere Wochen oder Monate am Stück fort sein. Sie könnten mich in fünf oder fünfzehn Einsätze pro Jahr schicken. Das lässt sich nie vorhersagen. Aber ich würde zwischen den Missionen nach Hause kommen, wann immer es geht, so wie früher.«

Sie spürte, dass ihr das Blut aus dem Gesicht schwand. Sie wollte sagen: *Aber was ist mit uns? Mit deiner Familie? Ich habe dich gerade erst gefunden und sie haben dich gerade erst zurückbekommen. Was ist mit der Stiftung?* Crash kam ins Badezimmer, strich um sein Bein und sie beide schauten auf ihn hinab. Sie hatte das Gefühl, ihr Herz würde zerspringen.

Ihre Blicke begegneten sich, und in diesem überwältigenden Augenblick erinnerte sie sich daran, wie wütend er all die Zeit gewesen war, in der er einfach nur wieder zurück zu seinem Team wollte. Ihre Beziehung fühlte sich vielleicht an, als wären sie schon jahrelang zusammen, aber so war es nicht. Mit Jahren der Kameradschaft konnte sie nicht konkurrieren.

Sie konnte ihm auch nicht sein Glück rauben.

Mit fast übermenschlicher Anstrengung zwang sie sich zu einem glücklicheren Gesichtsausdruck und einer freudigen Stimme. »Das ist doch großartig. Dann bist du wieder bei deinen Kumpels.« Sie schlang das Handtuch um sich und nahm die Spange aus den Haaren. Die fielen wie ein Vorhang herunter, und sie floh ins Schlafzimmer, damit er die Traurigkeit in ihren Augen nicht sah.

»Jules!« Er streckte die Hand nach ihr aus. Sein von Schmerz gezeichnetes Gesicht spiegelte seine Unsicherheit wider. »Wir sollten darüber reden.«

»Was gibt es da zu reden?« Sie trocknete sich schnell ab und zog sich den Slip und den BH mit zittrigen Händen an. »Das ist der Sechser im Lotto für dich, Grant.« Als sie in ihre Jeans schlüpfte, sagte sie: »Sie bieten dir die Möglichkeit, mit beiden Händen nach der Zukunft zu greifen, die du dir gewünscht hast.«

»Was ist mit uns, Pix?«

»Ach.« Sie winkte ab und zog sich den Pullover über den Kopf, während sie gegen die Tränen ankämpfte. »Ich bin hier, wenn du nach Hause kommst. Meine Liebe zu dir wird sich nicht wegen ein paar Tausend Meilen zwischen uns ändern.«

Ein paar Tausend Meilen.

Alles Mögliche konnte ihm da draußen zustoßen. Die Realität schnürte ihr die Kehle zu. Er könnte ums Leben kommen. Sie versuchte krampfhaft, diese Gedanken tief unten in sich zu verstauen, doch sie sprangen immer sofort wieder an die Oberfläche wie bei diesem Maulwurfspiel. Ihr Herz hämmerte gegen den Stacheldraht in ihrer Brust. Sie schnappte sich ihre Socken und die Stiefel und setzte sich aufs Bett, um sie anzuziehen.

»Du würdest noch mit mir zusammen sein wollen?«

Wie konnte er das überhaupt fragen? Wusste er nicht, dass er auch ihr *Alles* geworden war?

»Natürlich. Und wenn du auf deinen Einsätzen bist, bin ich die Pixie auf deiner Schulter und zeige dir mit meiner Laterne den Weg.«

Er setzte sich neben sie und legte die Hand auf ihr Bein. »Jules, jetzt halt mal kurz inne.«

»Kann ich nicht. Ich bin spät dran.« *Und wenn ich jetzt nicht sofort von hier wegkomme, breche ich in Tränen aus.* Sie stand auf und er folgte ihr aus dem Schlafzimmer. »Aber wir können heute Abend weiter darüber sprechen. Wir sehen uns um sechs im Majestic Park, stimmt's?«

»Ja.« Er nahm ihren Mantel und half ihr hinein. »Baby, ich habe das nicht erwartet.«

»Ich weiß.« Die Traurigkeit in ihrer Stimme konnte sie nicht verbergen, aber sie brachte ihre ganze Kraft auf, um die Tränen zurückzuhalten und ein Lächeln zustande zu bringen.

»Ich liebe dich und ich will dich nicht verlieren.«

»Ich liebe dich auch und du wirst mich nicht verlieren. Ich bin auf deiner Seite, das weißt du doch? Ich will, dass du glücklich bist. Das wollte ich schon immer. Ich muss los.« *Bevor ich zusammenbreche.* »Viel Spaß mit den anderen beim Vorbereiten der Weihnachtsbeleuchtung.«

Er schlang die Arme um sie und legte seine Stirn an ihre. »Wir reden heute Abend darüber und treffen die für uns richtige Entscheidung.«

»In Ordnung«, sagte sie leise.

Er küsste sie, und als sie gehen wollte, hielt er sie am Handgelenk fest. »Jules?«

Hoffnung kam in ihr auf. Sie blinzelte die Tränen fort und drehte sich zu ihm um.

»Bitte erzähl Bellamy nichts. Ich rede mit meiner Familie, wenn wir klarer sehen.«

Sie nickte, denn sie brachte kein Wort hervor, und eilte hinaus.

Die kalte Luft stach ihr in die Wangen, als sie ins Auto stieg.

Sie fuhr davon und kurz darauf brach der Damm – die Tränen flossen und Schluchzer schüttelten ihren Körper. Mit verschwommenem Blick hielt sie am Straßenrand und ließ den Schmerz über sich hinwegrollen. Schließlich erreichte sie untröstlich die Stadt. Die Straßenlaternen waren weihnachtlich geschmückt, die Schaufenster waren dekoriert und überall hingen die Weihnachtskränze, die Jules und ihre hilfsbereiten Elfen gemacht und die sie und Grant ausgeliefert hatten. Noch ein schmerzhafter Stich in ihr Herz. Als sie ihren Laden erreichte, hielt sie am Bordstein an und betrachtete die beiden Giraffen, die neben dem Eingang standen. Grant hatte rotweiße Schals und Weihnachtsmützen mit Draht an ihnen befestigt. Zum ersten Mal überhaupt konnte sie sich nicht vorstellen, zur Arbeit zu gehen und so zu tun, als wäre sie glücklich. Geschweige denn zu sagen: *Willkommen im Happy End.*

Dies war *kein* Happy End.

Sie überlegte, ob sie in ihre Wohnung hinaufgehen sollte, doch in den letzten zwei Wochen hatten sie zwei Mal dort übernachtet, und sie wusste, dass sie Grant dort überall sehen würde. Sie wollte niemanden sehen, und ihr fiel nur ein Ort ein, an den sie gehen konnte, um den Gedanken an Grant zu entkommen und allein zu sein.

Ihr sicherer Hafen.

Archers Boot.

Ihr Bruder war sicher schon bei der Arbeit, und so hätte sie ein paar Stunden Zeit, um sich in den Griff zu bekommen. Roddy und Brant halfen dabei, die Weihnachtsbaumbeleuchtung vorzubereiten, also brauchte sie auch nicht zu befürchten, dass die beiden sie sahen.

Wie ferngesteuert fuhr sie zum Yachthafen, schnappte sich

ihre Sachen und eilte über den Anleger zu Archers Boot. Sie ging unter Deck, ließ ihre Tasche auf den Boden fallen, zog sich den Mantel aus und sank aufs Sofa. Nachdem sie Bellamy geschrieben hatte, dass sie sich nicht gut fühlte und später käme, schnappte sie sich ein Kissen und drückte es an sich, um den pochenden Schmerz in sich zu unterdrücken. Dann legte sie sich zusammengekauert auf die Seite und gab den Tränen nach.

Wie konnten sie so schnell von einem Traum in einen Albtraum geraten?

Der Gedanke löste eine Woge an Schuldgefühlen aus. Was für eine Partnerin war sie denn? Das hier war kein Albtraum. Es war die Antwort auf Grants Gebete, und wenn sie ehrlich zu sich selbst war, war es auch die Antwort auf ihre. Zumindest war sie das gewesen. Sie hatte sich gewünscht, dass er die Möglichkeit gehabt hätte, zu Darkbird zurückzukehren, dass sie das Funkeln in seinen Augen wiedersehen könnte, die Lust am Leben, die sie so vermisst hatte.

Aber sie sah dieses Funkeln in seinen Augen, wenn er *sie* ansah, oder etwa nicht? Sahen das nicht alle? Hatten sie ihr das nicht in den letzten Wochen alle gesagt? Sie wusste, dass es zwei unterschiedlich Arten von Funkeln waren. Die Kameradschaft, die er beschrieben hatte, und der erfüllende Beruf, den er zurückgelassen hatte, waren durch nichts zu ersetzen. Diese Menschen und Missionen würden immer einen großen Platz in seinem Herzen einnehmen – zu Recht. Aber sie wusste auch, dass das, was sie und Grant hatten, *echt* war.

Doch lag das nur daran, dass er nicht das haben konnte, was er wirklich wollte? War sie ein Ersatz für sein anderes Leben?

Heiße Tränen liefen über ihr Gesicht. Sie schloss die Augen, um sie aufzuhalten, doch der Schmerz bei dem Gedanken, dass Grant monatelang fort sein würde, war zu groß, und so brachen die Schluchzer aus ihr heraus. Sie sagte sich, dass Soldatenpaare das ständig durchmachten und auch überlebten.

Wie machten sie das?

Wie konnte es so wehtun, jemanden zu lieben?

Sie dachte an die zerstörerische Trauer, die Jock und Archer durchgemacht hatten, nachdem Kayla, Jocks schwangere Freundin und Archers beste Freundin, vor all den Jahren bei einem Autounfall ums Leben gekommen war. Dies war *nichts* im Vergleich dazu. Grant lebte und im Moment war er hier. Sie konnte ihn umarmen, küssen, ihn lieben. War sie egoistisch?

Sie schreckte auf, als sie schnelle Schritte auf der Treppe hörte, und wischte sich gerade über die Augen, als Archer auftauchte.

Abrupt blieb er stehen. »Was ist passiert?«

»Nichts.« Sie kam nicht gegen die Tränen an. »Alles. Grant …« Die Schluchzer raubten ihr die Stimme.

Archers Nasenflügel bebten. Er ballte die Hände zu Fäusten und zischte: »Ich bring diesen Silver um!«

Er wollte gehen, doch Jules stürzte hinter ihm her. Sie packte ihn am Handgelenk. »Nein! Ich bin es, nicht er!«

»Schwachsinn!« Er riss sich los und marschierte Richtung Treppe.

Sie sprang auf seinen Rücken. »Warte! Es ist nicht seine Schuld!«

»Verdammt, Jules!« Er versuchte, sie abzuschütteln, aber sie klammerte sich wie ein Affe an einen Baum.

»Bitte, Archer!« Ihre Stimme brach. »Ich brauche dich.«

Er erstarrte und sie rutschte von seinem Rücken. Er drehte sich um, und in seinen wütenden Augen breitete sich die Sorge aus. »Was ist passiert?«

»Du darfst es niemandem erzählen!«

»Jules!«, stieß er warnend aus. »Was zum Teufel hat er gemacht?«

»Er hat ein Angebot bekommen, zurück zu Darkbird zu gehen«, sagte sie schluchzend.

»Und du willst nicht, dass er geht«, sagte er tonlos.

»Ich will, dass er glücklich ist, und das bedeutet, dass er gehen muss. Aber ich liebe ihn, Archer, und das ist einfach … Es tut so weh, wenn ich daran denke, dass er wieder fort ist und sich in Gefahr begibt. Ich muss ihn gehen lassen, doch er ist mein Seelenverwandter, und ich kann einfach nicht …« Die Schluchzer waren zu übermächtig und sie lehnte sich an ihn.

Er nahm sie in den Arm. »Du musst es ihm sagen, Jules.«

Sie schüttelte den Kopf. »Nein, ich werde nicht die Frau sein, die ihren Kerl zurückhält. Er weiß, dass ich ihn liebe, und ich weiß, dass er mich liebt *und* dass er gehen muss. Ich muss einfach nur mit diesem Alien zurechtkommen, der mir in die Brust sticht.«

»Verdammt.« Archer führte sie zu dem Sofa, setzte sich und zog sie an seine Seite. Er küsste sie auf den Kopf und das Schweigen der nächsten Minuten wurde nur von ihren Schluchzern durchbrochen. Er zog sie fester an sich. »Ich kann dafür sorgen, dass er bleibt«, sagte er wütend.

Jules lächelte unter ihren Tränen. »Nein!«

»Doch, das kann ich, Jules«, zischte er. »Ich habe meine Methoden.«

Wieder schüttelte sie den Kopf.

»Was kann ich dann tun, verdammt?«

»Mich einfach nur halten.«

Grant steckte in der Weihnachtshölle fest. Bewohner der Insel und Freunde waren den ganzen Tag im Majestic Park unterwegs, sangen Weihnachtslieder, während sie Zelte aufbauten und Lichter aufhängten, stellten oben auf dem Hügel Schlitten für die Kinder bereit und bauten den Stand vom Weihnachtsmann auf, wo Mr. Steele in einem großen Sessel sitzen und sich Wünsche anhören würde. Doch Grant war nicht in der Stimmung für all diese gute Laune. Den ganzen Tag schwirrte ihm der Kopf wegen des Angebots und gleichzeitig dachte er an Jules, seine Familie, die Stiftung, was er alles an Gutem damit erreichen könnte, und natürlich an die Kameraden, die er zurückgelassen hatte und für die er auch Gutes leisten könnte. Doch bei all diesen Gedanken, die in ihm rangen, waren die an Jules am stärksten. Zwei Mal hatte er versucht, sie anzurufen, doch sie war nicht rangegangen. Er hatte überlegt, ob er bei ihr im Laden vorbeigehen sollte, um mit ihr zu reden und sicherzustellen, dass es ihr gut ging, doch er wollte sie nicht noch mehr durcheinanderbringen als ohnehin schon.

Es war die Hölle.

Er versuchte, sich darauf zu konzentrieren, noch mehr Tische aufzustellen, aber eine Stunde später fühlte es sich noch immer so an, als würde seine Brust explodieren.

Er musste ihre Stimme hören. Er nahm sein Handy heraus und rief Jules an.

»Hallo, Grant«, meldete sie sich besorgt. »Hier tobt der Bär. Alles in Ordnung?«

Nein, es ist grauenhaft. »Ja, ich wollte nur sicher sein, dass es dir gut geht.«

»Mir geht es gut, aber im Laden ist so viel los, dass ich meine beiden Aushilfen anrufen musste. Ich hoffe, wir können um sechs zumachen, aber wenn das so weitergeht, komme ich vielleicht etwas später. Warte mal kurz.«

Er hörte, wie sie mit jemandem redete, und hatte ein schlechtes Gewissen, dass er sie von der Arbeit abhielt.

»Tut mir leid, Grant, bin wieder dran«, sagte sie eilig.

»Tut mir leid, dass ich angerufen habe. Aber heute Morgen ...«

»Ich habe gemeint, was ich gesagt habe«, unterbrach sie ihn. »Du hast meine volle Unterstützung. Ich halte zu dir, egal was du entscheidest.«

Sein Herz zog sich bei ihrem bittersüßen Versprechen zusammen.

»Können wir unsere Unterhaltung darüber auf morgen früh verschieben?«, fragte sie. »Ich möchte heute Abend einfach nur mit dir genießen, wie die Beleuchtung eingeschaltet wird, denn wenn du gehst ...«

Ihre Worte waren von ebenso viel Liebe wie Kummer getränkt, und er hörte, was sie nicht gesagt hatte. Wenn er ging, hätten sie vielleicht keine weitere Gelegenheit dazu. »Natürlich. Ich liebe dich, Baby, und wir sehen uns heute Abend.«

»In Ordnung, ich liebe dich auch, Big G.«

Er legte auf. In seinem Kopf tobte ein Krieg. Er musste dieses Elend für sie beide beenden und aufhören, die Entscheidung endlos zu überdenken. Er wusste, was er wollte, und Jules hatte ihm gerade den Schubs gegeben, indem sie bestätigt hatte, was er nie angezweifelt hatte. Sie hatte von Tag eins an in seiner Ecke gestanden, und er wusste, dass sie immer dort stehen würde.

Er würde die Gelegenheit seines Lebens nicht aufgeben. Er zog sein Handy aus der Tasche, um Titus eine Nachricht zu schreiben.

Neunundzwanzig

Jules schloss den Laden ab und fuhr mit Bellamy zum feierlichen Einschalten der Weihnachtsbaumbeleuchtung. Für ihre Performance heute hätte sie einen Oscar verdient. Seit Grant ihr von dem Angebot erzählt hatte, war sie ein trauriges, nervöses Häufchen Elend gewesen, und als sie und Bellamy Feierabend gemacht hatten, hing sie nur noch am seidenen Faden. Bellamy merkte, dass etwas nicht stimmte, und Jules war hunderte Male kurz davor gewesen, sich ihr anzuvertrauen. Aber sie hatte ihr Versprechen Grant gegenüber gehalten und Bellamy erzählt, dass es ihr einfach nicht gut ginge. Archer hatte sie die Wahrheit erzählt, und das war schon schlimm genug. Der arme Kerl war nur auf sein Boot zurückgekommen, weil er sein Handy vergessen hatte, doch so wie Archer nun einmal war, hatte er Jules zwei Stunden lang getröstet, während sie sich die Augen ausgeweint hatte. Sie wusste, dass er nur aus einem einzigen Grund nicht zu Grant stürmte und darauf *bestand*, dass er auf der Insel blieb, und zwar aus Liebe zu ihr.

Der weihnachtliche Trubel war in vollem Gang, als sie über den gepflasterten Platz am Silver Monument eilten, der sich direkt außerhalb des Majestic Park befand. Die gusseisernen Bänke und die schönen Bäume waren mit blinkenden Lichtern dekoriert. In der Ferne war schon der riesige Weihnachtsbaum zu sehen, der abgesehen von den Strahlern am Boden, die auf ihn gerichtet waren, noch im Dunkeln lag.

»Wir haben es nicht verpasst!«, rief Bellamy.

Jules hatte größere Sorgen, als das Einschalten der Beleuchtung zu versäumen.

Ihr Bemühen, die immer größer werdende Angst zu unterdrücken, glich dem Versuch, einen Geysir zu bändigen. Sie musste in Grants Armen liegen, sein Gesicht sehen, seine Liebe spüren, denn wenn er sich dazu entschloss, den Job anzunehmen, wollte sie jede einzelne Sekunde genießen, die sie zusammen hatten – ohne Tränen und Kummer. Sie kannte ihn gut genug, um zu wissen, dass ihn unfassbare Schuldgefühle plagen würden, wenn er den Job annahm, und sie war entschlossen, ihm die so weit wie möglich zu nehmen, selbst wenn es sie umbrachte.

Sie eilten auf die Menge zu und wurden vom Aroma gerösteter Kastanien begrüßt, von den Klängen lachender Kinder, die den Hügel herunterrodelten, und vom allgemeinen Getümmel der Inselbewohner und Touristen, die heißen Kakao und Apfelpunsch tranken und sich die Stände mit Handwerkskunst und anderen tollen Sachen ansahen. Auf der Suche nach Grant zwängte Jules sich gemeinsam mit Bellamy durch die Menge.

»Siehst du ihn?«, fragte Bellamy.

»Noch nicht. Er sagte, er würde am Baum warten.« Während sie sich an den Leuten vorbeischlängelte, zwang sich Jules zu vorgespieltem Lächeln und munteren Begrüßungen, um gleichzeitig hektisch nach Grants attraktivem Gesicht Ausschau zu halten.

»Da ist er!« Bellamy deutete an den Leuten vorbei, die Baumschmuck aufhängten, auf Grant, der sich mit Jules'

Mutter und Ava de Messiéres unterhielt. »Ich mach mich auf die Suche nach Tara. Wir sehen uns später.«

Jules' innere Unruhe wuchs weiter an, als sie durch das Gedrängel auf Grant zueilte. Er schaute zu ihr herüber. Ihr Magen zog sich zusammen beim Anblick seines von widersprüchlichen Gefühlen gezeichneten Gesichts. Hatte er eine Entscheidung getroffen? Ihr Herz schlug bis zum Hals. Wenn er beschlossen hatte, den Job anzunehmen, wollte sie es noch nicht wissen. Auch wenn sie aufmunternd auf sich selbst eingeredet hatte, dass sie ihn unterstützen wollte, könnte sie es doch nicht ertragen, es im Beisein von allen anderen zu hören. Sie wusste, dass sie zusammenbrechen würde.

Er zog sie in seine Arme und hielt sie so fest, dass sie spürte, wie sich die klaffenden Wunden in ihr schlossen. Dies hier – er – war genau das, was sie brauchte. Konnte sie nicht einfach ewig in seinen Armen bleiben und so tun, als müsste die Entscheidung nie getroffen werden?

»Ich liebe dich, Pix«, flüsterte er ihr ins Ohr. »Es tut mir leid, dass ich dir deinen Tag ruiniert habe.«

Mit einem Kloß in der Kehle kämpfte sie gegen die Tränen an, als sie zu ihm aufschaute. »Ich bin in deinen Armen. Mein Tag ist gerettet.« Sie ging auf die Zehenspitzen und küsste ihn. »Denk dran, wir reden heute Abend über nichts anderes als Weihnachten.«

Seine Kiefermuskeln zuckten. »In Ordnung.« Er schenkte ihr einen zärtlichen Kuss.

»Räusper, räusper. Entschuldigung, ihr Turteltauben«, scherzte ihre Mutter.

Sie drehte sich in Grants Armen um, doch anstatt sie weiter festzuhalten, senkte er die Arme und ließ den Blick über die Menge schweifen. Wen suchte er? Seine Familie? Wollte er ihnen seine Entscheidung mitteilen? *Oh, nein …*

»Schatz, geht es dir gut?«, fragte ihre Mutter und riss sie aus den Gedanken.

Nein! Die Liebe meines Lebens geht vielleicht ans andere Ende der Welt. Ich habe keine Ahnung, wie oft er nach Hause kommen wird, und ihm könnte alles Mögliche zustoßen. Sie behielt diese schmerzhaften Gedanken für sich und umarmte ihre Mutter.

»Tut mir leid, Mom. Es war einfach nur ein langer, harter Tag. Hallo, Ava. Wie geht es dir?«

»Ganz gut, danke«, erwiderte Ava und begrüßte sie mit einer Umarmung.

Ava de Messiéres war groß, sehr dünn, hatte schulterlange sandblonde Haare und eine Lücke zwischen den beiden Schneidezähnen wie Lauren Hutton. Wahrscheinlich war sie einmal sehr schön gewesen, doch die Jahre des Alkoholmissbrauchs hatten ihr nicht gutgetan. Ihre Haut war fahl, und sie war sogar noch dünner als Ende des Sommers, als Jules sie das letzte Mal gesehen hatte.

»Grant hat mir gerade erzählt, dass ihr beide ein Paar seid«, sagte Ava. »Was bist du doch für ein Glückskind! Mein Olivier wäre so stolz auf den Mann, zu dem Grant geworden ist.«

»Er ist ein ziemlich guter Typ. Ich glaube, ich werde ihn behalten«, scherzte Jules. »Wie geht's Deirdra und Abby?«, fragte sie und versuchte, nicht in Panik zu verfallen, weil Grant sich so nervös zeigte, indem er mal seine Hand auf ihren Rücken legte, sie wieder wegnahm, nur um sie kurz darauf wieder dort hinzulegen.

»Denen geht's wunderbar.« Ein liebevoller Ausdruck trat in Avas Gesicht. »Deirdra wurde gerade befördert und Abby hat im Restaurant unfassbar viel zu tun. Ich bin so stolz auf sie. Ich wünschte, sie würden in der Nähe wohnen, aber wie deine

Schwestern lieben sie New York einfach. Zu Weihnachten sind sie hier.«

»Ich freue mich schon darauf, sie zu sehen.« Jules schaute zu Grant und – endlich – legte er einen Arm um ihre Taille. Doch über seine Schulter hinweg sah sie Archer. Er kam auf sie zu, das Kinn gesenkt, den Blick auf sie gerichtet. *Nein, nein, nein. Bitte mach hier keine Szene.* Sie überlegte schnell und sagte: »Wir sollten unseren Baumschmuck aufhängen, bevor die Zeremonie anfängt. Wir sehen uns später.«

Sie schleppte Grant hinter sich her durch die Menge, bis sie die andere Seite des riesigen Baumes erreichten. Als sie außer Sichtweite von Archer waren, nahm sie die Figur, die sie mitgebracht hatte, aus ihrer Tasche und hielt sie in die Höhe. »Wie findest du das? Ich habe sie von Holly für uns anfertigen lassen.«

Die Figur war eine perfekte Darstellung von Grant, der sie von hinten umarmte. Sie trugen Weihnachtsmützen mit ihren Namen darauf und Jules hatte ein rotes T-Shirt mit dem weißen Aufdruck *Unser erstes Weihnachten* über der Jahreszahl an. Zu ihren Füßen saß Crash mit einer roten Schleife um den Hals, auf der sein Name stand.

Grant sah die Figur lange an. Seinem Gesicht war ein Meer an Emotionen anzusehen, was bei ihr für ein nervöses Prickeln und Brennen am ganzen Körper sorgte. Sein Adamsapfel bewegte sich deutlich, als er schlucken musste, was ihr flaues Gefühl noch verstärkte.

»Das ist großartig, Pix. Ich finde es wunderschön.«

Sie blinzelte mehrmals und hatte das Gefühl, gleich loszuheulen, daher ging sie zum Baum, um die Figur aufzuhängen, bevor sie ihren inneren Kampf verlor. *Hör jetzt auf! Reiß dich zusammen, kleiner Käfer! Du bist diejenige, die nicht über seine*

Entscheidung reden wollte. Machte sie es noch schlimmer, indem sie das Gespräch aufschob? Sie wollte doch nur noch einen einzigen Abend genießen, bevor sich ihrer beider Welt für immer änderte.

Sie drehte sich um und sah, dass Grant sich mit Fitz und Wells unterhielt. Er rang beim Sprechen die Hände und seine Brüder nickten. Als sie zu ihm hinüberging, ertönte Bürgermeister Ostens Stimme über den Lautsprecher. »Guten Abend, meine Damen und Herren. Willkommen zur Weihnachtsbaumzeremonie von Silver Island.«

Jubel und Applaus brandeten auf.

Grant legte den Arm um Jules und küsste sie auf die Schläfe. Sie konzentrierte sich darauf und sah in dem zärtlichen Kuss ein Zeichen dafür, dass sie zu viel in seine Nervosität hineininterpretierte. Sein Blick huschte über die Menge und schon machte sie sich wieder Sorgen. Warum analysierte sie jede einzelne Regung von ihm? Das war verrückt!

Während Bürgermeister Osten in seiner Rede die Bedeutung von Freunden und Familie betonte, die über die Feiertage zusammenkamen, und dass es ein Segen war, Teil einer so großzügigen Gemeinschaft zu sein, ging der stille Krieg in ihrem Kopf weiter. In der einen Minute sagte sie sich, dass sie sich keine Sorgen mehr machen sollte, und in der nächsten rastete sie vor Panik fast aus. Sie musste einfach da durch und Grant fragen, ob er eine Entscheidung getroffen hatte, und sie würde ihr Bestes geben, ihn zu unterstützen, egal wie er sich entschied.

»Bereit, Baby? Es geht los«, sagte Grant und riss sie aus ihren Gedanken, als die Lichter am Baum erstrahlten und ein Getöse aus Jubel, Pfiffen und Applaus aufbrandete.

Grant klatschte und jubelte mit all den anderen, und Jules versuchte noch einmal, sich aufmunternd zuzusprechen, doch es gelang ihr nicht. Während alle Weihnachtslieder sangen, stand Jules in Grants Armen und machte sich selbst todunglücklich. War dies ihr erstes und letztes Mal für die nächsten Jahre, dass sie die Weihnachtsbaumzeremonie gemeinsam genießen konnten? Vielleicht für immer? Als Grant bei Darkbird gewesen war, hatte er es fast nie geschafft, zu diesem Anlass nach Hause zu kommen.

Sie würde sich selbst völlig fertigmachen, wenn sie nicht damit aufhörte. Sie musste ihn fragen. Als sie ihn kurz an der Jacke zupfte, sah er sie an. »Ich muss wissen, ob du eine Entscheidung getroffen hast.«

»Grant!«, brüllte Fitz vom Verwaltungsgebäude herüber. »Wir brauchen deine Hilfe!«

Grant biss die Zähne zusammen. Sein Blick war voller Kummer. »Baby …«

Tränen stiegen ihr in die Augen, als Wells sich energisch durch die Menge kämpfte und Grant am Arm packte. »Wir haben einen Notfall. Was du da zusammengebastelt hast, wird jemandem einen tödlichen Stromschlag verpassen, wenn du das nicht in Ordnung bringst. Du musst uns *jetzt* helfen, ansonsten laufen hier bald tausende unglückliche Kinder durch die Gegend. Tut mir leid, Jules, aber ich verspreche, ich bringe ihn dir so schnell wie möglich zurück.«

»Verdammt«, zischte Grant, doch Wells zerrte ihn mit sich.

Jules eilte hinter ihnen her und rief: »Hast du eine Entscheidung getroffen?«

»Beeil dich!« Fitz packte Grant am anderen Arm. »Das kann nicht warten!«

»Grant?«, fragte sie panisch.

»Ja, Pix«, rief Grant ihr zu, als sie ihn Richtung Tür zogen. »Ich habe eine Entscheidung getroffen. Wir reden gleich. Ich liebe dich!«

Die Luft wich ihr aus der Lunge, als die Tür des Verwaltungsgebäudes hinter ihm ins Schloss fiel. Ein stechender Schmerz durchfuhr ihre Brust. Plötzlich tauchte Archer neben ihr auf.

»Was ist jetzt schon wieder los, verdammt?«, wollte er wütend wissen.

Jules konnte sich im Moment nicht mit ihm abgeben, sonst wäre sie in Tränen ausgebrochen. Sie rannte durch die Menge und fast in Leni und Sutton hinein.

»Da bist du ja!«, sagte Leni und verstellte ihr den Weg. »Wir haben dich schon gesucht. Gleich wird der Weihnachtsmann angekündigt, wir müssen uns anstellen.«

»Ich will mich nicht auf Dads Schoß setzen«, murrte Jules.

»Aber wir setzen uns immer auf den Schoß vom Weihnachtsmann, egal wer den spielt«, sagte Sutton. »Das ist doch Tradition unter uns Schwestern.«

»Du bist diejenige, die uns in den letzten zwanzig Jahren immer dazu genötigt hat«, erinnerte Leni sie.

Jules verdrehte die Augen. »Ich bin einfach nicht in der Stimmung dafür.«

»Pech gehabt, Schätzchen.« Leni nahm sie am Arm. »Du hast uns dazu gezwungen, als wir es nicht wollten. Jetzt bist du dran.«

»Wir haben sie gefunden!«, rief Sutton in Richtung von Bellamy und Tara, die wenige Meter entfernt standen und sich suchend umschauten.

Die beiden stießen zu ihnen und alle redeten durcheinander, doch Jules konnte sich auf nichts von dem, was sie sagten, konzentrieren. Auf dem Weg zum Stand vom Weihnachtsmann sammelten sie noch Keira und Daphne ein. Jemand fragte, wo

Hadley war, und Daphne sagte, dass sie mit Jock, Levi und Joey Schlitten fuhr.

Jules fühlte sich wie Grant, als sie die Zähne zusammenbiss, um nicht in die Luft zu gehen. Wussten sie nicht, dass ihr Leben kurz davor war zu zerbersten? Sie stellten sich in die Schlange, redeten aufgeregt miteinander und unterhielten sich lachend darüber, was sie sich in diesem Jahr vom Weihnachtsmann wünschten.

»Einen neuen Chef«, sagte Sutton.

»Eine eigene Wohnung«, verkündete Tara, die noch bei ihren Eltern wohnte.

»Etwas von diesem Feenstaub, den Jules bei Grant benutzt hat«, sagte Bellamy.

Jules' Gedanken wanderten zurück zu ihrem Beinahe-Kuss mit Grant auf der Halloween-Party und ihrem ersten gemeinsamen Abendessen auf der Veranda des Bistros, bei dem er angefangen hatte, sich ihr gegenüber zu öffnen. Erinnerungen an den nächsten Abend bei ihm und an all die besonderen Dinge, die er getan und gesagt hatte, überfluteten sie. *Das muss schon etwas ganz Besonderes sein, in diesem wunderschönen Kopf zu leben ...*

Sie dachte daran, wie sie gemeinsam die Kränze ausgeliefert hatten und er mit jedem besuchten Geschäft entspannter wurde, wie viel Spaß das Ausliefern gemacht hatte und wie wunderschön der romantische Abend anschließend gewesen war. Ihre gemeinsamen Wochen spielten sich wie ein Film vor ihrem geistigen Auge ab – an das erste Mal, dass sie sich geliebt hatten, erinnerte sie sich in allen wunderbaren Einzelheiten. Er war so verletzlich gewesen und doch so stark, als er ihr sein Bein gezeigt hatte. Sie dachte an ihren Nachmittag in Seaport und wie ihn Sauls Leid mitgenommen hatte, wie verletzt er nach seinem

Gespräch mit seinen Eltern und der Neuigkeit über seinen Vater gewesen war. Schließlich kam ihr in den Sinn, wie sie ihn in jener Nacht im Atelier angefunden hatte, wo sich sein Schmerz in das Gemälde ergossen hatte. Mit jeder Erinnerung schnürte sich ihr die Kehle weiter zu.

Sie hatten sich ein Nest aus Erinnerungen geschaffen.

Ein Fundament aus Liebe.

Sie atmete tief ein, und ihr wurde klar, wie lächerlich sie sich aufführte. Egal, ob er den Job annahm oder nicht! Sie gehörte zu ihm, und er gehörte zu ihr, allein das zählte.

Daphne stieß sie an. »Was wünschst du dir zu Weihnachten, Jules?«

Alle sahen sie erwartungsvoll an. Wie lang war sie mit ihren Gedanken woanders gewesen? Ihr Vater saß auf dem großen, schicken Sessel mit einem Jungen auf dem Schoß und hinter ihnen hatte sich eine lange Schlange gebildet.

»Nichts«, sagte Jules leise. »Ich habe alles, was ich mir jemals wünschen könnte.«

Leni verdrehte die Augen. »Kannst du bitte nur zehn Sekunden lang mal nicht Jules sein und so tun, als wärst du einfach eine ganz normale Frau, die gern Geschenke bekommt? Wenn du alles bekommen könntest, was es in der großen weiten Welt gibt, was wäre das?«

Dass Grant den Job ablehnte, kam ihr in den Sinn, doch das wollte sie eigentlich gar nicht – es sei denn es wäre das, was er wirklich wollte. Sie beobachtete das Mädchen, das gerade auf den Schoß ihres Vaters kletterte und über seinen flauschigen weißen Bart strich. Jules war als Nächste dran und sie musste sich wohl schnell einen Wunsch einfallen lassen.

»Mir wären in der Zeit schon tausend Sachen eingefallen«, sagte Keira.

Die Mädels lachten.

Archer kam wütend schnaubend auf Jules zugestürmt. »Wo zum Teufel ist Grant? Ich kann ihn nirgends finden.«

Sie drehte den Frauen den Rücken zu. »Archer, du hast es mir versprochen!«, warnte sie ihn.

»Ich will nur mal mit ihm reden«, stieß er wütend aus.

Archer *redete* gern mit den Fäusten. Jules kreuzte die Finger auf dem Rücken und sagte: »Er ist drüben beim Schlittenfahren.«

Er marschierte davon und Keira sagte: »Der sieht so aus, als hätte Grant ihm etwas Stinkendes in den Weihnachtsstrumpf gesteckt.«

Jules zuckte mit den Schultern und fragte sich, wie lange Grant mit seinen Brüdern wohl in dem Gebäude bleiben würde.

Die Mädels wollten immer noch wissen, was sie sich zu Weihnachten wünschte.

»Komm schon, Jules«, sagte Bellamy. »Gibt es nicht irgendetwas, das du gern hättest?«

»Ja.« *Ich will Grant genau in diesem Moment nackt in unserem Bett haben. Ich will in seinen Armen liegen und ihn mit allem lieben, was ich habe, damit er mich noch immer spürt, wenn er tausende Meilen entfernt ist.* »Ich will das hier haben, für immer. Keine Familienstreitigkeiten mehr, einfach nur meine aufdringlichen Freundinnen und nervige Familie um mich herum.«

»Du bist hoffnungslos.« Leni gab ihr einen sanften Schubser in Richtung Weihnachtsmann. »Los, setz dich auf seinen Schoß und bitte ihn um den Weltfrieden oder so.«

Jules setzte sich auf den Schoß ihres Vaters und legte den Kopf an seine Schulter. »Hallo, Daddy.«

Mit einer tiefen verstellten Stimme sagte er: »Hohoho! Was wünscht sich denn mein kleiner Käfer zu Weihnachten?«

Allein ihren Spitznamen zu hören, machte sie schon glücklicher und gab ihr ein Gefühl der Sicherheit. Sie beschloss, den Rat ihrer Schwester anzunehmen und um ein ganz besonderes Geschenk zu bitten. »Du darfst es niemandem erzählen, Daddy, aber Grant hat ein Angebot für einen Job bekommen, bei dem er weit reisen muss und Gefahren ausgesetzt ist.« Tränen stiegen ihr in die Augen. »Ich weiß, dass er gehen muss. Er ist dazu bestimmt. Aber ich will einfach nur, dass er in Sicherheit ist. Ich wünschte, du könntest mir das versprechen.«

Er nahm ihre Hand in seinen weichen weißen Handschuh, räusperte sich und fragte: »Ist das alles, was du dir wünschst, mein kleiner Käfer?«

Sie schüttelte den Kopf und sah an ihm vorbei zu dem Gebäude, in das Wells und Fitz ihn mitgenommen hatten, um ihm dann, abgeschirmt vom Rest der Welt, zuzuflüstern: »Ich will, dass er bleibt.«

»Ich gehe nirgendwohin, Pix.«

Sie brauchte eine Sekunde, um die Verbindung zwischen Grants Stimme und dem Mann, den sie für ihren Vater gehalten hatte, herzustellen. »Grant?«

Sie konnte sein Lächeln unter dem Bart nicht sehen, aber es ließ seine Augen strahlen. »Ich liebe dich, Pixie. Ich liebe das Leben, das wir uns schaffen, und die Stiftung, die wir aufbauen, um anderen zu helfen. Ich kann mir nicht vorstellen, auch nur einen einzigen Tag zu verbringen, ohne dich zu sehen. Wochen- oder monatelang würde ich das niemals hinkriegen.«

Tränen liefen ihr über die Wangen. »Aber der Job ist genau das, was du immer wolltest. Das ist dein Leben.«

»Nein, Baby. Das wollte ich früher, bevor es *uns* gab. Alles, was ich will, und alles, was ich brauche, sitzt hier auf meinem Schoß, und alles, was wir als Paar brauchen, ist hier auf dieser

Insel. *Du* bist mein Leben, Jules. Bis ans Ende unserer Tage möchte ich hören, wie du zu jedem verdammten Lied den falschen Text singst, und ich will miterleben, wie du auch in den schlimmsten Situationen den Silberstreif am Horizont siehst. Ich will aufwachen und dein schönes Lächeln sehen und alberne Elfen auf unserer Kaffeemaschine und kleine nackte Männer in unserem Atelier finden.«

Sie lachte, als ihr die Tränen über die Wangen liefen und hinter ihr erstaunt »Nackte Männer?« gemurmelt wurde.

»Ich möchte, dass du jeden einzelnen Tag sicher in meinen Armen aufwachst und dir nie Sorgen machen musst, ob ich am Ende der Nacht noch da bin. Ich möchte mit unseren Kindern zum Seaport-Frühstück fahren, damit sie Saul und die Cookie-Lady kennenlernen und ihre Elfen an unsere Weihnachtsbäume hängen können. Ich möchte mit ihnen zu meiner Familie zum Abendessen gehen und zum Frühstück zu deiner.«

»Das will ich auch«, sagte sie unter Tränen.

Er zog seinen Handschuh aus und nahm einen Ring von seinem kleinen Finger. Ihr Aufkeuchen ging im allgemeinen überraschten Tumult der Menge unter. Es war der schönste Ring, den sie je gesehen hatte. Dutzende Diamanten formten eine dreidimensionale Blume mit funkelnden Blütenblättern und einem großen runden Kanariendiamanten in der Mitte.

»Dies ist eine Blume, für die du keinen grünen Daumen brauchst, Baby.«

Ein Lachen vermischte sich mit ihren Tränen.

»Jules, meine süße Pixie, erweist du mir die Ehre, mich auf unsere größte Mission zu begleiten, eine Zukunft aufzubauen und eine Familie zu gründen? Willst du mich heiraten?«

»Ja! Ich liebe dich!« Sie schlang die Arme um ihn und küsste ihn, während um sie herum Jubel und Applaus aufbrandete.

»Was zum …?«, rief Archer. »Warum macht Jules mit Dad rum?«

Ihre Lippen lösten sich unter johlendem Gelächter voneinander, und während die anderen Archer erklärten, was gerade passierte, steckte Grant ihr den bezaubernden Ring an den Finger. »Ich liebe dich, Jules, und ich weiß, dass ich dich mit jeder Sekunde mehr lieben werde.«

»Ich liebe dich auch und ich verlasse mich darauf.«

Er besiegelte sein Versprechen mit einem weiteren leidenschaftlichen Kuss.

»Grandpa Steve ist nackt!«, rief Joey und deutete über den Rasen.

Alle drehten sich um und sahen Jules' Vater, der abrupt stehenblieb.

Jules stockte der Atem. »Dad!«

Er hatte nur Schuhe und Socken an und hielt ein großes Schild vom Verwaltungsgebäude mit der Aufschrift *Mehr Parkplätze hinter dem Gebäude* vor sein Gemächt und ein anderes über seinen Hintern. Es wurde gerufen, gejohlt und die Damen der BH-Brigade pfiffen anerkennend. Irgendjemand schrie etwas von Dollarscheinen und einer Poledance-Stange.

»Steve, was machst du da?«, fragte Jules' Mutter und eilte zu ihm.

Ihr Vater blickte wütend zu Wells, Fitz und Grant, die sich vor Lachen nicht mehr halten konnten. »Ihr Silver-Jungs seid fällig!«

»Habt ihr die Klamotten und das Kostüm von meinem Dad geklaut?«, fragte Jules.

»Klauen ist etwas übertrieben«, sagte Fitz. »Wir haben sie uns ausgeliehen.«

Fitz warf ihrem Vater seine Kleidung zu, und der ließ die

Schilder fallen, um das Bündel aufzufangen. Dabei wurden seine schwarzen Boxershorts sichtbar, auf denen ein Bild ihrer Mutter abgebildet war, die eine Weihnachtsmütze trug und die Hand in seinem Schritt hatte, was weiteres ausgelassenes Gelächter hervorrief.

»Diese Unterhose krieg ich nie wieder aus dem Kopf!«, brüllte Leni und alle lachten weiter.

Jules hielt sich die Hand vor die Augen.

»Tut mir leid, Steve«, rief Grant ihm zu. »Das war nur ein kleiner Streich zur Vergeltung für meine Liebste.«

Jules schmolz dahin und legte die Arme um ihn. »Wer hätte gedacht, dass ich den besten Schelm von allen heiraten würde?«

»Ich werde dir immer den Rücken frei halten, Baby«, sagte er und küsste sie.

»Und ich dir auch.« Sie lehnte sich zu seinem rechten Ohr vor und flüsterte ihm zu: »Deinen Rücken, deine Arme, deinen …« Sie lächelte verführerisch.

Die Flammen in seinen Augen loderten auf. »Komm her, bevor du uns beide in Schwierigkeiten bringst.« Er drückte seine Lippen auf ihre – zu einem Kuss voller Liebe, Lust und unanständiger Versprechen, deren Einlösung sie nicht erwarten konnte.

Sie wurden von einer liebevollen Umarmung zur nächsten herumgereicht, bis sie praktisch alle Anwesenden gedrückt hatten. Die Frauen bewunderten Jules' Ring, und die Männer staunten darüber, dass Grant sich häuslich niederließ. Ihre Familien waren überglücklich und Steve war am Ende doch nicht sauer auf Grant und seine Brüder. Archer allerdings boxte Grant in den Arm und betonte, wie verdammt gut es wäre, dass er sich Jules gegenüber letztendlich anständig verhalten hätte, denn er hätte schon überlegt, wo er Grants Leiche vergraben konnte.

Dieser verdammte Archer!

Als ihre Familien und Freunde sich allmählich auf dem Gelände verteilten, kam Saul durch die Menge auf ihn zu. Er humpelte nur leicht und war viel sicherer auf den Beinen als zu der Zeit, in der sie ihn in Seaport gesehen hatten. Seine Frau Nina hielt seine Hand. Sie war noch immer hübsch, die Haare waren weißer, als Grant sie in Erinnerung hatte, aber ihr freundlicher Blick und das herzliche Lächeln hatten sich kein bisschen verändert.

»Glückwunsch, Kinder«, sagte Saul und umarmte sie beide. »Grant, du erinnerst dich sicher an meine Frau Nina. Nina, dies ist Jules, von der ich dir erzählt habe.«

»Wie könnte ich sie vergessen? Schön, Sie zu sehen, Nina.« Grant umarmte sie.

»Ich habe viel von Ihnen gehört«, sagte Jules und umarmte Nina ebenfalls.

»Und ich auch von euch beiden.« Nina ergriff Sauls Hand. »Ohne Grants Großzügigkeit wären wir jetzt nicht hier auf dieser Veranstaltung. Danke, dass du mit Sauls Arzt gesprochen und uns diesen Rabatt verschafft hast, Grant. Schon jetzt ist das Gehen für ihn viel angenehmer.«

»Gern geschehen.« Grant legte den Arm um Jules und zog sie an seine Seite. »Wir hoffen, noch viel mehr zu tun.« Er erzählte ihnen von der Silver Lining Foundation.

Saul wandte sich Nina zu. »Ich habe dir doch gesagt, dass diese beiden etwas Besonderes sind.« Zu Grant und Jules sagte er dann: »Ihr habt uns heute Abend eine tolle Show geboten. Ich bin froh, dass wir das nicht verpasst haben. Ihr kommt doch hoffentlich zum nächsten Frühstückstreffen?«

»Das verpassen wir auf keinen Fall«, versicherte Grant ihm.

Sie unterhielten sich noch ein paar Minuten, und als Saul und Nina weitergingen, schaute Jules mit diesem süßen Lächeln, das er so liebte, zu Grant auf. »Du bist mein Silberstreif. Aber bist du dir wirklich sicher? Dass du das Angebot von Darkbird nicht annehmen willst?«

Grant schaute sich in der Menge um, die seine Gemeinschaft war, die geholfen hatte, ihn großzuziehen, und er sah zu den funkelnden Lichtern an dem Baum, an den er schon als Kind Figuren gehängt hatte, und er fragte sich, wie er sich je so von den Freunden und Familien abgeschottet gefühlt haben konnte, ebenso wie von der Insel, auf der seine Wurzeln immer fest verankert waren. Viel Wasser war seitdem den Bach hinuntergeflossen, beziehungsweise hatte die Ufer geflutet, denn endlich hatte er das Gefühl, genau dort zu sein, wo er hingehörte.

Zu Hause.

Auf der Insel, die er liebte, mit einer neuen Aufgabe, der wiederentdeckten Kameradschaft und einem kristallklaren Pfad in eine Zukunft mit der Frau, die er über alles liebte.

»Baby, ich bin mir in meinem ganzen Leben noch bei nichts so sicher gewesen.«

Dreißig

Das Weingut war für die Hochzeit von Jock und Daphne in ein romantisches Mitternachtsmärchen verwandelt worden – mit funkelnden Lichterketten, hinreißenden Blumenbouquets, flackernden Kerzen auf den Tischen und einer Braut und einem Bräutigam, die mit Cinderella und ihrem Prinzen leicht mithalten konnten. Jules sah Daphne und Jock zu, die zum zigsten Mal als Mann und Frau tanzten, während Hadley tief und fest auf Jocks Schulter schlief. Die Kleine war entzückend süß mit Daphnes Schwester Renee zum Altar getappst und hatte Rosenblätter aus ihrem kleinen Korb um sich geworfen. Die Trauung war so schön gewesen, dass selbst Grant glasige Augen bekommen hatte, als Jock und Daphne ihre Ehegelübde abgegeben hatten. Grant hatte ihre Hand gedrückt und gesagt, er könne es nicht abwarten, bis sie an der Reihe waren.

Drei Wochen war es her, dass sie sich verlobt hatten, und es fühlte sich viel länger an. Grant hatte mit Roddy über den Kauf des Strandhauses gesprochen, bevor er ihr einen Antrag gemacht hatte, und am folgenden Wochenende war Jules umgezogen, noch vor dem jährlichen weihnachtlichen Tanzfest der Silvers. Grant hatte sie alle überrascht, als er bei der Band das Lied »Thriller« bestellt hatte. Er hatte Bellamy auf die Tanzfläche gezogen und versucht, mit ihr mitzuhalten. Doch wie immer hatte er vollkommen falsche Schritte gemacht, gelacht und albern herumgetobt. Für Jules war der einzig wichtige Schritt der gewesen, dass er seine Schwester zum Lächeln bringen wollte, und das war ihm absolut gelungen. Ebenso wie ihm alles andere, was er in Angriff nahm, gelang, denn auch das Weihnachtsfest hätte nicht zauberhafter sein können. Grant hatte sie mit einer Reise nach Spanien überrascht. Spanien! Der Mann war ein einziges Wunder. Er erinnerte sich an jedes Wort, das sie irgendwann einmal gesagt hatte. Morgen reisten sie ab und Bellamy würde sich um Crash kümmern. Seine Eltern waren von ihrem Paris-Paket begeistert gewesen. Das Bild, das er gemalt hatte, hing nun bei seinem Vater über dem Kamin, und seine Eltern freuten sich auf ihre Reise.

Jules schaute noch einmal verstohlen zu ihm, wie er so mit seinen Geschwistern lachte und herumalberte. Bellamy hatte sich an ihn gelehnt und er legte den Arm um sie. Sein Blick wanderte in ihre Richtung, und dieses sich langsam ausbreitende Lächeln, das *Ich liebe dich* und *Ich will dich nackt sehen und Unanständiges mit dir treiben* sagte, war wie ein unsichtbares loderndes Band zwischen ihnen.

Die beiden Mütter, die in ihren schicken Kleidern wunderschön aussahen, stellten sich neben sie. Die Freundinnen hatten den ganzen Abend schon Sekt getrunken, und Jules wusste, dass sie ein wenig beschwippst waren.

»Dein Blick ruht den ganzen Abend schon auf Grant«, sagte ihre Mutter.

Ich wünschte, meine Hände würden auf ihm ruhen. »Und das sagst ausgerechnet du. Du und Dad, ihr küsst euch bei jeder sich bietenden Gelegenheit.«

»Das stimmt.« Ihre Mutter kicherte und stieß mit Margot

an.

»Wir werden vielleicht älter, aber wir haben es immer noch drauf.« Margot nahm ihren Mann in Augenschein, der in ihre Richtung kam. »Und ich habe dir, liebe Jules, unsere aufgefrischten Freuden zu verdanken. Wie es scheint, hat die Aussöhnung zwischen Grant und seinem Vater meinen Mann in *jeder* Hinsicht lebendiger gemacht.«

Jules verzog das Gesicht. »Können wir bitte nicht darüber reden? Schon schlimm genug, dass ich die Unterwäsche meines Vaters mit der Hand meiner Mutter auf seinem Gemächt gesehen habe.«

Die Damen brüllten vor Lachen, als Leni und Sutton sich zu ihnen gesellten.

»Was ist denn so witzig?«, fragte Leni.

»Das willst du nicht wissen«, sagte Jules.

»Margot und ich haben gerade gesagt, dass wir unsere erotische Anziehungskraft noch nicht verloren haben«, sagte ihre Mutter.

»Mom!«, beschwerten Leni und Sutton sich einstimmig.

Margot lachte. »Was glaubt ihr Mädchen, von wem ihr das habt? Und euer Vater hat es offensichtlich seinen Jungs vererbt. Sieht aus, als strebt Archer einen Dreier an.« Sie deutete auf die Bar, wo Archer sowohl mit Indi als auch mit Renee flirtete.

Leni sah skeptisch zu ihnen hinüber. »Da bin ich mir nicht so sicher. Indi sieht genervt aus.«

»Diese Indi hat Temperament. Sie kommt mir nicht wie eine Frau vor, die gern teilt«, sagte ihre Mutter.

»Ich habe gehört, wie sie mit Charmaine über die Ladenfläche in der Main Street gesprochen hat. Zieht sie hierher?«, wollte Margot wissen.

»Warum fragst du sie nicht selbst?«, sagte Leni, als Indi mit finsterem Gesichtsausdruck auf sie zumarschiert kam und ihre blonden Haare bei jedem energischen Schritt wippten.

»Egal, was ich sage«, zischte Indi Leni zu, »lass nicht zu, dass ich heute Abend auf dem Boot deines Bruders lande.« Sie nahm Leni ihren Drink ab und stürzte ihn mit einem Mal hinunter.

Leni verdrehte die Augen. »Als ob das funktionieren würde.«

»Nie wieder!« Indi knallte das Glas auf einen Tisch. »Der Typ ist so verdammt arrogant.«

»Klingt ganz nach meinem Archer«, sagte ihre Mutter munter.

»Indi, meine Liebe, ist etwas an den Gerüchten dran, dass du hierherziehst?«, fragte Margot.

»Ich weiß es nicht«, sagte Indi nun etwas weniger wütend. »Ich spiele mit dem Gedanken und schaue mir gerade ein paar Immobilien an. Ich will wirklich raus aus der Stadt, aber es ist eine wichtige Entscheidung, und es könnte sein, dass ich einen Fehler gemacht habe, indem ich mich auf einen gewissen Menschen eingelassen habe. Apropos, es ist fast Mitternacht. Ich brauche einen Drink. Oder auch sechs.«

Margot und ihre Mutter sahen sich verschmitzt an und sagten beide: »Wir kommen mit.«

Nachdem sie gegangen waren, überlegte Sutton: »Sollen wir Indi retten?«

»Nee, sie kommt schon mit ihnen zurecht«, sagte Leni. »Jules, falls Grant es vergessen sollte, weil er viel um die Ohren hat, ich habe ihm heute Morgen einen Marketingplan gemailt. Wenn er die Gelegenheit hat, während ihr unterwegs seid, könntest du dafür sorgen, dass er sich das mal anschaut?«

Leni kümmerte sich um das Marketing der Silver Lining Foundation, die kurz vor der Gründung stand. Es würde noch etwas dauern, bis sie ihre Arbeit aufnahm, aber Grant hatte eng mit seinen Eltern zusammengearbeitet, um Ideen für Wohltätigkeitsveranstaltungen zu sammeln, und mit Leni arbeitete er an einem umfassenden Marketingkonzept. Er und Sage Remington hatten Künstler kontaktiert, und bereits über achtzig bekannte Künstler hatten sich bereiterklärt, an den Auktionen teilzunehmen.

»Ich sorge dafür, dass er es sich runterlädt, bevor wir abreisen«, sagte Jules. »Dann kann er sich das morgen auf dem Flug ansehen.«

»Bevor ihr dem Mile-High-Club beitretet oder danach?«, neckte Sutton.

Hm. Daran hab ich noch gar nicht gedacht. »Geht dich nichts an.«

»Unsere kleine Schwester ist ja sehr redselig«, scherzte Leni. »Wird mal Zeit, dass du von dem ganzen Spaß berichtest, den du mit deinem stattlichen Verlobten hast.«

Über ihr Liebesleben wollte Jules nicht reden, aber sie platzte vor Vorfreude auf ihre Reise. »Ich kann es noch immer nicht glauben, dass ich mit meinem grandiosen Mann nach Spanien reise! Und ich werde Bianca wiedersehen! Sie hat für uns ein Essen mit ihrer Familie geplant und sie wird uns einen ganzen Tag lang herumführen.«

»Zumindest wissen wir so, dass ihr ein Mal das Schlafzimmer verlasst«, sagte Leni und nahm einen Schluck von ihrem Drink.

Jules hatte das Gefühl, dass sie in der Tat das Hotelzimmer nicht sehr oft verlassen würden. Sie waren nach wie vor unersättlich.

Grants dunkle Augen blickten Jules unverwandt an. Himmel, er sah umwerfend aus in seinem dunklen Anzug und mit dem Haar aus seinem attraktiven Gesicht nach hinten frisiert.

Sie war froh, dass er sich den Bart nicht abrasiert hatte. Es war herrlich, wie der an ihren Oberschenkeln kitzelte. Ein Hitzeschauer rann ihr über den Rücken, als die Erinnerung an ihren unanständigen Morgen in ihr aufkam.

»Ihr seht aus, als würdet ihr etwas aushecken«, sagte Grant und griff nach Jules' Hand. »Habt ihr etwas dagegen, wenn ich mir mein Mädchen kurz mal ausleihe? Es ist fast Mitternacht.«

Sutton seufzte. »In eurer Gegenwart und der von Jock und Daphne kommt in mir *fast* der Wunsch auf, einen netten Typen zu finden und mir ein Nest zu bauen.«

»Es wird Zeit, dass ich meinem Mädel noch einen Drink besorge, bevor sie den Verstand verliert.« Leni nahm Suttons Hand und schleifte sie in Richtung Bar.

Jules zog Grant an seiner Krawatte hinunter und gab ihm einen Kuss. »Hätte ich ihnen sagen sollen, dass mein ungezogener Silver in der Öffentlichkeit ein netter Typ ist, sich im Bett aber als wildes Tier entpuppt?«

»Mir ist egal, was du anderen erzählst, solange du zu mir Ja sagst.« Er zog seine Anzugjacke aus und legte sie ihr um die Schultern. »Was hältst du davon, wenn wir uns eine Weile aus dem Staub machen?«

»Was schwebt dir vor?« Schon jetzt raste ihr Herz.

»Ein wenig davon.« Er küsste ihren Hals. »Und davon.« Er küsste ihre Lippen. »Und ganz viel davon.« Er legte die Hand auf ihren Hintern und drückte sie an seine Hüften.

Ihr Herz hämmerte wie wild. »Ich dachte schon, du würdest nie fragen.«

Er nahm ihre Hand, eilte mit ihr zur Hintertür hinaus und rannte in Richtung Reben, als alle anfingen, die letzten Sekunden herunterzuzählen. »Zehn, neun, acht … fünf, vier …« Der Countdown hinter ihnen wurde immer leiser, als sie die hinterste Reihe der Rebstöcke betraten. Abgesehen vom Mondschein, der ihre Gesichter küsste, war es stockdunkel, als Grant sie in seine Arme zog und sagte: »So hätte schon der Halloween-Abend enden sollen.«

Er senkte seine Lippen auf ihre und hob sie hoch, während in der Ferne laut »Frohes Neues Jahr« ertönte und *Ich liebe dich* in ihrem Herzen dröhnte.

Er strich mit seinen lächelnden Lippen über ihre. »Auf unser erstes Frohes Neues Jahr von vielen.«

»Und auf jede Menge heiße Rummach-Aktionen«, sagte sie kichernd.

»Und leidenschaftliche Dusch-Aktionen.« Er küsste sie.

»Und Geiselnahmen in unserem Bett.«

Er lachte und sein lodernder Blick lag auf ihr. »Darauf, dass ich dich ein Leben lang lieben darf.«

Der Quarterback Clay Braden ist entschlossen, der sexy Wissenschaftlerin Pepper Montgomery die Vorteile eines ganz praktischen Ansatzes bei der Forschung nahezubringen. Und zwar sehr nahe. Ein zufälliges Wiedersehen in Paris ist der perfekte Start.

Bestellen Sie *Gut gespielt, Mr. Perfect* direkt bei Ihrem Online-Buchhändler!

Truman Gritt würde alles tun, um seine Familie zu beschützen – und so verbringt er Jahre im Gefängnis für ein Verbrechen, das er nicht begangen hat. Nach seiner Entlassung stellt der Drogentod seiner Mutter sein Leben erneut auf den Kopf, und so übernimmt er die Verantwortung für die Kinder, die sie zurückgelassen hat. Truman ist hart, er ist verschlossen, und er versucht, einen Bruder zu retten, der mit noch mehr Problemen zu kämpfen hat als er selbst. Sein Leben lang hat Truman keine Hilfe gebraucht, und als die schöne Gemma Wright versucht, ihm unter die Arme zu greifen, reagiert er nicht gerade charmant. Aber Gemma hat ihre ganz eigene Art und schafft es schließlich, den Panzer um sein Herz zu durchdringen. Als Trumans dunkle Vergangenheit seine Zukunft in Gefahr bringt, steht seine Loyalität auf dem Prüfstand und er muss die schwerste aller Entscheidungen treffen.

Bestellen Sie *Tru Blue – Im Herzen stark* direkt bei Ihrem Online-Buchhändler!

Neu bei »Love in Bloom – Herzen im Aufbruch«?

Ich hoffe, Sie hatten genauso viel Spaß mit den Steeles wie ich! Falls dieser Band Ihr erstes Buch aus der Reihe »Love in Bloom – Herzen im Aufbruch« ist, warten noch jede Menge Geschichten über unsere sexy, selbstbewussten und loyalen Heldinnen und Helden auf Sie.

Die Steeles auf Silver Island ist nur eine der Serien aus meiner großen Sammlung von Liebesromanen mit Tiefgang, Humor und Happy-End-Garantie. In allen Büchern finden Sie eine abgeschlossene Geschichte, die auch für sich allein gelesen werden kann. Figuren aus den einzelnen Serien und Büchern der weitverzweigten »Love in Bloom – Herzen im Aufbruch«-Familien tauchen immer wieder auch in den anderen Bänden auf. So verpassen Sie nie eine Verlobung, eine Hochzeit oder eine Geburt. Wenn Sie mögen, lernen Sie doch auch die anderen Serien der Reihe kennen! Eine vollständige Liste aller auf Deutsch erschienenen und geplanten Bücher gibt es am Ende des Buches und unter dem folgenden Link finden Sie weitere Informationen:

www.MelissaFoster.com/Herzen-im-Aufbruch

Ich hoffe, dass Ihnen das Buch über Jules und Grant gefallen hat, und ich freue mich darauf, Ihnen bald weitere Liebesgeschichten von den Steeles auf Silver Island zu erzählen. Meine Serie *Silver Harbor* spielt ebenfalls auf Silver Island und dreht sich um die Familie De Messiéres. Wie in all meinen Serien gibt es Cross-over-Begegnungen. Wer noch mehr über Silver Island lesen möchte, greift zu *Der Liebe auf der Spur*, einer Geschichte aus der Serie *Die Bradens & Montgomerys* mit dem Schatzsucher Zev Braden. Ein Großteil von Zevs Liebesgeschichte spielt auf und um die Insel herum, ebenso wie *Versuchung in Bayside*, ein Roman über den Milliardär Jett Masters aus der *Bayside Summers*-Serie.

Wenn dies Ihr erstes Buch aus meiner Reihe war, warten noch viele weitere Happy Ends auf Sie. Ganz am Anfang der großen Liebesroman-Sammlung über die weitverzweigten »Love in Bloom – Herzen im Aufbruch«-Familien stehen *Die Snow-Schwestern*. Wer lieber bei den Cape-Cod-Serien bleibt, liest *Seaside Summers* und *Bayside Summers* und beginnt zum Beispiel mit *Träume in Seaside*. Diese Serie führt hin zu *Bayside Summers*.

Ich habe das Glück, von vielen Freunden und Familienmitgliedern unterstützt zu werden, und auch wenn ich sie niemals alle nennen kann, so geht doch mein besonderer Dank an

Sharon Martin, Lisa Posillico-Filipe und Missy und Shelby DeHaven, die alle für meine geistige Gesundheit sorgen. Applaus für Lisa Posillico-Filipe für den Streich mit dem nackten Weihnachtsmann und für Justine Coppenrath und Shana McKay für all ihr Gartenwissen.

Nichts macht mir mehr Freude, als von meinen Fans zu hören. Wer meinem Fanclub noch nicht beigetreten ist, findet ihn auf Facebook. Wir haben dort jede Menge Spaß miteinander, unterhalten uns über Bücher und die Mitglieder bekommen Einblicke in anstehende Veröffentlichungen. www.Facebook.com/groups/MelissaFosterFans

Einen großen Dank an mein aufmerksames und talentiertes Lektoratsteam. Danke Kristen Weber, Penina Lopez, Elaini Caruso, Juliette Hill, Lynn Mullan, Justinn Harrison sowie auf deutscher Seite Janet König, Stephanie Schottenhamel und Judith Zimmer für alles, was ihr für mich und unsere Leserinnen leistet. Und natürlich ein unendlich großes Dankeschön an meine vier Söhne und meine Mutter für ihre grenzenlose Unterstützung.

Die Bradens (Trusty, Colorado)

Bei Heimkehr Liebe
Bei Ankunft Liebe
Im Zweifel Liebe
Bei Rückkehr Liebe
Trotz allem Liebe
Bei Aufprall Liebe

Die Bradens (Peaceful Harbor)

Geheilte Herzen
Voller Einsatz für die Liebe
Liebe gegen den Strom
Vereinte Herzen
Melodie der Liebe
Sieg für die Liebe
Endlich Liebe – ein Braden-Flirt

Die Bradens & Montgomerys (Pleasant Hill – Oak Falls)

Von der Liebe umarmt
Alles für die Liebe
Pfade der Liebe
Wilde Herzen
Schenk mir dein Herz
Der Liebe auf der Spur
Verrückt nach Liebe
Liebe süß und sündig
Und dann kam die Liebe
Eine unerwartete Liebe
Verliebt in Mr. Bad

Die Bradens (Ridgeport)

Gut gespielt, Mr. Perfect
Hochachtungsvoll, Mr. Braden

Die Remingtons

Spiel der Herzen
Im Dschungel der Liebe
Herzen in Flammen
Herzen im Schnee
Liebe zwischen den Zeilen
Von der Liebe berührt

Die Ryders

Von der Liebe bestimmt
Von der Liebe erobert
Von der Liebe verführt
Von der Liebe gerettet
Von der Liebe gefunden

Seaside Summers

Träume in Seaside
Herzen in Seaside
Hoffnung in Seaside
Geheimnisse in Seaside
Nächte in Seaside
Herzklopfen in Seaside
Sehnsucht in Seaside
Geflüster in Seaside
Sternenhimmel über Seaside

Bayside Summers

Sommernächte in Bayside
Verführung in Bayside
Sommerhitze in Bayside
Neuanfang in Bayside
Mondschein in Bayside
Versuchung in Bayside

Die Steeles auf Silver Island

Herzen in Versuchung
Meine wahre Liebe
Erobert von der Liebe

Die Whiskeys: Dark Knights aus Peaceful Harbor

Tru Blue – Im Herzen stark
Truly, Madly, Whiskey – Für immer und ganz
Driving Whiskey Wild – Herz über Kopf
Wicked Whiskey Love – Ganz und gar Liebe
Mad About Moon – Verrückt nach dir
Taming My Whiskey – Im Herzen wild
The Gritty Truth – Kein Blick zurück
In For A Penny – Süßes Glück
Running on Diesel – Harte Zeiten für die Liebe

Die Whiskeys: Dark Knights von der Redemption Ranch

Immer Ärger mit Whiskey
Sullys Befreiung
Um Whiskeys willen
Der Geschmack von Whiskey
Liebe, Lügen und Whiskey

…

Entdecken Sie Melissa Fosters Bücher auch auf:
www.MelissaFoster.com/Herzen-im-Aufbruch